Das Buch

Der junge Soldat Ernst Graeber erhält unerwartet Fronturlaub. Es zieht ihn nach Hause, doch in der stark zerstörten Heimatstadt findet er keine vertrauten Menschen vor – seine Familie ist evakuiert worden. Stattdessen trifft er auf Elisabeth, deren Vater durch Denunziation im Konzentrationslager ist, und verliebt sich …
Remarque beschwört eine zarte Liebesgeschichte herauf vor dem Hintergrund der letzten Tage des Dritten Reiches. Und er rührt an einem Mythos der Nachkriegsjahren: dem Frontkämpfer. In der Figur des Ernst Graeber spiegelt sich die ganze Verzweiflung und Sinnlosigkeit des Kriegs – er ist ein brüchiger Held, für den es kein gutes Ende geben kann.

Der Autor

Erich Maria Remarque, 1898 in Osnabrück geboren, besuchte das katholische Lehrerseminar. 1916 als Soldat eingezogen, wurde er nach dem Krieg zunächst Aushilfslehrer, später Gelegenheitsarbeiter, schließlich Redakteur in Hannover und Berlin. 1932 verließ Remarque Deutschland und lebte zunächst im Tessin/Schweiz. Seine Bücher »Im Westen nichts Neues« und »Der Weg zurück« wurden 1933 von den Nazis verbrannt, er selber wurde 1938 ausgebürgert. Ab 1939 lebte Remarque in den USA und erlangte 1947 die amerikanische Staatsbürgerschaft. 1970 starb er in seiner Wahlheimat Tessin.

Der Herausgeber

Thomas F. Schneider, Leiter des Erich Maria Remarque-Friedenszentrums an der Universität Osnabrück, veröffentlichte zahlreiche Bücher zur Kriegs- und Antikriegsliteratur im 20. Jahrhundert, zur Exilliteratur und zu Erich Maria Remarque.

Das Gesamtwerk von Erich Maria Remarque liegt im Verlag Kiepenheuer & Witsch vor: www.kiwi-verlag.de

ZEIT ZU LEBEN UND ZEIT ZU STERBEN

Roman

VON

ERICH MARIA REMARQUE

★

In der Originalfassung mit
Anhang und einem Nachwort herausgegeben
von Thomas F. Schneider

KIEPENHEUER & WITSCH

5. Auflage 2026

Umschlaggestaltung: Rudolf Linn, Köln
Frontispiz: PR-Aufnahme von Rudolph H. Schloss
zu Erich Maria Remarques Zeit zu leben und Zeit zu sterben, 1954.
© Erich Maria Remarque-Friedenszentrum Osnabrück
Gesetzt aus der Bodoni
Satz: Buch-Werkstatt GmbH, Bad Aibling
Druck und Bindung: CPI books GmbH, Leck
ISBN 978-3-462-05146-9

Kontaktadresse nach EU-Produktsicherheitsverordnung:
produktsicherheit@kiwi-verlag.de

Für P. G.

I

Der Tod roch anders in Rußland als in Afrika. In Afrika, unter schwerem englischen Feuer, hatten die Leichen zwischen den Linien auch oft lange unbeerdigt gelegen; aber die Sonne hatte schnell gearbeitet. Nachts war mit dem Winde der Geruch herübergekommen, süß, stickig und schwer – das Gas hatte die Toten gefüllt, und sie hatten sich geisterhaft im Licht der fremden Sterne gehoben, als kämpften sie noch einmal, schweigend, ohne Hoffnung, jeder für sich allein; – aber schon am nächsten Tage hatten sie begonnen zu schrumpfen, sich der Erde anzuschmiegen, unendlich müde, als wollten sie hineinkriechen, – und wenn man sie später holen konnte, waren manche bereits leicht und eingedörrt, und von denen, die man nach Wochen irgendwo fand, waren fast nur noch Skelette übrig geblieben, die in den plötzlich viel zu weiten Uniformen lose ratterten. Es war ein trockener Tod, in Sand, Sonne und Wind. In Rußland war es ein schmieriger, stinkender Tod.

Es regnete seit Tagen. Der Schnee schmolz. Einen Monat vorher hatte er über zwei Meter höher gelegen. Das zerstörte Dorf, das anfangs ausgesehen hatte, als bestände es nur aus verkohlten Dächern, war lautlos mit jeder Nacht ein Stück höher aus dem sinkenden Schnee emporgewachsen. Die Gesimse der Fenster waren hervorgekrochen; ein paar Nächte später die Wölbungen der Türen; dann Treppenstufen, die in das faulige Weiß führten. Der Schnee schmolz und schmolz, und mit ihm kamen die Toten.

Es waren alte Tote. Das Dorf war mehrere Male umkämpft worden, – im November, im Dezember, im Januar und jetzt, im April. Es war eingenommen und verlassen und verlassen und wieder eingenommen worden, die Schneestürme waren gekommen und hatten die Leichen verweht, in Stunden oft schon so tief, daß die Sanitäter viele nicht mehr finden konnten, – bis dann fast jeder Tag eine neue Lage Weiß über die Verwüstung geworfen hatte, wie eine Krankenschwester ein Tuch über ein blutiges, kotiges Bett.

Zuerst kamen die Januartoten. Sie lagen am höchsten und kamen Anfang April heraus, bald nachdem der Schnee zu rutschen anfing. Ihre Körper waren steif gefroren und die Gesichter aus grauem Wachs.

Man begrub sie wie Bretter. Auf einer Anhöhe hinter dem Dorf, wo der Schnee nicht so hoch lag, schaufelte man ihn weg und hackte die gefrorene Erde auf. Es war eine mühsame Arbeit. Man begrub deshalb nur die Deutschen, die Russen warf man in einen offenen Stall. Sie begannen bei dem milden Wetter bald zu stinken. Wenn es zu schlimm wurde, schaufelte man Schnee darüber. Es lohnte sich nicht, sie noch zu beerdigen; niemand glaubte, daß das Dorf lange gehalten werden würde. Das Regiment war auf dem Rückzug. Die vordringenden Russen konnten ihre Toten später selbst eingraben.

Bei den Dezembertoten fand man die Waffen, die zu den

Januartoten gehört hatten. Die Gewehre und Handgranaten waren tiefer gesunken als die Körper; manchmal auch die Stahlhelme. Es war leichter bei diesen Leichen, die Erkennungsmarken unter den Uniformen herauszuschneiden; das Schneewasser hatte den Stoff bereits aufgeweicht. Es stand in den offenen Mündern, als wären die Toten ertrunken. Bei einigen waren auch schon ein paar Glieder aufgetaut. Wenn man sie wegtrug, war der Körper noch steif; aber ein Arm mit einer Hand baumelte bereits und schlenkerte, – als winke er, entsetzlich gleichgültig und fast obszön. Bei allen, wenn sie in der Sonne lagen, tauten die Augen zuerst. Sie verloren den gläsernen Schein, und die Pupillen wurden quallig. Das Eis in ihnen schmolz und lief langsam aus den Augen, – als weinten sie.

Plötzlich fror es einige Tage wieder stark. Der Schnee verkrustete und wurde zu Eis. Er hörte auf zu sinken. Doch dann kam der faule, schwüle Wind aufs neue.

Zuerst sah man nur einen grauen Flecken im welkenden Weiß. Eine Stunde später war es eine Hand, die sich verkrampft emporreckte.

»Da ist wieder einer«, sagte Sauer.

»Wo?« fragte Immermann.

»Drüben, vor der Kirche. Sollen wir ihn rauszuschaufeln?«

»Wozu? Der Wind gräbt ihn schon von selbst aus. Der Schnee ist dahinten mindestens noch ein, zwei Meter hoch. Dieses verdammte Dorf liegt ja tiefer als alles rundumher. Oder willst du mit Gewalt noch eine Ladung Eiswasser in die Stiefel kriegen?«

»Sicher nicht.« Sauer spähte in die Richtung der Küche. »Hast du eine Ahnung, was es heute zu futtern gibt?«

»Steckrüben. Steckrüben mit Schweinefleisch, Kartoffeln und Wasser. Schweinefleisch Fehlanzeige.«

»Steckrüben! Natürlich! Zum dritten Mal in dieser Woche.«

Sauer knöpfte sich die Hose auf und begann zu urinieren. »Vor einem Jahr pißte ich noch in großen Bogen«, erklärte er bitter. »Straff militärisch, wie es sich gehört. Fühlte mich gut. Erstklassiger Fraß! Vormarsch, jeden Tag soundso viele Kilometer! Dachte, ich wäre bald wieder zu Hause. Jetzt pisse ich wie ein Zivilist, trübselig und ohne Spaß.«

Immermann schob eine Hand unter seine Uniform und begann sich gemächlich zu kratzen. »Es wäre mir egal, wie ich pißte, – wenn ich nur schon wieder Zivilist wäre.«

»Mir auch. Aber es sieht aus, als blieben wir ewig Soldaten.«

»Klar. Helden, bis wir verrecken. Nur die SS pißt noch in großen Bogen.«

Sauer knöpfte sich die Hose wieder zu. »Das kann sie auch. Wir machen die Dreckarbeit, und die Brüder streichen die Ehre ein. Wir kämpfen zwei, drei Wochen um so eine verfluchte Stadt, und am letzten Tag kommt die SS und zieht siegreich vor uns ein. Sieh dir an, wie für die gesorgt wird! Immer die dicksten Mäntel, die besten Stiefel und das größte Stück Fleisch!«

Immermann grinste. »Jetzt nimmt auch die SS keine Städte mehr ein. Jetzt geht sie zurück. Genauso wie wir.«

»Nicht so wie wir. Wir verbrennen und erschießen nicht, was wir erwischen können.«

Immermann hörte auf, sich zu kratzen. »Was ist denn mit dir heute los?« fragte er überrascht. »Menschliche Töne auf einmal! Paß auf, daß Steinbrenner dich nicht hört, – sonst landest du bald in einer Strafkompanie. Da, – der Schnee vor der Kirche ist eingesackt! Jetzt sieht man schon ein Stück Arm von dem da drüben.«

Sauer blickte hinüber. »Wenn es so weitertaut, hängt er morgen an irgendeinem Kreuz. Er ist am richtigen Platz. Gerade über dem Friedhof.«

»Ist das da ein Friedhof?«

»Natürlich. Weißt du das nicht mehr? Wir waren doch schon einmal hier. Bei unserem letzten Angriff. Ende Oktober. Warst du da noch nicht bei uns?«

»Nein.«

»Wo warst du? Lazarett?«

»Strafkompanie.«

Sauer pfiff durch die Zähne. »Strafkompanie! Verdammt! Weshalb?«

Immermann sah ihn an. »Früherer Kommunist«, sagte er.

»Was? Und da haben sie dich rausgelassen? Wieso das denn?«

»Der Mensch muß Schwein haben. Ich bin ein guter Mechaniker. Das hat man scheinbar jetzt hier nötiger als beim Schanzen.«

»Das schon! Aber als Kommunist! Und hier in Rußland! Die schicken sie doch sonst alle anderswohin.« Sauer blickte Immermann plötzlich mißtrauisch an.

Immermann grinste spöttisch. Er wußte, was Sauer dachte. »Beruhige dich«, erklärte er. »Ich bin kein Spitzel geworden. Und ich verrate nicht, was du über die SS gesagt hast. Das meinst du doch, nicht?«

»Ich? Keine Spur. Denke garnicht daran!« Sauer griff nach seinem Kochgeschirr. »Da ist die Gulaschkanone! Rasch, – sonst kriegen wir nur noch das Spülwasser.«

Die Hand wuchs und wuchs. Es war nicht mehr, als schmelze der Schnee, – es sah aus, als wüchse sie langsam aus der Erde hervor, – wie eine fahle Drohung und eine versteinerte Gebärde um Hilfe.

Der Kompanieführer blieb stehen. »Was ist das da?«

»Irgendein Panje, Herr Leutnant.«

Rahe sah schärfer hin. Er konnte ein verwaschenes Stück Ärmel erkennen. »Das ist kein Russe«, sagte er.

Feldwebel Mücke bewegte die Zehen in den Stiefeln. Er konnte den Kompanieführer nicht ausstehen. Zwar stand er tadellos stramm vor ihm, – Disziplin ging über alle persönlichen Gefühle, – aber um seiner Verachtung Ausdruck zu geben, bewegte er unsichtbar die Zehen in den Stiefeln. Dummes Aas, dachte er. Quatschkopf!

»Lassen Sie ihn rausholen«, sagte Rahe.

»Zu Befehl.«

»Setzen Sie gleich ein paar Leute dran. Kein schöner Anblick, sowas!«

Waschlappen, dachte Mücke. Hosenscheißer! Kein schöner Anblick! Als ob das der erste Tote wäre, den wir sähen!

»Das ist ein deutscher Soldat«, sagte Rahe.

»Zu Befehl, Herr Leutnant. Seit vier Tagen haben wir nur noch Russen gefunden.«

»Lassen Sie ihn rausholen. Wir werden dann sehen, was er ist.«

Rahe ging zu seinem Quartier hinüber. Eingebildeter Affe, dachte Mücke. Hat einen Ofen, ein warmes Haus und das E.K. zum Halse raus. Ich habe nicht einmal das E.K.I. Habe es dabei ebenso verdient wie der seinen ganzen Klempnerladen. »Sauer!« schrie er, »Immermann! Hierher! Bringt Schaufeln mit! Wer ist sonst noch da? Graeber! Hirschland! Berning! Steinbrenner, übernehmen Sie das Kommando! Die Hand da drüben! Ausgraben und beerdigen, wenn's ein Deutscher ist! Ich wette, daß es keiner ist.«

Steinbrenner schlenderte heran. »Wetten?« fragte er. Er hatte eine hohe, knabenhafte Stimme, die er vergeblich tiefer zu halten versuchte. »Um wieviel?«

Mücke wurde einen Augenblick unsicher. »Drei Rubel«, sagte er dann. »Drei Besatzungsrubel.«

»Fünf. Unter fünf wette ich nicht.«

»Gut, also fünf. Aber auszahlen.«

Steinbrenner lachte. Seine Zähne schimmerten in der bleichen Sonne. Er war neunzehn Jahre alt, blond und hatte das Gesicht eines gotischen Engels. »Auszahlen, natürlich! Was sonst, Mücke?«

Mücke konnte Steinbrenner nicht besonders leiden; aber er hatte Angst vor ihm und war vorsichtig. Steinbrenner kam von der SS und besaß das goldene Abzeichen der Hitlerjugend. Er gehörte zwar jetzt zur Kompanie; aber jeder wußte, daß er ein Denunziant und ein Spion für die Gestapo war.

»Schön, schön.« Mücke holte ein Etui aus Weichselholz

aus der Tasche, auf dessen Deckel ein Blumenmuster eingebrannt war. »Zigarette?«

»Klar.«

»Der Führer raucht nicht, Steinbrenner«, sagte Immermann nachlässig.

»Halt die Schnauze.«

»Halt selber die Schnauze.«

»Dir geht es anscheinend mächtig gut!« Steinbrenner hob die langen Wimpern zu einem schrägen Blick. »Hast wohl schon allerhand vergessen, was?«

Immermann lachte. »Ich vergesse nicht so leicht etwas. Und ich weiß, was du meinst, Max. Aber vergiß du nicht, was ich gesagt habe. Der Führer raucht nicht. Das war alles. Hier sind vier Zeugen dafür. Und der Führer raucht nicht, das weiß jeder.«

»Laßt den Quatsch!« sagte Mücke. »Fangt an mit dem Ausgraben. Befehl vom Kompanieführer.«

»Also los!« Steinbrenner zündete die Zigarette an, die Mücke ihm gegeben hatte.

»Seit wann wird im Dienst geraucht?« fragte Immermann.

»Dies ist kein Dienst«, erklärte Mücke irritiert. »Laßt jetzt den Quatsch, und grabt den Russen aus. Hirschland, Sie auch.«

Hirschland kam heran. Steinbrenner grinste. »Erstklassige Arbeit für dich, Isaak! Kadaver ausgraben. Gut für dein Judenblut. Stärkt die Knochen und das Gemüt. Nimm die Schaufel da.«

»Ich bin dreiviertel Arier«, sagte Hirschland.

Steinbrenner blies ihm den Rauch seiner Zigarette

ins Gesicht. »Das sagst du! Für mich bist du ein Viertel Jude, – und durch die Güte des Führers darfst du mit echten deutschen Männern zusammen kämpfen. Also grab das russische Schwein da aus. Es stinkt dem Leutnant zu sehr in die Nase.«

»Es ist kein Russe«, sagte Graeber. Er hatte als einziger ein paar Bretter zu dem Toten hinübergeschoben und angefangen, den Schnee um den Arm und die Brust herum wegzustechen. Man sah jetzt deutlich die nasse Uniform.

»Kein Russe?« Steinbrenner kam rasch und sicher wie ein Tänzer über die schwankenden Bretter und hockte sich neben Graeber. »Tatsächlich nicht! Das hier ist eine deutsche Uniform.« Er drehte sich um. »Mücke! Kein Russe! Ich habe gewonnen!«

Mücke kam schwerfällig heran. Er starrte in das Loch hinunter, in das langsam Wasser von den Rändern hinabsickerte. »Verstehe ich nicht«, erklärte er mürrisch. »Seit fast einer Woche haben wir doch nur noch Russen gefunden. Er muß einer vom Dezember sein, der tiefer gesackt ist.«

»Es kann auch einer vom Oktober sein«, sagte Graeber. »Damals ist unser Regiment hier durchgekommen.«

»Unsinn. Von denen kann es keiner mehr sein.«

»Doch. Wir hatten hier ein Nachtgefecht. Die Russen gingen zurück, und wir mußten gleich weiter vor.«

»Das stimmt«, erklärte Sauer.

»Unsinn! Unser Nachschub hat bestimmt alle Toten gefunden und beerdigt. Bestimmt!«

»Das ist nicht so sicher. Ende Oktober schneite es

schon sehr stark. Und wir gingen damals noch rasch vor.«

»Das sagst du schon zum zweitenmal.« Steinbrenner sah Graeber an.

»Du kannst es gerne noch einmal hören, wenn du willst. Wir machten damals einen Gegenangriff und gingen über hundert Kilometer vor.«

»Und jetzt gehen wir zurück, was?«

»Jetzt sind wir wieder hier.«

»Wir sind also auf dem Rückzug, – oder nicht?«

Immermann stieß Graeber warnend an. »Gehen wir vielleicht vor?« fragte Graeber.

»Wir verkürzen unsere Linien«, sagte Immermann und starrte Steinbrenner höhnisch ins Gesicht. »Seit einem Jahr schon. Strategische Notwendigkeit, um den Krieg zu gewinnen. Das weiß doch jeder.«

»Da ist ein Ring an der Hand«, sagte Hirschland plötzlich. Er hatte weitergegraben und die zweite Hand des Toten freigelegt.

Mücke bückte sich herunter. »Tatsächlich«, sagte er. »Gold sogar. Ein Trauring.«

Alle blickten hin. »Nimm dich in acht«, flüsterte Immermann Graeber zu. »Das Schwein versaut dir sonst noch deinen Urlaub. Meldet dich als Miesmacher. Er wartet nur auf so was.«

»Er macht sich nur wichtig. Paß du lieber selber auf. Er hat dich mehr auf dem Kieker als mich.«

»Mir ist es wurscht. Ich kriege keinen Urlaub.«

»Das sind die Abzeichen von unserem Regiment«, sagte Hirschland. Er hatte mit den Händen weitergewühlt.

»Es ist dann also ganz bestimmt kein Russe, was?« Steinbrenner grinste zu Mücke hinüber.

»Nein, kein Russe«, erwiderte Mücke ärgerlich.

»Fünf Rubel! Schade, daß wir nicht um zehn gewettet haben. Raus damit!«

»Ich hab kein Geld bei mir.«

»Wo denn? Auf der Reichsbank? Los, raus damit!«

Mücke sah Steinbrenner wütend an. Dann zog er seinen Brustbeutel hervor und zählte das Geld ab. »Heute geht auch alles schief! Verdammt!«

Steinbrenner steckte das Geld ein. »Ich glaube, es ist Reicke«, sagte Graeber.

»Was?«

»Das hier ist Leutnant Reicke von unserer Kompanie. Da sind seine Achselstücke. Und hier am rechten Zeigefinger fehlt das oberste Glied.«

»Unsinn. Reicke wurde verwundet und ist zurückgebracht worden. Wir haben das später gehört.«

»Es ist Reicke.«

»Macht das Gesicht frei.«

Graeber und Hirschland gruben weiter. »Vorsicht!« rief Mücke. »Stecht ihm nicht in den Kopf.«

Das Gesicht kam aus dem Schnee hervor. Es war naß und wirkte sonderbar, mit den Augenhöhlen noch voll Schnee; als habe ein Bildhauer eine Maske nicht fertig modelliert und sie blind gelassen. Ein Goldzahn blinkte zwischen den blauen Lippen.

»Ich kann ihn nicht erkennen«, sagte Mücke.

»Er muß es sein. Wir haben damals keinen anderen Offizier hier verloren.«

»Wischt ihm die Augen aus.«

Graeber zögerte einen Augenblick. Dann wischte er mit seinem Handschuh behutsam den Schnee weg. »Er ist es«, sagte er.

Mücke geriet in Aufregung. Er übernahm jetzt selber das Kommando. Bei einem Offizier schien ihm eine höhere Charge nötig zu sein. »Anheben! Hirschland und Sauer die Beine, Steinbrenner und Berning die Arme. Graeber, geben Sie auf den Kopf acht! Los, gleichzeitig – eins, zwei, ruck!«

Der Körper bewegte sich. »Noch einmal! Eins, zwei, hebt!«

Die Leiche bewegte sich wieder. Unter ihr, aus dem Schnee, kam ein hohles Seufzen, als die Luft eindrang.

»Herr Feldwebel, der Fuß kommt runter«, rief Hirschland.

Es war der Stiefel. Er kam halb herunter. Das Fleisch der Füße war durch das Schneewasser im Leder verfault und gab nach. »Loslassen! Runterlassen!« rief Mücke. Es war zu spät. Der Körper rutschte, und Hirschmann behielt den Stiefel in der Hand.

»Ist der Fuß drin?« fragte Immermann.

»Stellen Sie den Stiefel beiseite und schaufeln Sie weiter«, schrie Mücke Hirschland an. »Wer kann auch wissen, daß er schon so weich ist! Und Sie, Immermann, seien Sie ruhig. Haben Sie Respekt vor dem Tode!«

Immermann sah Mücke verblüfft an; aber er schwieg.

Einige Minuten später hatten sie den Schnee um den Körper herum ganz weggeschaufelt. In der nassen Uniform fanden sie eine Brieftasche mit Papieren. Die Schrift war zerlaufen, aber noch zu lesen. Graeber hatte recht gehabt;

es war Leutnant Reicke, der im Herbst als Zugführer zur Kompanie gehört hatte.

»Wir müssen das sofort melden«, sagte Mücke. »Bleibt hier! Ich komme gleich zurück.«

Er ging zu dem Hause hinüber, in dem der Kompanieführer wohnte. Es war das einzige, das noch einigermaßen instand war. Vor der Revolution hatte es wahrscheinlich dem Popen gehört. Rahe saß in der großen Stube. Mücke starrte gehässig auf den breiten russischen Ofen, in dem ein Feuer brannte. Auf der Ofenbank lag der Schäferhund Rahes und schlief. Mücke machte seine Meldung, und Rahe ging mit ihm hinüber.

Er blickte eine Zeitlang auf Reicke hinunter. »Schließt ihm die Augen«, sagte er dann.

»Das geht nicht, Herr Leutnant«, erwiderte Graeber »Die Lider sind schon zu weich. Sie würden reißen.«

Rahe sah zu der zerschossenen Kirche hinüber. »Tragt ihn einstweilen da hinein. Haben wir einen Sarg?«

»Die Särge sind zurückgeblieben«, meldete Mücke. »Wir hatten ein paar für besondere Fälle. Die Russen haben sie erbeutet. Hoffe, sie werden sie brauchen können.«

Steinbrenner lachte. Rahe lachte nicht. »Können wir einen zimmern?«

»Es würde zu lange dauern, Herr Leutnant«, sagte Graeber. »Der Körper ist schon sehr weich. Es gibt auch kaum geeignetes Holz dafür im Dorf.«

Rahe nickte. »Legt ihn auf eine Zeltbahn. Wir werden ihn darin beerdigen. Hackt ein Grab aus und zimmert ein Kreuz.«

Graeber, Sauer, Immermann und Berning trugen den sackenden Körper zur Kirche hinüber. Hirschland folgte zögernd mit dem Stiefel, in dem die Stücke des Fußes steckten.

»Feldwebel Mücke!« sagte Rahe.

»Herr Leutnant!«

»Es werden heute vier gefangene russische Partisanen herübergeschickt. Sie sollen morgen früh erschossen werden. Unsere Kompanie hat den Befehl dazu bekommen. Fragen Sie in Ihrem Zug nach Freiwilligen. Sonst wird die Schreibstube die Leute bestimmen.«

»Jawohl, Herr Leutnant!«

»Weiß der Himmel, weshalb gerade wir das machen müssen! Na ja, bei dem Durcheinander –«

»Ich melde mich freiwillig«, sagte Steinbrenner.

»Gut.« Rahes Gesicht bewegte sich nicht. Er stakte über den ausgeschaufelten Schneeweg zurück. Zurück zu seinem Ofen, dachte Mücke. Der Waschlappen! Was ist schon dabei, ein paar Partisanen zu erschießen? Als ob sie nicht Hunderte von unseren Kameraden abgeknallt hätten!

»Wenn die Russen rechtzeitig kommen, können sie das Grab für Reicke gleich mitschaufeln«, sagte Steinbrenner. »Dann haben wir keine Arbeit damit. Alles ein Aufwaschen. Was, Mücke?«

»Von mir aus!« Mückes Magen war bitter. Schulmeisterseele, dachte er. Dünn, aufgeschossen, eine lange Latte mit Hornbrille. Leutnant noch vom ersten Kriege her. Nie befördert worden in diesem. Tapfer, schön, wer war das nicht? Aber keine Führernatur. »Was halten Sie von Rahe?« fragte er Steinbrenner.

Der sah ihn verständnislos an. »Er ist unser Kompanieführer, nicht?«

»Klar, – aber sonst?«

»Sonst? Was sonst?«

»Nichts«, erwiderte Mücke mürrisch.

»Tief genug?« fragte der älteste Russe.

Er war ein Mann von ungefähr siebzig Jahren mit einem weißen, schmutzigen Bart und sehr blauen Augen und sprach gebrochen Deutsch.

»Halt die Schnauze, Bolschewik, und rede nur, wenn du gefragt wirst«, erwiderte Steinbrenner. Er war sehr munter. Seine Augen folgten der Frau, die zu den Partisanen gehörte. Sie war jung und kräftig.

»Tiefer«, sagte Graeber. Er überwachte mit Steinbrenner und Sauer die Gefangenen.

»Für uns?« fragte der Russe.

Steinbrenner sprang rasch und leicht heran und schlug ihm mit der flachen Hand hart ins Gesicht. »Ich habe dir doch gesagt, Großvater, daß du den Schnabel halten sollst. Was glaubst du, was dies hier ist? Eine Kirmes?«

Er lächelte. In seinem Gesicht war keine Bosheit. Es war nur voll von dem Vergnügen, mit dem ein Kind einer Fliege die Beine ausreißt.

»Nein, das Grab ist nicht für euch«, sagte Graeber.

Der Russe hatte sich nicht gerührt. Er stand still und sah Steinbrenner an. Steinbrenner blickte zurück. Sein Gesicht veränderte sich plötzlich. Es wurde gespannt und wachsam. Er glaubte, daß der Russe ihn angreifen würde, und wartete auf die erste Bewegung. Es hätte wenig ausgemacht, wenn er ihn ohne weiteres erschossen hätte; der Mann war ohnehin zum Tode verurteilt, und man hätte nicht viel danach gefragt, ob es Notwehr gewesen wäre oder nicht. Aber für Steinbrenner war es nicht dasselbe. Graeber wußte nicht, ob es für ihn nur eine Art Sport war, den Russen soweit zu reizen, bis er sich einen Moment vergaß, – oder ob in ihm noch etwas von der sonderbaren Pedanterie lebendig war, die stets nach einem Vorwand suchte, um auch bei einem Mord noch vor sich legal zu erscheinen. Es gab beides. Und beides zur gleichen Zeit. Graeber hatte es oft genug gesehen.

Der Russe bewegte sich nicht. Blut lief ihm aus der Nase in den Bart. Graeber überlegte, was er selbst in der gleichen Lage tun würde, – sich auf den andern stürzen und für einen Schlag zurück den sofortigen Tod zu riskieren, – oder noch alles hinnehmen für die paar Stunden mehr, die eine Nacht Leben. Er wußte es nicht.

Der Russe bückte sich langsam und hob die Hacke auf. Steinbrenner trat einen Schritt zurück. Er war schußbereit. Aber der Russe richtete sich nicht wieder auf. Er begann auf dem Grund der Grube weiterzuhacken. Steinbrenner grinste. »Leg dich hinein«, sagte er.

Der Russe stellte die Hacke weg und legte sich in die Grube. Er lag still da. Ein paar Brocken Schnee fielen auf ihn hinab, als Steinbrenner über das Grab trat. »Ist es lang genug?« fragte er Graeber.

»Ja. Reicke war nicht groß.«

Der Russe sah nach oben. Seine Augen waren weit offen. Der Himmel schien sich blau in ihnen zu spiegeln. Die weichen Barthaare am Mund bewegten sich beim Atmen.

Steinbrenner ließ ihn eine Weile liegen. »Raus!« sagte er dann.

Der Russe kletterte heraus. Nasse Erde klebte an seinem Rock. »So«, sagte Steinbrenner und blickte auf die Frau. »Jetzt gehen wir eure eigenen Gräber graben. Die brauchen nicht so tief zu sein. Ganz egal, ob die Füchse euch im Sommer fressen.«

Es war früher Morgen. Ein fahler, roter Streif stand am Horizont. Der Schnee knirschte; es hatte nachts wieder etwas gefroren. Die aufgeworfenen Gräber waren sehr schwarz. »Verdammt«, sagte Sauer. »Was die uns alles aufpelzen! Warum müssen wir das machen? Warum nicht der SD? Das sind doch Spezialisten im Abknallen. Warum wir? Dies ist schon das dritte Mal. Wir sind doch anständige Soldaten.«

Graeber hielt sein Gewehr lose in der Hand. Der Stahl war sehr kalt. Er zog seine Handschuhe an. »Der SD ist weiter hinten beschäftigt.«

»Klar. Die kommen nicht so weit nach vorn. War Steinbrenner früher nicht beim SD?«

»Ich glaube, er war in einem KZ. Blockführer oder so was.«

Die andern kamen heran. Steinbrenner war als einziger völlig wach und ausgeschlafen. Seine Haut schimmerte rosig wie die eines Kindes. »Hört zu«, sagte er, »da ist doch die Kuh dabei. Laßt die für mich.«

»Wieso für dich?« fragte Sauer. »Du hast keine Zeit mehr, sie zu schwängern. Das hättest du früher versuchen sollen.«

»Hat er ja«, sagte Immermann.

Steinbrenner drehte sich ärgerlich um. »Woher weißt du das?«

»Und sie hat ihn nicht rangelassen.«

»Du bist mächtig schlau, was? Wenn ich die rote Kuh hätte haben wollen, hätte ich sie gehabt.«

»Oder nicht.«

»Laßt doch den Quatsch.« Sauer biß ein Stück Priem ab. »Wenn er meint, daß er sie abknallen will, für sich allein, von mir aus kann er das gern. Ich reiße mich nicht darum.«

»Ich auch nicht«, erklärte Graeber.

Die andern sagten nichts. Es wurde heller. Hirschland sah auf seine Uhr. »Geht's dir nicht schnell genug, Isaak?« fragte Steinbrenner. »Sei dankbar, daß man dich kommandiert hat. Sowas treibt dir die jüdische Weinerlichkeit aus. »Erschießen –« er spuckte aus. »Viel zu gut für die Bande! Munition dafür zu verschwenden! Aufhängen sollte man sie! Wie anderswo auch.«

»Wo?« Sauer sah sich um. »Siehst du irgendwo einen Baum? Oder sollen wir erst noch einen Galgen zimmern? Und woraus?«

»Da sind sie«, sagte Graeber.

Mücke erschien mit den vier Russen. Je zwei Soldaten gingen vor und hinter ihnen. Der alte Russe war der vorderste; nach ihm kam die Frau, und dann kamen zwei jüngere Männer. Die vier stellten sich ohne Befehl in einer Reihe vor den Gräbern auf. Die Frau blickte hinab, bevor sie sich umdrehte. Sie trug einen roten wollenen Rock.

Leutnant Müller vom ersten Zug kam aus dem Hause des Kompanieführers. Er vertrat Rahe bei der Exekution. Es war lächerlich, aber die Formen wurden oft noch eingehalten. Jeder wußte, daß die vier Russen vielleicht Partisanen waren, vielleicht auch nicht; – aber sie waren in aller Form verhört und verurteilt worden, ohne je eine wirkliche Chance gehabt zu haben. Was war auch schon festzustellen gewesen? Sie hatten angeblich Waffen gehabt. Jetzt wurden sie in aller Form, unter Beisein eines Offiziers erschossen. Als ob ihnen das nicht ganz egal gewesen wäre.

Leutnant Müller war einundzwanzig Jahre alt und vor sechs Wochen der Kompanie zugeteilt worden. Er musterte die Verurteilten und las das Urteil vor.

»Die Kuh ist für mich«, wisperte Steinbrenner.

Graeber sah die Frau an. Sie stand ruhig in ihrem roten Rock vor dem Grabe. Sie war kräftig und jung und gesund und gemacht, Kinder zu gebären. Sie verstand nicht, was Müller las; aber sie wußte, daß es ihr Todesurteil war. Sie wußte, daß in wenigen Minuten das Leben, das stark in ihren gesunden Adern lief, aufhören würde für immer, – doch sie stand ruhig da, als wäre es weiter nichts, und als fröre sie nur ein wenig in der kalten Morgenluft.

Graeber sah, daß Mücke wichtigtuerisch Müller etwas zuflüsterte. Müller blickte auf. »Kann das nicht nachher gemacht werden?«

»Es ist besser so, Herr Leutnant. Einfacher.«

»Gut. Machen Sie es, wie Sie wollen.«

Mücke trat vor. »Sag dem da, er soll seine Stiefel ausziehen«, sagte er zu dem alten Russen, der Deutsch verstand, und zeigte auf einen der jüngeren Gefangenen.

Der Alte sagte es dem andern. Er sprach leise und fast singend. Der andere, ein schmächtiger Mensch, verstand zuerst nicht. »Los!« knurrte Mücke. »Stiefel! Zieh die Stiefel aus!«

Der Alte wiederholte, was er vorher gesagt hatte. Der Jüngere begriff und beeilte sich, wie jemand, der seine Pflicht versäumt hat, die Stiefel auszuziehen, so rasch er konnte. Er taumelte, während er auf einem Bein stand und am Stiefel des andern zog. Weshalb beeilt er sich so? dachte Graeber. Damit er eine Minute früher stirbt? Der Mann nahm die Stiefel in die Hand und hielt sie dienstfertig Mücke hin. Die Stiefel waren gut. Mücke schnauzte etwas und zeigte zur Seite. Der Mann stellte die Stiefel dorthin und trat dann zurück in die Reihe. Er stand in schmutzigen Fußlappen auf dem Schnee. Die Zehen kamen gelb heraus, und der Mann krümmte sie verlegen.

Mücke inspizierte die andern. Er fand ein Paar Pelzhandschuhe bei der Frau und befahl ihr, sie zu den Stiefeln zu legen. Den roten Rock betrachtete er eine Weile. Er war heil und aus gutem Stoff. Steinbrenner grinste verstohlen, aber Mücke sagte der Frau nicht, sie solle ihn ausziehen. Entweder hatte er Angst vor Rahe, der von seinem Fenster aus die Exekution übersehen konnte, oder er wußte nicht, was man mit dem Rock hätte anfangen sollen. Er trat zurück.

Die Frau sagte sehr rasch etwas auf russisch. »Fragen Sie, was sie noch will«, sagte Leutnant Müller. Er war blaß. Es war seine erste Exekution.

Mücke fragte den alten Russen.

»Sie will nichts. Sie verflucht euch nur.«

»Was?« rief Müller, der nichts verstanden hatte.

»Sie verflucht euch«, sagte der Russe lauter. »Sie verflucht euch und alle Deutschen, die auf russischer Erde stehen! Sie verflucht eure Kinder! Sie wünscht, ihre Kinder möchten eure Kinder eines Tages so erschießen, wie ihr uns jetzt erschießt.«

»So eine Unverschämtheit!« Mücke starrte die Frau an.

»Sie hat zwei Kinder«, sagte der Alte. »Und ich habe drei Söhne.«

»Genug, Mücke!« rief Müller nervös. »Wir sind keine Pastoren. Stillgestanden!«

Die Gruppe Soldaten stand still. Graeber fühlte sein Gewehr. Er hatte seine Handschuhe wieder ausgezogen. Der Stahl saugte sich kalt gegen Daumen und Zeigefinger. Neben ihm stand Hirschland. Er war gelb, aber er stand regungslos. Graeber beschloß, auf den Russen am weitesten links zu schießen. Im Anfang hatte er in die Luft geschossen, wenn er zu einer Exekution kommandiert worden war, aber das war vorbei. Man tat denen, die erschossen wurden, keinen Gefallen damit. Andere hatten ebenso gedacht wie er; und es war vorgekommen, daß fast alle absichtlich vorbeigeschossen hatten. Die Erschießung hatte wiederholt werden müssen, und die Gefangenen waren so zweimal exekutiert worden. Einmal allerdings hatte eine Frau sich auf die Knie geworfen, nachdem sie nicht getroffen worden war, und ihnen mit Tränen gedankt für die ein, zwei Minuten Leben, die sie dadurch gewonnen hatte. Er dachte nicht gern an diese Frau. So etwas kam jetzt auch nicht mehr vor.

»Legt an!«

Über das Visier sah Graeber den Russen. Es war der Alte mit dem Bart und den blauen Augen. Das Visier schnitt das Gesicht entzwei. Graeber senkte es. Er hatte das letztemal jemand den Unterkiefer weggeschossen. Die Brust war sicherer. Er sah, daß Hirschlands Gewehrlauf höher stand und daß er über den Kopf hinwegschießen wollte. »Mücke sieht dich! Halte tiefer. Seitlich!« murmelte er. Hirschland senkte den Lauf. »Feuer!« kam das Kommando.

Der Russe schien sich zu heben und Graeber entgegenzukommen. Es war, als wölbe er sich, wie Personen in Juxbuden auf dem Jahrmarkt in einem konvexen Spiegel. Er wölbte sich und fiel zurück.

Der Alte war halb in das Grab geschleudert worden. Seine Füße ragten heraus. Die andern beiden waren zusammengesunken, wo sie standen. Der ohne Stiefel hatte im letzten Moment seine Hände hochgerissen, um sein Gesicht zu schützen. Eine Hand hing wie ein Lappen an den Sehnen. Keinem der Russen waren die Hände gefesselt und die Augen verbunden worden. Man hatte es vergessen.

Die Frau war nach vorn gefallen. Sie war nicht tot. Sie stützte sich auf die Hand und starrte, das Gesicht erhoben, die Gruppe Soldaten an. Steinbrenner machte ein zufriedenes Gesicht. Niemand außer ihm hatte auf sie gezielt. Sie war in den Bauch geschossen worden. Steinbrenner war ein sehr guter Schütze.

Der alte Russe stieß noch irgendetwas aus dem Grabe heraus; dann wurde er still. Die Frau allein lag noch aufgestützt da. Sie starrte aus ihrem breiten Gesicht die Soldaten an und zischte. Der alte Russe war tot, und niemand konnte mehr übersetzen, was sie sagte. Sie lag da, die Arme aufgestützt, wie ein großer bunter Frosch, der nicht mehr weiterkonnte, und zischte, ohne die Augen einen Moment abzuwenden. Sie schien kaum zu sehen, daß Mücke verdrossen von der Seite herankam. Sie zischte und zischte, und erst im letzten Augenblick sah sie den Revolver. Sie riß den Kopf beiseite und biß in Mückes Hand. Mücke fluchte und schlug ihr mit der linken Hand von oben den Unterkiefer los. Als die Zähne nachgaben, schoß er sie in den Nacken.

»Verdammt schlechte Schießerei«, knurrte Müller. »Könnt ihr nicht zielen?«

»Es war Hirschland, Herr Leutnant«, meldete Steinbrenner.

»Es war nicht Hirschland«, sagte Graeber.

»Ruhe!« schrie Mücke. »Wartet, bis ihr gefragt werdet.« Er blickte zu Müller hinüber. Müller war sehr blaß und rührte sich nicht. Mücke beugte sich über die anderen Russen. Einem jüngeren setzte er den Revolver hinter das Ohr und schoß. Der Kopf ruckte und lag wieder still. Mücke steckte den Revolver ein und betrachtete seine Hand. Er zog ein Taschentuch heraus und wickelte es darum.

»Lassen Sie sich Jod darauf geben«, sagte Müller. »Wo ist der Sanitätsbulle?«

»Im dritten Haus rechts, Herr Leutnant.«

»Gehen Sie gleich hin.«

Mücke ging. Müller blickte zu den Toten hinüber. Die Frau lag vornübergesunken auf dem nassen Boden. »Legt sie hinein und schaufelt sie zu«, sagte er. Er war plötzlich sehr ärgerlich, ohne zu wissen, warum.

II

In der Nacht wurde das Rollen vom Horizont wieder stärker. Der Himmel war rot, und das Flackern der Abschüsse wurde deutlicher. Das Regiment war vor zehn Tagen von der Front zurückgenommen worden und lag in Ruhestellung. Aber die Russen kamen näher. Die Front verschob sich jeden Tag. Es gab keine genaue Linie mehr. Die Russen griffen an. Sie griffen seit Monaten an. Und das Regiment ging seit Monaten zurück.

Graeber erwachte. Er horchte auf das Rollen und versuchte, wieder einzuschlafen. Es gelang ihm nicht. Nach einer Weile zog er seinen Stiefel an und ging nach draußen.

Die Nacht war klar und nicht kalt. Von rechts, hinter dem Walde her, kamen Explosionen. Leuchtschirme hingen wie durchsichtige Quallen in der Luft und schütteten Licht aus. Weiter hinten suchten Scheinwerfer nach Flugzeugen.

Er blieb stehen und blickte empor. Der Himmel war mondlos, aber voller Sterne. Graeber sah sie nicht; er sah nur, daß die Nacht gut für Flieger war.

»Schönes Wetter für Urlauber«, sagte jemand neben ihm. Es war Immermann. Er hatte Wache. Das Regiment lag zwar in Ruhe, aber Partisanen sickerten überall durch, und deshalb wurden nachts Wachen aufgestellt.

»Du bist zu früh«, sagte Immermann. »Hast noch eine halbe Stunde bis zur Ablösung. Hau dich hin und schlaf. Ich wecke dich schon. In deinem Alter kann man immer schlafen. Wie alt bist du? Dreiundzwanzig?«

»Ja.«

»Na, also.«

»Ich bin nicht müde.«

»Urlaubsfieber, was?« Immermann sah Graeber forschend an. »So was an Schwein! Urlaub!«

»Ich habe ihn noch nicht. Im letzten Augenblick kann noch eine Urlaubssperre herauskommen. Ist mir schon dreimal so gegangen.«

»Kann sein. Seit wann bist du fällig?«

»Seit neun Monaten. Immer kam was dazwischen. Das letzte Mal ein Fleischschuß, der nicht zum Transport in die Heimat ausreichte.«

»Pech – aber du bist wenigstens fällig. Ich nicht. Politisch unzuverlässig, Heldenchance, sonst nichts. Kanonenfutter und Dünger für das tausendjährige Reich.«

Graeber sah sich um.

Immermann lachte »Der deutsche Blick! Keine Angst, alles pennt. Steinbrenner auch.«

»Daran habe ich nicht gedacht«, erwiderte Graeber ärgerlich. Er hatte daran gedacht.

»Umso schlimmer.« Immermann lachte wieder. »Sitzt einem schon so in den Knochen, daß man es nicht mehr merkt. Komisch, daß gerade die Denunzianten hochgeschossen sind in unserm heroischen Zeitalter, wie Pilze im Regen! Sollte einem eigentlich zu denken geben, was?«

Graeber zögerte einen Augenblick. »Wenn du das alles so gut weißt, solltest du dich mehr vor Steinbrenner in acht nehmen«, sagte er schließlich.

»Ich pfeife auf Steinbrenner. Er kann mir weniger tun als euch. Gerade weil ich unvorsichtig bin. Für jemand wie mich ist das ein Zeichen von Ehrlichkeit. Zuviel Schwanzwedeln würde die Bonzen mißtrauisch machen. Alte Regel für ehemalige Parteimitglieder, um unverdächtig zu bleiben. Oder nicht?«

Graeber blies in seine Hände. »Kalt«, sagte er.

Er wollte in keine politische Unterhaltung kommen. Es war besser, wenn man sich auf nichts einließ. Er wollte seinen Urlaub haben, das war alles, und er wollte ihn nicht gefährden. Immermann hatte recht: Mißtrauen war die verbreitetste Eigenschaft im Dritten Reich. Man war fast nirgendwo ganz sicher. Und wenn man nicht sicher war, sollte man das Maul halten.

»Wann warst du das letzte Mal zu Hause?« fragte Immermann.

»Vor ungefähr zwei Jahren.«

»Das ist verdammt lange her. Da wirst du schön staunen!«

Graeber erwiderte nichts.

»Staunen«, wiederholte Immermann. »Was sich da alles geändert hat!«

»Was soll sich schon viel geändert haben?«

»Allerhand. Du wirst es ja sehen.«

Graeber spürte einen Augenblick eine scharfe Angst, wie einen Stich in den Magen. Er kannte das; es kam ab und zu, jäh und ohne besonderen Grund. Es war nicht verwunderlich in einer Welt, in der schon lange nichts mehr sicher war.

»Woher weißt du das?« sagte er. »Du warst doch nicht auf Urlaub.«

»Nein. Aber ich weiß es. In der Strafkompanie hört man mehr als hier.«

Graeber stand auf. Wozu war er nur herausgekommen? Er wollte nicht reden. Er hatte allein sein wollen. Wenn er nur schon fort wäre! Es war wie eine fixe Idee. Er wollte allein sein, allein für ein paar Wochen, allein und nachdenken, weiter nichts. Es war so vieles da, über das er nachdenken wollte. Nicht hier, – drüben, in der Heimat, allein, jenseits vom Krieg.

»Zeit für die Ablösung«, sagte er. »Ich hole meinen Kram und wecke Sauer.«

Das Rollen ging weiter durch die Nacht. Das Rollen und das Flackern am Horizont. Graeber starrte hinüber. Die Russen – im Herbst 1941 hatte der Führer erklärt, daß sie erledigt waren, und es hatte auch so ausgesehen. Im Herbst 1942 hatte er es wieder erklärt, und es hatte immer noch so ausgesehen. Aber dann war die unerklärliche Zeit vor Moskau und Stalingrad gekommen. Plötzlich war nichts mehr weitergegangen. Es war wie verhext gewesen. Und auf einmal hatten die Russen wieder Artillerie gehabt. Das Rollen am Horizont hatte begonnen, es hatte alle Führerreden niedergebrochen, es hatte nicht mehr aufgehört, und dann hatte es die deutschen Divisionen vor sich hergetrieben, den Weg zurück. Sie hatten es nicht verstanden, aber plötzlich waren Gerüchte dagewesen, daß ganze

Armeekorps abgeschnitten worden wären und sich ergeben hätten, und bald wußte jeder, daß die Siege sich in Flucht verwandelt hatten. Flucht wie in Afrika, als Kairo schon so nahe gewesen war.

Graeber stapfte den Weg um das Dorf herum. Das mondlose Licht verschob alle Perspektiven. Der Schnee fing es irgendwoher und warf es zerstreut zurück. Häuser erschienen ferner und Wälder näher, als sie waren. Es roch nach Fremde und Gefahr.

Der Sommer 1940 in Frankreich. Der Spaziergang nach Paris. Das Geheul der Stukas über einem fassungslosen Land. Straßen, verstopft mit Flüchtlingen und einer zerfallenden Armee. Der hohe Juni, Felder, Wälder, der Marsch durch eine unzerstörte Landschaft, und dann die Stadt mit dem silbernen Licht, den Straßen, den Cafés, die sich öffnete ohne einen Schuß. Hatte er damals gedacht? War er beunruhigt gewesen? Nein. Alles war richtig erschienen. Deutschland, das von kriegslüsternen Feinden angefallen worden war, hatte sich gewehrt, das war alles. Daß der Gegner so wenig vorbereitet gewesen war, daß er kaum Widerstand leisten konnte, schien kein Widerspruch dazu zu sein.

Und später, in Afrika, in den großen Etappen des Vordringens, in den Wüstennächten voller Sterne und Panzergeratter, hatte er da gedacht? Nein – nicht einmal auf dem Rückzuge. Es war Afrika gewesen, ein fremdes Land, das Mittelmeer lag dazwischen, und dann kam Frankreich und dann erst Deutschland. Was war da viel zu denken gewesen, selbst wenn es verlorenging? Man konnte nicht überall gewinnen.

Dann aber war Rußland gekommen. Rußland und die Niederlage und die Flucht. Und jetzt lag kein Meer dazwischen; der Rückzug ging nach Deutschland. Es waren auch nicht ein paar Korps, die geschlagen worden waren, wie in Afrika, – das ganze deutsche Heer ging zurück. Da hatte er plötzlich zu denken begonnen. Er und viele andere. Das war leicht und billig. Solange gesiegt wurde, war alles in Ordnung gewesen, und was nicht in Ordnung war, hatte man übersehen oder mit dem großen Ziel entschuldigt. Mit was für einem Ziel? Hatte es nicht immer zwei Seiten gehabt? Und war eine davon nicht immer finster und unmenschlich gewesen? Warum hatte er das nicht früher erkannt? Aber hatte er das wirklich nicht? Hatte er nicht oft genug Zweifel und Ekel gehabt und sie nur immer wieder verjagt?

Er hörte Sauer husten und ging um ein paar Hüttenreste herum, um ihn zu treffen. Sauer zeigte nach Norden. Ein mächtiges schwelendes Feuer zuckte am Horizont. Man hörte Explosionen und sah Flammengarben.

»Sind das da auch schon die Russen?« fragte Graeber.

Sauer schüttelte den Kopf. »Nein. Das sind unsere Pioniere. Sie zerstören den Ort drüben.«

»Das heißt also, wir gehen weiter zurück.«

»Was sonst?«

Sie schwiegen und horchten. »Ich habe schon lange kein heiles Haus mehr gesehen«, sagte Sauer dann.

Graeber zeigte zu Rahes Wohnung hinüber. »Das da ist noch ziemlich heil.«

»Das nennst du heil? Mit den Maschinengewehrlöchern und dem verbrannten Dach und dem eingestürzten Stall?«

Sauer blies seinen Atem laut durch die Luft. »Eine heile Straße habe ich seit Ewigkeiten nicht mehr gesehen.«

»Ich auch nicht.«

»Du wirst ja bald welche sehen. Zu Hause.«

»Ja. Gott sei Dank.«

Sauer sah zu dem Feuerschein hinüber. »Manchmal, wenn man so sieht, was wir hier in Rußland alles zerstört haben, kann man Angst kriegen. Was meinst du, was die mit uns machen würden, wenn sie einmal an unsere Grenze kämen? Hast du dir das mal überlegt?«

»Nein.«

»Ich schon. Ich habe einen Hof in Ostpreußen. Ich weiß noch, wie wir 1914 fliehen mußten, als die Russen kamen. Ich war damals zehn Jahre alt.«

»Es ist noch weit bis zur Grenze.«

»Das kommt darauf an. So was kann verdammt schnell gehen. Erinnerst du dich noch, wie rasch wir im Anfang hier vorgegangen sind?«

»Nein. Damals war ich in Afrika.«

Sauer blickte wieder nach Norden. Eine Feuerwand stieg dort auf, und dann kam eine Anzahl schwerer Explosionen. »Siehst du, was wir da machen? Stell dir vor, daß die Russen bei uns einmal dasselbe machen würden, – was bliebe da übrig?«

»Nicht mehr als hier.«

»Das meine ich ja gerade! Wenn wir weiter zurückgehen, wird es geschehen.«

»Sie sind noch nicht an der Grenze. Du hast ja vorgestern den politischen Vortrag gehört, in den wir reinmußten. Danach verkürzen wir nur unsere Linien, um unsere neuen geheimen Waffen in eine günstige Angriffsposition zu bringen.«

»Ach, Quatsch! Wer glaubt das noch? Wozu sind wir dann erst so weit vorgegangen? Ich will dir was sagen. Wenn wir an unsere Grenze kommen, müssen wir Frieden schließen. Da gibt es nichts anderes.«

»Warum?«

»Aber, Mensch, was ist das für eine Frage? Damit sie mit uns nicht dasselbe machen wie wir mit ihnen. Begreifst du das nicht?«

»Ja. Aber wie ist es, wenn sie keinen Frieden schließen wollen?«

»Wer?«

»Die Russen.«

Sauer starrte Graeber an. »Das müssen sie doch! Wir bieten ihn an, und sie müssen ihn annehmen. Frieden ist Frieden! Der Krieg hört damit auf, und wir sind gerettet.«

»Sie müssen es nur, wenn wir uns bedingungslos ergeben. Dann besetzen sie ganz Deutschland, und du bist deinen Hof auch so los. Daran denkst du doch, oder nicht?«

Sauer war einen Augenblick verdutzt. »Natürlich denke ich daran«, erwiderte er dann. »Aber es ist trotzdem nicht dasselbe, – sie dürfen doch nichts mehr zerstören, wenn Frieden ist.« Er kniff die Augen zusammen und war plötzlich ein schlauer Bauer. »Bei uns bleibt so alles heil. Nur bei den andern ist es kaputt. Und irgendwann müssen sie doch schließlich wieder raus. Weißt du was? Wir gewinnen so sogar noch den Krieg. Sogar wenn wir ihn verlieren.«

Graeber antwortete nicht. Weshalb rede ich nur wieder?

dachte er. Ich wollte mich doch in nichts einlassen. Reden nutzte nichts. Was war in diesen Jahren nicht alles beredet und zerredet worden? Jeder Glaube. Reden war zwecklos und gefährlich. Und das Andere, das lautlos und langsam herangekommen war, war viel zu groß und zu vage und düster dazu. Man redete über den Dienst, über den Fraß und über die Kälte. Nicht über das Andere. Nicht darüber und nicht über die Toten.

Er ging den Weg durch das Dorf zurück. Man hatte Planken und Bretter über die Wege geworfen, um Verbindungen über den schmelzenden Schnee zu schaffen. Die Planken bewegten sich, während er darüber stapfte, und es war leicht abzurutschen; nichts war mehr fest darunter.

Er kam an der Kirche vorbei. Sie war klein und zerschossen, und der Leutnant Reicke lag darin. Die Tür stand offen. Man hatte am Abend noch zwei tote Soldaten gefunden, und Rahe hatte angeordnet, daß alle drei am nächsten Morgen militärisch beerdigt werden sollten. Einer der Soldaten, ein Gefreiter, hatte nicht identifiziert werden können. Sein Gesicht war weggefressen worden, und er hatte keine Erkennungsmarke. Auch sein Bauch war aufgerissen, und die Leber fehlte. Füchse wahrscheinlieh oder Ratten. Wie sie an ihn herangekommen waren, war ein Rätsel.

Graeber ging in die Kirche hinein. Sie roch nach Salpeter, Fäulnis und den Toten. Er leuchtete mit der Taschenlampe in die Ecken. In einer standen zwei zerbrochene Heiligenfiguren, und daneben lagen ein paar zerrissene Getreidesäcke; sie deuteten darauf hin, daß der Raum unter den Sowjets wahrscheinlich als Getreidesammelplatz gedient hatte. Ein verrostetes Fahrrad ohne Ketten und Reifen stand daneben im hereingewehten Schnee. In der Mitte lagen die Toten auf ihren Zeltbahnen. Sie lagen streng und abweisend und allein, und nichts ging sie mehr etwas an.

Graeber schloß die Tür und ging weiter, um das Dorf herum; Schatten wehten um die Ruinen, und selbst das schwache Licht schien verräterisch. Er stieg die Anhöhe hinauf, auf der die Gräber ausgehoben waren. Das für Reicke war verbreitert worden, um die beiden toten Soldaten mit ihm zusammen zu beerdigen.

Er hörte das leise Sickern des Wassers, das in die Grube rann. Die aufgeworfene Erde schimmerte matt. Ein Kreuz mit den Namen war daran gelehnt. Wenn jemand wollte, konnte er auf diese Weise ein paar Tage lang wissen, wer darunter lag. Länger nicht, – das Dorf würde bald wieder Kampfgebiet werden.

Graeber blickte von der Anhöhe über das Land. Es war kahl und trostlos und trügerisch; das Licht täuschte, es vergrößerte und nahm fort, und nichts war vertraut. Alles war fremd und durchkältet von der Einsamkeit des Unbekannten. Nichts war da, woran man sich halten konnte; nichts, was Wärme gab. Alles war endlos wie das Land. Ohne Grenzen und fremd. Fremd, außen und innen. Graeber fröstelte. Das war es. So war es mit ihm geworden.

Ein Klumpen Erde löste sich von dem ausgegrabenen Haufen, und er hörte ihn dumpf in die Grube fallen. Ob in dieser hartgefrorenen Erde die Würmer überlebt hatten? Vielleicht, – wenn sie tief genug hinabgekrochen waren.

Aber konnten sie metertief leben? Und was fanden sie dort zu leben? Von morgen ab würden sie für eine Zeitlang genug haben, wenn sie noch da waren.

Sie hatten genug gefunden in den letzten Jahren, dachte er. Überall, wo wir waren, haben sie überreichlich fressen können. Für die Würmer Europas, Asiens und Afrikas waren wir das Goldene Zeitalter. Wir haben ihnen Armeen von Kadavern überlassen. Nicht nur Soldatenfleisch, – auch Frauenfleisch und Kinderfleisch und das mürbe, zerbombte Fleisch der Alten. Von allem genug. In den Sagen der Würmer werden wir für Generationen die gütigen Götter des Überflusses sein.

Er wandte sich ab. Tote, – es waren zu viele Tote dagewesen. Zuerst die der andern; hauptsächlich die der andern; – aber dann war der Tod stärker und stärker in die eigenen Reihen eingebrochen. Die Regimenter hatten immer wieder aufgefüllt werden müssen; von den Kameraden, die von Anfang an dabeigewesen waren, hatten mehr und mehr gefehlt, und jetzt waren sie nur noch eine kleine Gruppe. Von den Freunden. die er gehabt hatte, war nur noch einer hier, – Fresenburg, der Kompanieführer der vierten Kompanie. Die andern waren tot oder versetzt oder im Lazarett oder kriegsuntauglich in Deutschland, wenn sie Glück gehabt hatten. Das alles hatte einmal ganz anders ausgesehen. Und anders geheißen.

Er hörte Sauers Schritte und hörte ihn heraufsteigen. »Ist irgendwas gewesen?« fragte er.

»Nichts. Ich dachte einen Augenblick, ich hätte was gehört. Aber es waren nur die Ratten im Stall, wo die toten Russen liegen.«

Sauer blickte auf den Hügel, unter dem die Partisanen begraben lagen. »Die hier haben wenigstens ein Grab gekriegt.«

»Ja. Sie haben es sich selbst geschaufelt.«

Sauer spuckte aus. »Eigentlich kann man die armen Biester verstehen. Es ist ja ihr eigenes Land, das wir kaputtmachen.«

Graeber sah ihn an. Nachts dachte man anders als am Tage, aber Sauer war ein alter Soldat und nicht übertrieben rührselig. »Wie kommst du darauf?« fragte er. »Weil wir zurückgehen?«

»Natürlich. Stell dir vor, sie würden das auch mit uns einmal machen!«

Graeber schwieg eine Weile. Ich bin nicht besser als er, dachte er. Habe es auch weggeschoben und weggeschoben, solange ich konnte. »Sonderbar, wie man anfängt, andere zu verstehen, wenn einem selbst der Arsch mit Grundeis geht«, sagte er dann. »Wenn es einem gutgeht, kommt man nicht darauf, was?«

»Natürlich nicht. Das weiß doch jeder!«

»Ja. Aber es stellt einem kein besonderes Zeugnis aus.«

»Zeugnis? Wer fragt schon nach einem Zeugnis, wenn es ihm an die eigenen Knochen geht?« Sauer betrachtete Graeber mit einer Mischung von Staunen und Ärger. »Was ihr Brüder mit der höheren Schulbildung euch auch immer zusammendenkt! Wir beide haben den Krieg nicht angefangen und sind nicht dafür verantwortlich. Wir tun nur unsere Pflicht. Und Befehl ist Befehl. Oder nicht?«

»Ja«, erwiderte Graeber müde.

III

Die Salve erstickte rasch in der grauen Watte des riesigen Himmels. Die Krähen, die auf den Mauern hockten, flatterten nicht auf. Sie antworteten nur mit ein paar Schreien, die lauter schienen als die Schüsse. Sie waren anderen Lärm gewöhnt.

Die drei Zeltbahnen lagen halb im Schneewasser. Die des Mannes ohne Gesicht war zugebunden. Reicke lag in der Mitte. Man hatte den aufgeweichten Stiefel mit dem Rest des Fußes an der richtigen Stelle dazugelegt; aber beim Tragen von der Kirche herüber hatte er sich verschoben und hing jetzt nach unten. Keiner hatte es mehr ändern wollen. Es sah nur plötzlich so aus, als wolle Reicke sich tiefer in den Boden kratzen.

Sie warfen die nassen Schollen hinunter. Als das Grab gefüllt war, blieb noch ein Haufen Erde übrig. Mücke sah Müller an. »Sollen wir es feststampfen?«

»Was?«

»Feststampfen, Herr Leutnant. Das Grab. Wir bekommen dann den Rest der Erde noch mit hinein und können ein paar Steine darauf legen. Wegen der Füchse und Wölfe.«

»Die kommen hier nicht heran. Das Grab ist tief genug. Und außerdem –«

Müller dachte, daß die Füchse und Wölfe im Freien

genug zu fressen hätten, ohne Gräber aufkratzen zu müssen. »Unsinn«, sagte er. »Wie kommen Sie auf so was?«

»Es ist passiert.«

Mücke blickte Müller ausdruckslos an. Wieder so ein ahnungsloser Kaffer, dachte er. Immer werden die falschen Leute Offiziere. Und die richtigen fallen. So wie Reicke.

Müller schüttelte den Kopf. »Macht einen Hügel von dem Rest«, erklärte er. »Das ist passend. Und setzt das Kreuz an das Kopfende.«

»Jawohl, Herr Leutnant.«

Müller ließ die Kompanie formieren und abmarschieren. Er kommandierte lauter, als nötig war. Er hatte immer das Gefühl, daß die alten Leute ihn nicht ernst nähmen. Sie taten es auch nicht.

Sauer, Immermann und Graeber schaufelten den Rest der Erde zu einem Hügel auf. »Das Kreuz wird so nicht lange gerade stehen«, sagte Sauer. »Die Erde ist zu locker.«

»Sicher nicht.«

»Keine drei Tage.«

»Bist du mit Reicke verwandt?« fragte Immermann.

»Halts Maul! Er war ein guter Kerl. Was verstehst du davon? Du hast ihn nicht getroffen in deiner Strafkompanie.«

Immermann lachte. »Strafkompanie! Das ist alles, was du dir gemerkt hast, was? Du blöder Dorftrottel!« Er wurde plötzlich wütend. »Da waren bessere Leute als du.«

»Wollen wir das Kreuz einsetzen?« fragte Graeber.

Immermann drehte sich um. »Ah, unser Urlauber. Hat es eilig!«

»Du hättest es wohl nicht eilig, was?« fragte Sauer.

»Ich kriege keinen Urlaub, das weißt du ja, du Mistkäfer.«

»Klar. Weil du nicht zurückkämst.«

»Vielleicht käme ich zurück.«

Sauer spuckte aus.

Immermann lachte verächtlich. »Vielleicht meldete ich mich sogar freiwillig zurück.«

»Ja, vielleicht. Bei dir weiß ja sowieso kein Mensch, was los ist. Du kannst eine Menge erzählen. Wer weiß, was du für Geheimnisse hast.«

Sauer nahm das Kreuz auf. Die Längsleiste war unten zugespitzt. Er setzte es ein und schlug einige Male mit der breiten Seite seiner Schaufel darauf. Es sank tief ein.

»Da siehst du –« sagte er zu Graeber. »Keine drei Tage wird es stehen.«

»Drei Tage sind lange genug«, erwiderte Immermann. »Ich will dir einen Rat geben, Sauer. In drei Tagen wird der Schnee auf dem Friedhof so weit gesackt sein, daß du rankannst. Hol dir ein Steinkreuz von da und setz es hierher. Dann hat deine Untertanenseele Ruhe.«

»Ein russisches Kreuz?«

»Warum nicht? Gott ist international. Oder auch der schon nicht mehr?«

Sauer wandte sich ab. »Du bist ein Spaßvogel, was? Ein richtiger internationaler Spaßvogel!«

»Ich bin erst einer geworden, Sauer. Früher war ich anders. Und das mit dem Kreuz stammt von dir. Du hast es gestern selbst vorgeschlagen.«

»Gestern! Gestern! Da dachten wir, es wäre ein Russe, du Wortverdreher!«

Graeber nahm seine Schaufel auf. »Ich gehe«, erklärte er. »Hier sind wir ja wohl fertig, wie?«

»Ja, Urlauber«, erwiderte Immermann. »Ja, Vorsichtspilz! Hier sind wir fertig.«

Graeber erwiderte nichts. Derartige Ausbrüche waren nichts Neues. Er ging den Hügel hinunter.

Die Gruppe hauste in einem Keller, der Licht durch ein Loch in der Decke erhielt. Unter dem Loch hockten vier Mann und spielten Skat auf einem Kistenbrett. Ein paar andere schliefen in den Ecken. Sauer schrieb einen Brief. Der Keller war groß und mußte einem Bonzen der Partei gehört haben; er war einigermaßen wasserdicht.

Steinbrenner kam herein. »Habt ihr die letzten Nachrichten gehört?«

»Das Radio ist kaputt.«

»So eine Schweinerei! Es sollte in Ordnung sein.«

»Bring es in Ordnung, Säugling«, sagte Immermann. »Der Mann, der es in Ordnung hielt, hat seit vierzehn Tagen keinen Kopf mehr.«

»Was ist denn kaputt daran?«

»Wir haben keine Batterien mehr dafür«, sagte Berning.

»Keine Batterien?«

»Nein.« Immermann grinste Steinbrenner an. »Aber vielleicht funktioniert es, wenn du dir die Drähte in die Nase steckst, – du hast ja immer einen ganzen Kopf voll Elektrizität. Versuchs mal.«

Steinbrenner strich sich das Haar zurück. »Es gibt Leute, die halten nicht eher den Mund, als bis sie sich ihn gehörig verbrannt haben.«

»Rede nicht so geheimnisvoll, Max«, erwiderte Immermann ruhig. »Du hast mich schon ein paarmal verpfiffen. Jeder weiß das. Du bist ein scharfer Bursche. Das ist schön an dir. Unglücklicherweise bin ich ein ausgezeichneter Mechaniker und ein guter MG-Schütze. So was braucht man hier im Augenblick noch mehr als dich. Deshalb hast du so wenig Glück. Wie alt bist du eigentlich?«

»Halt die Schnauze!«

»Ungefähr zwanzig, was? Oder erst neunzehn? Dafür hast du schon ein ganz schönes Leben hinter dir. Fünf, sechs Jahre lang hast du Juden und Volksverräter gejagt. Alle Achtung! Als ich zwanzig war, habe ich nur Mädchen gejagt.«

»Das merkt man!«

»Ja«, erwiderte Immermann. »Das merkt man.«

Mücke erschien am Eingang. »Was ist hier wieder los?«

Keiner antwortete. Mücke war allen zu dumm.

»Was hier los ist, habe ich gefragt!«

»Nichts, Herr Feldwebel«, sagte Berning. der ihm am nächsten war. »Wir haben uns nur unterhalten.«

Mücke sah auf Steinbrenner. »Ist irgendetwas passiert?«

»Die letzten Nachrichten sind vor zehn Minuten durchgekommen.« Steinbrenner richtete sich auf und sah sich um. Niemand war neugierig. Nur Graeber hörte zu. Die Kartenspieler spielten ruhig weiter. Sauer hob den Kopf nicht von seinem Briefbogen. Die Schläfer schnarchten ohne Pause.

»Achtung!« rief Mücke. »Habt ihr keine Ohren? Die letzten Nachrichten! Paßt auf! Dies ist dienstlich!«

»Jawohl«, erwiderte Immermann.

Mücke warf ihm einen Blick zu. Immermanns Gesicht war aufmerksam und nichtssagend. Die Kartenspieler legten die Karten mit dem Rücken nach oben aufs Brett. Sie falteten sie nicht zusammen. Sie sparten so eine Sekunde, um sofort weiterspielen zu können. Sauer richtete sich halb von seinem Brief auf.

Steinbrenner reckte sich. »Wichtige Nachrichten! In der Stunde der Nation bekanntgegeben. Schwere Streiks werden aus Amerika gemeldet. Die Stahlindustrie ist lahmgelegt. Die meisten Munitionswerke stehen still. Sabotage in der Flugzeug-Industrie. Überall Demonstrationen für sofortigen Frieden. Die Regierung schwankt. Man erwartet einen Umsturz.«

Er machte eine Pause. Niemand erwiderte etwas. Die Schläfer waren aufgewacht und kratzten sich. Durch das Loch in der Decke tropfte Schneewasser in einen untergestellten Eimer. Mücke atmete laut.

»Unsere U-Boote blockieren die gesamte amerikanische Küste. Zwei große Truppentransporte und drei Frachtdampfer mit Kriegsmaterial sind gestern versenkt worden; das macht vierunddreißigtausend Tonnen allein in dieser Woche. England verhungert in seinen Ruinen. Der Seeverkehr ist durch unsere U-Boote überall unterbrochen worden. Neue geheime Waffen sind fertiggestellt. Ferngelenkte Bomber sind darunter, die ohne Besatzung nach Amerika und zurück fliegen können, ohne landen zu müssen. Die atlantische Küste ist in eine riesenhafte Festung verwandelt. Wenn der Gegner eine Invasion versucht, werden wir ihn in den Ozean jagen, wie schon einmal, 1940. Heil Hitler!«

»Heil Hitler«, erwiderte die halbe Gruppe gleichgültig.

Die Skatspieler nahmen ihre Karten wieder auf. Ein Klumpen Schnee fiel platschend in den Eimer. »Ich wollte, wir säßen in anständigen Unterständen«, knurrte Schneider, ein stämmiger Mann mit einem kurzen roten Bart.

»Parteigenosse Steinbrenner«, fragte Immermann, »haben Sie auch Nachrichten über Rußland mitgebracht?«

»Warum?«

»Weil wir hier sind. Einige von uns haben Interesse daran. Unser Kamerad Graeber zum Beispiel. Der Urlauber.«

Steinbrenner schwankte. Er traute Immermann nicht. Aber sein Parteigefühl siegte. »Die Verkürzung der Front ist fast beendet«, erklärte er. »Die Russen sind durch ihre Riesenverluste erschöpft. Neue, ausgebaute Stellungen für den Gegenangriff sind vorbereitet. Der Aufmarsch unserer Reserven ist vollendet. Unsere Gegenoffensive mit den neuen Waffen wird unwiderstehlich sein.«

Er hob halb die Hand; dann ließ er sie fallen. Er sagte nicht noch einmal Heil Hitler. Rußland und Hitler paßten nicht mehr zusammen. Es war schwer, über Rußland etwas Mitreißendes zu sagen; jeder sah selbst zu genau, was los war. Steinbrenner wirkte plötzlich wie ein eifriger Schüler, der rasch noch ein Examen retten will. »Dies ist natürlich längst nicht alles. Die wichtigsten Nachrichten sind streng geheim. Sie können auch in der Stunde der Nation nicht bekanntgemacht werden. Aber soviel ist absolut sicher: Wir werden den Gegner noch dieses Jahr vernichten.« Etwas lahm machte er kehrt, um zum nächsten Quartier zu gehen.

Mücke folgte ihm. »Seht den Arschkriecher«, sagte einer der Schläfer und fiel zurück und schnarchte.

Die Skatspieler begannen weiterzuspielen. »Vernichten«, sagte Schneider. »Wir vernichten sie jedes Jahr zweimal.« Er sah in sein Blatt. »Ich melde zwanzig.«

»Die Russen sind geborene Verräter«, erklärte Immermann. »Sie haben sich im finnischen Krieg viel schwächer gestellt, als sie waren. Das war ein gemeiner bolschewistischer Trick.«

Sauer hob den Kopf. »Kannst du nicht endlich einmal Ruhe geben? Du weißt gut Bescheid über die Kommunisten, was?«

»Sicher. Sie waren ja vor ein paar Jahren noch unsere Verbündeten. Und der Ausspruch über Finnland stammt von unserm Reichsmarschall Göring persönlich. Hast du was dagegen?«

»Kinder, laßt doch endlich einmal die Streiterei«, sagte jemand von der Wand her. »Was ist eigentlich heute los?«

Es wurde ruhig. Nur die Karten klatschten weiter auf das Brett, und das Wasser tropfte. Graeber hockte sich auf seinen Platz. Er wußte, was los war. Es war immer so nach Erschießungen und Beerdigungen.

Am späten Nachmittag kamen Scharen von Verwundeten durch. Ein Teil wurde gleich weitergeschickt. Sie kamen mit ihren blutigen Verbänden aus der grauweißen Ebene und zogen dem fahlen Horizont der anderen Seite entgegen. Es schien, als würden sie nie ein Hospital finden und irgendwo in dem endlosen Grauweiß versinken. Die meisten schwiegen. Alle waren hungrig.

Für den Rest, der nicht gehen konnte und für den keine Sanitätswagen mehr da waren, wurde in der Kirche ein Nothospital eingerichtet. Die zerschossene Decke wurde abgedichtet, und ein todmüder Arzt mit zwei Krankenwärtern kam an und begann zu operieren. Die Tür stand offen, solange es nicht dunkel war, und Bahren wurden hinein- und hinausgetragen. Das weiße Licht über dem Operationstisch stand wie ein helles Zelt in der goldenen Dämmerung des Raumes. In der Ecke lagen die Reste der beiden Heiligenfiguren. Maria hielt die Arme ausgestreckt; sie hatte keine Hände mehr. Christus fehlten die Beine; er sah aus, als hatte man einen Amputierten gekreuzigt. Die Verwundeten schrien nicht oft. Der Arzt hatte noch Betäubungsmittel. Wasser kochte in Kesseln und vernikkelten Schalen. Die amputierten Glieder füllten langsam die Zinkbadewanne aus dem Hause des Kompanieführers. Von irgendwoher tauchte ein Hund auf. Er hielt sich in der Nähe der Tür und kam wieder, sooft man ihn vertrieb.

»Wo mag der herkommen?« fragte Graeber. Er stand mit Fresenburg in der Nähe des Hauses, in dem zur Zarenzeit der Pope gewohnt hatte.

Fresenburg betrachtete das zottige Tier, das zitterte und den Kopf vorgestreckt hielt. »Aus den Wäldern wahrscheinlich.«

»Was soll er in den Wäldern finden? Da ist nichts zu fressen für ihn.«

»Doch. Genug. Und nicht nur in den Wäldern. Überall.«

Sie kamen näher. Der Hund wendete achtsam den Kopf, bereit zu fliehen. Die beiden blieben stehen.

Der Hund war hoch und dünn, mit graurötlichem Fell

und langem, schmalem Kopf. »Das ist kein Bauernköter«, sagte Fresenburg. »Das ist ein guter Hund.«

Er schnalzte leise. Das Tier hob die Ohren. Fresenburg schnalzte wieder und sprach zu ihm.

»Glaubst du, daß er hier auf Futter wartet?« fragte Graeber.

Fresenburg schüttelte den Kopf. »Futter ist draußen genug. Deswegen kommt er nicht. Hier ist Licht und so etwas wie ein Haus. Und hier sind Menschen. Ich glaube, er sucht Gesellschaft.«

Eine Bahre wurde herausgetragen. jemand lag darauf, der während der Operation gestorben war. Der Hund sprang ein paar Meter zurück. Er sprang ohne Anstrengung, wie von einer sanften Feder fortgeschnellt. Dann blieb er stehen und sah Fresenburg an. Der sprach weiter zu ihm und machte langsam einen Schritt auf ihn zu. Der Hund sprang sofort achtsam zurück, blieb aber dann stehen und wedelte kaum merkbar einige Male mit dem Schwanz.

»Er hat Angst«, sagte Graeber.

»Ja, natürlich. Aber er ist ein guter Hund.«

»Und ein Menschenfresser.«

Fresenburg drehte sich um. »Das sind wir alle.«

»Warum?«

»Wir sind es. Und wir denken wie der da, daß wir noch gut sind. Und suchen ebenso wie der nach ein bißchen Wärme und Licht und Freundschaft.«

Fresenburg lächelte mit einer Seite seines Gesichts. Die andere war durch eine breite Narbe fast unbeweglich. Sie wirkte wie tot, und es war immer sonderbar für Graeber, dieses Lächeln zu sehen, das an einer Barriere im Gesicht starb. Es schien nicht zufällig zu sein.

»Wir sind nicht anders als andere Menschen. Es ist Krieg, das ist alles.«

Fresenburg schüttelte den Kopf und klopfte mit seinem Spazierstock den Schnee von seinen Gamaschen. »Nein, Ernst. Wir haben die Maßstäbe verloren. Man hat uns zehn Jahre lang isoliert, – isoliert in eine entsetzliche, zum Himmel schreiende, unmenschliche und lächerliche Hoffart. Man hat uns zum Herrenvolk erklärt, dem die andern als Sklaven zu dienen haben.« Er lachte bitter. »Herrenvolk – jedem Dummkopf, jedem Scharlatan, jedem Kommando zu gehorchen, – was hat das mit Herrenvolk zu tun? Dieses hier ist die Antwort. Und sie trifft, wie immer, die Unschuldigen mehr als die Schuldigen.«

Graeber starrte ihn an. Fresenburg war der einzige Mensch hier draußen, dem er wirklich ganz traute. Beide kamen aus derselben Stadt und kannten sich seit langem. »Wenn du das alles weißt«, sagte er schließlich, »weshalb bist du dann hier?«

»Weshalb ich hier bin? Anstatt in einem Konzentrationslager zu sitzen? Oder wegen Dienstverweigerung erschossen worden zu sein?«

»Das meine ich nicht. Aber warst du nicht 1939 zu alt, um eingezogen zu werden? Weshalb hast du dich dann freiwillig gemeldet?«

»Ich war damals zu alt. Das hat sich inzwischen geändert. Jetzt nehmen sie ältere Jahrgänge als mich. Aber darauf kommt es nicht an. Es ist keine Entschuldigung. Es ist auch nichts damit gelöst, daß man hier ist. Man hat sich das damals eingeredet, das Vaterland nicht im Stich lassen zu wollen, wenn es im Kriege war, ganz gleich, was los war, wer Schuld hatte und wer ihn begann. Es war eine Ausrede. Genauso wie die frühere, daß man nur mitmache, um Schlimmeres zu verhüten. Auch das war eine Ausrede. Vor sich selbst. Nichts als das!« Er schlug heftig mit dem Stock in den Schnee. Der Hund sprang lautlos fort, hinter die Kirche. »Wir haben Gott versucht, Ernst – verstehst du das?«

»Nein«, erwiderte Graeber. Er wollte es nicht verstehen.

Fresenburg schwieg eine Weile. »Du kannst es nicht verstehen«, sagte er dann ruhiger. »Du bist zu jung. Du kennst nicht viel anderes als den Affentanz der Hysterie und den Krieg. Aber ich war in einem Kriege vorher. Und ich kannte die Zeit dazwischen.« Er lächelte wieder; die eine Hälfte seines Gesichts lächelte, die andere blieb starr. Das Lächeln kräuselte sich gegen sie wie eine müde Welle; aber es konnte sie nicht überwinden. »Ich wollte, ich wäre ein Opernsänger«, sagte er. »Ein Tenor mit leerem Kopf und überzeugender Stimme. Oder alt. Oder ein Kind. Nein, kein Kind. Nicht für das. was noch kommt. Der Krieg ist verloren, das wenigstens weißt du doch?«

»Nein.«

»Jeder General mit Verantwortung hätte ihn längst aufgegeben. Wir kämpfen hier für nichts.« Er wiederholte es. »Für nichts. Nicht einmal für erträgliche Friedensbedingungen.« Er hob eine Hand gegen den dunkler werdenden Horizont. »Mit uns verhandelt man nicht mehr. Wir haben gehaust wie Attila und Dschingis Khan. Wir haben jeden Vertrag gebrochen und das menschliche Gesetz. Wir haben –«

»Das war die SS«, sagte Graeber verzweifelt. Er hatte sich mit Fresenburg getroffen, weil er Immermann, Sauer und Steinbrenner entgehen wollte; er hatte mit ihm von der alten, friedlichen Stadt am Fluß sprechen wollen, von den Lindenalleen und von der Jugend; – aber jetzt war alles nur noch schlimmer als vorher. Es schien wie verhext in diesen Tagen. Von den anderen hatte er keine Hilfe erwartet; wohl aber von Fresenburg, den er im Durcheinander des Rückzuges lange nicht mehr gesehen hatte, – und gerade von ihm hörte er jetzt das, was er so lange nicht hatte zugeben wollen, das, worüber er erst zu Hause hatte nachdenken wollen, das, vor dem er am meisten Furcht hatte.

»Die SS«, erwiderte Fresenburg verächtlich. »Nur für die kämpfen wir noch. Für die SS, die Gestapo, für die Lügner und Schieber, die Fanatiker, die Mörder und die Verrückten, – damit sie noch ein Jahr länger am Ruder bleiben können. Dafür, – für sonst nichts. Der Krieg ist längst verloren.«

Es war dunkler geworden. Die Türen der Kirche wurden geschlossen, damit kein Licht mehr herausfiel. Man sah an den Fensterhöhlen dunkle Gestalten, die Decken davorhängten. Auch die Kellereingänge und die Unterstände wurden gesichert. Fresenburg blickte hin. »Maulwürfe sind wir geworden. Auch in unseren verdammten Seelen. Wir haben es herrlich weit gebracht.«

Graeber holte eine angebrochene Schachtel Zigaretten aus seiner Rocktasche und hielt sie ihm hin. Fresenburg wehrte ab.

»Rauch sie selbst. Oder nimm sie mit. Ich habe genug.«

Graeber schüttelte den Kopf. »Nimm –«

Fresenburg lächelte flüchtig und nahm eine Zigarette. »Wann fährst du?«

»Ich weiß es nicht. Der Urlaub ist noch nicht heraus.« Graeber zog den Rauch tief ein und blies ihn aus. Es war gut, Zigaretten zu haben. Manchmal sogar besser als Freunde. Zigaretten verwirrten nicht. Sie waren stumm und gut.

»Ich weiß es nicht«, sagte er. »Ich weiß seit einiger Zeit überhaupt nichts mehr. Früher war alles klar, und jetzt ist alles durcheinander. Ich möchte einschlafen und in einer anderen Zeit aufwachen. Aber so leicht wird es einem nicht gemacht. Ich habe verdammt spät angefangen nachzudenken. Ich bin nicht stolz darauf.«

Fresenburg rieb mit dem Rücken der Hand die Narbe in seinem Gesicht. »Mach dir nichts daraus. Die letzten zehn Jahre hat man uns die Ohren so mit Propaganda vollgetrommelt, daß es schwer war, etwas anderes zu hören. Besonders das nicht, was keine lärmende Stimme hat. Den Zweifel und das Gewissen. Kanntest du Pohlmann noch?«

»Er war unser Lehrer in Geschichte und Religion.«

»Wenn du zu Hause bist, besuch ihn. Vielleicht lebt er noch. Grüß ihn dann von mir.«

»Warum soll er nicht mehr leben? Er ist doch kein Soldat.«

»Nein.«

»Dann lebt er sicher noch. Er kann nicht älter als fünfundsechzig sein.«

»Grüß ihn von mir.«

»Ja.«

»Ich muß jetzt gehen. Mach's gut. Wir werden uns wohl nicht mehr sehen.«

»Nicht, bevor ich wiederkomme. Das ist nicht lange. Nur drei Wochen.«

»Ja, richtig. Also, mach's gut.«

»Du auch.«

Fresenburg stapfte durch den Schnee davon, zu seiner Kompanie, die im nächsten zerstörten Dorfe lag. Graeber blickte ihm nach, bis er in der Dämmerung verschwunden war. Dann ging er zurück. Vor der Kirche sah er den dunklen Schatten des Hundes. Die Tür ging auf, und ein sehr schmaler Streifen Licht fiel einen Augenblick heraus. Man hatte Zeltbahnen vor den Eingang gehängt. Das wenige Licht wirkte warm, und es wäre fast wie Heimat gewesen, hätte man nicht gewußt, wozu es da war. Er ging an den Hund heran. Das Tier sprang weg, und Graeber sah die beschädigten beiden Heiligenfiguren aus der Kirche draußen im Schnee stehen. Daneben lag das zerbrochene Fahrrad. Sie waren herausgebracht worden; man brauchte jedes bißchen Platz drinnen.

Er ging weiter, dem Keller zu, in dem sein Zug hauste. Ein fahles Abendrot hing hinter den Ruinen. Etwas abseits von der Kirche lagen Tote. Man hatte im schmelzenden Schnee noch drei alte, vom Oktober, gefunden. Sie waren weich und sahen schon halb aus wie Erde. Daneben lagen die anderen, die erst nachmittags in der Kirche gestorben waren. Sie waren noch blaß und feindlich und fremd und noch nicht ergeben.

IV

Sie wachten auf. Der Keller zitterte. Die Ohren dröhnten. Dreck fiel überall. Die Abwehrgeschütze hinter dem Dorf rasten. »Raus hier!« rief jemand vom neuen Ersatz.

»Ruhe! Macht kein Licht!«

»Raus aus dieser Rattenfalle!«

»Idiot! Wohin denn? Ruhe! Verdammt, seid ihr alle noch Rekruten?«

Ein dumpfer Krach ließ den Keller wieder erzittern. Irgendetwas brach im Dunklen nieder. Es prasselte und splitterte von Steinen, Dreck und Holz. Fahle Blitze huschten durch die Öffnung in der Decke.

»Da sind welche verschüttet worden!«

»Ruhe! Das war nur ein Stück Mauer.«

»Raus! Bevor sie uns hier begraben!«

Man sah Figuren vor dem bleichen Kellereingang. »Schafsköpfe!« schimpfte jemand. »Bleibt hier unten! Hier gibt es keine Splitter.«

Die anderen achteten nicht darauf. Sie trauten dem unbefestigten Keller nicht. Sie hatten recht; genauso wie die, die blieben. Es war eine Sache des Zufalls; man konnte ebenso zerstampft wie durch Splitter getötet werden.

Sie warteten. Der Magen wurde hohl, und der Atem ging vorsichtig. Sie warteten auf den nächsten Einschlag.

Er mußte nahe sein. Aber er kam nicht. Statt dessen hörten sie mehrere Explosionen, die einander rasch folgten und viel weiter entfernt waren.

»Verflucht!« schimpfte jemand. »Wo sind unsere Jagdflugzeuge?«

»Über England.«

»Schnauze!« schrie Mücke.

»Über Stalingrad!« sagte Immermann.

»Schnauze!«

Man hörte den Lärm von Motoren zwischen den Pausen der Flak. »Da sind sie!« rief Steinbrenner. »Das sind unsere!«

Alle lauschten. Maschinengewehrfeuer sickerte durch das Geheul draußen. Dann kamen nacheinander drei Explosionen. Es waren Einschläge dicht hinter dem Dorf. Das fahle Licht jagte durch den Keller, und im selben Augenblick stürzte rasendes Weiß und Rot und Grün herein, die Erde hob sich und zersprang in einem Sturm von Donnern und Blitzen und Dunkelheit. In das Abebben hörte man Schreie von draußen und das Knirschen zusammengestürzter Mauern im Keller. Graeber tastete sich unter dem Kalkregen hervor. Die Kirche, dachte er, und er fühlte sich so leer, als bestünde er nur noch aus der Haut und alles andere wäre aus ihm herausgepreßt worden. Der Kellereingang war noch da; er tauchte grau auf, als die geblendeten Augen wieder zu sehen begannen. Graeber bewegte sich. Er war nicht verletzt.

»Verdammt!« sagte Sauer neben ihm. »Das war nahe. Ich glaube, der ganze Keller hinten ist verschüttet.«

Sie krochen hinüber. Der Lärm draußen begann aufs

neue. Zwischendurch hörte man Mücke kommandieren. Ein aufschlagender Stein hatte ihn an der Stirn getroffen. Das Blut lief schwarz im flackernden Licht über sein Gesicht. »Los! Alle ran! Ausbuddeln! Wer fehlt?«

Niemand antwortete. Die Frage war zu blödsinnig. Graeber und Sauer räumten Schutt und Steine weg. Es ging nur langsam. Eisenstangen und große Klumpen hielten sie auf. Sie konnten fast nichts sehen. Nur der blasse Himmel war da und das Feuer der Explosionen.

Graeber schob den Mörtel weg und kroch an dem eingestürzten Teil des Kellers entlang. Sein Gesicht war dicht über dem Schutt, und seine Hände tasteten umher. Er lauschte angestrengt, um durch den Lärm Rufe oder Stöhnen hören zu können, und gleichzeitig fühlte er über den Trümmern nach menschlichen Gliedern. Es war besser so, als aufs Geratewohl loszuarbeiten. Zeit war wichtig bei Verschüttungen.

Er fand plötzlich eine Hand, die sich bewegte. »Hier ist einer!« rief er. Er kratzte und suchte nach dem Kopf. Er konnte ihn nicht finden und zog an der Hand. »Wo bist du? Sag was! Melde dich! Wo bist du?« schrie er.

»Hier«, flüsterte der Verschüttete in einer Feuerpause direkt neben seinem Ohr. »Zieh nicht. Ich sitze fest.«

Die Hand bewegte sich wieder. Graeber riß den Mörtel beiseite. Er fand das Gesicht. Er fühlte den Mund. »Hierher!« rief er. »Helft mir hier!«

Nur ein paar Leute hatten in der Ecke Platz zum Ausgraben. Graeber hörte Steinbrenners Stimme. »Rück rüber! Halt ihm das Gesicht frei! Wir gehen von hier aus ran.«

Graeber drückte sich an die Seite. Die anderen arbeiteten eilig in der Dunkelheit. »Wer ist es?« fragte Sauer.

»Ich weiß es nicht.« Graeber beugte sich hinab. »Wer bist du?«

Der Verschüttete sagte etwas. Graeber konnte es nicht verstehen. Neben ihm arbeiteten die andern. Sie rissen und schoben an den Trümmern. »Lebt er noch?« fragte Steinbrenner.

Graeber fuhr über das Gesicht. Es bewegte sich nicht. »Ich weiß es nicht«, sagte er. »Vor ein paar Minuten lebte er noch.«

Der Lärm begann wieder. Graeber beugte sich dicht über das Gesicht im Schutt. »Wir haben dich gleich draußen!« rief er. »Verstehst du mich?«

Er glaubte etwas wie Atem an seiner Wange zu spüren, aber er war nicht sicher. Über ihm keuchten Steinbrenner, Sauer und Schneider.

»Er antwortet nicht mehr.«

»Wir können nicht weiter.« Sauer stieß seinen Spaten vor, daß es klirrte. »Hier sind Eisenträger, und die Steine sind zu groß. Wir brauchen Licht und Werkzeuge.«

»Kein Licht!« schrie Mücke. »Wer Licht macht, wird erschossen!«

Sie wußten selber, daß es Selbstmord war, bei einem Fliegerangriff Licht zu machen. »Blödes Aas!« fluchte Schneider. »Was der alles weiß!«

»Wir kommen nicht weiter. Müssen warten, bis wir sehen können.«

»Ja.«

Graeber kauerte sich gegen die Wand. Er starrte in

den Himmel, aus dem das Tosen in den Keller stürzte. Er konnte nichts erkennen. Er hörte nur den unsichtbaren, rasenden Tod. Es war nichts Außergewöhnliches. Er hatte schon oft so gewartet, und es war schlimmer gewesen.

Vorsichtig glitt er mit der Hand über das unbekannte Gesicht. Es war jetzt frei von Dreck und Staub. Er fühlte die Lippen. Dann fühlte er die Zähne. Er spürte den schwachen Biß in den Fingern. Der Biß wurde stärker und löste sich. »Er lebt noch«, sagte er.

»Sag ihm, daß zwei los sind und Werkzeuge suchen.«

Graeber tastete noch einmal über die Lippen. Sie bewegten sich nicht mehr. Er suchte nach der Hand im Schutt und hielt sie fest. Auch die Hand antwortete nicht mehr. Graeber hielt sie fest; das war alles, was er tun konnte. So saß er und wartete, bis der Überfall vorbei war.

Sie brachten Werkzeuge und gruben den Verschütteten aus. Es war Lammers. Er war ein schmächtiger Mann mit einer Brille gewesen. Sie fanden auch die Brille. Sie lag einen Meter weiter auf dem Boden und war nicht zerbrochen. Aber Lammers war tot.

Graeber ging mit Schneider auf Wache. Die Luft war diesig und roch nach den Einschlägen. Eine Seite der Kirche war eingestürzt. Ebenso das Haus des Kompanieführers. Graeber fragte sich, ob Rahe tot sei. Dann sah er ihn im Halbdunkel, dünn und lang, hinter dem Haus; er beobachtete die Aufräumungsarbeiten bei der Kirche. Ein Teil der Verwundeten war verschüttet worden. Der Rest lag draußen. Sie lagen auf Decken und Zeltbahnen auf der

Erde. Sie stöhnten nicht. Ihre Augen waren nach oben gerichtet. Nicht um Hilfe. Sie hatten Angst vor dem Himmel.

Graeber kam an den frischen Trichtern vorbei. Sie stanken und waren so schwarz im Schnee, als wären sie ohne Grund. Nebel kroch bereits in ihnen hoch. Ein kleinerer befand sich in der Nähe des Hügels, auf dem die Gräber lagen.

»Den können wir als Grab gebrauchen«, sagte Schneider. »Wir haben genug Tote dafür.«

Graeber schüttelte den Kopf. »Wo willst du die Erde hernehmen, um ihn zuzuschütten?«

»Wir können sie von den Rändern abstechen.«

»Das hilft nichts. Er bleibt trotzdem tiefer als der Boden rundum. Es ist einfacher, frische Gräber zu graben.«

Schneider kratzte seinen roten Bart. »Müssen Gräber immer höher sein als der Boden rundum?«

»Wahrscheinlich nicht. Man ist es nur so gewöhnt.«

Sie gingen weiter. Graeber sah, daß das Kreuz von Reickes Grab fehlte. Die Explosionen hatten es irgendwohin in die Nacht geschleudert.

Schneider blieb stehen und horchte. »Da geht dein Urlaub«, sagte er.

Sie horchten beide. Die Front hatte sich plötzlich belebt. Leuchtschirme und Raketen hingen am Horizont. Das Artilleriefeuer war stärker und regelmäßiger geworden. Man hörte das Poltern von Minen. »Trommelfeuer«, sagte Schneider. »Das heißt, daß wir wieder eingesetzt werden. Aus mit dem Urlaub!«

»Ja.«

Sie horchten weiter. Schneider hatte recht. Was sie hörten, klang nicht nach einem Teilangriff. Es war schwere Artillerievorbereitung an der unruhigen Front. Morgen früh würde wahrscheinlich der allgemeine Sturm kommen. Das Wetter war über Nacht neblig geworden und wurde immer undurchsichtiger. Die Russen würden hinter dem Nebel vorgehen, wie vor zwei Wochen, als die Kompanie zweiundvierzig Mann verloren hatte.

Der Urlaub war futsch. Graeber hatte ohnehin nie richtig daran geglaubt. Er hatte es nicht einmal seinen Eltern geschrieben. Er war nur zweimal zu Hause gewesen, seit er Soldat war, und das letztemal schien so lange her zu sein, daß es schon unwirklich war. Fast zwei Jahre. Zwanzig Jahre. Es war alles dasselbe. Er fühlte sich nicht einmal enttäuscht. Nur leer.

»Welche Strecke willst du gehen?« fragte er Schneider.

»Ist mir egal. Rechts?«

»Gut. Dann gehe ich links rum.«

Der Nebel zog und wurde rasch stärker. Es war eine dunkle Milchsuppe, in der man herumwatete. Sie reichte schon bis zum Halse und wogte und kochte kalt. Schneiders Kopf schwamm auf ihr davon. Graeber ging links im weiten Bogen um das Dorf herum. Ab und zu tauchte er unter. Dann kam er wieder hervor und sah am Rande des milchigen Schiebens die bunten Lichter der Front. Das Feuer wurde immer stärker.

Er wußte nicht, wie lange er gegangen war, als er ein paar einzelne Schüsse hörte. Schneider, dachte er. Wahrscheinlich war er nervös geworden. Dann hörte er wieder Schüsse und jetzt auch Rufe. Er beugte sich vorwärts, versank in der Deckung des Nebels und wartete, das Gewehr bereit. Die Rufe kamen näher. Jemand rief seinen Namen. Er antwortete.

»Wo bist du?«

»Hier.«

Er hob sein Gesicht einen Augenblick aus dem Nebel und sprang zur Vorsicht einen Schritt beiseite. Niemand schoß. Er hörte die Stimme jetzt sehr nahe; aber im Nebel und nachts konnte man Entfernungen schwer schätzen. Dann sah er Steinbrenner.

»Die Schweine! Sie haben Schneider erwischt. Durch den Kopf!«

Es waren Partisanen gewesen. Sie hatten sich im Nebel herangeschlichen. Schneiders roter Bart war anscheinend ein unfehlbares Ziel gewesen. Sie hatten wohl erwartet, die Kompanie schlafend zu finden, und die Aufräumungsarbeiten hatten sie gestört; aber Schneider hatten sie doch erwischt.

»Die Bande! Wir können sie nicht verfolgen in dieser verfluchten Suppe!«

Steinbrenners Gesicht war feucht vom Nebel. Seine Augen funkelten. »Wir sollen zu zweit patrouillieren«, sagte er. »Befehl von Rahe. Und nicht zu weit.«

»Gut.«

Sie blieben so nahe beieinander, daß sie sich noch erkennen konnten. Steinbrenner spähte aufmerksam in den Nebel und schlich vorsichtig vorwärts. Er war ein guter Soldat. »Ich wollte, wir schnappten einen«, flüsterte er. »Ich wüßte, was ich mit ihm machen würde, hier im Nebel. Einen Lappen in die Schnauze, damit keiner was hören kann, die Arme und Beine festgebunden, und dann los! Du glaubst nicht, wie weit man ein Auge herausziehen kann, ohne daß es reißt.« Er machte eine Bewegung mit den Händen, als zerquetsche er langsam etwas.

»Doch, ich glaube es«, sagte Graeber.

Schneider, dachte er. Wenn er links statt rechts gegangen wäre, hätten sie mich erwischt. Er empfand wenig dabei. Es war schon oft ähnlich gewesen. Ein Soldat lebte vom Zufall.

Sie suchten, bis sie abgelöst wurden; aber sie fanden niemand. Das Feuer an der Front sprang zurück. Die MGs ratterten wie Nähmaschinen. Es wurde Morgen. Der Angriff begann. »Es geht los«, sagte Steinbrenner. »Wenn man jetzt vorne wäre! Bei so einem Angriff wird immer viel Ersatz gebraucht. In ein paar Tagen könnte man Unteroffizier sein.«

»Oder plattgequetscht von einem Panzer.«

»Ach, Mensch! Woran ihr alten Böcke auch immer gleich denkt! Damit kommt man nicht vorwärts. Nicht alle fallen.«

»Sicher nicht. Sonst gäbe es keinen Krieg.«

Sie krochen in den Keller zurück. Steinbrenner breitete seine Decke aus und legte sich auf seinem Schlafplatz zurecht. Graeber sah ihn an. Der Zwanzigjährige hatte mehr Männer getötet als ein Dutzend alter Soldaten zusammen. Nicht im Kampf; hinter der Front und in Konzentrationslagern. Er hatte mehr als einmal damit geprahlt und war stolz darauf, besonders scharf gewesen zu sein.

Graeber legte sich hin und versuchte zu schlafen. Er

konnte es nicht. Er horchte auf das Rollen der Front. Steinbrenner schlief längst.

Der Tag kam grau und feucht. Die Front tobte. Panzer waren im Gefecht. Im Süden war die Linie bereits zurückgedrängt worden. Flugzeuge dröhnten. Transporte rollten über die Ebene. Verwundete kamen zurück. Die Kompanie wartete auf den Befehl, eingesetzt zu werden.

Graeber wurde um zehn Uhr zu Rahe gerufen. Der Kompanieführer hatte sein Quartier gewechselt. Er wohnte in einer anderen Ecke des Steinhauses, die noch stand. Daneben war die Schreibstube.

Rahes Raum befand sich zu ebener Erde. Ein dreibeiniger Stuhl, ein zerbrochener großer Ofen, auf dem ein paar Decken lagen, ein Feldbett und ein Tisch bildeten die Einrichtung. Durch das zerbrochene Fenster sah man auf einen Trichter. Das Fenster war mit Pappe geflickt. Der Raum war kalt. Auf dem Tisch stand ein Spirituskocher mit Kaffee.

»Ihr Urlaub ist durch«, sagte Rahe. Er goß den Kaffee in eine bunte Tasse ohne Henkel. »Genehmigt. Das wundert Sie, was?«

»Jawohl, Herr Leutnant.«

»Mich auch. Der Schein ist auf der Schreibstube. Holen Sie ihn sich. Und machen Sie, daß Sie sofort wegkommen. Versuchen Sie, daß irgendein Wagen Sie mitnimmt. Ich erwarte jeden Augenblick, daß aller Urlaub gesperrt wird. Wenn Sie weg sind, sind Sie weg, verstanden?«

»Jawohl, Herr Leutnant.«

Rahe sah aus, als ob er noch mehr sagen wollte. Aber

dann besann er sich, kam um den Tisch herum und gab Graeber die Hand. »Alles Gute, und machen Sie, daß Sie hier rauskommen. Sie waren ja seit langem überfällig. Haben es verdient.«

Er wandte sich ab und ging zum Fenster. Es war zu niedrig für ihn. Er mußte sich bücken, um hinauszusehen.

Graeber machte kehrt und ging um das Haus herum zur Schreibstube. Ab er das Fenster passierte, sah er die Orden Rahes. Den Kopf sah er nicht.

Der Schreiber schob ihm den gestempelten und unterschriebenen Schein zu. »Schwein hast du«, erklärte er mürrisch. »Nicht mal verheiratet, was?«

»Nein. Dafür ist es mein erster Urlaub seit zwei Jahren.«

»Schwein«, wiederholte der Schreiber. »Urlaub bei so dicker Luft!«

»Ich habe mir das nicht ausgesucht.«

Graeber ging zum Keller hinüber. Er hatte nicht mehr an den Urlaub geglaubt und deshalb nicht gepackt. Es war nicht viel zu packen. Rasch warf er seine Sachen zusammen. Ein emailliertes russisches Heiligenbild war darunter, das er seiner Mutter geben wollte. Er hatte es irgendwo unterwegs gefunden.

Als er aufsah, stand Hirschland vor ihm. Er hielt einen Zettel in der Hand. »Was?« fragte Graeber und dachte: Urlaubssperre! Sie haben mich gerade noch erwischt.

Hirschland sah sich um. Es war niemand anders im Keller. »Fährst du?« flüsterte er.

Graeber atmete auf. »Ja«, sagte er.

»Könntest du – hier ist die Adresse – könntest du zu Hause sagen, daß es mir gutgeht?«

»Warum? Kannst du das nicht schreiben?«

»Das tue ich ja«, flüsterte Hirschland. »Immer! Aber sie glauben es nicht. Meine Mutter glaubt es nicht. Sie denkt, weil –«

Er brach ab und hielt Graeber den Zettel hin. »Hier ist die Adresse. Wenn einer von meiner Kompanie kommt, – dann glaubt sie es vielleicht eher. Sie denkt, ich dürfe nicht schreiben. Verstehst du?«

»Ja«, sagte Graeber. »Ich verstehe.«

Er nahm den Zettel und legte ihn in sein Soldbuch. Hirschland holte eine Schachtel Zigaretten hervor. »Hier – für deine Reise –«

»Warum?«

»Ich rauche nicht.«

Graeber sah auf. Es stimmte. Er hatte Hirschland nie rauchen sehen. »Na schön«, sagte er und nahm die Schachtel.

»Und sag ihnen nichts davon –« Hirschland zeigte zur Front. »Einfach, daß wir in Ruhestellung liegen.«

»Klar. Was sonst?«

»Gut. Danke.«

Hirschland ging rasch zurück.

Danke, dachte Graeber. Wozu?

Er fand einen Platz auf einem Sanitätswagen. Das Auto war, voll mit Verwundeten, in eine Schneegrube geraten, und der Beifahrer war von seinem Sitz geschleudert worden und hatte sich den Arm gebrochen. Graeber fuhr an seiner Stelle mit.

Der Wagen folgte der Straße, die mit Pfählen und Strohwischen gekennzeichnet war und im Bogen noch einmal am Dorf vorbeiführte. Graeber sah die Kompanie angetreten auf dem Dorfplatz vor der Kirche stehen. »Die da müssen nach vorn«, sagte der Fahrer. »Werden eingesetzt. Schöner Schlamassel! Mensch, woher die Russen nur all die Artillerie haben!«

»Ja –«

»Panzer haben sie auch genug. Woher bloß?«

»Von Amerika. Oder aus Sibirien. Da sollen sie ja einen Haufen Fabriken haben.«

Der Fahrer wich einem festgefahrenen Lastwagen aus. »Rußland ist zu groß. Zu groß, sage ich dir. Man geht darin verloren.«

Graeber nickte und zog die Lappen um seine Stiefel zurecht. Er kam sich einen Augenblick vor wie ein Deserteur. Die Kompanie stand dunkel auf dem Dorfplatz; er aber fuhr zurück. Allein. Die anderen blieben da, und er fuhr zurück. Sie mußten an die Front. Ich habe es verdient, dachte er. Rahe hat es auch gesagt. Aber wozu denke ich das? Ich habe doch nur Angst, daß jemand mir nachkommt und mich zurückholt.

Ein paar Kilometer weiter fanden sie einen Wagen mit Verwundeten, der abgerutscht war und im Schnee steckte. Sie hielten und kontrollierten ihre Bahren. Zwei Mann waren gestorben. Sie luden sie aus und nahmen dafür drei Verletzte aus dem anderen Auto mit. Graeber half sie aufladen. Zwei waren Amputierte; der dritte hatte einen Gesichtsschuß; er konnte sitzen. Die Zurückbleibenden schimpften und schrien. Es waren Bahrenverletzte, für die kein Platz da war. Sie hatten die Furcht aller Verwundeten: im letzten Augenblick noch vom Kriege eingeholt zu werden.

»Was ist passiert?« fragte der Fahrer den Chauffeur, der steckengeblieben war.

»Achsenbruch.«

»Achsenbruch? Im Schnee?«

»Es hat schon mal jemand den Finger gebrochen, als er in der Nase gebohrt hat. Hast du das nie gehört, du Anfänger?«

»Klar. Immerhin, du hast wenigstens Glück, daß kein richtiger Winter mehr ist. Die hier würden dir sonst alle erfrieren.«

Sie fuhren weiter. Der Fahrer lehnte sich zurück. »Ist mir vor zwei Monaten passiert«, sagte er. »Hatte Schwierigkeiten mit dem Getriebe. Kam nur sehr langsam weiter. Die Leute sind mir auf den Bahren angefroren. Konnte nichts machen. Sechs lebten noch, als wir endlich ankamen. Hände, Füße und Nasen natürlich erfroren. Verwundet werden in Rußland, im Winter, ist kein Spaß.« Er holte ein Stück Kautabak hervor und biß ab. »Und die Gehfähigen! Sie waren zu Fuß unterwegs. Nachts, in der Kälte. Wollten unser Auto stürmen. Hingen an den Türen und Trittbrettern wie ein Bienenschwarm. Mußten sie herunterstoßen.«

Graeber nickte abwesend und sah sich um. Das Dorf war nicht mehr zu sehen. Es war hinter einer Schneewehe verschwunden. Nichts war mehr da als der Himmel und die Ebene, in der sie nach Westen fuhren. Es war Mittag. Die Sonne schien undeutlich hinter dem Grau. Der

Schnee glitzerte schwach. Und plötzlich brach etwas auf in ihm, heiß und sich überstürzend, und er fühlte zum erstenmal, daß er entkommen war, daß er fortfuhr vom Tode, fort, fort, er fühlte es und starrte auf den zerfahrenen Schnee, der unter den Rädern verschwand, Meter für Meter, und es war Meter für Meter Sicherheit, dem Westen zu, der Heimat zu, unfaßbarem Leben zu hinter dem rettenden Horizont.

Der Chauffeur stieß ihn an, während er umschaltete. Graeber zuckte zusammen Er suchte in seinen Taschen und fischte ein Paket Zigaretten heraus. Es waren die von Hirschland. »Hier –« sagte er.

»Merci«, erwiderte der Fahrer, ohne hinzusehen. »Ich rauche nicht. Prieme nur.«

V

Die Kleinbahn hielt. Ein getarnter kleiner Bahnhof lag in der Sonne. Von den paar Häusern rundum waren nur noch Reste übrig; dafür hatte man einige Baracken errichtet, deren Dächer und Wände mit Schutzfarben bemalt waren. Eine Anzahl Eisenbahnwaggons standen auf den Geleisen. Russische Gefangene luden sie um. Die Kleinbahn mündete hier in eine größere Linie.

Die Verwundeten wurden in eine der Baracken gebracht. Die, die gehen konnten, hockten sich auf die rohgezimmerten Bänke. Es waren noch einige Urlauber dazugekommen. Sie hielten sich zusammen und gaben sich Mühe, sich so wenig als möglich zu zeigen. Sie hatten Angst, gesehen und zurückgeschickt zu werden.

Es war ein müder Tag. Verwelktes Licht spielte mit sich selbst über dem Schnee. Von fern kam das Summen von Flugzeugmotoren. Es kam nicht aus der Luft; irgendwo mußte ein Flugplatz versteckt sein. Später flog eine Staffel über den Bahnhof hinweg und begann zu steigen, bis sie aussah wie eine Schar Lerchen. Graeber döste. Lerchen, dachte er. Frieden.

Sie wurden aufgeschreckt durch zwei Feldgendarmen. »Papiere!«

Die Gendarmen waren gesund und kräftig und hatten die Entschlossenheit aller Menschen, die nicht in Gefahr sind. Ihre Uniformen waren tadellos, ihre Waffen sauber, und jeder wog mindestens zwanzig Pfund mehr als irgendeiner der Urlauber.

Die Soldaten zeigten schweigend ihre Urlaubsscheine vor. Die Gendarmen untersuchten sie umständlich, bevor sie sie zurückgaben. Sie ließen sich auch die Soldbücher zeigen.

»Essen fassen in der Baracke drei«, sagte der Älteste schließlich. »Und macht euch sauber. Wie seht ihr aus! Wollt ihr wie die Schweine in der Heimat ankommen?«

Der Trupp wanderte zu Baracke drei hinüber. »Diese verdammten Schnüffelhunde!« schimpfte ein Mann mit einem schwarzen Stoppelgesicht. »Große Schnauze und weit vom Schuß! Tun, als ob wir Verbrecher wären.«

»Bei Stalingrad haben sie Dutzende als Deserteure erschossen, die ihr Regiment verloren hatten«, sagte ein anderer.

»Warst du bei Stalingrad?«

»Wenn ich bei Stalingrad gewesen wäre, säße ich jetzt nicht hier. Aus dem Kessel ist keiner rausgekommen.«

»Hör zu«, sagte ein älterer Unteroffizier. »An der Front kannst du reden, was du willst. Aber hier ist das anders. Von jetzt an hältst du besser die Schnauze, wenn du weißt, was gut für dich ist, verstehst du?«

Sie stellten sich mit ihren Kochgeschirren an. Man ließ sie über eine Stunde warten. Keiner verließ den Platz. Sie froren, aber sie warteten. Sie waren es gewöhnt. Endlich bekamen sie einen Schlag Suppe, in der etwas Fleisch und Gemüse und ein paar Kartoffeln schwammen.

Der Mann, der nicht in Stalingrad gewesen war, sah sich

vorsichtig um. »Soll mich wundern, wenn die Gendarmen das auch fressen.«

»Mensch, du hast Sorgen!« sagte der Unteroffizier verächtlich.

Graeber aß die Suppe. Sie ist wenigstem warm, dachte er. Zu Hause würde er anders essen. Seine Mutter würde kochen. Vielleicht sogar Bratwurst mit Zwiebeln und Kartoffeln, und einen Himbeerpudding mit Vanillesauce hinterher.

Sie mußten bis nachts warten. Feldgendarmen kontrollierten sie zweimal. Immer mehr Verwundete kamen an. Mit jedem Schub wurden die Urlauber nervöser. Sie fürchteten, zurückgelassen zu werden. Endlich, nach Mitternacht, wurde ein Zug zusammengestellt. Es war kälter geworden, und die Sterne standen groß am Himmel. Jeder haßte sie; sie brachten gutes Sichtwetter für die Flieger. Natur an sich bedeutete schon lange nichts mehr; sie war nur gut oder schlecht in Beziehung zum Krieg. Als Schutz oder als Gefahr.

Die Verwundeten wurden eingeladen. Drei brachte man gleich wieder zurück. Sie waren tot. Die Bahren blieben auf der Rampe stehen. Die der Toten ohne Decken. Nirgendwo brannte Licht.

Als nächste kamen die gehfähigen Verletzten. Sie wurden genau kontrolliert. Wir kommen nicht mit, dachte Graeber. Es sind zu viele. Der Zug ist voll. Er starrte dumpf in die Nacht. Sein Herz klopfte. Flugzeuge summten unsichtbar über ihm. Er wußte, daß es deutsche waren; aber er hatte Angst. Er hatte viel mehr Angst als an der Front.

»Urlauber!« schrie jemand endlich.

Die Gruppe hastete vorwärts. Feldpolizei stand wieder da. Jeder hatte nachmittags bei der letzten Kontrolle einen Zettel bekommen, den er jetzt abgeben mußte. Sie kletterten in den Wagen. Ein paar Verwundete saßen schon drin. Die Urlauber drängten und stießen sich. Ein Gendarm brüllte Kommandos. Alle mußten wieder heraus und sich aufreihen. Dann wurden sie zum nächsten Wagen geführt, in dem ebenfalls Verwundete hockten. Sie durften einsteigen. Graeber fand einen Platz in der Mitte. Er wollte nicht am Fenster sitzen. Er wußte, was Splitter anrichten konnten.

Der Zug fuhr nicht ab. Es war dunkel im Abteil. Alle warteten. Draußen wurde es ruhig; aber der Zug blieb stehen. Man sah zwei Feldpolizisten, die einen Soldaten zwischen sich führten. Ein Trupp Russen zog vorbei, die Munitionskisten schleppten. Dann kamen ein paar SS-Leute, die laut miteinander redeten. Der Zug bewegte sich immer noch nicht. Die Verwundeten begannen als erste zu schimpfen. Sie hatten das Recht dazu. Ihnen konnte einstweilen nichts mehr passieren.

Graeber lehnte den Kopf zurück. Er versuchte zu schlafen, um aufzuwachen, wenn der Zug in Bewegung wäre, aber er konnte es nicht. Er horchte auf jeden Laut. Er sah die Augen der anderen im Dunkeln. Das matte Licht von Schnee und Sternen, das von draußen kam, ließ sie glänzen. Es war nicht hell genug, um die Gesichter zu erkennen. Nur die Augen. Das Abteil war voll Dunkel und unruhiger Augen, und dazwischen schimmerte das tote Weiß der Verbände.

Der Zug ruckte an und blieb gleich wieder stehen. Man

hörte Rufe. Nach einiger Zeit klappten Türen. Zwei Bahren wurden auf der Rampe niedergesetzt. Zwei Tote mehr. Zwei Plätze mehr für die Lebenden, dachte Graeber. Wenn nur nicht im letzten Augenblick Neue kommen, so daß wir rausmüssen! Alle dachten dasselbe.

Der Zug ruckte wieder. Die Rampe glitt langsam vorüber. Feldgendarmen. Gefangene, SS-Leute, Kistenstapel, – und dann war plötzlich die Ebene da. Alle beugten sich vor. Sie glaubten es noch nicht. Der Zug würde wieder stehenbleiben. Aber er glitt und glitt, und langsam ging das stoßweise Poltern in einen gleichmäßigen Rhythmus über. Man sah Panzer und Geschütze. Truppen, die den Wagen nachblickten. Graeber war auf einmal sehr müde. Nach Hause, dachte er. Nach Hause. O Gott, ich wage nicht, mich zu freuen.

Morgens schneite es. Man hielt auf einem Bahnhof, um Kaffee zu empfangen. Der Bahnhof lag am Rande einer kleinen Stadt, von der nicht viel mehr stand. Tote wurden ausgeladen. Der Zug rangierte. Graeber rannte mit seinem Ersatzkaffee zu seinem Abteil zurück. Er traute sich nicht, es zu verlassen, um Brot zu holen.

Eine Streife ging durch den Zug, um Leichtverwundete herauszufischen; sie sollten im Lazarett der Stadt bleiben. Die Nachricht lief rasch durch den Wagen. Die Armverletzten stürzten zu den Aborten, um sich zu verstecken. Sie kämpften um den Platz darin. Wütend und verzweifelt rissen sie einander heraus, wenn sie gerade die Tür zustoßen wollten. »Sie kommen«, rief plötzlich jemand von draußen.

Der Knäuel löste sich. Zwei schoben sich auf den Abort und stießen die Tür zu. Ein anderer, der im Gedränge gefallen war, starrte auf seinen geschienten Arm. Ein schmaler roter Fleck wurde dort größer. Ein dritter öffnete die Tür, die der Rampe abgewendet war, und kletterte mühsam hinaus in das Schneetreiben. Er drückte sich draußen an den Zug. Der Rest blieb hocken.

»Macht die Tür zu«, sagte jemand. »Sonst wissen sie gleich Bescheid.«

Graeber zog die Tür zu. Er sah einen Augenblick durch den wirbelnden Schnee das weiße Gesicht des Mannes, der unten kauerte. »Ich will nach Hause«, sagte der Verwundete, dessen Verband blutete. »Zweimal bin ich in ein verdammtes Feldlazarett gekommen, und jedesmal gleich wieder raus, ohne Genesungsurlaub. Ich will in die Heimat. Ich habe es verdient.«

Er starrte die gesunden Urlauber voller Haß an. Niemand erwiderte etwas. Es dauerte lange, bis die Patrouille kam. Zwei Mann gingen durch die Abteile, ein paar bewachten draußen die Verwundeten, die herausgesucht worden waren. Einer von ihnen war ein junger Unterarzt. Er blickte flüchtig auf die Verwundetenausweise. »Steigen Sie aus«, sagte er gleichgültig, während er schon auf den nächsten Zettel sah.

Einer der Leute blieb sitzen. Es war ein kleiner, grauer Mann. »Raus, Großvater«, sagte der Gendarm, der mitging. »Haben Sie es nicht gehört?«

Der Mann blieb sitzen. Er hatte einen Schulterverband. »Raus! Aussteigen!« wiederholte der Gendarm.

Der Mann bewegte sich nicht. Er hatte die Lippen

zusammengepreßt und blickte vor sich hin, als verstehe er nichts. Der Gendarm stellte sich breitbeinig vor ihn hin. »Brauchst eine Spezialeinladung, was? Aufstehen!«

Der Mann tat immer noch, als hätte er nichts gehört. »Aufstehen!« schnauzte der Gendarm jetzt. »Sehen Sie nicht, daß ein Vorgesetzter mit Ihnen redet? Wollen Sie vors Kriegsgericht, Mann?«

»Ruhe«, sagte der Unterarzt. »Alles immer mit der Ruhe.« Er hatte ein rosiges Gesicht ohne Augenwimpern. »Sie bluten« erklärte er dem Mann, der um den Abort gekämpft hatte. »Sie müssen frisch verbunden werden. Steigen Sie aus.«

»Ich –« begann der Mann. Dann sah er, daß ein zweiter Gendarm eingestiegen war, der mit dem anderen zusammen dem grauen Soldaten unter den gesunden Arm griff und ihn hochzog. Der Soldat stieß einen dünnen Schrei aus, ohne das Gesicht zu bewegen. Der zweite Gendarm packte ihn jetzt um die Hüfte und schob ihn wie ein leichtes Paket aus dem Abteil. Er tat es unpersönlich, ohne Roheit. Der Soldat schrie auch nicht weiter. Er verschwand unter der Herde draußen.

»Nun?« fragte der Unterarzt.

»Kann ich nicht weiterfahren, wenn ich verbunden bin, Herr Stabsarzt?« fragte der blutende Mann.

»Das wird sich zeigen. Möglich. Zuerst müssen Sie verbunden werden.«

Der Mann stieg mit einem Gesicht voll Jammer aus. Er hatte den Unterarzt als Stabsarzt angeredet, und auch das hatte nichts genützt. Der Gendarm probierte die Aborttür. »Natürlich«, sagte er verächtlich. »Weiter fällt ihnen nichts ein. Immer dasselbe. »Aufmachen!« kommandierte er dann. »Schleunigst!«

Die Tür öffnete sieb. Einer der Soldaten kam heraus. »Schlauberger, was?« knurrte der Gendarm. »Wozu schließen Sie sich ein? Wollen Sie Verstecken spielen?«

»Ich habe Durchfall. Und ich denke, der Abort ist dafür da.«

»So? Gerade jetzt? Und das soll ich glauben?«

Der Soldat schob seinen Mantel zurück. Man sah das E.K.I. Er blickte auf die Brust des Gendarmen, die leer war. »Ja«, erwiderte er ruhig. »Das sollen Sie glauben.«

Der Gendarm wurde rot. Der Arzt kam ihm zuvor. »Aussteigen, bitte«, sagte er, ohne den Soldaten anzusehen.

»Sie haben nicht kontrolliert, was mir fehlt.«

»Das kann ich am Verband sehen. Steigen Sie bitte aus.«

Der Soldat lächelte flüchtig. »Schön.«

»Hier sind wir dann wohl fertig, wie?« fragte der Arzt nervös den Gendarmen.

»Jawohl.« Der Gendarm blickte auf die Urlauber. Jeder von ihnen hielt seine Papiere in der Hand. »Jawohl, fertig«, erklärte er und stieg hinter dem Arzt aus.

Die Tür des Aborts öffnete sich lautlos. Ein Gefreiter, der mit darin gewesen war, drückte sich herein. Sein Gesicht war schweißnaß. Er glitt auf die Bank. »Ist er weg?« flüsterte er nach einer Weile.

»Scheint so.«

Der Gefreite saß lange und schwieg. Das Wasser lief an ihm herunter. »Ich werde für ihn beten«, sagte er schließlich.

Alle blickten auf. »Was?« fragte einer ungläubig. »Für diese Sau von Feldgendarmen willst du auch noch beten?«

»Nein, nicht für das Schwein. Für den, der mit mir auf dem Abort war. Er hat mir geraten, drinnen zu bleiben; er würde die Sache schon schmeißen. Wo ist er?«

»Draußen. Er hat es geschmissen. Er hat die dicke Sau so wütend gemacht, daß sie nicht weiter nachgesehen hat.«

»Ich werde für ihn beten.«

»Na schön, bete meinetwegen.«

»Ja, bestimmt. Ich heiße Lüttjens. Ich werde bestimmt für ihn beten.«

»Gut. Halt jetzt die Schnauze. Bete morgen. Oder warte wenigstens, bis der Zug abgefahren ist«, sagte jemand gelangweilt.

»Ich werde beten. Ich muß nach Hause. Ich kriege keinen Heimaturlaub, wenn ich hier ins Lazarett komme. Ich muß nach Deutschland. Meine Frau hat Krebs. Sie ist sechsunddreißig. Sechsunddreißig im Oktober geworden. Schon vier Monate im Bett.«

Er sah einen nach dem andern mit gehetzten Augen an. Keiner erwiderte etwas. Es war eine zu alltägliche Sache.

Der Zug fuhr eine Stunde später weiter. Der Mann, der zur Tür herausgeklettert war, hatte sich nicht wieder gezeigt. Wahrscheinlich haben sie ihn geschnappt, dachte Graeber.

Mittags kam ein Unteroffizier herein. »Will hier jemand rasiert werden?«

»Was?«

»Rasiert. Ich bin Friseur. Habe tadellose Seife. Noch aus Frankreich.«

»Rasieren? Wenn der Zug fährt?«

»Natürlich. Ich habe gerade im Offizierswagen rasiert.«

»Was kostet es?«

»Fünfzig Pfennige. Halbe Reichsmark. Billig, wenn ihr bedenkt, daß ich euch ja erst die Bärte wegschneiden muß.«

»Gut.« Jemand zog das Geld heraus. »Wenn du mich aber schneidest, kriegst du nichts!«

Der Barbier stellte seinen Seifennapf ab und holte eine Schere und einen Kamm aus der Tasche. Er hatte eine große Tüte bei sich, in die er die Haare warf. Dann begann er einzuseifen. Er arbeitete an einem der Fenster. Der Schaum war so weiß, als seife er mit Schnee ein. Er war geschickt. Drei Mann ließen sich rasieren. Die Verwundeten lehnten ab. Graeber setzte sich als vierter hin. Er betrachtete die drei, die fertig waren. Sie sahen sonderbar aus. Ihre Gesichter waren vom Wetter rot und fleckig; darunter schimmerten die weißen Kinne. Halb waren es die Gesichter von Soldaten, halb die von Stubenhockern. Graeber hörte das Messer kratzen. Das Rasieren machte ihn heiterer. Es war schon ein bißchen Heimat; besonders, weil ein Vorgesetzter es besorgte. Das wirkte, als trüge man bereits Zivil.

Nachmittags hielten sie wieder. Eine Gulaschkanone stand draußen. Sie gingen, Essen zu empfangen. Lüttjens ging nicht mit. Graeber sah, daß er die Lippen eilig bewegte. Er hielt dabei die gesunde Hand so, als falte er sie in eine unsichtbare andere. Die Linke war verbunden und hing in seiner Jacke. Es gab Steckrüben. Sie war lauwarm.

Es war Abend, als sie an die Grenze kamen. Der Zug wurde geräumt. Die Urlauber wurden gesammelt zu einer Entlausungsstation geführt. Sie gaben ihre Kleider ab und saßen nackt in der Baracke, um die Läuse an ihrem Körper sterben zu lassen. Der Raum war warm, das Wasser warm, und es gab Seife, die stark nach Karbol roch. Zum erstenmal seit Monaten saß Graeber in einem wirklich warmen Zimmer. An der Front hatten sie zwar manchmal Öfen gehabt; aber da war immer nur die Seite, die man zum Feuer hielt, gewärmt worden; die andere hatte gefroren. Hier war der ganze Raum warm. Die Knochen konnten endlich auftauen. Die Knochen und der Schädel. Der Schädel war länger eingefroren gewesen.

Sie saßen herum und suchten Läuse und knackten sie. Graeber hatte keine Kopfläuse. Filzläuse und Kleiderläuse gingen nicht auf den Kopf, das war ein altes Gesetz. Die Läuse respektierten ihre gegenseitigen Territorien; sie kannten keinen Krieg.

Die Wärme machte ihn schläfrig. Er sah die blassen Körper der Kameraden, die Frostbeulen der Füße und die roten Risse der Narben. Sie waren plötzlich keine Soldaten mehr. Ihre Uniformen hingen irgendwo im Dampf; sie waren nackte Menschen, die Läuse knackten, und ihre Unterhaltung wurde sofort anders. Sie sprachen nicht mehr vom Kriege. Sie sprachen vom Essen und von Frauen.

»Sie hat ein Kind«, sagte einer, der Bernhard hieß. Er saß neben Graeber und hatte Läuse in den Augenbrauen, die er mit Hilfe eines kleinen Spiegels fing. »Zwei Jahre war ich nicht da, und das Kind ist vier Monate alt. Sie behauptet, es wäre vierzehn Monate und von mir. Aber meine Mutter hat mir geschrieben, es wäre von einem Russen. Sie hat auch erst vor zehn Monaten angefangen, davon zu schreiben. Vorher nie. Was meint ihr?«

»Das kommt vor«, erwiderte ein Kahlkopf gleichgültig. »Es gibt viele Kinder von Kriegsgefangenen auf dem Lande.«

»Ich würde die Frau rausschmeißen«, erklärte jemand, der seine Füße neu verband. »Es ist eine Schweinerei.«

»Schweinerei? Wieso Schweinerei?« Der Kahlkopf winkte ab. »Im Krieg ist so etwas anders als sonst. Man muß das verstehen. Was ist es denn? Ein Junge oder ein Mädchen?«

»Ein Junge. Sie schreibt, er sähe aus wie ich.«

»Wenn es ein Junge ist, kannst du ihn behalten. Er ist nützlich. Auf dem Lande braucht man immer Hilfe.«

»Aber es ist doch ein halber Russe –«

»Was macht das? Die Russen sind Arier. Und das Vaterland braucht Soldaten.«

Bernhard legte den Spiegel weg. »So einfach ist das nun doch nicht. Du kannst leicht reden. Dir ist es nicht passiert.«

»Möchtest du vielleicht lieber, daß irgendein reklamierter fetter Heimatbulle deiner Frau ein Kind gemacht hätte?«

»Das sicher nicht.«

»Na, siehst du.«

»Sie hätte auf mich warten können«, sagte Bernhard leise und verlegen.

Der Kahlkopf hob die Schultern. »Manche warten und

manche nicht. Man kann nicht alles verlangen, wenn man für Jahre nicht nach Hause kommt!«

»Bist du auch verheiratet?«

»Nein. Gott sei Dank nicht.«

»Russen sind keine Arier«, sagte plötzlich ein mäusehafter Mann mit spitzem Gesicht und kleinem Mund. Er hatte bis dahin geschwiegen.

Alle sahen ihn an. »Da irrst du dich«, erwiderte der Kahlkopf. »Es sind Arier. Wir waren ja mit ihnen verbündet.«

»Es sind Untermenschen, bolschewistische Untermenschen. Keine Arier. So sind die Bestimmungen.«

»Du irrst dich. Polen, Tschechen und Franzosen sind Untermenschen. Die Russen befreien wir von den Kommunisten. Es sind Arier. Die Kommunisten natürlich ausgenommen. Vielleicht keine Herrenarier wie wir. Einfache Arbeitsarier. Aber sie werden nicht ausgerottet.«

Die Maus wurde stutzig. »Es waren immer Untermenschen«, erklärte sie. »Ich weiß das genau. Reine Untermenschen.«

»Das hat sich längst geändert. So wie bei den Japanern. Die sind jetzt auch Arier, seit sie unsere Verbündeten im Krieg sind. Gelbe Arier.«

»Ihr habt beide unrecht«, sagte ein außerordentlich behaarter Baß. »Die Russen waren keine Untermenschen, als wir noch mit ihnen verbündet waren. Sie sind es dafür jetzt. So steht die Sache.«

»Was soll er dann mit dem Kind machen?«

»Abliefern«, sagte die Maus mit neuer Autorität. »Schmerzloser Gnadentod. Was sonst?«

»Und die Frau?«

»Das ist Sache der Behörden. Gebrandmarkt, Kopf rasiert, Gefängnis, Konzentrationslager, Zuchthaus oder Galgen.«

»Sie haben ihr bis jetzt nichts getan«, sagte Bernhard.

»Sie wissen es wahrscheinlich noch nicht.«

»Sie wissen es. Meine Mutter hat es angezeigt.«

»Dann ist die Behörde verseucht und schlampig. Sie gehört dann ebenfalls ins Konzentrationslager. Oder an den Galgen.«

»Ach, Mensch, laß mich in Ruhe«, erklärte Bernhard plötzlich wütend und wandte sich ab.

Jemand mit einer Hühnerbrust, der auf Säbelbeinen unruhig durch den Raum wanderte, blieb stehen. »Wir sind Herrenmenschen«, sagte er. »Und das andere sind Untermenschen, das ist klar; – aber was sind nun eigentlich einfache Menschen?«

Der Kahlkopf dachte nach. »Schweden«, sagte er dann. »Oder Schweizer.«

»Wilde«, erklärte der Baß. »Weiße Wilde, natürlich.«

»Weiße Wilde gibt es doch gar nicht mehr«, sagte die Maus.

»Nein?« Der Baß starrte sie scharf an.

Graeber duselte ein. Er hörte, wie die anderen wieder begannen, von Frauen zu reden. Er wußte nicht viel davon. Die Rassetheorien seines Vaterlandes paßten nicht zu dem, was er sich unter Liebe vorstellte. Er wollte nicht an Zuchtwahl, Ahnentafeln und Gebärtüchtigkeit dabei denken. Und als Soldat hatte er wenig mehr kennengelernt als ein paar Huren in den Ländern, in denen er gekämpft hatte. Sie waren ebenso sachlich gewesen wie die Mitglieder des Bundes Deutscher Mädchen; aber bei ihnen war es wenigstens ihr Beruf.

Sie bekamen ihre Sachen zurück und zogen sich an. Plötzlich waren sie wieder Schützen, Gefreite, Feldwebel und Unteroffiziere. Der Mann mit dem russischen Kind stellte sich als Unteroffizier heraus. Der Baß ebenso. Die Maus war Trainsoldat. Sie drückte sich, als sie sah, daß die anderen Unteroffiziere waren. Graeber betrachtete seinen Waffenrock. Er war noch warm und roch nach Säuren. Unter den Schnallen der Hosenträger fand er eine Kolonie geflüchteter Läuse. Sie waren tot. Vergast. Er kratzte sie weg.

Man führte sie in eine Baracke. Ein NS-Führungsoffizier hielt eine Ansprache. Er stand auf einem Podium, hinter dem ein Bild des Führers hing, und erklärte ihnen, daß sie jetzt, wo sie in die Heimat gingen, eine große Verantwortung hätten. Nichts dürfe geäußert werden über die Zeit an der Front. Nichts über Stellungen, Orte, Truppenteile, Truppenbewegungen und Plätze. Überall lauerten Spione. Schweigen sei deshalb das wichtigste. Wer schwätze, müsse mit schwerer Bestrafung rechnen. Auch unsachgemäße Kritik sei Landesverrat. Den Krieg führe der Führer; er wisse, was er tue. Die Situation sei glänzend, die Russen seien am Verbluten; sie hätten unerhörte Verluste gehabt, und der Gegenangriff sei in Vorbereitung. Die Verpflegung sei erstklassig, der Geist der Truppen ausgezeichnet. Noch einmal: Irgendwelche Ortsnamen und Truppenstellungen anzugeben, sei Hochverrat.

Miesmacherei ebenso. Die Gestapo sei überall wachsam. Überall.

Der Offizier machte eine Pause. Dann erklärte er in verändertem Ton, der Führer wache trotz seiner ungeheuren Arbeit über alle seine Soldaten. Er habe bestimmt, daß jeder Urlauber ein Geschenk in die Heimat mitbringen solle. Zu diesem Zwecke würde ihm ein Eßpaket ausgehändigt werden. Es sei den Angehörigen zu Hause zu übergeben, als Beweis dafür, daß die Truppen es draußen gut hätten und daß sie sogar noch Geschenke mitbringen könnten. Wer das Paket unterwegs aufmache und selbst esse, würde bestraft. Kontrolle am Bestimmungsbahnhof würde das zeigen. Heil Hitler!

Sie standen stramm. Graeber erwartete das Deutschland- und das Horst-Wessel-Lied; das Dritte Reich war groß in Liedern. Aber nichts davon kam. Statt dessen kam der Befehl: »Urlauber nach dem Rheinland drei Schritte vortreten!«

Ein paar Leute marschierten vor die Front. »Der Urlaub nach dem Rheinland ist gesperrt worden«, erklärte der Offizier. Er wandte sich an den Nächststehenden. »Wohin wollen Sie statt dessen?«

»Nach Köln.«

»Ich habe Ihnen doch gerade gesagt, daß das Rheinland gesperrt worden ist. Wohin wollen Sie statt dessen?«

»Nach Köln«, sagte der Mann verständnislos. »Ich bin aus Köln.«

»Sie können nicht nach Köln, verstehen Sie das nicht? In welche andere Stadt wollen Sie fahren?«

»In keine andere Stadt. In Köln habe ich Frau und Kinder. Ich war Schlosser dort. Mein Urlaubsschein ist nach Köln ausgestellt.«

»Das sehe ich. Aber Sie können nicht dahin fahren. Verstehen Sie doch endlich! Köln ist im Augenblick für Urlauber gesperrt.«

»Gesperrt?« fragte der frühere Schlosser. »Warum?«

»Sind Sie verrückt geworden, Mensch? Wer hat hier zu fragen? Sie oder die Behörde?«

Ein Hauptmann kam heran und flüsterte dem Offizier etwas zu. Der nickte. »Urlauber nach Hamburg und dem Elsass vortreten!« kommandierte er dann.

Niemand trat vor. »Rheinländer hierbleiben! Die übrigen ohne Tritt linksum, marsch! Antreten zum Empfang der Heimatpakete!«

Sie standen wieder auf dem Bahnhof. Die Rheinländer kamen nach einiger Zeit dazu. »Was war los?« fragte der Baß.

»Du hast es ja gehört.«

»Du kannst nicht nach Köln? Wohin fährst du jetzt?«

»Nach Rothenburg. Ich habe da eine Schwester. Aber was soll ich in Rothenburg? Ich wohne in Köln. Was ist los in Köln? Warum kann ich nicht nach Köln?«

»Vorsichtig«, sagte jemand und blickte nach zwei SS-Leuten, die knarrend vorüberschritten.

»Ich pfeife auf die! Was soll ich in Rothenburg? Wo ist meine Familie? Sie war in Köln. Was ist da passiert?«

»Vielleicht ist deine Familie auch in Rothenburg.«

»Sie ist nicht in Rothenburg. Da ist kein Platz. Meine Frau und meine Schwester können sich auch nicht ausstehen. Was ist in Köln los?«

Der Schlosser starrte die andern an. Er hatte Tränen in den Augen. Seine dicken Lippen bebten. »Weshalb könnt ihr nach Hause und ich nicht? Nach all der Zeit! Was ist los? Was ist aus meiner Frau und meinen Kindern geworden? Georg hieß der Älteste. Elf Jahre alt. Was?«

»Hör zu«, sagte der Baß. »Du kannst nichts dagegen machen. Schick deiner Frau ein Telegramm. Laß sie nach Rothenburg kommen. Sonst siehst du sie überhaupt nicht.«

»Und die Reise? Wer bezahlt ihr das? Und wo soll sie wohnen?«

»Wenn du nicht nach Köln darfst, lassen sie deine Frau auch nicht raus«, sagte die Maus. »Das ist sicher. So sind die Bestimmungen.«

Der Schlosser öffnete den Mund, sagte aber nichts. Erst nach einer Weile sagte er: »Warum nicht?«

»Überleg dir das selber.«

Der Schlosser sah sich um. Er blickte von einem zum andern. »Es kann doch nicht alles kaputt sein! Das ist doch unmöglich!«

»Sei froh, daß sie dich nicht gleich an die Front zurückschicken«, sagte der Baß. »Das hätte auch sein können.«

Graeber hörte schweigend zu. Er spürte, daß er fröstelte und daß das Frieren nicht von außen kam. Das Ungreifbare, Gespenstische war wieder da, das schon so lange herumschlich, das nie ganz zu fassen war, das auswich und wiederkam und einen anstarrte und hundert undeutliche Gesichter hatte und keines. Er blickte auf die Schienen. Sie führten in die Heimat, in das Feste, Warme, Wartende, in den Frieden, das einzige, was noch geblieben war. Und nun schien das von draußen mitgeschlichen zu sein, es atmete unheimlich neben ihm und war nicht zu verscheuchen.

»Urlaub«, sagte der Mann aus Köln bitter. »Das ist mein Urlaub? Was nun?«

Die anderen sahen ihn an und antworteten ihm nicht mehr. Es war, als sei an ihm plötzlich eine verborgen gewesene Krankheit sichtbar geworden. Er war unschuldig, aber er schien sonderbar gezeichnet, und unmerklich rückten die anderen von ihm ab. Sie waren froh, daß es sie nicht getroffen hatte, aber sie waren selbst auch noch nicht sicher, – deshalb rückten sie weg. Unglück war ansteckend.

Der Zug rollte langsam in die Halle. Er war schwarz und verdunkelte das letzte Licht.

VI

Am Morgen war die Landschaft verändert. Sie stieg klar aus dem weichen Dunst der Frühe. Graeber saß jetzt am Fenster, das Gesicht gegen die Scheibe gepreßt. Er sah Äcker und Felder, gefleckt noch mit Schnee, aber darunter die schwarzen, regelmäßigen Furchen des Pfluges und den blaßgrünen Schimmer der jungen Saat. Keine Granattrichter. Keine Zerstörung. Flache, glatte Ebene. Keine Schützengräben. Keine Bunker. Land.

Dann kam das erste Dorf. Eine Kirche, auf der ein Kreuz flimmerte. Ein Schulhaus, über dem sich ein Wetterhahn langsam drehte. Eine Kneipe, vor der Leute standen. Offene Haustüren, Mägde mit Besen, ein Fuhrwerk, der erste Schein der Sonne in Fenstern, die heil waren. Dächer, die ganz waren, unzerstörte Häuser, Bäume, die alle ihre Äste hatten, Straßen, die Straßen waren, und Kinder, die zur Schule gingen. Kinder hatte Graeber schon lange nicht mehr gesehen. Er atmete tief. Dies war es, worauf er gewartet hatte. Es war da. Doch da!

»Sieht gleich anders aus hier, was?« fragte ein Unteroffizier vom nächsten Fenster.

»Ganz anders.«

Der Dunst hob sich mehr und mehr. Wälder wuchsen aus dem Horizont. Man konnte weithin sehen. Telegraphendrähte begleiteten den Zug. Sie schwangen auf und nieder, – Notenlinien einer endlosen, unhörbaren Melodie. Vögel flatterten von ihnen auf wie Lieder. Die Landschaft war still. Das Grollen der Front war versunken. Keine Flugzeuge mehr. Es schien Graeber, als sei es bereits Wochen her, daß er unterwegs war. Selbst die Erinnerung an seine Kameraden war plötzlich verblaßt.

»Was ist heute für ein Tag?« fragte er.

»Donnerstag.«

»So, Donnerstag.«

»Natürlich. Gestern war Mittwoch. Glaubst du, daß wir irgendwo Kaffee fassen werden?«

»Sicher. Hier ist doch alles wie früher.«

Ein paar Leute holten Brot aus ihren Tornistern und fingen an zu kauen. Graeber wartete; er wollte sein Brot mit dem Kaffee zusammen verzehren. Er dachte an den Frühstückstisch zu Hause vor dem Kriege. Seine Mutter hatte ein blau und weiß gewürfeltes Tischtuch gehabt, und es hatte Honig, Brötchen und heiße Milch zum Kaffee gegeben. Der Kanarienvogel hatte gesungen, und im Sommer hatte die Sonne auf die Geranien am Fenster geschienen. Er hatte oft eins der dunkelgrünen Blätter zwischen seinen Händen gerieben und den fremden, starken Duft eingeatmet und an fremde Länder gedacht. Fremde Länder hatte er inzwischen genug gesehen; aber nicht so, wie er es damals geträumt hatte.

Er blickte wieder hinaus. Plötzlich war er zuversichtlich. Draußen standen Landarbeiter und blickten auf den Zug. Frauen mit Kopftüchern waren dabei. Der Unteroffizier ließ ein Fenster herunter und winkte. Niemand winkte zurück.

»Na, dann nicht, ihr Kaffern«, sagte der Unteroffizier enttäuscht.

Ein paar Minuten später kam ein anderes Feld mit Leuten, und er winkte wieder. Diesmal lehnte er sich weit aus dem Fenster. Auch jetzt winkte niemand zurück, obschon die Leute sich aufgerichtet hatten und auf den Zug blickten.

»Für so was kämpft man nun«, erklärte der Unteroffizier ärgerlich.

»Vielleicht sind es Gefangene, die da arbeiten. Oder Fremdarbeiter.«

»Es waren genug Weiber dabei. Die wenigstens hätten winken können.«

»Vielleicht sind auch die Russen. Oder Polen.«

»Unsinn. Sie sahen nicht so aus. Und wenn schon – Irgendwelche Deutsche müssen auch doch dabei sein.«

»Wir sind ein Verwundetenzug«, sagte der Kahlkopf. »Da winkt keiner.«

»Ochsen«, erklärte der Unteroffizier abschließend. »Bauerntöffel und Kuhmägde.« Er zog das Fenster mit einem Ruck hoch.

»In Köln sind sie anders«, sagte der Schlosser.

Der Zug fuhr weiter. Er hielt einmal zwei Stunden in einem Tunnel. Sie hatten kein Licht, und auch der Tunnel war völlig dunkel. Sie waren zwar gewohnt, in der Erde zu leben; aber trotzdem beklemmte der Tunnel sie nach einiger Zeit.

Sie rauchten. Die glühenden Punkte der Zigaretten schwangen in der Schwärze auf und nieder wie Leuchtkäfer. »Wahrscheinlich ein Maschinenschaden«, sagte der Unteroffizier.

Sie horchten. Sie hörten keine Flieger. Es kamen auch keine Explosionen. »War einer von euch schon einmal in Rothenburg?« fragte der Kölner.

»Es soll eine alte Stadt sein«, sagte Graeber.

»Warst du da?«

»Nein. Warst du denn nie da?«

»Nein. Was soll ich da nur machen?«

»Du hättest nach Berlin fahren sollen«, sagte die Maus. »Urlaub hat man nur einmal. Und in Berlin ist mehr los.«

»Ich habe kein Geld für Berlin. Wo soll ich da wohnen? Im Hotel? Ich will zu meiner Familie.«

Der Zug ruckte an. »Endlich«, sagte der Baß. »Ich dachte schon, wir würden hier beerdigt.«

Licht sickerte grau in das Düster. Es wurde silberner, und dann war die Landschaft wieder da. Sie schien zärtlicher denn je. Alle drängten sich an die Fenster. Der Nachmittag war wie Wein. Unwillkürlich suchten sie nach frischen Bombenkratern. Sie fanden keine.

Ein paar Stationen weiter stieg der Baß aus. Dann der Unteroffizier und zwei andere. Eine Stunde später begann Graeber, die Gegend zu erkennen. Es war dämmerig geworden. Blaue Schleier hingen in den Bäumen. Es waren keine bestimmten Dinge, die er erkannte, – keine Häuser und Dörfer und Höhenzüge, – es war die Landschaft selber, die plötzlich sprach. Sie kam von allen Seiten, süß, bestürzend und voll jäher Erinnerungen. Sie war nicht klar, sie hatte nichts von Tatsachen, sie war kaum mehr als die Ahnung von Wiederkehr, nicht Wiederkehr selbst; aber gerade dadurch war sie um vieles stärker. Die dämmernden Alleen der Träume waren in ihr, und sie hatten kein Ende.

Die Namen der Stationen wurden vertraut. Orte, von Ausflügen her bekannt, huschten vorüber. In der Erinnerung war plötzlich der Geruch von Erdbeeren und Tannenharz und von Heide in der Sonne. Es konnte nur noch Minuten dauern, bis die Stadt kam. Graeber hatte seine Sachen umgeschnallt. Er stand und wartete auf die ersten Straßen.

Der Zug hielt. Leute liefen draußen. Graeber spähte hinaus. Er hörte den Namen der Stadt. »Also, mach's gut«, sagte der Kölner.

»Wir sind noch nicht da. Der Bahnhof ist mitten in der Stadt.«

»Vielleicht haben sie ihn umgelegt. Frag lieber.«

Graeber öffnete die Tür. Er sah im Halbdunkel Leute einsteigen. »Ist dies Werden?« fragte er.

Ein paar Leute sahen auf; aber sie antworteten nicht, sie waren zu eilig. Er stieg aus. Dann hörte er einen Bahnbeamten rufen: »Werden! Aussteigen!«

Er packte seine Tornisterriemen und arbeitete sich zu dem Beamten durch. »Geht der Zug nicht zum Bahnhof?«

Der Mann musterte ihn müde. »Wollen Sie nach Werden?«

»Ja.«

»Drüben rechts hinter der Rampe. Der Omnibus dort geht weiter.«

Graeber ging die Rampe entlang. Er kannte sie nicht. Sie war neu und aus frischem Holz gezimmert. Er fand den Omnibus. »Fahren Sie nach Werden?« fragte er den Fahrer.

»Ja.«

»Geht der Zug nicht mehr durch?«

»Nein.«

»Warum nicht?«

»Weil er nur bis hier geht.«

Graeber sah den Fahrer an. Er wußte, daß es zwecklos war, weiter zu fragen. Er würde keine richtige Antwort bekommen. Langsam kletterte er in den Omnibus. In einer Ecke war noch Platz. Draußen war alles dunkel. Er konnte nur noch sehen, daß anscheinend neue Geleise durch das Dunkel schimmerten. Sie führten rechtwinklig von der Stadtrichtung fort. Der Zug rangierte bereits. Graeber drückte sich in die Ecke. Vielleicht haben sie es aus Vorsicht so gemacht, dachte er ohne Zuversicht.

Der Omnibus fuhr an. Es war ein alter Kasten mit schlechtem Benzin. Die Maschine hustete. Ein paar Mercedes überholten sie. In einem saßen Offiziere der Wehrmacht, in zwei anderen SS-Offiziere. Die Leute im Omnibus sahen sie vorbeirasen. Sie sagten nichts. Fast niemand sprach während der Fahrt. Nur ein Kind lachte und spielte im Gang. Es war ein Mädchen von etwa zwei Jahren, blond, mit einer blauen Schleife im Haar.

Graeber sah die ersten Straßen. Sie waren unversehrt. Er atmete auf. Der Omnibus ratterte noch einige Minuten weiter und hielt dann. »Aussteigen! Alle!«

»Wo sind wir?« fragte Graeber einen Mann neben sich.

»Bramschestraße.«

»Fahren wir nicht weiter?«

»Nein.«

Der Mann stieg aus. Graeber folgte ihm. »Ich bin auf Urlaub«, sagte er. »Das erstemal seit zwei Jahren.« Er mußte es irgendjemandem sagen.

Der Mann sah ihn an. Er hatte eine frische Narbe über der Stirn, und ihm fehlten zwei Vorderzähne. »Wo wohnen Sie?«

»Hakenstraße 18.«

»Ist das in der Altstadt?«

»An der Grenze. Ecke Luisenstraße. Man kann die Katharinenkirche von da sehen.«

»So – ja –« Der Mann sah in den dunklen Himmel. »Nun, Sie wissen ja den Weg.«

»Sicher. Den vergißt man nicht.«

»Sicher nicht. Alles Gute.«

»Danke.«

Graeber ging die Bramschestraße entlang. Er sah auf die Häuser. Sie waren hell. Er sah die Fenster. Sie waren alle dunkel. Luftschutz, dachte er, natürlich. Es war kindisch, aber er hatte es trotzdem nicht erwartet; er hatte geglaubt, die Stadt würde erleuchtet sein. Dabei hätte er es von früher wissen müssen. Eilig ging er die Straße entlang. Er sah einen Bäckerladen, in dem kein Brot war. In der Auslage standen ein paar Papierrosen in einer Glasvase. Ein Kolonialwarengeschäft folgte. Das Schaufenster lag voller Pakete; aber es waren leere Packungen. Dann kam ein Sattlergeschäft. Graeber erinnerte sich an den Laden. Ein ausgestopftes braunes Pferd hatte früher hinter dem Schaufenster gestanden. Er blickte hinein. Das Pferd stand noch immer da, und vor ihm, den Kopf wie zum Bellen erhoben, auch noch der alte ausgestopfte schwarzweiße Terrier von früher. Er blieb einen Augenblick stehen vor dem Fenster, das sich trotz allem, was in den letzten Jahren geschehen war, nicht verändert hatte; dann ging er weiter. Er war plötzlich zu Hause. »Guten Abend«, sagte er zu einem Unbekannten, der unter der nächsten Tür stand.

»Abend«, sagte der nach einer Weile erstaunt hinter ihm her.

Das Pflaster klang unter Graebers Stiefeln. Bald würde er die schweren Treter abstreifen und seine leichten Zivilschuhe heraussuchen. Er würde sich in klarem, heißem Wasser waschen und ein sauberes Hemd anziehen. Er ging rascher. Die Straße schien sich unter seinen Füßen zu wölben, als wäre sie lebendig oder voll von Elektrizität. Dann roch er plötzlich den Rauch.

Er blieb stehen. Es war kein Schornsteinrauch: auch kein Holzfeuer; es war Brandgeruch. Er sah sich um. Die Häuser standen unbeschädigt da. Die Dächer waren unversehrt. Der Himmel hinter ihnen war sehr weit und dunkelblau.

Er ging weiter. Die Straße mündete in einen kleinen Platz mit Anlagen. Der Brandgeruch wurde stärker. Er schien in den kahlen Kronen der Bäume zu hängen. Graeber witterte; er konnte nicht feststellen, woher er kam. Er war jetzt überall, als wäre er wie Asche vom Himmel gefallen.

An der nächsten Ecke sah er das erste zusammengestürzte Haus. Es gab ihm einen Ruck. Er hatte nichts als Ruinen in den letzten Jahren gesehen und sich nie mehr etwas dabei gedacht; aber diesen Haufen Schutt starrte er an, als sähe er zum ersten Male in seinem Leben ein zerstörtes Gebäude.

Es ist nur ein Haus, dachte er. Nur ein einzelnes Haus. Die andern stehen alle noch. Er hastete an dem Schutthaufen vorbei und schnupperte. Der Brandgeruch kam nicht daher. Dieses Haus war schon vor längerer Zeit zerstört worden. Vielleicht war es ein Zufall gewesen, eine vergessene Bombe, die wahllos bei einem Rückflug abgeworfen worden war.

Er sah nach dem Namen der Straße. Bremerstraße. Es war noch weit bis zur Hakenstraße. Noch mindestens eine halbe Stunde. Er ging schneller. Er sah kaum Leute. Unter einem dunklen Torbogen brannten kleine blaue elektrische Birnen. Sie waren abgeschirmt und wirkten, als habe der Torbogen Tuberkulose.

Dann kam die erste zerstörte Ecke. Dieses Mal waren es mehrere Häuser. Nur ein paar Grundmauern standen noch. Sie ragten zackig und schwarz in die Luft. Verbogene Stahlträger hingen dazwischen wie dunkle Schlangen, die sich aus den Steinen wühlten. Ein Teil des Schuttes war beiseite geschaufelt. Auch diese Ruinen waren alt. Graeber kam dicht an ihnen vorbei. Er kletterte über den Schutt auf dem Trottoir und sah im Dunkel dunklere Schatten sich bewegen, als kröchen dort riesige Käfer. »Heda!« rief er. »Ist da jemand?«

Mörtel bröckelte, und Steine klapperten. Die Gestalten huschten fort. Graeber hörte heftiges Atmen. Er horchte; dann erkannte er, daß er selber es war, der so laut atmete.

Er rannte jetzt. Der Brandgeruch wurde intensiver. Die Zerstörung nahm zu. Dann kam er in die Altstadt und blieb stehen und starrte und starrte. Reihen von Holzhäusern aus dem Mittelalter hatten früher dort gestanden, Häuser mit vorspringenden Giebeln, spitzen Dächern und bunten Inschriften. Sie waren nicht mehr da. Statt dessen sah er eine wirre Brandstätte, verkohlte Balken, Grundmauern, Steinhaufen, Straßenreste, und darüber weißlich schwelenden Dunst. Die Häuser waren abgebrannt wie trockene Späne. Er lief weiter. Eine wilde Angst hatte ihn plötzlich gepackt. Ihm war eingefallen, daß nicht weit vom Hause seiner Eltern sich ein kleines Kupferwerk befand. Es konnte ein Ziel gewesen sein. Er stolperte über die Straßen und über die schwelenden, feuchten Ruinen, so rasch er konnte, er stieß an Leute, er rannte vorwärts, er kletterte über Schutthaufen, und dann blieb er stehen. Er wußte nicht mehr, wo er war.

Die Stadt, die er gekannt hatte seit seiner Kindheit, war so verändert, daß er sich nicht mehr zurechtfand. Er war gewohnt, sich nach Häuserfronten zu orientieren. Sie waren nicht mehr da. Er fragte eine Frau, die vorüberhuschte, wie er zur Hakenstraße kommen könne.

»Was?« fragte sie erschreckt. Sie war schmutzig und hielt die Hände vor die Brust.

»Zur Hakenstraße.«

Die Frau machte eine Bewegung. »Da – dort hinüber – um die Ecke –«

Er ging in die Richtung. Verkohlte Bäume standen auf einer Seite. Die Zweige und die kleineren Äste waren verbrannt, die Stümpfe und ein paar Hauptäste ragten noch auf. Sie sahen aus wie riesige schwarze Hände, die sich aus der Erde zum Himmel reckten.

Graeber versuchte sich zu orientieren. Er hätte von hier aus den Turm der Katharinenkirche sehen müssen. Er sah ihn nicht. Vielleicht war auch die Kirche zusammengestürzt. Er fragte niemand mehr. Irgendwo sah er Bahren stehen. Leute schaufelten. Feuerwehrmänner rannten herum. Wasser klatschte in Qualm. Eine düstere Lohe hing über dem Kupferwerk. Dann fand er die Hakenstraße.

VII

Ein verbogener Laternenpfahl trug das Schild. Es zeigte schräg nach unten in einen Trichter, an dem Mauerreste und eine eiserne Bettstelle lagen. Er umging den Trichter und lief weiter. Etwas weiter weg sah er ein unzerstörtes Haus stehen. Achtzehn, flüsterte er, es muß Nummer achtzehn sein! Gott, mach, daß achtzehn steht!

Er hatte sich geirrt. Es war nur die Front eines Hauses. Es hatte im Dunkel vollständig ausgesehen. Als er herankam, sah er, daß das ganze Hinterhaus zusammengefallen war. Ein Piano hing oben zwischen den Stahlträgern eingeklemmt. Der Deckel war weggerissen, und die Tasten schimmerten wie ein riesiger Mund voller Zähne, als drohe ein vorweltliches, schweres Tier wütend herunter. Die Haustür der Front war weit offen.

Graeber lief hinüber. »Sie da!« schrie jemand. »Achtung! Wo wollen Sie hin?«

Er antwortete nicht. Er konnte sich plötzlich nicht mehr besinnen, wo das Haus seiner Eltern stehen mußte. All die Jahre hindurch hatte er es vor sich gesehen, jedes Fenster, den Eingang, die Treppe, – aber jetzt, in dieser Nacht, war alles durcheinandergeworfen. Er wußte nicht einmal, auf welcher Seite der Straße er sich befand.

»Heda, Mensch!« schrie die Stimme wieder. »Wollen Sie die Mauer auf den Schädel kriegen?«

Graeber starrte durch die Haustür. Er sah den Anfang einer Treppe. Er suchte nach der Hausnummer. Ein Luftschutzwart kam heran. »Was machen Sie hier?«

»Ist dies Nummer achtzehn? Wo ist achtzehn?«

»Achtzehn?« Der Luftschutzwart rückte seinen Helm zurecht. »Wo achtzehn ist? Wo achtzehn war, meinen Sie wohl?«

»Was?«

»Klar. Haben Sie keine Augen?«

»Dies ist nicht achtzehn!«

»War nicht achtzehn! War! Ist gibt es nicht mehr. War ist die Parole.«

Graeber packte den Mann an den Rockaufschlägen. »Hören Sie«, sagte er wild. »Ich bin nicht hier, um Witze zu hören. Wo ist achtzehn?«

Der Luftschutzwart sah ihn an. »Lassen Sie mich sofort los, oder ich pfeife die Polizei ran. Sie haben hier nichts zu suchen. Dies ist Aufräumgebiet. Man wird Sie verhaften.«

»Man wird mich nicht verhaften. Ich komme von der Front.«

»Wichtigkeit! Meinen Sie, das hier ist keine Front?«

Graeber ließ den Mann los. »Ich wohne in achtzehn«, sagte er. »Hakenstraße achtzehn. Meine Eltern wohnen hier –«

»In dieser Straße wohnt niemand mehr.«

»Niemand?«

»Niemand. Ich muß es wissen. Ich habe auch hier gewohnt.« Der Mann bleckte plötzlich die Zähne. »Habe! Habe! –« schrie er. »Wir haben hier in vierzehn Tagen sechs Luftangriffe gehabt, Sie Frontsoldat, Sie! Und ihr verfluchten Brüder draußen habt gefaulenzt. Gesund und munter seid ihr, das sieht man! Und meine Frau? Da –« er zeigte auf das Haus, vor dem sie standen – »wer gräbt sie aus? Keiner! Tot! Keinen Zweck mehr, sagen die Rettungsabteilungen. Zuviel dringende andere Arbeit. Zuviel Scheißakten und Scheißbüros und Scheißbehörden, die gerettet werden müssen.« Er näherte Graeber sein hageres Gesicht. »Wissen Sie was, Soldat? Man weiß nie, was los ist, wenn es einem nicht selbst an den Kragen geht. Und wenn man es dann weiß, ist es zu spät. Sie Frontsoldat!« Er spuckte aus. »Sie tapferer Frontsoldat mit dem Klempnerladen! Achtzehn ist da oben. Da, wo sie schippen.«

Graeber ließ den Mann stehen. Da, wo sie schippen, dachte er. Da, wo sie schippen! Es ist nicht wahr! Ich wache gleich auf und bin im Bunker, ich wache auf im Keller des russischen Dorfes ohne Namen, und Immermann ist da und flucht, und Mücke, und Sauer, dies hier ist Rußland, dies ist nicht Deutschland, Deutschland ist heil und beschützt, es –

Er hörte die Rufe und das Klappern der Schaufeln, dann sah er die Leute auf den schwelenden Trümmern. Wasser strömte aus einer zerbrochenen Leitung in der Straße. Es glitzerte im Schein abgeschirmter Lampen.

Er lief auf einen Mann zu, der Befehle gab. »Ist dies achtzehn?«

»Was? Scheren Sie sich weg! Was haben Sie hier zu suchen?«

»Ich suche meine Eltern. In achtzehn. Wo sind sie?«

»Mensch, wie soll ich das wissen? Bin ich Gott?«

»Sind sie gerettet?«

»Fragen Sie anderswo. Das geht uns nichts an. Wir graben nur aus.«

»Sind hier Verschüttete?«

»Natürlich. Meinen Sie, wir graben zum Spaß?« Der Mann wendete sich an die Kolonne. »Aufhören! Ruhe! Willmann, klopfen!«

Die Arbeiter erhoben sich. Es waren Leute in Sweatern, Leute mit schmutzigen weißen Kragen, Leute in alten Mechanikeranzügen, Leute mit Militärhosen und Ziviljacken. Sie waren dreckig, und ihre Gesichter waren naß. Einer kniete mit einem Hammer in den Trümmern und klopfte gegen ein Rohr, das herausragte. »Ruhe!« schrie der Anführer.

Es wurde still. Der Mann mit dem Hammer hatte das Ohr an die Röhre gepreßt. Das Atmen der Männer und das Rieseln von Kalk wurde hörbar. Von fern klang Läuten von Hospitalwagen und Feuerwehr hinein. Der Mann mit dem Hammer klopfte wieder. Dann richtete er sich auf. »Sie antworten noch. Klopfen schneller. Haben wahrscheinlich nur noch wenig Luft.«

Er klopfte einige Male sehr rasch zurück. »Los!« rief der Anführer. »Weiter! Hier rechts! Wir müssen versuchen, hier die Röhre durchzutreiben, damit sie Luft kriegen.«

Graeber stand noch neben ihm. »Ist dies ein Luftschutzkeller?«

»Natürlich. Was sonst? Glauben Sie, hier würde einer noch klopfen, wenn er nicht in einem Keller wäre?«

Graeber schluckte. »Sind es Leute aus dem Hause? Der Luftschutzwart drüben sagt, hier wohne niemand mehr.«

»Der Luftschutzwart drüben hat eine weiche Birne. Hier unten sind Leute, die klopfen, das ist genug für uns.«

Graeber streifte seinen Tornister ab. »Ich bin kräftig, ich kann ausgraben helfen.« Er sah den Mann an. »Ich muß. Meine Eltern sind vielleicht –«

»Meinetwegen! Willmann, hier ist noch einer zum Ablösen. Habt ihr eine Axt frei?«

Die zerquetschten Beine kamen zuerst. Ein Balken hatte sie zerbrochen und eingeklemmt. Der Mann lebte noch. Er war nicht bewußtlos. Graeber starrte ihm ins Gesicht. Er kannte ihn nicht. Sie sägten den Balken durch und schoben eine Bahre heran. Der Mann schrie nicht. Er verdrehte nur die Augen, und sie waren plötzlich weiß.

Sie erweiterten den Eingang und fanden zwei Tote. Beide waren plattgedrückt. Die Gesichter waren flach; nichts stand mehr hervor, die Nase war fort, die Zähne waren zwei Reihen flacher Kerne, etwas verstreut und schief, wie eingebackene Mandelstücke. Graeber beugte sich über sie. Er sah dunkles Haar. Seine Angehörigen waren blond. Sie zogen die Toten heraus. Sie lagen flach und sonderbar auf der Straße.

Es wurde heller. Der Mond stieg auf. Der Himmel wurde zu einem sanften, fast farblosen, sehr kühlen Blau. »Wann war der Angriff?« fragte Graeber, als er abgelöst wurde.

»Gestern nacht.«

Graeber sah seine Hände an. Sie waren schwarz im stofflosen Licht. Das Blut, das von ihnen herunterrann, war ebenfalls schwarz. Er wußte nicht, ob es sein eigenes war. Er wußte nicht einmal, daß er mit bloßen Händen Schutt und Glassplitter weggekratzt hatte. Sie arbeiteten weiter. Ihre Augen tränten; die Säure der Bombendämpfe biß hinein. Sie wischten sie mit den Ärmeln aus, aber sie füllten sich rasch wieder.

»He, Soldat«, rief jemand hinter ihm.

Er drehte sich um. »Ist das Ihr Tornister?« fragte die Gestalt, die im Wasser seiner Augen schwankte.

»Wo?«

»Drüben. Jemand haut gerade damit ab.«

Graeber wollte sich zurückwenden. »Er stiehlt ihn«, sagte die Gestalt und zeigte. »Sie können ihn noch erwischen. Rasch! Ich löse Sie hier ab.«

Graeber konnte nicht mehr denken. Er folgte einfach der Stimme und dem Arm. Er lief die Straße hinunter und sah jemand über einen Schutthaufen klettern. Er holte ihn ein. Es war ein alter Mann, der den Tornister weiterzerrte. Graeber trat auf die Riemen. Der Mann ließ los, drehte sich um, hob die Hände und stieß ein dünnes, hohes Quäken aus. Sein Mund war groß und schwarz im Mondlicht, und seine Augen glitzerten.

Eine Patrouille kam heran. Es waren zwei SS-Leute. »Was ist hier los?«

»Nichts«, erwiderte Graeber und hing sich den Tornister über. Der quäkende Mann war verstummt. Er atmete scharf und laut. »Was machen Sie hier?« fragte einer der SS-Leute. Es war ein älterer Oberscharführer. »Papiere.«

»Ich helfe ausgraben. Drüben. Meine Eltern haben dort gewohnt. Ich muß –«

»Soldbuch!« sagte der Oberscharführer schärfer.

Graeber starrte die beiden an. Es hatte keinen Zweck, darüber zu streiten, ob die SS das Recht hatte, Soldaten zu kontrollieren. Sie waren zu zweit und beide bewaffnet. Er fummelte nach seinem Urlaubsschein. Der Mann holte seine Taschenlampe heraus und las. Das Stück Papier war einen Augenblick so hell erleuchtet, als glühe es von innen. Graeber fühlte seine Muskeln zittern. Endlich erlosch die Lampe, und der Oberscharführer gab ihm den Schein zurück. »Sie wohnen Hakenstraße achtzehn?«

»Ja«, sagte Graeber, rasend vor Ungeduld. »Drüben. Wir graben sie gerade aus. Ich suche meine Familie.«

»Wo?«

»Drüben. Da, wo sie graben. Sehen Sie das denn nicht?«

»Das ist nicht achtzehn«, sagte der Oberscharführer.

»Was?«

»Das ist nicht achtzehn. Das ist zweiundzwanzig. Achtzehn ist dieses hier.« Er zeigte auf eine Ruine, aus der Eisenträger ragten.

»Wissen Sie das bestimmt?« stammelte Graeber.

»Natürlich. Es sieht hier jetzt alles gleich aus. Aber dieses ist achtzehn, das weiß ich genau.«

Graeber blickte auf die Trümmer. Sie rauchten nicht. »Dieses Straßenstück ist gestern nicht zerbombt worden«, sagte der Oberscharführer. »Ich glaube, es war vorige Woche. Vielleicht ist es auch schon länger her.«

»Wissen Sie –« Graeber stockte und fuhr fort: »Wissen Sie, ob Leute gerettet worden sind?«

»Das weiß ich nicht. Aber es werden immer welche gerettet. Vielleicht sind Ihre Eltern gar nicht hier im

Hause gewesen. Die meisten Leute gehen bei Alarm in die großen Bunker.«

»Wo kann ich das erfahren? Und wo kann ich erfahren, wo sie jetzt sind?«

»Diese Nacht nirgendwo. Das Rathaus ist zerstört, und alles ist durcheinander. Fragen Sie morgen früh auf dem Bezirksamt nach. Was hatten Sie mit diesem Mann hier?«

»Nichts. Glauben Sie, daß unter den Trümmern noch Leute liegen?«

»Es liegen überall welche. Tote. Wenn wir alle ausgraben wollten, müßten wir hundertmal mehr Leute dafür haben. Die verdammten Schweine bombardieren ja die ganze Stadt ohne Unterschied.«

Der Oberscharführer wandte sich zum Gehen. »Ist dies hier eine verbotene Zone?« fragte Graeber.

»Warum?«

»Der Luftschutzwart drüben behauptet es.«

»Der Luftschutzwart ist übergeschnappt. Er ist nicht mehr im Amt. Bleiben Sie hier, solange Sie wollen. Einen Schlafplatz finden Sie vielleicht in der Roten Kreuzstraße. Da, wo der Bahnhof war. Wenn Sie Glück haben.«

Graeber suchte nach dem Eingang. An einer Stelle war der Schutt weggeräumt; aber nirgendwo fand er eine Öffnung, die in den Keller führte. Er kletterte über die Trümmer. In der Mitte ragte ein Stück Treppe empor. Die Stufen und das Geländer waren erhalten; doch sie führten sinnlos ins Leere. Der Schutt türmte sich hinter ihr höher auf. Ein Samtsessel stand dort in einer Nische gerade und ordentlich, als hätte jemand ihn mit Vorsicht dahingesetzt.

Die Hinterwand des Hauses war quer über den Garten gefallen und hatte sich auf die übrigen Trümmer getürmt. Etwas huschte dort hinweg. Graeber glaubte, es sei der alte Mann von vorhin; aber dann sah er, daß es eine Katze war. Ohne Besinnen hob er einen Stein und warf ihn nach ihr. Er hatte plötzlich den sinnlosen Gedanken, daß das Tier Leichen angefressen habe. Eilig kletterte er zur anderen Seite hinüber. Er erkannte jetzt, daß es das richtige Haus war; ein kleines Stück vom Garten war unbeschädigt geblieben, eine Holzlaube war noch da, mit einer Bank darin und dem Stumpf einer Linde dahinter. Vorsichtig tastete er die Rinde des Baumes ab und fühlte die Vertiefungen von eingekerbten Buchstaben, die er selbst vor vielen Jahren hineingeschnitten hatte. Er wandte sich um. Der Mond war über die Wand der Ruine emporgekommen und leuchtete jetzt hinein. Es war eine Kraterlandschaft, unmenschlich und fremd, etwas, das man träumte, aber das nicht wirklich sein konnte. Er hatte vergessen, daß er in den letzten Jahren kaum etwas anderes gesehen hatte.

Die Hintereingänge schienen rettungslos verschüttet. Graeber horchte. Er klopfte an einem der Eisenträger und stand still und horchte wieder. Plötzlich glaubte er, ein Wimmern gehört zu haben. Es muß der Wind sein, dachte er, es kann nichts anderes sein als der Wind. Dann hörte er es wieder. Er stürzte in die Richtung der Treppe. Die Katze sprang vor ihm von den Stufen, auf die sie sich geflüchtet hatte. Er horchte weiter. Er fühlte, wie er zitterte. Und dann, auf einmal, war er ganz sicher, daß seine Eltern unter den Trümmern lagen, daß sie noch lebten und daß sie in der eingeschlossenen Dunkelheit mit verzweifelten, zerschundenen Händen kratzten und nach ihm wimmerten –

Er riß Steine und Schutt beiseite, besann sich und rannte zurück. Er fiel, riß sich die Knie auf, rutschte über Mörtel und Steine zur Straße hinunter und lief zu dem Hause zurück, an dem er die Nacht durch mitgearbeitet hatte.

»Kommt! Dies ist nicht achtzehn. Achtzehn ist drüben! Helft mir ausgraben!«

»Was?« fragte der Anführer und richtete sich auf.

»Dies ist nicht achtzehn! Meine Eltern sind drüben –«

»Wo?«

»Dort! Rasch!«

Der andere sah hinüber. »Das ist ein alter Fall«, sagte er dann sehr behutsam und sanft. »Viel zu spät, Soldat. Wir müssen hier weitermachen.«

Graeber warf seinen Tornister von den Schultern. »Es sind meine Eltern! Hier! Ich habe Sachen, Essen. Ich habe Geld –«

Der Mann richtete seine roten, tränenden Augen auf ihn. »Sollen wir die hier unten deswegen umkommen lassen?«

»Nein – aber –«

»Na, also – die hier leben noch –«

»Vielleicht können Sie später –«

»Später! Sehen Sie nicht, daß die Leute vor Müdigkeit zusammenfallen?«

»Ich habe hier die ganze Nacht mitgearbeitet. Da können Sie mir auch –«

»Mensch«, sagte der Anführer plötzlich ärgerlich. »Seien Sie vernünftig! Es hat keinen Zweck mehr, drüben zu graben. Verstehen Sie das nicht? Sie wissen ja nicht einmal, ob noch jemand drunter liegt. Wahrscheinlich nicht, sonst hätten wir etwas darüber gehört. Und nun lassen Sie uns in Ruhe!«

Er griff nach seiner Hacke. Graeber blieb stehen. Er sah auf die Rücken der arbeitenden Leute. Er sah auf die Bahren. Er sah auf die beiden Krankenträger, die gekommen waren. Das Wasser aus der zerbrochenen Leitung überschwemmte die Straße. Er fühlte, wie alle Kraft seinen Körper verließ. Er dachte daran, weiter schaufeln zu helfen. Er konnte es nicht mehr. Schleppend ging er zurück zu dem, was einmal das Haus Nummer achtzehn gewesen war.

Er blickte auf die Trümmer. Er begann noch einmal, Steine wegzuschieben, gab es aber bald auf. Es war unmöglich. Nachdem das Geröll entfernt war, kamen Eisenträger, Beton und Quadergestein. Das Haus war gut gebaut gewesen; das machte die Ruine jetzt fast unangreifbar. Vielleicht haben sie wirklich fliehen können, dachte er. Vielleicht hat man sie evakuiert. Vielleicht sind sie in einem Dorf in Süddeutschland. Vielleicht sind sie in Rothenburg. Vielleicht schlafen sie irgendwo in Betten. Mutter. Ich bin leer. Ich habe keinen Kopf und keinen Magen mehr.

Er hockte sich neben die Treppe. Jakobsleiter, dachte er. Was war das noch? War es nicht eine Treppe, die in den Himmel führte? Und stiegen nicht Engel darauf auf und ab? Wo waren die Engel? Verwandelt in Flugzeuge. Wo war alles? Wo war Erde? War sie nur noch da für Gräber? Ich habe Gräber gegraben, dachte er, viele Gräber. Was tue ich hier? Warum hilft mir niemand? Ich habe Tausende von Ruinen gesehen. Aber ich habe nie wirklich eine gesehen. Erst heute. Erst diese. Diese ist anders als alle anderen. Warum liege ich nicht darunter? Ich sollte darunter liegen.

Es wurde still. Die letzten Bahren wurden weggeschleppt. Der Mond stieg höher; die Sichel stand unbarmherzig über der Stadt. Die Katze erschien wieder. Sie beobachtete Graeber lange. Ihre Augen funkelten grau im stofflosen Licht. Sie kam vorsichtig näher. Lautlos glitt sie einige Male um ihn herum. Dann kam sie heran, strich an seinen Füßen vorüber, krümmte den Rücken und begann zu schnurren. Schließlich kroch sie neben ihn und legte sich nieder. Er merkte es nicht mehr.

VIII

Der Morgen kam strahlend herauf. Es dauerte eine Weile, ehe Graeber wußte, wo er war; er war gewohnt, in Ruinen zu schlafen. Dann aber kam alles mit einem Ruck zurück.

Er lehnte sich gegen die Treppe und versuchte zu denken. Die Katze saß ein Stück entfernt von ihm unter einer halb verschütteten Badewanne und putzte sich friedlich. Die Zerstörung ging sie nichts an.

Er sah auf seine Uhr. Es war noch zu früh für das Bezirksamt. Langsam stand er auf. Seine Gelenke waren steif, seine Hände blutig und schmutzig. In der Badewanne fand er etwas klares Wasser, – wahrscheinlich ein Rest von den Löschversuchen oder vom Regen. Aus dem Wasser sah ihm sein Gesicht entgegen. Es war ihm fremd. Er holte ein Stück Seife aus dem Tornister und begann, sich zu waschen. Das Wasser wurde schwarz, und die Hände fingen wieder an zu bluten. Er hielt sie in die Sonne, um sie zu trocknen. Dann sah er an sich herunter. Seine Hose war zerrissen, sein Rock schmutzig. Er rieb mit dem nassen Taschentuch daran herum. Mehr konnte er nicht tun.

Er hatte Brot im Tornister. In der Feldflasche war noch Kaffee. Er trank den Kaffee und aß das Brot dazu. Er war plötzlich sehr hungrig. Seine Kehle war so rauh, als hätte er die ganze Nacht durchgeschrien. Die Katze kam heran.

Er brach ein Stück Brot ab und hielt es ihr hin. Sie nahm es vorsichtig, trug es fort und hockte sich nieder, um es zu kauen. Sie beobachtete ihn dabei. Ihr Fell war schwarz, und sie hatte eine weiße Pfote. In dem zerbrochenen Glas zwischen den Trümmern blinkte die Sonne. Er nahm seinen Tornister und kletterte zur Straße hinunter.

Unten blieb er stehen und sah sich um. Er kannte die Silhouette der Stadt nicht wieder. Überall waren Lücken wie in einem beschädigten Gebiß. Die grüne Kuppel des Doms fehlte. Die Katharinenkirche war eingestürzt. Die Dächerreihen rundum waren räudig und zerfressen, als hätten riesige, vorweltliche Insekten einen Ameisenhaufen zerwühlt. In der Hakenstraße standen nur noch vereinzelte Häuser. Die Stadt sah nicht mehr aus wie die Heimat, die er erwartet hatte; sie sah aus, als läge sie in Rußland.

Die Tür des Hauses, von dem nur noch die Fassade stand, öffnete sich. Der Luftschutzwart vom Abend vorher trat heraus. Es war geisterhaft, ihn aus einem Hause, das keines mehr war, herauskommen zu sehen, als sei alles in Ordnung. Er winkte. Graeber zögerte einen Moment. Er erinnerte sich, daß der Oberscharführer erklärt hatte, der Mann sei verrückt. Dann ging er trotzdem hinüber.

Der Luftschutzwart bleckte die Zähne. »Was machen Sie hier?« fragte er scharf. »Plündern? Wissen Sie nicht, daß es verboten ist –«

»Mensch!« sagte Graeber. »Lassen Sie Ihren verfluchten Unsinn! Sagen Sie mir lieber, ob Sie etwas von meinen Eltern wissen! Paul und Marie Graeber. Sie haben drüben gewohnt.«

Der Luftschutzwart näherte ihm sein hageres, stoppeliges Gesicht. »Ah, Sie sind es! Der Frontkämpfer von gestern abend! Schreien Sie nur nicht so, Soldat! Glauben Sie, Sie sind der einzige, der jemand verloren hat? Was denken Sie, was das da ist?« Er zeigte zu dem Hause hinüber, aus dem er gekommen war.

»Was?«

»Das da! An der Tür! Haben Sie keine Augen? Meinen Sie, das wäre ein Witzblatt?«

Graeber antwortete nicht. Er sah, daß die Tür langsam im Winde schwang und daß die Füllung der Außenseite mit Zetteln beklebt war. Rasch ging er hinüber.

Es waren Adressen und Aufrufe für Vermißte. Einige waren mit Bleistift, Tinte oder Kohle direkt auf die Türfüllung geschrieben; die meisten jedoch auf Blätter, die mit Heftzwecken oder Klebpapier festgemacht worden waren. »Heinrich und Georg, kommt zu Onkel Hermann. Irma tot. Mutter.« stand auf einem großen, linierten Blatt, das aus einem Schulheft gerissen und mit vier Heftzwecken befestigt war. Gleich darunter, auf dem Pappdeckel einer Schuhschachtel: »Um Gottes willen, gebt Nachricht über Brunhilde Schmidt, Thüringerstr. 4«. Daneben, auf einer Postkarte: »Otto, wir sind in Iburg, Volksschule.« Und ganz unten, nach den Adressen mit Bleistift und Tinte, auf einer spitzengerandeten Papierserviette, mit bunten Pastellstiften: »Marie, wo bist du?«, ohne Unterschrift.

Graeber richtete sich auf. »Nun?« fragte der Luftschutzwart. »Sind Ihre dabei?«

»Nein. Sie haben nicht gewußt, daß ich kam.«

Der Verrückte verzog das Gesicht, als lache er lautlos. »Keiner weiß etwas vom andern, Soldat. Keiner! Und die Falschen kommen immer durch. Den Lumpen passiert nichts. Haben Sie das noch nicht gelernt?«

»Doch.«

»Dann tragen Sie sich ein! Tragen Sie sich ein in die Elendsliste! Und dann warten Sie! Warten Sie, wie wir alle. Warten Sie, bis Sie schwarz werden!« Das Gesicht des Luftschutzwarts veränderte sich. Es war plötzlich zerrissen wie von einem fassungslosen Schmerz.

Graeber wandte sich ab. Er bückte sich und suchte im Schutt nach irgendetwas, auf das er schreiben konnte. Er fand den Farbendruck eines Hitlerbildes, das in einem zerbrochenen Rahmen hing. Die Rückseite war weiß und unbedruckt. Er riß den oberen Teil ab, holte einen Bleistift hervor und dachte nach. Er wußte plötzlich nicht, was er schreiben sollte. »Bitte um Nachricht über Paul und Marie Graeber«, schrieb er schließlich in Blockbuchstaben. »Ernst hier auf Urlaub.«

»Hochverrat«, sagte der Luftschutzwart leise hinter ihm.

»Was?« Graeber fuhr herum.

»Hochverrat! Sie haben ein Bild des Führers zerrissen.«

»Es war zerrissen und lag im Dreck«, erklärte Graeber ärgerlich. »Und nun lassen Sie mich in Ruhe mit Ihrem Quatsch!«

Er fand nichts, womit er den Zettel aufhängen konnte. Schließlich löste er von den vier Heftzwecken, mit denen der Aufruf der Mutter befestigt war, zwei ab und machte seinen eigenen damit fest. Er tat es nicht gern; es schien ungefähr so, als stehle er einen Kranz von einem fremden

Sarge. Aber er hatte nichts anderes, und zwei Heftzwekken hielten den Aufruf der Mutter ebensogut wie vier.

Der Luftschutzwart hatte ihm über die Schulter gesehen. »Fertig!« erklärte er, als gäbe er ein Kommando. »Und nun Sieg Heil, Soldat! Trauern verboten! Trauerkleidung auch! Schwächt den Kampfgeist! Seien Sie stolz, daß Sie Opfer bringen dürfen! Wenn ihr Schweinehunde eure Pflicht getan hättet, wäre dieses hier nie passiert!«

Er wandte sich abrupt um und stakte auf langen, dünnen Beinen davon.

Graeber vergaß ihn sofort. Er riß ein kleines Stück von dem Rest des Hitlerbildes und schrieb eine Adresse darauf, die er auf der Türfüllung gefunden hatte. Es war die der Familie Loose. Er kannte sie und wollte dort nach seinen Eltern fragen. Dann zerrte er den Rest des Drucks aus dem Rahmen, schrieb auf die Rückseite noch einmal dasselbe wie auf die andere Hälfte und ging zum Hause Nummer achtzehn zurück. Dort klemmte er den Zettel zwischen zwei Steine, so daß er gut sichtbar war. Er hatte so zwei Möglichkeiten, daß sein Aufruf gesehen würde. Es war alles, was er im Augenblick tun konnte. Eine Weile stand er noch vor dem Haufen von Schutt und Steinen, von dem er nicht wußte, ob er ein Grab war oder nicht. Der Samtsessel in der Nische leuchtete wie ein Smaragd in der Sonne. Eine Kastanie neben ihm auf der Straße war völlig unversehrt geblieben. Ihr Laub schimmerte zärtlich in der Sonne, und Buchfinken zwitscherten in ihr und bauten ein Nest.

Er sah nach der Uhr. Es war Zeit, zum Rathaus zu gehen.

Die Schalter der Vermißtenstelle waren aus neuem Holz notdürftig zusammengezimmert. Sie waren nicht gestrichen und rochen nach Harz und Wald. An einer Seite des Raumes war die Decke eingestürzt. Zimmerleute legten dort Balken und hämmerten. Überall standen Leute und warteten schweigend und geduldig. Ein einarmiger Beamter und zwei Frauen saßen hinter den Schaltern.

»Name?« fragte die Frau am weitesten rechts. Sie hatte ein flaches, breites Gesicht und trug ein rotes Seidenband in ihrem strähnigen Haar.

»Graeber. Paul und Marie Graeber. Steuersekretär. Hakenstraße achtzehn.«

»Was?« Die Frau hielt die Hand ans Ohr.

»Graeber«, wiederholte Graeber lauter durch das Gehämmer. »Paul und Marie Graeber. Steuersekretär.«

Die Beamtin schlug nach. »Graeber, Graeber, –« Ihr Finger glitt die Kolonne entlang und hielt. »Graeber – ja – wie war der Vorname?«

»Paul und Marie.«

»Wie?«

»Paul und Marie!« Graeber war plötzlich sehr wütend. Es schien ihm unerträglich, daß er sein Elend auch noch schreien mußte.

»Nein. Dieser heißt Ernst Graeber.«

»Ernst Graeber heiße ich selbst. Es gibt keinen anderen in unserer Familie.«

»Nun, Sie können es ja nicht sein. Andere Graeber haben wir hier nicht.« Die Angestellte sah auf und lächelte. »Wenn Sie wollen, können Sie in einigen Tagen wieder anfragen. Wir haben noch nicht alle Meldungen. Der Nächste.«

Graeber blieb stehen. »Wo kann man sonst noch fragen?«

Die Sekretärin glättete das rote Seidenband in ihrem Haar. »Auf dem Meldeamt. Der Nächste.«

Graeber spürte, wie jemand ihm in den Rücken stieß. Es war eine kleine alte Frau mit Händen wie Vogelklauen, die hinter ihm stand. Er trat beiseite.

Eine Weile stand er noch unentschlossen neben dem Schalter. Er konnte nicht begreifen, daß das schon alles war. Es war zu schnell gegangen. Sein Verlust war zu groß dafür. Der einarmige Beamte sah ihn und beugte sich zu ihm hinüber. »Seien Sie froh, daß Ihre Angehörigen hier nicht eingetragen sind«, sagte er.

»Warum?«

»Dies sind Listen für Tote und Schwerverwundete. Solange sie nicht bei uns gemeldet sind, sind sie nur vermißt.«

»Und die Vermißten? Wo sind die Listen dafür?«

Der Beamte blickte ihn an mit der Geduld eines Menschen, der acht Stunden täglich mit fremdem Unglück zu tun hat, ohne helfen zu können. »Seien Sie vernünftig, Mann«, sagte er. »Vermißte sind Vermißte. Was helfen da Listen? Damit weiß man doch immer noch nicht, was mit ihnen passiert ist. Wenn man es wüßte, wären sie ja keine Vermißten mehr. Stimmt's?«

Graeber starrte ihn an. Der Beamte schien stolz auf seine Logik zu sein. Aber Vernunft und Logik gingen schlecht zusammen mit Verlust und Schmerz. Und was sollte man schon einem Mann antworten, der einen Arm verloren hatte? »Wahrscheinlich«, sagte Graeber und wendete sich ab.

Er fragte sich zum Meldeamt durch. Es lag in einem anderen Flügel des Rathauses und roch nach Säuren und Brand. Nach langem Warten kam er an eine nervöse Frau mit einem Kneifer. »Ich weiß nichts«, zeterte sie sofort. »Hier ist nichts mehr festzustellen. Die Kartei ist völlig durcheinander. Ein Teil ist verbrannt, den Rest haben die Tölpel von der Feuerwehr mit ihrem Wasser ruiniert. Ich bin nicht verantwortlich!«

»Weshalb habt ihr die Akten nicht in Sicherheit gebracht?« fragte ein Unteroffizier, der neben Graeber stand.

»Sicherheit? Wo ist Sicherheit? Wissen Sie das vielleicht? Ich bin nicht der Magistrat. Beschweren Sie sich da.« Die Frau blickte trostlos auf einen wüsten Haufen nasser Papierfetzen. »Alles zerstört! Das ganze Meldeamt! Was soll daraus nur werden? Jeder kann sich jetzt ja nennen, wie er will!«

»Das wäre furchtbar, was?« Der Unteroffizier spuckte aus und stieß Graeber an. »Komm, Kamerad. Die hier sind alle miteinander verrückt geworden.«

Sie gingen hinaus und standen vor dem Rathaus. Die Häuser rundum waren niedergebrannt. Vom Denkmal Bismarcks standen nur noch die Stiefel. Ein Schwarm weißer Tauben kreiste um den eingestürzten Turm der Marienkirche. »Schöne Scheiße, was?« sagte der Unteroffizier. »Wen suchst du?«

»Meine Eltern.«

»Ich meine Frau. Hatte ihr nicht geschrieben, daß ich käme. Wollte sie überraschen. Und du?«

»So ähnlich. Wollte meine Eltern nicht unnötig aufregen. Mein Urlaub war schon ein paarmal verschoben worden. Dann kam er plötzlich durch. Ich konnte nicht mehr schreiben.«

»Schöner Mist! Was willst du jetzt machen?«

Graeber blickte über den zerstörten Marktplatz. Seit 1933 hieß er Hitlerplatz. Davor, nach dem verlorenen ersten Kriege, hatte er Ebertplatz geheißen; davor Kaiser Wilhelmplatz und davor Marktplatz. »Ich weiß es nicht«, sagte er. »Ich verstehe das alles noch nicht. Man kann sich doch nicht einfach so verlieren, hier mitten in Deutschland –«

»Nein?« Der Unteroffizier blickte Graeber mit einer Mischung von Ironie und Mitleid an. »Mein lieber Schwan, da wirst du noch schön staunen! Ich suche meine Frau bereits fünf Tage. Fünf Tage, von morgens bis abends, und sie ist vom Erdboden verschwunden, als wäre sie verhext!«

»Aber wie ist das möglich? Irgendwo –«

»Verschwunden«, wiederholte der Unteroffizier. »Wie ein paar tausend andere. Einen Teil davon hat man abtransportiert. In Notlager und kleine Städte. Finde mal raus, wo die sind, wenn die Post nicht mehr richtig funktioniert, ein anderer Teil ist scharenweise auf die Dörfer geflüchtet.«

»Die Dörfer«, sagte Graeber erleichtert. »Natürlich! Daran habe ich nicht gedacht. Die Dörfer sind sicher. Da werden sie sein –«

»Da werden sie sein, hat sich was!« Der Unteroffizier schnaubte verächtlich. »Damit bist du noch nicht ein bißchen weiter! Weißt du, daß diese verdammte Stadt fast zwei Dutzend Dörfer um sich herumliegen hat? Bevor du da durch bist, ist dein Urlaub zu Ende, verstehst du?«

Graeber verstand es, und es war ihm egal. Alles, was er wollte, war, daß seine Eltern lebten. Wo, das war ihm bereits gleich.

»Hör zu, Kamerad«, sagte der Unteroffizier ruhiger. »Du mußt die Sache richtig anfassen. Wenn du wild herumrennst, verlierst du nur Zeit und wirst verrückt. Du mußt es organisieren. Was hast du zuerst vor?«

»Ich weiß es noch nicht. Ich denke, ich werde versuchen, bei Bekannten etwas zu erfahren. Ich habe auch noch eine Adresse gefunden von Leuten, die ausgebombt worden sind. Aus derselben Straße.«

»Du wirst nicht viel erfahren. Alle haben Angst, die Schnauze aufzumachen. Ich habe es erlebt. Immerhin, du kannst es versuchen. Paß auf! Wir können uns gegenseitig helfen. Da, wo du fragst, fragst du gleich mit nach meiner Frau, und da, wo ich frage, frage ich mit nach deinen Eltern. Gemacht?«

»Gemacht.«

»Gut. Ich heiße Böttcher. Meine Frau heißt Alma mit Vornamen. Schreib es dir auf.«

Graeber schrieb es auf. Dann schrieb er die Namen seiner Eltern auf einen Zettel und gab ihn Böttcher. Der las ihn sorgfältig und steckte ihn ein. »Wo wohnst du, Graeber?«

»Keine Ahnung. Ich muß sehen, daß ich was finde.«

»Es gibt in der Kaserne Notquartiere für ausgebombte Urlauber. Melde dich auf der Kommandantur, dann kriegst du einen Überweisungsschein. Warst du schon da?«

»Noch nicht.«

»Sieh zu, daß du auf Stube achtundvierzig kommst. Das ist das Revier. Es gibt besseres Essen da als auf den andern Buden. Ich bin auch da.«

Böttcher zog einen Zigarettenstummel aus der Tasche, betrachtete ihn und steckte ihn wieder weg. »Ich klappere heute die Krankenhäuser ab. Wir können uns abends irgendwo treffen. Vielleicht weiß dann einer von uns schon etwas.«

»Gut. Wo?«

»Am besten hier. Neun Uhr?«

»Gemacht.«

Böttcher nickte und blickte dann in den blauen Himmel. »Sieh dir das an«, sagte er bitter. »Frühling. Und fünf Nächte lang penne ich nun schon in einer Bude mit zwölf Furzern von den Landesschützen, – anstatt mit meiner Frau, die einen Arsch hat wie ein Brauereipferd!«

Die ersten zwei Häuser der Gartenstraße waren zerstört. Niemand lebte mehr darin. Das dritte war noch fast heil. Nur das Dach war ausgebrannt; es war das Haus, in dem die Familie Ziegler wohnte. Ziegler war ein Freund von Graebers Vater gewesen.

Er stieg die Stufen hinauf. Auf den Treppenabsätzen standen Eimer mit Sand und Wasser. An den Wänden klebten Bekanntmachungen. Er klingelte und wunderte sich, daß die Glocke noch funktionierte. Eine verhärmte alte Frau öffnete vorsichtig nach einer Weile.

»Frau Ziegler«, sagte Graeber. »Ich bin Ernst Graeber.«

»Ja, ja –« Die Frau starrte ihn an. »Ja –« Sie zögerte und sagte dann: »Kommen Sie doch herein, Herr Graeber.«

Sie öffnete die Tür weiter und verriegelte sie wieder hinter ihm. »Vater«, rief sie dann nach hinten. »Es ist nichts. Es ist Ernst Graeber. Der Sohn von Paul Graeber.«

Das Wohnzimmer roch nach Bohnerwachs. Das Linoleum auf dem Boden war glatt wie ein Spiegel. Auf dem Fensterbrett standen Topfpflanzen mit gelbgefleckten großen Blättern, die wirkten, als wäre Butter darauf getropft. Ein Wandschoner hing hinter dem Sofa. »Eigener Herd ist Goldes wert« war in Kreuzstich rot darauf gestickt.

Ziegler erschien aus dem Schlafzimmer. Er lächelte. Graeber sah, daß er aufgeregt war. »Man weiß nie, wer kommt«, sagte er. »An Sie hätten wir bestimmt nicht gedacht. Kommen Sie von draußen?«

»Ja. Ich suche meine Eltern. Sie sind ausgebombt.«

»Legen Sie doch Ihren Tornister ab«, sagte Frau Ziegler. »Ich mache Kaffee. Wir haben noch guten Malzkaffee.«

Graeber trug seinen Tornister ins Vorzimmer. »Ich bin schmutzig«, sagte er. »Hier ist alles so sauber. Das ist man nicht mehr gewöhnt.«

»Das macht nichts. Setzen Sie sich nur hin. Da, aufs Sofa.«

Frau Ziegler verschwand in der Küche. Ziegler sah Graeber unsicher an. »Tja –« sagte er.

»Haben Sie etwas von meinen Eltern gehört? Ich kann

sie nicht finden. Auf dem Amt weiß man nichts. Da ist alles durcheinander.«

Ziegler schüttelte den Kopf. Seine Frau stand wieder in der Tür. »Wir gehen gar nicht mehr raus«, sagte sie rasch. »Schon lange nicht. Wir hören kaum noch etwas, Ernst.«

»Haben Sie sie denn nie gesehen? Sie müssen sie doch irgendwann gesehen haben.«

»Das ist schon lange her. Mindestens fünf, sechs Monate. Damals –« Sie verstummte.

»Was war damals?« fragte Graeber. »Wie waren sie damals?«

»Gesund, oh, Ihre Eltern waren gesund«, erwiderte die Frau. »Nur inzwischen, natürlich –«

»Ja –« sagte Graeber. »Das habe ich gesehen. Wir haben draußen wohl gewußt, daß Städte zerbombt wurden; aber nicht, daß es so aussieht.«

Die beiden antworteten nicht. Sie sahen ihn auch nicht an. »Der Kaffee ist gleich fertig«, sagte die Frau. »Sie trinken doch einen Schluck, wie? Eine Tasse heißer Kaffee ist immer gut.«

Sie stellte blaugeblümte Tassen auf den Tisch. Graeber sah sie an. Zu Hause hatten sie dieselben gehabt. Zwiebelmuster hieß das Ornament aus irgendeinem Grunde. »Tja –« sagte Ziegler wieder.

»Glauben Sie, daß meine Eltern mit einem Transport weggeschickt sein können?« fragte Graeber.

»Vielleicht. Mutter, ist da nicht noch etwas von dem Keks, den Erwin mitgebracht hat? Hol ihn doch heraus für Herrn Graeber.«

»Was macht Erwin?«

»Erwin?« Der alte Mann schrak zusammen. »Erwin geht es gut. Gut.«

Die Frau brachte den Kaffee. Sie stellte eine große Blechdose auf den Tisch. Die Aufschrift war holländisch. Es waren nicht mehr viele Kekse darin. Aus Holland, dachte Graeber. Genau so hatte er im Anfang Sachen aus Frankreich mitgebracht.

Die Frau nötigte ihn. Er nahm ein Stück mit rosa Zukkerguß. Es schmeckte alt. Die beiden Alten nahmen nichts. Sie tranken auch keinen Kaffee. Ziegler klopfte abwesend auf die Tischplatte.

»Nehmen Sie noch einen«, sagte die Frau. »Wir haben nichts anderes. Aber es ist guter Keks.«

»Ja, sehr gut. Danke. Ich habe vorhin schon gegessen.«

Er spürte, daß er nichts mehr aus den beiden herausbekommen würde. Vielleicht wußten sie auch nichts. Er stand auf. »Können Sie mir sagen, wo ich sonst noch etwas erfahren könnte?«

»Wir wissen nichts. Tut mir leid, Ernst. Es ist so.«

»Ich glaube es. Danke für den Kaffee.« Graeber ging zur Tür.

»Wo wohnen Sie denn jetzt?« fragte Ziegler plötzlich.

»Ich werde schon einen Platz finden. Wenn nicht anderswo, dann in der Kaserne.«

»Wir haben keinen Platz«, sagte Frau Ziegler rasch und sah ihren Mann an. »Die Militärverwaltung hat ja sicher vorgesorgt für Urlauber, die ausgebombt sind.«

»Sicher«, erwiderte Graeber.

»Er könnte vielleicht seinen Tornister hierlassen, bis er was gefunden hat, Mutter«, sagte Ziegler. »Der ist doch schwer.«

Graeber sah den Blick der Frau. »Es geht schon«, erwiderte er. »Daran ist man ja gewöhnt.«

Er schloß die Tür und ging die Treppe hinunter. Die Luft roch dumpf. Die Zieglers hatten vor irgendetwas Angst. Er wußte nicht, wovor. Aber es gab ja so viele Möglichkeiten, Angst zu haben, seit 1933.

Die Familie Loose war im großen Saal des Harmonieklubs untergebracht. Der Raum war vollgestellt mit Feldbetten und Matratzen. An den Wänden hingen ein paar Fahnen, Hakenkreuzdekorationen mit markigen Sprüchen und ein Ölbild des Führers in breitem Goldrahmen, – Reste früherer patriotischer Feiern. Der Saal wimmelte von Frauen und Kindern. Zwischen den Betten standen Koffer, Töpfe, Kocher, Vorräte und einzelne Möbel, die gerettet worden waren.

Frau Loose saß apathisch auf einem Bett in der Mitte des Saales. Sie war eine graue, dicke Person mit unordentlichem Haar.

»Deine Eltern?« Sie sah Graeber mit glanzlosen Augen an und besann sich lange. »Tot, Ernst«, murmelte sie schließlich.

»Was?«

»Tot«, wiederholte sie. »Was sonst?«

Ein kleiner Junge in einer Uniform rannte gegen Graebers Knie. Er schob ihn weg. »Woher wissen Sie das?« fragte er. Er merkte, daß er keine Stimme mehr hatte, und schluckte hart. »Haben Sie sie gesehen? Wo?«

Frau Loose schüttelte müde den Kopf. »Man konnte nichts sehen, Ernst«, murmelte sie. »Es war alles Feuer und das Schreien und dann –«

Die Worte verloren sich zu einem Flüstern, und auch das hörte auf. Die Frau schwieg und blickte vor sich hin, die Arme aufgestützt, völlig abwesend und ohne sich zu rühren, als wäre sie allein im Saal.

Graeber starrte sie an. »Frau Loose«, sagte er dann langsam und mit Mühe. »Besinnen Sie sich! Wann haben Sie meine Eltern gesehen? Woher wissen Sie, daß sie tot sind?«

Die Frau sah ihn trübe an. »Lena ist auch tot«, murmelte sie. »Und August. Du hast sie doch gekannt –«

Graeber erinnerte sich vage an zwei Kinder, die immerfort Honigbrote gegessen hatten. »Frau Loose«, wiederholte er und zwang sich, sie nicht hochzureißen und zu schütteln. »Bitte, sagen Sie mir, woher Sie wissen, daß meine Eltern tot sind! Versuchen Sie sich zu erinnern! Haben Sie sie gesehen?«

Sie schien ihn nicht mehr zu hören. »Lena«, flüsterte sie. »Ich habe sie auch nicht gesehen. Sie wollten mich nicht zu ihr lassen, Ernst. Es war nicht mehr alles von ihr da. Und sie war doch so klein. Weshalb tun sie das nur? Du mußt es doch wissen, du bist doch Soldat.«

Graeber sah sich verzweifelt um. Ein Mann schob sich zwischen den Betten heran. Es war Loose. Er war dünn und alt geworden. Behutsam legte er die Hand auf die Schulter seiner Frau, die wieder versunken in ihre Trostlosigkeit auf dem Bett hockte, und machte Graeber ein Zeichen. »Mutter kann es noch nicht begreifen, Ernst«, sagte er.

Die Frau bewegte sich unter seiner Hand. Langsam sah sie auf. »Kannst du es begreifen?«

»Lena –«

»Wenn du es nämlich begreifen kannst«, sagte sie plötzlich klar und laut und deutlich, als spräche sie in der Schule, »dann bist du nicht viel besser als die, die es getan haben.«

Looses Augen glitten rasch und ängstlich über die Betten in der Nähe. Niemand hatte etwas gehört. Der Junge in der Uniform spielte mit ein paar Kindern lärmend zwischen den Koffern Verstecken.

»Nicht viel besser«, wiederholte die Frau. Dann ließ sie den Kopf sinken und war wieder nichts als ein kleiner Hügel tierhafter Trauer.

Loose winkte Graeber. Sie gingen beiseite. »Was ist mit meinen Eltern passiert?« fragte Graeber. »Ihre Frau sagt, sie seien tot.«

Loose schüttelte den Kopf. »Sie weiß nichts, Ernst. Sie glaubt, alle müßten tot sein, weil unsere Kinder tot sind. Sie ist nicht ganz – du hast es ja gesehen –« Er schluckte. Der Adamsapfel an seinem dünnen Halse stieg auf und ab. »Sie sagt Sachen – man hat uns schon deswegen angezeigt, – Leute von hier –«

Graeber sah Loose einen Augenblick sehr klein und weit weg in dem schmutzigen grauen Licht – dann war er wieder da und der Mann, den er kannte, und der Raum stand still. »Sie sind also nicht tot?« fragte er.

»Ich kann es dir nicht sagen, Ernst. Du weißt nicht, wie

es im letzten Jahre hier war, als alles immer schlechter ging. Keiner hat dem andern mehr trauen können. Alle hatten Angst voreinander. Wahrscheinlich sind deine Eltern irgendwo in Sicherheit.«

Graeber atmete ruhiger. »Haben Sie sie gesehen?« fragte er.

»Einmal auf der Straße. Es muß aber schon vier, fünf Wochen her sein. Damals lag noch etwas Schnee. Es war vor den Angriffen.«

»Wie sahen sie aus? Waren sie gesund?«

Loose antwortete nicht gleich. »Ja. ich glaube schon«, sagte er dann und schluckte.

Graeber schämte sich plötzlich. Er begriff, daß man in dieser Umgebung nicht fragte, ob ein Mensch vor vier Wochen gesund gewesen sei oder nicht – man fragte hier nach Überlebenden und Toten, und weiter nichts. »Verzeihen Sie«, sagte er verlegen.

Loose wehrte ab. »Laß nur, Ernst. Heute kann jeder nur an sich selbst denken. Es ist zu viel Unglück in der Welt –«

Graeber trat auf die Straße. Sie war düster und tot gewesen, als er zum Harmonieklub gegangen war – jetzt erschien sie auf einmal heller, und das Leben in ihr war noch nicht erstorben. Er sah nicht mehr die zerstörten Häuser; er sah jetzt auch die treibenden Bäume, zwei spielende Hunde und den feuchten blauen Himmel. Seine Eltern waren nicht tot; sie waren nur vermißt. Vor einer Stunde, als der einarmige Beamte ihm das gesagt hatte, war es trostlos und fast unerträglich gewesen; jetzt hatte es sich rätselhaft in Hoffnung verwandelt. Er wußte, daß es nur so war, weil er einen Augenblick geglaubt hatte, daß seine Eltern nicht mehr lebten – aber was brauchte weniger Nahrung als Hoffnung? Und aus welch unbegreiflichen Wurzeln zog sie sie?

IX

Er blieb vor dem Hause stehen. Es war dunkel, und er konnte die Nummer nicht erkennen. »Wo wollen Sie hin?« fragte jemand, der neben der Tür lehnte.

»Ist dies Marienstraße zweiundzwanzig?«

»Ja. Zu wem wollen Sie?«

»Zu Sanitätsrat Kruse.«

»Kruse? Was wollen Sie denn bei dem?«

Graeber sah den Mann im Dunkel an. Er trug Stiefel und eine SA-Uniform. Ein wichtigtuerischer Blockwart, dachte er, das hat mir noch gefehlt. »Ich werde das Dr. Kruse schon selbst erklären«, sagte er und ging in das Haus.

Er war sehr müde. Es war eine Müdigkeit, die tiefer saß als nur in den Augen und in den Knochen. Er hatte den ganzen Tag gefragt und gesucht; aber er hatte wenig erfahren. Seine Eltern hatten keine Verwandten in der Stadt, und von den Nachbarn waren nicht mehr viele da gewesen. Böttcher hatte recht; es war wie verhext. Die Leute hatten Angst vor der Gestapo und schwiegen – oder aber sie wußten nur Gerüchte und wiesen einen an andere, die auch nichts wußten.

Er stieg die Treppe hinauf. Der Korridor war dunkel. Der Sanitätsrat wohnte im ersten Stock. Graeber kannte ihn kaum; aber er wußte, daß er seine Mutter öfter behandelt hatte. Vielleicht war sie bei ihm gewesen, und er hatte ihre neue Adresse.

Eine ältere Frau mit einem verwischten Gesicht öffnete. »Kruse?« fragte sie. »Sie wollen zu Dr. Kruse?«

»Ja.«

Die Frau musterte ihn schweigend. Sie trat nicht beiseite, um ihn einzulassen. »Ist er zu Hause?« fragte Graeber ungeduldig.

Die Frau antwortete nicht. Sie schien nach unten zu horchen. »Kommen Sie für die Sprechstunde?« fragte sie dann.

»Nein. Privat.«

»Privat?«

»Ja, privat. Sind Sie Frau Kruse?«

»Da sei Gott vor!«

Graeber starrte die Frau an. Er hatte den Tag über allerlei an Vorsicht, Haß und Ausflüchten erfahren; aber dieses war neu. »Hören Sie«, sagte er. »Ich weiß nicht, was hier los ist, und es ist mir auch egal. Ich möchte mit Dr. Kruse sprechen, weiter nichts, verstehen Sie?«

»Kruse wohnt nicht mehr hier«, erklärte die Frau plötzlich laut und schroff und feindlich.

»Da steht aber sein Name.« Graeber zeigte auf ein Messingschild neben der Tür.

»Das Schild sollte längst nicht mehr da sein.«

»Es ist aber da. Wohnt noch jemand von der Familie hier?«

Die Frau schwieg. Graeber hatte genug. Er wollte ihr gerade sagen, sie solle zum Teufel gehen, als er hörte, wie hinten in der Wohnung eine Tür geöffnet wurde. Ein Streifen Licht brach aus einem Zimmer schräg über den dunklen Vorplatz. »Ist jemand da für mich?« fragte eine Stimme.

»Ja«, sagte Graeber auf gut Glück. »Ich möchte jemand sprechen, der Sanitätsrat Kruse kennt. Es scheint nicht einfach zu sein.«

»Ich bin Elisabeth Kruse.«

Graeber blickte die Frau mit dem verwischten Gesicht an. Sie gab die Tür frei und ging in die Wohnung zurück. »Zuviel Licht!« schnappte sie noch nach dem offenen Zimmer hin. »Es ist verboten, so viel Licht zu brennen!«

Graeber blieb stehen. Ein Mädchen von etwa zwanzig Jahren kam durch den Streifen Licht heran wie durch einen Fluß. Einen Augenblick sah er hochgewölbte Augenbrauen, dunkle Augen und mahagonifarbenes Haar, das in einer unruhigen Welle gegen die Schultern floß, – dann tauchte sie in das Halbdunkel des Korridors und stand vor ihm.

»Mein Vater hat keine Praxis mehr«, sagte sie.

»Ich komme nicht, um behandelt zu werden. Ich komme um eine Auskunft.«

Das Gesicht des Mädchens veränderte sich. Sie drehte sich halb um, als wolle sie nachsehen, ob die andere Frau noch da sei. Dann öffnete sie rasch die Tür ganz. »Kommen Sie herein«, flüsterte sie.

Er folgte ihr in das Zimmer, aus dem das Licht kam. Sie drehte sich um und sah ihn prüfend und dringend an. Ihre Augen waren jetzt nicht mehr dunkel; sie waren grau und sehr durchsichtig.

»Ich kenne Sie doch«, sagte sie. »Waren Sie nicht früher auf dem Gymnasium?«

»Ja. Ich heiße Ernst Graeber.«

Graeber erinnerte sich jetzt auch an sie. Sie war ein dünnes Mädchen mit zu großen Augen und zuviel Haar gewesen. Ihre Mutter war früh gestorben, und sie war dann zu Verwandten in eine andere Stadt gekommen. »Mein Gott, Elisabeth«, sagte er. »Ich habe dich nicht erkannt.«

»Es muß sieben, acht Jahre her sein, seit wir uns zuletzt gesehen haben. Du hast dich sehr verändert.«

»Du dich auch.«

Sie standen sich gegenüber. »Was ist eigentlich hier los?« fragte Graeber. »Du wirst ja bewacht wie ein General.«

Elisabeth Kruse lachte kurz und bitter. »Nicht wie ein General. Wie eine Gefangene.«

»Was? Warum denn das? Dein Vater –«

Sie machte eine rasche Bewegung. »Warte!« flüsterte sie und ging an ihm vorbei zu einem Tisch, auf dem ein Grammophon stand. Sie stellte es an. Der Hohenfriedberger Marsch ertönte. »So«, sagte sie. »Jetzt kannst du weitersprechen.«

Graeber blickte sie verständnislos an. Böttcher schien recht gehabt zu haben; fast jeder in der Stadt war verrückt. »Was soll denn das?« fragte er. »Stell das Ding wieder ab! Ich habe genug von Märschen. Sag mir lieber, was hier los ist! Warum bist du eine Gefangene?«

Elisabeth kam zurück. »Die Frau draußen lauscht. Sie ist eine Denunziantin. Deshalb habe ich das Grammophon angestellt.« Sie stand vor ihm und atmete plötzlich heftig. »Was ist mit meinem Vater? Was weißt du von ihm?«

»Ich? Nichts. Ich wollte ihn nur etwas fragen. Was ist denn mit ihm passiert?«

»Du weißt nichts von ihm?«

»Nein. ich wollte ihn fragen, ob er die Adresse meiner Mutter weiß. Meine Eltern sind vermißt.«

»Das ist alles?«

Graeber starrte Elisabeth an. »Es ist genug für mich«, sagte er dann.

Die Spannung in ihrem Gesicht zerbrach. »Das ist wahr«, sagte sie müde. »Ich dachte, du brächtest eine Nachricht von ihm.«

»Was ist denn mit deinem Vater?«

»Er ist im Konzentrationslager. Seit vier Monaten. Man hat ihn denunziert. Als du sagtest, du kämest wegen einer Auskunft, dachte ich, du brächtest eine Nachricht von ihm.«

»Das hätte ich dir doch gleich gesagt.«

Elisabeth schüttelte den Kopf. »Nicht, wenn sie herausgeschmuggelt gewesen wäre. Du hättest doch vorsichtig sein müssen.«

Vorsicht, dachte Graeber. Ich habe den ganzen Tag nichts anderes gehört als dieses Wort. Der Hohenfriedberger Marsch dröhnte blechern und unerträglich weiter. »Können wir das jetzt abstellen?« fragte er.

»Ja. Und es ist auch besser für dich, wenn du gehst. Ich habe dir ja gesagt, was hier passiert ist.«

»Ich bin kein Denunziant«, sagte Graeber ärgerlich. »Was ist das mit der Frau draußen? Hat sie deinen Vater denunziert?«

Elisabeth hob den Hebel des Grammophons hoch. Sie

stellte den Apparat nicht ab. Die Platte drehte sich lautlos weiter. In die Stille klang das Gejammer einer Sirene. »Alarm!« flüsterte sie. »Schon wieder!«

Jemand schlug an die Tür. »Licht aus! Das kommt davon! Immer zuviel Licht!«

Graeber öffnete die Tür. »Was kommt davon?«

Die Frau war schon auf der anderen Seite des Vorzimmers. Sie rief noch etwas und verschwand. Elisabeth nahm Graeber die Tür aus der Hand und schloß sie wieder.

»Was ist denn das für ein unerträglicher Satan?« fragte er. »Wie kommt das Weib hierher?«

»Zwangsmieter. Man hat sie hereingesetzt. Ich kann froh ein, daß ich dieses eine Zimmer behalten durfte.«

Draußen hörte man neuen Lärm, das Rufen der Frau und das Weinen eines Kindes. Das Heulen der ersten Warnung wurde lauter. Elisabeth nahm einen Regenmantel und streifte ihn über. »Wir müssen zum Luftschutzkeller.«

»Wir haben noch viel Zeit. Weshalb ziehst du nicht hier aus? Es muß ja die Hölle sein, mit dieser Spionin zusammen zu hausen.«

»Licht aus!« schrie die Frau von draußen wieder. Elisabeth drehte sich um und knipste das Licht aus. Dann glitt sie durch den dunklen Raum zum Fenster. »Warum ich nicht ausziehe? Weil ich nicht weglaufen will!«

Sie öffnete das Fenster. Mit einem Ruck stürzte der Lärm der Sirenen in den Raum und füllte ihn aus. Sie stand schwarz vor dem zerstreuten Licht von draußen und hakte die Fensterflügel fest; die Scheiben zerbrachen so weniger leicht beim Luftdruck der Explosionen. Dann kam sie zurück. Es war, als triebe der Lärm sie wie eine

Sturzflut vor sich her. »Ich will nicht weglaufen«, rief sie durch das Heulen. »Verstehst du das nicht?«

Graeber sah ihre Augen. Sie waren jetzt wieder dunkel, wie vorher an der Tür, und voll leidenschaftlicher Kraft. Er hatte das Gefühl, als müsse er sich gegen etwas wehren, gegen die Augen, gegen das Gesicht, gegen den Sturm der Sirenen und gegen das Chaos, das hinter ihnen durch das Fenster hereindrang. »Nein«, sagte er. »Ich verstehe es nicht. Es macht dich nur kaputt. Eine Stellung, die man nicht halten kann, gibt man auf. Das lernt man als Soldat.«

Sie starrte ihn an. »Dann gib sie auf!« rief sie heftig. »Gib sie auf und laß mich in Ruhe!«

Sie versuchte, an ihm vorbei zur Türe zu gelangen. Er griff nach ihrem Arm. Sie riß sich los. Sie hatte mehr Kraft, als er erwartet hatte. »Warte!« rief er. »Ich gehe mit.«

Der Lärm trieb sie vor sich her. Er war überall, im Zimmer, im Korridor, im Vorzimmer, auf den Treppen – er brach sich an den Wänden und warf Echos in sich selbst zurück, als käme er von allen Seiten und als gäbe es keine Rettung mehr vor ihm, er machte nicht halt in den Ohren und auf der Haut, er brach durch und schäumte ins Blut, er ließ die Nerven zittern und die Knochen vibrieren und löschte das Denken aus.

»Wo ist diese verdammte Sirene?« schrie Graeber auf der Treppe. »Sie macht einen ja verrückt.«

Die Haustür schlug zu. Einen Augenblick war das Heulen gedämpfter. »Sie ist in der nächsten Straße«, sagte Elisabeth. »Wir müssen zum Keller am Karlsplatz. Der im Hause ist nichts wert.«

Schatten liefen die Treppen herunter mit Koffern und

Bündeln. Eine Taschenlampe leuchtete auf und beschien Elisabeths Gesicht. »Kommen Sie mit uns, wenn Sie allein sind!« rief jemand.

»Ich bin nicht allein.«

Der Mann hastete weiter. Die Haustür flog wieder auf. Überall stürzten Leute aus den Häusern, als würden Zinnsoldaten aus Schachteln geschüttelt. Luftschutzwarte schrien Befehle. Eine Frau in einem rotseidenen Schlafrock mit fliegenden gelben Haaren galoppierte wie eine Amazone vorüber. Ein paar alte Leute taumelten die Wände entlang; sie sprachen, aber in dem treibenden Lärm war nichts davon zu hören, – als kauten welke Münder lautlos tote Worte zu Brei.

Sie kamen zum Karlsplatz. Vor dem Eingang zum Bunker drängte eine aufgeregte Menge. Luftschutzwarte rannten wie Schäferhunde herum und versuchten, Ordnung zu schaffen. Elisabeth blieb stehen. »Wir können von der Seite her versuchen durchzukommen«, sagte Graeber.

Sie schüttelte den Kopf. »Laß uns hier warten.«

Die Menge kroch dunkel im Dunkel die Treppe hinunter und verschwand unter der Erde. Graeber sah Elisabeth an. Sie stand plötzlich so ruhig da, als ginge sie das alles nichts an. »Du hast Courage«, sagte er.

Sie blickte auf. »Nein, – nur Angst vor dem Keller.«

»Los! Los!« schrie ein Luftschutzwart. »Runter! Wollt ihr noch eine Extraeinladung haben?«

Der Keller war groß und niedrig und gut gebaut, mit Stollen, Seitengängen und Licht. Bänke waren da, Aufseher, und manche Leute hatten Matratzen, Decken, Koffer, Pakete und Klappstühle bei sich; das Leben unter der Erde war bereits organisiert. Graeber blickte sich um. Es war das erste Mal, daß er mit Zivilisten in einem Luftschutzkeller war. Das erste Mal mit Frauen und Kindern. Und das erste Mal in Deutschland.

Das bläuliche fahle Licht entfärbte die Gesichter, als wären sie ertrunken. Er bemerkte nicht weit von sich die Frau mit dem roten Schlafrock. Der Schlafrock war jetzt violett, und das Haar hatte einen grünen Schein. Er blickte Elisabeth an. Auch ihr Gesicht wirkte grau und eingefallen, die Augen lagen tief in den Schatten der Höhlen, und das Haar war glanzlos und rot. Ertrunkene, dachte er. Ertrunken in Lüge und Angst, unter die Erde gejagt und verfeindet mit Licht und Klarheit und Wahrheit!

Eine Frau mit zwei Kindern hockte ihm gegenüber. Die Kinder drückten sich gegen ihre Knie. Ihre Gesichter waren flach und ausdruckslos, wie erfroren. Nur die Augen lebten. Sie glänzten im Widerschein des Lichtes, sie waren groß und weit offen, sie richteten sich auf den Eingang, wenn das Heulen und das Toben der Flak stärker und tiefer wurde, und dann auf die niedrige Decke und die Wände und wieder zurück zum Eingang. Sie bewegten sich nicht schnell und ruckhaft; sie folgten dem Lärm, wie die Augen von paralysierten Tieren, schwer und doch schwebend, gleichzeitig rasch und in einer tiefen Trance, sie folgten und kreisten, und das schwache Licht spiegelte sich in ihnen. Sie sahen Graeber nicht und selbst die Mutter nicht; das Erkennen und die Mitteilungskraft waren aus ihnen herausgewischt; in anonymer Wachsamkeit verfolgten sie etwas, was sie nicht zu sehen vermochten: das

Dröhnen, das Tod sein konnte. Sie waren nicht mehr jung genug, um die Gefahr nicht zu spüren, und noch nicht so alt, um nutzlosen Mut vorzutäuschen. Sie waren wach und wehrlos und ausgeliefert.

Graeber sah plötzlich, daß es nicht nur die Kinder waren; auch die Augen der anderen gingen denselben Weg. Die Gesichter und die Körper waren still; sie lauschten, und es waren nicht nur die Ohren, die lauschten, – es waren auch die vorgebeugten Schultern, die Schenkel, die Knie, die aufgestützten Arme und Hände. Sie lauschten regungslos, und nur die Augen folgten dem Lärm, als gehorchten sie einem unhörbaren Kommando.

Dann roch er die Angst.

Unmerklich änderte sich etwas in der schweren Luft. Das Toben draußen ging weiter; aber von irgendwoher schien frischer Wind zu kommen. Die Starre löste sich. Der Stollen war auf einmal nicht mehr voll geduckter Körper; er war wieder voll von Menschen, und sie waren nicht mehr ergeben und dumpf; sie hoben die Körper und bewegten sie und sahen sich an. Sie hatten wieder Gesichter und nicht mehr Masken.

»Sie sind weitergeflogen«, sagte ein alter Mann neben Elisabeth.

»Sie können noch zurückkommen«, erwiderte jemand. »Sie machen das. Schlagen einen Haken und kommen wieder, wenn alles aus den Kellern ist.«

Die beiden Kinder begannen, sich zu rühren. Ein Mann gähnte. Von irgendwoher tauchte ein Dachshund auf und schnupperte herum. Ein Säugling schrie. Leute packten

Pakete aus und fingen an zu essen. Eine walkürenhafte Frau stieß einen hohen Schrei aus. »Arnold! Wir haben vergessen, das Gas abzudrehen! Jetzt ist das Essen verbrannt. Warum hast du nicht daran gedacht?«

»Beruhigen Sie sich«, sagte der alte Mann. »Bei Fliegeralarm stellt die Stadt überall das Gas ab.«

»Was ist da zu beruhigen? Wenn sie es dann wieder anstellt, ist die ganze Wohnung voll Gas! Das ist noch viel schlimmer.«

»Bei einem Alarm wird kein Gas abgestellt«, erklärte eine pedantische, belehrende Stimme. »Nur bei einem Angriff.«

Elisabeth holte einen Kamm und einen Spiegel aus ihrer Tasche und kämmte ihr Haar. Der Kamm sah in dem roten Licht aus, als wäre er aus trockener Tinte; aber das Haar schien sich unter ihm zu wölben und zu knistern.

»Ich wollte, wir könnten heraus!« flüsterte sie. »Man erstickt hier!«

Sie mußten noch eine halbe Stunde warten; dann wurden endlich die Türen geöffnet. Sie gingen zum Ausgang. Über den Türen standen kleine abgeschirmte Lampen. Von draußen fiel das Mondlicht voll auf die Treppenstufen. Elisabeth veränderte sich mit jedem Schritt vorwärts. Es war, als erwache sie aus einem Scheintode. Die Schatten in den Augenhöhlen verschwanden, die bleierne Farbe zerfloß, kupferne Reflexe flogen in das Haar, die Haut wurde wieder warm und beglänzt, und das Leben kehrte zurück, – atmend, voll, stärker als vorher, wieder gewonnen, nicht verloren, kostbarer und farbiger für die kurze Zeit, die man es so empfand.

Sie standen vor dem Bunker. Elisabeth atmete tief. Sie bewegte die Schultern und den Kopf wie ein Tier, das aus dem Käfig kommt. »Diese Massengräber unter der Erde!« sagte sie. »Wie ich sie hasse! Man erstickt darin!« Sie warf mit einem Ruck ihr Haar zurück. »Die Ruinen sind ein Trost dagegen. Sie haben wenigstens Himmel über sich.«

Graeber sah sie an. Sie hatte etwas Wildes und Heftiges an sich, wie sie so dastand vor dem mächtigen, kahlen Betonklotz, dessen Treppen in die Unterwelt zu führen schienen und dem sie soeben entronnen war. »Willst du zurück nach Hause?« fragte er.

»Ja. Wohin sonst? In den dunklen Straßen herumlaufen? Das habe ich lange genug getan.«

Sie gingen über den Karlsplatz. Der Wind umschnoberte sie wie ein großer Hund. »Kannst du nicht ausziehen?« fragte Graeber. »Trotz allem, was du sagst?«

»Wohin? Weißt du ein Zimmer?«

»Nein.«

»Ich auch nicht. Tausende sind obdachlos. Wie soll ich da umziehen?«

»Das stimmt. Jetzt ist es zu spät.«

Elisabeth blieb stehen. »Ich würde auch nicht weggehen, wenn ich es könnte. Es wäre so, als ließe ich meinen Vater im Stich. Verstehst du das nicht?«

»Ja.«

Sie gingen weiter. Graeber hatte genug von ihr. Sollte sie tun, wie sie wollte. Er war sehr erschöpft und ungeduldig und hatte plötzlich das Gefühl, daß seine Eltern jetzt, gerade in diesem Augenblick, in der Hakenstraße nach ihm suchten. »Ich muß gehen«, sagte er. »Ich habe eine Verabredung und bin schon zu spät. Gute Nacht, Elisabeth.«

»Gute Nacht, Ernst.«

Er sah ihr einen Augenblick nach. Sie war gleich darauf im Dunkel verschwunden. Ich hätte sie nach Hause bringen sollen, dachte er. Aber es war ihm egal. Er erinnerte sich, daß er sie schon als Kind nicht gemocht hatte. Rasch drehte er sich um und ging zur Hakenstraße. Doch er fand dort nichts. Niemand war da. Nur der Mond und die lähmende, sonderbare Stille frischer Ruinen, die wie das in der Luft hängende Echo eines stummen Schreis war. Die der alten war anders.

Böttcher wartete bereits auf den Stufen des Rathauses. Über ihm im Mond schimmerte die blasse Fratze eines Wasserspeiers. »Hast du was rausgekriegt?« fragte er schon von weitem.

»Nein. Und du?«

»Auch nichts. In den Krankenhäusern sind sie nicht, das ist ziemlich sicher. Ich habe sie jetzt fast alle abgeklappert. Mensch, was man da so sieht! Frauen und Kinder sind doch was anderes als Soldaten! Komm, laß uns irgendwo ein Bier trinken.«

Sie gingen über den Hitlerplatz. Ihre Stiefel hallten. »Schon wieder ein Tag weniger«, sagte Böttcher. »Was soll man bloß machen? Bald ist der ganze Urlaub vorbei.«

Er öffnete die Tür zu einer Kneipe. Sie setzten sich an einen Tisch neben dem Fenster. Die Vorhänge waren dicht zugezogen. Die Nickelhähne der Theke schimmerten im Halbdunkel. Böttcher schien in der Kneipe Bescheid zu wissen. Die Wirtin brachte, ohne zu fragen, zwei Gläser Bier. Er blickte ihr nach. Sie war fett, und ihre Hüften schaukelten. Sie trug kein Mieder.

»Da sitzt man nun allein«, erklärte er. »Und irgendwo anders sitzt meine Frau. Auch allein. Hoffentlich wenigstens! Ist das nicht zum Verrücktwerden?«

»Das weiß ich nicht. Ich wäre schon froh, wenn ich nur wüßte, daß meine Eltern irgendwo säßen. Ganz gleich, wo.«

»Das kannst du auch. Eltern sind was anderes als eine Frau. Man braucht sie nicht. Wenn sie gesund sind, ist es gut, fertig. Aber eine Frau –«

Sie bestellten noch zwei Gläser Bier und packten ihr Abendessen aus. Die Wirtin strich um den Tisch. Sie sah auf die Wurst und das Fett. »Kinder, ihr lebt!« sagte sie.

»Ja, wir leben«, erwiderte Böttcher. »Wir haben ein ganzes Heimkehrerpaket mit Fleisch und Zucker! Wissen nicht, wohin damit.«

Er nahm einen Schluck. »Du hast es leicht«, sagte er bitter zu Graeber. »Du futterst jetzt, und dann gehst du los und lachst dir eine Hure an und vergißt dein Elend!«

»Das kannst du doch auch.«

Böttcher schüttelte den Kopf. Graeber blickte ihn überrascht an. Er hatte soviel Treue von einem alten Soldaten nicht erwartet. »Sie sind zu mager, Kamerad«, erklärte Böttcher. »Das Verfluchte ist, daß ich nur auf sehr stattliche Frauen fliege. Vor anderen habe ich direkt einen Abscheu. Es geht einfach nicht. Gerade so gut könnte ich mit einem Kleiderständer ins Bett gehen. Nur sehr stattliche Frauen! Sonst ist es Fehlanzeige bei mir.«

»Da ist doch eine.« Graeber zeigte auf die Wirtin hinüber.

»Da irrst du dich!« Böttcher wurde lebhaft. »Da ist noch ein gewaltiger Unterschied, Kamerad. Was du da siehst, ist schwabbelig, weiches Fett, in dem du versackst. Stattliche Person, voll, gut, zugegeben, – aber ein Federbett, keine doppelte Sprungfedermatratze wie meine Frau. Bei der ist alles das aus Eisen. Die Bude zitterte wie eine Schmiedewerkstatt, wenn sie losging, und der Putz fiel von den Wänden. Nein, Kamerad, so was findest du nicht einfach auf der Straße.«

Er brütete vor sich hin. Graeber roch plötzlich Veilchen. Er sah sich um. Sie standen in einem Topf auf der Fensterbank und rochen unendlich süß, und alles war mit einem Atemzug darin, – Sicherheit, Heimat, Erwartung und die vergessenen Träume der Jugend, – es war sehr stark, und es kam rasch wie ein Überfall und verging gleich wieder, aber es ließ ihn so verwirrt und erschöpft zurück, als wäre er mit vollem Gepäck durch tiefen Schnee gelaufen.

Er stand auf. »Wo willst du hin?« fragte Böttcher.

»Ich weiß nicht. Irgendwohin.«

»Warst du bei der Kommandantur?«

»Ja. Ich habe eine Überweisung zur Kaserne.«

»Gut. Sieh zu, daß du auf Stube achtundvierzig kommst.«

»Ja.«

Böttchers Augen folgten träge der Wirtin. »Ich bleibe noch etwas sitzen. Trinke noch ein Bier.«

Graeber ging langsam die Straße hinauf zur Kaserne. Die Nacht war kalt geworden. An einer Kreuzung ragten

Straßenbahngeleise glitzernd über einem Bombenkrater empor. In den Öffnungen der Haustüren lag das Mondlicht wie Metall. Er hörte seine Schritte hallen, als ginge unter der Straße jemand mit. Alles war leer und klar und kalt.

Die Kaserne lag auf einer Anhöhe am Rande der Stadt. Sie war unbeschädigt. Der Exerzierplatz war voll von weißem Licht, als läge Schnee. Graeber ging durch das Tor. Er hatte das Gefühl, daß sein Urlaub schon zu Ende sei. Das Früher war hinter ihm zusammengestürzt wie das Haus seiner Eltern, und er ging wieder an die Front, – an eine andere dieses Mal, ohne Geschütze und Gewehre, aber mit nicht weniger Gefahr.

X

Es war drei Tage später. Am Tisch der Stube achtundvierzig spielten vier Mann Skat. Sie spielten seit zwei Tagen, nur von Schlaf und Mahlzeiten unterbrochen. Drei der Spieler wechselten mit anderen ab; der vierte spielte ohne Ablösung durch. Er hieß Rummel und war vor drei Tagen auf Urlaub gekommen, – gerade rechtzeitig, um seine Frau und seine Tochter zu begraben. Die Frau hatte er an einem Muttermal an der Hüfte erkannt; sie hatte keinen Kopf mehr gehabt. Nach dem Begräbnis war er in die Kaserne gegangen und hatte angefangen, Skat zu spielen. Er redete mit niemand. Unbewegt saß er da und spielte. Er gewann.

Graeber hockte am Fenster. Neben ihm saß der Gefreite Reuter, eine Flasche Bier in der Hand und den bandagierten rechten Fuß auf der Fensterbank. Er war der Stubenälteste und hatte Gicht. Stube achtundvierzig war nicht nur ein Hafen für verunglückte Urlauber; sie war auch das Revier für Leichtkranke. Hinter ihnen lag der Pionier Feldmann. Sein Ehrgeiz war, den Schlaf für drei Kriegsjahre in drei Wochen nachzuholen. Er verließ das Bett nur zu den Mahlzeiten.

»Wo ist Böttcher?« fragte Graeber. »Noch nicht zurück?«

»Er ist nach Haste und Iburg. Jemand hat ihm heute mittag ein Fahrrad geliehen. Damit kann er jetzt zwei

Dörfer an einem Tage absuchen. Aber er hat immer noch ein Dutzend vor sich. Und dann die Lager, in die überall Transporte geschickt worden sind. Sie sind Hunderte von Kilometern weit weg. Wie will er dahin kommen?«

»Ich habe an vier Lager geschrieben«, sagte Graeber. »Für beide von uns.«

»Glaubst du, daß ihr Antwort kriegt?«

»Nein. Aber das hat ja nichts damit zu tun. Man schreibt trotzdem.«

»An wen hast du geschrieben?«

»An die Lagerleitung und dann für jedes Lager noch einmal direkt an Böttchers Frau und an meine Eltern.«

Graeber holte einen Pack Briefe aus seiner Tasche und zeigte sie vor. »Ich bringe sie gleich zur Post.«

Reuter nickte. »Wo warst du heute?«

»In der Bürgerschule und in der Turnhalle der Domschule. Dann in einem Sammelquartier und noch einmal auf dem Meldeamt. Nichts.«

Ein Kartenspieler, der abgelöst worden war, setzte sich zu ihnen. »Ich verstehe nicht, daß ihr Urlauber in der Kaserne wohnt«, sagte er zu Graeber. »So weit weg von den Preußen wie möglich, das wäre meine Parole! Ich würde mir eine Bude mieten, Zivil anziehen und vierzehn Tage ein Mensch sein.«

»Wird man ein Mensch, wenn man Zivil anzieht?« fragte Reuter.

»Klar. Was sonst?«

»Da hörst du es«, sagte Reuter zu Graeber. »Das Leben ist einfach, wenn man es einfach nimmt. Hast du Zivilsachen hier?«

»Nein. Sie liegen unter dem Schutt der Hakenstraße.«

»Ich kann dir welche leihen, wenn du sie haben willst.«

Graeber blickte durch das Fenster auf den Kasernenhof. Ein paar Züge übten dort Laden und Sichern, Handgranatenwerfen und Grüßen. »Es ist zu blödsinnig«, sagte er. »Draußen habe ich geglaubt, ich würde als erstes diese verdammten Brocken in die Ecke schmeißen, wenn ich nach Hause käme, und Zivil anziehen, – und jetzt ist es mir egal.«

»Du bist eben ein ganz gewöhnlicher Kasernenscheißer«, erklärte der Kartenspieler und verschlang ein Stück Leberwurst. »Ein Muschkote, der nicht weiß, was gut für ihn ist. Zu dumm, daß immer die falschen Leute Urlaub kriegen!«

Er ging zurück, um weiterzuspielen. Er hatte vier Mark an Rummel verloren und war morgens vom Revierarzt k. v. geschrieben worden; das machte ihn bitter.

Graeber stand auf. »Wo willst du hin?« fragte Reuter.

»In die Stadt. Zur Post, und dann weitersuchen.«

Reuter stellte die leere Bierflasche beiseite. »Vergiß nicht, daß du Urlaub hast, sagte er. »Und vergiß nicht, daß es bald vorbei ist.«

»Das vergesse ich schon nicht«, erwiderte Graeber bitter.

Reuter hob seinen eingewickelten Fuß vorsichtig von der Fensterbank und setzte ihn vor sich bin. »So meine ich das nicht. Tu alles, was du kannst, um deine Eltern zu finden. Aber vergiß nicht, daß du Urlaub hast. Es dauert lange, bis du wieder welchen kriegst.«

»Das weiß ich. Und es wird vorher einen Haufen Gelegenheiten geben, den Arsch für immer zuzukneifen. Das weiß ich auch.«

»Gut«, sagte Reuter. »Wenn du das weißt, ist alles in Ordnung.«

Graeber ging zur Tür. Am Tisch mit den Kartenspielern hatte Rummel gerade einen Grand mit vieren in der Hand; dazu die ganze Kreuzflöte. Es war ein Blatt mit Pauken und Trompeten. Er schlachtete mit unbeweglichem Gesicht seine Mitspieler ab. Sie kriegten kein Bein auf die Erde. »Schneider schwarz«, sagte der Mann, der Graeber einen Kasernenscheißer genannt hatte, verzweifelt. »Was sagt man zu so einer Hand! Und es freut ihn nicht einmal!«

»Ernst!«

Graeber drehte sich um. Ein kleiner, gedrungener Mann in Kreisleiteruniform stand vor ihm. Er mußte sich einen Augenblick besinnen; dann erkannte er das runde Gesicht mit den roten Backen und den Haselnußaugen. »Binding«, sagte er. »Alfons Binding!«

»Höchstpersönlich.«

Binding strahlte ihn an. »Mensch, Ernst, wir haben uns ja eine Ewigkeit nicht mehr gesehen! Wo kommst du her?«

»Aus Rußland.«

»Auf Urlaub also! Das müssen wir feiern. Komm mit zu meiner Bude. Ich wohne nicht weit von hier. Habe einen erstklassigen Kognak! Sowas! Einen alten Schulkameraden wiederzutreffen, der gerade von der Front kommt! Das muß begossen werden!«

Graeber sah ihn an. Binding war ein paar Jahre in seiner Klasse gewesen, aber er hatte ihn fast vergessen. Nur gelegentlich hatte er gehört, daß Alfons in die SA eingetreten sei und es dort zu etwas gebracht habe. Jetzt stand er vor ihm in einer neuen Uniform mit blanken, eleganten Stiefeln, fröhlich und ahnungslos. »Komm, Ernst, sei kein Frosch!« drängte er. »Ein guter Schnaps kann nicht schaden.«

Graeber schüttelte den Kopf. »Ich habe keine Zeit.«

»Aber Ernst! Nur für einen Männertrunk! Dafür ist immer Zeit unter alten Kameraden!«

Alte Kameraden! Graeber betrachtete die Uniform. Binding hatte sich hochgearbeitet. Aber vielleicht konnte gerade er ihm deshalb helfen, seine Eltern zu finden, dachte er plötzlich. Gerade, weil er zur Partei gehörte. »Gut, Alfons«, sagte er. »Auf einen Schnaps.«

»Das ist recht, Ernst. Komm, es ist nicht weit.«

Es war weiter, als Binding behauptet hatte. Er wohnte in der Vorstadt, in einer kleinen weißen Villa, die friedlich und unbeschädigt in einem Garten mit hohen Birken lag. Vogelkästen hingen an den Bäumen, und irgendwo plätscherte Wasser.

Binding ging Graeber voran in das Haus. Auf dem Korridor hingen Hirschgeweihe, ein Wildschweinschädel und der ausgestopfte Kopf eines Bären. Graeber sah sie verwundert an. »Bist du ein so großer Jäger, Alfons?«

Binding grinste. »Keine Spur. Habe nie eine Flinte angerührt. Alles Dekoration. Macht sich gut, was? Germanisch!«

Er führte Graeber in ein Zimmer, das voll von Teppichen lag. An den Wanden hingen Bilder in prunkvollen

Rahmen. Große Ledersessel standen umher. »Was sagst du zu der Bude?« fragte er stolz. »Gemütlich, was?«

Graeber nickte. Die Partei sorgte für ihre Leute. Alfons war der Sohn eines armen Milchhändlers gewesen. Es hatte den Vater Mühe gekostet, ihn aufs Gymnasium zu schicken.

»Setz dich, Ernst. Wie gefällt dir mein Rubens?«

»Was?«

»Der Rubens! Der große Schinken drüben, neben dem Klavier!«

Es war das Bild einer sehr üppigen, nackten Frau, die am Rande eines Teiches stand. Sie hatte goldenes Haar und einen mächtigen Hintern, auf den die Sonne schien. Das wäre etwas für Böttcher, dachte Graeber. »Schön«, sagte er.

»Schön?« Binding war ziemlich enttäuscht. »Mensch, der ist einfach herrlich! Vom selben Kunsthändler, von dem der Reichsmarschall kauft. Ein Meisterwerk! Ich habe ihn billig geschnappt, aus zweiter Hand. Gefällt er dir nicht?«

»Doch. Ich bin nur kein Kenner. Aber ich wüßte jemand, der würde verrückt werden, wenn er das Bild sähe.«

»Tatsächlich? Großer Sammler?«

»Das nicht; aber ein Spezialist in Rubens.«

Binding glänzte vor Vergnügen. »Freut mich, Ernst! Freut mich wirklich. Hätte selber nie geglaubt, daß ich noch einmal Kunstsammler werden würde. Aber jetzt sag mir, wie es dir geht und was du machst. Und ob ich irgendwas für dich tun kann. Man hat ja so seine Verbindungen.« Er lachte verschmitzt.

Graeber war gegen seinen Willen etwas gerührt. Es war das erste Mal, daß ihm jemand ohne jede Vorsicht Hilfe anbot. »Du kannst etwas für mich tun«, sagte er. »Meine Eltern sind vermißt. Vielleicht sind sie abtransportiert oder irgendwo auf den Dörfern. Wie kann ich das herausfinden? Hier in der Stadt scheinen sie nicht mehr zu sein.«

Binding setzte sich in einen Sessel neben einen Rauchtisch aus gehämmertem Kupfer. Seine blanken Stiefel standen wie Ofenrohre vor ihm. »Das ist nicht so einfach, wenn sie nicht mehr in der Stadt sind«, erklärte er. »Ich will sehen, was ich herausfinden kann. Wird ein paar Tage dauern. Vielleicht auch länger. Es kommt darauf an, wo sie sind. Alles ist im Augenblick ziemlich durcheinander, das weißt du ja.«

»Ja, das habe ich gesehen.«

Binding stand auf und ging zu einem Schrank. Er holte eine Flasche und zwei Gläser hervor. »Trinken wir erst mal einen, Ernst. Echter Armagnac. Ich trinke ihn fast lieber als Kognak. Prost.«

»Prost, Alfons.«

Binding schenkte nach. »Wo wohnst du denn jetzt? Bei Verwandten?«

»Wir haben keine Verwandten in der Stadt. In der Kaserne.«

Binding setzte sein Glas nieder. »Aber Ernst, das ist doch Unsinn! Urlaub in der Kaserne! Das ist ja so gut wie keiner! Du kannst bei mir wohnen! Hier ist Platz genug! Schlafzimmer mit Badezimmer, sturmfrei, alles, was du willst!«

»Wohnst du denn hier allein?«

»Aber klar! Dachtest du, ich wäre verheiratet? So dumm bin ich nicht! In meiner Position rennen einem die Weiber ja die Türen ein.« Alfons zwinkerte und zeigte auf ein gewaltiges Ledersofa. »Was das da schon alles gesehen hat! Ich sage dir. Ernst, auf den Knien haben sie schon vor mir gelegen.«

»Tatsächlich? Warum?«

»Auf den Knien! Erst gestern noch! Eine Dame erster Kreise, rote Haare, herrlicher Busen, Schleier, Pelzmantel, hier auf diesem Teppich, sie heulte wie ein Springbrunnen und war zu allem bereit. Wollte, daß ich ihren Mann aus dem Konzentrationslager herausholen sollte.«

Graeber sah auf. »Kannst du denn so was?«

Binding lachte. »Ich kann jemand hineinbringen. Aber raus, das ist nicht so einfach. Habe ihr das natürlich nicht gesagt. Also wie ist es? Ziehst du ein? Du siehst, hier ist was los!«

»Ja, das sehe ich. Aber ich kann jetzt nicht umziehen. Ich habe überall die Kaserne als Adresse angegeben für Nachrichten über meine Eltern. Ich muß erst abwarten, bis sie kommen.«

»Schön, Ernst. Du mußt wissen, was richtig ist. Aber bedenke, daß du immer eine Wohnung bei Alfons hast. Und die Verpflegung ist erstklassig. Ich habe vorgesorgt.«

»Danke, Alfons.«

»Unsinn! Wir sind doch Schulkameraden. Da hilft man sich. Du hast mich oft genug die Klassenarbeiten abschreiben lassen. Übrigens, erinnerst du dich noch an Burmeister?«

»Unseren Mathematiklehrer?«

»Genau den. Das Aas war doch schuld daran, daß ich in Obersekunda aus der Schule flog. Wegen der Sache mit Lucie Edler. Erinnerst du dich nicht mehr?«

»Natürlich«, sagte Graeber. Er erinnerte sich nicht.

»Mensch, wie habe ich ihn damals angefleht, mich nicht zu melden! Nichts zu machen, der Satan war unerbittlich, moralische Pflicht, und was er sonst noch alles von sich gab. Mein Vater hat mich dafür dann fast totgeschlagen. Burmeister!« Alfons schmeckte den Namen auf der Zunge. »Dem habe ich es heimgezahlt, Ernst! Habe ihm ein halbes Jahr KZ besorgt. Du hättest ihn sehen sollen, als er herauskam! Er stand stramm vor mir und machte fast in die Hosen, wenn er mich sah. Er hat mich erzogen; da habe ich ihn mal gründlich zurückerzogen. Guter Witz, was?«

»Ja.«

Alfons lachte. »So was tut einem in der Seele wohl. Das ist das Schöne an unserer Bewegung, daß sie einem solche Gelegenheiten gibt.« Er sah, daß Graeber aufstand. »Willst du schon los?«

»Ich muß. Ich habe keine richtige Ruhe.«

Binding nickte. Sein Gesicht wurde würdig. »Ich verstehe, Ernst. Und es tut mir schrecklich leid. Das weißt du doch, nicht?«

»Ja, Alfons.« Graeber wußte, was jetzt noch fällig war, und er wollte es kurz machen. »Ich komme dann in ein paar Tagen wieder vorbei.«

»Komm morgen nachmittag. Oder gegen Abend. So gegen halb sechs.«

»Gut, morgen. So gegen halb sechs. Glaubst du, daß du dann schon etwas weißt?«

»Vielleicht. Wir werden sehen. Auf jeden Fall können wir einen Schnaps trinken. Übrigens, Ernst, – warst du schon in den Hospitälern?«

»Ja.«

Binding nickte. »Und, – nur zur Vorsicht natürlich, – auf den Friedhöfen?«

»Nein.«

»Geh mal hin. Nur zur Vorsicht. Es liegen noch viele da, die nicht gemeldet sind.«

»Ich werde morgen hingehen.«

»Gut, Ernst.« Binding war sichtlich erleichtert. »Und komm morgen für länger. Wir alten Schulfreunde müssen zusammenhalten. Du glaubst nicht, wie einsam man wird in einer Stellung wie meiner. Jeder will was von einem.«

»Ich habe ja auch was gewollt.«

»Das ist was anderes. Ich meine Vorteile.«

Binding nahm die Flasche Armagnac, trieb mit einem Schlag der flachen Hand den Korken hinein und hielt sie Graeber hin. »Hier, Ernst! Nimm das mit! Es ist guter Schnaps. Du kannst ihn sicher brauchen. Warte noch einen Moment!« Er öffnete die Tür. »Frau Kleinert! Ein Stück Papier! Oder eine Tüte!«

Graeber hielt die Flasche in der Hand. »Das ist nicht nötig, Alfons –«

Binding wehrte stürmisch ab. »Nimm ihn! Ich habe den ganzen Keller voll von dem Kram!« Er nahm die Tüte, die die Haushälterin brachte, und wickelte die Flasche hinein. »Mach's gut, Ernst! Und immer Kopf hoch! Bis morgen.«

Graeber ging zur Hakenstraße. Er war etwas überwältigt von Alfons. Ein Kreisleiter, dachte er. Der erste Mensch, der mir vorbehaltlos helfen will und mir Wohnung und Essen anbietet, muß ein Parteibonze sein! Er steckte die Flasche in die Tasche seines Mantels.

Es war früher Abend. Der Himmel war wie Perlmutt, und die Bäume standen klar vor der hellen Weite. Blau hing die Dämmerung in den Ruinen.

Graeber blieb vor der Tür mit der Ruinenzeitung stehen. Sein Zettel fehlte. Er glaubte zuerst, der Wind habe ihn abgerissen; aber dann hätten die Heftzwecken noch da sein müssen. Sie fehlten ebenfalls. Jemand mußte den Zettel abgenommen haben.

Er spürte, wie ihm plötzlich das Blut zum Herzen schoß. Rasch suchte er die Tür nach einer Nachricht ab. Aber er fand keine. Dann lief er zum Hause seiner Eltern hinüber. Der zweite Zettel steckte dort noch zwischen den Steinen. Er riß ihn heraus und starrte ihn an. Niemand hatte ihn berührt. Er enthielt keine Nachricht.

Verständnislos richtete er sich auf und blickte umher. Dann sah er weit unten auf der Straße etwas wie einen weißen Flügel im Winde treiben. Er lief ihm nach. Es war sein Zettel. Er hob ihn auf und betrachtete ihn. Jemand hatte ihn abgerissen. In einer pedantischen Handschrift stand am Rande: »Du sollst nicht stehlen.« Er begriff zuerst nicht, was es heißen sollte. Dann fiel ihm ein, daß die beiden Heftzwecken fehlten und daß der Aufruf der Mutter, von dem er sie genommen hatte, wieder alle vier zeigte. Sie hatte ihr Eigentum zurückgenommen und ihm eine Lehre erteilt. Schmerz machte nicht immer großzügig.

Er suchte zwei flache Steine, legte seinen Zettel auf den Boden neben der Tür und beschwerte ihn damit. Dann ging er zurück zum Hause seiner Eltern.

Er stand vor den Trümmern und blickte hinauf. Der grüne Polstersessel fehlte. Jemand mußte ihn weggeholt haben. Da, wo der Stuhl gestanden hatte, ragten ein paar Zeitungen aus dem Schutt. Er kletterte hinauf und zerrte sie heraus. Es waren alte Zeitungen, voll von Siegen und großen Namen, vergilbt, zerrissen und schmutzig. Er warf sie beiseite und begann, weiter zu suchen. Nach einer Weile fand er ein kleines Buch, das offen, gelb und verwelkt zwischen zwei Balken lag, als habe jemand es aufgeschlagen. Er zog es heraus und erkannte es. Es war ein Schulbuch, das ihm gehört hatte. Er blätterte nach vorn und sah seinen Namen in blasser Schrift auf dem ersten Blatt. Er mußte ihn hineingeschrieben haben, als er zwölf oder dreizehn Jahre alt gewesen war.

Es war ein Katechismus aus dem Religionsunterricht. Ein Buch mit Hunderten von Fragen und den Antworten dazu. Die Seiten waren fleckig, und auf einigen standen Anmerkungen, die er selbst geschrieben hatte. Er starrte abwesend darauf. Alles schien einen Augenblick zu schwanken, und er wußte nicht, was schwankte, die zerstörte Stadt mit dem stillen, perlmutterfarbenen Himmel darüber oder das kleine gelbe Buch in seinen Händen, das auf alle Fragen der Menschheit eine Antwort hatte.

Er legte es beiseite und suchte weiter. Aber er fand nichts mehr, – keine anderen Bücher und auch nichts aus der Wohnung seiner Eltern. Es war unwahrscheinlich; sie hatten im zweiten Stock gewohnt, und ihre Sachen mußten viel tiefer unter dem Schutt liegen. Der Katechismus war bei der Explosion wahrscheinlich durch einen Zufall hoch in die Luft geschleudert worden und dann, weil er leicht war, langsam heruntergeflattert. Wie eine Taube, dachte er, eine einsame weiße Taube der Selbstsicherheit und des Friedens, mit all seinen Fragen und klaren Antworten in der Nacht voller Feuer und Qualm und Ersticken und Schreien und Tod.

Er saß noch eine Zeitlang auf den Trümmern. Der Abendwind begann und blätterte in den Seiten des Buches, als läse jemand unsichtbar darin. Gott ist barmherzig, stand da, allmächtig, allwissend, allweise, er ist unendlich gütig und gerecht –

Graeber fühlte nach der Flasche Armagnac, die Binding ihm gegeben hatte. Er öffnete sie und nahm einen Schluck. Dann kletterte er zur Straße hinunter. Den Katechismus nahm er nicht mit.

Es war dunkel geworden. Nirgendwo war Licht. Graeber ging über den Karlsplatz. An der Ecke des Bunkers stieß er fast mit jemand zusammen. Es war ein junger Offizier, der sehr eilig herankam. »Passen Sie doch auf!« schnauzte der Leutnant ärgerlich.

Graeber sah ihn an. »Gut, Ludwig«, sagte er. »Das nächste Mal werde ich aufpassen.«

Der Leutnant starrte ihn an. Dann ging ein breites Grinsen über sein Gesicht. »Ernst, du?«

Es war Ludwig Wellmann. »Was machst du? Urlaub?« fragte er.

»Ja. Und du?«

»Fertig damit. Fahre gerade wieder ab. Bin deshalb so eilig.«

»Wie war es?«

»So, so! Du weißt ja! Aber das nächste Mal mache ich es anders. Sage keinem was und fahre irgendwohin, nur nicht nach Hause!«

»Warum?«

Wellmann zog eine Grimasse. »Die Familie, Ernst! Die Eltern! Es geht einfach nicht! Sie ruinieren einem den ganzen Urlaub! Wie lange bist du hier?«

»Vier Tage.«

»Warte ab! Wirst es schon noch merken!«

Wellmann versuchte, sich eine Zigarette anzuzünden. Der Wind blies das Streichholz aus. Graeber gab ihm sein Feuerzeug. Der Schein beleuchtete einen Augenblick Wellmanns schmales, energisches Gesicht. »Sie glauben, daß man immer noch ein Kind ist«, sagte er und stieß den Rauch aus. »Wenn man einmal einen Abend verschwinden will, gibt es gleich vorwurfsvolle Gesichter. Man soll die Zeit nur mit ihnen verbringen. Für meine Mutter bin ich immer noch dreizehn Jahre alt. Die erste Hälfte des Urlaubs schwamm sie in Tränen, weil ich gekommen war, – die zweite Hälfte, weil ich wieder wegmußte. Was kann man da machen?«

»Und dein Vater? Der war doch im ersten Kriege Soldat.«

»Das hat er vergessen. Wenigstens den Teil davon. Für meinen Alten bin ich der Held. Er ist stolz auf meinen Klempnerladen. Wollte sich dauernd mit mir zeigen. Rührender alter Mann aus grauer Vorzeit. Sie verstehen uns nicht mehr, Ernst. Paß auf, daß deine dich nicht auch erwischen!«

»Ich werde schon aufpassen«, sagte Graeber.

»Sie meinen es gut. Alles ist Fürsorge und Liebe, aber das ist gerade das Verdammte. Du kannst nichts dagegen machen. Kommst dir sofort wie ein gefühlloser Verbrecher vor.«

Wellmann blickte hinter einem Mädchen her, dessen helle Strümpfe durch das windige Dunkel schimmerten. »Dein Urlaub geht darüber glatt in die Binsen!« sagte er. »Alles, was ich noch erreichen konnte, war, daß sie mich nicht zum Bahnhof bringen. Bin nicht sicher, ob sie nicht doch da sein werden!« Er lachte. »Fang es gleich richtig an, Ernst! Verschwinde wenigstens abends. Erfinde was! Irgendeinen Kursus! Dienst! Sonst geht es dir wie mir, und du hast einen Urlaub wie ein Gymnasiast!«

»Ich glaube, bei mir wird es anders.«

Wellmann schüttelte Graeber die Hand. »Hoffentlich! Dann hast du mehr Schwein als ich! Warst du schon in der Penne?«

»Nein.«

»Geh nicht hin. Ich war da. Schwerer Fehler. Kotzt dich nur an. Den einzigen anständigen Lehrer haben sie rausgeschmissen. Pohlmann, den wir in Religion hatten. Du erinnerst dich doch noch an ihn?«

»Natürlich. Ich soll ihn sogar besuchen.«

»Sieh dich vor. Er ist auf der schwarzen Liste. Pfeif lieber auf den ganzen Kram! Man soll nirgendwohin zurückgehen. Also mach's gut, Ernst! Unser kurzes, glorreiches Leben, was?«

»Ja, Ludwig. Mit freier Kost, Auslandsaufenthalt und Staatsbegräbnis.«

»Schöne Scheiße! Weiß Gott, wann wir uns wiedersehen!« Wellmann lachte und verschwand im Dunkel.

Graeber ging weiter. Er wußte nicht, was er machen sollte. Die Stadt war finster wie ein Grab. Er konnte nicht mehr weitersuchen, und er begriff, daß er Geduld haben mußte. Ihm graute vor dem langen Abend. Zur Kaserne wollte er noch nicht; zu den paar Bekannten, die er hatte, auch nicht. Er konnte ihr verlegenes Mitleid nicht ertragen und wußte, daß sie froh waren, wenn er wieder ging.

Er starrte auf die zerfressenen Dächer der Häuser. Was hatte er nur erwartet? Eine Insel hinter den Fronten? Heimat, Sicherheit, Zuflucht, Trost? Vielleicht. Aber die Inseln der Hoffnung waren längst lautlos versunken in der Monotonie zwecklosen Todes, die Fronten waren zerbrochen, und der Krieg war überall. Überall, auch in den Hirnen und Herzen.

Er kam an einem Kino vorbei und ging hinein. Der Saal war weniger dunkel als die Straße. Es war immer noch besser, hier zu sitzen, als durch die schwarze Stadt zu wandern oder in irgendeiner Kneipe zu hocken und sich zu besaufen.

XI

Der Friedhof lag in der hellen Sonne. Graeber sah, daß eine Bombe das Tor getroffen hatte. Ein paar Kreuze und Granitsteine waren über die Wege und die anderen Gräber verstreut. Die Trauerweiden waren umgestürzt; die Wurzeln schienen dadurch die Äste zu sein, und die Zweige lange, schleifende grüne Wurzeln. Sie sahen aus, als wären sie sonderbare Gewächse, die aus einem unterirdischen Meere tangbehangen hochgeworfen worden waren. Die Knochen der ausgebombten Toten hatte man zum größten Teile wieder gesammelt und zu einem sauberen Haufen aufgeschichtet; nur noch kleinere Splitter und Reste alter, morscher Särge hingen in den Weiden. Keine Schädel mehr.

Neben der Kapelle war ein Schuppen errichtet. Ein Aufseher und zwei Wärter arbeiteten darin. Der Aufseher schwitzte. Er winkte ab, als er hörte, was Graeber wollte. »Keine Zeit, Mann! Zwölf Beerdigungen noch vor dem Mittagessen! Lieber Gott, wie sollen wir wissen, ob Ihre Eltern hier liegen? Wir haben Dutzende von Gräbern ohne Grabsteine und ohne Namen. Es ist hier ein Massenbetrieb geworden! Wie sollen wir da Bescheid wissen?«

»Führen Sie keine Listen?«

»Listen«, erwiderte der Aufseher bitter und wendete sich an die beiden Wärter. »Listen will er sehen, habt ihr das gehört? Listen! Wissen Sie, wieviel Leichen noch draußen liegen? Dreihundert. Wissen Sie, wieviel beim letzten Angriff eingeliefert worden sind? Siebenhundert. Wieviel beim Angriff vorher? Fünfhundert. Das war vier Tage auseinander. Wie sollen wir denn da nachkommen? Wir sind nicht darauf eingerichtet! Wir brauchen Bagger statt Totengräber, um einigermaßen aufzuarbeiten, was draußen noch liegt. Und wissen Sie, wann der nächste Angriff kommen wird? Heute abend? Morgen? Listen will er haben!«

Graeber erwiderte nichts. Er nahm ein Paket Zigaretten aus der Tasche und legte es auf den Tisch. Der Aufseher und die Wärter wechselten einen Blick. Graeber wartete einen Augenblick. Dann legte er drei Zigarren dazu. Er hatte sie für seinen Vater aus Rußland mitgebracht.

»Also gut«, sagte der Aufseher. »Wir werden tun, was wir können. Schreiben Sie die Namen auf. Einer von uns wird beim Friedhofsamt anfragen. Inzwischen können Sie die Toten besichtigen, die noch nicht eingeschrieben sind. Drüben die Reihen an den Kirchhofsmauern.«

Graeber ging hinüber. Ein Teil der Toten hatte Namen, Särge, Bahren, Decken, Blumen, andere waren nur mit weißen Tüchern zugedeckt. Er las die Namen, hob die Tücher derjenigen, die keine Namen hatten, und ging dann zu den Reihen der Unbekannten hinüber, die Seite an Seite unter einem schmalen Notdach die Mauern entlang lagen. Einige hatten die Augen geschlossen, andere hatten die Hände gefaltet, die meisten aber lagen so, wie man sie gefunden hatte, und man hatte nur die Arme an die Körper gelegt und die Beine gestreckt, um mehr Platz zu schaffen. Eine Prozession schweigender Leute zog an ihnen vorüber. Vorgebeugt musterten sie die blassen erstarrten Gesichter und suchten nach Angehörigen.

Graeber reihte sich ein. Ein paar Schritte vor ihm sank plötzlich eine Frau neben einem Toten zu Boden und begann zu schluchzen. Die andern gingen stumm um sie herum weiter, vorgebeugt und die Gesichter so konzentriert, daß sie fast leer erschienen, ohne anderen Ausdruck als den angstvoller Erwartung. Erst allmählich, wenn sie weiter zum Ende der Reihe gelangten, kam ein schwacher Schein unruhiger, versteckter Hoffnung hinzu, und man konnte sehen, wie sie aufatmeten, wenn sie durch waren.

Graeber ging zurück. »Waren Sie schon in der Kapelle?« fragte der Aufseher.

»Nein.«

»Die stark Zerfetzten sind da.« Der Aufseher sah Graeber an. »Es braucht Nerven dafür. Aber Sie sind ja Soldat.«

Graeber ging in die Kapelle. Dann kam er zurück. Der Aufseher stand draußen. »Furchtbar, was?« Er blickte Graeber forschend an. »Schon mancher ist uns dabei zusammengeklappt«, erklärte er. »Erst gestern ein Oberscharführer aus dem Konzentrationslager, ein Kerl wie ein Riese.«

Graeber erwiderte nichts. Er hatte in seinem Leben so viele Tote gesehen, daß dieses nichts Außergewöhnliches für ihn war. Auch die Tatsache nicht, daß es sich um Zivilisten und viele Frauen und Kinder handelte. Er hatte das ebenfalls oft genug gesehen, und die Verletzungen waren bei Russen und Holländern und Franzosen nicht leichter gewesen als die, die er jetzt sah. Ihm schien sogar, daß die in allen Stadien der Verwesung und Zerfetzung gefrorenen Leichen im Winter in Russland und eine Gruppe von fünfzig Gehängten, mit gedunsenen Köpfen, herausquellenden, wie zerplatzten Augäpfeln, geborstenen Lippen und schwarzen, dicken Zungen noch grausiger gewesen waren als die Menschenstücke in der Kapelle.

»Auf dem Friedhofsamt ist nichts eingetragen«, erklärte der Aufseher. »Es gibt aber noch zwei große Leichenhallen in der Stadt. Waren Sie da schon?«

»Ja.«

»Die haben noch Eis«, sagte der Aufseher fast neidisch. »Die haben es besser als wir.«

»Sie sind überfüllt.«

»Ja, aber sie sind gekühlt. Wir haben das nicht. Und es wird wärmer und wärmer. Wenn noch ein paar Angriffe rasch hintereinander kommen und dazu weiter die sonnigen Tage, gibt es eine Katastrophe. Wir müssen dann zu Massengräbern übergehen.«

Graeber nickte. Er begriff nicht, daß das eine Katastrophe sei. Eine Katastrophe war das, was die Massengräber verursachte.

»Wir arbeiten, was wir können«, erklärte der Aufseher. »Wir haben soviel Totengräber, wie wir anstellen können, aber es sind immer noch viel zu wenig. Die Technik hier ist veraltet für unsere Zeit. Dazu kommen natürlich die Religionsvorschriften.« Er rieb sich sorgenvoll die Stirn. »Die einzigen Institutionen, die wirklich modern in jeder Beziehung eingerichtet sind, sind die Konzentrationslager. Dort kann man an einem Tag über Hunderte von Leichen disponieren. Alles nach den neuesten Methoden. Aber das ist natürlich Krematoriumsbetrieb, und der kommt ja hier nicht in Frage –«

Er blickte einen Augenblick sinnend über die Mauer. Dann winkte er Graeber kurz zu und schritt rasch zu seinem Schuppen zurück, – ein pflichtgetreuer, eifriger Beamter des Todes.

Graeber mußte ein paar Minuten warten; zwei Leichenzüge sperrten den Ausgang. Er sah sich noch einmal um. Priester beteten über Gräbern, Verwandte knieten neben Grabsteinen, es roch nach welken Blumen und aufgeworfener Erde, Vögel sangen, die Prozession der Sucher zog weiter an den Mauern entlang, Totengräber schwangen ihre Hacken in halbausgehobenen Gruben, Steinmetze und Beerdigungsagenten wanderten umher, – die Stätte des Todes war der belebteste Platz der Stadt geworden.

Das kleine weiße Haus Bindings lag in der ersten Dämmerung des Gartens. Auf dem Rasen stand ein Vogelbad, in dem Wasser plätscherte. Narzissen und Tulpen blühten vor den Fliederbüschen, und unter den Birken schimmerte eine Mädchenfigur aus Marmor.

Die Haushälterin öffnete die Tür. Sie war eine grauhaarige Frau und trug eine große weiße Schürze. »Sie sind Herr Graeber, nicht wahr?«

»Ja.«

»Der Herr Kreisleiter ist nicht zu Hause. Er mußte zu einer wichtigen Versammlung der Partei. Aber er hat eine Nachricht für Sie hinterlassen.«

Graeber folgte ihr in das Haus mit den Geweihen und

den Bildern. Der Rubens leuchtete selbst in der Dämmerung. Auf dem kupfernen Rauchtisch stand eine eingewickelte Flasche. Daneben lag ein Brief. Alfons schrieb, er habe noch nicht viel erfahren können; aber Graebers Eltern seien nirgendwo in der Stadt als tot oder verwundet gemeldet. Wahrscheinlich seien sie also abtransportiert worden oder umgezogen. Graeber möge morgen wiederkommen. Mit dem Wodka solle er heute abend feiern, daß er weit weg von Rußland sei.

Graeber steckte den Brief und die Flasche in die Tasche. Die Haushälterin war in der Tür stehengeblieben. »Der Herr Kreisleiter läßt herzlich grüßen.«

»Grüßen Sie ihn bitte auch. Sagen Sie ihm, ich käme morgen wieder. Und vielen Dank für die Flasche. Ich kann sie gut gebrauchen.«

Die Frau lächelte mütterlich. »Er wird sich darüber freuen. Er ist so ein guter Mensch.«

Graeber ging durch den Garten zurück. Ein guter Mensch, dachte er. Aber war Alfons das auch für den Mathematiklehrer Burmeister gewesen, den er ins KZ gebracht hatte? Jeder war wahrscheinlich für irgendjemand ein guter Mensch. Und für einen andern das Gegenteil.

Er fühlte nach dem Brief und der Flasche. Feiern, dachte er. Was? Die Hoffnung, daß seine Eltern nicht tot waren? Und mit wem? Mit der Stube achtundvierzig in der Kaserne? Er blickte in die Dämmerung, die blauer und tiefer geworden war. Er konnte die Flasche zu Elisabeth Kruse bringen. Sie konnte sie ebensogut gebrauchen wie er. Er hatte für sich selbst ja noch den Armagnac.

Die Frau mit dem verwischten Gesicht öffnete. »Ich möchte zu Fräulein Kruse«, sagte Graeber entschlossen und wollte an ihr vorbei.

Sie gab die Tür nicht frei. »Fräulein Kruse ist nicht da«, erwiderte sie. »Das sollten Sie doch wissen.«

»Wieso sollte ich das wissen?«

»Hat sie Ihnen das nicht gesagt?«

»Ich habe es vergessen. Wann kommt sie zurück?«

»Um sieben.«

Graeber hatte nicht damit gerechnet, daß Elisabeth fort sein würde. Er überlegte, ob er den Wodka dalassen sollte; aber wer wußte, was die Denunziantin daraus machen würde? Vielleicht würde sie ihn sogar selbst trinken. »Gut, ich komme dann wieder«, sagte er.

Unschlüssig stand er auf der Straße. Er sah auf die Uhr. Es war kurz vor sechs. Der Abend lag wieder lang und dunkel vor ihm. Vergiß nicht, daß du Urlaub hast, hatte Reuter gesagt. Er vergaß es nicht; aber damit allein war noch nichts erreicht.

Er ging zum Karlsplatz und setzte sich auf eine Bank in den Anlagen. Der Luftschutzbunker lag massig wie eine ungeheure Kröte da. Leute, die vorsichtig waren, schlichen schattenhaft hinein. Dunkelheit spülte aus den Gebüschen heran und ertränkte das letzte Licht.

Graeber saß still auf der Bank. Er hatte vor einer Stunde nicht daran gedacht, Elisabeth wiederzusehen. Hätte er sie getroffen, so hätte er ihr wahrscheinlich den Wodka gegeben und wäre weggegangen, glaubte er. Aber jetzt, da er sie nicht getroffen hatte, wartete er ungeduldig darauf, daß es sieben Uhr würde.

Elisabeth öffnete ihm selbst. »Auf dich war ich nicht vorbereitet«, sagte er überrascht. »Ich habe den Drachen erwartet, der den Eingang verteidigt.«

»Frau Lieser ist nicht da. Sie ist zu einer Versammlung der Frauenschaft gegangen.«

»Zur Plattfußbrigade. Natürlich! Dahin gehört sie auch!« Graeber sah sich um. »Es sieht hier gleich anders aus, wenn sie nicht da ist.«

»Es sieht hier anders aus, weil jetzt im Vorzimmer Licht brennt«, erwiderte Elisabeth. »Ich drehe es jedesmal an, wenn sie weggeht.«

»Und wenn sie da ist?«

»Wenn sie da ist, wird gespart. Das ist patriotisch. Man sitzt im Dunkeln.«

»Das stimmt«, sagte Graeber. »Da haben sie uns am liebsten.« Er zog die Flasche aus der Tasche. »Ich habe dir hier etwas Wodka mitgebracht. Er stammt aus dem Keller eines Kreisleiters. Geschenk eines Schulkameraden.«

Elisabeth sah ihn an. »Hast du solche Schulkameraden?«

»Ja. Ebenso wie du Zwangsmieter.«

Sie lächelte und nahm die Flasche. »Ich muß sehen, ob irgendwo ein Korkenzieher ist.«

Sie ging vor ihm her in die Küche. Er sah, daß sie einen schwarzen Pullover und einen engen schwarzen Rock trug. Ihr Haar hatte sie mit einem dicken, leuchtend roten Wollfaden im Nacken zusammengebunden. Sie hatte gerade, kräftige Schultern und schmale Hüften.

»Ich finde keinen Korkenzieher«, sagte sie und schob die Schubladen zu. »Frau Lieser scheint nicht zu trinken.«

»Sie sieht aus, als ob sie nichts anderes täte. Aber wir brauchen keinen Korkenzieher.«

Graeber nahm die Flasche, klopfte den Lack am Halse ab und schlug sie mit einem scharfen Schlag zweimal gegen seinen Oberschenkel. Der Kork sprang heraus. »So macht man das beim Militär«, erklärte er. »Hast du Gläser? Oder sollen wir aus der Flasche trinken?«

»Ich habe Gläser in meinem Zimmer. Komm.«

Graeber folgte ihr. Er war plötzlich froh, daß er gekommen war. Er hatte schon gefürchtet, wieder einen Abend allein herumsitzen zu müssen.

Elisabeth nahm zwei dünne Weingläser von einem Regal mit Büchern, das an der Wand stand. Graeber blickte sich um. Er kannte das Zimmer nicht wieder. Es hatte ein Bett, ein paar Sessel mit grünen Bezügen, die Bücher, einen Schreibtisch im Biedermeierstil und wirkte altmodisch und friedlich. Er hatte es unordentlicher und wilder im Gedächtnis. Es muß der Lärm der Sirenen gewesen sein, dachte er. Lärm verwirrte alles. Auch Elisabeth sah heute anders aus als damals. Anders, aber nicht altmodisch und nicht friedlich.

Sie drehte sich um. »Wie lange ist es eigentlich her, daß wir uns nicht gesehen haben?«

»Hundert Jahre. Damals waren wir Kinder, und es war kein Krieg.«

»Und jetzt?«

»Jetzt sind wir alt, ohne die Erfahrung des Alters. Alt und zynisch und ohne Glauben und manchmal traurig. Nicht oft traurig.«

Sie sah ihn an. »Ist das wahr?«

»Nein. Aber was ist wahr? Weißt du es?«

Elisabeth schüttelte den Kopf. »Muß eigentlich immer etwas wahr sein?« fragte sie dann.

»Wahrscheinlich nicht. Warum?«

»Ich weiß es nicht. Aber vielleicht hätten wir weniger Kriege, wenn jeder den andern nicht immer so dringend von seiner eigenen Wahrheit überzeugen wollte.«

Graeber lächelte. Es hörte sich sonderbar an, wie sie das sagte. »Toleranz«, sagte er. »Das ist es, was fehlt, wie?«

Elisabeth nickte. Er nahm die Gläser und goß sie voll. »Darauf wollen wir trinken. Der Kreisleiter, der mir die Flasche hier gegeben hat, hat das sicher nicht beabsichtigt. Aber gerade deshalb.«

Er trank sein Glas aus. »Willst du noch einen?« fragte er.

Elisabeth schüttelte sich kurz. »Ja«, sagte sie dann.

Er schenkte ein und stellte die Flasche auf den Tisch. Der Wodka war scharf und klar und rein. Elisabeth setzte ihr Glas nieder. »Komm«, sagte sie. »Ich zeige dir ein Muster von Toleranz.«

Sie führte ihn durch das Vorzimmer und stieß eine Tür auf. »Frau Lieser hat in der Eile vergessen abzuschließen. Sieh dir ihr Zimmer an. Es ist kein Vertrauensbruch. Sie durchsucht meines fortwährend, wenn ich weg bin.«

Ein Teil des Zimmers war normal möbliert. Aber an der Wand, dem Fenster gegenüber, hing in einem mächtigen Rahmen ein großes, farbiges Bild Hitlers, umrahmt von Tannengrün und Kränzen von Eichenlaub. Auf dem Tisch darunter, auf einer großen Hakenkreuzflagge, lag, in schwarzes Leder gebunden, mit eingepreßtem goldenen Hakenkreuz, eine Luxusausgabe von »Mein Kampf«. Zu beiden Seiten standen silberne Leuchter mit Kerzen und neben ihnen Photographien des Führers; – eine mit einem Schäferhund in Berchtesgaden und eine mit einem weißgekleideten Kinde, das ihm Blumen überreichte. Ehrendolche und Parteiabzeichen machten den Abschluß.

Graeber war nicht übermäßig überrascht. Er hatte ähnliches schon öfter gesehen. Diktatorenkult wurde leicht Religion.

»Schreibt sie hier ihre Denunziationen?« fragte er.

»Nein, die schreibt sie drüben, am Schreibtisch meines Vaters.«

Graeber sah den Schreibtisch an. Es war ein altmodisches Möbel mit einem Aufbau und einem Rolldeckel. »Er ist dauernd verschlossen«, sagte Elisabeth. »Man kann nicht heran. Ich habe es schon oft versucht.«

»Hat sie deinen Vater denunziert?«

»Das weiß ich nicht bestimmt. Man hat ihn abgeholt, und ich habe nie mehr etwas von ihm gehört. Sie wohnte damals schon hier mit ihrem Kind. Sie hatte nur ein Zimmer. Als mein Vater abgeholt wurde, bekam sie die beiden, die ihm gehörten, dazu.«

Graeber drehte sich um. »Du meinst, daß sie es deswegen getan haben könnte?«

»Warum nicht? Manchmal braucht man noch weniger Gründe.«

»Das schon. Aber dieser Altar hier sieht aus, als wäre die Frau eine dieser Fanatikerinnen der Plattfußbrigade.«

»Ernst«, sagte Elisabeth bitter. »Glaubst du wirklich,

daß Fanatismus nie mit persönlichem Vorteil Hand in Hand gehen kann?«

»Doch. Sogar oft. Sonderbar, daß man das immer wieder vergißt! Es gibt Plattheiten, die man irgendwann einmal gelernt hat und stets gedankenlos wiederholt. Die Welt ist nicht in etikettierte Fächer geteilt. Und der Mensch schon garnicht. Wahrscheinlich liebt diese Giftschlange hier ihr Kind, ihren Mann, Blumen und alles Edle im Dasein. Wußte sie etwas, um deinen Vater zu denunzieren, oder hat sie alles erfunden?«

»Mein Vater war gutmütig und unvorsichtig und wohl schon lange verdächtig. Nicht jeder kann schweigen, wenn er den ganzen Tag Parteireden in seiner eigenen Wohnung hört.«

»Weißt du, was er gesagt haben kann?«

Elisabeth hob die Schultern. »Er glaubte nicht mehr, daß Deutschland den Krieg gewinnen würde.«

»Das glauben viele nicht mehr.«

»Du auch nicht?«

»Ich auch nicht. Und nun komm hier heraus! Sonst überrascht der Satan dich noch; wer weiß, was sie dann tut!«

Elisabeth lächelte rasch. »Sie überrascht uns nicht. Ich habe die Korridortür abgeriegelt. Sie kann nicht herein.«

Sie ging zur Tür und schob den Riegel zurück. Gott sei Dank, dachte Graeber. Wenn sie schon eine Märtyrerin ist, dann ist sie wenigstens eine mit Vorsicht und wenig Skrupeln. »Es riecht hier wie auf dem Friedhof«, sagte er. »Das muß das verdammte welke Eichenlaub ein. Komm, laß uns etwas trinken.«

Er goß die Gläser voll. »Ich weiß jetzt, warum wir uns alt fühlen«, sagte er. »Weil wir zuviel Dreck gesehen haben. Dreck, aufgerührt von Leuten, die älter sind als wir und die vernünftiger sein sollten.«

»Ich fühle mich nicht alt«, erwiderte Elisabeth.

Er sah sie an. Sie sah alles andere als alt aus. »Sei froh«, erwiderte er.

»Ich fühle mich eingesperrt«, sagte sie. »Das ist schlimmer als alt.«

Graeber setzte sich in einen der Biedermeiersessel. »Wer weiß, ob dich das Weib nicht auch noch denunziert«, sagte er. »Vielleicht will sie die ganze Wohnung für sich haben. Wozu willst du darauf warten? Zieh hier aus! Recht gibt es für dich nicht, das weißt du doch.«

»Ja, das weiß ich.« Elisabeth wirkte plötzlich störrisch und hilflos. »Es ist wie ein Aberglaube«, erwiderte sie gequält und hastig, wie jemand, der sich selbst schon hundertmal dieselbe Antwort gegeben hat. »Solange ich hier bin, glaube ich, daß mein Vater wiederkommt. Wenn ich weggehe, ist es, als verließe ich ihn. Verstehst du das?«

»Man braucht es nicht zu verstehen. Man tut es. Fertig. Auch wenn es widersinnig ist.«

»Gut.«

Sie nahm ihr Glas und trank es aus. Draußen rasselte ein Schlüssel. »Da ist sie«, sagte Graeber. »Das war knapp. Die Versammlung scheint nicht lange gedauert zu haben.«

Sie horchten auf die Schritte im Vorzimmer. Graeber blickte auf das Grammophon. »Hast du nur Märsche?« fragte er.

»Nein. Aber Märsche sind laut. Und manchmal, wenn die Stille schreit, muß man sie durch das Lauteste übertönen, was man hat.«

Graeber sah sie an. »Schöne Gespräche führen wir! In der Schule hat man uns oft erzählt, die Jugend sei die romantische Zeit des Lebens.«

Elisabeth lachte. Im Vorzimmer fiel etwas zu Boden. Frau Lieser schimpfte. Dann klappte eine Tür. »Ich habe das Licht brennen lassen«, flüsterte Elisabeth. »Komm, laß uns weggehen. Ich halte es manchmal doch nicht mehr aus. Und laß uns über etwas anderes reden.«

»Wohin?« fragte Graeber draußen.

»Ich weiß nicht. Irgendwohin.«

»Gibt es in der Nähe ein Café, eine Kneipe oder eine Bar?«

»Ich will nicht gleich wieder in einen Raum. Laß uns einfach etwas gehen.«

»Gut.«

Die Straßen waren leer, und die Stadt war dunkel und still. Sie gingen die Marienstraße entlang, über den Karlsplatz und dann über den Fluß in die Altstadt. Nach einer Weile wurde es unwirklich, als wäre alles Leben erstorben und sie wären die letzten Menschen. Sie gingen zwischen Häusern mit Wohnungen, aber wenn sie im Vorübergehen in die Fenster blickten, um Zimmer zu sehen, Stühle, Tische, Zeugen von Leben, so sahen sie nichts als das Spiegeln des Mondlichts in den Scheiben und dahinter die schwarzen Vorhänge oder die schwarzen Papierrahmen der Verdunklung. Es war, als sei die ganze Stadt in

Trauer, eine endlose Morgue, schwarz verhüllt, mit eingesargten Wohnungen, eine einzige Leichenwache.

»Was ist nur los?« fragte Graeber. »Wo sind die Leute? Es ist ja heute noch stiller als sonst.«

»Sie sitzen wahrscheinlich in ihren Wohnungen. Wir haben ein paar Tage keinen Angriff gehabt. Da trauen sie sich nicht mehr hinaus. Sie warten auf den nächsten Angriff. Das ist immer so. Nur kurz nach einem Angriff sind mehr Leute draußen.«

»Es gibt auch da schon Gewohnheiten, was?«

»Ja. Bei euch draußen nicht?«

»Ja.«

Sie kamen durch eine Straße, die in Trümmern lag. Faserige Wolken zogen über den Himmel und gaben ein wehendes Licht. In den Ruinen zuckten die Schatten wie mondscheue Kraken vor und zurück. Dann hörten sie Porzellan klappern. »Gottlob!« sagte Graeber. »Da essen Leute. Oder sie trinken Kaffee. Sie sind zumindest am Leben.«

»Sie trinken wahrscheinlich Kaffee. Es hat heute welchen gegeben. Guten sogar. Bombenkaffee.«

»Bombenkaffee?«

»Ja, Bombenkaffee oder Trümmerkaffee. So wird er genannt. Es ist die Extrazulage, die es nach schweren Bombenangriffen gibt. Manchmal ist es auch Zucker oder Schokolade oder ein Paket Zigaretten.«

»Das ist wie im Felde. Da gibt es Schnaps oder Tabak vor Offensiven. Eigentlich lächerlich, was? Zweihundert Gramm Kaffee für eine Stunde Todesangst.«

»Hundert Gramm.«

Sie gingen weiter. Nach einer Weile blieb Graeber stehen. »Elisabeth, dies ist noch trostloser, als zu Hause zu sitzen. Wir hätten den Wodka mitnehmen sollen! Ich brauche einen Schnaps. Du auch. Wo gibt es hier ein Lokal?«

»Ich will in kein Lokal. Man ist da ebenso eingeschlossen wie in einem Keller. Alles ist verdunkelt, und alle Fenster sind abgeblendet«

»Dann laß uns zur Kaserne hinaufgehen. Ich habe da noch eine Flasche. Ich hole sie herunter, und wir können sie im Freien trinken.«

»Gut.«

Sie hörten durch die Stille das Rattern eines Wagens. Gleich darauf sahen sie ein Pferd herangaloppieren. Es war unruhig, bäumte sich vor den Schatten und wirkte geisterhaft mit seinen wilden Augen und den offenen Nüstern im fahlen Licht. Der Fahrer riß an den Zügeln. Das Pferd stieg auf. Schaum flog von seinem Maul. Sie mußten seitlich auf die Ruinen ausweichen, um es vorbeizulassen. Elisabeth sprang rasch die Trümmer hinauf, gerade weit genug, daß das Pferd sie nicht streifte; einen Augenblick sah es aus, als wolle sie sich auf das schnaubende Tier schwingen und mit ihm davongaloppieren; dann stand sie allein vor der leeren Weite des zerstörten Himmels.

»Du sahst aus, als wolltest du aufspringen und wegreiten«, sagte Graeber.

»Wenn man das könnte! Aber wohin? Es ist überall Krieg.«

»Das ist wahr. Überall. Sogar in den Ländern des ewigen Friedens, – in der Südsee und in Indien. Wir können nirgendwohin entfliehen.«

Sie kamen zur Kaserne. »Warte hier, Elisabeth. Ich hole den Schnaps. Es dauert nicht lange.«

Er ging über den Kasernenhof, die hallenden Stufen hinauf zur Stube achtundvierzig. Der Raum bebte vom Schnarchen der halben Belegschaft. Über dem Tisch brannte ein abgeschirmtes Licht. Die Kartenspieler waren noch auf. Reuter saß neben ihnen und las.

»Wo ist Böttcher?« fragte Graeber.

Reuter klappte sein Buch zu. »Er läßt dir sagen, daß er nichts gefunden hat. Das Fahrrad hat er gegen eine Mauer gefahren und zerbrochen. Die alte Geschichte – Unglück zieht Unglück an. Morgen muß er wieder zu Fuß los. Dafür sitzt er heute abend in der Kneipe und tröstet sich. Was ist mit dir passiert? Du siehst käsig um die Kiemen aus.«

»Nichts. Ich gehe gleich wieder. Will nur was holen.«

Graeber fühlte in seinem Tornister herum. Er hatte aus Rußland eine Flasche Genever und eine Flasche Wodka mitgebracht. Dazu hatte er noch den Armagnac von Binding. »Nimm den Genever oder den Armagnac«, sagte Reuter. »Der Wodka ist nicht mehr da.«

»Wieso?«

»Wir haben ihn getrunken. Du hättest ihn freiwillig stiften können. Wer aus Rußland kommt, soll sich nicht wie ein Kapitalist benehmen. Er soll seinen Kameraden auch etwas gönnen! Es war guter Wodka.«

Graeber holte die beiden Flaschen, die noch da waren, hervor. Er steckte den Armagnac in die Tasche und gab Reuter den Genever. »Du hast recht. Hier, nimm das als Medizin für deine Gicht. Und sei auch du kein Kapitalist. Gib den andern was ab.«

»Merci!« Reuter humpelte zu seinem Spind und nahm einen Korkenzieher heraus. »Ich nehme an, daß du die primitivste Form der Verführung vorhast«, sagte er. »Die mit Hilfe berauschender Getränke. Meistens vergißt man dabei, vorher die Korken der Flaschen zu ziehen. An abgeschlagenen Flaschenhälsen aber zerschneidet man sich in der Aufregung leicht die Schnauze. Hier, sei ein Mann mit Voraussicht!«

»Geh zum Teufel! Die Flasche ist offen.«

Reuter öffnete den Genever. »Wie kommst du zu holländischem Schnaps in Rußland?«

»Ich habe ihn gekauft. Sonst noch Fragen?«

Reuter grinste. »Keine. Zieh ab mit deinem Armagnac, du primitiver Casanova, und schäme dich nicht. Du hast mildernde Umstände. Mangel an Zeit. Der Urlaub ist kurz, und der Krieg ist lang.«

Feldmann setzte sich in seinem Bett auf. »Hast du ein Präservativ nötig, Graeber? In meiner Brieftasche sind welche. Ich brauche sie nicht. Wer schläft, kriegt keine Syphilis.«

»Das ist noch nicht so sicher«, erklärte Reuter. »Es soll auch da eine Art unbefleckter Empfängnis geben. Aber Graeber ist ein Naturbursche. Ein Zuchtarier mit zwölf reinblütigen Vorfahren. Da sind Präservative ein Verbrechen gegen das Vaterland.«

Graeber öffnete den Armagnac, nahm einen Schluck und steckte ihn wieder in die Tasche. »Ihr seid verdammte Romantiker«, sagte er. »Warum kümmert ihr euch nicht um euch selbst?«

Reuter winkte ab. »Geh in Frieden, mein Sohn! Vergiß

das Exerzierreglement und versuche, ein Mensch zu sein! Es ist einfacher zu sterben als zu leben, – besonders für euch, – die Heldenjugend und Blüte der Nation!«

Graeber steckte noch ein Päckchen Zigaretten und ein Wasserglas in seine Tasche. Als er ging, sah er, daß am Tisch der Kartenspieler Rummel immer noch am Gewinnen war. Ein Haufen Geld lag vor ihm. Sein Gesicht war unbewegt; aber er schwitzte jetzt in hellen Tropfen.

Die Treppen der Kaserne waren leer; es war nach dem Zapfenstreich. Die Gänge warfen das Echo seiner Schritte hinter Graeber her. Er ging über den weiten Platz. Elisabeth war nicht mehr am Tor. Sie ist weggegangen, dachte er. Er hatte es fast erwartet. Wozu sollte sie auch auf ihn warten?

»Die Dame steht drüben«, sagte der Posten. »Wie kommt ein Kaffer wie du eigentlich zu so einem Mädchen? Das ist doch etwas für Offiziere.«

Graeber sah Elisabeth jetzt. Sie lehnte an der Mauer. Er klopfte dem Posten auf die Schulter. »Es ist eine neue Bestimmung, mein Sohn. Man kriegt das jetzt statt eines Ordens, wenn man vier Jahre an der Front war. Alles Generalstöchter. Melde dich bald raus, du Mondkalb. Weißt du nicht, daß du auf Posten nicht reden darfst?«

Er ging zu Elisabeth hinüber. »Selber Mondkalb«, sagte der Posten ziemlich lahm hinter ihm her.

Sie fanden eine Bank auf einer Anhöhe hinter der Kaserne. Sie stand zwischen Kastanien, und man konnte von dort die ganze Stadt überblicken. Nirgendwo brannte Licht. Nur der Fluß blinkte im Mond. Graeber öffnete die Flasche und goß das Wasserglas halb voll. Der Armagnac schimmerte darin wie flüssiger Bernstein. Er hielt es Elisabeth hin. »Trink das aus«, sagte er.

Sie nahm einen Schluck und gab das Glas zurück. »Trink es aus«, sagte er. »Es ist ein Abend dafür. Trink es auf irgendetwas, auf unser verfluchtes Leben oder darauf, daß wir noch am Leben sind, – aber trink es. Wir brauchen es nach der toten Stadt. Wir brauchen es anscheinend heute überhaupt.«

»Gut. Auf alles zusammen.«

Er füllte das Glas wieder und trank selbst. Er fühlte die Wärme sofort. Er spürte auch, wie leer er war. Er hatte das nicht gewußt. Es war eine Leere ohne Schmerz. Er goß das Glas noch einmal halb voll und trank ungefähr die Hälfte. Dann stellte er es zwischen sie. Elisabeth hockte auf der Bank, die Beine hochgezogen, die Arme um die Knie. Das junge Laub der Kastanien über ihnen schimmerte fast weiß im Mond, – als habe sich ein Schwarm früher Schmetterlinge hineinverflogen.

»Wie schwarz das ist«, sagte sie und deutete auf die Stadt. »Wie ein ausgebranntes Kohlenbergwerk.«

»Sieh nicht hin. Dreh dich um. Da ist es anders.«

Die Bank stand gerade auf der Kuppe der Anhöhe, und der Hügel senkte sich nach der anderen Seite langsam hinab, – zu Feldern, mondbeschienenen Wegen, Pappelalleen, einem Dorfkirchturm, und dann zu Wald und zu den blauen Bergen am Horizont. »Da ist aller Frieden der Welt«, sagte Graeber. »Einfach, was?«

»Einfach, wenn man das kann, – sich umdrehen und nicht mehr an das andere denken.«

»Das lernt man bald.«

»Hast du es gelernt?«

»Natürlich«, sagte Graeber. »Sonst wäre ich nicht mehr am Leben.«

»Ich wollte, ich könnte es auch.«

Er lachte. »Du kannst es längst. Unser Leben paßt schon darauf auf. Es holt sich seine Reserven, wo es kann. Und in Gefahr kennt es keine Schwäche und keine Sentimentalität.« Er schob ihr das Glas hin.

»Gehört das auch dazu?« fragte sie.

»Ja«, sagte er. »Heute abend bestimmt.«

Sie trank, und er sah sie an. »Laß uns einmal eine Zeitlang nicht mehr vom Krieg reden«, sagte er.

Elisabeth lehnte sich zurück. »Laß uns von gar nichts reden.«

»Gut.«

Sie saßen und schwiegen. Es war sehr still, und langsam belebte sich die Stille mit den friedlichen Lauten der Nacht, die nicht störten, sondern sie nur tiefer machten, – dem leisen Wind, der wie ein Atemholen der Wälder war, einem Eulenschrei, dem Rascheln im Grase und dem endlosen Spiel von Wolken und Licht. Die Stille gewann an Gewalt, sie hob sich und umgab sie und drang in sie ein, mit jedem Atemzuge mehr, und der Atem selbst wurde zur Stille, er löschte und löste und wurde weicher und länger und war kein Feind mehr, sondern ein ferner, gütiger Schlaf –

Elisabeth bewegte sich. Graeber fuhr auf und blickte sich um. »Was sagst du dazu? Ich bin eingeschlafen.«

»Ich auch.« Sie öffnete die Augen. Das zerstreute Licht fing sich in ihnen und machte sie sehr durchsichtig. »Ich habe lange nicht so geschlafen«, sagte sie erstaunt. »Immer nur mit Licht und Angst vor der Dunkelheit und dem Aufwachen mit einem Ruck und dem Schreck – nicht so wie jetzt –«

Graeber saß still. Er fragte sie nichts. Neugier starb in Zeiten, in denen so viel geschah. Er wunderte sich nur vage, daß er selber so ruhig dasaß, behangen mit klarem Schlaf wie ein Felsen unter Wasser mit wehenden Algen. Er fühlte sich zum erstenmal entspannt, seit er aus Rußland abgefahren war. Eine sanfte Gelassenheit war in ihn eingedrungen wie eine Flut, die sich über Nacht gehoben hatte und trockene, versengte Gebiete plötzlich spiegelnd wieder mit einem Ganzen zu vereinigen schien.

Sie gingen zur Stadt hinunter. Die Straße nahm sie wieder auf, der kalte Geruch alter Brände umwehte sie aufs neue, und die abgeblendeten schwarzen Fenster begleiteten sie wie eine Prozession von Katafalken. Elisabeth fröstelte. »Früher waren die Häuser und Straßen voller Licht, und es schien selbstverständlich. Man war es gewöhnt. Heute weiß man erst, was es war –«

Graeber blickte nach oben. Der Himmel war klar und ohne Wolken. Es war eine gute Nacht für Flieger. Ihm war sie deshalb schon zu hell. »Es ist fast überall so in Europa«, sagte er. »Nur die Schweiz soll nachts noch voller Licht sein. Man brennt es da, damit die Flieger sehen, daß es neutrales Land ist. Jemand, der mit seiner Staffel in Frankreich und Italien war, hat es mir erzählt. Er sagte, es wäre wie eine Insel von Licht; – von Licht und Frieden, denn eines bedeute das andere. Dahinter und ringsum kämen düster, wie unter endlosen Leichentüchern, Deutschland, Frankreich, Italien, der Balkan, Österreich und alle die anderen Länder, die im Kriege sind.«

»Man hat uns das Licht gegeben, und es hat uns zu Menschen gemacht. Wir aber haben es gemordet und sind wieder Höhlenbewohner geworden«, sagte Elisabeth heftig.

Hat es uns zu Menschen gemacht? dachte Graeber. Aber Elisabeth schien zu Übertreibungen zu neigen. Doch vielleicht hatte sie recht. Tiere hatten kein Licht. Kein Licht und kein Feuer. Und keine Bomben.

Sie standen in der Marienstraße. Graeber sah plötzlich, daß Elisabeth weinte. »Sieh mich nicht an«, sagte sie. »Ich hätte nicht trinken sollen. Ich kann es nicht. Ich bin nicht traurig. Es ist nur alles auf einmal so lose.«

»Laß es lose sein, wie es will, und kümmere dich nicht darum. Ich bin es auch. Es gehört dazu.«

»Wozu?«

»Zu dem, worüber wir vorhin gesprochen haben. Zum Umdrehen nach der anderen Seite. Morgen abend werden wir nicht in den Straßen herumlaufen. Ich werde mit dir irgendwohin gehen, wo so viel Licht ist, wie es in dieser Stadt nur aufzutreiben ist. Ich werde mich danach erkundigen.«

»Warum? Du kannst fröhlichere Gesellschaft finden als mich.«

»Ich brauche keine fröhliche Gesellschaft.«

»Was denn?«

»Keine fröhliche Gesellschaft. Ich könnte sie nicht

ertragen. Und die andere ebensowenig, – die mit dem Mitleid. Davon kriege ich tagsüber genug. Falsches und echtes. Du solltest das doch auch kennen.«

Elisabeth weinte nicht mehr. »Ja«, sagte sie. »Ich kenne das auch.«

»Bei uns ist es anders. Wir brauchen uns nichts vorzumachen. Das ist schon viel. Und morgen abend werden wir in das hellste Lokal der Stadt gehen und essen und Wein trinken und einen Abend lang dieses ganze verdammte Dasein vergessen!«

Sie sah ihn an. »Gehört das dazu?«

»Ja. Das gehört auch dazu. Zieh das hellste Kleid an, das du hast.«

»Gut. Komm um acht.«

Er spürte plötzlich ihr Haar an seinem Gesicht und dann ihre Lippen. Es war wie ein rascher Wind, und sie war in der Tür verschwunden, ehe er es richtig wußte. Er fühlte nach der Flasche in seiner Tasche. Sie war leer. Er stellte sie vor das nächste Haus. Wieder ein Tag vorbei, dachte er. Gut, daß Reuter und Feldmann mich hier nicht so sehen! Was die wieder zu reden hätten!

XII

Also, Kameraden, meinetwegen, ich gebe es zu«, sagte Böttcher. »Ich habe mit der Wirtin geschlafen. Was sollte ich anders machen? Irgendetwas mußte ich doch tun! Wozu habe ich denn Urlaub? Ich will doch nicht wie ein Kalb an die Front zurück.«

Er saß neben dem Bett Feldmanns, einen Kochgeschirrdeckel mit Kaffee in der Hand, die Füße in einem Eimer kalten Wassers. Er hatte sich Blasen an den Füßen gelaufen, seit er das Fahrrad kaputtgefahren hatte. »Und du?« fragte er Graeber. »Was hast du heute gemacht? Warst du vormittags unterwegs?«

»Nein.«

»Nein?«

»Er hat gepennt«, erklärte Feldmann. »Bis heute mittag. Kein Radau konnte ihn wach kriegen. Er hat zum erstenmal gezeigt, daß er Verstand hat.«

Böttcher zog die Füße aus dem Wasser und betrachtete die Sohlen. Sie waren mit großen weißen Blasen bedeckt. »Seht euch das an! Ich bin doch ein großer, kräftiger Kerl, – aber Füße habe ich, empfindlich wie ein Säugling. Mein ganzes Leben lang war das so. Sie werden nicht hart. Ich habe schon alles versucht. Und damit muß ich nun wieder los.«

»Warum? Du kannst dir doch jetzt Zeit lassen«, sagte Feldmann. »Du hast ja die Wirtin.«

»Ach, Mensch, die Wirtin! Das hat doch nichts damit zu tun. Und außerdem war sie eine schwere Enttäuschung.«

»Das erste Mal ist es immer eine Enttäuschung, wenn man aus dem Felde kommt. Jeder weiß das.«

»Das meine ich nicht, Kamerad. Es klappte schon; aber es war nicht das Richtige.«

»Du kannst nicht alles auf einen Schlag verlangen«, sagte Feldmann. »Die Frau muß sich auch erst gewöhnen.«

»Du verstehst mich immer noch nicht. Sie war ganz gut, aber das Seelische klappte nicht. Hör zu! Also wir sind im Bett, die Sache ist im Gange, und auf einmal vergesse ich mich in der Hitze des Gefechtes und sage Alma zu ihr. Sie heißt aber Luise. Alma heißt meine Frau, verstehst du –«

»Ich verstehe.«

»Es war eine Katastrophe, Kamerad.«

»Das schadet dir gar nichts«, sagte einer der Kartenspieler plötzlich scharf vom Tisch her zu Böttcher. »Das ist die gerechte Strafe für deinen Ehebruch, du Sau! Ich hoffe, sie hat dich mit Pauken und Trompeten rausgeschmissen!«

»Ehebruch?« Böttcher ließ seine Füße los. »Wer redet denn hier von Ehebruch?«

»Du! Die ganze Zeit! Oder bist du noch ein Idiot dazu?« Der Kartenspieler war ein kleiner Mann mit einem Eierkopf. Er starrte Böttcher gehässig an. Böttcher war aufs höchste entrüstet. »Hat man so einen Blödsinn schon einmal gehört?« fragte er und sah sich um. »Der einzige, der hier von Ehebruch redet, bist du! So ein Quatsch! Ehebruch wäre es, du Kaffer, wenn meine Frau da wäre und wenn ich dann mit einer anderen schliefe! Aber sie ist nicht da, das ist ja gerade die Sache! Wie kann das dann Ehebruch sein? Wenn sie da wäre, würde ich doch nicht mit der Wirtin schlafen!«

»Hör nicht auf ihn«, sagte Feldmann. »Er ist neidisch, das ist alles. Was passierte dann, nachdem du sie Luise genannt hattest?«

»Luise? Nicht Luise. Sie heißt ja Luise. Ich habe sie Alma genannt.«

»Also Alma, gut. Und dann?«

»Und dann? Du hältst es nicht für möglich, Kamerad! Anstatt zu lachen oder Krach zu machen, was tut sie? Sie fängt an zu heulen. Tränen wie ein Krokodil, stell dir das vor! Dicke Frauen sollen nicht weinen, Kamerad –«

Reuter hustete, schloß sein Buch und sah Böttcher interessiert an. »Warum nicht?«

»Es steht ihnen nicht. Paßt nicht zu ihrer Stattlichkeit, Dicke Frauen sollten lachen.«

»Hätte deine Alma gelacht, wenn du sie Luise genannt hättest?« fragte der Kartenspieler mit dem Eierkopf giftig.

»Wenn meine Alma dagewesen wäre«, erklärte Böttcher ruhig und mit großer Überlegenheit, »dann hätte ich zunächst einmal die nächste Bierflasche in die Schnauze gekriegt. Darauf alles, was nicht angeschraubt gewesen wäre. Und hinterher, wenn ich wieder zu mir gekommen wäre, hätte sie mich so erledigt, daß nur noch meine Schuhe übriggeblieben wären. So wäre das geworden, du Kamel.«

Der Eierkopf schwieg eine Weile. Das Bild schien ihn überwältigt zu haben. »Und so eine Frau betrügst du?« fragte er dann heiser.

»Aber, Mensch, ich betrüge sie doch gar nicht! Wenn sie da wäre, würde ich die Wirtin ja überhaupt nicht ansehen! So was ist doch kein Betrug. Es ist einfach Notwehr.«

Reuter drehte sich zu Graeber herum. »Und du? Was hast du mit deiner Flasche Armagnac erreicht?«

»Nichts.«

»Nichts?« fragte Feldmann. »Und dafür schläfst du bis Mittag wie ein Toter?«

»Ja. Weiß der Teufel, weshalb ich plötzlich so müde bin. Ich könnte gleich weiterschlafen. Mir ist, als hätte ich eine Woche lang kein Auge zugemacht.«

»Dann leg dich wieder hin und schlaf weiter.«

»Ein weiser Rat«, sagte Reuter. »Der Rat des Meisterschläfers Feldmann.«

»Feldmann ist ein Esel«, erklärte der Eierkopf, der gerade paßte. »Er verschläft seinen ganzen Urlaub. Das ist dann nachher genau so, als hätte er überhaupt keinen gehabt. Er könnte ebensogut an der Front geschlafen und seinen Urlaub nur geträumt haben.«

»Das möchtest du wohl, Bruder. Genau das Gegenteil stimmt«, erwiderte Feldmann. »Ich schlafe hier, und wenn ich träume, dann träume ich, ich wäre an der Front.«

»Und wo bist du wirklich?« fragte Reuter.

»Was? Hier, wo sonst?«

»Bist du sicher?«

Der Eierkopf meckerte. »Das ist es, was ich meine«, sagte er. »Es ist ganz egal, wo er ist, wenn er dauernd pennt. Das Rindvieh weiß es nur nicht.«

»Es ist nicht egal, wenn ich aufwache, ihr Schlauberger«, erklärte Feldmann, plötzlich verärgert, und legte sich zurück.

Reuter wandte sich wieder zu Graeber. »Und du? Was willst du heute für deine unsterbliche Seele tun?«

»Sag mir, wo man hingehen kann, wenn man gut zu Abend essen will.«

»Allein?«

»Nein.«

»Dann geh zum Germania. Es ist das einzige. Es kann nur sein, daß sie dich nicht reinlassen. Nicht in deiner Frontkluft. Es ist ein Hotel für Offiziere. Das Restaurant auch. Doch vielleicht hat der Kellner Respekt vor deinem Klempnerladen.«

Graeber sah an sich herunter. Seine Uniform war geflickt und sehr schäbig. »Kannst du mir deinen Waffenrock leihen?« fragte er.

»Gerne. Du bist nur dreißig Pfund leichter als ich. Man wird dich schon an der Tür damit rauswerfen. Aber ich kann dir eine Unteroffizier-Extrauniform in deiner Größe besorgen, Hosen auch. Wenn du deinen Mantel drüberziehst, merkt in der Kaserne keiner was davon. Warum bist du übrigens immer noch einfacher Muschkote? Du müßtest doch längst Leutnant sein.«

»Ich war schon einmal Unteroffizier. Dann habe ich einen Leutnant verprügelt und bin dafür degradiert worden. Hatte Glück, daß ich nicht in die Strafkompanie kam. Mit der Beförderung aber war es seitdem aus.«

»Gut. Du hast damit sogar ein moralisches Recht auf die Unteroffiziersuniform. Wenn du die Dame ins Germania führst, bestelle dir als Wein einen Forster Jesuitengarten 1934, Kellerabzug Buerklin Wolf. Der läßt Tote aus dem Grabe auferstehen.«

»Gut. Das brauche ich.«

Es war neblig geworden. Graeber stand auf der Brücke, die über den Fluß führte. Das Wasser war voll von Trümmern und kroch schwarz und träge zwischen Balken und Hausgeräten umher. Dunkel ragte gegenüber die Silhouette der Schule aus dem weißen Dunst. Er starrte eine Weile hinüber; dann ging er über die Brücke zurück und eine kleine Gasse entlang, die zum Schulhof führte. Das große, eiserne Tor war naß von der Feuchtigkeit und stand weit offen. Er ging hinein. Der Schulhof war leer. Niemand war da, es war schon zu spät dafür. Er ging über den Schulhof bis zum Ufer des Flusses. Die Stämme der Kastanienbäume wuchsen so dunkel in den Nebel, als wären sie aus Kohle. Unter ihnen standen feuchte Bänke. Graeber erinnerte sich, daß er oft hier gesessen hatte. Nichts von dem, was er damals geträumt hatte, hatte sich erfüllt. Er war von der Schule in den Krieg gegangen.

Er starrte eine Zeitlang auf den Fluß. Ein zerbrochenes Bett war am Ufer angetrieben worden. Wie dicke Schwämme lagen schwere, nasse Kissen darin. Ihn fröstelte. Er ging zurück und blieb vor dem Schulgebäude stehen. Dann versuchte er die Eingangstür. Sie war unverschlossen. Er öffnete sie und ging zögernd hinein. In der Eingangshalle blieb er stehen und sah sich um. Er roch den beklemmenden Schulgeruch und sah die halbdunkle Treppe und die dunkel gestrichenen Türen, die zur Aula und zu dem Konferenzzimmer führten. Er empfand nichts. Nicht einmal Verachtung oder Ironie. Er dachte an Wellmann. Man soll nicht zurückgehen, hatte der gesagt. Er hatte recht gehabt. Graeber fühlte nichts als Leere. Alles, was er nach der Schulzeit an Erfahrung gesammelt hatte, war gegen das gewesen, was er hier gelernt hatte. Nichts war geblieben. Es war ein Bankrott.

Er drehte sich um und ging hinaus. Zu beiden Seiten der Eingangstür sah er zwei Gedenktafeln für Gefallene. Er kannte die auf der rechten Seite: es war die für die Toten vom ersten Weltkrieg. An allen Parteitagen war sie mit Tannengrün und Eichenlaub bekränzt gewesen, und Schimmel, der Direktor, hatte glühende Reden vor ihr gehalten über Rache, Großdeutschland und die kommende Vergeltung. Schimmel hatte einen dicken, weichen Bauch gehabt und immer sehr geschwitzt. Die Tafel auf der linken Seite war neu. Graeber kannte sie nicht. Sie war für die Toten des jetzigen Krieges. Er las die Namen. Es waren viele; aber die Tafel war groß, und es war nebenan noch Platz für eine zweite.

Draußen, auf dem Schulhof, traf er den Pedell. »Suchen Sie etwas?« fragte der alte Mann.

»Nein, ich suche nichts.«

Graeber ging weiter. Dann fiel ihm etwas ein. Er ging zurück. »Wissen Sie, wo Pohlmann wohnt?« fragte er. »Herr Pohlmann, der hier Lehrer war.«

»Herr Pohlmann ist nicht mehr im Amt.«

»Das weiß ich. Wo wohnt er?«

Der Pedell sah sich um. »Niemand ist hier, um zuzuhören«, sagte Graeber. »Wo wohnt er?«

»Er wohnte früher am Jahnplatz sechs. Ob er jetzt noch da wohnt, weiß ich nicht. Sind Sie ein Schüler von hier?«

»Ja. Ist Schimmel noch da, der Direktor?«

»Natürlich«, erwiderte der Pedell verwundert. »Natürlich ist er noch da. Warum soll er nicht mehr da sein?«

»Ja«, sagte Graeber. »Warum nicht?«

Er ging weiter. Nach einer Viertelstunde merkte er, daß er nicht mehr wußte, wo er war. Der Nebel war dichter geworden, und er hatte in den Ruinen die Richtung verloren. Sie sahen alle ähnlich aus, und die Straßen waren nicht zu unterscheiden. Es war ein sonderbares Gefühl, – als habe er sich verirrt in sich selbst.

Es dauerte eine Zeitlang, ehe er den Weg zur Hakenstraße fand. Dann wurde es plötzlich windig, und der Nebel begann zu wogen und zu ziehen wie ein lautloses, geisterhaftes Meer.

Er kam zum Hause seiner Eltern. Er fand keine Nachricht und wollte gerade weitergehen, als er einen merkwürdig hallenden Ton hörte. Es war wie der Klang einer Harfe. Er sah sich um. Die Straße war leer, soweit er sehen konnte. Der Hall kam wieder, höher jetzt, klagend und verschwebend, als läute eine unsichtbare Boje warnend im Nebelmeer. Er wiederholte sich, tiefer, dann höher, unregelmäßig und doch in fast regelmäßigen Abständen, und schien aus den Lüften zu kommen, als spiele jemand auf den Dächern Harfe.

Graeber horchte. Dann versuchte er, den Tönen zu folgen; aber er konnte keine Richtung entdecken. Sie schienen überall zu sein und von überall zu kommen, stark und fordernd, manchmal allein und manchmal wie ein Arpeggio und ein unaufgelöster Akkord trostloser Trauer.

Der Luftschutzwart, dachte er. Der Verrückte, – wer sonst? Er ging zu dem Hause, von dem nur noch die Fassade stand, und riß die Tür auf. Eine Gestalt sprang dahinter aus einem Sessel auf. Graeber bemerkte, daß es der grüne Sessel war, der auf den Trümmern seines Elternhauses gestanden hatte. »Was ist los?« fragte der Luftschutzwart erschrocken und scharf.

Graeber sah, daß er nichts in der Hand hatte. Die Töne erklangen weiter. »Was ist das?« fragte er. »Woher kommt es?«

Der Luftschutzwart brachte sein feuchtes Gesicht nahe an das Graebers. »Ah, der Soldat! Der Vaterlandsverteidiger! Was das ist? Hören Sie es nicht? Das ist das Requiem für die Begrabenen! Der Schrei nach Hilfe. Grabt sie aus! Grabt sie aus! Hört auf mit dem Mord!«

»Unsinn!« Graeber starrte durch den steigenden Nebel nach oben. Er sah etwas wie ein dunkles Kabel im Winde schwingen und hörte jedesmal, wenn es zurückschwang, den rätselhaften Gongton. Plötzlich erinnerte er sich an das Klavier, das er mit abgerissenen Deckeln hoch in der Ruine hatte hängen sehen. Das Kabel schlug gegen die offenen Saiten. »Es ist das Klavier«, sagte er.

»Es ist das Klavier! Es ist das Klavier!« äffte der Luftschutzwart ihn nach. »Was verstehen Sie schon davon, Sie trostloser Mörder! Es ist die Glocke der Toten, und der Wind läutet sie! Der Himmel ruft mit ihr um Erbarmen, Sie schießender Automat, um Erbarmen, das es auf der Erde nicht mehr gibt! Was wissen Sie denn vom Tode, Sie

Zerstörer! Und wie könnten Sie? Die, die ihn verursachen, wissen nie etwas davon!« Er beugte sich vor. »Die Toten sind überall«, flüsterte er. »Sie liegen unter den Trümmern mit ihren zertretenen Gesichtern und den ausgebreiteten Armen, sie liegen da, aber sie werden auferstehen, und sie werden euch jagen –«

Graeber trat auf die Straße zurück. »Jagen«, flüsterte der Luftschutzwart hinter ihm her. »Sie werden euch anklagen, und Gericht wird gehalten werden für jeden einzelnen –«

Graeber sah ihn nicht mehr. Er hörte nur noch die heisere Stimme aus den wirbelnden Nebelfetzen. »Denn was ihr dem geringsten meiner Brüder getan habt, das habt ihr mir getan, spricht der Herr –«

Er ging weiter. »Geh zum Teufel!« murmelte er. »Geh zum Teufel, und begrab dich selbst unter den Ruinen, auf denen du hockst wie ein Totenvogel!« Tote, dachte er erbittert. Tote, Tote! Ich habe genug von den Toten! Weshalb bin ich zurückgekommen? War es nicht auch, um zu spüren, daß irgendwo in dieser Wüste noch Leben ist?

Er klingelte. Die Tür öffnete sich sofort, als habe jemand dicht dahinter gestanden. »Ach, Sie –« sagte Frau Lieser überrascht.

»Ja, ich«, erwiderte Graeber. Er hatte Elisabeth erwartet.

Sie kam im selben Augenblick aus ihrem Zimmer. Frau Lieser wich dieses Mal ohne ein weiteres Wort zurück. »Komm herein, Ernst«, sagte Elisabeth. »Ich bin gleich fertig.«

Er folgte ihr. »Ist das dein hellstes Kleid?« fragte er

und blickte auf den schwarzen Pullover und den dunklen Rock, die sie trug. »Hast du vergessen, daß wir heute abend ausgehen?«

»Hast du das wirklich gemeint?«

»Natürlich! Schau mich an! Dies ist die Extrauniform eines Unteroffiziers. Ein Kamerad hat sie mir besorgt. Ich bin zum Schwindler geworden, damit ich mit dir zum Hotel Germania gehen kann, – und es ist immer noch die Frage, ob man nicht erst vom Leutnant aufwärts reingelassen wird. Das hängt dann wahrscheinlich von dir ab. Hast du kein anderes Kleid?«

»Ja. Aber –«

Graeber sah den Wodka Bindings auf dem Tisch. »Ich weiß, was du denkst«, sagte er. »Vergiß es. Und vergiß Frau Lieser und die Nachbarn. Du schadest niemand; das ist das einzige, was zählt. Und du mußt mal raus, sonst wirst du verrückt. Hier, trink einen Schluck Wodka.«

Er füllte ein Glas und gab es ihr. Sie trank es aus. »Gut«, sagte sie. »Es wird rasch gehen. Ich war schon ungefähr vorbereitet; aber ich wußte nicht, ob du es vergessen hattest. Du mußt nur aus dem Zimmer gehen, während ich mich umziehe. Ich möchte nicht von Frau Lieser wegen Prostitution denunziert werden.«

»Damit würde sie in diesem Falle nicht durchkommen. Bei Soldaten gilt so etwas als vaterländisch. Aber ich werde draußen auf dich warten. Auf der Straße, nicht im Vorzimmer.«

Er ging die Straße auf und ab. Der Nebel war dünner geworden, aber er rauchte noch zwischen den Häuserwänden wie in einer Waschküche. Plötzlich klirrte ein Fenster.

Elisabeth lehnte mit nackten Schultern in einem Rahmen von Licht und hielt zwei Kleider heraus. Eines war golden und braun, und das andere von einer unbestimmten Farbe und dunkel. Sie flatterten wie Fahnen im Winde. »Welches?« fragte sie.

Er zeigte auf das goldene. Sie nickte und zog das Fenster zu. Er sah sich um. Niemand hatte den Verstoß gegen die Luftschutzordnung bemerkt. Er ging wieder auf und ab, aber die Nacht schien plötzlich weiter und voller geworden zu sein. Die Müdigkeit des Tages, die sonderbare Stimmung des Abends und der Entschluß, sich abzuwenden von der Vergangenheit, hatten sich in eine sanfte Erregung und eine unruhige Erwartung verwandelt.

Elisabeth kam aus der Tür. Sie kam rasch und schlank und geschmeidig und wirkte größer als vorher, in dem langen goldenen Kleid, auf dem das schwache Licht glitzerte. Auch ihr Gesicht war verändert. Es war schmaler, und der Kopf schien kleiner, und es dauerte einen Augenblick, bis Graeber entdeckte, daß es so war, weil sie ein Kleid trug, das den Hals frei ließ. »Hat Frau Lieser dich gesehen?« fragte er.

»Ja. Es verschlug ihr die Sprache. Sie meint, ich müsse immerfort in Sack und Asche Buße tun. Einen Moment hatte ich ein schlechtes Gewissen.«

»Ein schlechtes Gewissen haben immer die falschen Leute.«

»Es war nicht nur ein schlechtes Gewissen. Es war auch Angst. Denkst du –«

»Nein«, erwiderte Graeber. »Ich denke gar nichts. Und wir wollen heute abend auch nichts mehr denken. Wir haben für eine Weile genug gedacht und uns genug damit geängstigt. Wir wollen jetzt einmal versuchen, ob wir uns nicht einfach etwas freuen können –«

Das Hotel Germania stand zwischen zwei eingestürzten Häusern wie eine reiche Verwandte zwischen zwei verarmten. Der Schutt war zu beiden Seiten des Hotels sauber aufgestapelt worden, und die beiden Ruinen wirkten dadurch nicht mehr wild und vom Tode umwebt; sie waren bereits ordentlich und fast bürgerlich geworden.

Der Portier musterte Graebers Uniform mit einem abschätzenden Blick. »Wo ist die Weinstube?« fragte Graeber scharf, bevor er etwas sagen konnte.

»Hinten, rechts von der Halle, mein Herr. Fragen Sie bitte nach dem Oberkellner Fritz.«

Sie gingen durch die Halle. Ein Major und zwei Hauptleute kamen an ihnen vorbei. Graeber grüßte. »Es soll hier von Generälen wimmeln«, erklärte er. »Im ersten Stock sind die Büros von ein paar militärischen Kommissionen.«

Elisabeth blieb stehen. »Bist du denn nicht sehr unvorsichtig? Wenn nun jemand etwas merkt mit deiner Uniform?«

»Was sollen sie merken? Es ist nicht schwer, sich wie ein Unteroffizier zu benehmen. Ich war schon selbst einmal einer.«

Ein Oberstleutnant erschien sporenklirrend mit einer kleinen, mageren Frau. Er blickte über Graeber hinweg. »Was passiert dir, wenn sie es merken?« fragte Elisabeth.

»Nicht viel.«

»Können sie dich erschießen?«

Graeber lachte. »Ich glaube, das werden sie nicht tun, Elisabeth. Dafür brauchen sie uns zu dringend an der Front.«

»Was kann dir sonst passieren?«

»Wenig. Vielleicht ein paar Wochen Arrest. Das wären dann ein paar Wochen Ruhe. Fast wie Urlaub. Wenn man in ungefähr vierzehn Tagen an die Front zurückmuß, kann einem nicht sehr viel passieren.«

Der Oberkellner Fritz tauchte aus dem Gang rechts auf. Graeber schob ihm einen Geldschein in die Hand. Fritz ließ ihn verschwinden und machte keine Schwierigkeiten. »Die Weinstube, zum Speisen, natürlich«, erklärte er und schritt würdig voran.

Er plazierte sie an einen versteckten Tisch hinter einer Säule und entfernte sich gemessen. Graeber blickte sich um. »Genau das, was ich wollte. Ich brauche etwas Zeit, um mich zu gewöhnen. Und du?« Er sah Elisabeth an. »Du bestimmt nicht«, sagte er überrascht. »Du siehst aus, als ob du jeden Tag hierherkämest.«

Ein kleiner, alter Kellner, der wie ein Marabu aussah, erschien. Er brachte die Speisekarte. Graeber nahm sie, legte einen Geldschein hinein und gab sie dem Marabu zurück. »Wir möchten etwas haben, was nicht auf der Karte steht. Was gibt es?«

Der Marabu blickte ihn ausdruckslos an. »Wir haben nichts anderes da, als was auf der Karte steht.«

»Gut. Dann bringen Sie uns einstweilen eine Flasche Forster Jesuitengarten 34, Kellerabzug Buerklin Wolf. Nicht zu kalt.«

»Die Spätlese oder die Auslese?«

»Weder die Spätlese noch die Auslese. Die sind zu voll und zu süß, um sie zum Essen zu trinken.«

Das Auge des Marabu belebte sich. »Sehr wohl, mein Herr«, sagte er mit plötzlichem Respekt. Dann beugte er sich vor. »Wir haben zufällig etwas Ostender Seezunge da. Ganz frisch. Dazu vielleicht einen belgischen Salat und ein paar Petersilienkartoffeln.«

»Gut. Und was haben Sie als Vorspeise? Keinen Kaviar natürlich, zu dem Wein.«

Der Marabu belebte sich noch mehr. »Selbstverständlich nicht. Aber wir haben noch ein wenig getrüffelte Straßburger Gänseleber –«

Graeber nickte.

»Und hinterher empfehle ich ein Stück Holländer Käse. Der bringt die Blume des Weins dann ganz heraus.«

»Ausgezeichnet.«

Der Marabu verschwand angeregt. Er mochte Graeber vorher für einen Soldaten gehalten haben, der sich zufällig hierher verirrt hatte; jetzt sah er in ihm einen Kenner, der zufällig Soldat war.

Elisabeth hatte erstaunt zugehört. »Ernst«, sagte sie, »woher weißt du das alles?«

»Von meinem Kameraden Reuter. Heute morgen wußte ich noch nichts davon. Er ist ein so großer Kenner, daß er sich damit eine Gicht geholt hat. Die aber rettet ihn jetzt vor der Front. So wird, wie immer, die Sünde belohnt.«

»Aber die Tricks mit den Trinkgeldern und der Speisekarte –«

»Alles von Reuter. Er weiß hier Bescheid. Auch das sichere weltmännische Auftreten hat er mir beigebracht.«

Elisabeth lachte plötzlich. Es war ein warmes, befreites und zärtliches Lachen. »Ich habe dich, weiß Gott, nicht so in Erinnerung!« sagte sie.

»Ich dich auch nicht so, wie du jetzt bist.«

Er blickte sie an. Er hatte sie nie vorher so gesehen. Sie veränderte sich völlig, wenn sie lachte. Es war, als öffneten sich plötzlich alle Fenster eines dunklen Hauses. Das ist ein sehr schönes Kleid«, sagte er etwas verlegen.

»Es ist ein Kleid meiner Mutter. Ich habe es gestern abend noch geändert und zurechtgemacht.« Sie lachte. »Ich war nicht ganz so unvorbereitet, wie es aussah, als du kamst.«

»Kannst du denn nähen? Du siehst nicht so aus.«

»Ich konnte es früher auch nicht; aber ich habe es gelernt. Ich nähe jetzt jeden Tag acht Stunden lang Militärmäntel.«

»Tatsächlich? Bist du dienstverpflichtet worden?«

»Ja. Ich wollte es auch. Ich denke, es wird vielleicht meinem Vater helfen.«

Graeber schüttelte den Kopf und sah sie an. »Es paßt nicht zu dir. Ebensowenig wie dein Vorname. Wie hast du den nur bekommen?«

»Meine Mutter hat ihn ausgesucht. Sie kam aus Südösterreich und sah italienisch aus und hoffte, ich würde blond werden, mit blauen Augen, und ich sollte darum Elisabeth heißen. Sie hat mich dann trotz ihrer Enttäuschung so genannt.«

Der Marabu kam mit dem Wein. Er hielt die Flasche wie ein Juwel und schenkte vorsichtig ein. »Ich habe Ihnen sehr dünne, einfache Kristallgläser gebracht«, sagte er. »Man sieht die Farbe so am besten. Oder wollen Sie Römer?«

»Nein. Dünne, klare Gläser.«

Der Marabu nickte und deckte eine silberne Platte auf. Die rosigen Scheiben der Gänseleber lagen mit den schwarzen Trüffeln in einem Kranz von zitterndem Aspik. »Frisch aus dem Elsass«, erklärte er stolz.

Elisabeth lachte. »Welch ein Luxus!«

»Luxus! Ja!« Graeber hob sein Glas. »Luxus«, wiederholte er. »Das ist es! Darauf wollen wir trinken, Elisabeth. Zwei Jahre lang habe ich aus einem blechernen Kochgeschirr gegessen und war nie ganz sicher, ob ich meine Mahlzeiten auch beenden konnte, – da ist dieses hier nicht einfach Luxus. Es ist viel mehr. Es ist Frieden und Sicherheit und Freude und Festlichkeit, – alles das, was es draußen nicht gibt.«

Er trank und spürte den Wein und sah Elisabeth an, und sie gehörte dazu. Es war das Unerwartete, fühlte er plötzlich, das, was über das Notwendige hinausging, das Unnötige, scheinbar Nutzlose, das Leichtigkeit und Aufschwung brachte, und es war so, weil es zur anderen Seite des Daseins gehörte, zu der des Überflusses, des Spielerischen und dem der Träume. Nach den Jahren hart am Tode war der Wein nicht nur Wein, das Silber nicht nur Silber, die Musik, die von irgendwoher in den Raum sikkerte, nicht nur Musik, und Elisabeth nicht nur Elisabeth – sie alle waren Symbole jenes anderen Lebens, des Lebens ohne Töten und Zerstören, des Lebens um des Lebens willen, das schon fast zu einer Mythe und zu einem hoffnungslosen Traum geworden war.

»Man vergißt manchmal ganz, daß man lebt«, sagte er. »Das ist mir plötzlich heute aufgegangen.«

Elisabeth lachte wieder. »Ich weiß das eigentlich immer. Aber ich konnte nie etwas damit anfangen.«

Der Marabu kam heran. »Wie ist der Wein, mein Herr?«

»Er muß sehr gut sein. Ich würde sonst nicht plötzlich an Dinge denken, an die ich lange nicht gedacht habe.«

»Das ist die Sonne, mein Herr. Die Sonne, die ihn im Herbst gereift hat. Er strahlt sie wieder aus. Einen Wein wie diesen nennt man im Rheinland eine Monstranz.«

»Eine Monstranz?«

»Ja. Er ist wie Gold und strahlt nach allen Seiten.«

»Das tut er.«

»Man fühlt ihn beim ersten Glas, nicht wahr? Gekelterte Sonne!«

»Beim ersten Schluck sogar. Er geht nicht in den Magen. Er geht gleich hinter die Augen und verändert die Welt.«

»Sie verstehen etwas von Wein, mein Herr!« Der Marabu beugte sich vertraulich vor. »Drüben der Tisch rechts hat denselben Wein. Da, wo die beiden Offiziere sitzen. Die Leute gießen ihn herunter, als wäre er Wasser. Sie sollten Liebfrauenmilch trinken!«

Er ging, mit einem angewiderten Blick auf den Tisch, davon. »Es scheint ein guter Tag für Schwindler heute zu sein, Elisabeth«, sagte Graeber. »Wie ist der Wein für dich? Auch eine Monstranz?«

Sie lehnte sich zurück und dehnte sich in den Schultern. »Ich fühle mich wie jemand, der aus dem Gefängnis entkommen ist. Und wie jemand, der wegen Betruges bald wieder eingesperrt wird.«

Er lachte. »So sind wir! Voll Angst vor unserem Gefühl. Und wenn wir es spüren, glauben wir gleich, wir wären Betrüger.«

Der Marabu brachte die Seezunge und den Salat. Graeber sah zu, wie er servierte. Er war ganz entspannt, und ihm war wie jemand, der sich aus Zufall auf dünnes Eis hinausgetraut hat und der zu seiner Überraschung findet, daß es hält. Er wußte, daß es dünn war und daß es vielleicht nicht lange halten würde, aber es hielt jetzt, und das war genug. »Ein Gutes hat es, wenn man so lange im Dreck gelegen hat«, sagte er. »Alles ist so neu und aufregend, als erlebte man es das erste Mal. Alles, – sogar ein Glas und ein weißes Tischtuch.«

Der Marabu hob die Flasche an. Er war jetzt wie eine Mutter. »Im allgemeinen serviert man Mosel zu Fisch«, erklärte er. »Aber Seezunge ist etwas anderes. Ein fast nußartiges Fleisch. Dazu ist ein Pfälzer eine Offenbarung, oder nicht?«

»Unbedingt.«

Der Marabu entschwand.

»Ernst«, sagte Elisabeth, »können wir dies alles hier eigentlich auch bezahlen? Es ist doch sicher furchtbar teuer.«

»Wir können es bezahlen. Ich habe das Geld für zwei Jahre Krieg mitgebracht. Und das braucht nicht lange zu reichen.« Graeber lachte. »Nur für ein sehr kurzes Leben. Zwei Wochen. Dafür reicht es schon.«

Sie standen vor der Haustür. Der Wind hatte sich gelegt, und es war wieder nebliger geworden. »Wann mußt du zurück?« fragte Elisabeth. »In zwei Wochen?«

»So ungefähr.«

»Das ist bald.«

»Es ist bald, und es ist noch sehr weit weg. Das ändert sich alle Augenblicke. Zeit im Kriege ist anders als im Frieden. Du weißt das sicher auch; dieses hier ist ja jetzt ebenso Front wie das draußen.«

»Es ist nicht dasselbe.«

»Doch. Und heute abend war mein erster wirklicher Urlaubstag. Gott segne den Marabu und Reuter und dein goldenes Kleid und den Wein.«

»Und uns«, sagte Elisabeth. »Wir können es gebrauchen.«

Sie stand vor ihm. Der Nebel hing in ihrem Haar, und das schwache Licht glitzerte darin. Es glitzerte über ihr Kleid, und der Nebel machte ihr Gesicht feucht wie eine Frucht. Es war plötzlich schwer wegzugehen, das Gespinst aus Zärtlichkeit, Entspannung, Stille und Erregung zu zerreißen, das sich so unvermutet über den Abend gebreitet hatte, und zurückzugehen zu dem Gestank und den Witzen der Kaserne, in die Trostlosigkeit des Wartens und des Grübelns über die Zukunft.

Eine scharfe Stimme schnitt durch die Stille. »Haben Sie keine Augen im Kopf, Unteroffizier?«

Ein kleiner, fetter Major mit einer weißen Schnurrbartbürste stand vor ihnen. Er mußte auf Gummisohlen herangekommen sein. Graeber sah sofort, daß es ein ausgedientes Reserveschlachtroß war, das aus der Mottenkiste hervorgeholt worden war und sich nun mit seiner Uniform wichtigtat. Er hätte den Alten am liebsten hochgehoben und gründlich ausgeschüttelt, aber er konnte nichts riskieren. Er tat das, was ein erfahrener Soldat tut: Er sagte nichts und stand stramm. Der Alte ließ den Lichtschein einer Taschenlampe über ihn wandern. Graeber empfand das aus irgendeinem Grunde als besonders beleidigend. »Extrauniform!« bellte der Alte. »Haben wohl einen Druckposten, daß Sie sich das leisten können, was? Ein Heimatkrieger mit Extrauniform! Auch das noch! Warum sind Sie nicht an der Front?«

Graeber erwiderte nichts. Er hatte vergessen, die Feldauszeichnungen von seinem alten Waffenrock auf die geliehene Uniform zu übertragen.

»Herumknutschen, das ist alles, was Sie können, was?« bellte der Major.

Elisabeth bewegte sich plötzlich. Der Kreis der Taschenlampe traf ihr Gesicht. Sie blickte den Alten an und trat aus dem Lichtschein heraus, auf ihn zu. Der Major räusperte sich, warf noch einen schiefen Blick auf sie und zog ab.

»Ich hatte gerade genug von ihm«, sagte sie.

Graeber zuckte die Achseln. »Man kann nichts machen gegen diese alten Böcke. Sie wandern in den Straßen herum und lassen sich grüßen. Das ist ihr Leben. Dafür hat die Natur ein paar Millionen Jahre gearbeitet, um schließlich so etwas hervorzubringen.«

Elisabeth lachte. »Warum bist du nicht an der Front?«

Graeber grinste. »Das habe ich von der Schwindelei mit der Extrauniform. Morgen ziehe ich Zivil an. Ich weiß, wo ich es mir leihen kann. Ich habe genug vom Grüßen. Dann können wir auch in Ruhe im Germania sitzen.«

»Willst du wieder dahin?«

»Ja, Elisabeth. Das sind die Dinge, an die man sich später draußen erinnert. Nicht an den Alltag. Ich hole dich um acht Uhr ab. Und jetzt gehe ich. Sonst kommt der alte Trottel noch einmal vorbei und verlangt mein Soldbuch. Gute Nacht.«

Er zog sie an sich, und sie gab nach. Er fühlte sie in seinem Arm, und plötzlich zerschmolz alles; er wollte sie, und er wollte nichts anderes als sie, und er hielt sie fest und küßte sie und wollte sie nicht mehr loslassen und ließ sie los.

Er ging noch einmal zur Hakenstraße. Vor dem Hause seiner Eltern blieb er stehen. Der Mond brach durch den Nebel. Er beugte sich nieder; dann riß er mit einem Ruck den Zettel zwischen den Steinen heraus. Etwas stand in einer Ecke mit einem dicken Bleistift dazugeschrieben. Er griff nach seiner Taschenlampe. Hauptpost melden, Schalter 15, las er.

Er blickte unwillkürlich auf seine Uhr. Es war viel zu spät; die Post war nachts nicht offen, und er konnte nichts vor acht Uhr erfahren; aber morgen früh würde er endlich etwas wissen. Er faltete den Zettel zusammen und steckte ihn in die Tasche, um ihn auf der Post vorzuzeigen. Dann ging er durch die totenstille Stadt zur Kaserne, und ihm war, als habe er kein Schwergewicht und ginge in einem Vakuum, das er nicht zu durchbrechen wagte.

XIII

Ein Teil der Post stand noch. Der Rest war eingestürzt und verbrannt. Überall drängten sich Leute. Graeber mußte eine Zeitlang warten. Dann kam er zum Schalter 15 und zeigte den Zettel mit der Nachricht vor.

Der Beamte gab ihm den Zettel zurück. »Haben Sie Ausweise mitgebracht?«

Graeber schob sein Soldbuch und seinen Urlaubsschein unter das Gitter. Der Beamte studierte sie genau. »Was ist es?« fragte Graeber. »Eine Nachricht?«

Der Beamte antwortete nicht. Er stand auf und verschwand im Hintergrund. Graeber wartete und starrte auf seine Papiere, die aufgeschlagen auf dem Tisch liegengeblieben waren.

Der Beamte kam zurück, ein kleines, verbeultes Paket in der Hand. Er verglich die Adresse noch einmal mit Graebers Urlaubsschein. Dann schob er das Paket durch den Schalter. »Unterschreiben Sie hier.«

Graeber sah die Handschrift seiner Mutter auf dem Paket. Sie hatte es ins Feld geschickt, und es war von da nachgeschickt worden. Er blickte nach dem Absender. Als Adresse war noch die Hakenstraße angegeben. Er nahm das Paket und unterschrieb die Quittung. »Ist das alles, was da war?« fragte er.

Der Beamte blickte auf. »Glauben Sie, wir hätten etwas zurückbehalten?«

»Das nicht. Ich dachte, Sie hätten vielleicht schon die neue Adresse meiner Eltern bekommen.«

»Dafür sind wir hier nicht zuständig. Fragen Sie im ersten Stock bei der Briefzustellung nach.«

Graeber ging hinauf. Der erste Stock war nur noch zur Hälfte gedeckt. In den Rest schien der Himmel mit Wolken und Sonne. »Wir haben hier keine neue Adresse«, sagte die Frau, die hinter dem Schalter saß. »Sonst hätten wir das Paket nicht zur Hakenstraße geschickt. Aber Sie können ja noch den Briefträger Ihres Bezirks fragen.«

»Wo ist er?«

Die Frau sah auf ihre Uhr. »Er ist jetzt unterwegs. Wenn Sie heute nachmittag gegen vier herkommen, ist er hier. Die Post wird dann ausgeteilt.«

»Kann er die Adresse wissen, wenn Sie sie hier nicht wissen?«

»Natürlich nicht. Er erfährt sie ja durch uns. Aber es gibt Leute, die ihn trotzdem fragen wollen. Es beruhigt sie. Der Mensch ist nun mal so. Oder nicht?«

»Ja, wahrscheinlich.«

Graeber nahm sein Paket und ging die Treppen hinunter. Er sah auf das Datum. Das Paket war vor drei Wochen abgeschickt worden. Es hatte lange bis zur Front gebraucht, aber von da war es ihm rasch nachgekommen. Er stellte sich in eine Ecke und öffnete das braune Papier. Ein trokkener Kuchen lag darin, ein Paar wollene Strümpfe, ein Paket Zigaretten und ein Brief seiner Mutter. Er las den Brief; es stand nichts darin von einem Wohnungswechsel oder von Luftangriffen. Er steckte ihn in die Tasche und wartete, bis er wieder ruhig geworden war. Dann ging er auf die Straße. Er sagte sich, daß nun auch bald ein Brief mit der neuen Adresse kommen müsse; aber ihm war trotzdem elender, als er erwartet hatte.

Er beschloß, zu Binding zu gehen. Vielleicht wußte der etwas Neues.

»Komm herein, Ernst!« rief Alfons. »Wir sind gerade dabei, eine erstklassige Flasche auszutrinken. Kannst uns helfen.«

Binding war nicht allein. Ein SS-Mann lag halb auf dem großen Sofa unter dem Rubens, in einer Haltung, als wäre er darauf gefallen und könne vorläufig nicht wieder hoch. Es war ein dünner Mensch mit einem käsigen Gesicht und Haaren, die so weißblond waren, daß es wirkte, als hätte er weder Augenwimpern noch Brauen. »Das ist Heini«, sagte Alfons mit einem gewissen Respekt. »Heini, der Schlangenzähmer! Und dies hier ist mein Freund Ernst, auf Urlaub von Rußland.«

Heini war ziemlich betrunken. Er hatte sehr blasse Augen und einen kleinen Mund. »Rußland!« murmelte er. »War ich auch. Schöne Zeiten! Besser als hier!«

Graeber sah Binding fragend an. »Heini hat bereits eine Flasche hinter sich«, erklärte Alfons. »Er hat Kummer. Das Haus seiner Eltern ist bombardiert worden. Der Familie ist nichts passiert, alle waren im Keller. Aber die Wohnung ist kaputt.«

»Vier Zimmer!« knurrte Heini. »Alles neue Möbel. Das Klavier auch. Tadelloses Klavier! Schöner Klang! Diese Schweine!«

»Heini wird das Klavier schon rächen«, sagte Alfons.

»Komm, Ernst, was willst du trinken? Heini trinkt Kognak. Hier ist auch Wodka, Kümmel und was du sonst willst.«

»Gar nichts. Ich bin nur rasch vorbeigekommen, um zu fragen, ob du irgendetwas erfahren hast.«

»Noch nichts Neues, Ernst. Hier in der Gegend sind deine Eltern nicht mehr. Jedenfalls sind sie nirgendwo gemeldet. Auch nicht auf den Dörfern. Entweder sind sie fortgezogen und haben sich noch nicht gemeldet, oder sie sind mit einem Transport weggeschickt worden. Du weißt, wie das heute ist. Ganz Deutschland wird ja von den Schweinen bombardiert; da dauert es einige Zeit, bis die Verbindungen wieder in Ordnung sind. Komm, trink etwas. Ein einziges Glas wirst du doch riskieren können.«

»Gut. Einen Wodka.«

»Wodka«, murmelte Heini. »In Strömen haben wir den gesoffen! Und dann den Biestern in den Hals gegossen und angezündet. Flammenwerfer daraus gemacht. Kinder, sind die rumgesprungen! Zum Totlachen! Schöne Zeiten damals in Rußland –«

»Was?« fragte Graeber.

Heini antwortete nicht. Er starrte verglast vor sich hin. »Flammenwerfer«, murmelte er. »Großartige Idee.«

»Wovon redet er?« fragte Graeber Binding.

Alfons hob die Schultern. »Heini hat viel mitgemacht. Er war beim SD.«

»Beim SD in Rußland?«

»Ja. Trink noch einen, Ernst.«

Graeber nahm die Flasche Wodka von dem kupfernen Rauchtisch und betrachtete sie. Der klare Schnaps schwappte hin und her. »Wieviel Prozent hat dieser Wodka?«

Alfons lachte. »Der ist ziemlich scharf. Sicher seine sechzig Prozent. Die Iwans vertragen ihn scharf.«

Sie vertragen ihn scharf, dachte Graeber. Und wenn er scharf ist, dann brennt er, wenn man ihn jemand in die Kehle schüttet und anzündet. Er sah Heini an. Er kannte genug Geschichten vom Sicherheitsdienst der SS, um zu wissen, daß das, was Heini da im Suff redete, wahrscheinlich keine Aufschneiderei war. Der SD liquidierte hinter der Front im Großen und zu Tausenden unter dem Vorwand, Lebensraum für das deutsche Volk zu schaffen. Er liquidierte alles, was unerwünscht war, und damit das Massentöten nicht allzu monoton würde, erfand die SS humorvolle Variationen. Graeber kannte einige; andere hatte Steinbrenner ihm erzählt. Die lebendigen Flammenwerfer waren neu.

»Was starrst du so auf die Pulle?« fragte Alfons. »Sie beißt dich nicht. Schenk dir ein.«

Graeber stellte die Flasche zurück. Er wollte aufstehen und weggehen; aber er blieb sitzen. Er zwang sich, sitzen zu bleiben. Er hatte oft genug weggesehen und nichts wissen wollen. Er und hunderttausend andere, und sie hatten geglaubt, ihr Gewissen damit beschwichtigen zu können. Er wollte das nicht mehr. Er wollte sich nicht mehr drükken. Deshalb war er nicht auf Urlaub gekommen.

»Willst du nicht doch noch einen haben?« fragte Alfons.

Graeber blickte auf Heini, der halb schlief. »Ist er immer noch beim SD?«

»Nicht mehr. Er ist jetzt hier.«

»Wo?«

»Er ist Oberscharführer im KZ.«

»Im KZ?«

»Ja. Nimm doch noch einen Schluck, Ernst! So jung kommen wir nicht wieder zusammen! Und bleib noch ein bißchen. Lauf nicht immer gleich weg!«

»Nein«, sagte Graeber und starrte Heini weiter an. »Ich laufe nicht mehr weg.«

»Das ist endlich ein vernünftiges Wort. Was willst du trinken? Noch einen Wodka?«

»Nein. Gib mir Kümmel oder Kognak. Keinen Wodka.«

Heini regte sich. »Natürlich keinen Wodka«, lallte er. »Viel zu schade dafür. Wodka haben wir selbst gesoffen. Es war Benzin. Brennt ja auch besser –«

Heini kotzte im Badezimmer. Alfons stand mit Graeber vor der Tür. Der Himmel war voll glänzend weißer Schäfchenwolken. In den Birken sang eine Amsel, ein kleiner schwarzer Ball mit einem gelben Schnabel und einer Stimme, in der aller Frühling war. »Tolle Nummer, dieser Heini, was?« sagte Alfons.

Er sagte das wie ein Knabe, der von einem blutdürstigen Indianerhäuptling spricht, – mit einem Gemisch von Schauder und Bewunderung.

»Es ist eine tolle Nummer mit Leuten, die sich nicht wehren können«, erwiderte Graeber.

»Er hat einen steifen Arm, Ernst. Kann deshalb nicht Soldat werden. Hat sich das in einer Saalschlacht mit Kommunisten 1932 geholt. Das macht ihn auch so wild. Mensch, was er da von den Holzstößen erzählt hat, was?«

Alfons paffte an einer verkohlten Zigarre, die er sich angezündet hatte, als Heini weitere russische Erlebnisse zum besten gegeben hatte. Sie war ihm ausgegangen in der Aufregung. »Immer eine Schicht Holz und eine Schicht Leute, und jede Schicht muss ihr Holz selbst ranschleppen und sich dann zum Genickschuß drauflegen. Allerhand, was?«

»Ja, allerhand.«

»Und die Weiber! Was da alles vorgekommen sein muß!«

»Ja, genug. Hättest du dabei sein mögen?«

»Bei den Weibern?«

»Nein, bei dem andern. Bei den brennenden Holzstößen und den Christbäumen voll Erhängter und den Massenerschießungen mit Maschinengewehren.«

Binding dachte einen Augenblick nach. Dann schüttelte er den Kopf. »Ich glaube nicht. Vielleicht einmal, um es gesehen zu haben. Aber sonst bin ich nicht der Typ dafür. Zu romantisch, Ernst.«

Heini erschien in der Tür. Er war sehr blaß. »Dienst!« knurrte er. »Schon zu spät! Höchste Zeit! Werde die Schweine mal gründlich zwiebeln!«

Er stolperte den Gartenpfad entlang. Vor der Pforte setzte er seine Mütze gerade, richtete sich steif auf und schritt wie ein Storch weiter.

»Ich möchte nicht der sein, der Heini jetzt im KZ in die Finger fällt«, sagte Binding.

Graeber blickte auf. Er hatte dasselbe gedacht. »Findest du das richtig, Alfons?« fragte er.

Binding zuckte die Achseln. »Es sind Volksverräter, Ernst. Sie sind nicht umsonst da.«

»War Burmeister ein Volksverräter?«

Alfons lachte. »Das war eine Privatsache. Ihm ist auch nicht viel passiert.«

»Und wenn ihm was passiert wäre?«

»Dann hätte er Pech gehabt. Es haben eine Menge Leute Pech heutzutage, Ernst. Durch Bomben zum Beispiel. Fünftausend allein in dieser Stadt. Bessere Leute als die im KZ. Also, was geht es mich an, was da passiert? Ich habe nicht die Verantwortung dafür. Und du auch nicht.«

Ein paar Spatzen flogen schilpend auf das Vogelbad in der Mitte des Rasens. Einer watete hinein und schlug mit den Flügeln, und gleich darauf planschten alle im Becken umher. Alfons beobachtete sie gespannt. Er schien Heini bereits vergessen zu haben. Graeber sah das zufriedene, harmlose Gesicht, und plötzlich, wie mit einem Schlage, erkannte er die Hoffnungslosigkeit, zu der Gerechtigkeit und Mitgefühl ewig verurteilt waren: immer wieder an Selbstsucht, Gleichgültigkeit und Angst zu stranden, – er erkannte es, und er erkannte auch, daß er selber nicht ausgenommen davon war, daß auch er darin verstrickt war, in einer anonymen, fernen und drohenden Weise, als gehörten er und Binding irgendwie zusammen, so sehr er sich auch dagegen wehrte.

»So einfach ist das nicht mit der Verantwortung, Alfons«, sagte er trübe.

»Aber Ernst! Mach keine Witze! Verantwortlich kann man nur für das sein, was man selber getan hat. Und auch das nur, wenn es nicht auf Befehl war.«

»Wenn wir Geiseln erschießen, sagen wir das Gegenteil, – daß sie verantwortlich sind für das, was andere getan haben.«

»Hast du Geiseln erschossen?« fragte Binding und drehte sich interessiert um.

Graeber antwortete nicht.

»Geiseln sind etwas anderes, Ernst. Das sind Ausnahmen! Notfälle.«

»Alles sind Notfälle«, erklärte Graeber bitter. »Alles, was wir selber tun, meine ich. Nicht das, natürlich, was die andern tun. Wenn wir eine Stadt bombardieren, ist das eine strategische Notwendigkeit; wenn die andern es tun, ist es ein gemeines Verbrechen.«

»Das ist es! Endlich denkst du richtig!« Alfons blickte Graeber pfiffig von der Seite an und schmunzelte. »Man nennt das moderne Politik! Recht ist, was dem deutschen Volke nützt, sagte der Reichsjustizminister. Und der muß es ja wissen! Wir tun nur unsre Pflicht. Wir sind nicht verantwortlich.« Er beugte sich vor. »Da, – da ist die Amsel! Siehst du sie! Das erste Mal, daß sie badet! Wie die Spatzen ausreißen!«

Graeber sah plötzlich Heini vor sich. Die Straße war leer, zwischen den Gartenhecken lag träges Sonnenlicht, ein gelber Schmetterling taumelte niedrig über den Sandstreifen, mit dem der gepflasterte Fußsteig eingefaßt war, und ungefähr hundert Meter weiter bog Heini gerade um die Ecke.

Graeber ging auf dem Sandstreifen. Es war sehr still, und seine Fußtritte waren nicht zu hören. Wenn jemand Heini erledigen wollte, war dieses die richtige Gelegenheit, dachte er. Niemand war zu sehen. Die Straße schien zu schlafen. Man konnte auf dem Sandstreifen fast lautlos herankommen. Heini würde nichts merken. Man konnte ihn niederschlagen und ihn erwürgen oder ihn erstechen. Ein Schuß würde zuviel Lärm machen und zu rasch Leute heranbringen. Heini war nicht sehr kräftig; man konnte ihn erwürgen.

Graeber merkte, daß er rascher ging. Nicht einmal Alfons würde Verdacht schöpfen, dachte er. Er würde vermuten, daß jemand sich an Heini gerächt habe. Gründe genug dafür gab es ja. Es war eine einzigartige Gelegenheit für jemand, sich zu rächen. Und es war auch eine Gelegenheit, ohne Rache einen Mörder aus der Welt zu schaffen, der in einer Stunde wahrscheinlich ein paar entsetzte, wehrlose Menschen zu Tode foltern würde.

Graeber spürte, wie seine Hände schwitzten. Ihm war plötzlich sehr heiß. Er kam an die Ecke und sah, daß er Heini um dreißig Meter eingeholt hatte. Immer noch war niemand zu sehen. Wenn er rasch den Sandstreifen entlanglief, konnte in einer Minute alles vorbei sein. Er konnte Heini erstechen und gleich weiterlaufen.

Er fühlte, wie sein Herz auf einmal schlug wie ein Hammer. Es schien so laut zu schlagen, daß er einen Augenblick fürchtete, Heini könne es hören. Was ist los mit mir? dachte er. Was geht mich das an? Und wie komme ich da hinein? Ein Gedanke, der einen Augenblick vorher noch zufällig gewesen war, schien sich in einen finsteren Zwang zu verwandeln, und plötzlich war es, als hinge alles davon ab, als könne es eine Rechtfertigung sein für vieles in der Vergangenheit, für Graebers eigenes Leben, für Dinge darin, die er vergessen wollte, für das, was er getan, und das, was er versäumt hatte. Rache, dachte er verwirrt, aber es war ja jemand, den er kaum kannte, jemand, der ihm nichts getan hatte, jemand, an dem er keine Rache zu nehmen brauchte, noch nicht, dachte er, aber konnte es nicht sein, daß Elisabeths Vater bereits zu den Opfern Heinis gehörte, konnte er nicht heute dazugehören oder morgen, und wem hatten die Geiseln etwas getan oder die unzähligen Unschuldigen, und wo war die Schuld dafür, und wo die Sühne?

Er starrte auf den Rücken Heinis. Sein Mund war trokken. Ein Hund bellte durch ein Gartentor. Er erschrak und sah sich um. Ich habe zu viel getrunken, dachte er, ich muß stehenbleiben, dies alles hat nichts mit mir zu tun, es ist verrückt, – aber er ging weiter, rascher und lautlos, getrieben von etwas, das ihm wie eine dröhnende und gerechte Notwendigkeit erschien, ein Ausgleich und eine Rechtfertigung für den vielen Tod, der hinter ihm lag.

Er war auf zwanzig Meter herangekommen, ohne zu wissen, was er tun würde. Dann sah er, daß am Ende der Straße eine Frau aus einem Eingang in den Hecken trat. Sie trug eine orangefarbene Bluse und einen Korb und kam ihm entgegen. Er blieb stehen. Alles in ihm löste sich. Dann ging er langsam weiter. Die Frau schwenkte ihren Korb und ging gemächlich an Heini vorüber, auf ihn zu. Sie kam mit ruhigen Schritten, sie hatte starke breite Brüste, ein breites gebräuntes Gesicht und glattes gescheiteltes dunkles Haar. Der Himmel stand hinter ihrem Kopf, blaß, flimmernd und undeutlich, nur sie allein war einen Augenblick deutlich, alles andere verschwamm, sie allein war wirklich, sie war das Leben, sie trug es auf ihren breiten Schultern, sie brachte es mit sich, und es war groß und gut, und hinter ihr war Wüste und Mord.

Sie sah ihn im Vorbeigehen an. »Guten Tag«, sagte sie freundlich. Graeber nickte. Er konnte nichts sagen. Er hörte ihre Schritte hinter sich, und die Wüste war wieder da, flimmernd, und in dem Flimmern sah er Heinis dunkle Gestalt um die Ecke gehen, und die Straße war frei.

Er sah sich um. Die Frau ging gleichmäßig weiter und kümmerte sich um nichts. Warum laufe ich nicht? dachte er. Noch habe ich Zeit, es zu tun; aber er wußte bereits, daß er es nicht tun würde. Die Frau hat mich gesehen, dachte er, sie würde mich wiedererkennen, es geht nicht mehr. Aber hätte er es getan, wenn die Frau nicht gekommen wäre? Hätte er nicht eine andere Entschuldigung gefunden? Er wußte es nicht.

Er kam zur Kreuzung, an der Heini abgebogen war. Heini war nicht mehr da. Erst an der nächsten Ecke sah er ihn. Er stand mitten auf dem Fahrweg. Ein SS-Mann sprach mit ihm und ging dann mit ihm weiter. Aus einem Torweg kam ein Briefträger. Zwei Radfahrer standen ein Stück weiter mit ihren Rädern. Es war vorbei. Graeber war plötzlich, als erwache er. Er sah sich um. Was war das? dachte er. Verdammt, ich war nahe daran, es zu tun! Woher kam das? Was ist los mit mir? Was bricht da plötzlich heraus aus mir? Er ging weiter. Ich muß auf mich aufpassen, dachte er. Ich habe geglaubt, ich wäre ruhig. Ich bin nicht ruhig. Ich bin viel mehr durcheinander, als ich weiß. Ich muß auf mich aufpassen, sonst mache ich noch verdammten Unsinn!

Er kaufte sich an einem Stand eine Zeitung und blieb stehen und las den Wehrmachtsbericht. Er hatte das bisher nicht getan. Er hatte während des Urlaubs nichts davon wissen wollen. Jetzt sah er, daß der Rückzug fortgesetzt worden war. Auf den kleinen Kartenausschnitten fand er die Stellung, wo sein Regiment stehen mußte. Er konnte es nicht genau feststellen, denn der Wehrmachtsbericht gab nur Armeegruppen an; aber er konnte schätzen, daß es über hundert Kilometer weiter zurückgegangen war.

Er stand eine Weile sehr still. Die ganze Zeit, seit er auf Urlaub war, hatte er nicht an seine Kameraden gedacht. Die Erinnerung war wie ein Stein in ihn hinuntergesunken. Jetzt kam sie zurück.

Ihm war, als hebe sich eine graue Einsamkeit aus dem Boden. Sie war ohne Lärm. Der Wehrmachtsbericht hatte in Graebers Abschnitt schwere Kämpfe gemeldet; aber die graue Einsamkeit war lautlos und ohne Farbe, als wäre das Licht und selbst der Protest des Kampfes in ihr längst gestorben. Schatten hoben sich, blutlos und leer; sie bewegten sich und sahen ihn an, durch ihn hindurch, und wenn sie niederfielen, waren sie wie der graue, aufgewühlte Boden, und der Boden war wie sie, als bewege er sich und wüchse in ihnen. Der hohe, glänzende Himmel über ihm schien seine Farbe zu verlieren vor dem grauen Rauch dieses endlosen Sterbens, das aus der Erde emporzusteigen und die Sonne zu überdämmern schien. Verrat, dachte er plötzlich und ungeheuer erbittert, verraten hat man sie, verraten und beschmutzt, und ihr Kämpfen und ihr Sterben ist zusammengekoppelt worden mit Mord und Unrecht und Lüge und Gewalt, sie sind betrogen worden, betrogen um alles, sogar um ihren armseligen, mutigen, jammervollen und nutzlosen Tod.

Eine Frau, die einen Sack vor sich hertrug, stieß ihn an. »Können Sie nicht sehen?« schimpfte sie irritiert.

»Doch«, sagte Graeber, der sich nicht gerührt hatte.

»Was stehen Sie dann im Wege?«

Graeber erwiderte nichts. Er wußte plötzlich, weshalb er hinter Heini hergegangen war. Es war das Dunkle gewesen, das er im Felde so oft gespürt hatte, die Frage, auf die er keine Antwort gewagt hatte, die jähe, pressende Verzweiflung, der er immer wieder ausgewichen war, – sie hatten ihn endlich eingeholt und hatten ihn gestellt, und er wußte nun, was es war, und er wollte nicht mehr ausweichen. Er wollte Klarheit. Er war bereit. Pohlmann, dachte er. Fresenburg wollte, daß ich zu ihm gehen sollte. Ich habe es vergessen. Ich will mit ihm sprechen. Ich muß mit jemand sprechen, dem ich trauen kann.

»Ölgötze!« sagte die schwerbepackte Frau und schleppte sich weiter.

Eine Hälfte des Jahnplatzes war zerstört; die andere stand unversehrt. Nur ein paar Fenster waren zerbrochen. Der Alltag ging weiter in ihnen, Frauen putzten und kochten, während gegenüber die Häuserfronten niedergestürzt waren und nur noch Reste von Zimmern zeigten, in denen zerfetzte Tapeten herunterhingen wie zerschlissene Fahnen nach einer verlorenen Schlacht.

Das Haus, in dem Pohlmann früher gelebt hatte, lag auf der zerstörten Seite. Die oberen Stockwerke waren eingefallen und hatten den Eingang verschüttet. Es sah aus, als ob niemand mehr da wohne. Graeber wollte schon aufgeben, als er einen schmalen getretenen Pfad durch den Schutt entdeckte. Er folgte ihm und fand einen ausgeschaufelten Weg zu einer Hintertür, die heil war. Er klopfte. Niemand antwortete. Er klopfte wieder. Nach einer Weile hörte er Geräusche. Eine Kette rasselte, und die Tür öffnete sich vorsichtig. »Herr Pohlmann«, sagte er.

Ein alter Mann spähte heraus. »Ja. Was wollen Sie?«

»Ich bin Ernst Graeber. Ein früherer Schüler von Ihnen.«

»Ja, so. Und was möchten Sie?«

»Sie besuchen. Ich bin hier auf Urlaub.«

»Ich bin nicht mehr im Amt«, sagte Pohlmann kurz.

»Das weiß ich.«

»Gut. Dann wissen Sie auch, daß man mich strafweise entlassen hat. Ich empfange keine Schüler mehr und habe auch nicht das Recht dazu.«

»Ich bin kein Schüler mehr; ich bin Soldat und komme aus Rußland und soll Ihnen Grüße überbringen von Fresenburg. Er hat mir gesagt, ich möchte zu Ihnen gehen.«

Der alte Mann betrachtete Graeber aufmerksamer. »Fresenburg? Lebt er noch?«

»Vor zehn Tagen lebte er noch.«

Pohlmann betrachtete Graeber noch einen Augenblick. »Gut, kommen Sie herein«, sagte er dann und trat zurück.

Graeber folgte ihm. Sie gingen einen Korridor entlang, der zu einer Art Küche führte, und von dort über einen zweiten kurzen Gang. Pohlmann ging plötzlich schneller, öffnete eine Tür und sagte viel lauter als vorher: »Kommen Sie herein. Ich dachte schon, Sie wären von der Polizei.«

Graeber sah ihn überrascht an. Dann begriff er. Er blickte sich nicht um. Pohlmann hatte wahrscheinlich so laut gesprochen, um jemand zu informieren.

Im Zimmer brannte eine kleine Petroleumlampe mit einem grünen Schirm. Die Fenster waren zerbrochen, und vor ihnen häufte sich der Schutt so hoch, daß man nicht hinaussehen konnte. Pohlmann blieb in der Mitte des Raums stehen. »Jetzt erkenne ich Sie«, sagte er. »Draußen war das Licht zu stark. Ich gehe wenig aus und bin es nicht mehr gewöhnt. Hier habe ich kein Tageslicht, nur Petroleum. Es gibt nicht viel; deshalb muß ich oft lange im Dunkeln sitzen. Die elektrische Leitung ist zerstört.«

Graeber sah ihn an. Er hätte ihn nicht wiedererkannt; so alt war er geworden. Dann blickte er sich um, und ihm schien, als wäre er in eine andere Welt gekommen. Es war nicht nur die Stille und der unerwartete, vom Lampenlicht erhellte Raum, der wie eine Katakombe wirkte nach der grellen Mittagssonne draußen; es war noch etwas anderes. Es waren die braunen und goldenen Reihen von Büchern an den Wänden, es war das Lesepult, es waren die Stahlstiche von Weimar, und es war der alte Mann selbst mit seinem weißen Haar und dem gefurchten Gesicht, das wächsern wie das eines seit Jahren Gefangenen aussah.

Pohlmann bemerkte Graebers Blick. »Ich habe Glück gehabt«, sagte er. »Ich habe fast alle meine Bücher behalten.«

Graeber drehte sich um. »Ich habe lange keine mehr gesehen. Und in den letzten Jahren nur noch wenige gelesen.«

»Das konnten Sie wohl nicht. Bücher sind zu schwer, um sie im Tornister mitzuschleppen.«

»Sie waren auch zu schwer, um sie im Kopfe mitzuschleppen. Sie paßten nicht zu dem, was geschah. Und die, die dazu paßten, wollte man nicht lesen.«

Pohlmann blickte in das sanfte grüne Licht der Lampe. »Weshalb sind Sie zu mir gekommen, Graeber?«

»Fresenburg hat mir gesagt, ich solle zu Ihnen gehen.«

»Kennen Sie ihn gut?«

»Er war der einzige Mensch draußen, dem ich ganz vertraut habe. Er sagte, ich solle zu Ihnen gehen und mit Ihnen sprechen. Sie würden mir die Wahrheit sagen.«

»Die Wahrheit? Über was?«

Graeber sah den alten Mann an. Er war bei ihm in der Klasse gewesen, und es schien endlos lange her zu sein; aber trotzdem hatte er einen Herzschlag lang das Gefühl, als wäre er wieder ein Schüler und würde über sein Leben gefragt, – und als müsse sich sein Schicksal entscheiden in diesem kleinen, verschütteten Raum mit den vielen Büchern und dem entlassenen Lehrer seiner Jugend. Sie verkörperten das, was in der Vergangenheit einmal dagewesen war, – Güte, Toleranz und Wissen, – und der Schutt vor dem Fenster war das, was die Gegenwart daraus gemacht hatte. »Ich möchte wissen, wieweit ich an den Verbrechen der letzten zehn Jahre beteiligt war«, sagte er. »Und ich möchte wissen, was ich tun soll.«

Pohlmann starrte ihn an. Dann stand er auf und ging durch das Zimmer. Er nahm ein Buch aus den Reihen, öffnete es und schob es zurück, ohne hineinzusehen.

Schließlich wandte er sich wieder um. »Wissen Sie, was Sie mich da fragen?«

»Ja.«

»Man wird für weniger heute geköpft.«

»Man wird für nichts an der Front getötet«, sagte Graeber.

Pohlmann kam zurück und setzte sich wieder. »Meinen Sie mit dem Verbrechen den Krieg?«

»Ich meine alles, was dazu geführt hat. Die Lüge, die Unterdrückung, das Unrecht, die Gewalt. Und ich meine den Krieg. Den Krieg, und wie wir ihn führen, – mit Sklavenlagern, Konzentrationslagern und dem Massenmord an Zivilisten.«

Pohlmann schwieg. »Ich habe einiges gesehen«, sagte Graeber. »Und vieles gehört. Ich weiß auch, daß der Krieg verloren ist. Und ich weiß, daß wir nur noch weiterkämpfen, damit die Regierung, die Partei und die Leute, die alles das verursacht haben, noch einige Zeit länger an der Macht bleiben, um noch mehr Elend anrichten zu können.«

Pohlmann starrte Graeber wieder an. »Sie wissen das alles?« fragte er.

»Ich weiß es jetzt. Ich wußte es nicht immer.«

»Und Sie müssen wieder hinaus?«

»Ja.«

»Das ist furchtbar.«

»Es ist noch furchtbarer, wieder hinauszumüssen und es zu wissen und dadurch vielleicht zum Mitschuldigen zu werden. Werde ich das?«

Pohlmann schwieg. »Wie meinen Sie das?« fragte er nach einer Weile fast flüsternd.

»Sie wissen, wie ich es meine. Sie haben uns in Religion unterrichtet. Wie weit werde ich zum Mitschuldigen, wenn ich weiß, daß der Krieg nicht nur verloren ist, sondern auch, daß wir ihn verlieren müssen, damit Sklaverei und Mord, Konzentrationslager, SS und SD, Massenausrottung und Unmenschlichkeit aufhören, – wenn ich das weiß und in zwei Wochen wieder hinausgehe, um weiter dafür zu kämpfen?«

Pohlmanns Gesicht war plötzlich grau und erloschen. Nur die Augen hatten noch Farbe, ein sonderbares klares Blau. Sie erinnerten Graeber an Augen, die er schon einmal anderswo gesehen hatte, aber er wußte nicht mehr, wo. »Müssen Sie wieder hinaus?« fragte Pohlmann schließlich.

»Ich kann mich weigern. Dann werde ich gehängt oder erschossen. Oder ich kann desertieren. Dann wird man mich ziemlich sicher nach kurzer Zeit fassen, – man kann sich da auf die Organisation und die Denunzianten verlassen. Wo sollte ich mich auch verstecken? Jeder, der mir Unterkunft gäbe, wäre selbst in Todesgefahr. Außerdem würde man Rache an meinen Angehörigen nehmen. KZ wäre das geringste für sie. Sie würden darin sterben. Und was sonst? An die Front zurückgehen und mich nicht verteidigen? Das wäre Selbstmord.«

Eine Uhr begann zu schlagen. Graeber hatte sie vorher nicht gesehen. Es war eine alte Standuhr in einer Ecke hinter der Tür. Ihr tiefer Klang war plötzlich ein geisterhaftes Zeichen der Zeit in dem stillen, verschütteten Raum.

»Und sonst gibt es nichts?« fragte Pohlmann.

»Es gibt noch die Selbstverstümmelung. Sie wird fast

immer herausgefunden. Die Strafe ist dieselbe wie für Desertation. Tod.«

»Könnten Sie nicht versetzt werden? In die Heimat?«

»Nein«, sagte Graeber. »Ich bin sehr gesund und kräftig. Das würde auch wohl kaum etwas an meiner Frage ändern. Es wäre eine Ausflucht, aber keine Lösung. Man kann auch in einem Büro zum Mitschuldigen werden. Oder nicht?«

»Ja.« Pohlmann preßte die Hände zusammen. »Schuld«, sagte er dann leise. »Niemand weiß, wo das anfängt und wo sie aufhört. Wenn man will, dann fängt es überall an und hört nirgendwo auf. Aber vielleicht ist es auch umgekehrt. Und Mitschuld? Wer weiß das? Nur Gott.«

Graeber machte eine ungeduldige Bewegung. »Gott sollte es wahrhaftig wissen«, erwiderte er. »Es gäbe sonst keine Erbsünde. Das ist Mitschuld, die über tausend Generationen hinweg. Aber wo beginnt die persönliche Verantwortung? Wir können uns nicht dahinter verstecken, daß wir auf Befehl handeln. Oder können wir das?«

»Es ist Zwang. Nicht nur Befehle.«

Graeber wartete. »Die Märtyrer der christlichen Zeit folgten dem Zwang nicht«, sagte Pohlmann zögernd.

»Wir sind keine Märtyrer. Aber wann beginnt die Mitschuld?« fragte Graeber. »Wann wird zu Mord, was man sonst Heldentum nennt? Wenn man nicht mehr an seine Gründe glaubt? Oder an seinen Zweck? Wo ist die Grenze?«

Pohlmann sah ihn gequält an. »Wie kann ich Ihnen das sagen? Es ist eine zu große Verantwortung. Ich kann es nicht für Sie entscheiden.«

»Muß jeder es selbst entscheiden?«

»Ich glaube ja. Was sonst?«

Graeber schwieg. Wozu frage ich noch weiter, dachte er. Ich sitze hier plötzlich wie ein Richter statt wie ein Angeklagter. Wozu quäle ich diesen alten Mann und ziehe ihn zur Rechenschaft für das, was er mich einst lehrte, und für das, was ich ohne ihn später lernte? Brauche ich noch eine Antwort? Habe ich sie mir nicht soeben selbst gegeben? Er sah Pohlmann an. Er konnte sich vorstellen, wie er Tag für Tag in diesem Raum hockte, in der Dunkelheit oder bei der Lampe, wie in einer Katakombe des alten Roms, ausgestoßen aus seinem Amt, jede Stunde die Verhaftung erwartend und mühsam Trost in seinen Büchern suchend. »Sie haben recht«, sagte er. »Jemand andern zu fragen heißt immer noch versuchen, einer Entscheidung auszuweichen. Ich habe auch wohl keine wirkliche Antwort von Ihnen erwartet. Ich habe eigentlich nur mich selbst gefragt. Aber manchmal kann man das bloß, indem man einen andern fragt.«

Pohlmann schüttelte den Kopf. »Sie haben ein Recht zu fragen. Mitschuld!« sagte er plötzlich heftig. »Was wissen Sie davon? Sie waren jung, und man hat Sie mit Lügen vergiftet, bevor Sie urteilen konnten. Aber wir, – wir haben es gesehen und geschehen lassen! Was war es? Trägheit des Herzens? Gleichgültigkeit? Armut? Egoismus? Verzweiflung? Aber wie konnte es eine solche Pest werden? Meinen Sie, ich denke nicht täglich darüber nach?«

Graeber wußte plötzlich, an wen Pohlmanns Augen ihn erinnert hatten. Es waren die Augen des Russen, auf den er geschossen hatte. Er stand auf. »Ich muß gehen«, sagte er. »Danke, daß Sie mich hereingelassen und mit mir gesprochen haben.«

Er nahm seine Mütze. Pohlmann erwachte. »Sie wollen fort, Graeber? Was wollen Sie tun?«

»Ich weiß es nicht. Ich habe noch zwei Wochen Zeit zum Nachdenken. Das ist viel, wenn man gewohnt ist, von Minute zu Minute zu leben.«

»Kommen Sie wieder! Kommen Sie noch einmal, bevor Sie gehen. Versprechen Sie es?«

»Ich verspreche es.«

»Es kommen nicht viele«, murmelte Pohlmann.

Graeber sah, daß zwischen den Büchern in der Nähe des verschütteten Fensters eine kleine Photographie stand. Sie zeigte einen jungen Menschen seines Alters in Uniform. Er erinnerte sich, daß Pohlmann einen Sohn gehabt hatte. Aber es war besser, in diesen Zeiten nicht nach so etwas zu fragen.

»Grüßen Sie Fresenburg, wenn Sie ihm schreiben«, sagte Pohlmann.

»Ja. Mit ihm haben Sie gesprochen, so wie jetzt mit mir, nicht wahr?«

»Ja.«

»Ich wollte, Sie hätten früher auch so mit mir gesprochen.«

»Glauben Sie, daß es dadurch für Fresenburg einfacher geworden ist?«

»Nein«, sagte Graeber. »Schwerer.«

Pohlmann nickte. »Ich habe Ihnen nichts sagen können. Aber ich wollte Ihnen auch keine der vielen Antworten geben, die nichts als Ausreden sind. Es gibt genug. Alle sind glatt und überzeugend, und alle sind Ausflüchte.«

»Auch die der Kirche?«

Pohlmann zögerte einen Augenblick. »Auch die der Kirche«, sagte er dann. »Aber die Kirche hat Glück. Dort steht dem ›Liebe deinen Nächsten‹ und dem ›Du sollst nicht töten‹ das andere Wort gegenüber: ›Gebt dem Kaiser, was des Kaisers ist, und Gott, was Gottes ist.‹ Damit kann ein Seelenklempner schon eine Menge anfangen.«

Graeber lächelte. Er erkannte etwas von dem Sarkasmus wieder, den Pohlmann früher gehabt hatte. Pohlmann sah es. »Sie lächeln«, sagte er. »Und Sie sind so ruhig. Weshalb schreien Sie nicht?«

»Ich schreie«, erwiderte Graeber. »Sie hören es nur nicht.«

Er stand vor der Tür. Das Licht stieß mit hellen Speeren gegen seine Augen. Der weiße Mörtel flimmerte. Langsam ging er über den Platz. Ihm war zumute wie jemand, der nach einer langen, ungewissen Gerichtsverhandlung endlich ein Urteil bekommen hat und dem es fast gleichgültig ist, ob es ein Freispruch ist oder nicht. Es war vorüber, er hatte es gewollt, es war das, worüber er hatte nachdenken wollen während des Urlaubs, und er wußte es nun, und es war Verzweiflung, und er wich ihr nicht mehr aus.

Eine Zeitlang saß er auf einer Bank, die hart am Rande eines Bombenkraters stehen geblieben war. Er war völlig entspannt und leer und hätte nicht sagen können, ob er trostlos war oder nicht. Er wollte nur plötzlich nicht mehr denken. Es war nichts mehr zu denken. Er legte den Kopf zurück und schloß die Augen und spürte die Sonne warm auf seinem Gesicht. Er spürte nichts anderes. Er saß still da und atmete ruhig und spürte die unpersönliche, tröstliche Wärme, die weder Recht noch Unrecht kannte.

Nach einer Weile öffnete er die Augen. Klar und sehr deutlich lag der Platz vor ihm. Er sah eine große Linde, die vor einem eingestürzten Hause stand. Sie war unbeschädigt und reckte ihren Stamm mit den Ästen aus der Erde wie eine ungeheure, weit offene Hand, die sich, mit Grün überflogen, dem Licht und den hellen Wolken entgegenstreckte. Der Himmel hinter den Wolken war sehr blau. Alles glänzte und schimmerte wie nach einem Regen, es hatte Tiefe und Kraft, es war Dasein, starkes offenes Dasein, selbstverständlich, ohne Fragen, ohne Trauer und ohne Verzweiflung. Graeber fühlte es, als käme er aus einem Alptraum, es prallte voll gegen ihn, alles zerschmolz darin, es war wie eine Antwort ohne Worte, jenseits aller Fragen, jenseits allen Denkens, eine Antwort, die er kannte aus den Nächten und Tagen, wenn der Tod ihn gestreift hatte und wenn aus Krampf, Erstarrung und Ende das Leben plötzlich in ihn zurückgestürzt war, heiß und nur Trieb und rettend und das Hirn auslöschend mit seinem Schwall.

Er stand auf. Er ging an der Linde vorüber, zwischen Ruinen und Häusern hindurch. Er spürte plötzlich, daß er wartete. Alles in ihm wartete. Er wartete auf den Abend wie auf einen Waffenstillstand.

XIV

»Wir haben heute ein tadelloses Wiener Schnitzel«, sagte der Marabu.

»Gut«, erwiderte Graeber. »Wir nehmen es. Und alles, was Sie uns dazu empfehlen. Wir verlassen uns völlig auf Sie.«

»Denselben Wein?«

»Denselben oder einen anderen, wenn Sie wollen. Wir überlassen Ihnen auch das.«

Der Kellner stakte befriedigt davon. Graeber lehnte sich zurück und sah Elisabeth an. Ihm war, als wäre er aus einem zerschossenen Frontabschnitt in ein Stück geretteten Friedens zurückversetzt worden. Der Nachmittag war weit weg. Geblieben war nur der Widerschein des Augenblicks, als das Leben ihm plötzlich sehr nahe war und mit Bäumen aus Pflastersteinen und Ruinen zu brechen schien, um mit grünen Händen nach dem Licht zu greifen. Zwei Wochen, dachte er. Zwei Wochen Leben noch. Ich sollte es greifen wie die Linde das Licht.

Der Marabu kam zurück. »Wie wäre es heute mit einem Mosel?« fragte er. »Wir haben da eine Wehlener Sonnenuhr und ein Erdener Treppchen, jung, spritzig, – Sekt ist grobes Selterswasser dagegen –«

»Die Wehlener Sonnenuhr«, sagte Graeber.

»Sehr wohl, mein Herr. Sie sind ein Kenner. Der Wein

geht wunderbar mit dem Schnitzel zusammen. Ich gebe Ihnen noch einen frischen grünen Salat dazu. Der bringt das Bouquet heraus. Es ist ein Wein wie eine Quelle.«

Die Henkersmahlzeit, dachte Graeber. Noch zwei Wochen Henkersmahlzeiten! Er dachte es ohne Bitterkeit. Bisher hatte er über den Urlaub nicht hinausgesehen. Er war endlos lang erschienen; zuviel war geschehen, und zuviel hatte noch vor ihm gelegen. Jetzt, plötzlich, seit er den Wehrmachtsbericht gelesen hatte und bei Pohlmann gewesen war, wußte er, wie kurz er war und wie bald er zurückmußte.

Elisabeth sah dem Marabu nach. »Gesegnet sei dein Freund Reuter«, sagte sie. »Er hat uns zu Kennern gemacht!«

»Wir sind keine Kenner, Elisabeth. Wir sind mehr. Wir sind Abenteurer. Abenteurer des Friedens. Der Krieg dreht alles um. Das, was früher das Symbol satter Sicherheit und abgestandener Bürgerlichkeit war, ist heute ein großes Abenteuer geworden.«

Elisabeth lachte. »Wir machen es dazu.«

»Es ist die Zeit. Über eines können wir uns bestimmt nicht beklagen, – über Langeweile und Monotonie.«

Graeber sah Elisabeth an. Sie saß in einem knapp anliegenden Kleid vor ihm auf dem Sofa. Ihr Haar war unter einer kleinen Kappe verborgen; sie wirkte so fast wie ein Knabe. »Monotonie«, sagte sie. »Wolltest du nicht heute in Zivil kommen?«

»Ich konnte nicht. Hatte keinen Platz, mich umzuziehen.«

Graeber hatte es bei Alfons tun wollen; aber nach dem Gespräch am Nachmittag war er nicht mehr hingegangen.

»Du kannst es bei mir tun«, sagte Elisabeth.

»Bei dir? Und Frau Lieser?«

»Zum Teufel mit Frau Lieser. Ich habe darüber nachgedacht.«

»Zum Teufel mit einer ganzen Menge von Dingen«, sagte Graeber. »Ich habe auch darüber nachgedacht.«

Der Kellner brachte den Wein und öffnete ihn; aber er schenkte nicht ein. Er hielt den Kopf schräg und horchte. »Da geht es wieder los!« sagte er. »Es tut mir leid, mein Herr.«

Er brauchte nicht zu erklären, was er meinte. Das Heulen der Sirenen übertönte im nächsten Augenblick bereits die Gespräche im Raum.

Elisabeths Glas klirrte. »Wo ist der nächste Keller?« fragte Graeber den Marabu.

»Wir haben einen hier im Hause.«

»Ist der nicht nur für Hotelgäste?«

»Sie sind ein Gast, mein Herr. Der Keller ist sehr gut. Besser als manche draußen. Wir haben hohe Offiziere hier.«

»Gut. Was wird aus den Wiener Schnitzeln?«

»Sie sind noch nicht auf dem Feuer. Ich werde sie aufheben. Unten servieren kann ich sie nicht. Sie verstehen, warum.«

»Natürlich.« Graeber nahm dem Marabu die Flasche aus der Hand und füllte zwei Gläser. Er hielt eines zu Elisabeth hinüber. »Trink das. Und trink es aus.«

Sie schüttelte den Kopf. »Müssen wir nicht gehen?«

»Wir haben noch sehr viel Zeit. Dies ist nur die Vorwarnung. Vielleicht passiert überhaupt nichts, so wie das letzte Mal. Trink das Glas aus, Elisabeth. Es hilft über den ersten Schreck.«

»Ich glaube, der Herr hat recht«, sagte der Marabu. »Es ist schade, einen edlen Wein so hinunterzustürzen – aber dieses ist ein besonderer Fall.«

Er war bleich und lächelte mühsam. »Herr«, sagte er zu Graeber. »Früher haben wir zum Himmel aufgesehen, um zu beten. Jetzt tun wir es, um zu fluchen. Das haben wir erreicht.«

Graeber blickte Elisabeth an. »Trink! Wir haben noch viel Zeit. Wir können noch die ganze Flasche austrinken.«

Sie hob das Glas und trank es langsam aus. Sie tat es mit einer Gebärde, die einen Entschluß ausdrückte und gleichzeitig etwas von rücksichtsloser Verschwendung hatte. Dann stellte sie das Glas zurück und lächelte. »Zum Teufel auch mit der Panik«, sagte sie. »Ich muß mir das abgewöhnen. Sieh, wie ich zittere.«

»Du zitterst nicht. Das Leben in dir zittert. Das hat nichts mit Mut zu tun. Mut hat man, wenn man sich wehren kann. Alles andere ist Eitelkeit. Unser Leben ist vernünftiger als wir, Elisabeth.«

»Gut. Gib mir noch etwas zu trinken.«

»Meine Frau«, sagte der Marabu. »Unser Junge ist krank. Tuberkulose. Er ist elf. Der Keller ist nicht gut. Es ist schwer für sie, den Jungen hinunterzubringen. Sie ist zart; hundertsechs Pfund. Südstraße 29. Ich kann ihr nicht helfen. Ich muß hierbleiben.«

Graeber nahm ein Glas vom nächsten Tisch, füllte es und hielt es dem Kellner hin. »Hier! Trinken Sie auch eins! Es gibt eine alte Soldatenregel: Wenn man nichts tun kann, soll man versuchen, sich nicht aufzuregen. Hilft Ihnen das?«

»So etwas ist leicht gesagt.«

»Richtig. Wir alle sind nicht als Statuen geboren. Trinken Sie das Glas aus.«

»Es ist nicht erlaubt, im Dienst –«

»Dieses ist ein besonderer Fall. Sie haben das gerade selbst gesagt.«

»Sehr wohl.« Der Kellner sah sich um und nahm das Glas. »Darf ich mir dann erlauben, auf Ihre Beförderung zu trinken?«

»Auf was?«

»Auf Ihre Beförderung zum Unteroffizier.«

»Danke. Sie haben ein scharfes Auge.«

Der Kellner setzte das Glas ab. »Ich kann nicht auf einen Schluck austrinken, mein Herr. Nicht einen so edlen Wein. Sogar nicht in diesem besonderen Fall.«

»Das ehrt Sie. Nehmen Sie das Glas mit.«

»Danke, mein Herr.«

Graeber schenkte die Gläser von Elisabeth und sich wieder voll. »Ich tue das nicht, damit wir unser kaltes Blut zeigen können«, sagte er. »Ich tue es, weil es einfach besser ist, bei Luftangriffen auszutrinken, was man hat. Man weiß nie, ob man es wiederfindet.«

Elisabeth sah auf seine Uniform. »Kannst du nicht erwischt werden, wenn im Keller alles voller Offiziere ist?«

»Nein, Elisabeth.«

»Warum nicht?«

»Weil es mir egal ist.«

»Wird man nicht erwischt, wenn es einem egal ist?«

»Weniger. Angst zieht an. Und nun komm, – wir haben den ersten Schreck überstanden.«

Ein Teil des Weinkellers war betoniert, mit Stahlträgern gestützt und als Luftschutzkeller ausgebaut worden. Stühle, Sessel, Tische und Sofas standen herum, ein paar abgetretene Teppiche lagen auf dem Boden, und die Wände waren sauber geweißt. Ein Radio war da, und auf einer Anrichte standen Gläser und Flaschen. Es war ein Luxuskeller.

Sie fanden Platz an einer Seite, wo der eigentliche Weinkeller durch eine Lattentür abgeteilt war. Ein Schwarm von Gästen folgte ihnen. Eine sehr schöne Frau in einem weißen Abendkleid war darunter, ihr Rücken war nackt, und ihr linker Arm funkelte von Armbändern. Eine laute Blonde mit einem Karpfengesicht war die nächste, dann kamen eine Anzahl Männer, ein paar ältere Frauen und eine Gruppe Offiziere. Ein Kellner und ein Pikkolo erschienen. Sie öffneten Flaschen.

»Wir hätten unsern Wein mitnehmen können«, sagte Graeber.

Elisabeth schüttelte den Kopf.

»Du hast recht. Es ist ein verdammtes Heldentheater.«

»Man soll so etwas nicht tun«, sagte sie. »Es bringt Unglück.«

Sie hat recht, dachte Graeber und blickte ärgerlich auf den Kellner, der mit seinem Tablett umherging. So etwas ist kein Mut; es ist Frivolität. Gefahr ist eine zu ernste Sache dafür. Wie ernst und tief, das wußte man erst nach sehr viel Tod.

»Die zweite Warnung«, sagte jemand neben ihm. »Sie kommen!«

Graeber schob seinen Stuhl dicht neben Elisabeth. »Ich habe Angst«, sagte sie. »Trotz des guten Weins und aller Entschlüsse.«

»Ich auch.«

Er nahm sie um die Schultern und fühlte, wie gespannt sie war. Eine Welle von Zärtlichkeit überströmte ihn plötzlich. Sie war wie ein Tier, das Gefahr witterte und sich zusammenzog, sie hatte keine Pose und wollte keine, ihr Mut war ihre Abwehr, das Leben spannte sich in ihr beim Tone der Sirenen, der gewechselt hatte und jetzt Tod bedeutete, und sie suchte es nicht zu verbergen.

Er sah, daß der Begleiter der Blonden ihn anstarrte. Es war ein dünner Oberleutnant mit wenig Kinn. Die Blonde lachte und wurde vom Nebentisch bewundert.

Ein leichtes Beben lief durch den Keller. Dann kam gedämpft das Murren einer Explosion. Die Unterhaltung stockte und begann wieder, lauter und absichtlicher. Drei weitere Explosionen folgten, rasch und näher.

Graeber hielt Elisabeth fest. Er sah, daß die Blonde aufhörte zu lachen. Ein schwerer Schlag erschütterte unvermutet den Keller. Der Pikkolo setzte sein Tablett weg und klammerte sich an die gedrehten Holzsäulen des Buffets. »Keine Aufregung!« rief eine schneidige Stimme. »Es ist weit weg.«

Plötzlich rieselte und knackte es in den Mauern. Das Licht flackerte wie in einem schlecht beleuchteten Film, Krachen barst hinein, Dunkelheit und Helle schwankten wild durcheinander, und im zuckenden Licht wirkten die

Gruppen an den Tischen wie ungeheuer langsame Zeitlupenaufnahmen. Die Frau mit dem nackten Rücken saß im Anfang noch; beim folgenden Einschlag und Aufflakkern stand sie, beim dritten lief sie in die nächste Dunkelheit hinein, und dann waren Leute da, die sie hielten, und sie schrie, und das Licht erlosch ganz, und in einem Dröhnen mit hundert Echos schien alle Schwerkraft der Erde aufgehoben zu sein, und der Keller schwebte.

»Es ist nur das Licht, Elisabeth!« schrie Graeber. »Es ist ausgegangen. Es war nur der Luftdruck, weiter nichts. Die Leitung ist irgendwo zerstört. Das Hotel ist nicht getroffen worden.«

Sie drückte sich an ihn. »Kerzen! Streichhölzer!« rief jemand. »Es müssen doch Kerzen da sein! Zum Donnerwetter, wo sind Kerzen? Oder Taschenlampen!«

Ein paar Streichhölzer flammten auf. Sie wirkten wie schmale Irrlichter in dem großen dröhnenden Raum und beleuchteten Gesichter und Hände, als wären die Körper bereits durch das Dröhnen zerfallen und nur die nackten Hände und Gesichter schwebten noch herum.

»Zum Donnerwetter, hat die Gesellschaft keine Notlichter? Wo ist der Kellner?«

Die Lichtkreise schwebten auf und ab und zu den Wänden hinüber und hin und her. Einen Augenblick war der nackte Rücken der Frau im Abendkleid da, ein Glitzern von Schmuck und ein dunkler offener Mund, – sie schienen in einem schwarzen Wind zu wehen, und die Stimmen waren wie die schwachen Schreie von Feldmäusen über dem tiefen Murren von Abgründen, die sich öffneten, dann ertönte ein Heulen, das sich rasend und unerträglich verstärkte, als stürze ein riesiger stählerner Planet direkt auf den Keller zu. Alles schwankte. Die Lichtkreise stürzten und erloschen. Der Keller schwebte nicht mehr; der ungeheure Krach schien alles aufzubrechen und hochzuwerfen. Graeber hatte das Gefühl, mit dem Kopf gegen die Decke zu fliegen. Er packte Elisabeth mit beiden Armen. Es war, als würde sie ihm entrissen. Er warf sich gegen sie, über sie und riß sie zu Boden, stülpte einen Sessel über ihren Kopf und wartete auf die einbrechende Decke.

Es splitterte und klirrte und riß und rauschte und knatterte, als hätte eine riesige Tatze zugeschlagen und den Keller in ein Vakuum gerissen, das die Lungen und die Mägen aus den Körpern zerrte und das Blut aus den Adern preßte. Es schien, als könne jetzt nur noch die letzte donnernde Dunkelheit und das Ersticken kommen.

Es kam nicht. Dafür war plötzlich Licht da, ein wirbelndes, rasches Licht, als bräche eine Feuersäule aus dem Boden, eine weiße Fackel war da, eine Frau, die schrie: »Ich brenne! Ich brenne! Hilfe! Hilfe!«

Sie sprang hoch und schlug mit den Armen um sich, Funken sprühten unter ihren Schlägen, Schmuck glitzerte, das entsetzte Gesicht war grell beleuchtet, – dann stürzten Stimmen und Uniformstücke über sie, jemand riß sie zu Boden, sie wand sich und schrie, schrie über Sirenen und Flak und Zerstörung hinweg, hoch, unmenschlich und dann dumpf, abgeschnitten, unter Röcken und Tischtüchern und Polstern in dem wieder dunklen Keller, wie aus einem Grabe.

Graeber hielt Elisabeths Kopf zwischen seinen Händen, unter sich, er preßte ihn gegen sich und den Arm über ihre Ohren, bis Brand und Schreie aufgehört hatten und zu Wimmern, Dunkelheit und dem Geruch von verbrannten Kleidern und Fleisch und Haaren geworden waren.

»Ein Arzt! Holt einen Arzt! Wo ist ein Arzt?«

»Was?«

»Sie muß zum Hospital! Verdammt, man kann nichts sehen! Wir müssen sie herausbringen.«

»Jetzt?« sagte jemand. »Wohin?«

Alle wurden still. Sie lauschten. Draußen rasten die Geschütze. Aber die Explosionen hatten aufgehört. Nur noch die Geschütze feuerten.

»Sie sind fort! Es ist vorbei!«

»Bleib liegen«, sagte Graeber in Elisabeths Ohr. »Rühr dich nicht. Es ist vorbei. Aber bleib noch liegen. Hier trampelt keiner auf dich. Rühr dich nicht.«

»Wir müssen noch warten. Es kann noch eine Welle kommen«, erklärte eine langsame Schulmeisterstimme. »Draußen ist es noch nicht sicher. Die Sprengstücke!«

Ein runder Lichtschein fiel in die Tür. Er kam von einer elektrischen Taschenlampe. Die Frau am Boden begann wieder zu schreien. »Nein! Nein! Schlagt es aus! Schlagt das Feuer aus!«

»Es ist kein Feuer. Es ist eine Taschenlampe.«

Der Kreis zitterte schwach durch das Dunkel. Es war eine sehr kleine Lampe. »Hierher! So kommen Sie doch hierher! Wer ist es? Wer sind Sie mit der Lampe?«

Der Schein machte einen raschen Bogen, glitt über die Decke und zurück und beleuchtete eine gestärkte Hemdbrust, ein Stück Frack, eine schwarze Krawatte und ein verlegenes Gesicht. »Ich bin der Oberkellner Fritz. Der

Speisesaal ist eingestürzt. Wir können nicht mehr weiterservieren. Wenn die Herrschaften vielleicht ihre Rechnungen –«

»Was?«

Fritz beleuchtete sich noch immer. »Der Angriff ist vorbei. Ich habe die Taschenlampe und die Rechnungen mitgebracht –«

»Was? Unerhört!«

»Mein Herr«, erwiderte Fritz hilflos in das Dunkel hinein, »der Oberkellner ist aus eigener Tasche dem Restaurant gegenüber verantwortlich.«

»Unerhört«, schnauzte der Mann aus dem Dunkel. »Sind wir Schwindler? Beleuchten Sie Ihre dämliche Visage nicht noch dazu! Kommen Sie hierher! Schleunigst! Hier ist jemand verletzt!«

Fritz verschwand wieder in der Dunkelheit. Der Lichtkreis wanderte über die Wände, über einen Fleck von Elisabeths Haar, den Boden entlang zu einem Bündel von Uniformen und blieb dort stehen. »Mein Gott!« sagte der Mann, der in Hemdsärmeln jetzt fahl zu sehen war.

Er lehnte sich zurück. Nur seine Hände waren noch beleuchtet. Der Lichtkreis zitterte über sie hin. Der Oberkellner zitterte anscheinend auch. Uniformröcke flogen beiseite.

»Mein Gott!« sagte der Mann noch einmal.

»Sieh nicht hin«, sagte Graeber. »So etwas kann passieren. Es kann überall vorkommen. Es hat nichts mit dem Angriff zu tun. Aber du sollst nicht in der Stadt bleiben. Ich bringe dich auf ein Dorf, das sie nicht bombardieren.

Ich weiß eins. Haste. Ich kenne Leute dort. Sie werden dich sicher aufnehmen. Wir können dort wohnen. Du wirst da sicher sein.«

»Eine Bahre«, sagte der Mann, der kniete. »Habt ihr keine Bahre im Hotel?«

»Ich glaube, ja, Herr – Herr –« Der Oberkellner Fritz konnte den Rang nicht erkennen. Die Uniformjacke des Mannes lag bei den andern auf dem Boden neben der Frau. Er war jetzt ein Mensch mit Hosenträgern, einem untergeschnallten Säbel und einer Kommandostimme »Ich bitte um Verzeihung wegen der Rechnungen«, sagte Fritz. »Ich wußte nicht, daß jemand verletzt war.«

»Los! Holen Sie die Bahre. Oder warten Sie, – ich gehe mit. Wie ist es draußen? Können wir durch?«

»Ja.«

Der Mann stand auf, zog eine Jacke an und war plötzlich ein Major. Der Lichtschein verschwand, und es war, als wäre damit ein Schein Hoffnung verschwunden. Man hörte die Frau wimmern. »Wanda«, sagte die verstörte Stimme eines Mannes. »Wanda, was sollen wir nur tun? Wanda!«

»Wir können raus«, erklärte jemand.

»Das Entwarnungssignal ist noch nicht gekommen«, erwiderte die Schulmeisterstimme.

»Zum Teufel mit Ihrem Signal! Wo ist das Licht? Licht!«

»Nein, nein, – kein Licht!« schrie die Frau. »Kein Licht –«

»Wir brauchen einen Arzt – Morphium –«

»Wanda«, sagte die verstörte Stimme. »Was sollen wir nur zu Eberhard sagen? Was –«

Das Licht kam zurück. Es war dieses Mal eine Petroleumlampe. Der Major trug sie. Zwei Kellner in Fräcken hinter ihm brachten die Bahre. »Kein Telephon mehr«, sagte der Major. »Leitungen zerrissen. Hierher mit der Bahre.«

Er stellte die Lampe auf den Boden. »Wanda!« sagte der Mann wieder. »Wanda!«

»Weg da!« sagte der Major. »Später.« Er kniete neben der Frau und richtete sich wieder auf. »So, das ist erledigt. Sie werden bald schlafen. Hatte noch eine Spritze, für alle Fälle. Vorsichtig! Vorsichtig auf die Bahre heben! Wir müssen draußen warten, bis wir eine Ambulanz finden. Wenn wir eine finden –«

»Jawohl, Herr Major«, sagte der Oberkellner Fritz gehorsam.

Die Bahre schwankte hinaus. Der schwarze verbrannte Kopf ohne Haare rollte darauf hin und her. Der Körper war von einem Tischtuch verdeckt.

»Ist sie tot?« fragte Elisabeth.

»Nein«, sagte Graeber. »Sie wird durchkommen. Das Haar wird wieder wachsen.«

»Und das Gesicht?«

»Sie konnte noch sehen. Die Augen waren nicht verletzt. Alles wird heilen. Ich habe viele Verbrannte gesehen. Dieses war nicht sehr schlimm.«

»Wie ist es passiert?«

»Das Kleid hat Feuer gefangen. Sie ist zu dicht an die Streichhölzer gekommen. Sonst ist nichts passiert. Der Keller ist gut. Er hat einen schweren direkten Einschlag ausgehalten.«

Graeber hob den Sessel auf, den er über Elisabeth gestülpt hatte. Er trat dabei auf Flaschenscherben und sah, daß die Lattentür zum Weinkeller abgebrochen war. Eine Anzahl Gestelle hing schief, Flaschen waren zerbrochen und zerstreut, und Wein floß über den Boden wie dunkles Öl.

»Einen Augenblick«, sagte er zu Elisabeth und nahm seinen Mantel. »Ich bin sofort zurück.« Er ging in den Keller und kam gleich darauf wieder. »So, jetzt können wir gehen.«

Draußen stand die Bahre mit der Frau. Zwei Kellner pfiffen auf den Fingern nach einem Wagen. »Was wird Eberhard nur sagen?« fragte der Begleiter mit der verstörten Stimme wieder.

»Herrgott, was für ein verdammtes Pech! Wie können wir ihm nur erklären –«

Eberhard scheint der Ehemann zu sein, dachte Graeber und hielt einen der pfeifenden Kellner an. »Wo ist der Kellner der Weinstube?«

»Welcher? Otto oder Karl?«

»Ein kleiner, alter, der wie ein Storch aussieht.«

»Otto.« Der Kellner sah Graeber an. »Otto ist tot. Die Weinstube ist eingestürzt. Der Kronleuchter hat ihn getroffen. Otto ist tot, mein Herr.«

Graeber schwieg einen Augenblick. »Ich schulde ihm noch Geld, sagte er dann. »Für eine Flasche Wein.«

Der Kellner wischte sich über die Stirn. »Sie können es mir geben, mein Herr. Was war es?«

»Eine Flasche Wehlener Sonnenuhr.«

Der Kellner holte eine Liste aus der Tasche, knipste seine Taschenlampe an und zeigte sie Graeber.

Graeber gab ihm das Geld. Der Kellner steckte es ein. Graeber wußte, daß er es nicht abliefern würde. »Komm«, sagte er zu Elisabeth.

Sie suchten ihren Weg durch die Trümmer. Die Stadt brannte im Süden. Der Himmel war grau und rot, und der Wind trieb Schwaden von Rauch vor sich her. »Wir müssen nachsehen, ob deine Wohnung noch existiert, Elisabeth.«

Sie schüttelte den Kopf. »Dazu ist immer noch Zeit. Laß uns irgendwo im Freien bleiben.«

Sie kamen zu dem Platz, an dem der Luftschutzkeller lag, in dem sie am ersten Abend gewesen waren. Der Eingang schwelte in trübem Dunst wie ein Eingang zur Unterwelt. Sie setzten sich auf eine Bank in den Anlagen.

»Bist du hungrig?« fragte Graeber. »Du hast nichts zu essen bekommen.«

»Das macht nichts. Ich kann jetzt nichts essen.«

Er wickelte seinen Mantel auf. Es klirrte, und er zog zwei Flaschen aus den Taschen. »Ich weiß nicht, was ich erwischt habe. Dieses hier sieht aus wie ein Kognak.«

Elisabeth starrte ihn an. »Woher hast du das?«

»Aus dem Weinkeller. Die Tür stand offen. Dutzende von Flaschen waren kaputt. Nehmen wir an, auch diese wären zerbrochen gewesen.«

»Du hast sie einfach mitgenommen?«

»Natürlich. Ein Soldat, der einen offenen Weinkeller übersieht, ist schwer krank. Ich bin erzogen worden, praktisch zu denken und zu handeln. Die Zehn Gebote gelten nicht fürs Militär.«

»Das sicher nicht.« Elisabeth sah ihn an. »Manches andere sicher auch nicht.« Sie lachte plötzlich. »Was weiß man schon von euch!«

»Du weißt schon etwas zuviel.«

»Was weiß man wirklich schon von euch!« wiederholte sie. »Dies hier seid doch nicht ihr. Ihr seid da, wo ihr herkommt. Aber wer weiß davon etwas?«

Graeber holte aus der anderen Seite des Mantels zwei weitere Flaschen. »Hier ist eine, die man ohne Korkenzieher öffnen kann. Es ist Champagner.« Er drehte den Draht auf. »Hoffentlich hast du keine moralischen Bedenken dagegen, ihn zu trinken.«

»Nein. Nicht mehr.«

»Wir wollen nichts damit feiern. Er wird also kein Unglück bringen. Wir trinken ihn, weil wir durstig sind und nichts anderes haben. Und meinetwegen auch, weil wir noch leben.«

Elisabeth lächelte. »Du brauchst mir das nicht mehr zu erklären. Ich habe es schon gelernt. Aber erkläre mir etwas anderes. Warum hast du die eine Flasche bezahlt, wenn du die vier hier mitgenommen hast?«

»Das ist ein Unterschied. Das andere wäre Zechprellerei gewesen.«

Es wurde still. Die rote Dämmerung breitete sich immer mehr aus. Alles wurde unwirklich in dem sonderbaren Licht. »Sieh nur den Baum dort«, sagte Elisabeth plötzlich. »Er blüht.«

Graeber blickte hin. Der Baum war durch eine Bombe fast aus der Erde gerissen worden. Ein Teil der Wurzeln hing lose in der Luft, der Stamm war zerbrochen, und einige Äste waren abgerissen; aber er war tatsächlich voll weißer, rötlich beschienener Blüten.

»Das Haus nebenan ist abgebrannt. Vielleicht hat die Hitze sie getrieben«, sagte er. »Er ist weiter als alle die anderen Bäume hier; und dabei ist er der am meisten beschädigte.«

Elisabeth stand auf und ging hinüber. Die Bank, auf der sie saßen, war im Schatten, und sie trat hinaus in den wehenden Widerschein der Brände wie eine Tänzerin in das Licht einer Bühne. Es umgab sie wie ein roter Wind und leuchtete hinter ihr wie ein riesiger mittelalterlicher Komet, der einen Weltuntergang ankündigt oder die Geburt eines späten Erlösers.

»Er blüht«, sagte sie. »Für die Bäume ist es Frühjahr, sonst nichts. Alles andere geht sie nichts an.«

»Ja«, erwiderte Graeber. »Sie geben uns Lehren. Sie geben uns unaufhörlich Lehren. Heute nachmittag war es eine Linde, jetzt ist es dieser. Sie wachsen und treiben Blätter und Blüten, und selbst wenn sie zerrissen sind, treibt der Teil weiter, den noch ein Stück Wurzel im Boden hält. Sie geben uns unaufhörlich Lehren, und sie jammern nicht und haben kein Mitleid mit sich selbst.«

Elisabeth kam langsam zurück. Ihre Haut schimmerte in dem sonderbaren, schattenlosen Schein, und ihr Gesicht schien einen Augenblick verzaubert zu sein und dazuzugehören, zu dem Geheimnis der drängenden Knospen, der Zerstörung und der unbeirrbaren Gelassenheit des Wachsens. Dann trat sie aus dem Licht heraus wie aus einem Scheinwerferkreis und war wieder warm und dunkel atmend und lebendig im Schatten neben ihm. Er zog sie zu sich herunter, und der Baum war plötzlich sehr groß da, der Baum, der nach dem roten Himmel griff, und die Blüten waren sehr nahe, und die Erde, und sie wölbte sich und wurde Acker und Himmel und Elisabeth, und er spürte sich in ihr, und sie widerstand ihm nicht.

XV

Stube achtundvierzig war in Bewegung. Der Eierkopf und zwei andere Skatspieler standen feldmarschmäßig ausgerüstet da. Sie waren k. v. geschrieben worden und gingen mit einem Transport an die Front.

Der Eierkopf war blaß. Er starrte Reuter an. »Du mit deinem dämlichen Fuß! Du Drückeberger! Du bleibst hier, und ich, ein Familienvater, muß raus!«

Reuter antwortete nicht. Feldmann richtete sich in seinem Bett auf. »Halts Maul, Eierkopf!« sagte er. »Du mußt nicht raus, weil er hierbleibt. Du mußt raus, weil du k. v. bist. Wenn er k. v. wäre und raus müßte, dann müßtest du immer auch noch raus, verstehst du? Also rede keinen Unsinn!«

»Ich rede, was ich will!« schrie der Eierkopf wütend. »Ich muß raus, und ich rede, was ich will! Ihr bleibt hier! ihr sitzt hier herum und freßt und schlaft, und wir müssen raus, ich, ein Familienvater, und der fette Drückeberger da säuft Schnaps, damit sein verdammter Fuß nicht heilt!«

»Würdest du das nicht auch tun, wenn du es könntest?« fragte Reuter.

»Ich? Ich nicht! Ich habe mich nie gedrückt!«

»Nun, dann ist ja alles in Ordnung. Wozu schreist du da noch?«

»Was?« fragte der Eierkopf verblüfft.

»Du bist stolz darauf, daß du dich nie gedrückt hast. Also sei weiter stolz und schrei nicht.«

»Was? So ein verfluchter Dreh! Das ist alles, was du kannst, du Speckjäger du, was? Einem die Worte im Munde rumdrehen. Sie werden dich schon noch schnappen! Sie werden dich erwischen, und wenn ich dich selber anzeigen muß!«

»Versündige dich nicht«, sagte einer der beiden anderen Skatspieler, die auch k.v. waren. »Komm, wir müssen runter, antreten!«

»Ich versündige mich nicht! Die da versündigen sich! Es ist eine Schande, daß ich als Familienvater für den Säufer und Freßsack da rausmuß! Ich will nur Gerechtigkeit –«

»Ach, Mensch, Gerechtigkeit! Wo gibt es das beim Militär? Komm, wir müssen los! Er wird niemand anzeigen. Er redet nur so. Lebt wohl, Kameraden! Macht's gut! Haltet die Stellung!«

Die beiden Skatspieler zogen den außer sich geratenen Eierkopf mit sich. Er sah sich noch einmal blaß und schwitzend von der Tür her um und wollte etwas rufen; aber sie schoben ihn hinaus.

»So ein Kaffer«, sagte Feldmann. »Macht ein Theater wie ein Schauspieler! Erinnert ihr euch noch an seine große Schnauze, weil ich meinen Urlaub verschlafe?«

»Er war im Verlust«, sagte Rummel plötzlich. Er hatte bisher unbeteiligt am Tische gesessen. »Er war schwer im Verlust! Dreiundzwanzig Mark! Das ist keine Kleinigkeit! Ich hätte sie ihm wiedergeben sollen.«

»Das kannst du immer noch tun. Der Transport ist noch nicht weg.«

»Was?«

»Er steht draußen. Geh runter und gib sie ihm, wenn dein Gewissen dich drückt.«

Rummel stand auf und ging hinaus. »Noch ein Verrückter!« sagte Feldmann. »Was soll der Eierkopf mit dem Zaster schon im Felde machen?«

»Er kann ihn noch einmal verspielen.«

Graeber ging zum Fenster und sah hinaus. Draußen sammelte sich der Transport. »Kinder und alte Leute«, sagte Reuter. »Sie nehmen alles seit Stalingrad.«

»Ja.«

Der Transport formierte sich. »Was ist mit Rummel los?« fragte Feldmann auf einmal überrascht. »Er redet ja jetzt.«

»Er hat angefangen, während du schliefst.«

Feldmann kam im Hemd zum Fenster. »Da steht der Eierkopf«, sagte er. »Jetzt kann er selber mal herausfinden, ob es dasselbe ist, hier zu schlafen und von der Front zu träumen oder an der Front zu sein und von der Heimat zu träumen.«

»Wir werden das alle bald herausfinden«, erklärte Reuter. »Mein Stabsarzt will mich das nächste Mal auch k.v. schreiben. Er ist ein mutiger Mann und hat mir erklärt, ein echter Deutscher brauche keine Beine zum Weglaufen. Man könne auch sitzend kämpfen.«

Man hörte von draußen Kommandos. Der Transport marschierte ab. Graeber sah es wie durch ein Glas, das alles verkleinerte. Die Soldaten waren wie lebende Puppen mit Kindergewehren, die sich entfernten.

»Der arme Eierkopf«, sagte Reuter. »Er war nicht wütend auf mich. Er war wütend auf seine Frau. Er glaubt, daß sie ihn betrügen wird, wenn er weg ist. Und er ist wütend, weil sie seine Heiratszulage kriegt. Er vermutet, daß sie sich dafür mit ihrem Liebhaber amüsiert.«

»Heiratszulage? Gibt es die?« fragte Graeber.

»Aber Mensch, wo kommst du her?« Feldmann schüttelte den Kopf. »Zweihundert Eier monatlich kriegt die Frau. Das ist schönes Geld. Dafür hat schon mancher geheiratet. Wozu soll man das dem Staat schenken?«

Reuter wandte sich vom Fenster ab. »Dein Freund Binding war hier und hat nach dir gefragt«, sagte er zu Graeber.

»Was wollte er? Hat er was gesagt?«

»Er hat eine kleine Feier in seinem Haus. Er wollte, daß du auch kämst.«

»Sonst nichts?«

»Sonst nichts.«

Rummel kam herein. »Hast du den Eierkopf noch getroffen?« fragte Feldmann.

Rummel nickte. Sein Gesicht arbeitete. »Er hat wenigstens noch eine Frau«, schnaufte er plötzlich. »Aber so wieder rauszumüssen und gar nichts mehr zu haben –«

Er drehte sich abrupt um und warf sich auf sein Bett. Alle taten, als hätten sie nichts gehört. »Wenn der Eierkopf das noch erlebt hätte!« flüsterte Feldmann. »Er hatte hoch gewettet, daß Rummel heute zusammenbrechen würde.«

»Laß ihn in Ruhe«, sagte Reuter ärgerlich. »Wer weiß,

wann du selbst zusammenbrichst? Keiner ist sicher. Nicht einmal ein Schlafwandler.« Er wandte sich zu Graeber. »Wie lange hast du noch?«

»Elf Tage.«

»Elf Tage! Das ist ja noch ziemlich lange.«

»Es war gestern noch lange«, sagte Graeber. »Heute ist es bereits verdammt kurz.«

»Niemand ist hier«, sagte Elisabeth. »Weder Frau Lieser noch das Kind. Die Wohnung gehört uns.«

»Gott sei Dank! Ich glaube, ich hätte sie erschlagen, wenn sie heute abend ein Wort gesagt hätte. Hast du gestern noch Krach mit ihr gehabt?«

Elisabeth lachte. »Sie hält mich für eine Prostituierte.«

»Warum? Wir sind doch gestern abend nur eine Stunde hier gewesen.«

»Es war noch von vorgestern. Vorgestern warst du den ganzen Abend hier.«

»Aber wir haben doch das Schlüsselloch verhängt und dauernd Grammophon gespielt. Wie kommt sie da auf solche Ideen?«

»Ja. Wie«, sagte Elisabeth und streifte ihn mit einem raschen Blick.

Graeber sah sie an. Eine jähe Wärme stieg ihm in die Stirn. Wo habe ich nur am ersten Abend meine Augen gehabt, dachte er. »Wo ist der Satan?« fragte er.

»Sie ist auf die Dörfer gegangen, Spenden zu sammeln für irgendeine Winter- oder Sommerhilfe. Sie kommt erst morgen nacht wieder: Wir haben heute abend und morgen den ganzen Tag für uns.«

»Wieso morgen den ganzen Tag? Mußt du nicht in deine Fabrik?«

»Morgen nicht. Morgen ist Sonntag. Vorläufig haben wir sonntags noch frei.«

»Sonntag!« sagte Graeber. »So ein Glück! Ich hatte keine Ahnung davon! Da kann ich dich endlich einmal am Tage sehen. Bisher war es immer Abend und Nacht.«

»War es das?«

»Ja. Montag waren wir zum erstenmal aus. Mit einer Flasche Armagnac.«

»Das ist wahr«, sagte Elisabeth überrascht. »Ich habe dich auch noch nicht am Tage gesehen.« Sie schwieg einen Moment und sah ihn dann an und sah wieder weg. »Wir führen ein etwas hektisches Leben, was?«

»Es bleibt uns nichts andres übrig.«

»Das ist auch wahr. Wie wird das werden, wenn wir uns morgen in der grellen Mittagssonne gegenüberstehen?«

»Wir wollen das der göttlichen Vorsehung überlassen. Aber was machen wir heute abend? Wollen wir in dasselbe Restaurant wie gestern? Es war verdammt schlecht. Uns fehlt das Germania. Schade, daß es geschlossen ist.«

»Wir können hierbleiben. Zu trinken ist noch genug da. Ich kann versuchen, etwas zu kochen.«

»Kannst du es hier aushalten? Möchtest du nicht lieber raus?«

»Wenn Frau Lieser nicht da ist, ist dies hier wie Ferien.«

»Dann bleiben wir hier. Es wird wunderbar werden. Ein Abend ohne Musik. Und ich brauche nicht in die Kaserne zurück. Aber wie ist es mit dem Essen? Kannst du wirklich kochen? Du siehst nicht so aus.«

»Ich kann es versuchen. Viel ist ohnehin nicht da. Nur das, was man so auf Marken bekommt.«

»Das kann nicht viel sein.«

Sie gingen in die Küche. Graeber sah Elisabeths Vorräte an. Es war fast nichts da, – etwas Brot, Kunsthonig, Margarine, zwei Eier und ein paar verschrumpfte Äpfel. »Ich habe noch Lebensmittelmarken«, sagte sie. »Wir können etwas holen. Ich weiß einen Laden, der abends offen ist.«

Graeber schloß die Schublade. »Behalte deine Marken. Du brauchst sie für dich selbst. Für heute müssen wir auf andere Weise etwas bekommen. Organisieren.«

»Wir können hier nichts stehlen, Ernst«, sagte Elisabeth beunruhigt. »Frau Lieser kennt jedes Gramm, das ihr gehört.«

»Das kann ich mir denken. Ich will auch heute nichts stehlen. Ich will wie ein Soldat in Feindesland requirieren. Ein gewisser Alfons Binding hat mich zu einer kleinen Feier eingeladen. Ich werde mir da das holen, was ich verzehren würde, wenn ich die Feier mitmachte, und es hierherbringen. Es ist ein Haus mit riesigen Vorräten. Ich bin in einer halben Stunde zurück.«

Alfons empfing Graeber mit rotem Kopf und offenen Armen. »Schön, daß du da bist, Ernst! Komm herein! Heute ist mein Geburtstag! Ich habe ein paar Kameraden da.«

Das Jagdzimmer war voll von Rauch und Leuten. »Hör zu, Alfons«, sagte Graeber rasch auf dem Korridor. »Ich kann nicht bleiben. Ich bin nur auf einen Augenblick vorbeigekommen und muß wieder zurück.«

»Zurück? Aber Ernst! Kommt gar nicht in Frage!«

»Doch. Ich hatte schon eine Verabredung, bevor ich hörte, daß du nach mir gefragt hast.«

»Das macht nichts! Sag den Leuten, daß du zu einer unvorhergesehenen offiziellen Sitzung mußtest. Oder zu einem Verhör!«

Alfons lachte schallend. »Da drinnen sitzen zwei Gestapooffiziere! Ich werde dich gleich mit ihnen bekannt machen. Sag, du hättest zur Gestapo gemußt. Dann lügst du nicht einmal. Oder bring deine Bekannten rüber, wenn sie nett sind.«

»Das geht nicht.«

»Warum nicht? Warum geht das nicht? Alles geht bei uns!«

Graeber sah, daß es am einfachsten war, die Wahrheit zu sagen. »Du solltest dir das denken können, Alfons«, sagte er. »Ich wußte nicht, daß du Geburtstag hattest. Ich bin hierhergekommen, um von dir etwas zu essen und zu trinken zu holen. Ich will jemand treffen, aber ich komme mit dem auf keinen Fall hierher. Ich wäre ein schöner Esel, wenn ich es täte. Verstehst du nun?«

Binding grinste. »Kapiert!« erklärte er. »Das ewig Weibliche! Endlich! Ich war schon an dir verzweifelt! Verstehe, Ernst. Du bist entschuldigt. Obschon, wir haben hier auch ein paar flotte Feger dabei. Willst du sie dir nicht vorher noch mal ansehen? Irma ist ein verflucht strammer Draufgänger, – die Blonde dort drüben mit den hohen Stiefeln, scharfe Nummer vom KZ für Weiber, – und mit Gudrun kannst du bestimmt heute abend noch in die Betten gehen. Sie ist immer da für Frontsoldaten. Der Schützengrabengeruch regt sie auf.«

»Mich nicht.«

Alfons lachte. »Der KZ-Geruch von Irma auch nicht, was? Steegemann fliegt darauf. Der Dicke, auf dem Sofa. Nicht mein Fall. Ich bin normal und für das Mollige. Siehst du die Kleine in der Ecke? Wie findet du sie?«

»Tadellos.«

»Willst du sie? Ich trete sie dir ab, wenn du bleibst, Ernst.«

Graeber schüttelte den Kopf. »Nicht zu machen.«

»Verstehe. Muß also schon große Klasse sein, die du geschnappt hast! Brauchst nicht verlegen zu werden, Ernst. Alfons ist selbst Kavalier. Laß uns in die Küche gehen und was für dich aussuchen, und nachher trinkst du ein Glas auf meinen Geburtstag. Gemacht?«

»Gemacht.«

Frau Kleinert stand in einer weißen Schürze in der Küche. »Wir haben kaltes Büfett, Ernst«, sagte Binding. »Dein Glück! Such dir aus, was du willst! Oder besser, Frau Kleinert, machen Sie ein schönes Paket zurecht. Wir beide gehen vorerst einmal in den Keller.«

Der Keller war gut versorgt. »Jetzt laß Alfons mal machen«, sagte Binding schmunzelnd. »Du wirst es nicht bereuen. Also hier ist zuerst einmal eine echte Schildkrötensuppe in Konserven. Wird heiß gemacht und gegessen. Stammt noch aus Frankreich. Nimm zwei.«

Graeber nahm die Dosen. Alfons suchte weiter. »Spargel, holländischer, zwei Büchsen. Kannst du kalt essen oder heiß machen. Keine große Kocherei. Und hier ein Prager Schinken in der Dose dazu. Das ist der Beitrag der Tschechoslowakei.« Er stieg auf eine kleine Leiter. »Ein

Stück dänischer Käse und eine Dose Butter. Hält sich alles, das ist der Vorteil bei Konserven. Hier sind auch eingemachte Pfirsiche. Oder hat die Dame lieber Erdbeeren?«

Graeber betrachtete die kurzen Beine, die in den blankgewichsten Stiefeln vor ihm standen. Dahinter schimmerten die Reihen von Gläsern und Büchsen. Dann dachte er an Elisabeths kümmerlichen Vorrat. »Doppelt genäht hält besser«, sagte er.

Alfons lachte. »Da hast du recht. Endlich bist du wieder der alte. Hat keinen Zweck, traurig zu sein, Ernst! So kaputt oder so kaputt! Nimm, was du kriegen kannst, und laß die Pfaffen über den Rest nachdenken. Das ist meine Parole.«

Er stieg von der Leiter und ging zu einem zweiten Keller, in dem die Flaschen lagen. »Hier haben wir eine anständige Auswahl an Beutegut. Unsere Feinde sind groß in ihren Schnäpsen. Was willst du? Wodka? Armagnac? Hier ist auch ein Sliwowitz aus Polen.«

Graeber hatte eigentlich nicht nach Getränken fragen wollen. Der Vorrat vom Germania langte noch. Aber Binding hatte recht; Beutegut war Beutegut, man sollte es nehmen, wo man es fand. »Champagner ist auch da«, sagte Alfons. »Ich mag das Zeug nicht. Aber für die Liebe soll es fabelhaft sein. Steck eine Flasche ein. Guten Rutsch damit heute abend.« Er lachte laut. »Weißt du, was mein Lieblingsschnaps ist? Kümmel, ob du es glaubst oder nicht. Alter, ehrlicher Kümmel! Nimm einen mit, und denk an Alfons, wenn du ihn kippst.«

Er nahm die Flaschen unter den Arm und ging in die

Küche. »Machen Sie zwei Pakete, Frau Kleinert. Eins mit den Eßwaren und eins mit den Flaschen. Papier zwischen die Flaschen, damit sie nicht brechen. Und packen Sie ein Viertelpfund von dem Bohnenkaffee dazu. Reicht das, Ernst?«

»Ich hoffe, ich kann alles tragen.«

Binding strahlte. »Alfons läßt sich nicht lumpen, was? Besonders nicht an seinem Geburtstag! Und bestimmt nicht bei einem alten Schulkameraden!«

Er stand vor Graeber. Seine Augen glänzten, und sein rotes Gesicht glühte. Er sah aus wie ein Knabe, der Vogelnester gefunden hatte. Graeber war gerührt über seine Gutmütigkeit; aber dann dachte er daran, daß Alfons ähnlich ausgesehen hatte, als er Heinis Geschichten aus Rußland gehört hatte.

Binding zwinkerte Graeber zu. »Der Kaffee ist für morgen früh. Ich hoffe doch, daß du den Sonntag wahrnimmst und nicht in der Kaserne pennst! Und nun komm! Ich will dich rasch mit ein paar Freunden bekannt machen. Riese und Hoffmann von der Gestapo. So was kann immer mal nützlich sein. Nur für ein paar Minuten. Trink ein Glas auf mein Wohl! Daß alles so bleibt, wie es jetzt hier ist! Das Haus und das Drum und Dran!« Bindings Augen wurden feucht. »Wir Deutschen sind ja nun einmal hoffnungslose Romantiker.«

»Wir können das nicht in der Küche lassen«, sagte Elisabeth überwältigt. »Wir müssen versuchen, es zu verstecken. Wenn Frau Lieser es sieht, zeigt sie mich sofort wegen Schwarzhandels an.«

»Verdammt! Daran habe ich nicht gedacht! Kann man sie nicht bestechen? Mit etwas von diesem Kram, das wir selbst nicht mögen?«

»Ist etwas dabei, was wir nicht mögen?«

Graeber lachte. »Höchstens dein Kunsthonig. Oder die Margarine. Und auch die können wir in ein paar Tagen wieder gebrauchen.«

»Sie ist unbestechlich«, sagte Elisabeth. »Sie ist stolz darauf, daß sie nur von ihren Marken lebt.«

Graeber überlegte. »Wir können einen Teil bis morgen abend essen«, erklärte er dann. »Alles schaffen wir nicht. Was machen wir mit dem Rest?«

»Wir verstecken ihn in meinem Zimmer. Hinter Kleidern und Büchern. Ich habe auch noch einen Koffer, den ich abschließen kann.«

»Und wenn sie schnüffelt?«

»Ich schließe mein Zimmer jeden Morgen ab, wenn ich weggehe.«

»Und wenn sie einen zweiten Schlüssel hat?«

Elisabeth sah auf. »Daran habe ich noch nicht gedacht. Es wäre möglich.«

Graeber öffnete eine Flasche. »Wir werden morgen nachmittag darüber weiter nachdenken. Zunächst wollen wir einmal soviel essen, wie wir können. Laß uns alles auspacken! Wir wollen den Tisch damit vollstellen wie einen Geburtstagstisch. Alles zusammen und alles auf einmal!«

»Die Konserven auch?«

»Die Konserven auch. Als Dekoration! Wir werden sie ja noch nicht öffnen. Zuerst essen wir das, was rasch verdirbt. Und die Flaschen stellen wir ebenfalls dazu. Unseren ganzen Reichtum, den wir ehrlich durch Diebstahl und Korruption erworben haben.«

»Die vom Germania auch?«

»Die auch. Wir haben sie mit Todesangst redlich verdient.«

Sie schoben den Tisch in die Mitte des Zimmers. Dann öffneten sie alle Pakete und den Sliwowitz, den Kognak und den Kümmel. Den Champagner entkorkten sie nicht. Er mußte getrunken werden, wenn er geöffnet war; die Schnäpse konnte man wieder zukorken.

»Wie prachtvoll!« sagte Elisabeth. »Was feiern wir?«

Graeber gab ihr ein Glas. »Wir feiern alles zusammen. Wir haben keine Zeit mehr für viele einzelne Feiern. Und keine für Unterschiede. Wir feiern einfach alles zusammen, ganz egal, was es ist, und hauptsächlich, daß wir hier sind und daß wir zwei Tage für uns allein haben!«

Er ging um den Tisch herum und nahm Elisabeth in die Arme. Er fühlte sie, und er fühlte sie wie ein zweites Selbst, das sich in ihm öffnete, wärmer, reicher, farbiger und leichter als sein eigenes, ohne Grenzen und ohne Vergangenheit, ganz Gegenwart und Leben und ohne jeden Schatten von Schuld. Sie lehnte sich an ihn. Der gedeckte Tisch leuchtete festlich vor ihnen. »War das nicht etwas viel für einen einzigen Trinkspruch?« fragte sie.

Er schüttelte den Kopf. »Es war nur zu weitschweifig ausgedrückt. Im Grunde ist es immer dasselbe. Froh zu sein, daß man noch da ist.«

Elisabeth trank ihr Glas aus. »Manchmal glaube ich, wir wüßten schon etwas mit dem Leben anzufangen, wenn man uns nur ließe.«

»Wir sind im Augenblick ganz gut dabei«, sagte Graeber.

Die Fenster standen offen. Ein Haus schräg gegenüber war am Abend vorher von einer Bombe getroffen worden, und die Scheiben in Elisabeths Zimmer waren zerbrochen. Sie hatte die Rahmen mit schwarzem Luftschutzpapier bespannt, aber davor leichte helle Vorhänge angebracht, die im Winde wehten. Der Raum sah dadurch weniger nach einer Gruft aus.

Das Zimmer war ohne Licht. Sie konnten so die Fenster offenlassen. Ab und zu hörten sie auf der Straße Leute vorübergehen. Ein Radio spielte irgendwo. Haustüren klappten. Jemand hustete. Fensterläden wurden geschlossen. »Die Stadt geht schlafen«, sagte Elisabeth. »Und ich bin ziemlich betrunken.«

Sie lagen nebeneinander auf dem Bett. Auf dem Tisch standen die Reste des Abendessens und die Flaschen, außer dem Wodka, dem Kognak und einer Flasche Champagner. Sie hatten nichts weggeräumt; sie erwarteten, noch einmal hungrig zu werden. Den Wodka hatten sie getrunken. Der Kognak stand neben dem Bett auf dem Boden, und hinter dem Bett rauschte das Wasser im Waschbecken. Der Champagner lag darin und kühlte.

Graeber stellte sein Glas auf den kleinen Tisch neben dem Bett. Er lag in der Dunkelheit, und ihm schien, als wäre er in einer kleinen Stadt vor dem Kriege. Ein Brunnen rauschte, eine Linde summte mit Bienen, Fenster wurden geschlossen, und irgendwo spielte jemand vor dem Schlafengehen auf der Geige.

»Der Mond muß bald kommen«, sagte Elisabeth.

Der Mond muß bald kommen, dachte er. Der Mond, die Zärtlichkeit und das einfache Glück der Kreatur. Sie waren schon da. Sie waren in dem schläfrigen Kreisen seines Blutes, in der ruhigen Wunschlosigkeit seines Gehirns und in dem langsamen Atem, der wie ein müder Wind durch ihn wehte. Das Gespräch mit Pohlmann fiel ihm ein. Es war endlos weit weg. Sonderbar, dachte er, daß hinter klarer Hoffnungslosigkeit so dicht so viel starkes Empfinden stehen kann. Aber vielleicht war es auch nicht sonderbar; vielleicht konnte es gar nicht anders sein. Solange man voller Fragen war, war man unfähig zu vielem anderen. Erst wenn man nichts mehr erwartete, war man offen für alles und ohne Furcht.

Ein Lichtschein huschte über das Fenster. Er verschwand, flackerte und blieb stehen. »Ist das schon der Mond?« fragte Graeber.

»Er kann es nicht sein. Mondlicht ist nicht so weiß.«

Sie hörten Stimmen. Elisabeth stand auf und schlüpfte in ein Paar Pantoffeln. Sie ging zum Fenster und lehnte sich hinaus. Sie suchte nicht nach einem Überwurf oder einem Morgenrock. Sie war schön und dessen sicher und deshalb ohne Scham. »Es ist ein Aufäumtrupp vom Luftschutz«, sagte sie. »Sie haben einen Scheinwerfer bei sich und Schaufeln und Hacken und sind bei dem Hause gegenüber. Glaubst du, daß noch Leute im Keller verschüttet sein können?«

»Haben sie tagsüber gegraben?«

»Ich weiß es nicht. Ich war nicht hier.«

»Vielleicht wollen sie nur die Leitungen reparieren.«

»Ja, vielleicht.«

Elisabeth kam zurück. »Manchmal nach einem Angriff habe ich gewünscht, daß ich hierher zurückkäme und die Wohnung wäre verbrannt. Die Wohnung, die Möbel, die Kleider und die Erinnerungen. Alles. Verstehst du das?«

»Ja.«

»Ich meine nicht die Erinnerung an meinen Vater. Ich meine all das andere, die Angst, die Trostlosigkeit, den Haß. Wenn das Haus verbrannt wäre, wäre auch das vorbei, dachte ich, und ich könnte von neuem anfangen.«

Graeber sah sie an. Der bleiche Schein von draußen fiel über ihre Schultern. Man hörte das dumpfe Aufschlagen der Hacken und das Kratzen der Schaufeln. »Gib mir die Flasche aus dem Waschbecken«, sagte er.

»Die vom Germania?«

»Ja. Wir wollen sie trinken, bevor sie in die Luft fliegt. Und leg die andere von Binding hinein. Wer weiß, wann der nächste Angriff kommt. Diese kohlensäurehaltigen Flaschen explodieren schon vom Luftdruck. Sie sind im Hause gefährlich wie Handgranaten. Haben wir Gläser?«

»Wassergläser.«

»Wassergläser sind richtig für Champagner. In Paris haben wir ihn so getrunken.«

»Warst du in Paris?«

»Ja. Im Anfang des Krieges.«

Elisabeth brachte die Gläser und hockte sich neben ihn. Er öffnete die Flasche vorsichtig. Der Wein sprudelte in die Gläser und schäumte auf. »Wie lange warst du in Paris?«

»Ein paar Wochen.«

»Haben sie euch sehr gehaßt drüben?«

»Ich weiß es nicht. Vielleicht. Ich habe nicht viel davon gemerkt. Wir wollten es auch nicht merken. Wir glaubten noch an das meiste, was man uns beigebracht hatte. Und wir wollten rasch mit dem Kriege fertig sein und vor den Cafés auf den Straßen in der Sonne sitzen und Wein trinken, den wir nicht kannten. Wir waren sehr jung.«

»Jung – du sagst das, als wäre es vor vielen Jahren gewesen.«

»Es scheint auch so.«

»Bist du beute nicht mehr jung?«

»Doch. Aber anders.«

Elisabeth hob ihr Glas gegen das Karbidlicht von draußen, das im Fenster zuckte. Sie schüttelte es leicht und beobachtete, wie der Wein aufschäumte. Graeber sah ihre Schultern und die Welle des Haares und den Rücken und die Linie der Wirbelsäule mit den langen sanften Schatten, – sie braucht nicht darüber nachzudenken, neu anzufangen, dachte er. Sie hatte nichts mit dem Zimmer und ihrem Beruf und Frau Lieser zu tun, wenn sie keine Kleider trug. Sie gehörte zu dem Zucken vor dem Fenster und der unruhigen Nacht, zu der blinden Aufregung des Blutes und der sonderbaren Entfremdung nachher, zu den heiseren Rufen und Stimmen von draußen, zum Leben und meinetwegen auch zu den Toten, die man ausgrub, – aber sie gehörte nicht zum Zufall, zur Leere und zur sinnlosen Verlorenheit. Nicht mehr! Sie schien eine Verkleidung abgeworfen zu haben und plötzlich ohne Nachdenken Gesetzen zu folgen, von denen sie gestern noch nichts gewußt hatte.

»Ich wollte, ich wäre mit dir in Paris gewesen«, sagte sie. »Ich wollte, wir könnten jetzt hinfahren und es wäre kein Krieg. Würden sie uns hineinlassen?«

»Vielleicht. Wir haben nichts in Paris zerstört.«

»Aber in Frankreich?«

»Nicht soviel wie in andern Ländern. Es ging rasch.«

»Vielleicht habt ihr genug zerstört, damit sie uns noch für viele Jahre hassen.«

»Ja, vielleicht. Man vergißt vieles, wenn lange Krieg ist. Vielleicht hassen sie uns.«

»Ich wollte, wir könnten in ein Land gehen, in dem nichts zerstört ist.«

»Es gibt nicht mehr viele Länder, die nicht zerstört sind«, sagte Graeber. »Ist noch etwas zu trinken da?«

»Ja, genug. Wo warst du noch?«

»In Afrika.«

»In Afrika auch? Du hast viel gesehen.«

»Ja. Aber nicht so, wie ich es mir früher geträumt habe.«

Elisabeth hob die Flasche vom Boden und goß die Gläser voll. Graeber sah ihr zu. Es schien alles etwas unwirklich zu sein, und es kam nicht nur daher, weil sie getrunken hatten. Die Worte wehten im Zwielicht hin und her, sie waren ohne Bedeutung, und das, was von Bedeutung war, war ohne Worte, und man konnte nicht darüber sprechen. Er war wie das Schwellen und Sinken eines namenlosen Flusses, und die Worte waren Segel, die darüber hinwegkreuzten.

»Warst du sonst noch irgendwo?« fragte Elisabeth.

Segel, dachte Graeber. Wo hatte er Segel gesehen, auf Flüssen? »In Holland«, sagte er. »Das war ganz im Anfang. Da waren Boote, die durch die Kanäle glitten, und die Kanäle waren so flach und niedrig, als führen die Boote über Land. Sie waren lautlos und hatten große Segel, und es war merkwürdig, wenn sie in der Dämmerung durch das Land glitten wie riesige weiße und blaue und rote Schmetterlinge.«

»Holland«, sagte Elisabeth. »Wir könnten vielleicht nach dem Kriege dahin gehen. Wir könnten Kakao trinken und weißes Brot essen und die vielen holländischen Käse und abends den Booten zusehen.«

Graeber sah sie an. Essen, dachte er. Im Kriege waren die Vorstellungen von Glück immer mit Essen verbunden. »Oder können wir auch da nicht mehr hin?« fragte sie.

»Ich glaube nicht. Wir haben Holland überfallen und Rotterdam ohne Warnung zerstört. Ich habe die Ruinen gesehen. Es stand fast kein Haus mehr. Dreißigtausend Tote. Ich fürchte, man wird uns auch da nicht hineinlassen, Elisabeth.«

Sie schwieg eine Zeitlang. Dann hob sie plötzlich ihr Glas und warf es auf den Boden. Es klirrte und brach. »Wir können nirgendwo mehr hin!« rief sie. »Was träumen wir nur! Nirgendwohin! Wir sind gefangen und ausgeschlossen und verflucht«

Graeber richtete sich auf. Ihre Augen glänzten wie graues, durchsichtiges Glas in dem zitternden kalkigen Licht von draußen. Er beugte sich über sie und sah auf den Fußboden. Die Splitter schimmerten dort dunkel mit weißen Rändern. »Wir müssen Licht machen und sie aufsuchen«, sagte er. »Sonst treten wir sie uns in die Füße. Warte, ich schließe erst die Fenster.«

Er kletterte über die Querseite des Bettes. Elisabeth drehte den Schalter an und griff nach ihrem Morgenrock. Das Lampenlicht machte sie schamhaft. »Sieh mich nicht an«, sagte sie. »Ich weiß nicht, weshalb ich es getan habe. Ich bin sonst nicht so.«

»Du bist schon so. Und du hast recht. Du gehörst nicht hierher. Da kannst du ruhig schon einmal etwas kaputtwerfen.«

»Ich wollte, ich wüßte, wohin ich gehöre.«

Graeber lachte. »Ich weiß es auch nicht. In einen Zirkus vielleicht oder in ein Barockhaus oder zwischen Stahlmöbel oder in ein Zelt. Nicht in dieses weiße Mädchenzimmer. Und ich habe am ersten Abend geglaubt, du wärest schutzbedürftig und hilflos!«

»Das bin ich auch.«

»Das sind wir alle. Aber wir kommen auch ohne Schutz und Hilfe durch.«

Er nahm eine Zeitung, legte sie auf den Boden und schob mit einer anderen die Glassplitter darauf. Dabei sah er die Überschriften. Weitere Verkürzungen der Linien. Schwere Kämpfe bei Orel. Er faltete die Zeitung über den Splittern zusammen und steckte sie in den Papierkorb. Das warme Licht des Zimmers schien plötzlich doppelt warm zu sein. Von draußen kam das Hämmern und Bohren des Aufräumetrupps. Auf dem Tisch standen die Geschenke Bindings. Man konnte manchmal an viele Dinge zugleich denken, dachte er.

»Ich will den Tisch rasch abräumen«, sagte Elisabeth. »Ich kann ihn plötzlich nicht mehr sehen.«

»Wohin?«

»In die Küche. Wir haben Zeit bis morgen abend, um den Rest zu verstecken.«

»Morgen abend wird nicht mehr allzu viel davon übrig sein. Aber wie ist es, wenn Frau Lieser früher wiederkommt?«

»Dann kommt sie eben früher wieder.«

Graeber sah Elisabeth überrascht an. »Ich wundere mich selber darüber, wie ich mich jeden Tag ändere«, sagte sie.

»Nicht jeden Tag. Jede Stunde.«

»Und du?«

»Ich auch.«

»Ist das gut?«

»Ja. Und wenn es nicht gut ist, macht es nichts.«

»Nichts macht etwas, wie?«

»Doch.«

Elisabeth drehte das Licht ab. »Wir können jetzt die Gruft wieder öffnen«, sagte sie.

Graeber machte die Fenster auf. Der Wind kam sofort herein. Die Vorhänge wehten. »Da ist der Mond«, sagte Elisabeth.

Die Scheibe kam schwelend und rot über das zerstörte Dach gegenüber hervor. Sie war wie ein Ungeheuer, das sich mit glühendem Schädel in die Straße einfraß. Graeber nahm zwei Wassergläser und füllte sie bis zur Hälfte mit Kognak. Er reichte eins Elisabeth hinüber. »Laß uns das jetzt trinken«, sagte er. »Wein ist nichts für die Dunkelheit.«

Der Mond stieg höher und wurde feierlicher und goldener. Sie lagen eine Zeitlang und schwiegen. Elisabeth wandte den Kopf. »Sind wir eigentlich glücklich oder unglücklich?« fragte sie.

Graeber dachte nach. »Wir sind beides. So muß es auch wohl sein. Glücklich allein sind heute bloß noch die Kühe. Oder vielleicht auch die nicht mehr. Vielleicht sind es nur noch die Steine.«

Elisabeth sah Graeber an. »Auch das macht nichts, was?«

»Nein.«

»Macht irgendwas was?«

»Ja.« Graeber sah in das kalte, goldene Licht, das den Raum langsam füllte. »Wir sind nicht mehr tot«, sagte er. »Und wir sind noch nicht tot.«

XVI

Es war Sonntagmorgen, Graeber stand in der Hakenstraße. Er bemerkte, daß sich etwas im Aussehen der Ruine verändert hatte. Die Badewanne war verschwunden; ebenso der Rest der Treppe, und ein schmaler Weg war ausgeschaufelt worden, der um die Mauer zum Hof führte und von da seitlich in den Rest des Hauses. Es sah aus, als ob ein Aufräumetrupp angefangen hätte zu arbeiten.

Er drückte sich durch den ausgeschaufelten Eingang und kam in einen halb verschütteten Raum, in dem er die frühere Waschküche des Hauses erkannte. Von dort ging ein dunkler, niedriger Korridor weiter. Er zündete ein Streichholz an und leuchtete hinein.

»Was machen Sie da?« schrie plötzlich jemand hinter ihm. »Kommen Sie sofort heraus!«

Er drehte sich um. Er konnte im Dunkeln niemand sehen und ging zurück. Ein Mann mit Krücken unter den Armen stand draußen. Er trug einen Zivilanzug und darüber einen Militärmantel. »Was treiben Sie hier?« schnauzte er.

»Ich wohne hier. Und Sie?«

»Ich wohne hier, und sonst wohnt keiner hier, verstanden? Sie bestimmt nicht! Was schnüffeln Sie hier herum? Stehlen?«

»Mensch, reg dich nicht auf«, sagte Graeber und sah

auf die Krücken und den Militärmantel. »Meine Eltern haben hier gewohnt und ich auch, bis ich zu den Preußen kam. Bist du nun zufrieden?«

»Das kann jeder behaupten.«

Graeber nahm den Krüppel an den Krücken, schob ihn vorsichtig beiseite und ging an ihm vorbei aus dem Gang hinaus. Er sah draußen eine Frau mit einem Kind herankommen. Ihr folgte ein zweiter Mann mit einer Hacke. Die Frau kam aus einer Art Schuppen, der hinter dem Haus errichtet war; der Mann von der andern Seite. Sie stellten sich um Graeber herum. »Was ist los, Otto?« fragte der Mann mit der Hacke den Krüppel.

»Ich habe den hier erwischt. Schnüffelte herum. Behauptet, seine Eltern hätten hier gewohnt.«

Der Mann mit der Hacke lachte unfreundlich. »Sonst noch was?«

»Nein«, sagte Graeber. »Genau das.«

»Etwas anderes fällt dir wohl nicht ein, was?« Der Mann wog die Hacke in der Hand und hob sie. »Verschwinde! Ich zähle bis drei. Sonst gibt's einen kleinen Schädelbruch. Eins –«

Graeber sprang von der Seite heran und schlug zu. Der Mann fiel, und Graeber riß ihm die Hacke aus der Hand. »So, das ist besser«, sagte er. »Und nun schreit nach der Polizei, wenn ihr wollt! Aber das wollt ihr wohl nicht, was?«

Der Mann, der die Hacke gehabt hatte, stand langsam auf. Seine Nase blutete. »Versuch es lieber nicht noch einmal«, sagte Graeber. »Ich bin bei den Preußen für Nahkampf ausgebildet worden. Und nun sagt mir, was ihr hier macht.«

Die Frau schob sich vor. »Wir leben hier. Ist das ein Verbrechen?«

»Nein. Und ich bin hier, weil meine Eltern hier gewohnt haben. Ist das vielleicht ein Verbrechen?«

»Ist das wirklich Tatsache?« fragte der Krüppel.

»Was sonst? Was ist hier schon zu stehlen?«

»Genug für einen, der nichts hat«, sagte die Frau.

»Nicht für mich. Ich bin auf Urlaub und gehe wieder raus. Habt ihr den Zettel draußen vor der Haustür gesehen? Den, auf dem jemand seine Eltern sucht? Das bin ich.«

»Das bist du?« fragte der Krüppel.

»Ja, das bin ich.«

»Das ist was anderes! Du verstehst, Kamerad, daß man mißtrauisch ist. Wir sind ausgebombt worden und haben uns hier untergebracht. Irgendwo muß man doch unterkommen.«

»Habt ihr das alles hier allein ausgeschaufelt?«

»Zum Teil. Man hat uns dabei geholfen.«

»Wer?«

»Bekannte, die Werkzeug haben.«

»Habt ihr Tote gefunden?«

»Nein.«

»Bestimmt nicht?«

»Bestimmt nicht. Wir nicht. Vielleicht sind früher welche da gewesen; aber wir haben keine gefunden.«

»Das war eigentlich alles, was ich wissen wollte«, sagte Graeber.

»Dazu brauchen Sie doch einem anderen Menschen nicht das Gesicht zu zerschlagen«, erwiderte die Frau.

»Ist es Ihr Mann?«

»Das geht Sie nichts an. Es ist nicht mein Mann. Es ist mein Bruder. Er blutet.«

»Nur die Nase.«

»Die Zähne auch.«

Graeber hob die Hacke. »Und das? Was wollte er damit?«

»Er hätte Sie nicht angegriffen.«

»Liebe Frau«, sagte Graeber. »Ich habe gelernt, nicht erst darauf zu warten, daß man mich angreift.«

Er warf die Hacke in weitem Bogen auf den Schutt. Alle sahen ihr nach. Das Kind schickte sich an hinterherzuklettern. Die Frau hielt es zurück. Graeber blickte sich um. Er sah jetzt auch die Badewanne. Sie stand neben dem Schuppen. Die Treppe war wahrscheinlich verheizt worden. Auf einem Haufen lagen geöffnete Konservenbüchsen, Kleiderbügel, zerbeultes Geschirr, Stoffetzen, Kästen und Möbelstücke. Die Familie war eingezogen, hatte sich den Schuppen gebaut und betrachtete jetzt offensichtlich alles, was sie aus dem Schutt herauswühlen konnte, als Manna Gottes. Es war nichts dagegen zu sagen. Das Leben ging weiter. Das Kind sah gesund aus. Der Tod war überwunden. Die Ruinen waren schon wieder zu Unterkünften geworden. Es war nichts dagegen zu sagen.

»Ihr habt verdammt schnell gearbeitet«, sagte er.

»Man muß schnell arbeiten«, erwiderte der Krüppel. »Wenn man kein Dach überm Kopf hat.«

Graeber wandte sich zum Gehen. »Habt ihr eine Katze hier gefunden?« fragte er. »So eine kleine schwarzweiße?«

»Unsere Rosa«, sagte das Kind.

»Nein«, erwiderte die Frau mürrisch. »Wir haben keine Katze gefunden.«

Graeber kletterte zurück. Wahrscheinlich wohnten noch mehr Leute in dem Schuppen; sie hätten sonst nicht in so kurzer Zeit so weit kommen können. Aber vielleicht hatte auch ein Kommando ihnen geholfen. Nachts wurden jetzt öfter Häftlinge aus dem Konzentrationslager zum Aufräumen in die Stadt geschickt.

Er ging zurück. Ihm war, als wäre er plötzlich ärmer geworden; er wußte nicht, warum.

Er kam in eine Straße, die völlig unzerstört war. Nicht einmal die großen Schaufenster der Läden waren zerbrochen. Gedankenlos ging er hindurch. Plötzlich schrak er auf. Er sah jemand auf sich zukommen und merkte erst einen Augenblick später, daß er selber es war, der sich in dem schrägen Seitenspiegel eines Konfektionsgeschäftes entgegenschritt. Es war sonderbar, – als sähe er einen Doppelgänger und wäre schon nicht mehr er selbst, sondern nur noch eine Erinnerung, die weggewischt werden könnte, wenn er noch einen Schritt weiterginge.

Er blieb stehen und starrte auf das blasse Bild in dem matten gelblichen Spiegel. Er sah seine Augenhöhlen und darunter die Schatten, die die Augen verdeckten, als habe er keine mehr und wäre schon ein Totenkopf. Eine kühle, fremde Angst beschlich ihn plötzlich. Es war keine Panik und kein Aufruhr, kein pressender eiliger Schrei des Daseins nach Flucht und Verteidigung und Wachsamkeit, – es war eine leise, ziehende, kalte, fast unpersönliche Furcht, eine Furcht, die keinen Angriff zuließ, weil sie unsichtbar und unangreifbar war und aus einer Leere zu kommen schien, in der irgendwo ungeheure Pumpen aufgestellt waren, die lautlos das Blut aus seinen Adern saugten und das Leben aus seinen Knochen. Er sah sein Bild noch im Spiegel, aber ihm war, als müsse es gleich undeutlich werden, wellenförmig, als müßten die Ränder zerfließen und sich auflösen, aufgesogen von den schweigenden Pumpen, zurückgezogen aus dem Begrenzten und der zufälligen Form, die für kurze Zeit Ernst Graeber hieß, zurück in das Grenzenlose, das nicht nur Tod war, sondern entsetzlich viel mehr, Auslöschung, Auflösung, Ende des Ichs, Wirbel sinnloser Atome, Nichts.

Er stand eine Zeitlang. Was blieb? dachte er tief erschrocken. Was blieb, wenn er nicht mehr da war? Nichts als die vergehende Erinnerung in den Köpfen weniger Menschen, seiner Eltern, wenn sie noch lebten, einiger Kameraden, Elisabeths vielleicht – und für wie lange? Er sah den Spiegel an. Ihm war, als wäre er bereits leicht geworden wie ein Stück Papier, dünn, schattenhaft, und ein Windhauch könne ihn wegtreiben, ausgesogen von den Pumpen, nur noch eine leere Hülse. Was blieb? Und wo konnte er sich festhalten, wo einen Anker auswerfen, wo Halt finden, wo etwas hinterlassen, das ihn hielt, um nicht völlig weggetrieben zu werden?

»Ernst«, sagte jemand hinter ihm.

Er fuhr herum. Ein Mann auf Krücken, mit einem Bein, stand da. Einen Augenblick dachte Graeber, es wäre der Krüppel von der Hakenstraße; dann erkannte er Mutzig, einen Klassenkameraden.

»Karl«, sagte er. »Du? Ich wußte nicht, daß du hier bist.«

»Schon lange. Fast ein halbes Jahr.«

Sie sahen sich an. »Das hätte man auch nicht gedacht, was?« sagte Mutzig.

»Was?«

Mutzig hob die Krücken an und setzte sie wieder nieder. »Das.«

»Du bist wenigstens aus der Scheiße raus. Ich muß wieder zurück.«

»Das kommt darauf an, wie man es ansieht. Wenn der Krieg noch ein paar Jahre dauert, ist es ein Glück; wenn er in sechs Wochen zu Ende ist, ist es ein verdammtes Pech.«

»Warum soll er in sechs Wochen zu Ende sein?«

»Das weiß ich nicht. Ich sage nur: Wenn –«

»Das natürlich.«

»Warum besuchst du uns nicht mal?« sagte Mutzig. »Bergmann ist auch hier. Beide Arme am Ellenbogen –«

»Wo seid ihr?«

»Im Stadtkrankenhaus. Amputiertenabteilung. Haben den ganzen linken Flügel. Komm doch mal vorbei.«

»Gut, ich komme.«

»Bestimmt? Alle sagen es immer, und dann kommt kein Aas.«

»Ganz bestimmt.«

»Gut. Es wird dir Spaß machen. Wir sind eine fidele Gesellschaft. Wenigstens auf meiner Stube.«

Sie sahen sich wieder an. Sie hatten sich drei Jahre nicht getroffen; aber jetzt hatten sie bereits alles gesagt, was gesagt werden konnte. »Also, mach's gut, Ernst.«

»Du auch, Karl.«

Sie schüttelten sich die Hände. »Weißt du, daß Sieber tot ist?« fragte Mutzig.

»Nein.«

»Vor sechs Wochen. Und Leiner?«

»Leiner? Das weiß ich auch noch nicht.«

»Leiner und Lingen. Sind am selben Morgen gefallen. Brüning ist verrückt geworden. Hast du gehört, daß es auch Hollmann erwischt hat?«

»Nein.«

»Bergmann hat es gehört. Also, mach's gut, Ernst! Und vergiß nicht, uns zu besuchen.«

Mutzig humpelte davon. Er scheint eine gewisse Befriedigung darin zu finden, von den Toten zu reden, dachte Graeber. Vielleicht machte es sein eigenes Unglück kleiner. Er blickte ihm nach. Das Bein war hoch bis zum Oberschenkel amputiert. Mutzig war einmal der beste Läufer der Klasse gewesen. Graeber wußte nicht, ob er Mitleid oder Neid für ihn fühlen sollte. Mutzig hatte recht: Es kam darauf an, was noch bevorstand.

Elisabeth hockte in einem weißen Bademantel auf dem Bett, als er eintrat. Sie hatte ein Tuch wie einen Turban um den Kopf gewickelt und saß schön und still und ganz für sich da, wie ein großer heller Vogel, der durchs Fenster hereingeflogen war und ausruhte, um wieder davonzufliegen. »Ich habe das heiße Wasser für eine Woche verbraucht«, sagte sie. »Es war ein großer Luxus. Frau Lieser wird ein schönes Geschrei erheben.«

»Laß sie schreien. Sie wird es nicht entbehren. Echte

Nationalsozialisten baden wenig. Sauberkeit ist ein jüdisches Laster.«

Graeber ging zum Fenster und sah hinaus. Der Himmel war grau, und die Straße war still. Gegenüber stand ein haariger Mann in Hosenträgern an einem Fenster und gähnte. Aus einem anderen Fenster kamen die Töne eines Klaviers, und eine grelle Frauenstimme sang Skalen. Er starrte auf den ausgegrabenen Kellereingang und dachte an den sonderbaren kalten Schrecken, den er in der Straße mit dem Spiegelgeschäft gespürt hatte. Ihn fröstelte wieder. Was blieb? Irgendetwas sollte bleiben, dachte er, ein Anker, der einen hielt, damit man nicht verlorenginge und zurückkäme. Aber was? Elisabeth? Gehörte sie denn zu ihm? Er kannte sie erst so kurze Zeit und ging wieder weg für Jahre. Würde sie ihn nicht vergessen? Wie konnte er sie halten und sich in ihr?

Er drehte sich um. »Elisabeth«, sagte er. »Wir sollten heiraten.«

»Heiraten?« Sie lachte. »Warum denn das?«

»Weil es sinnlos ist. Weil wir uns erst ein paar Tage kennen, und weil ich in wenigen Tagen wieder fortmuß; weil wir nicht wissen, ob wir zusammenbleiben wollen und es in so kurzer Zeit auch gar nicht wissen können. Deshalb.«

Sie sah ihn an. »Meinst du, weil wir allein und verzweifelt sind und nichts anderes haben?«

»Nein.«

Sie schwieg.

»Nicht allein deshalb«, sagte er.

»Warum dann?«

Er sah sie an. Er sah sie atmen. Sie erschien ihm plötzlich sehr fremd. Ihre Brüste hoben und senkten sich, ihre Arme waren anders als seine, ihre Hände waren anders; ihre Gedanken, ihr Leben, – sie würde ihn nicht verstehen, wie sollte sie es auch, er verstand ja selbst nicht klar, warum er es auf einmal wollte.

»Wenn wir verheiratet sind, brauchst du keine Angst mehr vor Frau Lieser zu haben«, sagte er. »Als Frau eines Soldaten bist du geschützt.«

»Bin ich das?«

»Ja.« Graeber wurde verlegen unter ihrem Blick. »Zum mindesten hilft es etwas.«

»Das ist kein Grund. Ich werde mit Frau Lieser schon fertig. Heiraten! Wir haben doch nicht einmal Zeit dazu.«

»Warum nicht?«

»Man braucht dazu Papiere, Genehmigungen, Ariernachweise, Gesundheitsatteste und was weiß ich noch. Das dauert Wochen.«

Wochen, dachte Graeber. Sie sagte das so leicht dahin. Wo bin ich dann? »Bei Soldaten ist das anders«, erklärte er. »Kriegstrauungen gehen schneller. In ein paar Tagen. Ich weiß das aus der Kaserne.«

»Bist du da auf den Gedanken gekommen?«

»Nein. Es ist mir erst heute morgen eingefallen. Aber in der Kaserne wird oft über so etwas gesprochen. Viele Soldaten heiraten im Urlaub. Warum auch nicht? Wenn ein Frontsoldat heiratet, hat seine Frau das Recht auf eine monatliche Rente, zweihundert Mark, glaube ich. Warum soll man das dem Staat schenken? Wenn man schon den Kopf hinhalten muß, warum soll man dann nicht wenigstens das nehmen, wozu man berechtigt ist? Du kannst es gebrauchen, und sonst behält es der Staat. Stimmt das nicht?«

»Wenn man es so ansieht, mag es stimmen.«

»Das meine ich auch«, sagte Graeber erleichtert. »Es gibt dann sogar noch ein Ehestandsdarlehen, ich glaube es sind tausend Mark. Vielleicht brauchst du auch nicht mehr in deine Mantelfabrik zu gehen, wenn du verheiratet bist.«

»Doch. Das hat nichts damit zu schaffen. Was sollte ich sonst auch den ganzen Tag tun? Allein.«

»Ja.«

Graeber fühlte sich einen Augenblick sehr hilflos. Was machen sie nur mit uns, dachte er. Wir sind jung und sollten glücklich sein und zusammenbleiben. Was gehen uns die Kriege unserer Eltern an? »Wir werden bald allein sein«, sagte er. »Aber wenn wir heiraten, sind wir es weniger.«

Elisabeth schüttelte den Kopf.

»Du willst nicht?« fragte er.

»Wir wären nicht weniger allein«, sagte sie. »Wir wären es mehr.«

Graeber hörte auf einmal wieder die Stimme der Sängerin von gegenüber. Sie hatte aufgehört, Skalen zu üben, und sang jetzt Oktaven. Sie klangen wie Schreie, die nur ein Echo als Antwort bekamen. »Es ist ja nicht unwiderruflich, wenn du das meinst«, sagte er. »Wir können uns doch immer wieder scheiden lassen, wenn wir wollen.«

»Wozu sollen wir dann heiraten?«

»Wozu sollen wir dem Staat etwas schenken?«

Elisabeth stand auf. »Gestern warst du anders«, sagte sie.

»Wieso war ich anders?«

Sie lächelte flüchtig. »Laß uns nicht mehr darüber reden. Wir sind zusammen, das ist genug.«

»Du willst nicht?«

»Nein.«

Er sah sie an. Etwas in ihr hatte sich geschlossen und von ihm zurückgezogen. »Verflucht«, sagte er. »Ich habe es so gut gemeint.«

Elisabeth lächelte wieder. »Das ist es manchmal gerade. Man soll es nicht zu gut meinen. Haben wir noch etwas zu trinken?«

»Wir haben noch Sliwowitz.«

»Ist das der aus Polen?«

»Ja.«

»Haben wir nicht etwas, was kein Beutegut ist?«

»Wir müssen noch eine Flasche Kümmel haben. Der kommt aus Deutschland.«

»Dann gib mir den.«

Graeber ging in die Küche, um die Flasche zu holen. Er war ärgerlich auf sich selbst. Einen Moment stand er vor den Schüsseln und den Geschenken Bindings in dem halbdunklen Raum, der nach altem Essen roch, und fühlte sich leer und ausgebrannt. Dann ging er zurück.

Elisabeth lehnte am Fenster. »Wie grau es ist«, sagte sie. »Es wird regnen. Schade!«

»Warum ist es schade?«

»Es ist unser erster Sonntag. Wir hätten fortgehen können. Es ist Frühling draußen vor der Stadt.«

»Möchtest du fortgehen?«

»Nein. Für mich ist es genug, wenn Frau Lieser nicht da

ist. Aber für dich wäre es etwas anderes gewesen, als hier herumzusitzen.«

»Mir macht es auch nichts. Ich habe lange genug in der Natur gehaust und brauche sie für eine ganze Zeitlang nicht mehr. Mein Traum von Natur ist ein unzerschossenes, warmes Zimmer mit heilen Möbeln. Das haben wir hier. Es ist das größte Abenteuer, das ich mir vorstellen kann, und ich kann nicht genug davon kriegen. Aber vielleicht hast du genug davon. Wir können in ein Kino gehen, wenn du willst.«

Elisabeth schüttelte den Kopf. »Dann laß uns hierbleiben und uns nicht wegrühren. Wenn wir weggehen, bricht der Tag in Stücke und ist rascher vorbei, als wenn wir hierbleiben. So ist er länger.«

Graeber ging auf Elisabeth zu und nahm sie in die Arme. Er fühlte den rauhen Frotteestoff ihres Bademantels. Dann sah er, daß ihre Augen voll Tränen standen. »Habe ich Unsinn geredet?« fragte er. »Vorhin?«

»Nein.«

»Ich muß doch irgendetwas getan haben. Warum solltest du sonst weinen?«

Er hielt sie fest. Über ihre Schultern hinweg sah er die Straße. Der haarige Mann mit den Hosenträgern war verschwunden. Ein paar Kinder spielten Schützengraben in dem Schacht, der zum Keller des eingestürzten Hauses gegraben war. »Wir wollen nicht traurig sein«, sagte er.

Die Sängerin von gegenüber setzte aufs neue ein. Sie schmetterte jetzt ein Lied von Grieg. »Ich liebe dich! Ich liebe dich!« schrie sie mit ihrer flatternden grellen

Stimme. »Ich liebe dich – trotz Zeit und Ungemach. Ich liebe dich!«

»Nein, wir wollen nicht traurig sein«, sagte Elisabeth.

Nachmittags begann es zu regnen. Es wurde früh dunkel, und der Himmel bezog sich mehr und mehr. Sie lagen auf dem Bett, ohne Licht, das Fenster war offen, und der Regen fiel schräg und bleich, eine webende flüssige Wand, davor herunter.

Graeber lauschte auf das eintönige Rauschen. Er dachte daran, daß in Rußland jetzt die Schlammperiode eingesetzt haben mußte, während der alles in endlosem Dreck versank. Es würde immer noch Schlamm sein, wenn er wieder zurück wäre. »Muß ich nicht gehen?« fragte er. »Frau Lieser wird sicher bald kommen.«

»Laß sie kommen«, murmelte Elisabeth schläfrig. »Ist es schon so spät?«

»Das weiß ich nicht. Aber vielleicht kommt sie früher zurück, weil es regnet.«

»Vielleicht kommt sie deswegen auch später zurück.«

»Das kann auch sein.«

»Vielleicht kommt sie deswegen sogar erst morgen zurück«, sagte Elisabeth und legte ihr Gesicht an seine Schulter.

»Vielleicht wird sie sogar von einem Lastwagen überfahren. Aber das wäre zuviel Glück.«

»Du bist nicht sehr menschenfreundlich«, murmelte Elisabeth.

Graeber blickte in das graue Fließen vor dem Fenster. »Wenn wir verheiratet wären, brauchte ich überhaupt nicht zu gehen«, sagte er.

Elisabeth rührte sich nicht. »Wozu willst du mich heiraten?« murmelte sie. »Du kennst mich doch kaum.«

»Ich kenne dich lange genug.«

»Wie lange? Ein paar Tage.«

»Nicht ein paar Tage. Ich kenne dich über ein Jahr. Das ist lange genug.«

»Warum über ein Jahr? Die Zeit von der Kindheit kannst du doch nicht dazurechnen. Das ist zu lange her.«

»Das tue ich auch nicht. Aber ich habe ungefähr drei Wochen Urlaub bekommen für zwei Jahre im Felde. Fast zwei Wochen bin ich hier. Das entspricht etwa fünfzehn Monaten an der Front. Ich kenne dich also so gut wie ein Jahr – den Gegenwert von fast zwei Wochen Urlaub.«

Elisabeth öffnete die Augen. »Daran habe ich noch nicht gedacht.«

»Ich auch noch nicht. Es ist mir erst vorhin eingefallen.«

»Wann?«

»Vorhin, als du schliefst. Im Regen und im Dunkel fällt einem manches ein.«

»Muß es dazu regnen oder dunkel sein?«

»Nein. Aber man denkt dann anders.«

»Ist dir noch mehr eingefallen?«

»Ja. Ich habe daran gedacht, wie wunderbar es ist, daß man seine Hände und Arme auch noch zu etwas anderem gebrauchen kann als zum Schießen und Handgranatenwerfen.«

Sie sah ihn an. »Weshalb hast du mir das nicht heute mittag gesagt?«

»Mittags kann man das nicht sagen.«

»Es wäre besser gewesen, als von Monatsrenten und Heiratszuschüssen zu reden.«

Graeber hob den Kopf. »Es war dasselbe, Elisabeth«, sagte er. »Nur in anderen Worten.«

Sie murmelte etwas Unverständliches. »Worte sind manchmal etwas sehr Wichtiges«, sagte sie dann. »Wenigstens bei so etwas.«

»Ich bin sie nicht so gewöhnt. Aber ich werde schon noch welche finden. Ich brauche nur etwas Zeit.«

»Zeit.« Elisabeth seufzte. »Wir haben so wenig, wie?«

»Ja. Gestern hatten wir noch viel. Und morgen werden wir denken, heute hätten wir noch viel gehabt.«

Graeber lag still. Elisabeths Kopf lag auf seinem Arm. Ihr Haar floß dunkel auf das bleiche Kissen, und die Regenschatten gingen über ihr Gesicht. »Du willst mich heiraten«, murmelte sie. »Weißt du denn überhaupt, ob du mich liebst?«

»Wie sollen wir das wissen? Braucht man dafür nicht viel mehr Zeit und Zusammensein?«

»Vielleicht. Aber weshalb willst du mich dann heiraten?«

»Weil ich mir das Leben ohne dich nicht mehr vorstellen kann.«

Elisabeth schwieg eine Weile. »Glaubst du nicht, daß dasselbe, was dir mit mir passiert ist, auch mit jemand anderem hätte passieren können?« fragte sie dann.

Graeber sah auf den grauen webenden Teppich, den der Regen vor dem Fenster webte. »Vielleicht hätte es mir auch mit jemand anderem passieren können«, sagte er. »Wer weiß so etwas schon? Nur jetzt, nachdem es mit uns passiert ist, kann ich mir nicht mehr vorstellen, daß es mir jemals mit jemand anderem auch hätte passieren können.«

Elisabeth bewegte den Kopf in seinem Arm. »Du hast etwas gelernt. Du redest anders als heute mittag. Aber es ist ja auch Nacht. Glaubst du, daß ich mein ganzes Leben immer bei dir darauf warten muß, daß es Nacht wird?«

»Nein, Ich werde es schon lernen. Und ich werde einstweilen nicht wieder von monatlichen Zuschüssen reden.«

»Aber wir wollen sie trotzdem nicht verachten, wie?«

»Was?«

»Die Zuschüsse.«

Graeber hielt einen Augenblick den Atem an. »Du willst es also?« fragte er dann.

»Wenn wir uns schon über ein Jahr kennen, müssen wir es doch fast. Und wir können uns ja immer wieder scheiden lassen. Oder nicht?«

»Nein.«

Sie legte sich gegen ihn und schlief wieder ein. Er lag noch lange wach und horchte auf den Regen. Er wußte plötzlich vieles, was er ihr hätte sagen wollen.

XVII

»Nimm alles, was du willst, Ernst«, sagte Binding durch die Tür. »Tu, als ob du zu Hause wärst.«

»Gut, Alfons.«

Graeber streckte sich in der Badewanne aus. Seine Militärsachen lagen auf einem Stuhl in der Ecke, grau, grün und unansehnlich wie alte Lumpen; daneben hing ein blauer Zivilanzug, den Reuter ihm besorgt hatte.

Das Badezimmer Bindings war ein großer Raum, der mit grünen Fliesen gekachelt war und von Porzellan und vernickelten Hähnen schimmerte, – ein Paradies gegen die Brausen und die nach Desinfektionsmitteln stinkenden Duschräume der Kaserne. Die Seife stammte noch aus Frankreich, Badelaken und Handtücher waren in hohen Stapeln vorhanden, die Wasserröhren hatten nie durch Bomben gelitten, und es gab soviel heißes Wasser, wie man wollte. Sogar Badesalz war da; eine große Flasche mit amethystenen Kristallen.

Graeber lag gedankenlos und entspannt im Wasser und genoß das Glück der Wärme. Er hatte gelernt, daß nur die einfachen Dinge nie enttäuschen, – Wärme, Wasser, ein Dach, Brot, Stille und das Vertrauen auf den eigenen Körper, und er wollte den Rest seines Urlaubs so verbringen – ohne viele Gedanken, entspannt und so glücklich, wie es möglich war. Reuter hatte recht, – es dauerte lange, bis man wieder Urlaub bekam. Er schob den Stuhl mit seiner Uniform weg und nahm eine Handvoll von dem Badesalz und streute sie genießerisch um sich in das Wasser. Es war eine Handvoll Luxus und damit Frieden, ebenso wie die weißgedeckten Tische des Germanias, der Wein und die Delikatessen der Abende mit Elisabeth es gewesen waren.

Er trocknete sich ab und begann, sich langsam anzuziehen. Die Zivilsachen waren leicht und dünn nach dem schweren Militärzeug. Er hatte das Gefühl, noch im Unterzeug zu sein, als er bereits fertig angezogen war, so ungewohnt war es, keine Stiefel, kein Koppel und keine Waffen zu tragen. Er betrachtete sich im Spiegel und erkannte sich kaum wieder. Ein unfertiger, halb ausgebackener, junger Mensch sah ihn dort verwundert an, – jemand, den er nicht ernst genommen hätte, wäre er ihm draußen begegnet.

»Du siehst aus wie ein Kommunionskind«, erklärte Alfons. »Nicht wie ein Soldat. Was ist los? Willst du heiraten?«

»Ja«, erwiderte Graeber überrascht. »Wie kommst du darauf?«

Alfons lachte. »Du siehst so aus. Anders als früher. Nicht mehr wie ein Hund, der einen Knochen sucht, dessen Versteck er vergessen hat. Willst du wirklich heiraten?«

»Ja.«

»Aber Ernst! Hast du dir das auch gut überlegt?«

»Nein.«

Binding sah Graeber verdutzt an. »Ich habe schon seit

Jahren keine Zeit mehr gehabt, mir irgendetwas gut zu überlegen«, sagte Graeber.

Alfons grinste. Dann hob er den Kopf und schnupperte. »Was –« er schnupperte wieder. »Bist du das, Ernst? Verdammt, es muß das Badesalz sein! Hast du was davon genommen? Du riechst wie ein ganzes Veilchenbeet.«

Graeber roch an seiner Hand. »Ich rieche nichts.«

»Du nicht, aber ich. Laß es abklingen. Es ist ein heimtückisches Zeug. Jemand hat es mir aus Paris mitgebracht. Zuerst riecht man es kaum, und danach ist man wie ein ganzer Blumenbusch. Wir müssen es mit gutem Kognak überwältigen.«

Binding holte eine Flasche und zwei Gläser. »Prost, Ernst! Du heiratest also! Herzliche Gratulation! Ich bin und bleibe natürlich Junggeselle. Kenne ich deine zukünftige Frau eigentlich?«

»Nein.« Graeber trank seinen Kognak aus. Er ärgerte sich, daß er es zugegeben hatte; aber Alfons hatte ihn überrascht.

»Noch einen, Ernst! Man heiratet nicht alle Tage!«

»Gut.«

Binding setzte sein Glas nieder. Er war leicht gerührt. »Wenn du irgendeine Hilfe brauchst, – du weißt ja, daß du immer auf Alfons zählen kannst.«

»Was für eine Hilfe? So etwas ist doch ganz einfach.«

»Bei dir, ja. Du bist Soldat, du brauchst keine weiteren Papiere.«

»Wir brauchen beide keine. Es ist ja eine Kriegsheirat.«

»Deine Frau braucht schon die üblichen Papiere, glaube ich. Aber das wirst du ja sehen. Wenn es zu langsam geht, können wir immer noch nachhelfen. Wir haben ja gute Freunde bei der Gestapo.«

»Bei der Gestapo? Was hat denn die Gestapo mit einer Kriegsheirat zu tun? Das geht sie doch gar nichts an.«

Alfons lachte behäbig. »Ernst, es gibt nichts, was die Gestapo nichts angeht! Du weißt das als Soldat nicht mehr so. Es braucht dich auch nicht zu kümmern. Du willst ja keine Jüdin heiraten oder eine Kommunistin. Auskünfte werden aber wahrscheinlich trotzdem eingeholt. Routinesache natürlich.«

Graeber antwortete nicht. Er war plötzlich tief erschrokken. Wenn Nachforschungen angestellt würden, mußte herauskommen, daß Elisabeths Vater im Konzentrationslager war. Er hatte nicht daran gedacht. Man hatte es ihm auch nirgendwo gesagt.

»Bist du sicher, daß es so ist, Alfons?«

Binding schenkte die Gläser wieder voll. »Ich glaube schon. Aber mach dir nichts draus. Du willst ja dein arisches Blut nicht mit Untermenschen und Staatsfeinden verseuchen.« Er grinste. »Kommst schon früh genug unter den Pantoffel, Ernst.«

»Ja.«

»Na, also! Prost! Du hast doch neulich ein paar Leute von der Gestapo hier getroffen. Wenn es zu langsam geht, können sie uns helfen, Druck dahinter zu setzen. Es sind große Tiere. Besonders Riese, der Dünne mit dem Kneifer.«

Graeber starrte vor sich hin. Elisabeth war morgens zum Rathaus gegangen, um ihre Papiere zu beantragen. Er hatte darauf bestanden. Verdammt, was habe ich da nur angerichtet, dachte er. Wenn man nun auf sie aufmerksam wird! Bis jetzt hatte man sie in Ruhe gelassen. Aber war es nicht ein altes Gesetz, sich versteckt zu halten, wenn Gefahr in der Luft war? Wenn es jemand bei der Gestapo einfiel, konnte man Elisabeth in ein Lager schicken, nur weil ihr Vater auch in einem war. Er spürte, wie ihm heiß wurde. Wenn man nun Erkundigungen über sie einzog? Bei dem bewährten Parteimitglied Frau Lieser zum Beispiel? Er stand auf.

»Was ist los?« fragte Binding. »Du hast dein Glas nicht ausgetrunken. Glück macht vergeßlich, was?«

Er lachte sehr über seinen Witz. Graeber sah ihn an. Vor ein paar Minuten noch war Alfons nichts weiter als ein etwas aufgeblasener, gutmütiger Bekannter gewesen, – jetzt aber hatte er sich plötzlich in den Vertreter einer gefährlichen, unberechenbaren Macht verwandelt.

»Prost, Ernst!« sagte Binding. »Trink aus. Es ist guter Kognak, Napoleon!«

»Prost, Alfons.«

Graeber stellte sein Glas zurück. »Alfons«, sagte er. »Willst du mir einen Gefallen tun? Gib mir zwei Pfund Zucker aus deiner Speisekammer. In zwei Tüten. In jeder ein Pfund.«

»Würfelzucker?«

»Das ist einerlei. Zucker.«

»Gemacht. Aber wozu brauchst du Zucker? Du solltest doch selber süß genug sein, jetzt.«

»Ich will jemand damit bestechen.«

»Bestechen? Aber Mensch, das haben wir doch nicht nötig! Drohen ist viel einfacher. Und wirksamer. Ich kann das für dich tun.«

»In diesem Fall nicht. Es ist auch kein richtiges Bestechen. Der Zucker ist für jemand, der mir einen Gefallen tun soll.«

»Gut, Ernst. Und die Hochzeitsfeier machen wir bei mir, was? Alfons ist ein guter Trauzeuge.«

Graeber dachte rasch. Vor einer Viertelstunde hätte er sich unter irgendeinem Vorwand gedrückt. Jetzt traute er sich nicht mehr. »Daß wir groß feiern werden, glaube ich nicht«, sagte er.

»Das laß Alfons nur machen! Du schläfst doch hier, heute nacht, was? Wozu willst du erst herkommen, wieder die Uniform anziehen und dann noch zur Kaserne traben? Bleib lieber gleich da. Ich gebe dir einen Hausschlüssel. Du kannst kommen, wann du willst.«

Graeber zögerte einen Augenblick. »Gut, Alfons.«

Binding strahlte. »Das ist vernünftig. Dann können wir endlich mal gemütlich zusammensitzen und quatschen. Bis jetzt sind wir noch nie dazu gekommen. Komm, ich zeige dir dein Zimmer.« Er nahm Graebers Militärsachen auf und blickte auf den Rock mit den Orden. »Du mußt mir dann auch mal erzählen, wie du die alle gekriegt hast. Du mußt doch ziemlich was dafür geleistet haben!«

Graeber blickte auf. Bindings Gesicht hatte plötzlich denselben Ausdruck wie an dem Tage, als der SS-Mann Heini im Suff von seinen Leistungen im SD geschwätzt hatte. »Da ist nichts zu erzählen«, sagte er. »Man kriegt das einfach so mit der Zeit.«

Frau Lieser starrte Graebers Zivil einen Augenblick an; dann erkannte sie ihn. »Sie? Fräulein Kruse ist nicht zu Hause, das wissen Sie doch.«

»Ja, das weiß ich, Frau Lieser.«

»Nun, und?«

Sie sah ihn feindselig an. Auf ihrer braunen Bluse prangte eine Nadel mit einem Hakenkreuz. Ihr Haar war fettig und unordentlich. In der rechten Hand hielt sie einen Staublappen wie ein Wurfgeschoß.

»Ich möchte ein Paket für Fräulein Kruse abgeben. Würden Sie es in ihr Zimmer legen?«

Frau Lieser sah unentschlossen drein. Dann nahm sie die Tüte mit Zucker, die er ihr hinhielt. »Ich habe hier noch ein zweites Päckchen«, sagte Graeber. »Fräulein Kruse hat mir erzählt, wie vorbildlich Sie Ihre Zeit für das allgemeine Wohl opfern. Dieses hier ist ein Pfund Zucker, mit dem ich nichts anzufangen weiß. Da Sie ein Kind haben, das Zucker gebrauchen kann, wollte ich Sie fragen, ob Sie ihn haben wollen.«

Frau Liesers Gesicht wurde offiziell. »Wir brauchen keine Hamsterware. Wir sind stolz darauf, mit dem auszukommen, was der Führer uns zubilligt.«

»Ihr Kind auch?«

»Mein Kind auch!«

»Das ist die echte Gesinnung«, sagte Graeber und starrte die braune Bluse an. »Wenn jeder in der Heimat so denken würde, wäre den Soldaten draußen manchmal leichter zumute. Dies hier ist aber keine Hamsterware. Es ist Zucker aus dem Paket, das der Führer den Frontsoldaten gibt, die auf Urlaub kommen, damit sie es ihren Angehörigen mitbringen. Meine Angehörigen sind vermißt; Sie können es deshalb ruhig nehmen.«

Frau Liesers Gesicht verlor etwas von seiner Strenge. »Sie kommen von der Front?«

»Natürlich. Woher sonst?«

»Aus Rußland?«

»Ja.«

»Mein Mann steht auch in Rußland.«

Graeber heuchelte ein Interesse, das er nicht empfand. »Wo steht er?«

»Bei der Heeresgruppe Mitte.«

»Gottlob, da ist es im Augenblick ruhig.«

»Ruhig? Da ist es nicht ruhig! Die Heeresgruppe Mitte steht in vollem Kampf. Mein Mann ist in der vordersten Linie.«

Vorderste Linie, dachte Graeber. Als ob es da noch eine vorderste Linie gäbe! Einen Augenblick war er versucht, Frau Lieser zu erklären, wie es wirklich aussah jenseits des Phrasenwalls von Ehre, Führer und Vaterland; aber er verwarf es sofort. »Hoffentlich kommt er bald auf Urlaub«, sagte er.

»Er kommt auf Urlaub, wenn er fällig dafür ist. Wir verlangen keinerlei Vorteile. Wir nicht!«

»Das habe ich auch nicht getan«, erklärte Graeber trokken. »Im Gegenteil. Ich habe meinen letzten vor zwei Jahren gehabt.«

»Waren Sie die ganze Zeit draußen?«

»Von Anfang an. Wenn ich nicht verwundet war.«

Graeber sah die unerschütterliche Parteikämpferin an. Wozu stehe ich hier und rechtfertige mich vor diesem

Weibe? dachte er. Ich sollte sie einfach abschießen, – so wie ihr Mann, der wahrscheinlich beim SD ist, russische Kulaken umbringen läßt, um den berüchtigten Lebensraum für seinen Führer zu schaffen.

Das Kind der Liesers kam aus dem Zimmer, in dem der Schreibtisch stand. Es war ein dünnes Mädchen mit glanzlosem Haar, das Graeber anstarrte und in der Nase bohrte.

»Weshalb tragen Sie dann auf einmal Zivil?« fragte Frau Lieser.

»Meine Uniform wird gereinigt.«

»Ach so! Ich dachte schon –«

Graeber erfuhr nicht, was sie dachte. Er sah plötzlich, daß sie mit gelben Zähnen lächelte, und er erschrak fast davor. »Also gut«, sagte sie. »Danke. Ich werde den Zukker für mein Kind verbrauchen.«

Sie nahm die beiden Pakete, und Graeber bemerkte, wie sie sie gegeneinander in den Händen wog. Er wußte, daß sie das für Elisabeth sofort öffnen würde, sobald er gegangen war, und das wollte er gerade. Sie würde zu ihrer Überraschung das zweite Pfund Zucker darin finden und sonst nichts. »Das ist recht, Frau Lieser. Auf Wiedersehen.«

»Heil Hitler!« Die Frau sah ihn scharf an.

»Heil Hitler«, sagte Graeber.

Er trat aus dem Hause. Neben der Tür zur Straße lehnte der Blockwart an der Mauer. Er war ein kleiner Mann mit einer SA-Hose, Stiefeln und einem runden Bauch unter einer Hühnerbrust. Graeber blieb stehen. Auch diese Vogelscheuche war auf einmal gefährlich geworden. »Schönes Wetter, heute«, sagte er, holte ein Päckchen Zigaretten hervor, nahm eine und hielt dem Mann das Paket hin.

Der Blockwart grunzte etwas und zog eine Zigarette heraus. »Entlassen?« fragte er mit einem schiefen Blick auf Graebers Anzug.

Graeber schüttelte den Kopf. Er überlegte, ob er ein paar Worte über Elisabeth reden solle; aber er tat es nicht. Es war besser, den Blockwart auf nichts aufmerksam zu machen. »In einer Woche geht's wieder ab«, sagte er. »Zum vierten Male.«

Der Blockwart nickte träge. Er nahm die Zigarette aus dem Munde, besah sie und spuckte ein paar Krümel Tabak aus. »Schmeckt sie nicht?« fragte Graeber.

»Das schon. Aber ich bin eigentlich Zigarrenraucher.«

»Zigarren sind auch verdammt knapp, was?«

»Das kann man wohl flüstern.«

»Ich habe einen Bekannten, der noch ein paar gute Kisten hat. Werde bei der nächsten Gelegenheit mal einen Griff reintun und ein paar mitbringen. Gute Zigarren.«

»Importen?«

»Wahrscheinlich. Ich verstehe nichts davon. Zigarren mit Bauchbinden.«

»Bauchbinden bedeuten noch nichts. Jedes Buchenlaub kann eine Bauchbinde haben.«

»Der Mann ist Kreisleiter. Er raucht gutes Kraut.«

»Kreisleiter?«

»Ja. Alfons Binding. Mein bester Freund.«

»Binding ist Ihr Freund?«

»Ein alter Schulfreund sogar. Ich komme gerade von

ihm her. Er und Sturmbannführer Riese. Wir sind alte Kameraden. Zu Riese gehe ich jetzt gerade rüber.«

Der Blockwart sah Graeber an. Graeber verstand den Blick; der Blockwart begriff nicht, warum Sanitätsrat Kruse im KZ war, wenn Binding und Riese so alte Freunde waren. »Es sind da ein paar Irrtümer aufgeklärt worden«, sagte er gleichmütig. »Kommt alles in Ordnung in der nächsten Zeit. Ein paar Leute werden sich noch wundern. Man soll niemals zu hastig sein, was?«

»Nie«, erklärte der Blockwart mit Überzeugung.

Graeber sah auf seine Uhr. »Ich muß los. Werde die Zigarren nicht vergessen.«

Er ging weiter. Das war ein ganz guter Anfang in Korruption, dachte er. Aber bald packte ihn die Unruhe wieder. Vielleicht war das, was er gemacht hatte, gerade falsch gewesen. Es schien ihm plötzlich kindisch. Vielleicht hätte er gar nichts tun sollen. Er blieb stehen und starrte an sich herunter. Diese verdammten Zivilbrocken! Ihm war, als seien sie an allem schuld. Er hatte dem Militär mit seinem Zwang entgehen und sich frei fühlen wollen, – dafür aber war er sofort in eine Welt von Angst und Unsicherheit geraten.

Langsam ging er weiter. Er überlegte, was er sonst noch tun könne. Elisabeth war nicht vor dem Abend zu erreichen. Er verfluchte die Hast, mit der er die Papiere beantragt hatte. Schutz, dachte er, gestern morgen habe ich mich noch wichtig damit gemacht, daß die Heirat ein Schutz für sie sei, – und stattdessen ist sie in Gefahr.

»Was sollen die Fastnachtsscherze?« schrie eine grobe Stimme ihn an.

Er blickte auf. Ein kleiner Major stand vor ihm. »Haben Sie keine Ahnung vom Ernst der Zeit, Sie Flegel?«

Graeber starrte ihn einen Moment verständnislos an. Dann begriff er. Er hatte den Major militärisch gegrüßt, ohne daran zu denken, daß er Zivil trug. Der Alte hatte das als Verhöhnung aufgefaßt. »Ein Irrtum«, sagte er. »Es war gut gemeint.«

»Was? Sie erdreisten sich auch noch, dumme Witze zu machen? Warum sind Sie nicht Soldat?«

Graeber sah den Alten genauer an. Es war derselbe, der ihn schon einmal angeschnauzt hatte, – an dem Abend, als er mit Elisabeth vor ihrem Hause gestanden hatte.

»Ein Drückeberger wie Sie sollte sich in die Erde hinein schämen, anstatt solche Albernheiten aufzuführen«, bellte der Major.

»Ach regen Sie sich nicht auf«, sagte Graeber ärgerlich. »Und gehen Sie zurück in Ihre Mottenkiste.«

Die Augen des Alten bekamen einen fast irren Ausdruck. Er verschluckte sich und wurde krebsrot. »Ich lasse Sie verhaften«, keuchte er.

»Das können Sie nicht, das wissen Sie selbst. Und nun lassen Sie mich in Ruhe, ich habe andere Sorgen.«

»Das ist doch –« Der Major wollte aufs neue lostoben, aber plötzlich trat er einen Schritt näher und begann mit weitgeöffneten, haarigen Nasenlöchern zu schnüffeln. Sein Gesicht verzog sich. »Ah, jetzt verstehe ich«, erklärte er angewidert. »Deshalb sind Sie nicht in Uniform! Das dritte Geschlecht! Pfui Teufel! Ein Weibsbild! Parfümiert! Eine männliche Hure!«

Er spuckte aus, wischte sich über die weiße Schnurrbartbürste, warf Graeber noch einen Blick voll abgründigen Ekels zu und ging davon. Es war das Badesalz gewesen. Graeber roch an seiner Hand. Er roch es jetzt auch. Eine Hure, dachte er. Aber bin ich weit davon? Was ein bißchen Angst um einen andern aus einem machen kann! Frau Lieser, der Blockwart – und wozu sonst wäre ich noch bereit! Ich bin verdammt rasch von meiner Tugendhöhe heruntergepurzelt!

Er stand schräg gegenüber vom Hause der Gestapo. Im Torweg ging ein junger SS-Mann auf und ab und gähnte. Ein paar SS-Offiziere kamen heraus und lachten. Dann schlich ein älterer Mann heran, der zögerte, zu den Fenstern hinaufschaute, stehenblieb und einen Zettel aus der Tasche zog. Er las ihn, sah sich um, blickte zum Himmel und ging dann langsam auf den Posten zu. Der SS-Mann studierte die Vorladung gleichgültig und ließ ihn ein.

Graeber starrte zu den Fenstern hinauf. Er spürte die Angst wieder, stickiger, schwerer und klebriger als vorher. Er kannte viele Ängste, scharfe und dunkle, atemlose und lähmende, und auch die letzte, große, die der Kreatur vor dem Tode – aber dieses war eine andere, es war eine kriechende, würgende Angst, unbestimmt und drohend, eine Angst, die zu beschmutzen schien, schleimig und zersetzend, die nicht zu fassen war und der man sich nicht stellen konnte, eine Angst der Ohnmacht und des zerfressenden Zweifels, es war die korrumpierende Angst um den andern, um die schuldlose Geisel, den rechtlos Verfolgten, die Angst vor der Willkür, der Macht und der automatischen Unmenschlichkeit – es war die schwarze Angst der Zeit.

Er wandte sich ab. Er fühlte sich hilflos und elend. Hirschland, dachte er, Hirschland, der hatte das auch gekannt! Hirschland, der Soldat geworden war, um seine Familie zu schützen, der sich zu Patrouillen meldete, weil er hoffte, ein Orden würde das Konzentrationslager von seinem Vater abwenden; Hirschland, dem er versprochen hatte, seine Eltern zu besuchen.

Er blieb stehen. Wo hatte er nur den Zettel mit der Adresse gelassen? Es schien ihm auf einmal sehr wichtig, dass er sofort dort hinging, – als hätte es eine Verbindung zu Elisabeth und als würde alles mit ihr in Ordnung kommen, wenn er nur sofort dort hinginge. Es war kindisch, aber als Soldat lernte man, an seltsame Zufälle zu glauben. Er suchte in all seinen Taschen; endlich fand er den Zettel in seinem Soldbuch.

Das Haus war schmal und dreistöckig. Er stieg hinauf und klingelte im dritten Stock. Er klingelte noch zweimal. Dann öffnete sich die Tür vorsichtig. Eine blasse Frau spähte hinaus.

»Kann ich Frau Hirschland sprechen?«

»Das bin ich.«

Die Frau blickte ihn aus sehr hellen, starren Augen gerade an. »Ich bin in derselben Kompanie wie Ihr Sohn«, sagte Graeber.

Die Frau blickte ihn weiter an. Es war ein Blick wie der eines furchtsamen Tieres, das gestellt ist und bereit zu kämpfen. »Ihr Sohn hat mir aufgetragen, Sie zu besuchen«, sagte Graeber. »Ich bin hier auf Urlaub. Deshalb habe ich Zivilzeug an.«

»Ja.« Die Frau öffnete die Tür weiter. »Ja, bitte. Kommen Sie herein, Herr –«

»Graeber. Ernst Graeber.«

Die Frau ging voran in ein Wohnzimmer. Sie ging unhörbar und sehr leicht. Im Wohnzimmer stand an der Wand eine breite hochbeinige Chaiselongue, über die eine blaue Decke hing, die an der Vorderseite weit heruntergezogen war. Graeber wollte sich auf die Chaiselongue setzen; aber die Frau schob einen Stuhl heran. »Hier, Sie sitzen hier besser. Das da – wir haben nur dieses eine Zimmer, – das ist das Bett.«

Graeber setzte sich auf den Stuhl. Das Zimmer war sauber und bürgerlich eingerichtet. Über der Chaiselongue hingen ein paar Bilder; ebenso an den beiden Seitenwänden. »Ich bin vor ungefähr vierzehn Tagen noch mit Ihrem Sohn zusammen gewesen«, sagte Graeber.

Die Frau hatte sich nicht gesetzt. Ihr Blick hatte nichts von der gläsernen Starre verloren; aber ihre Hände zuckten unruhig hin und her. »Vielleicht wollen Sie – ich könnte – vielleicht möchten Sie eine Kleinigkeit zu sich nehmen –«

Graeber merkte plötzlich, daß er sehr durstig war. »Danke«, erklärte er. »Ein Glas Wasser – wenn Sie ein Glas Wasser hätten –«

»Ja, gewiss.« Frau Hirschland sah im Zimmer umher. »Ja, ich werde – in der Küche – einen Augenblick – ich hole es –«

Sie ging. An der Tür sah sie sich noch einmal um. Was hat sie nur? dachte Graeber. Er war gewohnt, dass

Menschen mißtrauisch waren; aber dieses war mehr als gewöhnlich.

Er stand auf und sah auf die Bilder an der Wand. Es waren Reproduktionen. Eines war eine blühende Kastanie, ein anderes ein florentinischer Mädchenkopf im Profil. Das Bild über der Chaiselongue war eine große Radierung. Er trat näher, um es genauer zu sehen. Dabei stieß sein Fuß gegen etwas unter der herabhängenden Decke, das nachgab. Er bückte sich und hob die Decke an, um nachzusehen, ob er etwas umgeworfen hätte. Er sah zwei schmale Pappschachteln, die nebeneinander standen und zusammen ungefähr so lang waren wie die Chaiselongue. Eine stand schief. Graeber schob sie zurecht. Dabei sah er durch den Spalt, zwischen den Schachteln hindurch, eine Mädchenhand. Jemand lag hinter den Schachteln an der Wand, die Arme eng an den Körper gelegt. Er ließ die Decke fallen und ging zu seinem Stuhl zurück.

Frau Hirschland kam herein. Sie trug ein Lacktablett, auf dem ein kleines Glas mit rotem Wein stand; daneben lagen auf einem Teller zwei Stücke Brot. »Bitte, nehmen Sie etwas zu sich«, sagte sie.

Graeber trank einen Schluck. Der Wein war sehr süß und klebrig. »Ich soll Ihnen sagen, daß es Ihrem Sohn gutgeht«, erklärte er. »Als ich wegfuhr, waren wir in Ruhestellung. Jeder von uns hat Ihren Sohn gern.«

Die Frau sah ihn an. Er trank noch einen Schluck. Er wunderte sich, daß sie ihn nicht fragte, – wo sie lägen, wie das Essen sei, ob es gefährlich wäre, und all das, was Mütter immer fragen.

»So, es ging ihm gut?« fragte sie schließlich.

»So gut, wie es einem im Feld gehen kann. Hier ist es ja jetzt schon fast wie draußen. Beinahe ebenso gefährlich.«

Er wartete noch eine Weile. Aber Frau Hirschland fragte nichts mehr. Vielleicht hat sie Sorgen wegen des Mädchens, das sie versteckt hat, dachte er. »Das ist wirklich alles«, sagte er schließlich lahm und stand auf. Die Frau ging lautlos mit ihm zur Tür. »Ihr Sohn und ich sind gute Freunde. Soll ich ihm etwas ausrichten? Ich muß in etwa einer Woche zurück.«

»Nein«, antwortete sie kaum hörbar.

»Ich kann auch etwas für ihn mitnehmen. Einen Brief oder ein Paket. Ich kann es abholen, bevor ich fahre.«

Sie bewegte abwehrend den Kopf.

Graeber sah sie verwundert an. Eltern waren sonst nicht so. Er glaubte, sie traue ihm nicht, und er holte sein Soldbuch hervor. »Hier sind meine Papiere – Ich bin nur zufällig in Zivil –«

Sie hob die Hand, als wolle sie das Soldbuch wegschieben; aber sie rührte es nicht an. »Er ist doch tot«, flüsterte sie.

»Was?«

Sie nickte.

»Aber wie ist das möglich? Er war der letzte, mit dem ich noch gesprochen habe –«

»Tot«, flüsterte die Frau. »Vor vier Tagen kam die Nachricht.« Sie schüttelte rasch den Kopf, als Graeber noch etwas fragen wollte. »Nein, bitte nicht, entschuldigen Sie, danke vielmals, ich kann nicht, es kommen noch Briefe von ihm, heute wieder einer, nein, bitte –«

Sie schloß die Tür. Graeber ging die Treppen hinunter.

Er versuchte, sich auf Hirschland zu besinnen. Er hatte wenig von ihm gewußt. Nicht einmal seinen Vornamen. Er dachte an die Zigaretten, die er von ihm bekommen hatte. Schade, daß er sich nicht mehr um ihn gekümmert hatte. Aber es war bei so vielen schade gewesen. Hirschland hatte ein elendes Leben gehabt. Seine Mutter saß nun oben und versteckte ein anderes Kind. Vielleicht eines aus einer zweiten Ehe, das mehr jüdisches Blut hatte und deshalb reif für das Lager war. Er blieb auf der halbdunklen Treppe stehen und war plötzlich völlig fassungslos. Drohend und hoffnungslos stand die Dunkelheit um ihn herum, und es schien kein Entkommen zu geben. Wenn man schon jemand verstecken mußte, dachte er, was konnte dann Elisabeth noch alles passieren!

Er stand vor der Fabrik, lange bevor Schluß war. Es dauerte eine Zeitlang, bis Elisabeth kam. Er fürchtete schon, daß man sie in der Fabrik verhaftet habe, als er sie endlich erblickte. Sie stutzte, als sie ihn in Zivil sah, und lachte. »Wie jung du bist!« sagte sie.

»Ich fühle mich nicht jung. Ich fühle mich hundert Jahre alt.«

»Warum? Was ist passiert? Mußt du vorzeitig zurück?«

»Nein. Das ist alles in Ordnung.«

»Fühlst du dich hundert Jahre alt, weil du Zivil trägst?«

»Ich weiß es nicht. Aber es scheint, daß ich mit diesem verdammten Anzug alle Sorgen angezogen habe, die es gibt. Was hast du getan wegen deiner Papiere?«

»Alles«, erwiderte Elisabeth strahlend. »Ich habe die Mittagspause ausgenutzt. Alles ist beantragt.«

»Alles«, sagte Graeber. »Dann ist nichts mehr zu machen.«

»Was soll denn noch zu machen sein?«

»Nichts. Ich habe nur plötzlich Angst gekriegt. Vielleicht ist es falsch, was wir tun. Vielleicht kann es dir schaden.«

»Mir? Wie?«

Graeber zögerte. »Ich habe gehört, daß manchmal bei der Gestapo Erkundigungen eingezogen werden. Vielleicht sollte man deshalb lieber alles ruhen lassen.«

Elisabeth blieb stehen. »Was hast du sonst noch gehört?«

»Nichts. Ich habe nur auf einmal Angst gekriegt.«

»Du meinst, ich könne verhaftet werden, weil wir heiraten wollen?«

»Das nicht.«

»Was sonst? Meinst du, man könne herausbekommen, daß mein Vater im KZ ist?«

»Das auch nicht«, unterbrach Graeber. »Das weiß man sicher. Ich meinte, daß es vielleicht besser wäre, niemand auf dich aufmerksam zu machen. Die Gestapo ist unberechenbar. Irgendeiner dort kann idiotische Ideen bekommen. Du weißt, wie so etwas geht. Von Recht ist da keine Spur.«

Elisabeth schwieg einen Augenblick. »Und was sollen wir tun?« fragte sie dann.

»Ich habe es den ganzen Tag überlegt. Aber ich glaube, es ist nichts mehr zu tun. Wenn wir die Anträge jetzt zurücknähmen, würde man vielleicht nur noch mehr aufmerksam werden.«

Sie nickte und sah ihn sonderbar an. »Man kann es trotzdem versuchen.«

»Es ist zu spät, Elisabeth. Wir müssen es jetzt riskieren und abwarten.«

Sie gingen weiter. Die Fabrik lag an einem kleinen Platz und war gut sichtbar. Graeber betrachtete sie genau. »Seid ihr hier noch nie bombardiert worden?«

»Noch nicht.«

»Das Gebäude liegt ziemlich offen da. Es ist leicht als Fabrik zu erkennen.«

»Wir haben große Keller.«

»Sind sie sicher?«

»Ich glaube, einigermaßen.«

Graeber blickte auf. Elisabeth ging neben ihm her und sah ihn nicht an. »Versteh mich um Gottes willen richtig«, sagte er. »Ich habe keine Angst meinetwegen. Ich habe nur Angst um dich.«

»Um mich brauchst du keine Angst zu haben.«

»Hast du keine?«

»Ich habe schon alle Ängste gehabt, die es gibt. Ich habe keinen Platz mehr für neue Angst.«

»Ich schon«, sagte Graeber, »wenn man jemand liebt, gibt es viele neue Ängste, von denen man vorher nichts gewußt hat.«

Elisabeth wandte sich ihm zu. Sie lächelte plötzlich. Er sah sie an und nickte. »Ich habe nicht vergessen, was ich vorgestern noch geredet habe«, sagte er. »Muß man eigentlich immer erst Angst haben, um zu wissen, daß man jemand liebt?«

»Ich weiß es nicht. Aber ich glaube, es hilft.«

»Dieser verdammte Anzug! Morgen ziehe ich ihn wieder aus. Und ich dachte, Zivilisten hätten ein beneidenswertes Leben.«

Elisabeth lachte. »Kommt es nur durch den Anzug?«

»Nein«, sagte er befreit. »Es kommt davon, weil ich wieder lebe. Ich lebe wieder und will leben. Und damit kommt anscheinend auch die Angst. Es war scheußlich, den ganzen Tag. Jetzt ist es weniger, seit ich dich sehe. Dabei hat sich doch nichts geändert. Sonderbar, wie wenig Grund Angst braucht.«

»Liebe auch«, sagte Elisabeth. »Gottlob!«

Graeber sah sie an. Sie ging frei und unbekümmert neben ihm her. Sie hat sich verändert, dachte er. Sie verändert sich jeden Tag. Früher hatte sie Angst und jetzt nicht; jetzt ist es umgekehrt.

Sie kamen am Hitlerplatz vorbei. Hinter der Kirche stand ein mächtiges Abendrot. »Wo brennt es denn jetzt noch?« fragte Elisabeth.

»Nirgendwo. Es ist nur das Abendrot.«

»Abendrot! Damit rechnet man gar nicht mehr, wie?«

»Nein.«

Sie gingen weiter. Das Abendrot wurde stärker und tiefer. Es lag auf ihren Gesichtern und Händen. Graeber blickte die Leute an, die ihnen entgegenkamen. Er sah sie plötzlich anders als früher. Jeder war ein Mensch und hatte ein Schicksal. Es war leicht, zu verurteilen und tapfer zu sein, wenn man nichts hatte, dachte er. Wenn man aber etwas hatte, änderte sich die Welt. Es machte es leichter und schwerer und manchmal fast unmöglich. Es war immer noch Tapferkeit, aber es sah anders aus und hatte ganz andere Namen und begann eigentlich erst da, es zu sein. Er atmete tief. Er hatte das Gefühl, von einer gefährlichen Patrouille in feindlichem Gebiet in einen Unterstand zurückgekommen zu sein, – nicht sicherer als vorher, – aber doch für einen Augenblick geborgen.

»Sonderbar«, sagte Elisabeth. »Es muß Frühling sein. Dieses ist doch eine zerschossene Straße, und es ist gar kein Grund dafür da, – trotzdem glaube ich, ich röche schon Veilchen –«

XVIII

Böttcher packte seine Sachen. Die andern standen um ihn herum. »Du hast sie tatsächlich gefunden?« fragte Graeber.

»Ja, aber –«

»Wo?«

»Auf der Straße«, sagte Böttcher. »Sie stand einfach auf der Kellerstraße, Ecke Bierstraße, neben dem früheren Schirmgeschäft. Und ich habe sie im ersten Augenblick nicht einmal erkannt.«

»Wo war sie denn die ganze Zeit?«

»In einem Lager bei Erfurt. Also hört zu! Sie steht also neben dem Schirmgeschäft, und ich sehe sie nicht. Ich gehe vorbei, und sie ruft mich an. ›Otto! Kennst du mich nicht?‹« Böttcher machte eine Pause und blickte sich in der Kasernenstube um. »Wie soll man aber auch eine Frau wiedererkennen, Kameraden, die achtzig Pfund abgenommen hat!«

»Wie heißt das Lager, in dem sie war?«

»Ich weiß es nicht. Waldlager zwei, glaube ich. Ich kann sie fragen. Aber nun hört doch endlich mal zu! Ich starre sie also an und sage: ›Alma, du?‹ ›Ich!‹ sagt sie. ›Otto, ich hatte so eine Ahnung, daß du Urlaub hättest; deshalb bin ich zurückgekommen!‹ Ich starre sie immer noch an. Eine Frau, die stramm war wie ein Bierwagenpferd, steht da, abgemagert, hundertzehn Pfund nur noch statt fast zweihundert, ein Gerippe, die Kleider schlottern, eine Bohnenstange!«

Böttcher schnaufte. »Wie groß ist sie denn?« fragte Feldmann interessiert.

»Was?«

»Wie groß ist deine Frau?«

»Ungefähr eins sechzig. Warum?«

»Dann hat sie jetzt ihr Normalgewicht.«

»Normalgewicht? Mensch, was redest du da?« Böttcher starrte Feldmann an. »Nicht für mich! Für mich ist sie ein Zwirnsfaden! Was geht mich dein verdammtes Normalgewicht an! Ich will meine Frau wiederhaben, wie sie war, stattlich, mit einem Arsch, auf dem man Nüsse knacken konnte, und nicht mit einer traurigen Kaffeebohne statt dessen. Wozu kämpfe ich? Für sowas?«

»Du kämpfst für unseren geliebten Führer und für unser teures Vaterland, – nicht aber für das Schlachtgewicht deiner Frau«, sagte Reuter. »Das solltest du nach drei Jahren draußen schon langsam wissen.«

»Schlachtgewicht? Wer redet von Schlachtgewicht?« Böttcher sah wütend und hilflos von einem zum andern. »Lebendgewicht war es! Und mit allem andern könnt ihr mich am –«

»Halt!« Reuter hob warnend die Hand. »Denk, was du willst, aber sprich es nicht aus! Und sei froh, daß deine Frau noch lebt!«

»Das bin ich ja! Aber kann sie nicht leben und so kräftig sein wie früher?«

»Aber Böttcher!« sagte Feldmann. »Das kann man doch wieder anfüttern.«

»So? Und womit? Mit dem bißchen, was es auf Marken gibt?«

»Sieh zu, daß du was hintenherum kriegst.«

»Ihr habt es einfach! Ihr gebt gute Ratschläge«, erklärte Böttcher bitter. »Ich aber habe nur noch drei Tage Urlaub. Wie soll ich denn in drei Tagen die Frau anfüttern? Selbst wenn sie in Lebertran badet und siebenmal am Tage ißt, kann sie doch höchstens ein paar Pfund zunehmen, und was ist das schon? Kameraden, ich bin in einer traurigen Lage!«

»Wieso? Du hast doch noch die dicke Wirtin, für Fett, wenn es darum geht.«

»Das ist es ja gerade. Ich habe gedacht, wenn meine Frau wiederkäme, könnte ich mich auf die Wirtin überhaupt nicht mehr besinnen. Ich bin ein Familienmensch und kein Rumtreiber. Und nun gefällt mir die Wirtin besser.«

»Du bist eben eine verdammt oberflächliche Natur«, sagte Reuter.

»Ich bin nicht oberflächlich! Bei mir geht alles gleich zu tief, das ist mein Fehler. Sonst könnte ich ja zufrieden sein. Das versteht ihr nicht, ihr Kaffern.«

Böttcher ging zu einem Spind und warf die letzten Sachen in seinen Tornister. »Weißt du schon, wo du mit deiner Frau leben wirst?« fragte Graeber. »Oder hast du noch eine Wohnung von früher?«

»Natürlich nicht. Ausgebombt! Aber lieber hause ich in einem Ruinenkeller als einen Tag länger hier. Das Unglück ist nur, daß mir die Frau nicht mehr gefällt. Ich liebe sie natürlich noch, dafür bin ich ja mit ihr verheiratet, aber sie gefällt mir einfach nicht mehr, so wie sie ist.

Ich kann nun einmal nicht anders. Was soll ich machen? Sie fühlt es natürlich auch.«

»Wie lange hast du noch Urlaub?«

»Drei Tage.«

»Kannst du dich nicht die paar Tage etwas verstellen?«

»Kamerad«, sagte Böttcher ruhig, »im Bett kann sich vielleicht eine Frau verstellen. Ein Mann nicht. Glaube mir, es wäre besser gewesen, wenn ich wieder abgefahren wäre, ohne sie zu treffen. So quälen wir uns beide nur.«

Er nahm seine Sachen und ging.

Reuter sah ihm nach. Dann wandte er sich an Graeber. »Und du? Was hast du vor?«

»Ich gehe zum Ersatzbataillon. Werde zur Vorsicht noch einmal fragen, ob ich weitere Papiere brauche.«

Reuter grinste. »Das Pech deines Kameraden Böttcher erschreckt dich nicht, was?«

»Nein. Mich erschrecken ganz andere Dinge.«

»Dicke Luft«, sagte der Schreiber auf dem Ersatzbataillon. »Es ist dicke Luft an der Front. Weißt du, was man bei dikker Luft tut?«

»Man nimmt Deckung«, erwiderte Graeber. »Das weiß jedes Kind. Aber was geht mich das an? Ich habe Urlaub.«

»Du glaubst noch, daß du Urlaub hast«, verbesserte der Schreiber. »Was ist es wert für dich, wenn ich dir einen Befehl zeige, der heute angekommen ist?«

»Das kommt darauf an.«

Graeber holte eine Schachtel Zigaretten aus der Tasche und legte sie auf den Tisch. Er spürte, wie sein Magen sich zusammenzog.

»Dicke Luft«, wiederholte der Schreiber. »Schwere Verluste. Ersatz muß dringend raus. Urlauber, die keine wichtigen Gründe haben, zu bleiben, sind sofort zurückzuschicken. Kapiert?«

»Ja. Was sind wichtige Gründe?«

»Tod von Angehörigen, Regelung notwendigster Familienangelegenheiten, schwere Erkrankung –«

Der Schreiber griff nach den Zigaretten. »Verschwinde also! Mach dich unsichtbar. Wenn man dich nicht finden kann, kann man dich auch nicht zurückschicken. Meide die Kaserne wie die Pest. Krieche irgendwo unter, bis dein Urlaub vorbei ist. Dann melde dich ab. Was kann dir schon passieren? Strafe dafür, weil du deine Adresse nicht umgemeldet hast? Du gehst sowieso an die Front, basta.«

»Ich heirate«, sagte Graeber. »Ist das ein Grund?«

»Du heiratest?«

»Ja. Deshalb bin ich hier. Ich will wissen, ob ich dazu außer meinem Soldbuch noch Papiere brauche.«

»Heirat! Das ist vielleicht ein Grund. Vielleicht, sage ich.« Der Schreiber zündete eine der Zigaretten an. »Es kann ein Grund sein. Aber wozu willst du es darauf ankommen lassen? Extrapapiere brauchst du als Frontschwein nicht. Und wenn du was brauchst, komm zu mir; ich mache dir das unter der Hand, so daß keiner was riecht. Hast du eine anständige Kluft? In den Klamotten kannst du doch nicht heiraten.«

»Kann man hier was umtauschen?«

»Geh zum Kammerbullen«, sagte der Schreiber. »Erkläre ihm, daß du heiratest. Sag, ich schickte dich. Hast du noch ein paar Extrazigaretten?«

»Nein. Aber ich kann vielleicht noch ein Paket besorgen.«

»Nicht für mich. Für den Spieß.«

»Ich will sehen. Weißt du, ob bei einer Kriegsheirat die Frau besondere Papiere braucht?«

»Keine Ahnung. Aber ich glaube nicht. Es muß ja schnell gehen.« Der Schreiber sah auf seine Uhr. »Geh gleich zur Kammer rüber. Der Spieß ist jetzt da.«

Graeber ging zu dem Flügel, in dem die Kammer war. Sie lag unter dem Dach. Der Feldwebel war dick und hatte zwei verschiedenfarbige Augen. Das eine war von einem unnatürlichen, fast violetten Blau, wie ein Veilchen; das andere hell und braun.

»Starren Sie mich nicht so an«, schnauzte er. »Haben Sie noch kein Glasauge gesehen?«

»Doch. Aber noch keins, das so verschieden war.«

»Dies ist nicht meins, Sie Idiot!« Der Feldwebel tippte auf das blaue, strahlende Auge. »Ich habe es mir von einem Kameraden geliehen. Meins ist gestern auf den Boden gefallen. Es war braun. Die Dinger halten nichts aus. Man sollte sie aus Zelluloid machen.«

»Dann wären sie feuergefährlich.«

Der Feldwebel sah auf. Er musterte Graebers Orden und grinste dann. »Stimmt auch. Eine Uniform habe ich trotzdem nicht für Sie. Tut mir leid. Sind alle schlechter als Ihre.«

Er blickte Graeber durchdringend mit dem blauen Auge an. Das braune war matter. Graeber legte eine Schachtel von Bindings Zigaretten auf den Tisch. Der Feldwebel streifte sie mit einem Blick des braunen Auges, kehrte sich um und kam mit einem Rock zurück. »Das ist alles, was ich habe.«

Graeber rührte den Rock nicht an. Er zog aus der Tasche eine kleine, dicke Flasche mit Kognak, die er zur Vorsicht eingesteckt hatte, und stellte sie neben die Zigaretten. Der Feldwebel verschwand und kam mit einem besseren Rock und einer fast neuen Hose wieder. Graeber griff zuerst nach der Hose; seine eigene war stark geflickt. Er drehte die neue um und merkte, daß der Kammerbulle sie so gelegt hatte, daß ein handgroßer Fleck verborgen geblieben war. Graeber sah schweigend auf den Fleck und dann auf den Kognak.

»Es ist kein Blut«, sagte der Spieß. »Es ist feinstes Olivenöl. Der Mann, der sie getragen hat, kam aus Italien. Ein bißchen Benzin, und der Fleck ist raus.«

»Wenn das so leicht geht, weshalb hat er sie dann umgetauscht und nicht selbst gereinigt?«

Der Spieß zeigte sein Gebiß. »Vernünftig gefragt. Aber der Mann wollte eine Uniform haben, die nach Front stank. So etwas, wie Sie jetzt tragen. Hatte zwei Jahre auf einer Schreibstube in Mailand gesessen und seiner Braut Briefe von der Front geschrieben. Konnte nicht zu Hause mit einer neuen Hose ankommen, über die nur eine Schüssel Salat gefallen war. Es ist meine beste Hose, tatsächlich.«

Graeber glaubte ihm nicht; aber er hatte nichts mehr bei sich, um etwas Besseres zu erhandeln. Trotzdem schüttelte er den Kopf. »Also schön«, sagte der Feldwebel. »Ein anderer Vorschlag. Sie brauchen sie nicht zu tauschen.

Behalten Sie Ihre alten Klamotten dazu. Sie haben so eine Extrauniform. Einverstanden?«

»Brauchen Sie die alten nicht, damit die Anzahl stimmt?«

Der Spieß machte eine wegwerfende Bewegung. Sein blaues Auge fing einen Sonnenstrahl, der staubig durch das Fenster schoß. »Die Anzahl stimmt schon lange nicht mehr. Was stimmt überhaupt eigentlich noch? Wissen Sie das?«

»Nein.«

»Na also«, sagte der Feldwebel.

Er kam am Stadtkrankenhaus vorbei und blieb stehen. Mutzig fiel ihm ein. Er hatte versprochen, ihn zu besuchen. Einen Moment zögerte er; aber dann ging er hinein. Er hatte plötzlich das abergläubische Gefühl, daß er das Schicksal bestechen könne durch eine gute Tat.

Die Amputierten hausten im ersten Stock. Im Erdgeschoß lagen die schweren Fälle und die frisch Operierten, die bettlägerig waren; sie konnten so am schnellsten bei einem Luftangriff in die Keller geschafft werden. Die Amputierten galten nicht als hilflos; man hatte sie deshalb höher gelegt. Sie konnten während eines Alarms einander beistehen. Ein beidseitig Beinamputierter konnte im Notfalle immer noch die Nacken von zwei Armamputierten umklammern und zwischen ihnen den Keller erreichen, wenn das Personal die schweren Bettfälle retten mußte.

»Du?« sagte Mutzig zu Graeber. »Ich hätte nie geglaubt, daß du kommen würdest.«

»Ich auch nicht. Aber du siehst, ich bin hier.«

»Das ist schön von dir, Ernst. Stockmann ist auch bei uns. Warst du nicht mit ihm in Afrika?«

»Ja.«

Stockmann hatte den rechten Arm verloren. Er spielte mit zwei anderen Krüppeln Skat. »Ernst«, sagte er. »Was ist mit dir los?« Sein Blick glitt suchend über Graeber. Er suchte unwillkürlich nach der Verwundung.

»Nichts«, erwiderte Graeber. Alle sahen ihn. Alle hatten denselben Blick wie Stockmann. »Urlaub«, sagte er verlegen. Er fühlte sich fast schuldig, weil er heil war.

»Ich dachte, du hättest genug abgekriegt in Afrika für einen ständigen Heimatpaß.«

»Sie haben mich zurechtgeflickt und dann nach Rußland geschickt.«

»Da hast du Schwein gehabt. Ich eigentlich auch. Die andern sind alle in Gefangenschaft. Konnten nicht mehr rausgeflogen werden.« Stockmann wedelte mit seinem Stumpf. »Wenn man das hier Schwein nennen kann.«

Der Mann in der Mitte klatschte mit seinen Karten auf den Tisch. »Spielen wir, oder quatschen wir?« fragte er grob.

Graeber sah, daß er keine Beine mehr hatte. Sie waren sehr hoch amputiert. An seiner rechten Hand fehlten zwei Finger, und er hatte keine Wimpern mehr. Die Augenlider waren neu und rot und glänzend und schienen verbrannt gewesen zu sein.

»Spielt weiter«, sagte Graeber. »Ich habe Zeit.«

»Nur noch diese Runde«, erklärte Stockmann. »Wir sind bald fertig.«

Graeber setzte sich neben Mutzig ans Fenster. »Mach

dir nichts aus Arnold«, flüsterte Mutzig. »Er hat seinen schlechten Tag.«

»Ist das der in der Mitte?«

»Ja. Seine Frau war gestern hier. Dann hat er immer ein paar schlechte Tage.«

»Was quatschst du da?« rief Arnold herüber.

»Ich quatsche über alte Zeiten. Das darf ich doch wohl, was?«

Arnold knurrte etwas und spielte weiter. »Sonst ist es hier sehr gemütlich«, sagte Mutzig eifrig. »Wir haben eigentlich sehr viel Spaß. Arnold war Maurer; das ist nicht einfach, weißt du. Und seine Frau betrügt ihn; seine Mutter hat ihm das erzählt.«

Stockmann warf seine Karten auf den Tisch. »Verdammtes Pech! Der Kreuz-Solo war todsicher. Wer kann auch wissen, daß drei Buben in einer Hand sitzen!«

Arnold meckerte etwas und mischte wieder. »Manchmal weiß man nicht, was besser ist, wenn man heiraten will«, sagte Mutzig. »Ein Arm weg oder ein Bein. Stockmann sagt, ein Arm. Aber wie kann man eine Frau mit einem Arm festhalten im Bett? Und festhalten muß man sie doch.«

»Da ist doch nicht so wichtig. Die Hauptsache ist, daß du lebst.«

»Das ja, aber davon kannst du nicht dein ganzes Leben lang zehren. Nach dem Kriege dreht sich so etwas. Dann bist du kein Held mehr; dann bist du nur noch ein Krüppel.«

»Das glaube ich nicht. Und es gibt wunderbare Prothesen.«

»Das meine ich nicht«, sagte Mutzig. »Ich meine nicht die Arbeit.«

»Wir müssen eben den Krieg gewinnen«, erklärte Arnold plötzlich laut. Er hatte zugehört. »Sollen andere mal ihre Knochen hinhalten. Wir haben genug getan.«

Er schoß einen unfreundlichen Blick auf Graeber. »Wenn alle Drückeberger draußen wären, brauchten wir nicht immer weiter zurückzugehen!«

Graeber antwortete nicht. Mit Amputierten konnte man nicht streiten; wer ein Glied verloren hatte, hatte immer recht. Man konnte streiten mit jemand, der einen Lungenschuß hatte oder einen Splitter im Magen und der vielleicht noch schlechter dran war; aber es war sonderbar, – mit einem Amputierten nicht.

Arnold spielte weiter. »Was meinst du, Ernst?« fragte Mutzig nach einer Weile. »Ich hatte in Münster ein Mädchen; wir schreiben uns noch. Sie glaubt, ich hätte einen Beinschuß. Ich habe ihr noch nichts von dem hier geschrieben.«

»Warte ab. Und sei froh, daß du nicht mehr zurückmußt.«

»Das bin ich, Ernst. Aber man kann es nicht dauernd sein.«

»Ihr kotzt mich an«, sagte plötzlich einer der Kiebitze, die um die Spieler herumsaßen, zu Mutzig. »Sauft und seid Männer!«

Stockmann lachte. »Was lachst du?« fragte Arnold.

»Ich habe gerade daran gedacht, wie es wäre, wenn wir diese Nacht eine schwere Bombe runtergepfeffert kriegten – so eine mitten rein, daß nichts als Mus überbleibt, – wozu haben wir uns dann alle die Sorgen gemacht?«

Graeber stand auf. Er sah, daß dem Kiebitz beide Füße fehlten. Mine oder erfroren, dachte er automatisch. »Wo bleibt unsere Luftabwehr?« knurrte Arnold ihn an. »Braucht ihr das alles draußen? Hier ist ja fast nichts mehr.«

»Draußen auch nicht.«

»Was?«

Graeber merkte, daß er einen Fehler gemacht hatte. »Draußen warten wir auf die geheimen neuen Waffen«, sagte er. »Das sollen ja wahre Wunder sein.«

Arnold starrte ihn an. »Verdammt noch mal, wie redest du eigentlich? Das hört sich ja an, als wenn wir den Krieg verlören! Das gibt es nicht! Meinst du, ich will in einem Dreckswagen sitzen und Streichhölzer verkaufen, wie die nach dem ersten Kriege? Wir haben Rechte! Der Führer hat es versprochen!«

Er warf aufgeregt seine Karten auf den Tisch. »Komm, stell das Radio an«, sagte der Kiebitz zu Mutzig. »Musik!«

Mutzig drehte den Knopf. Ein Haufen blecherner Worte plärrte aus dem Lautsprecher. Er drehte weiter. »Laß das stehen!« erklärte Arnold ärgerlich.

»Wozu? Das ist doch nur wieder eine Rede.«

»Laß es an, sage ich! Das ist eine Parteirede. Wenn jeder da immer zuhören würde, stände es besser um uns!«

Mutzig drehte seufzend zurück. Ein Siegheil-Redner schrie in den Raum. Arnold lauschte mit zusammengebissenen Kinnbacken. Stockmann machte Graeber ein Zeichen und hob die Schultern. Graeber ging zu ihm hinüber. »Mach's gut, Stockmann«, flüsterte er. »Ich muß weg.«

»Hast was Besseres zu tun, was?«

»Das nicht. Aber ich muß los.«

Er ging hinaus. Die Blicke der andern folgten ihm. Ihm war, als wäre er nackt. Er ging langsam durch den Saal; er glaubte, das wäre weniger herausfordernd für die Amputierten. Aber er sah, wie sie ihm nachschauten. Mutzig humpelte mit ihm bis zur Tür. »Komm wieder«, sagte er im verwelkten Licht des grauen Korridors. »Heute hattest du Pech. Sonst sind wir viel munterer.«

Graeber trat auf die Straße. Es dämmerte draußen, und mit einem Schlage war plötzlich die Angst um Elisabeth wieder da. Er hatte den ganzen Tag versucht, ihr zu entgehen. Aber jetzt, im ungewissen Licht, schien sie aus allen Winkeln wieder auf ihn zuzukriechen.

Er ging zu Pohlmann. Der alte Mann öffnete gleich. Es war, als hätte er jemand anderen erwartet. »Sie sind es, Graeber«, sagte er.

»Ja. Ich will Sie nicht lange stören. Ich will Sie nur etwas fragen.«

Pohlmann öffnete die Tür. »Kommen Sie herein. Es ist besser, nicht draußen zu stehen. Die Leute brauchen nicht zu wissen –«

Sie gingen in das Zimmer mit der Lampe. Graeber roch frischen Zigarettenrauch. Pohlmann hatte keine Zigarette in der Hand. »Was wollen Sie mich fragen, Graeber?«

Graeber sah sich um. »Ist dieses der einzige Raum, den Sie haben?«

»Warum?«

»Es kann sein, daß ich jemand für ein paar Tage verstecken muß. Geht das hier?«

Pohlmann schwieg. »Es ist niemand, der gesucht wird«, sagte Graeber. »Ich möchte es nur zur Vorsicht wissen. Wahrscheinlich ist es auch gar nicht nötig. Ich habe Angst um jemand. Vielleicht ist es nur Einbildung.«

»Warum kommen Sie dafür zu mir?«

»Ich weiß niemand anderen.«

Graeber hatte selbst nicht genau gewußt, weshalb er gekommen war. Er hatte nur das Gefühl gehabt, einen Schlupfwinkel suchen zu müssen für den äußersten Fall.

»Wer ist es?«

»Jemand, den ich heiraten will. Der Vater ist im Lager. Ich habe Angst, daß man sie auch holt. Sie hat nichts getan. Vielleicht bilde ich mir alles auch nur ein.«

»Nichts ist Einbildung«, sagte Pohlmann. »Und Vorsicht ist besser als Reue. Sie können dieses Zimmer haben, wenn Sie es brauchen.«

Graeber fühlte eine Welle von Wärme und Entspannung. »Danke«, sagte er. »Danke vielmals.«

Pohlmann lächelte. Er sah plötzlich nicht mehr so hinfällig aus wie sonst.

»Danke«, sagte Graeber noch einmal. »Ich hoffe, ich brauche es nicht.«

Sie standen vor den Reihen der Bücher. »Nehmen Sie davon mit, was Sie wollen«, sagte Pohlmann behutsam. »Es hilft einem manchmal, einen Abend zu überstehen.«

Graeber schüttelte den Kopf. »Mir nicht. Aber ich möchte eins wissen: wie das zusammengeht, diese Bücher, diese Gedichte, diese Philosophie – und die Unmenschlichkeit der SA, die Konzentrationslager und die Liquidierung unschuldiger Menschen?«

»Es geht nicht zusammen. Es existiert nur zur selben Zeit. Wenn sie lebten, die diese Bücher geschrieben haben, säßen die meisten auch im KZ.«

»Vielleicht.«

Pohlmann sah Graeber an. »Sie wollen heiraten?«

»Ja.«

Der alte Mann zog einen Band aus den Bücherreihen. »Ich kann Ihnen nichts anderes geben. Nehmen Sie dieses hier mit. Es ist nichts zu lesen; es sind Bilder, nur Bilder. Ich habe manchmal ganze Nächte hindurch nur Bilder angesehen, wenn ich nicht mehr lesen konnte. Bilder und Gedichte – das ging immer, solange ich Petroleum hatte. Danach, im Dunkel, gab es nur noch das Gebet.«

»Ja«, sagte Graeber ohne Überzeugung.

»Ich habe viel über Sie nachgedacht, Graeber. Und ich habe auch über das nachgedacht, was Sie mir neulich gesagt haben. Es gibt keine Antwort darauf.« Pohlmann stockte und sagte dann leise: »Nur eine. Man muß glauben. Glauben. Was bleibt uns sonst?«

»Woran?«

»An Gott. Und an das Gute im Menschen.«

»Haben Sie nie daran gezweifelt?« fragte Graeber.

»Doch«, erwiderte der alte Mann. »Oft. Wie könnte ich sonst glauben?«

Graeber ging zur Fabrik. Es war windig geworden, und zerfaserte Wolken trieben niedrig über die Dächer. Ein Zug Soldaten marschierte im Halbdunkel über den Platz. Sie hatten Pakete bei sich und waren auf dem Wege zum Bahnhof und zur Front. Ich hätte dabei sein können, dachte er. Er sah die Linde dunkel vor dem zerstörten Hause aufragen, und plötzlich fühlte er seine Schultern und seine Muskeln und dasselbe starke Lebensgefühl, das er das erste Mal gespürt hatte, als er sie gesehen hatte. Sonderbar, dachte er, ich habe Mitleid mit Pohlmann, und er kann mir nicht helfen, – aber jedesmal, wenn ich bei ihm war, fühle ich das Leben tiefer und näher als sonst.

XIX

Ihre Papiere? Warten Sie einen Augenblick.«

Der Beamte setzte die Brille ab und schaute Elisabeth an. Dann stand er umständlich auf und ging hinter die Holzwand, die seinen Schalter von der größeren Halle trennte.

Graeber sah ihm nach und blickte sich um. Der Weg zum Ausgang war nicht frei. »Geh zur Tür«, sagte er leise. »Warte da. Wenn du siehst, daß ich die Mütze abnehme, geh sofort zu Pohlmann. Kümmere dich um nichts, geh sofort, ich komme nach.«

Elisabeth zögerte.

»Geh!« wiederholte er ungeduldig. »Es kann sein, daß der alte Bock jemand holt. Wir können nichts riskieren. Warte draußen.«

»Vielleicht will er nur noch etwas von mir wissen.«

»Das werden wir rausfinden. Ich sage ihm. daß du dich nicht wohl fühlst und einen Augenblick an die Luft gegangen bist. Geh, Elisabeth!«

Er stand am Schalter und sah ihr nach. Sie drehte sich um und lächelte. Dann verschwand sie in der Menge.

»Wo ist Fräulein Kruse?«

Graeber fuhr herum; der Beamte war wiedergekommen. »Sie kommt sofort zurück. Ist alles in Ordnung?«

Der Beamte nickte. »Wann wollen Sie heiraten?«

»So bald wie möglich. Ich habe nicht mehr viel Zeit. Mein Urlaub ist fast zu Ende.«

»Sie können sofort heiraten, wenn Sie wollen. Die Papiere sind fertig. Bei Soldaten ist das alles einfach und geht schnell.«

Graeber sah die Papiere in der Hand des Mannes. Der Beamte lächelte. Graeber fühlte, daß er plötzlich schlaff wurde. Eine jähe Hitze stieg ihm ins Gesicht. »Alles erledigt?« fragte er und nahm seine Mütze ab, um sich den Schweiß abzuwischen.

»Alles erledigt«, bestätigte der Beamte. »Wo ist Fräulein Kruse?«

Graeber legte die Mütze auf den Schalter. Er blickte sich nach Elisabeth um. Die Halle war voll von Menschen, und er sah sie nicht. Dann bemerkte er seine Mütze auf dem Schalter. Er hatte vergessen, daß es das verabredete Zeichen gewesen war. »Einen Augenblick«, sagte er rasch. »Ich hole sie sofort.«

Er drängte sich eilig zwischen den Leuten hindurch; vielleicht konnte er sie noch auf der Straße einholen. Aber als er zum Ausgang kam, stand sie ruhig hinter einem Pfeiler und wartete. »Gott sei Dank, da bist du!« sagte er. »Alles ist in Ordnung. Alles ist in Ordnung, Elisabeth.«

Sie gingen zurück. Der Beamte gab Elisabeth ihre Papiere. »Sind Sie die Tochter des Sanitätsrats Kruse?« fragte er.

»Ja.«

Graeber hielt den Atem an. »Ich kenne Ihren Vater«, sagte der Beamte.

Elisabeth sah ihn an. »Wissen Sie etwas von ihm?« fragte sie nach einer Weile.

»Nicht mehr als Sie. Haben Sie nichts von ihm gehört?«

»Nein.«

Der Beamte setzte seine Brille ab. Er hatte wasserblaue, kurzsichtige Augen. »Hoffen wir das Beste.« Er gab Elisabeth die Hand. »Alles Gute. Ich habe Ihre Sache auf meine Kappe genommen und sie selbst erledigt. Sie können heute heiraten. Ich kann es für Sie vorbereiten. Wenn Sie wollen, sofort.«

»Sofort«, sagte Graeber.

»Heute mittag«, erwiderte Elisabeth. »Geht es um zwei Uhr?«

»Ich werde es für Sie ansetzen lassen. Sie müssen zur Turnhalle der Bürgerschule gehen. Da ist jetzt das Standesamt.«

»Danke.«

Sie standen am Ausgang. »Warum nicht sofort?« fragte Graeber. »Dann kann nichts mehr dazwischenkommen.«

Elisabeth lächelte. »Ich muß etwas Zeit haben, um mich vorzubereiten, Ernst. Du verstehst das nicht, wie?«

»Nur halb.«

»Halb ist genug. Hole mich um Viertel vor zwei ab.«

Graeber zögerte. »Es ging so einfach«, sagte er dann. »Und was habe ich nicht alles erwartet! Ich weiß nicht, weshalb ich so ängstlich gewesen bin. Ich war wohl ziemlich lächerlich, wie?«

»Nein.«

»Ich glaube doch.«

Elisabeth schüttelte den Kopf. »Mein Vater glaubte auch, die Leute, die ihn warnten, seien lächerlich. Er glaubte, in unserer Zeit könne so etwas nicht geschehen, – und dann geschah es. Wir haben Glück gehabt, das ist alles, Ernst.«

Er fand ein paar Straßen weiter eine Schneiderwerkstatt. Ein Mann, der aussah wie ein Känguruh, saß darin und nähte an einer Uniform.

»Kann ich bei Ihnen eine Hose reinigen lassen?« fragte Graeber.

Der Mann sah auf. »Ich habe eine Schneiderei. Keine Reinigungsanstalt.«

»Das sehe ich. Ich möchte meine Sachen auch bügeln lassen.«

»Die, die Sie anhaben?«

»Ja.«

Der Schneider brummte etwas und stand auf. Er betrachtete den Flecken auf der Hose. »Es ist kein Blut«, sagte Graeber. »Es ist Olivenöl. Mit etwas Benzin bringen Sie es heraus.«

»Warum tun Sie es nicht selber, wenn Sie es so gut wissen? Benzin nützt bei solchen Flecken überhaupt nichts.«

»Mag sein. Sie wissen das sicher besser. Haben Sie etwas, was ich in der Zwischenzeit anziehen kann?«

Der Schneider ging zu einem Vorhang und kam mit einer karierten Hose und einer weißen Jacke wieder. Graeber nahm sie. »Wie lange dauert es?« fragte er. »Ich brauche die Uniform für eine Hochzeit.«

»Eine Stunde.«

Graeber zog sich um. »Ich komme dann in einer Stunde wieder.«

Das Känguruh blickte ihn mißtrauisch an. Es hatte erwartet, daß er in der Werkstatt bleiben würde. Meine Uniform ist ein gutes Pfand«, erklärte Graeber. »Ich laufe nicht weg.«

Der Schneider bleckte überraschend die Zähne. »Ihre Uniform gehört dem Staat, junger Mann. Aber gehen Sie nur los. Und lassen Sie sich die Haare schneiden. Sie brauchen es, wenn Sie heiraten wollen.«

»Das stimmt.«

Graeber ging zu einem Friseurladen. Eine knochige Frau bediente. »Mein Mann ist im Felde«, sagte sie. »Ich vertrete ihn so lange. Setzen Sie sich hin. Rasieren?«

»Haareschneiden. Können Sie das auch?«

»Du lieber Gott! Ich kann es so gut, daß ich es schon beinahe wieder vergessen habe. Kopfwaschen auch? Wir haben noch tadellose Seife.«

»Ja. Kopfwaschen auch.«

Die Frau war ziemlich kräftig. Sie schnitt Graeber die Haare und bearbeitete seinen Kopf gründlich mit Seife und einem rauhen Handtuch. »Wollen Sie Brillantine?« fragte sie. »Wir haben französische.«

Graeber blickte aus halbem Dösen auf und erschrak. Seine Ohren schienen gewachsen zu sein, so kurz war das Haar an den Schläfen gestutzt. »Brillantine?« fragte die Frau befehlend noch einmal.

»Was hat sie für einen Geruch?« Graeber erinnerte sich an das Badesalz von Alfons.

»So wie Brillantine riecht. Wie sonst? Es ist französische.«

Graeber nahm den Topf und roch. Die Brillantine roch

nach altem ranzigem Fett. Die Zeit der Siege war eben doch schon lange vorbei. Er sah auf sein Haar; da, wo es länger war, stand es in Büscheln hoch. »Gut, Brillantine«, sagte er. »Aber nur sehr wenig.«

Er zahlte und ging zu dem Schneider zurück. »Sie sind zu früh«, brummte das Känguruh.

Graeber widersprach nicht. Er setzte sich hin und sah zu, wie der Schneider bügelte. Die warme Luft machte ihn schläfrig. Der Krieg war plötzlich weit weg. Fliegen summten träge, das Eisen zischte, und der kleine Raum war voll von einer ungewohnten und vergessenen Sicherheit.

»Das ist alles, was ich tun kann.«

Der Schneider hielt Graeber die Hose hin. Er betrachtete sie. Der Fleck war fast weg. »Großartig«, sagte er. Die Hose roch nach Benzin; aber er sagte nichts darüber. Rasch zog er sich um.

»Wer hat Ihnen die Haare geschnitten?« fragte der Schneider.

»Eine Frau, deren Mann Soldat ist.«

»Es sieht aus, als hätten Sie es selbst gemacht. Halten Sie mal still.«

Das Känguruh klippte ihm ein paar Haarbüschel weg. »So, jetzt geht es.«

»Was habe ich zu bezahlen?«

Der Schneider winkte ab. »Tausend Mark oder gar nichts. Also gar nichts. Hochzeitsgeschenk.«

»Danke. Wissen Sie irgendwo einen Blumenladen?«

»Es gibt einen in der Spichernstraße.«

Der Laden war offen. Zwei Frauen standen darin und handelten mit der Verkäuferin um einen Kranz. »Es sind echte Tannenzapfen daran«, sagte die Verkäuferin. »Das ist immer teurer.«

Eine der beiden Frauen blickte sie entrüstet an. Ihre weichen, faltigen Backen zitterten. »Das ist Wucher«, sagte sie. »Wucher! Komm, Minna! Wir finden anderswo billigere Kränze.«

»Sie brauchen sie nicht zu nehmen«, erklärte die Verkäuferin spitz. »Ich werde meine Ware leicht genug los.«

»Bei den Preisen?«

»O ja, bei den Preisen. Ich habe nie genug Vorrat und bin jeden Abend ausverkauft, meine Dame.«

»Dann sind Sie ein Kriegsgewinnler.«

Die beiden Frauen stampften hinaus. Die Verkäuferin zog den Atem scharf ein, als ob sie ihnen etwas nachrufen wollte; dann wandte sie sich zu Graeber. Sie hatte plötzlich zwei rote Flecken auf dem Gesicht. »Und Sie? Kränze oder Sargschmuck? Sie sehen, das Lager ist nicht groß, aber wir haben sehr schöne Tannenarrangements.«

»Ich will nichts für eine Beerdigung.«

»Was denn?« fragte die Verkäuferin erstaunt.

»Ich möchte Blumen kaufen.«

»Blumen? Ich habe Lilien –«

»Keine Lilien. Etwas für eine Hochzeit.«

»Lilien sind durchaus passend für eine Hochzeit, mein Herr! Sie sind das Symbol von Unschuld und Jungfräulichkeit.«

»Das ist richtig. Aber haben Sie keine Rosen?«

»Rosen? Um diese Zeit? Woher? In den Treibhäusern

wird heute Gemüse angebaut. Es ist schwer, überhaupt etwas zu bekommen.«

Graeber ging um den Stand herum. Schließlich fand er hinter einem Kranz in Hakenkreuzform ein Bund Narzissen. »Geben Sie mir die.«

Die Verkäuferin nahm das Bund heraus und ließ das Wasser abtropfen. »Ich muß Ihnen die Blumen leider in eine Zeitung einwickeln. Ich habe kein anderes Papier mehr.«

»Das macht nichts.«

Graeber bezahlte die Narzissen und ging. Er fühlte sich sofort unbehaglich mit den Blumen in der Hand. Jeder Mensch schien ihn anzustarren. Er hielt den Strauß zuerst mit den Blüten nach unten; dann klemmte er ihn unter den Arm. Dabei sah er die Zeitung, in die er gewickelt war. Neben den gelben Blüten stand das Bild eines Menschen mit aufgerissenem Mund. Es war die Photographie des Vorsitzenden des Volksgerichtshofes. Er las den Text. Vier Leute waren hingerichtet worden, weil sie nicht mehr an den Sieg Deutschlands geglaubt hatten. Man hatte ihnen mit einem Beil die Köpfe abgehackt. Die Guillotine war längst abgeschafft worden im Dritten Reich. Sie war zu menschlich. Graeber zerknüllte die Zeitung und warf sie fort.

Der Beamte hatte recht gehabt, – das Standesamt befand sich in der Turnhalle der Bürgerschule. Der Standesbeamte saß vor einer Reihe von Kletterseilen, deren untere Enden an der Wand festgehakt waren. Dazwischen hing ein Bild Hitlers in Uniform; darunter ein Hakenkreuz mit dem deutschen Adler.

Sie mußten warten. Ein älterer Soldat war vor ihnen. Er hatte eine Frau bei sich, die eine Goldbrosche in Form eines Segelschiffes auf der Brust trug. Der Mann war aufgeregt, die Frau gelassen. Sie lächelte Elisabeth zu, als wären sie Verschwörerinnen.

»Trauzeugen«, sagte der Standesbeamte. »Wo sind Ihre Trauzeugen?«

Der Soldat stotterte. Er hatte keine. »Ich dachte, bei Kriegsheiraten bräuchte man keine«, brachte er schließlich hervor.

»Das wäre noch schöner. Bei uns herrscht Ordnung!«

Der Soldat wandte sich an Graeber. »Kannst du uns vielleicht helfen, Kamerad? Du und das Fräulein? Nur unterschreiben.«

»Klar. Ihr könnt dann bei uns ebenso unterschreiben. Ich habe auch geglaubt, man brauche keine.«

»Wer denkt schon an so was!«

»Jeder, der seine Pflichten als Staatsbürger kennt«, erklärte der Standesbeamte schneidig. Er faßte anscheinend die Unterlassung als persönliche Beleidigung auf. »Gehen Sie vielleicht ohne Gewehr ins Feld?«

Der Soldat starrte ihn an. »Das ist doch etwas ganz anderes. Ein Trauzeuge ist doch keine Waffe!«

»Das habe ich auch nicht behauptet. Es war lediglich ein Vergleich. Also, wie ist es nun? Haben Sie Zeugen?«

»Den Kameraden hier und die Dame.«

Der Standesbeamte blickte Graeber mißmutig an. Es gefiel ihm nicht, daß die Sache so einfach zu lösen war. »Haben Sie Ausweise?« fragte er Graeber hoffnungsvoll.

»Ja. Wir wollen selber heiraten.«

Der Beamte knurrte etwas und nahm die Papiere. Er trug die Namen von Elisabeth und Graeber in das Register ein. »Unterschreiben Sie hier.«

Alle vier unterschrieben. »Ich gratuliere Ihnen im Namen des Führers«, sagte der Standesbeamte frostig zu dem Soldaten und seiner Frau. Dann wandte er sich an Graeber. »Ihre Zeugen?«

»Hier.« Graeber zeigte auf die beiden.

Der Standesbeamte schüttelte den Kopf. »Ich kann nur einen von beiden annehmen«, erklärte er.

»Warum? Sie haben doch auch uns beide genommen.«

»Sie waren noch ledig. Die zwei aber sind jetzt ein Ehepaar. Als Zeugen brauchen Sie zwei unabhängige Personen. Eine Ehefrau gilt nicht dafür.«

Graeber wußte nicht, ob der Beamte recht hatte oder nur Schwierigkeiten machen wollte. »Gibt es nicht jemand hier, der das machen kann?« fragte er. »Einen anderen Beamten vielleicht?«

»Dafür zu sorgen bin ich nicht da«, erklärte der Standesbeamte mit leisem Triumph. »Wenn Sie keine Zeugen haben, können Sie nicht heiraten.«

Graeber sah sich um. »Was brauchen Sie?« fragte ein älterer Mann, der herangekommen war und zugehört hatte. »Einen Trauzeugen? Nehmen Sie mich.«

Er stellte sich neben Elisabeth. Der Beamte musterte ihn kalt. »Haben Sie Papiere?«

»Natürlich.« Der Mann zog nachlässig einen Paß aus der Tasche und warf ihn auf den Tisch. Der Standesbeamte las ihn, erhob sich und schnarrte: »Heil Hitler, Herr Obersturmbannführer.«

»Heil Hitler«, erwiderte der Obersturmbannführer nachlässig. »Und nun machen Sie mal kein weiteres Theater hier, verstanden? Was fällt Ihnen ein, sich so gegen Soldaten zu benehmen?«

»Sehr wohl, Herr Obersturmbannführer! Bitte, wollen Sie so gütig sein, hier zu zeichnen.«

Graeber sah, daß der SS-Obersturmbannführer Hildebrandt sein zweiter Trauzeuge war. Der erste war der Pionier Klotz. Hildebrandt schüttelte Elisabeth und Graeber die Hand und dann auch Klotz und seiner Frau. Der Standesbeamte holte hinter den Klettertauen, die wie Seile zum Aufhängen aussahen, zwei Exemplare von Hitlers »Mein Kampf« hervor. »Eine Gabe der Stadt«, erklärte er säuerlich und starrte Hildebrandt nach. »Zivil«, sagte er. »Wie soll man da auch etwas wissen!«

Sie gingen an dem ledernen Springpferd und den Barren vorbei zum Ausgang. »Wann mußt du zurück?« fragte Graeber den Pionier.

»Morgen.« Klotz zwinkerte. »Wir wollten es schon immer machen. Wozu dem Staat was schenken? Wenn ich eins vor die Plauze kriege, ist wenigstens für Marie gesorgt. Oder glaubst du nicht?«

»Doch.«

Klotz schnallte seinen Tornister ab. »Du hast mir ausgeholfen, Kamerad. Ich habe hier eine gute Zervelatwurst. Laßt sie euch schmecken! Rede nicht, ich bin Landwirt, ich habe genug. Wollte sie eigentlich dem Standesbeamten geben. Stell dir vor, diesem Scheißer!«

»Das auf keinen Fall!« Graeber nahm die Wurst. »Hier

hast du dafür dieses Buch. Ich habe nichts anderes als Hochzeitsgeschenk für dich bei mir.«

»Aber, Kamerad, ich habe ja gerade selber eins gekriegt.«

»Das macht nichts, dann hast du es doppelt. Du kannst eins deiner Frau geben.«

Klotz betrachtete die Ausgabe von »Mein Kampf«. »Es ist ein schöner Einband«, sagte er. »Willst du es tatsächlich nicht selber behalten?«

»Ich brauche es nicht. Wir haben es in unserer Wohnung in Leder mit Silberbeschlägen.«

»Das ist natürlich etwas anderes. Also, dann mach es gut.«

»Du auch.«

Graeber holte Elisabeth ein. »Ich habe Alfons Binding nichts gesagt, weil ich ihn als Trauzeugen vermeiden wollte«, sagte er. »Ich wollte neben unsern Namen keinen Kreisleiter haben. Jetzt haben wir einen SS-Obersturmbannführer statt dessen erwischt. So geht es mit guten Vorsätzen.«

Elisabeth lachte. »Dafür hast du die Bibel der Bewegung für eine Zervelatwurst eingetauscht. Das gleicht sich aus.«

Sie gingen über den Marktplatz. Das Denkmal, das nur noch die Füße Bismarcks zeigte, war geradegestellt worden. Über der Marienkirche flatterten die Tauben. Graeber sah Elisabeth an. Ich müßte eigentlich sehr glücklich sein, dachte er; aber er fühlte es nicht so, wie er es erwartet hatte.

Sie lagen auf einer Lichtung im Walde vor der Stadt. Violetter Dunst hing zwischen den Stämmen. An den Rändern blühten Primeln und Veilchen. Ein leichter Wind begann zu wehen. Elisabeth setzte sich plötzlich auf: »Was ist das da drüben? Das sieht ja aus wie ein verzauberter Wald. Oder träume ich? Die Bäume hängen ja voller Silber. Siehst du es auch?«

Graeber nickte. »Es sieht aus wie Lametta.«

»Was ist es?«

»Stanniol. Oder sehr dünnes Aluminium, das in schmale Streifen geschnitten ist. So etwas Ähnliches wie das Silberpapier, in das man Schokolade wickelt.«

»Ja. Der ganze Wald hängt voll davon! Woher kommt es?«

»Die Flugzeuge werfen es in Bündeln ab. Es stört die Radioverbindungen. Ich glaube, man kann dann nicht mehr feststellen, wo sie sind. Es ist irgendetwas dergleichen. Die kleingeschnittenen Stanniolstreifen unterbrechen oder stören die Radiowellen, wenn sie langsam durch die Luft herunterwirbeln.«

»Schade«, sagte Elisabeth. »Es sieht aus wie ein Wald von Weihnachtsbäumen. Und nun ist es auch wieder Krieg. Ich dachte, wir wären endlich einmal weg davon.«

Sie sahen hinüber. Die Bäume der Lichtung waren voll von den Streifen, die von den Zweigen herunterwehten und funkelten und sich im Winde drehten. Die Sonne brach durch Wolkengebirge und verwandelte sie in ein glitzerndes Märchen. Das, was unter rasendem Tod und dem schrillen Geheul der Zerstörung heruntergewirbelt war, hing nun lautlos und glänzend in den Bäumen und war Silber und Schimmer und Erinnerung an Erzählungen der Kindheit und an das Fest des Friedens.

Elisabeth lehnte sich an Graeber. »Wir wollen es so nehmen, wie es aussieht – und nicht als das, was es bedeutet.«

»Gut.« Graeber zog das Buch Pohlmanns aus der Tasche seines Mantels. »Wir können keine Hochzeitsreise machen, Elisabeth. Aber Pohlmann hat mir dieses hier gegeben – es ist ein Bilderbuch über die Schweiz. Irgendeinmal werden wir nach dem Kriege hinfahren und alles nachholen.«

»Die Schweiz. Da, wo nachts noch Licht ist?«

Graeber öffnete das Buch. »Es ist auch kein Licht mehr in der Schweiz. Ich habe es in der Kaserne gehört. Wir haben ein Ultimatum gestellt, das Licht abzublenden. Die Schweiz hat ihm folgen müssen.«

»Warum?«

»Wir haben nichts dagegen gehabt, solange wir allein die Schweiz überflogen. Jetzt aber fliegen auch die anderen darüber. Mit Bomben nach Deutschland. Wenn irgendwo Städte erleuchtet sind, können die Flieger sich leicht orientieren. Deshalb.«

»Das ist also auch vorbei.«

»Ja. Aber wir wissen zum mindesten eines, – wenn wir nach dem Kriege einmal in die Schweiz kommen, wird alles noch genau so sein wie in diesem Buche. Wenn wir ein Bilderbuch von Italien oder Frankreich oder England hier hätten, wüßten wir das nicht.«

»Bei einem von Deutschland auch nicht.«

»Bei einem von Deutschland auch nicht mehr.«

Sie blätterten die Seiten durch. »Berge«, sagte Elisabeth. »Gibt es nichts anderes als Berge in der Schweiz? Gibt es keine Wärme da und keinen Süden?«

»Doch! Hier ist die italienische Schweiz.«

»Locarno – war da nicht eine große Friedenskonferenz? Eine, in der beschlossen wurde, daß nie wieder Krieg nötig sein sollte?«

»Ich glaube, ja.«

»Das hat nicht lange gehalten.«

»Nein. Hier ist Locarno. Sieh es dir an. Palmen, alte Kirchen, und da ist der Lago Maggiore. Und hier sind Inseln und Azaleen und Mimosen und Sonne und Frieden.«

»Ja. Wie heißt der Ort?«

»Porto Ronco.«

»Gut«, sagte Elisabeth und legte sich zurück. »Wir wollen ihn uns merken. Dahin gehen wir dann später. Jetzt will ich nicht mehr reisen.«

Graeber klappte das Buch zu. Er sah auf das flirrende Silber in den Bäumen, und dann nahm er Elisabeth um die Schultern. Er fühlte sie, und der Boden des Waldes war plötzlich da mit Gras und Ranken und einer rötlichen Blüte mit schmalen zarten Blättern, die größer und größer wurde, bis sie den Horizont ausfüllte und seine Augen sich schlossen.

Der Wind starb. Es wurde rasch dunkel. Aus der Ferne kam leises Rollen. Artillerie, dachte Graeber im Halbschlaf; aber woher? Wo bin ich? Wo ist die Front? Und dann, erlöst, als er Elisabeth neben sich fühlte: Wo sind denn hier Artilleriestände? Es muß ein Übungsschießen sein.

Elisabeth regte sich. »Wo sind sie?« murmelte sie. »Bombardieren sie, oder fliegen sie weiter?«

»Es sind keine Flugzeuge.«

Das Rollen wiederholte sich. Graeber richtete sich auf und lauschte. »Es sind keine Bomben und keine Artillerie und keine Flugzeuge, Elisabeth«, sagte er. »Es ist ein Gewitter.«

»Ist es nicht noch zu früh dafür?«

»Für Gewitter gibt es keine Regeln.«

Sie sahen jetzt die ersten Blitze. Sie wirkten blaß und künstlich nach dem, was sie an Gewittern kannten, die von Menschen erzeugt wurden, und auch der Donner war kaum zu vergleichen mit dem Dröhnen eines Flugzeugschwarms – ganz zu schweigen von dem eines Bombardements.

Der Regen begann. Sie liefen über die Lichtung unter die Tannen. Schatten schienen mit ihnen zu laufen. Dann war das Rauschen des Regens in den Kronen über ihnen wie das Beifallklatschen einer fernen Menge, und im fahlen Licht sah Graeber, daß Elisabeths Haar voll hing von den silbernen Fäden, die von den Zweigen abgestreift worden waren. Sie waren wie ein Netz, in dem die Blitze sich verfingen.

Sie kamen aus dem Wald heraus und fanden eine überdachte Straßenbahnhaltestelle, unter der sich eine Anzahl Menschen zusammendrängten. Ein paar SS-Leute standen dabei. Sie waren jung und starrten Elisabeth an.

Nach einer halben Stunde hörte der Regen auf. »Ich weiß nicht mehr, wo wir sind«, sagte Graeber. »In welche Richtung müssen wir gehen?«

»Nach rechts.«

Sie überquerten die Straße und bogen in eine dämmerige Allee ein. Vor ihnen war eine lange Reihe von Leuten im Halbdunkel damit beschäftigt, Röhren zu legen. Sie trugen gestreifte Anzüge.

Elisabeth richtete sich plötzlich auf und bog von der Straße ab, dahin, wo die Arbeiter waren. Langsam und dicht ging sie an ihnen vorüber und blickte sie an, als suche sie jemand. Graeber sah jetzt, daß die Leute Nummern auf den Anzügen trugen; es mußten Gefangene aus dem Konzentrationslager sein. Sie arbeiteten schweigend und eilig, ohne aufzublicken. Ihre Köpfe glichen Totenschädeln, und die Anzüge schlotterten um die dünnen Körper. Zwei lagen zusammengebrochen vor einer Selterswasserbude, die mit Brettern verrammelt war.

»Heda!« schrie ein SS-Mann. »Weg da! Es ist verboten, da zu gehen!«

Elisabeth tat, als höre sie ihn nicht. Sie ging nur rascher und spähte den Gefangenen in die toten Gesichter.

»Zurückkommen! Sie da! Die Dame! Sofort! Verdammt, können Sie nicht hören?«

Der SS-Mann kam fluchend heran. »Was gibt es?« fragte Graeber.

»Was es gibt? Habt ihr Dreck in den Ohren? Oder was ist los?«

Graeber sah, daß noch ein zweiter SS-Mann herankam. Es war ein Oberscharführer. Er traute sich nicht, Elisabeth zurückzurufen; er wußte, daß sie nicht kommen würde.

»Wir suchen etwas«, sagte er zu dem SS-Mann.

»Was? Raus mit der Sprache!«

»Wir hatten hier etwas verloren, eine Brosche: Es war ein Segelschiff mit Brillanten. Wir sind gestern spät hier durchgegangen und müssen es verloren haben. Haben Sie vielleicht etwas davon gesehen?«

»Was?«

Graeber wiederholte seine Lüge. Er sah, daß Elisabeth die Hälfte der Reihe hinter sich hatte.

»Hier ist nichts gefunden worden«, erklärte der Oberscharführer.

»Er quatscht uns was vor«, sagte der SS-Mann. »Haben Sie Papiere?«

Graeber sah ihn eine Weile schweigend an. Er hätte ihn gerne niedergeschlagen. Der SS-Mann war nicht älter als zwanzig Jahre. Steinbrenner, dachte er. Heini. Derselbe Typ. »Ich habe nicht nur Papiere, sondern ich habe sogar sehr gute Papiere«, sagte er dann. »Der Obersturmbannführer Hildebrandt ist außerdem ein naher Freund von mir, wenn Sie das interessieren sollte.«

Der SS-Mann lachte höhnisch. »Sonst noch was? Der Führer wohl auch, wie?«

»Der Führer nicht.« Elisabeth war fast am Ende der Reihe angekommen. Graeber holte langsam seine Heiratsurkunde aus der Tasche. »Kommen Sie mal mit mir unter die Laterne. Können Sie das hier lesen? Die Unterschrift meines Trauzeugen? Und das Datum? Heute, wie Sie sehen. Sonst noch Fragen?«

Der SS-Mann starrte auf das Papier. Der Oberscharführer sah ihm über die Schulter. »Das ist Hildebrandts Unterschrift«, betätigte er. »Ich kenne sie. Aber Sie dürfen trotzdem nicht hier gehen. Es ist verboten. Wir können nichts daran machen. Tut mir leid mit Ihrer Brosche.«

Elisabeth war durch. »Mir auch«, erwiderte Graeber. »Natürlich werden wir nicht weitersuchen, wenn es verboten ist. Befehl ist Befehl.«

Er ging weiter, um Elisabeth zu erreichen. Aber der Oberscharführer blieb neben ihm. »Vielleicht finden wir die Brosche noch. Wohin sollen wir sie dann schikken?«

»Zu Hildebrandt, das ist am einfachsten.«

»Gut«, sagte der Oberscharführer mit Respekt. »Haben Sie etwas gefunden?« fragte er dann Elisabeth.

Sie starrte ihn an, als wäre sie gerade erwacht. »Ich habe dem Oberscharführer von der Brosche erzählt, die wir hier verloren haben«, sagte Graeber rasch. »Sollte man sie finden, wird er sie zu Hildebrandt schicken.«

»Danke«, erwiderte Elisabeth erstaunt.

Der Oberscharführer sah ihr ins Gesicht und nickte. »Sie können sich darauf verlassen! Wir sind Kavaliere bei der SS.«

Elisabeth warf einen Blick auf die Gefangenen. Der Oberscharführer bemerkte es. »Sollte eines von diesen Schweinen sie eingesteckt haben, so werden wir sie auch schon finden«, erklärte er galant. »Wir werden sie revidieren, bis sie umfallen.«

Elisabeth zuckte zusammen. »Es ist nicht sicher, daß ich sie hier verloren habe. Es kann auch weiter oben im Walde gewesen sein. Ich glaube sogar eher, es war da.«

Der Oberscharführer grinste. Sie errötete. »Es wird wohl im Walde gewesen sein«, wiederholte sie.

Der Oberscharführer grinste stärker. »Da sind wir natürlich nicht zuständig«, erklärte er.

Graeber stand dicht neben dem abgezehrten Schädel eines der gebückten Gefangenen. Er steckte die Hand in die Tasche, schob ein Paket Zigaretten heraus und ließ es neben den Gefangenen fallen, während er sich umdrehte. »Besten Dank«, sagte er zu dem Oberscharführer. »Wir werden morgen im Wald weitersuchen. Es kann auch da gewesen sein.«

»Nichts zu danken. Heil Hitler! Und herzliche Gratulation zur Hochzeit.«

»Danke.«

Sie gingen schweigend nebeneinander her, bis sie nichts mehr von den Gefangenen sehen konnten. Ein Zug Wolken zog perlmuttern und rosafarben wie ein Schwarm Flamingos über den Himmel, der sich aufgeklärt hatte.

»Ich hätte nicht hinübergehen sollen«, sagte Elisabeth. »Ich weiß es.«

»Das macht nichts. Der Mensch ist nun mal so. Kaum ist er aus einer Gefahr heraus, riskiert er schon die nächste.«

Sie nickte. »Du hast uns mit der Brosche gerettet. Und mit Hildebrandt. Du bist wirklich ein guter Lügner.«

»Das«, sagte Graeber, »ist das einzige, was wir in den letzten zehn Jahren zur Vollkommenheit gelernt haben. Und nun laß uns nach Hause gehen. Ich habe jetzt das absolute, verbriefte Recht, in deine Wohnung einzuziehen. Ich habe mein Heim in der Kaserne verloren und bin heute nachmittag bei Alfons ausgezogen; jetzt will ich endlich nach Hause. Ich will in großem Luxus im Bett liegenbleiben, während du morgen früh zur Arbeit rennst, um das Brot für die Familie zu verdienen.«

»Ich brauche morgen nicht zur Fabrik. Ich habe zwei Tage Urlaub.«

»Das sagst du erst jetzt?«

»Ich wollte es dir morgen früh sagen.«

Graeber schüttelte den Kopf. »Nur keine Überraschungen! Wir haben keine Zeit dazu. Wir brauchen jede Minute, um uns zu freuen. Und wir werden gleich damit anfangen. Haben wir genug zum Frühstück? Oder soll ich noch zu Alfons gehen?«

»Wir haben genug.«

»Gut. Wir werden mit Lärm frühstücken. Wenn du willst, sogar mit dem Hohenfriedberger Marsch. Und wenn Frau Lieser dann voll moralischer Wut herantobt, werden wir ihr unsere Heiratsurkunde vor die enttäuschte Denunziantenfresse halten. Die Augen, die sie machen wird, wenn sie den Namen unseres SS-Trauzeugen sieht!«

Elisabeth lächelte. »Vielleicht wird sie gar nicht soviel Krach machen. Vorgestern, als sie mir ein Pfund Zucker gab, das du dagelassen hattest. sagte sie plötzlich, du seist ein anständiger Mensch. Weiß der Himmel, woher dieser Umschlag auf einmal kam! Weißt du es?«

»Keine Ahnung. Korruption wahrscheinlich. Das ist ja das zweite, was wir in den letzten zehn Jahren zur Vollkommenheit gelernt haben.«

XX

Das Bombardement kam mittags. Es war ein trüber lauer Tag, der voll Wachsen und Feuchtigkeit war. Die Wolken hingen tief, und die Flammen der Explosionen wurden gegen sie geworfen, als schleudere die Erde sie zurück gegen den unsichtbaren Gegner, um ihn mit seinen eigenen Waffen herunterzureißen in den Strudel von Feuer und Zerstörung.

Es war die Stunde der Mittagspause und des stärksten Verkehrs. Graeber war von einem Luftschutzwart in den nächsten Keller gewiesen worden. Er hatte geglaubt, es würde nur ein Alarm werden, aber als er die ersten Explosionen hörte, begann er sich durch die Menschenmasse nach vorn zu drängen, bis er nahe am Ausgang war. Im Augenblick, als die Tür noch einmal geöffnet wurde, um Leute einzulassen, sprang er hinaus.

»Zurück!« schrie der Luftschutzwart draußen. »Niemand darf auf der Straße sein! Nur Luftschutzwarte!«

»Ich bin Luftschutzwart!«

Er lief in der Richtung zur Fabrik. Er wußte nicht, ob er Elisabeth erreichen konnte; aber er wußte, daß Fabriken die Hauptziele der Angriffe waren, und er wollte wenigstens versuchen, sie herauszuholen.

Er kam um eine Ecke. Langsam hob sich vor ihm am Ende der Straße ein Haus. Es zerbrach in der Luft in

Stücke, die sich voneinander lösten und in dem Rasen, ohne eigenen Lärm, lautlos und gemächlich niederfielen. Er lag im Rinnstein, die Arme über die Ohren gepreßt. Der Luftdruck einer zweiten Explosion ergriff ihn wie eine Riesenhand und warf ihn einige Meter zurück. Steine stürzten wie Regen um ihn herunter. Auch sie fielen lautlos in all dem Toben. Er erhob sich, taumelte, schüttelte heftig den Kopf, riß sich an den Ohren und schlug sich gegen die Stirn, um klar zu werden. Von einem Augenblick zum andern war die Straße vor ihm ein Sturm von Flammen. Er konnte nicht durch und kehrte um.

Menschen stürzten ihm entgegen mit offenen Mündern, Entsetzen in den Augen. Sie schrien, aber er konnte sie nicht hören. Wie aufgestöberte Taubstumme liefen sie an ihm vorüber. Ihnen folgte ein Mann mit einem Holzbein, der eine große Kuckucksuhr trug, deren Gewichte nachschleiften. Ein Schäferhund jagte geduckt hinter ihm her. In einer Hausecke stand ein fünfjähriges Mädchen. Es hielt einen Säugling fest an sich gepreßt. Graeber blieb stehen. »Lauf zum nächsten Keller!« schrie er. »Wo sind deine Eltern? Warum lassen sie dich hier stehen?«

Das Mädchen sah nicht auf. Es hielt den Kopf gesenkt und drückte sich gegen die Wand. Graeber sah plötzlich einen Luftschutzwart, der lautlos auf ihn einschrie. Graeber schrie zurück und hörte sich nicht. Der Luftschutzwart schrie lautlos weiter und machte Zeichen. Graeber winkte ab und zeigte auf die beiden Kinder. Es war eine gespenstische Pantomime. Der Luftschutzwart versuchte, ihn mit einer Hand zurückzuhalten; mit der anderen griff er nach den Kindern. Graeber riß sich los. In dem Tosen war ihm einen Augenblick, als hätte er kein Gewicht und könne ungeheure Sprünge machen, und gleich darauf, als wäre er aus weichem Blei und riesige Hämmer schlügen ihn platt.

Ein Schrank mit offenen Türen segelte wie ein plumper vorweltlicher Vogel über ihn hinweg. Ein mächtiger Luftstrom erfaßte ihn und wirbelte ihn herum, Flammen schossen aus dem Boden, ein grelles Gelb verlöschte den Himmel, verbrannte zu intensiverem Weiß und stürzte wie ein Wolkenbruch wieder herunter. Graeber atmete Feuer, seine Lungen schienen verbrannt, er brach zusammen, drückte den Kopf in die Arme, hielt den Atem an, bis der Kopf zu platzen drohte, und sah auf. Durch Tränen und Brennen schwamm in seine Augen langsam ein Bild, verzerrte sich und festigte sich: eine zerrissene, gefleckte Mauerwand, zurückgedrückt über eine Treppe, und auf der Treppe, aufgespießt von den zersplitterten Stufen, der Körper des fünfjährigen Mädchens, den kurzen schottischen Rock hochgerissen, die Beine gespreizt und entblößt, die Arme ausgestreckt wie gekreuzigt, die Brust von einem Stück Eisengitter durchbohrt, dessen Knauf weit aus dem Rücken ragte, – und seitlich daneben, als hätte er viele Gelenke mehr als im Leben, der Luftschutzwart, ohne Kopf, erschlafft und nur noch wenig Blut sprudelnd, zusammengebogen, die Beine über den Schultern, ein toter Schlangenmensch. Der Säugling war nicht zu sehen. Er mußte irgendwo anders hingeschleudert worden sein in dem Sturm, der jetzt zurückkam, heiß und flammend, im Rücksog das Feuer vor sich herjagend. Graeber hörte jemand neben sich schreien:

Schweine! Schweine! Verfluchte Schweine! und starrte zum Himmel und blickte sich um und merkte, daß er selber es war, der schrie.

Er sprang auf und lief weiter. Er wußte nicht, wie er zu dem Platz gekommen war, an dem die Fabrik lag. Sie schien unversehrt; nur an der rechten Seite war ein frischer Krater. Die niedrigen grauen Gebäude waren nirgendwo getroffen.

Der Luftschutzwart der Fabrik hielt ihn auf. »Meine Frau ist hier!« schrie Graeber. »Lassen Sie mich rein!«

»Verboten! Der nächste Keller ist auf der anderen Seite. Drüben, wo der Platz aufhört.«

»Verflucht, was ist nicht alles verboten in diesem Land! Gehen Sie weg oder –«

Der Luftschutzwart zeigte auf den hinteren Hof. Ein flaches kleines Blockhaus aus Eisenbeton stand da. »Maschinengewehre«, sagte er. »Und eine Wache! Scheißmilitär, wie du! Geh rein, wenn du willst, du Kaffer! Fang einen Bürgerkrieg an. Auf dich haben wir gerade gewartet!«

Graeber brauchte keine weitere Erklärung; das MG beherrschte den Hof. »Eine Wache!« sagte er wütend. »Wozu? Nächstens bewacht ihr noch eure eigene Scheiße. Habt ihr Verbrecher da drin? Oder was ist an euren verdammten Militärmänteln zu bewachen?«

»Mehr als du denkst!« erwiderte der andere verächtlich. »Wir machen hier nicht nur Militärmäntel. Und wir haben hier nicht nur Weiber. Im Munitionswerk arbeiten ein paar hundert Gefangene vom Konzentrationslager. Hast du jetzt verstanden, du Frontkalb?«

»Ja. Wie sind die Keller hier?«

»Was gehen mich die Keller an! Ich muß draußen bleiben. Und was passiert mit meiner Frau in der Stadt?«

»Sind die Keller sicher?«

»Natürlich. Die Leute werden doch in der Fabrik gebraucht. Und jetzt verschwinde! Niemand darf auf der Straße sein! Die drüben haben schon was gemerkt. Sind scharf auf Sabotage!«

Die schweren Explosionen hatten nachgelassen. Das Flakfeuer raste weiter. Graeber lief seitlich über den Platz zurück. Er lief nicht zum nächsten Keller; er duckte sich in den frischen Bombenkrater am Ende des Platzes. Der Gestank darin erstickte ihn fast. Er kroch zum Rande empor und blieb dort liegen und starrte auf die Fabrik. Es war ein anderer Krieg hier, dachte er. An der Front mußte jeder nur auf sich selbst aufpassen, und wenn jemand einen Bruder in derselben Kompanie hatte, so war das schon viel; aber hier hatte jeder eine Familie, und es war nicht er allein, auf den man schoß; auf jeden wurde für jeden mitgeschossen. Es war ein doppelter und dreifacher und zehnfacher Krieg. Er dachte an die Leiche des fünfjährigen Mädchens, und dann an die andern, zahllosen, die er gesehen hatte, und er dachte an seine Eltern und an Elisabeth, und er spürte wie einen Krampf den Haß gegen die, die das alles angerichtet hatten, und es war ein Haß, der nicht an den Grenzen seines Landes stillestand und der nichts mit Abwägen und Gerechtigkeit zu tun hatte.

Es begann zu regnen. Die Tropfen fielen wie ein silberner Schwarm von Tränen durch die stinkende vergewaltigte Luft. Sie sprühten auf und färbten die Erde dunkel. Dann kamen die nächsten Bomberstaffeln.

Es war, als zerrisse ihm jemand die Brust. Das Tosen wurde zu metallischem Rasen, dann hob sich ein Teil der Fabrik in die Luft, schwarz vor dem fächerförmigen glühenden Licht, und zerbarst, als spiele unten in der Erde ein Riese mit Spielzeugen und würfe sie hoch.

Graeber starrte auf das Fenster, das weiß und gelb und grün aufsprang. Dann lief er zurück zum Tor der Fabrik. »Was willst du denn schon wieder?« schrie der Luftschutzwart. »Siehst du nicht, daß es bei uns eingehauen hat?«

»Ja! Wo? In welchem Teil? In dem für Mäntel?«

»Mäntel, Quatsch! Die Mäntelabteilung ist weiter hinten.«

»Bestimmt? Meine Frau –«

»Ach, leck mich am Arsch mit deiner Frau! Die sind doch alle im Keller. Wir haben hier einen Haufen Verwundete und Tote! Laß mich in Ruhe!«

»Wieso Verwundete und Tote, wenn alle im Keller sind?«

»Das sind doch die andern, Mensch! Die aus dem KZ. Die sind nicht im Keller, das ist doch klar! Oder glaubst du, für die werden extra Keller gebaut?«

»Nein«, sagte Graeber. »Das glaube ich nicht.«

»Na also! Endlich wirst du vernünftig. Und nun laß mich in Ruhe! Du als alter Militär solltest verdammt nicht so nervös sein. Außerdem ist es ja für den Augenblick vorbei. Vielleicht sogar ganz.«

Graeber blickte auf. Nur noch die Flak bellte. »Hör zu, Kamerad«, sagte er. »Ich will nur eins! Ich will wissen, ob die Mäntelabteilung nichts abgekriegt hat. Laß mich rein, oder frag nach. Bist du nicht verheiratet?«

»Klar. Das habe ich dir doch schon gesagt. Meinst du, ich habe nicht Schiß genug um meine Frau?«

»Dann frag nach! Tu es, und deiner Frau ist dann sicher nichts passiert.«

Der Luftschutzwart sah Graeber kopfschüttelnd an. »Mensch, bei dir spukt es. Oder bist du der liebe Gott?«

Er ging in seinen Anbau und kam zurück. »Ich habe telefoniert. Mäntel sind in Ordnung. Nur die KZ-Brüder haben einen Volltreffer gekriegt. Und jetzt schwirr ab! Wie lange bist du verheiratet?«

»Fünf Tage.«

Der Luftschutzwart grinste plötzlich. »Warum sagst du das nicht gleich? Das ist was anderes.«

Graeber ging zurück. Ich habe etwas haben wollen, das mich halten sollte, dachte er. Aber ich habe nicht gewußt, daß es einen doppelt verwundbar macht.

Es war vorbei. Die Stadt stank nach Brand und Tod und war voll von Feuern. Es gab rote und grüne und gelbe und weiße, es gab welche, die nichts waren als schlangenhaftes kriechendes Flackern über zusammengestürzten Ruinen, und andere, die still aus den Dächern zum Himmel loderten, es gab Feuer, die fast zärtlich an stehengebliebenen Häuserfronten emporwehten, dicht, scheu, sie vorsichtig umarmend, und andere, die mit Gewalt aus Fensterhöhlen schossen. Es gab Feuersbrünste und Feuerwände und Feuerstürme, es gab feurige Tote, und es gab feurige Verletzte, die schreiend aus den Häusern brachen und rasend im Kreise rannten, bis sie niederstürzten und krochen und heiser fauchten und dann nur noch zuckten und röchelten und nach verbranntem Fleisch stanken.

»Die Fackeln«, sagte jemand, der neben Graeber stand. »Man kann sie nicht retten. Sie verbrennen lebendig. Das verfluchte Zeug aus den Brandbomben bespritzt sie und brennt durch alles, Haut, Fleisch oder Knochen.«

»Warum kann man sie nicht löschen?«

»Man müßte für jeden einzelnen einen Feuerlöschapparat haben, und ich weiß nicht einmal, ob der nützen würde. Dieser Teufelskram frißt alles kaputt. Und das Schreien!«

»Man soll sie rasch erschießen, wenn man sie nicht retten kann.«

»Schieß mal, und werde als Mörder aufgehängt! Und triff mal, wenn sie wie Verrückte herumrasen! Das ist ja das Elend dabei, daß sie so rennen! Das erst macht sie zu Fackeln. Der Wind, verstehst du! Sie laufen, und das gibt Wind, und der Wind facht das Feuer an, und im Nu stehen sie ganz in Flammen.«

Graeber sah den Mann an. Er hatte tiefe Augenhöhlen unter dem Helm und einen Mund, in dem viele Zähne fehlten. »Du meinst, sie sollten stehenbleiben?«

»Es wäre besser, theoretisch. Stehenbleiben oder versuchen, die Flammen zu ersticken mit Decken und so was. Aber wer hat sofort Decken zur Hand? Oder denkt daran? Und wer bleibt still stehen, wenn er brennt?«

»Keiner. Was bist du eigentlich? Luftschutz?«

»Unsinn. Ich gehöre zur Leichenbrigade. Verwundete natürlich auch, wenn wir welche finden. Da kommt unser Wagen. Endlich.«

Graeber sah einen Wagen zwischen den Trümmern heranrollen, der mit einem Schimmel bespannt war.

»Warte, Gustav!« rief der Mann, mit dem er gesprochen hatte. »Du kannst hier nicht weiter. Wir bringen sie rüber. Hast du Bahren?«

»Zwei.«

Graeber folgte dem Mann. Hinter einer Mauerwand sah er die Toten. Wie ein Schlachthof, dachte er. Nein, nicht wie ein Schlachthof; ein Schlachthof war ordentlicher, die Tiere waren nach Regeln zerschnitten, ausgeblutet und ausgenommen. Hier waren sie zerfetzt, zermalmt, zerrissen, versengt und gebraten. Fetzen von Kleidern hingen noch auf ihnen; der Arm eines wollenen Sweaters, ein gerupfter Rock, ein einzelnes Hosenbein aus braunem Manchester, ein Büstenhalter, in dessen Draht schwarze, blutige Brüste hingen. An der Seite lag ein Nest toter Kinder durcheinander. Sie waren in einem Keller getroffen worden, der nicht fest genug gewesen war. Einzelne Hände, Füße, zertretene Köpfe mit etwas Haar, verdrehte Beine, eine Schultasche darunter, ein Korb mit einer toten Katze, ein sehr blasser Knabe, weiß wie ein Albino, tot ohne Verletzung ausgestreckt, als wäre er noch unbeseelt und warte darauf, belebt zu werden, und vor ihm eine Leiche, schwarz verbrannt, nicht sehr stark, aber ganz gleichmäßig, bis auf einen Fuß, der nur rot und voller Blasen war. Man konnte nicht mehr erkennen, ob es ein Mann oder eine Frau war; das Geschlecht und die Brust waren weggebrannt. Ein goldener Ring leuchtete stark auf einem schwarz verschrumpften Finger.

»Die Augen«, sagte jemand. »Daß die Augen auch verbrennen!«

Die Leichen wurden aufgeladen. »Linda«, sagte eine Frau und folgte den Bahren. »Linda! Linda!«

Die Sonne kam durch. Die regenfeuchten Straßen schimmerten. Die Bäume, die nicht zerstört waren, glänzten naß und hellgrün. Das Licht nach dem Regen war frisch und stark. »Das wird niemals vergeben«, sagte jemand hinter Graeber.

Er wandte sich um. Eine Frau mit einem roten koketten Hut starrte auf die Kinder. »Niemals!« sagte sie. »Niemals! Nicht in diesem und nicht in jenem Leben!«

Eine Patrouille kam heran. »Weitergehen! Nicht stehen bleiben! Los, weitergehen! Vorwärts!«

Graeber ging weiter. Was würde nicht vergeben werden? dachte er. Nach diesem Kriege würde entsetzlich viel zu vergeben und nicht zu vergeben sein. Ein einziges Leben würde dafür nicht ausreichen. Er hatte mehr tote Kinder gesehen als diese – er hatte sie überall gesehen, in Frankreich, in Holland, in Polen, in Afrika, in Rußland, und alle hatten Mütter gehabt, die um sie weinten, nicht nur die deutschen – wenn sie noch weinen konnten und nicht schon durch die SS liquidiert worden waren. Aber wozu dachte er das? Hatte er vor einer Stunde nicht selbst: Schweine! Schweine! zum Himmel geschrien, der die Flugzeuge enthielt?

Das Haus Elisabeths war nicht getroffen worden; aber eine Brandbombe war in das übernächste Haus gefallen, der Wind hatte die Flammen herübergeweht, und jetzt brannten die Dächer aller drei Häuser.

Der Blockwart stand auf der Straße. »Warum löscht niemand?« fragte Graeber.

Der Portier machte eine weite Gebärde über die Stadt. »Warum löscht niemand?« fragte er zurück.

»Ist kein Wasser da?«

»Wasser ist noch etwas da. Aber wir haben keinen Druck. Es sickert nur. Und an das Feuer können wir nicht ran. Das Dach kann jeden Moment einstürzen.«

Auf der Straße standen Sessel, Koffer, eine Katze in einem Vogelbauer, Bilder und Kleiderpakete. Aus den Fenstern des unteren Stockes warfen Leute mit verschwitzten erregten Gesichtern Sachen, in Decken und Kissen gepackt, auf die Straße. Andere rannten die Treppen hinauf und herab. »Glauben Sie, daß das Haus ganz herunterbrennt?« fragte Graeber den Blockwart.

»Wahrscheinlich, wenn die Feuerwehr nicht bald kommt. Gott sei Dank ist kein Wind. Wir haben im oberen Stock alle Wasserhähne geöffnet und alles Brennbare weggeschafft. Mehr kann man nicht tun. Wo sind eigentlich die Zigarren, die Sie mir versprochen haben? Ich könnte eine gebrauchen.«

»Morgen«, sagte Graeber. »Morgen bestimmt.«

Er blickte zu Elisabeths Wohnung hinauf. Sie war noch nicht unmittelbar bedroht. Zwei Stockwerke waren noch dazwischen. Im Fenster neben Elisabeths Zimmer sah er Frau Lieser hin- und herhuschen. Sie arbeitete an einem weißen Ballen, in dem wahrscheinlich Betten waren.

»Ich werde auch packen«, sagte Graeber. »Das kann nie schaden.«

»Nie«, erwiderte der Portier.

Ein Mann mit einem Kneifer rammte einen schweren Koffer auf der Treppe gegen Graebers Schienbein. »Bitte, entschuldigen Sie«, sagte er höflich ins Leere und lief weiter.

Die Tür zur Wohnung stand offen. Der Korridor war voll mit Paketen. Frau Lieser hastete mit verbissenem Munde und Tränen in den Augen an Graeber vorbei. Er ging in Elisabeths Zimmer und schloß die Tür hinter sich.

Er setzte sich in den Sessel am Fenster und sah sich um. Der Raum hatte plötzlich einen sonderbar abgeschlossenen Frieden. Graeber saß eine Weile still da, ohne an etwas zu denken. Dann suchte er nach Koffern. Er fand zwei unter dem Bett und überlegte, was er einpacken sollte.

Er begann mit Elisabeths Kleidern. Er nahm einige aus dem Schrank, die er für praktisch hielt. Dann öffnete er die Kommode und holte Wäsche und Strümpfe hervor. Ein kleines Bündel Briefe packte er zwischen die Schuhe. Zwischendurch hörte er Rufen und Lärm von draußen. Er blickte hinaus. Es war nicht die Feuerwehr; es waren nur Leute, die Sachen heraustrugen. Er sah eine Frau in einem Nerzmantel, die auf einem roten Plüschsessel vor dem zerstörten Hause gegenüber saß und einen kleinen Koffer an sich gepreßt hielt. Wahrscheinlich ihr Schmuck, dachte er und begann, in den Schubladen nach Elisabeths Schmuck zu suchen. Er fand ein paar kleine Stücke; ein dünnes goldenes Armband war dabei und eine alte Brosche mit einem Amethyst. Er nahm auch das goldene Kleid mit. Es war eine ferne Zärtlichkeit darin, Elisabeths Sachen zu berühren – Zärtlichkeit und eine leichte Scham, etwas Unerlaubtes zu tun.

Er legte eine Photographie von Elisabeths Vater oben auf die Sachen des zweiten Koffers und schloß ihn. Dann setzte er sich wieder in den Sessel und sah sich um. Der sonderbare Frieden des Zimmers umgab ihn wieder. Nach einer Weile fiel ihm ein, daß er das Bett mitnehmen sollte. Er rollte die Decken und Kissen in die Leintücher und verknotete sie, wie er es bei Frau Lieser gesehen hatte. Als er das Bündel auf den Boden legte, sah er hinter dem Bett seinen Tornister. Er hatte ihn vergessen gehabt. Als er ihn herauszog, klapperte der Stahlhelm über den Fußboden, als poche jemand hart von unten. Er blickte lange darauf. Dann schob er ihn mit dem Fuß zu den Sachen an der Tür und trug sie hinunter.

Die Häuser brannten langsam nieder. Die Feuerwehr kam nicht; die paar Wohnhäuser waren zu unwichtig. Die Fabriken, die brannten, hatten den Vorrang beim Löschen. Außerdem stand ein Viertel der Stadt in Flammen.

Die Bewohner der Häuser hatten soviel von ihrem Besitz gerettet, wie sie konnten. Jetzt wußten sie nicht, wohin damit. Es gab keine Transportmittel und keine Unterkunft. Ein Stück vor den brennenden Häusern war die Straße abgesperrt worden. Daneben zu beiden Seiten stapelten sich die Sachen.

Graeber sah Plüschsessel, ein Ledersofa, Stühle, Betten und eine Kinderwiege. Eine Familie hatte einen Küchentisch und vier Stühle gerettet und saß um den Tisch herum. Eine andere hatte eine Ecke gebildet und verteidigte sie gegen jeden, der sich hindurchdrängen wollte, wie einen eigenen Besitz. Der Blockwart lag auf einer Chaiselongue mit türkischem Muster und schlief. An einer Häuserwand lehnte das große Bild Hitlers, das Frau Lieser gehörte. Sie hatte ihr Kind auf dem Schoß und saß auf ihren Betten.

Graeber hatte einen Biedermeiersessel aus Elisabeths Zimmer geholt und saß darin, die Koffer, den Tornister und die Sachen dicht neben sich. Er hatte versucht, sie in einem der unbeschädigten Häuser unterzustellen. In zwei Wohnungen war ihm nicht geantwortet worden, als er klingelte, obschon er Gesichter hinter den Fenstern gesehen hatte. In einige andere war er nicht hineingelassen worden, weil schon alles überfüllt war. In der letzten hatte eine Frau ihn angeschrien: »Das könnte Ihnen wohl so passen! Und dann nachher hier wohnen bleiben, wie?« Danach gab er es auf. Als er zu seinen Sachen zurückkehrte, stellte er fest, daß ein Paket, in das er Brot und Lebensmittel gepackt hatte, inzwischen gestohlen worden war. Er sah später, wie die Familie, die den Tisch hatte, heimlich aß. Die Leute stopften mit abgewandten Gesichtern ab und zu Brocken in ihre Münder; aber es konnte auch Essen sein, das ihnen selbst gehörte und von dem sie nichts abgeben wollten.

Plötzlich sah er Elisabeth. Sie hatte die Absperrung durchbrochen und stand in dem freien Raum, überflackert vom Schein des Feuers.

»Hier, Elisabeth!« rief er und sprang auf.

Sie drehte sich um. Sie sah ihn nicht sofort. Sie stand dunkel vor dem Feuer, und nur ihr Haar leuchtete. »Hier!« rief er noch einmal und winkte.

Sie lief auf ihn zu. »Da bist du! Gott sei Dank!«

Er hielt sie fest. »Ich konnte nicht zur Fabrik kommen,

um dich abzuholen. Ich mußte auf die Sachen hier aufpassen.«

»Ich dachte, es wäre dir etwas passiert.«

»Warum soll denn mir etwas passieren?«

»Aber auch dir könnte etwas passieren!«

Sie atmete heftig an seiner Brust. »Verdammt, daran habe ich noch gar nicht gedacht«, sagte er überrascht. »Ich habe nur Angst um dich gehabt.«

Sie blickte auf. »Was ist hier los?«

»Das Haus ist vom Dach aus abgebrannt.«

»Und du? Ich hatte Angst um dich.«

»Und ich um dich. Setz dich hierher. Ruh dich aus.«

Sie atmete noch immer heftig. Er sah am Straßenrande einen Eimer Wasser, neben dem eine Tasse stand. Er ging hinunter, schöpfte die Tasse voll und gab sie Elisabeth. »Komm, trink etwas.«

»Heda! Sie! Das ist unser Wasser«, rief eine Frau. »Und unsere Tasse«, ergänzte ein zwölfjähriger Junge mit Sommersprossen.

»Trink es aus«, sagte Graeber zu Elisabeth und wandte sich um. »Wie ist es mit der Luft? Gehört die auch Ihnen?«

»Gib ihnen ihr Wasser und ihre Tasse zurück«, sagte Elisabeth. »Oder gieß ihnen den Eimer über die Köpfe, das ist noch besser.«

Graeber hielt ihr die Tasse an den Mund. »Nein. Trink aus. Bist du gelaufen?«

»Ja. Den ganzen Weg.«

Graeber ging zu dem Eimer zurück. Die Frau, die gerufen hatte, gehörte zu der Familie, die am Küchentisch saß. Er schöpfte eine zweite Tasse voll aus dem

Eimer, trank sie leer und stellte sie dann neben den Eimer. Niemand sagte etwas; aber als Graeber zurückgegangen war, lief der Junge hin, holte die Tasse und stellte sie auf den Tisch. »Saubande!« – schrie der Blockwart zu den Leuten am Tisch hinüber. Er war aufgewacht, gähnte und legte sich wieder hin. Das Dach des ersten Hauses stürzte ein.

»Hier sind die Sachen, die ich für dich gepackt habe«, sagte Graeber. »Es sind fast alle deine Kleider. Das Bild deines Vaters ist auch dabei. Dein Bettzeug ebenfalls. Ich kann noch versuchen, Möbel herauszuholen. Es ist noch nicht zu spät.«

»Bleib hier. Laß sie verbrennen.«

»Warum? Es ist noch Zeit.«

»Laß sie verbrennen. Dann ist alles zu Ende. Es ist richtig.«

»Was ist zu Ende?«

»Die Vergangenheit. Wir können nichts damit anfangen. Sie beschwert uns nur. Auch das, was gut war. Wir müssen neu anfangen. Das andere hat Bankrott gemacht. Wir können nicht zurück.«

»Du könntest die Möbel verkaufen.«

»Hier?« Elisabeth sah sich um. »Wir können keine Auktion auf der Straße machen. Sieh das an! Es gibt zu viele Möbel und zu wenig Wohnungen. So wird es noch lange bleiben.«

Es begann wieder zu regnen. Dicke, warme Tropfen fielen. Frau Lieser spannte einen Schirm auf. Eine Frau, die einen neuen Blumenhut gerettet und ihn einfachheitshalber aufgesetzt hatte, nahm ihn ab und steckte ihn unter ihr

Kleid. Der Portier erwachte wieder und nieste. Hitler auf dem Ölbild der Frau Lieser sah im Regen aus, als weine er. Graeber schnallte seinen Mantel und seine Zeltbahn vom Tornister. Er hängte Elisabeth den Mantel um und breitete die Zeltbahn über das Bettzeug. »Wir müssen sehen, wo wir diese Nacht schlafen können«, sagte er.

»Vielleicht löscht der Regen das Feuer. Wo werden alle die andern hier schlafen?«

»Ich weiß es nicht. Man scheint diese Straße vergessen zu haben.«

»Wir können hier schlafen. Mit dem Bett und dem Mantel und der Zeltbahn.«

»Kannst du das?«

»Ich glaube, man kann überall schlafen, wenn man müde ist.«

»Binding hat ein Haus und ein freies Zimmer. Dahin willst du nicht, was?«

Elisabeth schüttelte den Kopf.

»Dann ist noch Pohlmann da«, sagte Graeber. »Er hat Platz zum Schlafen in seiner Katakombe. Ich habe ihn vor ein paar Tagen gefragt. Die Notquartiere sind sicher alle überfüllt – wenn sie noch da sind.«

»Wir können noch eine Zeitlang warten. Unsere Etage brennt noch nicht.«

Elisabeth saß in dem Militärmantel im Regen. Sie war nicht deprimiert. »Ich wollte, wir hätten etwas zu trinken«, sagte sie. »Kein Wasser, meine ich.«

»Wir haben etwas. Ich habe beim Einpacken eine Flasche Wodka hinter den Büchern gefunden. Wir müssen sie vergessen haben.«

Graeber knotete das Bettzeug auf. Er hatte die Flasche in den Federn versteckt; dadurch war sie dem Dieb entgangen. Er hatte auch ein Glas eingewickelt. »Hier ist sie. Wir müssen sie vorsichtig trinken, damit die andern nichts merken. Sonst werden wir wegen Verhöhnung des nationalen Kummers von Frau Lieser angezeigt.«

»Wenn man will, daß andere nichts merken, muß man nicht vorsichtig sein. Das habe ich gelernt.« Elisabeth nahm das Glas und trank. »Wunderbar«, sagte sie. »Gerade, was ich brauchte. Es ist jetzt beinahe wie ein Freiluftcafé. Hast du auch Zigaretten?«

»Ich habe alle mitgenommen, die wir hatten.«

»Gut. Dann haben wir, was wir brauchen.«

»Soll ich nicht doch noch ein paar Möbel holen?«

»Sie lassen dich nicht mehr rauf. Und wir können nichts damit machen. Wir können sie nicht einmal dahin mitschleppen, wo wir heute abend schlafen.«

»Einer kann sie bewachen, und der andere kann Unterkunft suchen.«

Elisabeth schüttelte den Kopf. Sie trank den Rest ihres Glases aus. Das Dach ihres Hauses brach zusammen. Die Mauern schienen zu schwanken, dann brachen auch die Böden der oberen Stockwerke durch. Die Bewohner stöhnten auf der Straße. Funken sprühten durch die Fenster. Die Flammen leckten die Gardinen herauf. »Unser Stockwerk ist noch da«, sagte Graeber.

»Nicht mehr lange«, erwiderte ein Mann hinter ihm.

Graeber drehte sich um. »Warum nicht?«

»Warum sollen Sie es besser haben als wir? Ich habe in dem Stockwerk dort oben dreiundzwanzig Jahre gewohnt, junger Mann, jetzt brennt es. Warum sollte Ihres nicht brennen?«

Graeber sah den Mann an; er war dünn und glatzköpfig. »Ich dachte, so etwas wäre Sache des Zufalls, nicht der Moral.«

»Es ist eine Sache der Gerechtigkeit. Wenn Sie wissen, was das heißt!«

»Nicht genau. Aber das ist nicht meine Schuld.« Graeber grinste. »Sie müssen ein schweres Leben haben, wenn Sie selbst noch daran glauben. Soll ich Ihnen ein Glas Wodka einschenken? Es hilft mehr als alle Entrüstung.«

»Danke! Behalten Sie Ihren Schnaps! Sie werden ihn schon noch brauchen, wenn Ihre Bude einfällt.«

Graeber stellte die Flasche zurück. »Wetten, daß sie nicht einfällt?«

»Was?«

»Ich frage Sie, ob Sie darauf wetten wollen?«

Elisabeth lachte. Der Mann mit dem Glatzkopf starrte beide an. »Wetten wollen Sie frivoler Geselle? Und Sie, Fräulein, lachen noch dazu? Wahrhaftig, es ist weit gekommen mit uns!«

»Warum soll sie nicht lachen«, sagte Graeber. »Lachen ist besser als weinen. Besonders, wenn beides nichts nützt.«

»Sie sollten beten!«

Die obere Mauer schlug nach innen. Sie durchbrach den Boden des Stockwerks über Elisabeths Wohnung. Frau Lieser begann, unter ihrem Regenschirm krampfhaft zu schluchzen. Die Familie am Küchentisch kochte auf einem Spirituskocher Malzkaffee. Die Frau in dem roten

Plüschsessel breitete Zeitungen über die Lehnen, um den Sessel vor dem Regen zu schützen. Das Kind in der Wiege schrie. »Da geht sie hin, unsere Heimat von zwei Wochen«, sagte Graeber.

»Gerechtigkeit«, erklärte der Kahlkopf befriedigt.

»Sie hätten wetten sollen, Sie hätten gewonnen.«

»Ich bin kein Materialist, junger Mann.«

»Weshalb schreien Sie dann so wegen Ihrer Wohnung?«

»Das war mein Heim. Sie verstehen das wohl nicht.«

»Nein, das verstehe ich nicht. Das Deutsche Reich hat mich zu früh zum Weltreisenden gemacht.«

»Dafür sollten Sie dankbar sein.« Der Kahlkopf fuhr sich über den Mund und schluckte hart. »Übrigens würde ich jetzt nichts gegen ein Glas Wodka haben.«

»Jetzt kriegen Sie keinen mehr. Beten Sie lieber.«

Flammen schlugen aus Frau Liesers Zimmern. »Da verbrennt der Schreibtisch«, flüsterte Elisabeth. »Der Schreibtisch der Denunziantin mit allem darin.«

»Wir wollen es hoffen. Ich habe eine Flasche Petroleum darüber gegossen. Was machen wir jetzt?«

»Wir suchen uns ein Quartier. Wenn wir keins finden, schlafen wir irgendwo auf der Straße.«

»Auf der Straße oder in den Anlagen.« Graeber blickte zum Himmel. »Gegen den Regen habe ich eine Zeltbahn. Sie schützt nicht allzu viel; vielleicht finden wir eine Art Unterstand. Was machen wir mit dem Sessel und den Büchern?«

»Wir lassen sie hier. Wenn sie morgen noch da sind, werden wir weiter darüber nachdenken.«

Graeber hing seinen Tornister um und schwang das

Bettzeug auf den Rücken. Elisabeth nahm die Koffer. »Gib sie mir«, sagte er. »Ich bin gewohnt, viel zu schleppen.«

Die oberen Stockwerke der zwei anderen Häuser krachten ein. Brennende Holzstücke flogen nach allen Seiten. Frau Lieser kreischte und sprang auf; ein glühendes Stück war weit über die abgesperrte Straße ihr ins Gesicht geflogen. Flammen quollen jetzt auch aus Elisabeths Zimmer. Dann fiel die Decke ein. »Wir können gehen«, sagte Elisabeth.

Graeber blickte auf das Fenster. »Es waren gute Tage«, sagte er.

»Die besten. Laß uns gehen.«

Elisabeths Gesicht war rot vom Feuer beschienen. Sie gingen zwischen den Sesseln hindurch. Die meisten Leute saßen schweigend und ergeben da. Einer hatte einen Pack Bücher neben sich stehen und las. Zwei ältere Leute saßen dicht nebeneinander auf dem Pflaster. Sie hatten eine Pelerine über sich gezogen und wirkten so wie eine traurige Fledermaus mit zwei Köpfen.

»Sonderbar, wie leicht es ist, sich von etwas zu trennen, von dem man gestern noch glaubte, daß man sich nie davon trennen könnte«, sagte Elisabeth.

Graeber sah sich noch einmal um. Der Junge mit den Sommersprossen, der die Tasse geholt hatte, saß bereits in dem Biedermeiersessel. »Ich habe eine Tasche von Frau Lieser gestohlen, während sie herumsprang«, sagte er. »Sie ist voll von Papieren. Wir werden sie in irgendein Feuer werfen. Vielleicht rettet das jemand vor dem Konzentrationslager.«

Elisabeth nickte. Sie sah sich nicht mehr um.

Graeber klopfte lange. Dann rüttelte er an der Tür. Niemand öffnete. Er kam zurück zu Elisabeth. »Pohlmann ist nicht zu Hause. Oder er will keinem aufmachen.«

»Vielleicht wohnt er nicht mehr hier.«

»Wo soll er sonst wohnen? Nirgendwo ist Platz. Das haben wir in den letzten drei Stunden gesehen. Er könnte nur –« Graeber ging noch einmal zur Tür. »Nein, die Gestapo war nicht da. Dann würde es anders aussehen. Was sollen wir machen? Willst du in einen Luftschutzkeller?«

»Nein. Können wir nicht hier irgendwo bleiben?«

Graeber blickte sich suchend um. Es war Nacht, und in dem düsteren Rot des Himmels ragten schwarz und zackig die Ruinen.

»Hier ist ein Stück Zimmerdecke«, sagte er. »Es ist trocken darunter. Ich könnte eine Seite mit der Zeltbahn und die andere mit meinem Mantel zuhängen.«

Er nahm sein Seitengewehr und beklopfte das Stück Decke. Es hielt. Er suchte in den Ruinen und fand ein paar eiserne Stangen, die er in den Boden rammte. Daran hing er die Zeltbahn. »Das ist ein Vorhang. Der Mantel von der anderen Seite macht dann schon eine Art Zelt daraus. Was meinst du?«

»Kann ich dir helfen?«

»Nein. Paß auf unsere Sachen auf, das ist genug.«

Graeber reinigte den Boden von Schutt und Steinen. Dann trug er die Koffer hinein und breitete das Bett aus. Den Tornister stellte er an das Kopfende. »Jetzt haben wir einen Unterstand«, sagte er. »Ich habe schon schlechter gehaust. Du allerdings nicht.«

»Es ist Zeit, daß ich mich gewöhne.«

Graeber packte Elisabeths Regenmantel, einen Spirituskocher und eine Flasche Spiritus aus. »Das Brot ist mir gestohlen worden. Aber wir haben noch ein paar Konserven in meinem Tornister.«

»Haben wir auch etwas zum Kochen? Einen Topf?«

»Mein Kochgeschirr. Und Regenwasser gibt es überall. Wir haben auch noch den Rest des Wodkas. Ich kann dir mit heißem Wasser eine Art von Grog daraus machen. Schützt vor Erkältungen.«

»Gib mir den Wodka lieber so.«

Graeber zündete den Spirituskocher an. Das fahle blaue Licht erhellte das Zelt. Er öffnete eine Konservenbüchse mit Bohnen. Sie machten sie heiß und aßen sie mit dem Rest der Wurst ihres Trauzeugen Klotz. »Wollen wir weiter auf Pohlmann warten oder wollen wir schlafen?« fragte Graeber.

»Schlafen. Ich bin müde.«

»Wir müssen in unseren Kleidern schlafen. Kannst du das?«

»Ich bin müde genug dazu.«

Elisabeth zog ihre Schuhe aus und stellte sie vor den Tornister, damit sie nicht gestohlen werden konnten. Sie rollte die Strümpfe zusammen und steckte sie in die Taschen. Graeber deckte sie zu. »Wie ist das?« fragte er.

»Wie in einem Hotel.«

Er legte sich neben sie. »Du bist nicht traurig wegen der Wohnung?« fragte er.

»Nein. Ich habe damit gerechnet, als die ersten Angriffe kamen. Damals war ich traurig. Alles nachher war geschenkte Zeit.«

»Das ist richtig. Aber kann man immer so klar leben, wie man denkt?«

»Ich weiß es nicht«, murmelte sie an seiner Schulter. »Vielleicht, wenn man ohne Hoffnung ist. Doch das ist jetzt alles anders.«

Sie schlief und atmete langsam und ruhig. Graeber lag noch eine Weile wach. Er dachte daran, daß manchmal, im Felde, wenn man über unerfüllbare Wünsche geredet hatte, dieses einer davon gewesen war, – ein Unterstand, ein Bett, eine Frau und eine ruhige Nacht.

XXI

Er wachte auf. Schritte knirschten vorsichtig über den Schutt. Er glitt geräuschlos unter der Bettdecke hervor. Elisabeth bewegte sich und schlief weiter. Graeber spähte durch die Zeltbahn. Es konnte Pohlmann sein, der zurückkam; aber es konnten auch Diebe, und es konnte die Gestapo sein, – die kam meistens um diese Zeit. Wenn sie es war, mußte er versuchen, Pohlmann abzufangen, damit er nicht nach Hause ging.

Er sah zwei Gestalten im Dunkel vor sich. So leise er konnte, folgte er ihnen. Er trug keine Schuhe. Trotzdem stieß er ein paar Meter weiter gegen einen Mauerrest, der lose hing und sofort zusammenfiel. Er duckte sich. Eine der Gestalten kehrte um. »Ist da jemand?« fragte sie. Es war Pohlmann.

Graeber stand auf. »Ich bin es, Herr Pohlmann. Ernst Graeber.«

»Graeber? Was ist passiert?«

»Nichts. Wir sind nur ausgebombt worden und wußten nicht, wohin. Ich dachte, Sie könnten uns vielleicht für eine oder zwei Nächte aufnehmen.«

»Wen?«

»Meine Frau und mich. Ich habe vor ein paar Tagen geheiratet.«

»Gewiß, gewiß.« Pohlmann kam heran. Sein Gesicht

schimmerte sehr blaß aus dem Dunkel. »Haben Sie mich kommen sehen?«

Graeber zögerte eine Sekunde. »Ja«, sagte er dann. Es hatte keinen Zweck, unnötige Rücksicht zu nehmen – nicht wegen Elisabeth und auch nicht wegen des Mannes, der jetzt lautlos irgendwo in den Ruinen lag. »Ja«, wiederholte er. »Und Sie können mir trauen.«

Pohlmann rieb sich die Stirn. »Gewiß, das sicher.« Er stand unentschlossen. »Sie haben gesehen, daß ich nicht allein war?«

»Ja.«

Pohlmann schien einen Entschluß gefaßt zu haben. »Also; – kommen Sie. Schlafen, sagten Sie. Da ist nicht viel Raum; aber kommen Sie zuerst einmal hier fort.«

Sie gingen um die Ecke. »Alles in Ordnung«, sagte Pohlmann in die Schatten.

Ein Mann löste sich aus den Ruinen. Pohlmann schloß die Tür auf und ließ Graeber und den Mann herein. Dann schloß er von innen ab. »Wo ist Ihre Frau?« fragte er.

»Sie schläft draußen. Wir haben Bettzeug mitgebracht und eine Art Zelt aufgespannt.«

Pohlmann blieb im Dunkel stehen. »Ich muß Ihnen etwas sagen. Es kann gefährlich für Sie sein, hier gefunden zu werden.«

»Das weiß ich.«

Pohlmann räusperte sich. »Es ist gefährlich meinetwegen. Ich bin in Verdacht.«

»Das war es, was ich meinte.«

»Meinen Sie das auch für Ihre Frau?«

»Ja«, sagte Graeber nach einem Augenblick.

Der andere Mann hatte völlig still hinter Graeber gestanden. Jetzt hörte man seinen Atem. Pohlmann ging voran, und als die Tür geschlossen und die Vorhänge zugezogen waren, zündete er eine sehr kleine Lampe an. »Es ist nicht nötig, Namen zu nennen«, sagte er. »Besser, man weiß keine, dann kann man sie auch nicht aussagen. Ernst und Josef wird genügen.«

Er sah sehr erschöpft aus. Josef war ein Mann von etwa vierzig Jahren, mit einem schmalen jüdischen Gesicht. Er schien völlig ruhig zu sein und lächelte Graeber an. Dann wischte er den Kalkstaub von seinem Anzug.

»Es ist nicht mehr sicher hier«, sagte Pohlmann und setzte sich. »Josef muß aber trotzdem heute hierbleiben. Die Wohnung, in der er gestern war, existiert nicht mehr. Heute während des Tages müssen wir dann weitersehen. Es ist nicht mehr sicher hier, Josef. Nur deswegen.«

»Ich weiß«, erwiderte Josef. Er hatte eine tiefere Stimme, als man erwartete.

»Und Sie, Ernst?« fragte Pohlmann. »Ich bin verdächtig, das wissen Sie – und Sie wissen, was es bedeutet, bei jemand, der verdächtig ist, mit jemand, der gesucht wird, nachts um diese Zeit gefunden zu werden.«

»Ja.«

»Es ist anzunehmen, daß diese Nacht nichts passieren wird. Die Stadt ist zu sehr durcheinander. Aber man weiß es nie. Wollen Sie das riskieren?«

Graeber schwieg. Pohlmann und Josef sahen sich an. »Ich selbst habe nichts zu riskieren«, sagte er. »Ich muß in ein paar Tagen wieder ins Feld. Mit meiner Frau ist es anders. Sie bleibt hier. Ich habe das nicht überlegt.«

»Ich habe es Ihnen nicht gesagt, um Sie abzuweisen.«

»Das weiß ich.«

»Können Sie draußen einigermaßen schlafen?« fragte Josef.

»Ja. Wir sind gedeckt gegen Regen.«

»Dann bleiben Sie draußen. Sie haben so mit uns nichts zu tun. Stellen Sie morgen sehr früh Ihre Sachen hier unter. Das wollen Sie doch hauptsächlich, wie? Sie können das aber auch in der Katharinenkirche tun. Der Küster dort erlaubt es. Er ist ehrlich. Die Kirche ist zum Teil zerstört; aber die unterirdischen Gewölbe sind noch erhalten. Bringen Sie Ihre Sachen dorthin. Dann sind Sie tagsüber frei, um Unterkunft zu suchen.«

»Ich glaube, er hat recht, Ernst«, sagte Pohlmann. »Josef weiß so etwas besser als wir.«

Graeber fühlte plötzlich eine jähe Welle von Zuneigung für den müden alten Mann, der ihn jetzt, wie vor vielen Jahren, wieder beim Vornamen nannte. »Ich glaube es auch«, erwiderte er. »Es tut mir leid, daß ich Sie erschreckt habe.«

»Kommen Sie morgen früh herein, wenn Sie irgendetwas brauchen. Klopfen Sie zweimal langsam, zweimal schnell. Klopfen Sie nicht laut, ich höre Sie schon.«

»Gut. Danke.«

Graeber ging zurück. Elisabeth schlief noch. Sie wachte nur halb auf, als er sich niederlegte, und schlief gleich weiter.

Sie erwachte um sechs Uhr. Auf der Straße klapperte ein Wagen vorbei. Sie dehnte sich. »Ich habe wunderbar geschlafen«, sagte sie. »Wo sind wir hier?«

»Auf dem Jahnplatz.«

»Gut. Und wo schlafen wir heute abend?«

»Das werden wir tagsüber sehen.«

Sie legte sich zurück. Ein Streifen kühler Morgenhelle fiel zwischen der Zeltbahn und dem Mantel hindurch. Vögel zwitscherten. Sie schob den Mantel beiseite. Draußen stand gelb und leuchtend der frühe Himmel. »Ein Zigeunerleben«, sagte sie. »Wenn man es so betrachtet. Voll von Abenteuern.«

»Ja«, sagte Graeber. »Laß es uns so betrachten. Ich habe Pohlmann nachts noch getroffen. Wir können ihn aufwecken, wenn wir etwas brauchen.«

»Wir brauchen nichts. Haben wir noch Kaffee? Kochen können wir doch hier, oder nicht?«

»Es ist sicher verboten, wie alles Vernünftige. Aber was macht das? Wir sind Zigeuner.«

Elisabeth begann ihr Haar zu kämmen. »Hinter dem Hause ist klares Regenwasser in einer Schüssel«, sagte Graeber. »Gerade genug, um sich etwas zu waschen.«

Elisabeth zog ihre Jacke an. »Ich werde hinübergehen. Es ist wie auf dem Lande. Wasser von der Pumpe. Romantisch nannte man das früher, wie?«

Graeber lachte. »Ich jetzt auch noch – verglichen mit dem Dreck in Rußland. Es kommt immer auf den Vergleich an.«

Er packte die Betten zusammen. Dann zündete er den Spirituskocher an und setzte das Kochgeschirr mit Wasser darauf. Plötzlich fiel ihm ein, daß er vergessen hatte, Elisabeths Lebensmittelmarken in ihrem Zimmer zu suchen. Sie kam gerade vom Waschen zurück. Ihr Gesicht war klar und jung.

»Hast du deine Marken bei dir?« fragte er.

»Nein. Sie waren im Schreibtisch am Fenster. In dem kleinen Fach.«

»Verdammt, ich habe vergessen, sie mitzunehmen. Warum habe ich nur nicht daran gedacht? Ich hatte Zeit genug dazu.«

»Du hast an allerlei Dinge gedacht, die wichtiger sind. Zum Beispiel an mein goldenes Kleid. Wir werden einfach heute neue Marken beantragen. Es kommt oft vor, daß sie verbrennen.«

»So etwas kann eine Ewigkeit dauern. Ein deutscher Beamter wird selbst durch den Weltuntergang nicht in seiner Pedanterie erschüttert.«

Elisabeth lachte. »Ich werde in der Fabrik eine Stunde Urlaub nehmen, um sie zu holen. Der Blockwart kann mir einen Ausweis darüber geben, daß ich ausgebombt worden bin.«

»Du willst heute in die Fabrik?« fragte Graeber.

»Ich muß. Ausgebombt werden ist eine alltägliche Angelegenheit.«

»Ich könnte diese verfluchte Fabrik anzünden.«

»Ich auch. Aber dann würde man uns anderswohin schicken, wo es noch schlimmer ist. Ich möchte keine Munition machen.«

»Warum bleibst du nicht einfach weg? Wie soll man wissen, was gestern mit dir passiert ist? Du kannst beim Retten deiner Sachen verletzt worden sein.«

»Das müßte ich beweisen. Wir haben Fabrikärzte und Fabrikpolizei. Wenn die herausfinden, daß jemand schwindelt, gibt es Strafen: Mehrarbeit, Urlaubsentziehung – und wenn das nicht hilft, einen Schulungskurs in Volkserziehung im Konzentrationslager. Wer von da wiederkommt, bleibt nie mehr weg.«

Elisabeth nahm das heiße Wasser und goß es über das Kaffeeersatzpulver im Kochgeschirrdeckel. »Vergiß nicht, daß ich gerade drei Tage Urlaub gehabt habe«, sagte sie. »Ich kann nicht zu viele Ansprüche machen.«

Er wußte, daß sie glaubte, es ihres Vaters wegen nicht zu können. Sie hoffte, ihm so helfen zu können. Es war die Schlinge, die um den Hals eines jeden lag. »Diese Bande!« sagte er. »Was haben sie nur aus uns allen gemacht!«

»Hier ist dein Kaffee. Und ärgere dich nicht. Wir haben keine Zeit mehr dazu.«

»Das ist es ja gerade, Elisabeth.«

Sie nickte. »Ich weiß es. Wir haben so wenig Zeit und sind trotzdem so wenig beieinander. Dein Urlaub geht dahin, und das meiste davon ist verschwendet mit Warten. Ich sollte mehr Mut haben und wegbleiben von der Fabrik, solange du hier bist.«

»Du hast Mut genug. Und es ist immer noch besser, zu warten, als nichts zu haben, auf das man warten kann.«

Sie küßte ihn. »Du hast rasch gelernt, die richtigen Worte zu finden«, sagte sie. »Jetzt muß ich fort. Wo wollen wir uns abends treffen?«

»Ja, wo? Da ist jetzt nichts mehr. Wir müssen wieder von vorn anfangen. Ich werde dich aus der Fabrik abholen.«

»Und wenn etwas dazwischenkommt? Ein Angriff oder eine Sperre?«

Graeber dachte nach. »Ich packe nachher zusammen

und gehe zur Katharinenkirche. Laß uns das als zweiten Treffpunkt nehmen.«

»Ist sie nachts offen?«

»Warum nachts? Du kommst doch nicht nachts zurück.«

»Man weiß das nicht. Wir haben einmal sechs Stunden im Keller sitzen müssen. Am besten wäre es, wenn wir jemand hätten, bei dem wir im schlimmsten Falle Nachrichten hinterlassen können. Treffpunkte allein sind nicht mehr genug.«

»Du meinst, wenn einem von uns was passieren sollte?«

»Ja.«

Graeber nickte. Er hatte gesehen, wie leicht man sich verlieren konnte. »Wir können für heute Pohlmann nehmen. Oder nein, das ist nicht sicher.« Er dachte nach. »Binding«, sagte er plötzlich erlöst. »Der ist sicher. Ich habe dir sein Haus gezeigt. Er weiß allerdings noch nicht, daß wir verheiratet sind. Aber das macht nichts. Ich werde hingehen und ihm Bescheid sagen.«

»Gehst du hin, um ihn wieder auszuräubern?«

Graeber lachte. »Das wollte ich eigentlich nicht mehr. Aber wir brauchen etwas zu essen. So wird man wieder korrupt.«

»Werden wir diese Nacht hier schlafen?«

»Ich hoffe nicht. Ich habe den ganzen Tag Zeit, etwas zu suchen.«

Ihr Gesicht beschattete sich einen Augenblick. »Das hast du. Ich muß jetzt fort.«

»Ich packe rasch zusammen, verstaue den Kram bei Pohlmann und bringe dich zur Fabrik.«

»Es ist keine Zeit mehr dafür. Ich muß laufen. Also bis

heute abend. Fabrik, Katharinenkirche oder Binding. Was für ein interessantes Leben!«

»Zum Teufel mit dem interessanten Leben«, sagte Graeber. Er sah ihr nach. Sie ging über den Platz. Der Morgen war klar, und der Himmel war jetzt von einem reinen tiefen Blau. Feuchtigkeit glitzerte wie ein Silbernetz auf den Trümmern. Elisabeth drehte sich um und winkte. Dann ging sie rasch weiter. Graeber liebte es, wie sie ging. Sie setzte die Füße fast voreinander, als ginge sie in einer Wagenspur. Er hatte in Afrika eingeborene Frauen so gehen sehen. Sie winkte noch einmal und verschwand dann zwischen den Häusern am Ende des Platzes. Es ist fast wie draußen, dachte er. Man weiß nie, ob man sich wiedersehen wird, wenn man sich trennt. Zum Teufel mit dem interessanten Leben!

Um acht Uhr kam Pohlmann heraus. »Ich wollte nachsehen, ob Sie zu essen haben. Ein Stück Brot kann ich erübrigen –«

»Danke. Wir hatten genug. Kann ich das Bett und die Koffer hierlassen, während ich zur Katharinenkirche gehe?«

»Natürlich.«

Graeber trug die Sachen hinein. Josef war nicht zu sehen. »Es ist möglich, daß ich nicht da bin, wenn Sie wiederkommen«, sagte Pohlmann. »Klopfen Sie dann zweimal lang und zweimal kurz. Josef wird Sie hören.«

Graeber öffnete einen Koffer. »Es scheint ein Zigeunerleben zu werden«, sagte er. »Ich habe das nicht erwartet.«

Pohlmann lächelte müde. »Josef tut das seit drei Jahren.

Er hat ein paar Monate lang nachts nur in elektrischen Bahnen gelebt. Fuhr immerfort herum. Während dieser Zeit konnte er nur im Sitzen und immer nur für Viertelstunden schlafen. Es war damals, als wir noch keine Luftangriffe hatten. Jetzt ist das nicht mehr möglich.«

Graeber nahm eine Büchse mit Fleisch aus dem Koffer und gab sie Pohlmann. »Ich habe dieses übrig. Geben Sie es Josef.«

»Fleisch? Brauchen Sie das nicht selbst?«

»Nein. Geben Sie es ihm. Leute wie er müssen durchkommen. Was soll sonst werden, wenn alles einmal vorbei ist? Was wird überhaupt werden? Ist genug übriggeblieben, um neu anfangen zu können?«

Der alte Mann schwieg eine Zeitlang. Dann ging er zu dem Globus hinüber, der in der Ecke stand, und drehte ihn herum. »Sehen Sie das hier?« fragte er. »Dieses kleine Stück der Welt ist Deutschland. Man kann es fast schon mit dem Daumen zudecken. Es ist ein sehr kleiner Teil der Welt.«

»Das mag sein. Aber von diesem kleinen Teil aus haben wir ein sehr großes Stück der Welt erobert.«

»Ein Stück, ja. Und erobert, – aber nicht überzeugt.«

»Noch nicht. Aber wie wäre es geworden, wenn wir es hätten halten können? Zehn Jahre. Zwanzig. Fünfzig. Siege und Erfolge sind furchtbar wirksame Überredner. Wir haben das im eigenen Lande gesehen.«

»Wir haben nicht gesiegt.«

»Das ist kein Beweis.«

»Es ist ein Beweis«, sagte Pohlmann. »Ein sehr tiefer.« Seine Hand mit den dicken Adern drehte den Globus weiter. »Die Welt«, sagte er. »Die Welt steht nicht still. Wenn man eine Zeitlang an seinem Lande verzweifelt, muß man an die Welt glauben. Eine Sonnenfinsternis ist möglich, aber nicht ein dauerndes Stück Nacht. Nicht auf diesem Planeten. Man soll es sich nicht so leicht machen und gleich verzweifeln.«

Er schob den Globus zurück. »Sie fragen, ob genug übrig geblieben sei, um neu anzufangen. Die Kirche begann mit ein paar Fischern, ein paar Gläubigen in den Katakomben und den Überlebenden der Arenen Roms.«

»Ja. Und die Nazis mit ein paar erwerbslosen Fanatikern in einer Bierkneipe in München.«

Pohlmann lächelte. »Sie haben recht. Aber es hat noch nie eine Tyrannei gegeben, die gedauert hat. Die Menschheit ist nicht in glattem Verlauf vorwärtsgekommen. Immer nur in Schüben, Rucken, Rückfällen und Krämpfen. Wir waren zu hochmütig; wir glaubten unsere blutige Vergangenheit bereits überwunden zu haben. Jetzt wissen wir, daß wir uns noch nicht einmal umsehen dürfen, ohne nicht wieder von ihr erreicht zu werden.«

Er nahm seinen Hut. »Ich muß fort.«

»Hier ist Ihr Buch über die Schweiz«, sagte Graeber. »Es ist etwas verregnet. Ich hatte es verloren, aber ich habe es wiedergefunden und gerettet.«

»Sie hätten es nicht zu retten brauchen. Träume braucht man nicht zu retten.«

»Doch«, sagte Graeber. »Was sonst?«

»Glauben. Träume bilden sich neu.«

»Hoffentlich. Sonst könnte man sich ebensogut aufhängen.«

»Wie jung Sie noch sind«, sagte Pohlmann. »Aber was sage ich? Sie sind ja wirklich noch sehr jung.« Er zog seinen Mantel an. »Sonderbar, – Jugend habe ich mir immer ganz anders vorgestellt –«

»Ich auch«, sagte Graeber.

Josef war richtig informiert gewesen. Der Küster der Katharinenkirche bewahrte die Sachen auf. Graeber ließ seinen Tornister da. Dann ging er zum Wohnungsamt. Es war verlegt worden und befand sich jetzt im Naturkundezimmer einer Schule. Ein Gestell mit Landkarten und ein Glasschrank mit Präparaten in Spiritus standen noch von früher da. Die Beamtin hatte eine Anzahl der Gläser als Aktenbeschwerer benutzt. Es waren Schlangen, Eidechsen und Frösche. Außerdem war noch ein ausgestopftes Eichhörnchen mit Glasaugen und einer Nuß zwischen den Pfoten da. Die Beamtin war eine freundliche grauhaarige Person. »Ich werde Ihren Namen für eine Notwohnung notieren«, sagte sie. »Haben Sie eine Adresse?«

»Nein.«

»Dann müssen Sie gelegentlich wieder vorbeikommen und nachfragen.«

»Hat es Zweck?«

»Nicht den geringsten. Es sind sechstausend Anmeldungen vor Ihnen. Sehen Sie lieber zu, daß Sie selbst etwas finden.«

Er ging zurück zum Jahnplatz und klopfte an Pohlmanns Tür. Niemand antwortete. Er wartete eine Weile. Dann ging er zur Marienstraße, um festzustellen, was dort übriggeblieben war. Das Haus Elisabeths war bis zum

Stock des Blockwarts heruntergebrannt. Die Feuerwehr war da gewesen. Wasser triefte noch überall. Von Elisabeths Wohnung war nichts mehr da. Auch der Sessel war fort, der draußen gestanden hatte. Ein Paar Handschuhe lag im Rinnstein, das war alles. Graeber sah den Blockwart hinter den Gardinen seiner Wohnung. Er erinnerte sich, daß er ihm Zigarren versprochen hatte. Es schien lange her und nicht mehr nötig zu sein; aber das wußte man nie. Er beschloß, zu Alfons zu gehen und welche zu holen. Er brauchte ohnehin Lebensmittel für den Abend.

Es war nichts anderes getroffen worden als nur das eine Haus. Die Gärten lagen im Morgenlicht, die Birken wehten im Winde, das Gold der Narzissen leuchtete, und die ersten Bäume blühten, als seien sie von weißen und rosa Schmetterlingen überflogen – nur Bindings Haus war ein wüster Haufen Schutt, der über einem Krater im Garten hing, in dem niedriges Wasser den Himmel widerspiegelte.

Graeber stand einen Augenblick und starrte darauf, als glaubte er es nicht. Er wußte nicht, warum, aber er hatte immer angenommen, daß Alfons nichts passieren könne. Langsam trat er näher. Das Vogelbad war abgebrochen und zersplittert. Die Haustür hing in den Fliederbüschen. Hirschgeweihe lagen auf dem Rasen, als wären die Tiere darunter beerdigt. Ein Teppich hing wie die leuchtende Fahne eines barbarischen Eroberers hoch in den Bäumen. Aufrecht und steil stand eine Flasche Napoleon in einem Blumenbeet, als sei sie ein dunkler Flaschenkürbis, der über Nacht dort hochgeschossen war. Graeber hob sie auf, untersuchte sie und steckte sie in die Tasche. Wahrscheinlich hat sein Keller gehalten, und er ist herausgeschaufelt worden, dachte er.

Er ging zur Rückseite des Hauses hinüber. Der Kücheneingang stand noch. Er öffnete ihn. Etwas bewegte sich. »Frau Kleinert«, sagte er.

Ein lautes Schluchzen antwortete ihm. Die Frau erhob sich aus dem halbeingestürzten Raum und kam ins Freie. »Der arme Herr! Er war so gut!«

»Was ist denn passiert? Ist er verletzt?«

»Er ist tot. Tot, Herr Graeber. Und er war doch ein so lebenslustiger Herr!«

»Tot?«

»Ja. Man kann es nicht begreifen, nicht wahr?«

Graeber nickte. Tod konnte man nie begreifen, selbst wenn man ihn noch so oft sah. »Wie ist es gekommen?« fragte er.

»Er war im Keller. Aber der Keller hat nicht gehalten.«

»Der Keller war zu schwach für schwere Bomben. Warum ist er nicht zu dem Hochbunker am Seidelplatz gegangen? Das ist doch nur ein paar Minuten von hier.«

»Er dachte, es würde nichts passieren. Und dann –« Frau Kleinert zögerte. »Es war noch eine Dame da.«

»Was? Mittags schon?«

»Sie war noch immer da. Vom Abend vorher. Eine große Blonde. Der Herr Kreisleiter liebte große Blondinen. Ich hatte ein Huhn serviert, als der Angriff kam.«

»Ist die Dame auch tot?«

»Ja. Sie waren noch nicht einmal richtig angezogen. Herr Binding im Pyjama und die Dame in einem dünnen, seidenen Morgenrock. So hat man sie gefunden. Ich konnte nichts mehr dazu tun. Daß ihm das passieren mußte! Anstatt in seiner Uniform!«

»Ich wüßte nicht, was ihm Besseres passieren konnte, wenn er schon sterben mußte«, sagte Graeber. »Hatte er schon zu Mittag gegessen?«

»Ja. Sehr herzhaft. Mit Wein und seiner Lieblingsnachspeise. Apfelkuchen mit Schlagsahne.«

»Na, sehen Sie, Frau Kleinert. Dann war es ein wunderbarer Tod. So möchte ich auch einmal sterben. Darüber brauchen Sie wahrhaftig nicht zu weinen.«

»Aber es war doch zu früh.«

»Es ist immer zu früh. Auch wenn man neunzig ist, glaube ich. Wann wird er beerdigt?«

»Übermorgen um neun. Er ist schon im Sarg. Wollen Sie ihn sehen?«

»Wo ist er?«

»Hier. Im Vorratskeller. Da ist es kühl. Der Sarg ist schon geschlossen. Diese Seite des Hauses ist nicht so beschädigt worden. Nur der vordere Teil ist ganz vernichtet.«

Sie gingen durch die Küche in den Keller. Ein Haufen von Scherben war in eine Ecke gefegt worden. Es roch nach verschüttetem Wein und Eingemachtem. In der Mitte, auf dem Boden, stand ein nußbrauner Sarg. Rundum, auf den Gestellen, umgestürzt und durcheinandergeworfen, sah man Gläser mit eingemachtem Obst und Konserven. »Wo haben Sie denn so rasch einen Sarg hergekriegt?« fragte Graeber.

»Die Partei hat ihn besorgt.«

»Wird er von hier aus beerdigt?«

»Ja. Übermorgen um neun Uhr.«

»Ich werde kommen.«

»Das wird unsern Herrn sicher freuen.«

Graeber sah Frau Kleinert an. »Im Jenseits«, sagte sie. »Er hat immer so große Stücke auf Sie gehalten.«

»Warum eigentlich?«

»Er sagte, Sie wären der einzige, der nie etwas von ihm gewollt hätte. Und dann, weil Sie die ganze Zeit im Kriege waren.«

Graeber stand eine Weile vor dem Sarge. Er spürte ein unklares Bedauern, aber nicht viel mehr, und er schämte sich vor der weinenden Frau, weil er nicht mehr empfand. »Was machen Sie jetzt mit all den Sachen?« fragte er und blickte auf die Gestelle.

Frau Kleinert belebte sich. »Nehmen Sie doch davon, soviel Sie brauchen können, Herr Graeber. Es kommt ja nachher nur in fremde Hände.«

»Behalten Sie es selbst. Sie haben das meiste ja persönlich eingekocht.«

»Ich habe schon etwas beiseite getan für mich. Ich brauche nicht so viel. Nehmen Sie mit, was Sie wollen, Herr Graeber. Die Parteileute, die hier waren, haben sowieso schon große Augen gemacht. Es ist besser, wenn nicht zuviel da ist. Es sieht sonst zu sehr nach Hamsterei aus.«

»Das tut es.«

»Eben deshalb. Und wenn die andern wiederkommen, geht alles in fremde Hände. Sie waren doch ein wirklicher Freund von Herrn Binding. Ihnen gönnt er bestimmt mehr als den andern.«

»Hat er nicht noch Familie?«

»Der Vater ist noch da. Aber Sie wissen ja, wie er mit ihm stand. Und für den bleibt noch genug. Im zweiten Keller sind auch noch eine Anzahl Flaschen heil geblieben. Nehmen Sie doch mit, was Sie brauchen.«

Die Frau lief an den Gestellen entlang, griff nach Büchsen und brachte sie heran. Sie stellte sie auf den Sarg, wollte andere holen, besann sich dann aber, nahm sie vom Sarg und trug sie in die Küche.

»Halt, Frau Kleinert«, sagte Graeber. »Wenn ich schon etwas mitnehme, dann wollen wir es auch vernünftig aussuchen.« Er sah auf die Dosen. »Das sind Spargel. Holländische Spargel, die brauchen wir nicht. Die Ölsardinen können wir lassen, und auch das eingemachte Eisbein.«

»Das ist richtig. Ich bin so durcheinander von allem.«

Sie packte einen Stapel auf einen Stuhl in der Küche. »Das ist zuviel«, sagte Graeber. »Wie soll ich das nur wegschaffen?«

»Kommen Sie doch zweimal oder dreimal. Wozu soll es in fremde Hände fallen, Herr Graeber? Sie sind Soldat, Sie haben mehr Recht darauf als diese Nazis, die sich hier warme Posten halten!«

Das mag sein, dachte Graeber. Und Elisabeth und Josef und Pohlmann haben ebensoviel Recht, und ich wäre ein Esel, wenn ich nicht zugriffe. Es nützt und schadet Alfons nichts mehr. Erst später, als er schon ein Stück von der Trümmerstätte entfernt war, fiel ihm ein, daß es eigentlich nur ein Zufall war, daß er nicht mehr bei Alfons wohnte und zusammen mit ihm begraben worden war.

Josef öffnete. »Das ging schnell«, sagte Graeber.

»Ich habe Sie gesehen.« Josef zeigte auf ein kleines Loch in der Türfüllung. »Habe es vorhin hineingebohrt. Praktisch.«

Graeber legte sein Paket auf den Tisch. »Ich war in der Katharinenkirche. Der Küster hat gesagt, wir könnten eine Nacht dort bleiben. Danke für Ihren Rat.«

»War es der junge Küster?«

»Nein, ein alter.«

»Der alte ist gut. Er hat mich eine Woche, als Hilfsküster verkleidet, in der Kirche wohnen lassen. Dann wurde plötzlich revidiert. Ich rettete mich in die Orgel. Der junge Küster hatte mich angezeigt. Er ist Antisemit. Religiöser Antisemit. So etwas gibt es auch. Weil wir vor zweitausend Jahren Christus getötet haben.«

Graeber öffnete das Paket. Dann zog er Büchsen mit Sardinen und Heringen aus den Taschen. Josef blickte darauf. Sein Gesicht veränderte sich nicht. »Ein Schatz«, sagte er.

»Wir werden ihn teilen.«

»Haben Sie so viel übrig?«

»Sie sehen es ja. Ich habe es geerbt. Von einem Kreisleiter. Macht Ihnen das etwas?«

»Im Gegenteil. Es gibt ihm eine gewisse Würze. Kennen Sie Kreisleiter so gut, daß Sie solche Geschenke bekommen?«

Graeber sah Josef an. »Ja«, sagte er. »Diesen ja. Er war ein harmloser und gutmütiger Mensch.«

Josef erwiderte nichts. »Glauben Sie, daß man das nicht gleichzeitig sein kann?« fragte Graeber.

»Glauben Sie es?«

»Es mag möglich sein. Wenn man charakterlos oder ängstlich oder schwach ist und deshalb mitmacht.«

»Wird man so Kreisleiter?«

»Auch das mag möglich sein.«

Josef lächelte. »Es ist sonderbar«, sagte er. »Man glaubt oft, ein Mörder müsse überall und immer ein Mörder sein und nichts anderes. Dabei genügt es doch, wenn er es nur ab und zu und nur in einem schmalen Teil seines Wesens ist, um entsetzliches Elend zu verbreiten. Oder nicht?«

»Ja«, erwiderte Graeber. »Eine Hyäne ist immer eine Hyäne. Ein Mensch hat mehr Variationen.«

Josef nickte. »Es gibt KZ-Kommandanten mit Humor, SS-Wachen, die untereinander gutmütig und kameradschaftlich sind. Und es gibt Mitläufer, die sich nur an das sogenannte Gute klammern und das Grauenvolle übersehen oder es als vorübergehend und harte Notwendigkeit erklären. Das sind die Leute mit dem elastischen Gewissen.«

»Und die mit der Angst.«

»Und die mit der Angst«, sagte Josef höflich.

Graeber schwieg. »Ich wollte, ich könnte Ihnen helfen«, sagte er dann.

»Es ist nicht viel zu helfen. Ich bin allein. Ich werde entweder gefaßt oder komme durch«, sagte Josef so unbeteiligt, als spräche er von einem Fremden.

»Haben Sie keine Verwandten?«

»Ich hatte welche. Einen Bruder, zwei Schwestern, einen Vater, eine Frau und ein Kind. Sie sind tot. Zwei erschlagen, einer gestorben, die andern vergast.«

Graeber starrte ihn an. »Im KZ?«

»Im KZ«, erwiderte Josef höflich und kalt. »Man ist dort ausgezeichnet eingerichtet.«

»Und Sie sind entkommen.«

»Ich bin entkommen.«

Graeber sah Josef an. »Wie Sie uns hassen müssen«, sagte er.

Josef hob die Schultern. »Hassen! Wer kann sich so einen Luxus erlauben! Haß macht unvorsichtig.«

Graeber blickte auf das Fenster, hinter dem dicht der Schutthaufen des zusammengestürzten Hauses aufragte. Das schwache Licht der kleinen Lampe im Zimmer schien sich verfinstert zu haben. Es schimmerte auf dem Globus, den Pohlmann in die Ecke geschoben hatte.

»Sie gehen zurück an die Front?« fragte Josef verbindlich.

»Ja. Zurück, um dafür zu kämpfen, daß die Verbrecher, die Sie jagen, noch eine Zeitlang länger an der Macht bleiben. Vielleicht gerade lange genug, um Sie zu fangen und zu hängen.«

Josef machte eine leichte Bewegung der Zustimmung und schwieg.

»Ich gehe, weil man mich sonst erschießen würde«, sagte Graeber.

Josef antwortete nicht.

»Und ich gehe, weil man, wenn ich desertierte, meine Eltern und meine Frau einsperren, ins Lager schicken oder töten würde.«

Josef schwieg.

»Ich gehe, und ich weiß, daß meine Gründe keine

Gründe und die Gründe von Millionen sind. Wie Sie uns verachten müssen!«

»Seien Sie nicht so eitel«, sagte Josef leise.

Graeber starrte ihn an. Er verstand ihn nicht.

»Niemand spricht von Verachten«, sagte Josef. »Nur Sie. Warum ist Ihnen das so wichtig? Verachte ich Pohlmann? Verachte ich die Leute, die mich verstecken, obschon sie jede Nacht ihr Leben dafür riskieren? Wäre ich am Leben, wenn sie nicht wären? Wie naiv Sie sind!«

Er lächelte plötzlich wieder. Es war ein geisterhaftes Lächeln, das über sein Gesicht flog und nichts mit ihm zu tun hatte. »Wir kommen vom Thema ab«, sagte er. »Man soll nicht zuviel sprechen. Und nicht nachdenken. Noch nicht. Es schwächt. Sich erinnern auch. Es ist zu früh für all das. In Gefahr soll man nur überlegen, wie man sich retten kann.« Er zeigte auf die Konserven. »Dieses da hilft. Ich nehme es. Danke.«

Er nahm die Büchsen mit den Konserven und stellte sie hinter die Bücher. Er tat es mit merkwürdig ungeschickten Bewegungen. Graeber sah, daß die vorderen Fingerglieder seiner Hände verkrüppelt und ohne Nägel waren. Josef bemerkte seinen Blick. »Ein kleines Andenken an das Lager«, sagte er. »Sonntagsunterhaltung eines Scharführers. Er nannte es: die Weihnachtskerzen anzünden. Scharf angespitzte Streichhölzer. Ich wollte lieber, er hätte es mit meinen Zehen gemache. Man würde es weniger sehen. So erkennt man mich rasch. Man kann nicht überall Handschuhe tragen.«

Graeber stand auf. »Würde es Ihnen helfen, wenn ich Ihnen eine alte Uniform und mein Soldbuch gäbe? Sie könnten verändern, was nötig ist. Ich kann sagen, es sei verbrannt.«

»Danke. Ich brauche es nicht. Ich werde für die nächste Zeit Rumäne werden. Pohlmann hat das erdacht und vermittelt. Er ist sehr geschickt darin. Man sieht ihm das nicht an, wie? Ich werde Rumäne, Mitglied der Eisernen Front, Freund der Partei. Mein Aussehen paßt für einen Rumänen. Und meine Verletzungen können so besser erklärt werden. Von Kommunisten beigebracht. Wollen Sie Ihr Bettzeug und Ihre Koffer gleich mitnehmen?«

Graeber spürte, daß Josef ihn loswerden wollte. »Bleiben Sie noch hier?« fragte er.

»Warum?«

Graeber schob seinen Teil an den Konserven zu ihm hinüber. »Ich kann mehr holen. Ich gehe noch einmal und bringe mehr.«

»Es ist schon zuviel. Ich darf nicht viel Gepäck haben. Und ich muß jetzt fort. Ich kann nicht länger warten.«

»Zigaretten. Ich habe Zigaretten vergessen. Es sind genug da. Ich kann welche mitbringen.«

Josefs Gesicht veränderte sich. Es wurde auf einmal gelöst und fast sanft. »Zigaretten«, sagte er, als spräche er von einem Freunde. »Das ist etwas anderes. Die sind wichtiger als Essen. Darauf warte ich natürlich.«

XXII

Eine Anzahl Leute wartete bereits im Kreuzgang der Katharinenkirche. Fast alle saßen auf Koffern und Körben oder waren umringt von Bündeln und Paketen. Die meisten waren Frauen und Kinder. Graeber stellte sich mit dem Bettbündel und den Koffern dazu. Eine alte Frau mit einem Pferdegesicht saß neben ihm. »Wenn sie uns nur nicht als Flüchtlinge abschieben!« sagte sie. »Man hört so allerhand. Baracken und wenig zu essen, und die Bauern knauserig und böse.«

»Das ist mir egal!« erwiderte ein mageres Mädchen. »Ich will hier raus. Alles besser als tot. Man muß für uns sorgen. Wir haben unsern ganzen Besitz verloren. Man muß für uns sorgen.«

»Vor ein paar Tagen kam ein Zug mit Flüchtlingen aus dem Rheinland durch. Wie die aussahen! Sie fuhren nach Mecklenburg.«

»Mecklenburg? Da gibt es reiche Bauern.«

»Reiche Bauern!« Die Frau mit dem Pferdegesicht lachte böse. »Arbeiten muß man bei denen, daß einem das Fleisch von den Knochen fällt. Dafür kriegt man dann knapp das Essen. Der Führer sollte das wissen!«

Graeber sah das Pferdegesicht und das magere Mädchen an. Hinter ihnen, durch den offenen romanischen Säulengang, leuchtete im ersten Grün der Domgarten.

Narzissen blühten am Fuß der Steinbilder des Kreuzgangs. Eine Drossel saß auf der Darstellung der Geißelung Christi und sang.

»Sie müssen uns kostenlos einquartieren«, erklärte das magere Mädchen. »Bei denen, die genug haben. Wir sind Kriegsopfer. Kriegsopfer«, wiederholte sie.

Der Küster kam. Er war ein dünner Mann mit einer herabhängenden roten Nase und abfallenden Schultern. Graeber konnte sich nicht vorstellen, daß er den Mut hatte, Leute zu verstecken, die von der Gestapo gesucht wurden.

Der Küster ließ die Leute ein. Er gab jedem eine Nummer für seine Habseligkeiten und steckte einen Zettel mit derselben Nummer an die Bündel und Koffer. »Kommen Sie nicht zu spät heute abend«, sagte er zu Graeber. »Wir haben nicht genug Platz in der Kirche.«

»Nicht genug Platz?« Die Katharinenkirche war ein weitläufiges Gebäude.

»Nein. Das Kirchenschiff wird nicht als Unterkunft benutzt. Nur die Räume darunter und die Seitengänge.«

»Wo schlafen die Leute, die zu spät kommen?«

»In den Kreuzgängen, die noch erhalten sind. Manche auch im Kreuzgarten.«

»Sind die Räume unter dem Kirchenschiff bombensicher?«

Der Küster sah Graeber milde an. »Als die Kirche gebaut wurde, hat man an so etwas noch nicht gedacht. Es war im finsteren Mittelalter.«

Das rotnasige Gesicht war völlig ausdruckslos. Es verriet sich nicht durch das geringste Zwinkern. Wir haben es in der Verstellung weit gebracht, dachte Graeber. Fast jeder ist ein kleiner Meister.

Er ging durch den Garten und die Kreuzgänge hinaus. Die Kirche war stark beschädigt; einer ihrer Türme war eingestürzt, und das Tageslicht schien unbarmherzig hinein. Es schnitt breite, helle Streifen aus dem dämmenden Dunkel. Auch ein Teil der Fenster war zerbrochen. Spatzen saßen darin und schilpten. Das Priesterseminar nebenan war ganz zusammengestürzt. Dicht daneben befand sich der Luftschutzkeller. Graeber ging hinein. Es war ein ausgebauter alter Weinkeller, der früher zur Kirche gehört hatte. Die Stützen für die Fässer waren noch da. Die Luft war feucht und kühl und aromatisch. Der Weingeruch der Jahrhunderte schien bis jetzt immer wieder über den Angstgeruch der Bombennächte gesiegt zu haben. Im Hintergrund des Bunkers sah Graeber an der Decke aus Quadersteinen mehrere schwere eiserne Ringe. Er erinnerte sich daran, daß dieser Keller, bevor er Weinkeller wurde, ein Folterraum für Hexen und Ungläubige gewesen war. Man hatte sie an den Händen hochgezogen, die Füße mit Eisen beschwert und sie mit glühenden Zangen gezwickt, bis sie gestanden. Dann hatte man sie hingerichtet, im Namen Gottes und der christlichen Nächstenliebe. Es hat sich wenig geändert, dachte er. Die Folterknechte im KZ haben ausgezeichnete Vorbilder gehabt. Und der Zimmermannssohn aus Nazareth sonderbare Nachfolger.

Er ging die Adlerstraße entlang. Es war sechs Uhr abends. Er hatte den ganzen Tag nach einem Zimmer gesucht und nichts gefunden. Müde beschloß er, es für heute aufzugeben. Das Viertel war sehr verwüstet. Ruinen reihten sich an Ruinen. Verdrossen ging er hindurch. Plötzlich sah er etwas, was er im ersten Moment nicht glauben konnte. Inmitten der Zerstörung stand ein kleines, zweistöckiges Haus. Es war alt und ein wenig schief, aber es war völlig unbeschädigt. Ein Garten zog sich herum, mit ein paar Bäumen und Büschen, die grünten, und alles war heil. Es war wie eine Oase in der Wüste der Ruinen. Über einen Gartenzaun grünten Fliederbüsche, und nicht eine Latte des Zaunes war zerbrochen. Zwanzig Schritte weiter begann die Mondwildnis wieder nach beiden Seiten; aber dieser kleine alte Garten und dieses kleine alte Haus waren durch eines der Wunder, die die Zerstörung manchmal begleiteten, verschont geblieben. »Gastwirtschaft und Restaurant Witte« stand über der Haustür.

Die Pforte zum Garten war offen. Er ging hinein. Es wunderte ihn nicht mehr, daß keine Scheibe der Fenster zerbrochen war. Es mußte fast so sein. Das Wunder wartete immer nahe der Verzweiflung. Ein braun-weißer Jagdhund lag neben der Tür und schlief. Ein paar Beete mit Narzissen, Veilchen und Tulpen blühten. Ihm war, als hätte er das alles schon einmal gesehen; er wußte nicht, wann; es schien sehr lange her zu sein. Aber vielleicht hatte er es auch nur geträumt. Er trat durch die Tür.

Der Schankraum war leer. Nur noch ein paar Gläser standen in den Regalen; keine Flasche mehr. Der Bierhahn war blank; aber das Sieb darunter war trocken. Drei Tische mit Stühlen standen an den Wänden. Ein Bild hing über dem mittleren. Es war eine Tiroler Landschaft. Ein Mädchen spielte Zither darauf, und ein Jäger beugte sich über sie. Kein Hitlerbild war da; Graeber hatte es auch nicht erwartet.

Eine ältere Frau kam herein. Sie trug eine verblichene blaue Bluse, deren Ärmel hochgekrempelt waren. Sie sagte nicht: »Heil Hitler«. Sie sagte: »Guten Abend« – und es war wirklich etwas von Abend darin. Nach einem Tag voll guter Arbeit war es der Wunsch für einen guten Abend. Das hat es einmal gegeben, dachte Graeber. Er hatte nur etwas trinken wollen, der Staub der Ruinen hatte ihn durstig gemacht, – aber jetzt erschien es ihm plötzlich sehr wichtig, den Abend mit Elisabeth hier zu verbringen. Er fühlte, daß es ein guter Abend werden würde, außerhalb des finsteren Zirkels, der den verwunschenen Garten bis zum Horizont umschloß. »Kann man bei Ihnen zu Abend essen?« fragte er.

Die Frau zögerte. »Ich habe Marken«, sagte er rasch. »Es wäre schön, hier zu essen. Vielleicht sogar im Garten. Es ist einer meiner letzten Tage, bevor ich fort muß. Für meine Frau und mich. Ich habe Marken für uns beide. Wenn Sie wollen, kann ich auch Konserven zum Tauschen mitbringen.«

»Wir haben nur Linsensuppe. Wir servieren eigentlich kein Essen mehr.«

»Linsensuppe ist herrlich. Ich habe lange keine gehabt.«

Die Frau lächelte. Es war ein ruhiges Lächeln, das sich von selbst zu bilden schien. »Wenn es genug für Sie ist, dann kommen Sie nur. Sie können auch im Garten sitzen, wenn Sie wollen. Oder hier, wenn es zu kühl wird.«

»Im Garten. Es ist noch hell genug. Können wir um acht hier sein?«

»Das ist nicht so genau bei Linsensuppe. Kommen Sie nur, wann Sie wollen.«

Unter dem Schild am Hause seiner Eltern steckte ein Brief. Er war von seiner Mutter. Man hatte ihn von der Front nachgeschickt. Er riß ihn auf. Der Brief war kurz. Seine Mutter schrieb, daß sein Vater und sie am nächsten Morgen mit einem Transport die Stadt verlassen würden. Sie wüßten noch nicht, wohin. Er möge sich nicht beunruhigen. Es sei nur eine Sicherheitsmaßnahme.

Er sah auf das Datum. Der Brief war eine Woche vor seinem Urlaub geschrieben worden. Von einem Luftangriff stand nichts darin; aber seine Mutter war vorsichtig. Sie fürchtete die Zensur. Es war unwahrscheinlich, daß das Haus noch am letzten Abend bombardiert worden war. Es mußte vorher passiert sein; man hätte sie sonst nicht für einen Transport bestimmt.

Er faltete langsam den Brief zusammen und steckte ihn in die Tasche. Seine Eltern lebten also. Es war jetzt so sicher, wie man dessen sicher sein konnte. Er sah sich um. Etwas wie eine wellige Glaswand schien vor ihm in den Boden zu sinken, und die Hakenstraße sah plötzlich aus wie alle andern bombardierten Straßen. Der Schrecken und die Qual, die das Haus Nummer achtzehn umwittert hatten, verwehten lautlos. Nichts war mehr da als Schutt und Ruinen wie überall.

Er atmete tief. Er spürte keine Freude, nur eine tiefe Befreiung. Eine Last, die ihn immer und überall bedrückt hatte, war auf einmal von seinen Schultern genommen. Er dachte nicht daran, daß er während seines Urlaubs seine

Eltern wahrscheinlich nicht mehr sehen würde; die lange Ungewißheit hatte das bereits begraben. Es genügte ihm, daß sie lebten. Sie lebten; damit war etwas abgeschlossen, und er war frei.

Die Straße hatte beim letzten Angriff einige Treffer erhalten. Das Haus, von dem nur noch die Fassade stand, war zusammengebrochen. Die Tür mit der Ruinenzeitung war jetzt ein Stück weiter zwischen den Trümmern aufgestellt worden. Graeber überlegte gerade, was aus dem verrückten Luftschutzwart geworden sein mochte, – da sah er ihn von der anderen Seite herankommen. »Der Soldat«, sagte der Luftschutzwart. »Immer noch da!«

»Ja. Sie auch, wie man sieht.«

»Haben Sie Ihren Brief gefunden?«

»Ja.«

»Er kam gestern nachmittag. Können wir Sie jetzt auf der Tür streichen? Wir brauchen den Platz dringend. Es sind fünf Voranmeldungen dafür da.«

»Noch nicht«, sagte Graeber. »In ein paar Tagen.«

»Es wird Zeit«, erklärte der Luftschutzwart so scharf und streng, als wäre er ein Schulmeister, der zu einem ungehorsamen Kinde spräche. »Wir haben viel Geduld mit Ihnen gehabt.«

»Sind Sie der Redakteur dieser Zeitung?«

»Ein Luftschutzwart ist alles. Er sorgt für Ordnung. Wir haben eine Witwe, deren drei Kinder seit dem letzten Angriff fehlen. Wir brauchen Ihren Platz zum Annoncieren.«

»Dann nehmen Sie ihn. Ich bekomme meine Post anscheinend ohnehin nach der Ruine drüben.«

Der Luftschutzwart machte den Zettel Graebers von der Tür los und überreichte ihn ihm. Graeber wollte ihn zerreißen. Der Luftschutzwart hielt seine Hand fest. »Sind Sie verrückt, Soldat? So etwas zerreißt man nicht. Man zerreißt sonst seine Chance. Einmal gerettet, immer gerettet, solange Sie den Zettel behalten. Sie sind wirklich noch ein Anfänger!«

»Ja«, sagte Graeber und faltete den Zettel und steckte ihn ein. »Das möchte ich auch bleiben, solange es geht. Wo wohnen Sie jetzt?«

»Ich mußte umziehen. Ich habe ein komfortables Kellerloch gefunden. Wohne dort als Untermieter einer Mäusefamilie. Sehr unterhaltend.«

Graeber sah den Mann an. Sein hageres Gesicht verriet nichts. »Ich beabsichtige, einen Verein zu gründen«, erklärte er. »Für Leute, deren Angehörige verschüttet worden sind. Wir müssen zusammenstehen; sonst tut die Stadt nichts. Zum mindesten soll jeder Platz, wo Verschüttete liegen, von Priestern eingesegnet werden, damit es geweihte Erde ist. Verstehen Sie?«

»Ja. ich verstehe.«

»Gut. Es gibt Leute, die das albern finden. Nun, Sie brauchen ja jetzt kein Mitglied mehr bei uns zu werden. Sie haben ja Ihren verdammten Brief.«

Das hagere Gesicht fiel plötzlich auseinander. Ein Ausdruck von fassungslosem Schmerz und Wut erschien darin. Der Mann drehte sich abrupt um und stakte die Straße zurück.

Graeber sah ihm nach. Dann ging er weiter. Er beschloß, Elisabeth nichts davon zu sagen, daß seine Eltern noch lebten.

Sie kam allein über den Platz vor der Fabrik. Sie wirkte sehr verloren und klein. Die Dämmerung machte den Platz größer als sonst und die niedrigen Gebäude dahinter kahler und trostloser.

»Ich bekomme Urlaub«, sagte sie atemlos. »Schon wieder.«

»Wie lange?«

»Drei Tage. Die drei letzten Tage.«

Sie hielt inne. Ihre Augen veränderten sich. Sie standen plötzlich voll Tränen. »Ich habe ihnen erklärt, warum«, sagte sie. »Sie haben mir die drei Tage sofort gegeben. Vielleicht muß ich sie später nachholen, aber das ist ja gleich. Nachher ist alles gleich. Es ist sogar besser, wenn ich viel zu tun habe –«

Graeber erwiderte nichts. Wie ein dunkler Meteor schlug plötzlich auch vor ihm die Erkenntnis ein, daß sie sich trennen mußten. Er hatte es all die Zeit so gewußt, wie man vieles weiß – ohne es wirklich zu realisieren und zu Ende zu fühlen. Es war immer noch soviel dazwischen gewesen. Jetzt war es auf einmal ganz allein da, groß und voll kühlen Grauens, und verbreitete ein fahles durchdringendes, skelettierendes Licht – wie Röntgenstrahlen, die die Anmut und den Zauber des Lebens durchdringen und nur den kahlen Rest und die Notwendigkeit bestehen lassen.

Sie sahen sich an. Sie empfanden es beide. Sie standen auf dem leeren Platz und sahen sich an, und jeder spürte, wie der andere litt. Sie glaubten, in einem Sturm zu schwanken; aber sie regten sich nicht. Die Verzweiflung, vor der sie immer wieder geflüchtet waren, schien sie endlich eingeholt zu haben, und sie sahen sich jetzt, wie sie tatsächlich sein würden – Graeber sah Elisabeth, allein, in der Fabrik, in einem Luftschutzkeller oder in irgendeinem Zimmer, wartend, ohne viel Hoffnung – und sie sah ihn, wie er zurückkehrte in die Gefahr, für eine Sache, an die er nicht mehr glaubte. Die Verzweiflung schüttelte sie, und gleichzeitig stürzte wie ein Platzregen eine tödliche Zärtlichkeit über sie, der sie nicht nachgeben konnten, weil sie fühlten, daß sie sie zerrissen hätte, wenn sie sie eingelassen hätten. Sie waren hilflos. Sie konnten nichts tun. Sie mußten warten, bis es nachließ.

Es schien endlos, bis Graeber sprechen konnte. Er sah, daß die Tränen in Elisabeths Augen erloschen waren. Sie hatte sich nicht gerührt; es war, als wären sie nach innen geflossen. »Dann können wir noch ein paar volle Tage zusammenbleiben«, sagte er.

Sie lächelte mit Mühe. »Ja. Von morgen abend an.«

»Gut. Das ist dann, als hätten wir noch ein paar Wochen, wenn wir es so rechnen, als hättest du nur abends frei.«

»Ja.«

Sie gingen weiter. In den leeren Fensterhöhlen einer Blockwand hing ein Rest Abendrot wie ein vergessener Vorhang. »Wohin gehen wir?« fragte Elisabeth. »Und wo schlafen wir?«

»Wir schlafen in den Kreuzgängen der Kirche. Oder im Kreuzgarten, wenn es warm genug ist. Und jetzt gehen wir Linsensuppe essen.«

Das Restaurant Witte tauchte zwischen den Ruinen auf. Es schien Graeber einen Augenblick sonderbar, daß es noch immer da war. Es war so unwahrscheinlich wie eine Fata Morgana. Sie gingen durch die Gartenpforte. »Was sagst du dazu?« fragte er.

»Es sieht aus wie ein Stück Frieden, das der Krieg übersehen hat.«

»Ja. Und so soll es heute abend auch bleiben.«

Die Beete rochen stark nach Erde. Jemand hatte sie inzwischen begossen. Der Jagdhund wedelte um das Haus herum. Er leckte sich die Schnauze und schien gefressen zu haben.

Frau Witte kam ihnen entgegen. Sie hatte eine weiße Schürze umgebunden. »Wollen Sie im Garten sitzen?«

»Ja«, sagte Elisabeth. »Und ich möchte mich gerne waschen, wenn das möglich ist.«

»Sicher.«

Frau Witte führte Elisabeth ins Haus, eine Stiege hinauf. Graeber ging an der Küche vorüber in den Garten. Ein Tisch mit einer weiß- und rotgewürfelten Decke und zwei Stühle waren bereitgestellt. Gläser und Teller und eine leicht beschlagene Karaffe mit Wasser standen darauf. Er trank durstig ein Glas. Das Wasser war kalt und schmeckte ihm besser als Wein. Der Garten war größer, als man von draußen vermutete. Er bestand aus einem Stück Rasen, der schon frisch und grün war, aus Holunder- und Fliederbüschen und ein paar alten Bäumen mit jungem Laub.

Elisabeth kam zurück. »Wie hast du das nur gefunden?«

»Durch Zufall. Wie sonst kann man so etwas finden?«

Sie ging über den Rasen und befühlte die Knospen der Sträucher. »Da sind schon die Fliederblüten. Sie sind noch grün und bitter. Bald werden sie blühen.«

»Ja«, sagte Graeber. »Sie werden blühen. In ein paar Wochen.«

Sie kam zu ihm. Sie roch nach Seife und frischem Wasser und Jugend. »Es ist schön hier. Und merkwürdig, – ich habe das Gefühl, als wäre ich schon einmal hiergewesen.«

»Das hatte ich auch, als ich es sah.«

»Es ist so, als wäre dieses alles schon einmal dagewesen. Du und ich und dieser Garten hier – und als fehle nur noch ein winziges Etwas, ein Letztes, und ich könnte mich genau an alles von damals erinnern.« Sie legte den Kopf an seine Schulter. »Es wird nie kommen. Man bleibt stets kurz davor. Aber vielleicht haben wir wirklich schon einmal all dieses erlebt und erleben es immer wieder.«

Frau Witte kam mit einer Suppenterrine. »Ich möchte Ihnen gleich unsere Marken geben«, sagte Graeber. »Wir haben nicht viele. Ein Teil ist verbrannt. Aber diese hier werden wohl reichen.«

»Ich brauche nicht alle«, erklärte Frau Witte. »Die Linsen haben wir noch von früher. Es sind nur ein paar nötig für die Wurst. Ich bringe Ihnen den Rest nachher zurück. Wollen Sie etwas trinken? Wir haben ein paar Flaschen Bier.«

»Das ist großartig. Bier ist gerade das, was wir haben möchten.«

Das Abendrot war nur noch ein blasser Schein. Eine Drossel begann zu schlagen. Graeber erinnerte sich, schon vormittags eine gehört zu haben. Sie hatte auf einer Station des Kreuzweges gesessen. Seitdem schien viel passiert zu sein. Er hob den Deckel von der Terrine. »Wurst. Gute Mettwurst. Und Linsen, dick gekocht. Ein herrliches Essen!«

Er füllte die Teller, und ihm war einen Augenblick, als habe er ein Haus und einen Garten und eine Frau und einen Tisch und Essen und Sicherheit und es sei Frieden. »Elisabeth«, sagte er. »Wenn du einen Vertrag machen könntest, daß du die nächsten zehn Jahre so leben könntest wie jetzt – mit Ruinen und diesem Garten und wir beide zusammen, würdest du ihn unterschreiben?«

»Sofort. Auch für länger.«

»Ich auch.«

Frau Witte brachte das Bier. Graeber öffnete die Flaschen und schenkte die Gläser voll. Sie tranken. Das Bier war kühl und gut. Sie aßen die Suppe. Sie aßen sie langsam und ruhig und sahen sich an.

Es wurde dunkler. Ein Scheinwerfer schnitt über den Himmel, stocherte in den Wolken und glitt weiter. Die Drossel hatte aufgehört zu singen. Die Nacht begann.

Frau Witte erschien, um die Terrine nachzufüllen. »Sie haben nicht genug gegessen«, sagte sie. »Junge Leute müssen tüchtig essen.«

»Wir haben gegessen, was wir konnten. Die Terrine ist fast leer.«

»Ich werde Ihnen noch etwas Salat bringen. Und ein Stück Käse.«

Der Mond kam herauf. »Jetzt haben wir alles«, sagte Elisabeth. »Den Mond, den Garten, und wir haben gegessen und noch den ganzen Abend vor uns. Es ist so schön, daß man es fast nicht aushalten kann.«

»So haben Menschen früher gelebt. Und sie haben nichts Besonderes darin gefunden.«

Sie nickte und sah sich um. »Man sieht keine einzige Ruine von hier. Der Garten liegt so, daß man sie nicht sieht. Die Bäume verdecken sie. Zu denken, daß es ganze Länder gibt, die so sind!«

»Wir werden nach dem Kriege hinfahren. Wir werden lauter unzerstörte Städte sehen, und sie werden abends erleuchtet sein, und niemand wird Angst vor Bomben haben. Wir werden vor Schaufenstern voll von Licht spazierengehen, und es wird so hell sein, daß wir endlich einmal abends unsere Gesichter wie am Tage auf der Straße erkennen können.«

»Werden sie uns hineinlassen?«

»Für eine Reise? Warum nicht? In die Schweiz?«

»Wir müssen Schweizer Franken haben. Wie kriegen wir die?«

»Wir nehmen Fotoapparate mit und verkaufen sie drüben. Davon leben wir ein paar Wochen.«

Elisabeth lachte. »Oder Schmuck oder Pelzmäntel, die wir nicht haben.«

Frau Witte kam mit dem Salat und dem Käse. »Gefällt es Ihnen hier?«

»Ja, sehr. Können wir noch etwas sitzen bleiben?«

»Solange Sie wollen. Ich bringe Ihnen noch Kaffee. Malzkaffee natürlich.«

»Kaffee auch noch. Wir leben heute wie Fürsten«, sagte Graeber.

Elisabeth lachte wieder. »Wie Fürsten haben wir im Anfang gelebt. Mit Gänseleber und Kaviar und Pfälzer Wein. Jetzt leben wir wie Menschen. So wie wir später leben wollen. Ist es nicht schön, zu leben?«

»Ja, Elisabeth.«

Graeber blickte sie an. Sie hatte müde ausgesehen, als sie aus der Fabrik kam. Jetzt hatte sie sich ganz erholt. Es ging immer rasch bei ihr; sie brauchte nur wenig dazu.

»Es wird schön sein, zu leben«, sagte sie. »Wir sind so wenig gewöhnt. Fast nichts mehr. Deshalb haben wir noch so vieles vor uns. Was anderen Menschen selbstverständlich ist, wird uns ein großes Abenteuer sein. Luft schon, die nicht mehr nach Brand riecht. Oder ein Abendessen ohne Marken. Läden, in denen man kaufen kann, was man möchte. Städte, die nicht zerstört sind. Oder sprechen zu können, ohne sich vorher nach allen Seiten umzusehen. Keine Angst mehr zu haben brauchen! Das wird lange dauern, aber die Angst wird weniger und weniger werden, und sogar wenn sie ab und zu noch einmal kommt, wird sie wie Glück sein, weil man gleich darauf weiß, daß man sie nicht mehr zu haben braucht. Glaubst du nicht?«

»Ja«, sagte Graeber mit Mühe. »Ja, Elisabeth. Wenn man es so sieht, liegt noch eine Menge Glück vor uns.«

Sie blieben, solange sie konnten. Graeber bezahlte das Essen, und Frau Witte ging schlafen. Sie konnten so noch allein sitzen bleiben.

Der Mond stieg höher. Der Nachtgeruch des Bodens und des jungen Laubes wurde stärker, und da es windstill war, verdrängte er für Augenblicke den Geruch von Staub und Schutt, der immer über der Stadt hing. In den Büschen huschte es. Eine Katze jagte dort Ratten. Ratten gab es mehr als früher; sie fanden unter den Ruinen genug zu fressen.

Sie gingen um elf Uhr. Es war, als verließen sie eine Insel.

»Sie sind zu spät«, sagte der Küster, als sie ankamen. »Alle Plätze sind besetzt.« Es war ein anderer als der vom Morgen. Dieser war jünger, glatt rasiert und von einer steifen Würde. Wahrscheinlich war er es, der Josef denunziert hatte.

»Können wir nicht im Kreuzgarten schlafen?«

»Im Kreuzgarten schlafen überall an den überdachten Stellen schon Leute. Warum gehen Sie nicht zur amtlichen Nothilfestelle?«

Das war um zwölf Uhr nachts eine idiotische Frage. »Wir vertrauen mehr auf Gott«, erwiderte Graeber.

Der Küster sah ihn einen Moment scharf an. »Wenn Sie hierbleiben wollen, müssen Sie im Freien schlafen.«

»Das macht nichts.«

»Sind Sie verheiratet?«

»Ja. Warum?«

»Dies ist ein Gotteshaus. Menschen, die nicht verheiratet sind, können hier nicht gemeinsam schlafen. Im Kreuzgang haben wir eine Abteilung für Männer und eine für Frauen.«

»Auch wenn sie verheiratet sind?«

»Auch dann. Der Kreuzgang gehört zur Kirche. Hier gibt es keine Fleischeslust. Sie beide sehen nicht verheiratet aus.«

Graeber zog seine Heiratsurkunde heraus. Der Küster setzte eine Nickelbrille auf und studierte sie im Schein der Ewigen Lampe. »Sehr kurze Zeit«, sagte er dann.

»Darüber gibt es im Katechismus keine Bestimmungen.«

»Sind Sie auch kirchlich verheiratet?«

»Hören Sie«, sagte Graeber. »Wir sind müde. Meine Frau hat schwer gearbeitet. Wir gehen jetzt im Kreuzgarten schlafen. Wenn Sie etwas dagegen haben, versuchen Sie, uns herauszutreiben. Aber bringen Sie mehrere Leute mit. Es wird nicht einfach sein.«

Ein Geistlicher stand plötzlich neben ihnen. Er war geräuschlos herangekommen. »Was gibt es hier?«

Der Küster erklärte die Sache. Der Geistliche unterbrach ihn nach ein paar Sätzen. »Böhmer, spielen Sie nicht den lieben Gott. Es ist schlimm genug, daß Leute hier schlafen müssen.« Er wandte sich zu Graeber. »Wenn Sie morgen keine Wohnung haben, kommen Sie bis neun Uhr abends zum Domhof sieben. Pastor Biedendieck. Meine Haushälterin wird Sie schon irgendwo unterbringen.«

»Danke vielmals.«

Biedendieck nickte und ging weiter. »Los, Sie Unteroffizier Gottes!« sagte Graeber zu dem Küster. »Ein Major hat Ihnen einen Befehl erteilt. Sie haben zu folgen. Die Kirche ist die einzige Diktatur, die über Jahrhunderte erfolgreich war. Wo ist der Weg zum Kreuzgarten?«

Der Küster führte sie durch die Sakristei. Meßgewänder schimmerten im Dunkeln. Dann kam eine Tür und ein Gang und der Kreuzgarten. »Kampieren Sie aber nicht auf den Gräbern der Domkapitulare«, knurrte Böhmer. »Bleiben Sie auf der Seite drüben, neben dem Kreuzgang. Sie dürfen auch nicht zusammen schlafen. Nur nebeneinander. Jedes Bett muß einzeln liegen. Und Ausziehen ist verboten.«

»Die Schuhe auch?«

»Die Schuhe nicht.«

Sie gingen hinüber. Ein vieltöniges Schnarchkonzert kam aus den Gängen. Graeber breitete die Zeltbahn und die Decken auf dem Rasen aus. Er sah Elisabeth an. Sie lachte. »Was lachst du?« fragte er.

»Ich lache über den Küster. Und über dich.«

»Gut.« Graeber stellte die Koffer gegen die Mauer und machte aus dem Tornister eine Art Kopflehne. Plötzlich drang ein Frauenschrei durch das rhythmische Schnarchen. »Nein! Nein! Oh-h-« Es erstarb in einem Gurgeln. »Ruhe!« schnarrte jemand. Die Frau schrie wieder. »Ruhe! Zum Donnerwetter!« schrie die andere Stimme lauter. Der Schrei brach ab, wie erstickt.

»Das sind wir Herrenmenschen!« sagte Graeber. »Sogar im Traum gehorchen wir jedem Befehl.«

Sie legten sich nieder. Sie waren fast allein an der Wand. Nur in beiden Ecken zeigten dunkle Erhebungen, daß dort auch Leute schliefen. Der Mond stand hinter dem zerschossenen Turm. Er warf einen Streifen Licht auf die alten Gräber der Domherren. Einige waren eingebrochen. Es waren keine Bomben gewesen, die das verursacht hatten; die Särge waren vermorscht und hatten nachgegeben. In der Mitte des Gartens, zwischen wilden Rosenbüschen, ragte ein großes Kreuz. Rundherum, den Weg entlang, standen die steinernen Stationen des Kreuzweges. Elisabeth und Graeber lagen zwischen den Stationen der Geißelung und der Dornenkrönung. Dahinter, im zweiten Viereck, schimmerten die Säulen und Rundbogen der Kreuzgänge, die nach dem Garten zu offen waren.

»Komm herüber zu mir«, sagte Graeber. »Zum Teufel mit den Anordnungen dieses asketischen Küsters!«

XXIII

Schwalben umflogen den zerschossenen Turm. Die erste Sonne funkelte auf den Kanten der losgerissenen Dachplatten. Graeber packte den Spirituskocher aus. Er wußte nicht, ob es erlaubt war, zu kochen; deshalb wollte er das alte Soldatengesetz befolgen: zu handeln, bevor es jemand verbieten konnte. Er nahm sein Kochgeschirr und suchte nach einem Wasserhahn. Er fand ihn hinter der Kreuzigungsstation. Ein Mann mit offenem Munde und roten Bartstoppeln schlief dort. Er hatte nur ein Bein. Die Prothese hatte er abgeschnallt und neben sich gelegt. Sie glänzte mit ihren Nickelstreben im frühen Licht wie eine Maschine. Graeber blickte durch die offenen Säulenreihen in die Kreuzgänge. Der Küster hatte recht gehabt: Die Geschlechter lagen getrennt. An der Südseite schliefen nur Frauen.

Als er zurückkam, war Elisabeth erwacht. Sie sah frisch und ausgeschlafen aus; nicht wie die fahlen Gesichter, die er in den Kreuzgängen gesehen hatte. »Ich weiß, wo du dich waschen kannst«, sagte er. »Geh hin, bevor der Sturm der anderen beginnt. Heilige Organisationen haben stets mangelhafte sanitäre Einrichtungen. Komm, ich zeige dir den Waschraum für Domkapitulare.«

Sie lachte. »Bleib lieber hier und achte auf den Kaffee, sonst ist er nachher verschwunden. Ich werde den Waschraum schon finden. Wo geht es herum?«

Er beschrieb es ihr. Sie ging durch den Garten. Sie hatte so ruhig geschlafen, daß ihr Kleid kaum verdrückt war. Er sah ihr nach. Er liebte sie plötzlich sehr.

»So, Sie kochen im Garten des Herrn!« Der fromme Küster war auf Filzsohlen herangeschlichen. »Und sogar noch unter einer Station des schmerzhaften Rosenkranzes!«

»Wo ist der freudenreiche? Ich kann auch dorthin gehen.«

»Hier ist überall heiliger Grund. Sehen Sie nicht, daß Domherren dort begraben liegen?«

»Ich habe schon auf manchem Friedhof gesessen und gekocht«, sagte Graeber ruhig. »Aber sagen Sie mir, wohin wir sonst gehen sollen. Ist hier irgendwo eine Kantine oder eine Feldküche?«

»Kantine?« Der Küster kaute das Wort wie eine angefaulte Frucht. »Hier?«

»Es wäre keine schlechte Idee.«

»Vielleicht für Heiden wie Sie. Zum Glück gibt es Menschen, die anders denken. Eine Speisewirtschaft auf Christi Boden! So eine Blasphemie!«

»Es ist keine solche Blasphemie. Christus hat mit ein paar Broten und Fischen ein paar tausend Menschen gespeist, das sollten Sie wissen. Aber er war sicher nicht ein so würdiger Rabe wie Sie! Und nun schwirren Sie ab! Es ist Krieg, das ist vielleicht neu für Sie.«

»Ich werde Herrn Pastor Biedendieck von Ihrem Sakrileg benachrichtigen!«

»Tun Sie das! Er wird Sie rauswerfen, Sie trockener Schleicher!«

Der Küster ging würdig und wütend in seinen Filzschuhen zurück. Graeber öffnete ein Kaffeepaket aus dem Nachlaß Bindings und roch daran. Es war echter Bohnenkaffee. Er goß ihn auf. Der Geruch verbreitete sich und hatte sofortige Wirkung. Hinter dem Grabe der Domherren hob sich der struppige Kopf eines Mannes und witterte. Dann nieste er, stand auf und kam näher. »Wie wär's mit einer Tasse?«

»Schieb ab«, sagte Graeber. »Dies ist ein Haus Gottes; hier gibt man keine Almosen, hier nimmt man nur welche.«

Elisabeth kam zurück. Sie ging leicht und gelockert, als ginge sie spazieren. »Woher hast du den Kaffee?« fragte sie.

»Er stammt von Binding. Wir müssen ihn rasch trinken, sonst fällt der ganze Kreuzgang über uns her.«

Die Sonne wanderte über die Bilder des schmerzhaften Rosenkranzes. Vor der Bank der Geißelung blühte ein violetter Tupf Veilchen. Graeber holte Brot und Butter aus seinem Tornister. Er schnitt das Brot mit seinem Taschenmesser und strich die Butter darauf. »Richtige Butter«, sagte Elisabeth. »Auch von Binding?«

»Alles. Merkwürdig – er hat mir nur Gutes getan, und ich habe ihn nie leiden können.«

»Vielleicht hat er es deshalb getan. Das soll es geben.«

Elisabeth saß neben Graeber auf dem Tornister. »Als ich sieben Jahre alt war, wollte ich ungefähr so leben wie hier.«

»Ich wollte Bäcker werden.«

Sie lachte. »Du bist dafür Fourier geworden. Der beste. Wie spät ist es?«

»Ich packe zusammen und bringe dich zur Fabrik.«

»Nein. Laß uns hier in der Sonne bleiben, solange es geht. Das Zusammenpacken und Wegbringen nimmt zuviel Zeit, und wir müssen zu lange warten, bis wir herankommen, um alles unten zu verstauen. Der Kreuzgang steht schon voll von Leuten. Du kannst es nachher tun, wenn ich weg bin.«

»Gut. Glaubst du, daß man hier rauchen darf?«

»Nein. Aber das kümmert dich doch sicher nicht.«

»Nein. Laß uns haben, was wir können, bevor wir hier hinausgeworfen werden. Es wird nicht lange dauern. Ich will heute versuchen, einen Platz für uns zu finden, wo wir nicht in Kleidern schlafen müssen. Zu Pastor Biedendieck wollen wir auf keinen Fall, was?«

»Nein. Lieber wieder zurück zu Pohlmann.«

Die Sonne stieg höher. Sie erhellte den Portikus, und die Schatten der Säulen fielen über die Wände. Die Menschen gingen darin hin und her wie in einem Gefängnis aus Licht und Schatten. Kinder weinten. Der Einbeinige in der Ecke des Gartens schnallte sein künstliches Bein an und zog die Hose darüber hinab. Graeber packte das Brot, die Butter und den Kaffee fort. »Es ist zehn Minuten vor acht«, sagte er. »Du mußt gehen. Ich hole dich von der Fabrik ab, Elisabeth. Wenn etwas passiert, haben wir zwei Treffpunkte: den Garten von Frau Witte zuerst; – wenn dort nicht, dann hier.«

»Ja.« Elisabeth stand auf. »Es ist das letzte Mal, daß ich für den Tag weggehe.«

»Wir werden dafür heute abend lange aufbleiben, Stunden und Stunden. Dann holen wir den versäumten Tag ein.«

Sie küßte ihn und ging rasch. Graeber hörte jemand lachen. Er drehte sich ärgerlich um. Eine junge Frau stand zwischen den Säulen. Sie hatte einen Knaben vor sich auf der Mauer stehen, der ihr mit den Händen ins Haar griff. Sie lachte mit ihm. Graeber und Elisabeth hatte sie gar nicht bemerkt. Er packte seine Sachen zusammen. Dann ging er, sein Kochgeschirr auszuspülen. Der Amputierte kam ihm nach. Sein Bein stampfte und quietschte. »Heda, Kamerad!«

Graeber blieb stehen. »Wart ihr das nicht, die den Kaffee hatten?« fragte der Amputierte.

»Ja. Wir haben ihn ausgetrunken.«

»Das ist klar.« Der Mann hatte sehr weite blaue Augen. »Ich meine den Kaffeesatz. Wenn Sie ihn wegschütten wollen, geben Sie ihn lieber mir. Man kann ihn noch einmal aufbrühen.«

»Ja, natürlich.« Graeber kratzte den Kaffeesatz heraus. Dann holte er seine Sachen und brachte sie zu dem Platz, wo sie aufgestapelt wurden. Er erwartete einen Kampf mit dem heiligen Küster. Aber statt seiner war der andere mit der roten Nase da. Er roch nach Meßwein und sagte nichts.

Der Portier saß am Fenster seiner Wohnung in dem herabgebrannten Hause. Er winkte, als er Graeber sah. Graeber ging hinein. »Haben Sie Post für uns?«

»Ja. Für Ihre Frau. Der Brief ist noch an Fräulein Kruse adressiert. Das ist doch in Ordnung, was?«

»Ja.«

Graeber nahm den Brief. Ihm fiel auf, daß der Blockwart ihn merkwürdig ansah. Er blickte auf den Brief und erstarrte. Er war von der Geheimen Staatspolizei. Er drehte das Kuvert um. Es war so zugeklebt, als hätte jemand es geöffnet. »Wann ist das gekommen?« fragte er.

»Gestern abend.«

Graeber betrachtete den Umschlag. Er war sicher, daß der Blockwart den Brief gelesen hatte. Er öffnete deshalb den Umschlag und nahm ihn heraus. Es war eine Vorladung für Elisabeth, für elf Uhr dreißig morgens. Er blickte auf seine Uhr. Es war kurz vor zehn. »Gut«, sagte er. »Endlich! Ich habe schon lange darauf gewartet.«

Er steckte den Brief ein. »Sonst noch was?«

»Ist das nicht genug?« fragte der Portier mit neugierigen Augen.

Graeber lachte. »Wissen Sie keine Wohnung für uns?«

»Nein. Brauchen Sie noch eine?«

»Ich nicht. Aber meine Frau.«

»So?« sagte der Blockwart ohne Überzeugung.

»Ja. Ich zahle einen guten Abstand.«

»So?« sagte der Blockwart noch einmal.

Graeber ging. Er spürte, wie der Mann ihm vom Fenster aus nachschaute. Er blieb stehen und tat, als betrachte er interessiert die Dachskelette. Dann schlenderte er langsam weiter.

Hinter der nächsten Ecke holte er den Brief sofort wieder hervor. Es war ein vorgedruckter Zettel, aus dem nichts zu ersehen war. Sogar die Unterschrift war vorgedruckt. Nur der Name Elisabeths und das Datum waren mit einer Schreibmaschine geschrieben, bei der das A zu hoch anschlug.

Er starrte auf das Papier. Es war ein viereckiges Stück graues, billiges Holzpapier, in halbem Quartformat – aber es verdeckte plötzlich die Welt. Eine unfaßbare Drohung stieg aus ihm auf. Es roch nach Tod.

Er stand vor der Katharinenkirche. Er wußte nicht, wie er hingekommen war. »Ernst«, flüsterte jemand hinter ihm. Er fuhr herum. Es war Josef. Er trug einen Mantel von militärischem Schnitt und ging, ohne weiter auf Graeber zu achten, in die Kirche. Graeber sah sich um und folgte ihm eine Minute später. Er fand ihn in einer leeren Bank in der Nähe der Sakristei. Josef machte eine vorsichtige Bewegung. Graeber ging bis zum Altar, sah sich um, kehrte zurück und kniete neben Josef nieder.

»Pohlmann ist verhaftet worden«, flüsterte Josef.

»Was?«

»Pohlmann. Die Gestapo hat ihn heute morgen geholt.«

Graeber wußte im Augenblick nicht, ob die Verhaftung Pohlmanns etwas mit dem Brief Elisabeths zu tun hatte. Er starrte Josef nur an. »Pohlmann also auch«, sagte er schließlich.

Josef blickte rasch auf. »Wer sonst noch?«

»Meine Frau hat eine Vorladung zur Gestapo bekommen.«

»Für wann?«

»Für heute vormittag um elf Uhr dreißig.«

»Haben Sie die Vorladung bei sich?«

»Ja. Hier.«

Graeber gab Josef den Brief. »Wie ist das nur mit Pohlmann passiert?« fragte er.

»Ich weiß es nicht. Ich war nicht da. Als ich kam, sah ich an einem Stein, der anders lag als vorher, was geschehen war. Pohlmann hatte ihn beiseite gestoßen, als er abgeführt wurde. Es war eines unserer Zeichen. Eine Stunde später sah ich, daß seine Bücher auf einen Wagen geladen wurden.«

»Hatte er etwas dabei, was ihn belasten könnte?«

»Ich glaube nicht. Alles, was gefährlich sein konnte, ist anderswo vergraben. Sogar die Konserven.«

Graeber blickte auf das Papier in Josefs Hand. »Ich wollte gerade zu ihm hingehen«, sagte er. »Ich wollte ihn fragen, was ich tun soll.«

»Deshalb bin ich hergekommen. Es ist ziemlich sicher, daß ein Gestapo-Beamter in seiner Wohnung wartet.« Josef gab Graeber die Vorladung zurück. »Was wollen Sie tun?«

»Ich weiß es nicht. Ich habe es gerade bekommen. Was würden Sie tun?«

»Fliehen«, erwiderte Josef ohne Zögern.

Graeber starrte in das Halbdunkel, in dem die Altäre glänzten. »Ich werde erst einmal allein hingehen und fragen, was sie wollen«, sagte er.

»Man wird Ihnen keine Auskunft geben, wenn man Ihre Frau haben will.«

Graeber spürte eine Kälte im Nacken. Aber Josef war sachlich, weiter nichts. »Wenn man meine Frau haben wollte, hätte man sie verhaftet wie Pohlmann. Es muß etwas anderes sein. Deshalb will ich hingehen. Vielleicht ist es nichts Wichtiges«, sagte Graeber ohne Überzeugung. »Dann wäre es falsch zu fliehen.«

»Ist Ihre Frau Jüdin?«

»Nein.«

»Dann ist es etwas anderes. Juden sollen immer fliehen. Kann Ihre Frau nicht irgendwohin gereist sein?«

»Nein. Sie ist dienstverpflichtet. Das ist festzustellen.«

Josef überlegte. »Es ist möglich, daß man sie nicht verhaften will. Sie haben recht, man hätte das direkt tun können. Haben Sie irgendeine Ahnung, weshalb sie vorgeladen werden könnte?«

»Ihr Vater ist im KZ. Und jemand, mit dem sie zusammen gewohnt hat, kann sie denunziert haben. Es ist auch möglich, daß man auf sie aufmerksam geworden ist, weil wir geheiratet haben.«

Josef überlegte wieder. »Vernichten Sie alles, was eine Beziehung dazu haben könnte. Briefe, Tagebücher und so etwas. Und dann gehen Sie hin. Sie allein. Das wollten Sie doch, wie?«

»Ja. Ich werde sagen, daß der Brief erst heute angekommen ist und daß ich meine Frau in der Fabrik nicht erreichen konnte.«

»Das wird das beste sein. Versuchen Sie herauszubekommen, was los ist. Ihnen kann nichts passieren. Sie müssen ja zurück zur Front. Davon wird man Sie nicht abhalten. Wenn Sie ein Versteck für Ihre Frau suchen, kann ich Ihnen eine Adresse geben. Aber gehen Sie erst. Ich bin bis heute nachmittag hier.« Josef zögerte einen Moment. »Im Beichtstuhl des Pastors Biedendieck. Da, wo das Schild ›Abwesend‹ ausgehängt ist. Das gibt mir ein paar Stunden Schlaf.«

Graeber stand auf. Nach dem kühlen Halbdunkel der Kirche stürzte das Licht vor der Tür ihm so grell entgegen, als wolle es ihn durchleuchten und gehöre bereits zur Gestapo. Er ging langsam durch die Straßen. Ihm war, als ginge er unter einer Glasglocke. Alles um ihn her war plötzlich fremd und unerreichbar. Eine Frau mit einem Kinde auf dem Arm war auf einmal eine Szene persönlicher Sicherheit und erregte schmerzhaften Neid. Ein Mann, der auf einer Bank saß und eine Zeitung las, war ein Bild unerreichbarer Sorglosigkeit; und ein paar Leute, die sich lachend unterhielten, wirkten wie Wesen aus einer jäh zerbrochenen anderen Welt. Finster allein über ihm hing der Schatten der Sorge, der ihn absonderte, als hätte er Aussatz.

Er betrat das Gebäude der Gestapo und zeigte die Vorladung. Ein SS-Mann wies ihn über Korridore in einen Seitenflügel. Die Gänge rochen nach Akten, ungelüfteten Büros und Kaserne. Er mußte in einem Zimmer warten, in dem sich schon drei Leute befanden. Einer stand am Fenster, das auf den Hof hinausging. Er hielt die Hände auf dem Rücken und spielte mit den Fingern der rechten Hand auf dem Rücken der linken Klavier. Die beiden andern hockten auf Stühlen und starrten vor sich hin. Einer war kahlköpfig und hatte eine Hasenscharte, die er mit der Hand immer wieder verdeckte; der andere trug einen Hitlerschnurrbart und hatte ein schlammiges, bleiches Gesicht. Alle sahen rasch zu Graeber hinüber, als er eintrat, und blickten dann sofort wieder weg.

Ein SS-Mann mit einer Brille trat ein. Alle standen sofort auf. Graeber war der nächste bei der Tür. »Was wollen Sie denn hier?« fragte der SS-Mann etwas erstaunt. Soldaten unterstanden gewöhnlich der Militärgerichtsbarkeit.

Graeber zeigte seinen Zettel vor. Der SS-Mann las ihn. »Das sind Sie doch gar nicht. Das hier ist doch ein Fräulein Kruse –«

»Es ist meine Frau. Wir haben vor einigen Tagen geheiratet. Sie arbeitet in einem staatlichen Betrieb. Ich dachte, ich könnte es für sie erledigen.«

Graeber holte seinen Heiratsschein heraus; er hatte ihn vorsorglich mitgebracht. Der SS-Mann bohrte unschlüssig in seinem Ohr. »Na, schließlich, meinetwegen. Zimmer 72, Kellergeschoß.«

Er gab Graeber die Papiere zurück. Kellergeschoß, dachte Graeber. Es war das Kellergeschoß, das am verrufensten war in allen Gerüchten über das Gestapohaus.

Er stieg die Treppen hinunter. Zwei Leute, die ihm entgegenkamen, starrten ihn neidisch an. Sie glaubten, er ginge bereits in die Freiheit zurück, während sie noch alles vor sich hatten.

Das Zimmer 72 war ein großer Raum mit Stellagen und einem abgeteilten Büro. Ein gelangweilter Beamter nahm Graebers Zettel entgegen. Graeber erklärte ihm, warum er gekommen sei, und zeigte wieder seine Papiere.

Der Beamte nickte. »Können Sie für Ihre Frau quittieren?«

»Ja.«

Der Beamte schob zwei Blätter über den Tisch. »Quittieren Sie hier. Schreiben Sie darunter Ehemann der Elisabeth Kruse, und dazu das Datum und das Standesamt Ihrer Ehe. Das zweite Formular können Sie mitnehmen.«

Graeber unterschrieb langsam. Er wollte nicht zeigen, daß er las, was vorgedruckt war; aber er wollte auch nicht blind unterschreiben. Der Beamte suchte inzwischen in einem der Gestelle herum. »Verdammt, wo ist denn die Asche?« rief er schließlich. »Holtmann, Sie haben wieder alles durcheinandergebracht. Bringen Sie das Paket Kruse.«

Jemand grunzte hinter der abgeteilten Wand. Graeber sah, daß er unterschrieben hatte, die Asche des Schutzhäftlings Bernhard Kruse erhalten zu haben. Er sah außerdem, auf dem zweiten Formular, daß Bernhard Kruse an Herzschwäche gestorben sei.

Der Beamte war hinter die Wand gegangen. Er kam jetzt mit einer Zigarrenkiste zurück, die in ein zu kurzes Stück braunes Packpapier gewickelt und mit Bindfaden zugebunden war. An den Seiten stand noch »Claro« aufgedruckt, und ein Teil des bunten Verschlusses der Zigarrenkiste war sichtbar; es war ein Wappen in Rot und Gold, das von einem pfeiferauchenden Indianer gehalten wurde.

»Hier ist die Asche«, sagte der Beamte und sah Graeber schläfrig an. »Ihnen als Soldat brauche ich wohl kaum zu sagen, daß strengstes Schweigen gefordert wird. Keine Todesanzeige – weder in der Zeitung noch durch Versendung eines Zirkulars. Keine Trauerfeier. Schweigen. Verstanden?«

»Ja.«

Graeber nahm die Zigarrenkiste und ging.

Er wußte sofort, daß er Elisabeth nichts sagen würde. Er mußte es darauf ankommen lassen, daß sie es später erführe. Es war nicht anzunehmen; die Gestapo benachrichtigte nicht zweimal. Für jetzt war es genug, daß er sie allein lassen mußte; ihr auch noch mitzuteilen, daß ihr Vater tot sei, wäre eine überflüssige Grausamkeit gewesen.

Er ging langsam zur Katharinenkirche zurück. Die Straßen waren plötzlich wieder voller Leben. Die Drohung war vorüber. Sie hatte sich in Tod verwandelt. Aber es war ein fremder Tod. Und fremden Tod war er gewohnt. Er hatte Elisabeths Vater nur in seiner Kindheit gekannt.

Er fühlte die Zigarrenkiste unter seinem Arm. Sie enthielt wahrscheinlich gar nicht die Asche Kruses. Holtmann konnte sie leicht verwechselt haben, und es war kaum anzunehmen, daß man sich im KZ besondere Mühe damit gemacht hatte. Bei den Massenverbrennungen war dies ohnehin unmöglich. Irgendein Heizer schippte ein paar Handvoll Asche zusammen und packte sie ein, das war alles. Graeber begriff nicht, weshalb es überhaupt geschah. Es war eine Verbindung von Unmenschlichkeit und Bürokratie, die die Unmenschlichkeit noch unmenschlicher machte.

Er überlegte, was er mit der Asche tun sollte. Er konnte sie irgendwo in den Ruinen vergraben, es gab genug Gelegenheiten dazu. Er konnte auch versuchen, sie auf einen Friedhof zu bringen; aber dann würde er eine Erlaubnis brauchen und ein Grab, und Elisabeth würde es erfahren.

Er ging durch die Kirche. Vor dem Beichtstuhl des Pastors Biedendieck blieb er stehen. Das Schild ›Abwesend‹ war herausgehängt. Er schob den grünen Vorhang beiseite. Josef sah ihn an. Er war wach und saß so, daß er Graeber mit dem Fuß in den Bauch treten und sofort losrennen konnte. Graeber ging vorbei zur Bank nahe der Sakristei. Nach einer Weile kam Josef. Graeber wies auf die Zigarrenkiste. »Es war das. Die Asche ihres Vaters.«

»Weiter nichts?«

»Es ist genug. Haben Sie noch etwas über Pohlmann erfahren?«

»Nein.«

Sie blickten beide auf das Paket. »Eine Zigarrenkiste«, sagte Josef. »Meistens haben sie alte Pappschachteln oder Blechdosen oder Papiertüten. Eine Zigarrenkiste ist schon fast wie ein Sarg. Wo wollen Sie ihn lassen? Hier in der Kirche?«

Graeber schüttelte den Kopf. Ihm war plötzlich eingefallen, was er tun konnte. »Im Kreuzgarten«, sagte er. Das ist ja so eine Art Friedhof.«

Josef nickte. »Kann ich noch irgendetwas für Sie tun?« fragte Graeber.

»Sie können durch die Seitentür drüben hinausgehen und nachsehen, ob etwas Verdächtiges auf der Straße ist. Ich muß fort; der antisemitische Küster hat von ein Uhr an Dienst. Wenn Sie in fünf Minuten nicht zurückgekommen sind, nehme ich an, daß die Straße frei ist.«

»Gut.«

Graeber stand in der Sonne. Nach einer Weile kam Josef aus der Tür. Er ging dicht an Graeber vorbei. »Alles Gute!« murmelte er.

»Alles Gute.«

Graeber ging zurück. Der Kreuzgarten war um diese Zeit leer. Zwei gelbe Schmetterlinge mit roten Punkten auf den Flügeln spielten um einen Strauch mit kleinen weißen Blüten. Der Strauch stand neben dem Grabe des Domkapitulars Aloysius Blümer. Graeber trat heran und untersuchte es. Drei Gräber waren eingesunken, aber das von Blümer so, daß ein Loch unter die Grasdecke zu führen schien. Es war ein guter Platz.

Er schrieb auf einen Zettel, daß dieses die Asche eines katholischen Häftlings aus dem KZ sei. Er tat es für den Fall, daß man die Zigarrenkiste entdecken würde. Den Zettel schob er unter das braune Papier. Mit seinem Seitengewehr schnitt er dann ein Stück Gras aus und vergrößerte vorsichtig den Erdspalt darunter, bis er die Kiste hineinschieben konnte. Es ging leicht. Die Erde, die er herausgeholt hatte, drückte er wieder in das Loch zurück und deckte dann das Gras darüber. Bernhard Kruse, wenn er es war, hatte so einen Platz in geweihter Erde gefunden, zu Füßen eines hohen kirchlichen Würdenträgers.

Graeber ging zurück und setzte sich auf die Mauer des Kreuzgangs. Die Steine waren warm von der Sonne. Vielleicht ist es ein Sakrileg, dachte er. Vielleicht auch nur eine überflüssige Sentimentalität. Bernhard Kruse war Katholik gewesen, und es war für Katholiken verboten, verbrannt zu werden; aber das mußte die Kirche wohl wegen der besonderen Umstände übersehen. Und wenn es gar nicht Kruse war, der in der Kiste war, sondern die Asche von verschiedenen Opfern, vielleicht auch von Protestanten und orthodoxen Juden, so würde auch das wohl in diesem Falle hingehen, dachte er. Weder Jehova noch der Gott der Protestanten oder der der Katholiken würden allzu viel dagegen einzuwenden haben.

Er blickte auf das Grab, in das die Zigarrenkiste wie ein Kuckucksei in ein Nest hineingeschoben war. Den ganzen Weg über hatte er wenig gefühlt; aber jetzt, nachdem alles vorüber war, empfand er eine tiefe und endlose Bitterkeit. Es war mehr als nur der Gedanke an den Toten. Pohlmann war darin und Josef und all das Elend, das er gesehen hatte, der Krieg, und auch sein eigenes Schicksal.

Er stand auf. In Paris hatte er das Grab des Unbekannten Soldaten gesehen; prunkvoll, unter dem Triumphbogen, in den die großen Schlachten Frankreichs eingemeißelt waren. Ihm schien, als wäre das eingesunkene Stück Rasen mit der Platte des Domkapitulars Blümer und der Zigarrenkiste darunter etwas Ähnliches, und vielleicht sogar mehr – ohne den Regenbogen des Ruhms und der Schlachten.

»Wo schlafen wir heute abend?« fragte Elisabeth. »In der Kirche?«

»Nein. Ein Wunder ist passiert. Ich war bei Frau Witte. Sie hat ein Zimmer frei. Ihre Tochter ist vor ein paar Tagen aufs Land gezogen. Wir können da bleiben, und du kannst es vielleicht sogar behalten, wenn ich weg bin. Ich habe schon alle unsere Sachen hinübergeschafft. Ist dein Urlaub durchgekommen?«

»Ja. Ich brauche nicht mehr zurück. Und du brauchst nicht mehr auf mich zu warten.«

»Gott sei Dank! Wir werden das heute abend feiern! Wir

werden die ganze Nacht aufbleiben und morgen bis mittags schlafen.«

»Ja. Wir werden im Garten sitzen, bis alle Sterne da sind. Aber vorher gehe ich noch rasch und kaufe mir einen Hut. Heute ist der Tag dafür.«

»Was willst du denn mit einem Hut? Willst du ihn heute abend im Garten tragen?«

Elisabeth lachte. »Das vielleicht auch. Aber das ist nicht so wichtig. Wichtig ist, daß man ihn kauft. Es ist ein symbolischer Akt. Ein Hut ist wie eine Flagge. Man kauft ihn, wenn man glücklich oder wenn man unglücklich ist. Du verstehst das nicht, was?«

»Nein. Aber laß uns einen kaufen. Wir werden deine Freiheit damit feiern. Das ist notwendiger als das Abendessen! Gibt es noch Läden, die offen sind? Und brauchst du dafür nicht eine Kleiderkarte?«

»Die habe ich. Und ich weiß auch, wo es Hüte gibt.«

»Gut. Wir werden einen Hut zu dem goldenen Kleid kaufen.«

»Dazu braucht man keinen. Es ist ein Abendkleid. Wir werden einfach irgendeinen Hut kaufen. Es ist absolut notwendig. Damit ist die Fabrik erledigt.«

Ein Stück Schaufenster des Ladens war erhalten. Der Rest war mit Brettern vernagelt. Sie spähten hinein. Zwei Hüte lagen darin. Einer war mit künstlichen Blumen garniert, der andere mit bunten Federn. Graeber betrachtete sie zweifelnd; er konnte sich Elisabeth nicht damit vorstellen. Dann sah er, daß eine weißhaarige Frau gerade die Türe abschließen wollte. »Rasch!« sagte er.

Die Besitzerin führte sie in einen Raum hinter dem

Laden, der abgeblendet war. Sie begann sofort ein Gespräch mit Elisabeth, von dem Graeber nichts verstand. Er setzte sich auf einen zerbrechlichen goldenen Stuhl neben der Tür. Die Besitzerin knipste Licht vor einem Spiegel an und holte aus Kartons Hüte und Stoffe hervor. Der graue Laden wurde plötzlich zu einer Zauberhöhle. Das Blau und Rot und Rosa und Weiß der Hüte flammte auf, und dazwischen schimmerte das bunte Gewirk von Brokaten, als wären es Kronen, die probiert würden für ein geheimnisvolles Fest. Elisabeth bewegte sich in dem Lichtsturz vor dem Spiegel hin und her, als wäre sie soeben einem Bilde entstiegen und hinter ihr schlüge noch die Dämmerung zusammen, in die der übrige Raum getaucht war. Graeber saß sehr still da und betrachtete die Szene, die unwirklich erschien nach allem, was tagsüber passiert war. Er sah Elisabeth zum erstenmal völlig losgelöst von der Zeit, bei sich selbst, hingegeben einer unbefangenen und tiefen Spielerei, überschüttet von Licht und Zärtlichkeit und Liebe, ernst und gesammelt wie eine Jägerin, die ihre Waffen zum Kampfe prüft. Er hörte das leise Gespräch der beiden, ohne zuzuhören, es war wie das Murmeln einer Quelle, er sah den hellen Kreis, der Elisabeth umwehte, als strahlte sie ihn aus, und er liebte sie und begehrte sie und vergaß alles andere über diesem lautlosen Glück, hinter dem der unbegreifbare Schatten des Verlustes stand, nur um es noch tiefer zu machen, noch leuchtender und so kostbar und flüchtig wie die Reflexe auf den kleinen Seiden- und Brokatfetzen.

»Eine Kappe«, sagte Elisabeth. »Eine einfache Kappe aus Gold, die den Kopf fest umschließt.«

XXIV

Die Sterne standen im Fenster. Wilder Wein rankte um das kleine Viereck, und ein paar Reben hingen herunter und schwankten im Winde wie die dunklen Pendel einer lautlosen Uhr.

»Ich weine nicht wirklich«, sagte Elisabeth. »Und wenn ich weine, kümmere dich nicht darum. Ich bin es nicht, es ist nur etwas in mir, und es will heraus. Manchmal hat man nichts als Weinen. Es ist keine Trauer. Ich bin glücklich.«

Sie lag in seinem Arm, den Kopf an seine Schulter gepreßt. Das Bett war breit und aus altem dunklem Walnußholz. Die Enden waren hoch und geschweift. Eine Walnußkommode stand in der Ecke, und vor dem Fenster ein Tisch mit zwei Stühlen. An der Wand hing ein Glaskasten, der einen alten Brautkranz aus künstlichen Myrrhen enthielt, und ein Spiegel, in dem die Reben und das wehende fahle Licht von draußen sich dunkel und hell bewegten.

»Ich bin glücklich«, sagte Elisabeth. »Es ist so viel geschehen in diesen Wochen, daß ich nicht alles in mich hineinpressen kann. Ich habe es versucht. Es geht nicht. Du mußt heute nacht Geduld mit mir haben.«

»Ich wollte, ich könnte dich noch aus der Stadt herausbringen, irgendwohin in ein Dorf.«

»Es ist gleich, wo ich bin, wenn du fort bist.«

»Es ist nicht gleich. Dörfer werden nicht bombardiert.«

»Irgendwann werden sie sicher aufhören, uns zu bombardieren. Es steht ja fast nichts mehr von der Stadt. Ich kann nicht weg, solange ich in die Fabrik muß. Ich bin froh, daß ich dieses verzauberte Zimmer habe. Und Frau Witte.«

Sie atmete ruhiger. »Ich bin gleich fertig mit mir«, sagte sie. »Halte mich nicht für allzu hysterisch. Ich bin glücklich. Aber es ist ein schwankendes Glück. Kein gleichförmiges Kuhglück.«

»Kuhglück«, sagte Graeber. »Wer will das?«

»Ich weiß nicht, ich glaube, ich könnte schon eine ganze Menge davon für längere Zeit aushalten.«

»Ich auch. Ich will es nur nicht zugeben, weil wir es vorläufig nicht haben können.«

»Zehn Jahre sicheres, gutes, einförmiges, bürgerliches Kuhglück – ich glaube sogar, ein ganzes Dasein voll damit wäre nicht zuviel!«

Graeber lachte. »Das kommt davon, weil wir so ein verdammt interessantes Leben führen. Unsere Vorfahren dachten anders, die lechzten nach dem Abenteuer und haßten ihr Kuhglück.«

»Wir nicht. Wir sind wieder einfache Menschen mit einfachen Wünschen geworden.« Elisabeth sah ihn an. »Willst du jetzt schlafen? Eine ganze Nacht voll ununterbrochenem Schlaf? Wer weiß, wann du es wieder kannst, wenn du morgen abend abfährst!«

»Ich kann genug schlafen, wenn ich unterwegs bin. Es wird ein paar Tage dauern, bis ich ankomme.«

»Wirst du irgendwann ein Bett haben?«

»Nein. Das Höchste, was ich von morgen an erwarten kann, ist gelegentlich eine Pritsche oder ein Strohsack. Man gewöhnt sich bald daran. Es ist nicht schlimm. Jetzt wird es Sommer. Rußland ist scheußlich im Winter.«

»Vielleicht mußt du noch einmal einen Winter dableiben.«

»Wenn wir so weiter zurückgehen, sind wir im Winter in Polen oder schon in Deutschland. Da ist es nicht mehr so kalt. Und es ist eine Kälte, die man kennt.«

Jetzt wird sie fragen, wann ich wieder auf Urlaub kommen werde, dachte er. Ich wollte, wir hätten das alles schon hinter uns. Sie muß es fragen, und ich muß antworten, und ich wollte, es wäre vorbei. Ich bin bereits nicht mehr ganz hier, aber das, was von mir da ist, ist, als hätte es keine Haut, und doch kann es nicht wirklich verletzt werden. Es ist nur empfindlicher als eine offene Wunde. Er blickte auf die Ranken, die vor dem Fenster schwankten, und auf das wehende Silber und Grau am Spiegel, und ihm war, als stände ein Geheimnis sehr dicht dahinter und müsse sich im nächsten Augenblick entschleiern.

Dann hörten sie die Sirenen.

»Laß uns hierbleiben«, sagte Elisabeth. »Ich will mich nicht anziehen und in einen Keller rennen.«

»Gut.«

Graeber ging zum Fenster. Er schob den Tisch beiseite und sah hinaus. Die Nacht war hell und regungslos. Der Garten glänzte im Mondlicht. Es war eine unwirkliche Nacht zum Träumen und eine gute Nacht für Luftangriffe. Er sah Frau Witte aus der Tür kommen. Ihr Gesicht war sehr blaß. Er öffnete das Fenster. »Ich wollte Sie schon wecken«, rief sie durch den Lärm.

Graeber nickte. »Keller – Leibnizstraße –« hörte er.

Er winkte. Dann sah er, daß sie in das Haus zurückkehrte. Er wartete noch eine Minute, sie kam nicht zurück. Sie blieb ebenfalls im Hause. Er wunderte sich nicht darüber. Es war, als müsse es so sein. Sie brauchte nicht zu gehen; Garten und Haus schienen durch eine unbekannte Magie geschützt. Es war, als blieben sie lautlos und unberührt in dem Heulen, das über sie hinwegjohlte. Die Bäume standen still hinter dem blassen Silber des Rasens. Die Büsche regten sich nicht. Selbst die Ranken vor dem Fenster hatten aufgehört zu pendeln. Die kleine Insel des Friedens lag unter dem Mond wie in einem gläsernen Keller, an dem der Sturm der Zerstörung abprallte.

Graeber drehte sich um. Elisabeth hatte sich im Bett aufgesetzt. Ihre Schultern schimmerten bleich, und da, wo sie sich rundeten, hatten sie sanfte Schatten. Ihre Brüste waren fest und kühn und schienen größer, als sie waren. Ihr Mund war dunkel, und ihre Augen sehr durchsichtig und fast ohne Farbe. Sie hatte die Arme hinter sich auf die Kissen gestützt und saß im Bett wie jemand, der von weit her plötzlich hereingekommen war. Einen Augenblick lang war sie ebenso fremd und still und geheimnisvoll wie der Garten draußen im Mond vor dem Weltuntergang.

»Frau Witte ist auch hiergeblieben«, sagte Graeber.

»Komm.«

Er sah, während er zum Bett ging, sein Gesicht in dem grauen und silbernen Spiegel. Er erkannte es nicht. Es war das Gesicht eines anderen. »Komm«, sagte Elisabeth noch einmal.

Er beugte sich zu ihr nieder. Sie legte die Arme um ihn. »Es ist gleich, was geschieht«, sagte sie.

»Es kann nichts geschehen«, erwiderte er. »Diese Nacht nicht.« Er wußte nicht, warum er es glaubte. Es hatte etwas mit dem Garten zu tun und dem Licht und dem Spiegel und mit Elisabeths Schultern und einer großen, weiten Ruhe, die ihn plötzlich bis ins letzte füllte. »Nichts kann geschehen«, wiederholte er.

Sie ergriff die Decke und warf sie herunter auf den Boden. Sie lag nackt da, aus den Hüften sprangen die Beine, sie waren kräftig und lang, es war ein Körper, der von den Schultern und den Brüsten sich zu einer flachen Bauchgrube verengte, dessen Oberschenkel nicht dünn waren, der zu schwellen und zu stürzen schien, von beiden Seiten, in das Dreieck des Schoßes. Es war der Körper einer jungen Frau und nicht mehr der eines Mädchens.

Er fühlte sie in seinen Armen. Sie glitt gegen ihn, und ihm war, als wären es tausend Hände, die sich verschränkten und ihn hielten und trugen. Nirgendwo waren mehr Zwischenräume, alles war nahe und dicht. Es war nicht mehr die Erregung der ersten Tage, es war ein langsames, stetiges Schwellen, das rauschte und alles überspülte, die Worte, die Grenzen, den Horizont und dann das Selbst –

Er hob den Kopf. Er kam von weit her zurück. Er lauschte. Er wußte nicht, wie lange er fort gewesen war. Draußen war es still. Er glaubte sich zu täuschen und blieb liegen und horchte. Er hörte nichts – keine Detonationen und kein Abwehrfeuer mehr. Er schloß die Augen und sank zurück. Dann erwachte er wieder. »Sie sind nicht gekommen, Elisabeth«, sagte er.

»Doch«, murmelte sie.

Sie lagen nebeneinander. Graeber sah die Decke auf dem Boden und den Spiegel und das offene Fenster. Er hatte geglaubt, die Nacht würde nie zu Ende gehen, aber jetzt spürte er, wie langsam die Zeit aufs neue in die Stille hineinspülte. Die Ranken vor dem Fenster pendelten wieder im Winde, ihre Schatten gingen durch den Spiegel, und ferner Lärm begann. Er sah zu Elisabeth hinüber. Sie hatte die Augen geschlossen. Ihr Mund war geöffnet, und sie atmete tief und ruhig. Sie war noch nicht zurück. Er war schon zurück. Er dachte bereits wieder. Sie war immer länger fort. Ich wollte, ich könnte es auch, dachte er, mich verlieren, vollkommen und lange. Es war etwas, um das er sie beneidete, für das er sie liebte und das ihn etwas erschreckte. Sie war irgendwo, wohin er nicht folgen konnte oder nicht lange genug; das war es vielleicht, was ihn daran erschreckte. Er fühlte sich plötzlich allein und auf eine sonderbare Weise unterlegen.

Elisabeth öffnete die Augen. »Wo sind die Flugzeuge geblieben?«

»Ich weiß es nicht.«

Sie strich sich die Haare zurück. »Ich bin hungrig.«

»Ich auch. Wir haben alles mögliche zu essen.«

Graeber stand auf und holte die Konserven, die er aus Bindings Keller mitgebracht hatte. »Hier ist Huhn und Kalbfleisch und hier sogar ein Stück Hase und hier Kompott dazu.«

»Laß uns den Hasen nehmen und das Kompott.«

Graeber öffnete die Gläser. Er liebte es, daß Elisabeth ihm nicht half, sondern liegenblieb und wartete. Er konnte Frauen nicht leiden, die sich, noch umweht von Geheimnis und von der Dunkelheit, sofort wieder in geschäftige Hausfrauen verwandelten.

»Ich schäme mich jedesmal mit all diesen Sachen von Alfons«, sagte er. »Ich habe mich ziemlich schlecht gegen ihn benommen.«

»Dafür hat er sich bestimmt schlecht gegen jemand anderen benommen. Das gleicht sich aus. Warst du bei seiner Beerdigung?«

»Nein. Es waren zu viele Parteimitglieder in Uniform da. Ich bin nicht mitgegangen. Ich habe nur die Rede des Obersturmbannführers Hildebrandt gehört. Er sagte, wir alle sollten Alfons nacheifern und seinen letzten Willen erfüllen. Er meinte damit den rücksichtslosen Kampf gegen den Feind. Aber der Letzte Wille Bindings war anders. Alfons war im Pyjama im Keller mit einer blonden Frau im Nachthemd.«

Graeber schüttete das Fleisch und das Kompott in zwei Schüsseln, die Frau Witte ihnen gegeben hatte. Dann schnitt er Brot und öffnete eine Flasche Wein. Elisabeth erhob sich. Sie stand nackt vor dem Walnußbett. »Du siehst wahrhaftig nicht aus wie jemand, der seit Monaten krumm gebückt Militärmäntel näht«, sagte Graeber. »Du siehst aus wie jemand, der jeden Tag Gymnastik macht.«

»Gymnastik? Gymnastik macht man nur, wenn man verzweifelt ist.«

»Tatsächlich? Das würde mir nie einfallen.«

»Nur das«, sagte Elisabeth. »Gymnastik, bis man sich nicht mehr bücken kann, herumrennen, bis man todmüde ist, das Zimmer zehnmal aufräumen, die Haare bürsten, bis der Kopf schmerzt, und so etwas mehr.«

»Hilft das?«

»Nur bei der vorletzten Verzweiflung. Wenn man nicht mehr denken will. Bei der letzten hilft gar nichts, als sich fallen zu lassen.«

»Und dann?«

»Warten, bis das Leben einen wieder irgendwo anspült. Ich meine das Leben, das macht, daß man atmet. Nicht das, das man lebt.«

Graeber hob sein Glas. »Ich glaube, wir wissen für unsere Jahre zuviel über Verzweiflung. Wir wollen das vergessen.«

»Wir wissen auch schon zuviel über das Vergessen«, sagte Elisabeth. »Wir wollen auch das vergessen.«

»Gut. Es lebe Frau Kleinert, die diesen Hasen eingemacht hat.«

»Und es lebe Frau Witte, die uns den Garten und dieses Zimmer gegeben hat.«

Sie tranken ihre Gläser leer. Der Wein war kalt und aromatisch und jung. Graeber füllte die Gläser wieder. Der Mond stand golden in ihnen. »Mein Geliebter«, sagte Elisabeth. »Es ist gut, nachts auf zu sein. Man redet dann soviel leichter.«

»Das ist wahr. Nachts bist du ein gesundes, junges Kind Gottes und keine Näherin von Militärmänteln. Und ich bin kein Soldat.«

»Nachts ist man das, was man eigentlich sein soll; nicht das, was man geworden ist.«

»Vielleicht.« Graeber sah auf den Hasen, das Kompott und das Brot. »Danach sind wir ziemlich oberflächliche Menschen. Wir tun nachts nicht viel mehr als schlafen und essen.«

»Und uns lieben. Das ist nicht oberflächlich.«

»Und trinken.«

»Und trinken«, sagte Elisabeth und hielt ihm ihr Glas hin.

Graeber lachte. »Dabei sollten wir eigentlich sentimental und traurig sein und tiefe Gespräche führen. Stattdessen haben wir einen halben Hasen gegessen und finden das Leben wunderbar und danken Gott.«

»Das ist besser. Oder nicht?«

»Es ist das einzige. Wenn man keine Ansprüche stellt, ist alles ein Geschenk.«

»Hast du das im Felde gelernt?«

»Nein, hier.«

»Das ist gut. Es ist eigentlich alles, was man zu lernen braucht, wie?«

»Ja. Danach braucht man nur noch ein bißchen Glück.«

»Haben wir das auch gehabt?«

»Ja. Wir haben alles gehabt, was es gibt.«

»Du bist nicht traurig, weil es vorbei ist?«

»Es ist nicht vorbei. Es ändert sich nur.«

Sie sah ihn an. »Doch«, sagte er. »Ich bin traurig. Ich bin so traurig, daß ich glaube, ich werde morgen sterben, wenn ich dich verlasse. Aber wenn ich dann denke, was geschehen müßte, damit ich nicht traurig wäre, dann gibt es nur das eine, daß ich dich nie getroffen hätte. Dann würde ich nicht traurig sein, sondern leer und gleichgültig wieder abfahren. Und wenn ich das denke, dann ist die Trauer keine Trauer mehr. Sie ist ein schwarzes Glück. Die andere Seite des Glücks.«

Elisabeth stand auf. »Ich habe es vielleicht nicht richtig ausgedrückt«, sagte Graeber. »Verstehst du, wie ich es meine?«

»Ich verstehe es. Und du hast es ganz richtig ausgedrückt. Man kann es gar nicht besser sagen. Ich wußte, daß du es sagen würdest.«

Sie kam zu ihm herüber. Er fühlte sie. Sie hatte plötzlich keinen Namen mehr und alle Namen der Welt. Einen Augenblick flammte etwas wie ein unerträgliches weißes Licht durch ihn, und er erkannte, daß alles eins war, Abschied und Wiederkehr, Besitz und Verlust, Leben und Tod, Vergangenheit und Zukunft, und daß immer und überall das steinerne Gesicht der Ewigkeit da war und nicht ausgelöscht werden konnte – dann schien die Erde unter ihm sich zu wölben, er spürte die Rundung unter seinen Füßen, als müsse er abspringen, in einem Sturz vorwärts, und er hielt Elisabeth in seinen Armen und stürzte mit ihr und in sie –

Es war der letzte Nachmittag. Sie saßen im Garten. Die Katze schlich vorbei. Sie war trächtig und völlig mit sich selbst beschäftigt und beachtete niemand. »Ich hoffe, daß ich ein Kind haben werde«, sagte Elisabeth plötzlich.

Graeber starrte sie an. »Ein Kind? Warum?«

»Warum nicht?«

»Ein Kind? In dieser Zeit? Glaubst du, daß du eins haben wirst?«

»Ich hoffe es.«

Er sah sie an. »Ich glaube, ich müßte jetzt etwas sagen oder tun und dich küssen und überrascht und zärtlich sein, Elisabeth. Ich kann es nicht. Es ist zu schnell für mich. An ein Kind habe ich bis jetzt noch nicht gedacht.«

»Das brauchst du auch nicht. Es geht dich nichts an. Ich weiß auch noch nicht.«

»Ein Kind! Es würde für einen neuen Krieg gerade so zurechtkommen wie wir für diesen. Denk an all das Elend, in das es hineingeboren würde!«

Die Katze kam wieder. Sie schlich den Weg entlang zur Küche. »Jeden Tag werden Kinder geboren«, sagte Elisabeth.

Graeber dachte an die Hitlerjugend und an die Kinder, die ihre Eltern denunziert hatten. »Wozu reden wir darüber?« sagte er.

»Es ist ja nur ein Wunsch. Oder nicht?«

»Möchtest du nie ein Kind haben?«

»Das weiß ich nicht. Im Frieden vielleicht. Ich habe noch nicht darüber nachgedacht. Es ist so viel vergiftet um uns herum, daß der Boden für Jahre noch voll davon sein wird. Wie kann man da ein Kind haben wollen?«

»Gerade deshalb«, sagte Elisabeth.

»Warum?«

»Um es dagegen zu erziehen. Was soll werden, wenn diejenigen, die gegen all das sind, was jetzt passiert, keine Kinder haben wollen? Sollen nur die Barbaren welche haben? Wer soll dann die Welt wieder in Ordnung bringen?«

»Willst du deswegen eins haben?«

»Nein. Es ist mir nur gerade eingefallen.«

Graeber schwieg. Gegen ihr Argument war nichts zu sagen. Sie hatte recht. »Du bist zu schnell für mich«, sagte er. »Ich habe mich noch nicht daran gewöhnt, verheiratet zu sein, und jetzt soll ich bereits entscheiden, ob ich ein Kind haben will oder nicht.«

Elisabeth lachte und stand auf. »Du hast das Einfachste dabei nicht bemerkt – daß ich nicht nur gerade ein Kind haben will, sondern eins von dir. Und jetzt gehe ich mit Frau Witte das Abendessen besprechen. Es soll ein Meisterwerk in Konserven werden.«

Graeber saß allein in seinem Stuhl im Garten. Der Himmel war voll von rötlich bestrahlten Wolken. Der Tag war vorbei. Es war ein gestohlener Tag gewesen. Er hatte seinen Urlaub um vierundzwanzig Stunden überschritten. Obwohl er sich abgemeldet hatte, war er geblieben. Jetzt war es Abend, und in einer Stunde mußte er fort.

Er war noch einmal auf dem Amt gewesen; aber von seinen Eltern war keine Nachricht mehr gekommen. Er hatte geregelt, was er regeln konnte. Frau Witte hatte sich bereit erklärt, Elisabeth weiter bei sich wohnen zu lassen. Er hatte den Keller des Hauses geprüft; er war nicht tief genug, um sicher zu sein, aber er war gut gebaut. Er hatte sich auch den öffentlichen Keller in der Leibnizstraße angesehen; der war so gut wie die meisten andern der Stadt. Ruhig lehnte er sich zurück. Er hörte das Klappern des Geschirrs aus der Küche. Es war ein langer Urlaub gewesen. Drei Jahre, nicht drei Wochen. Sie erschienen ihm zwar manchmal noch nicht ganz sicher und hastig, auf schwankendem Grunde gebaut; doch er wollte glauben, daß sie sicher wären.

Er hörte Elisabeths Stimme. Er dachte über das nach, was sie über ein Kind gesagt hatte. Es war gewesen, als würde plötzlich eine Wand durchbrochen. Eine Öffnung erschien, und dahinter schwankte ungewiß wie ein Garten ein Stück Zukunft. Graeber hatte nie über die Wand hinausgedacht. Er hatte wohl, als er kam, etwas finden wollen und es nehmen und besitzen, um es zurückzulassen, bevor er wieder fortging, etwas, das seinen Namen und damit ihn selber trug – aber der Gedanke an ein Kind war nie dabei gewesen. Er blickte in die Dämmerung, die zwischen den Fliederbüschen hing. Wie endlos das wurde, wenn man es weiterverfolgte, und wie sonderbar es war, zu fühlen, daß das Leben über die Wand, vor der es bisher aufgehört hatte, weitergehen könnte und daß das, was er bisher fast wie einen hastigen Raub betrachtet hatte, noch einmal ruhiger Besitz werden könnte, weiterzugeben an fremdes, ungeborenes Dasein in eine Ferne, die kein Ende hatte und voll von einer Zärtlichkeit war, die er nie gekannt hatte. Wieviel Weite das gab und wieviel Ahnung, und wie sehr etwas in ihm es wollte und nicht wollte und doch wollte, diesen armen und trostvollen Betrug der Unsterblichkeit.

»Der Zug fährt um sechs Uhr«, sagte er. »Ich habe alle meine Sachen erledigt. Ich muß jetzt fort. Bring mich nicht zur Bahn. Ich will von hier weggehen und will das von hier mitnehmen – so wie du hier lebst, nicht das Gedränge und die Verlegenheit am Bahnhof. Meine Mutter hat mich das letzte Mal hingebracht. Ich konnte nichts dagegen machen. Es war schrecklich für sie und für mich. Es dauerte eine Zeitlang, bis ich darüber wegkam, und später war es immer das, woran ich mich erinnerte – die weinende, müde, schwitzende Frau auf dem Bahnsteig, nicht meine Mutter, wie sie wirklich war. Verstehst du das?«

»Ja.«

»Gut. Dann laß es uns so machen. Du sollst mich auch nicht da sehen, wo ich wieder nichts mehr sein werde als eine Nummer und ein wie ein Esel bepacktes Stück Kommiß. Ich will von dir weggehen, so wie wir hier sind. Und jetzt nimm dieses Geld; ich habe es übrig behalten. Draußen brauche ich es nicht.«

»Ich brauche kein Geld. Ich verdiene genug für mich.«

»Ich kann es draußen nicht ausgeben. Nimm es, und kauf dir ein Kleid dafür. Ein sinnloses, unnützes, schönes Kleid zu der kleinen goldenen Kappe, die du hast.«

»Ich werde dir Pakete dafür schicken.«

»Schick mir keine. Wir haben draußen mehr zu essen als ihr hier. Aber kauf dir ein Kleid. Ich habe etwas gelernt, als du dir den Hut kauftest. Versprich mir, daß du dir ein Kleid kaufst. Ein ganz unnützes, nicht ein praktisches. Oder ist es zu wenig dafür?«

»Es ist genug. Es reicht sogar noch für ein Paar Schuhe.«

»Das ist großartig. Kauf dir ein Paar goldene Schuhe.«

»Gut«, sagte Elisabeth. »Goldene Schuhe mit hohen Hacken und federleicht. Ich werde dir damit entgegenlaufen, wenn du wiederkommst.«

Graeber holte aus seinem Tornister das dunkle gemalte

Heiligenbild, das er seiner Mutter hatte mitbringen wollen. »Hier ist etwas, das ich in Rußland gefunden habe. Behalte es.«

Sie nahm es nicht. Ihr Gesicht war plötzlich verstört. »Nein, Ernst. Gib es jemand anderem. Oder nimm es wieder mit. Es ist zu sehr – zu endgültig. Nimm es zurück.«

Er betrachtete das Bild. »Ich habe es in einem zerstörten Hause gefunden«, sagte er. »Vielleicht ist kein Glück darin. Ich habe nie daran gedacht.« Er packte es wieder ein. Es war ein heiliger Nikolaus auf Goldgrund mit vielen Engeln.

»Wenn du willst, kann ich es in die Kirche bringen«, sagte Elisabeth. »In die, in der wir geschlafen haben. Die Katharinenkirche.«

In die, in der wir geschlafen haben, dachte er. Gestern war das noch nahe; jetzt ist es schon endlos weit weg. »Die nehmen es nicht«, sagte er. »Es ist eine andere Art von Religion. Die Verwalter des Gottes der Liebe sind nicht besonders tolerant.«

Er dachte daran, daß er das Bild mit der Asche Kruses in das Grab des Domkapitulars Blümer hätte legen können. Aber auch das wäre wahrscheinlich nur noch ein Sakrileg mehr gewesen.

Er sah sich nicht um. Er ging nicht zu langsam und nicht zu schnell. Der Tornister war schwer, und die Straße war sehr lang. Als er um die Ecke bog, bog er um viele Ecken. Einen Augenblick noch war der Geruch von Elisabeths Haar da; dann wurde er überweht von altem Brandgeruch, von der späten Nachmittagsschwüle und von dem süßlich faulen Geruch der Verwesung, der mit dem wärmeren Wetter aus den Ruinen stieg.

Er ging über den Wall. Die eine Seite der Lindenallee war schwarz gebrannt, die andere grünte. Der Fluß war verstopft und kroch träge über Mörtel, Stroh, Säcke, Geländerreste und Betten. Wenn jetzt ein Angriff käme, dachte er. Ich müßte in Deckung gehen und hätte Grund, den Zug zu versäumen. Was würde Elisabeth sagen, wenn ich plötzlich vor ihr stünde? Er dachte darüber nach. Er wußte es nicht. Aber alles, was jetzt gut gewesen war, würde sich wahrscheinlich in Schmerz verwandeln. Es war wie am Bahnhof, wenn ein Zug verspätet abging und man noch eine halbe Stunde Zeit hatte und sie in verlegenem Gespräch dahinschleppen mußte. Außerdem würde er nichts gewinnen; bei einem Angriff würde der Zug auch nicht fahren, sondern warten, und er würde ihn erreichen müssen.

Er kam zur Bramschestraße. Von hier hatte er seinen ersten Weg in die Stadt genommen. Der Omnibus, der ihn gebracht hatte, stand da und wartete. Er kletterte hinein. Nach zehn Minuten fuhren sie ab. Der Bahnhof war inzwischen wieder anderswohin verlegt worden. Er war jetzt ein Wellblechdach, das gegen Fliegersicht bemalt war. An einer Seite waren graue Tücher gespannt, daneben hatte man als Deckung künstliche Bäume eingesetzt und einen Stall gebaut, aus dem eine hölzerne Kuh herübersah. Auf einer Weide grasten zwei alte Pferde.

Der Zug stand bereits da. Eine Anzahl Wagen trug Schilder: Nur für Militär. Eine Wache kontrollierte die Papiere. Sie sagte nichts dazu, daß Graeber einen Tag zu spät war. Er stieg ein und fand einen Platz neben dem Fenster. Nach einer Weile kamen noch drei Leute; ein Unteroffizier, ein Gefreiter mit einer Narbe und ein Artillerist, der sofort anfing zu essen. Eine Gulaschkanone wurde auf dem Bahnsteig aufgefahren. Zwei junge Hilfsschwestern und eine ältere mit einem eisernen Hakenkreuz als Brosche erschienen.

»Es gibt Kaffee«, sagte der Unteroffizier. »Sieh mal an!«

»Nicht für uns«, erwiderte der Gefreite. »Das ist für einen Transport von Rekruten, der zum erstenmal rausgeht. Ich habe es vorhin gehört. Es gibt auch noch eine Rede. Für uns macht man das nicht mehr.«

Eine Schar Flüchtlinge wurde herangeführt. Sie wurden abgezählt und standen mit ihren Kartons und Handkoffern in zwei Linien und starrten auf den Kaffeekessel. Ein paar SS-Offiziere tauchten auf. Sie trugen elegante Stiefel und Reithosen und wanderten wie Störche den Bahnsteig entlang. Drei weitere Urlauber kamen in das Abteil. Einer öffnete das Fenster und lehnte hinaus. Draußen stand eine Frau mit einem Kind. Graeber sah das Kind an, und dann sah er die Frau an. Sie hatte einen faltigen Hals, dicke Augenlider, dünne hängende Brüste und trug ein verwaschenes Sommerkleid, auf das blaue Windmühlen gedruckt waren. Alles schien ihm viel deutlicher als sonst – das Licht und alles, was er sah. »Also dann, Heinrich«, sagte die Frau.

»Ja, mach's gut, Marie. Grüß alle.«

»Ja.«

Sie sahen sich an und schwiegen. Ein paar Leute mit Musikinstrumenten stellten sich in der Mitte des Bahnsteigs auf. »Nobel«, sagte der Gefreite. »Das junge Kanonenfutter geht mit Musik raus. Ich dachte, das hätten sie längst abgeschafft.«

»Sie könnten uns etwas von dem Kaffee geben«, erwiderte der Unteroffizier. »Wir sind schließlich alte Krieger und gehen auch raus!«

»Warte bis heute abend. Dann kriegst du ihn als Suppe.«

Man hörte Marschschritte und Kommandos. Die Rekruten kamen. Fast alle waren sehr jung. Nur ein paar kräftige ältere waren dabei; die kamen wahrscheinlich von der SA oder der SS. »Von denen brauchen sich noch nicht viele zu rasieren«, sagte der Gefreite. »Seht euch das Gemüse an! Kinder! Auf die soll man sich dann draußen verlassen.«

Die Rekruten formierten sich. Unteroffiziere schnauzten. Dann wurde es still. Jemand redete.

»Mach das Fenster zu«, sagte der Gefreite zu dem Mann, dessen Frau draußen stand.

Der Mann antwortete nicht. Die Stimme des Redners klapperte weiter, als käme sie aus blechernen Stimmbändern. Graeber lehnte sich zurück und schloß die Augen. Heinrich blieb weiter am Fenster. Er hatte nicht gehört, was der Gefreite gesagt hatte. Verlegen, dumm und traurig starrte er auf Marie. Marie starrte ebenso zurück. Es ist gut, daß Elisabeth nicht hier ist, dachte Graeber.

Die Stimme schwieg endlich. Die vier Musiker spielten »Deutschland, Deutschland über alles« und das »Horst-Wessel-Lied«. Sie spielten die beiden Lieder rasch und von jedem nur eine Strophe. Niemand rührte sich im Abteil. Der Gefreite bohrte in der Nase und besah das Ergebnis ohne Interesse.

Die Rekruten stiegen in ihre Wagen. Der Kaffeekessel

folgte ihnen. Nach einiger Zeit kam er leer zurück. »Diese Huren«, sagte der Unteroffizier. »Altes Militär lassen sie verdursten.«

Der Artillerist in der Ecke hörte eine Sekunde auf zu essen. »Was?« fragte er.

»Huren, habe ich gesagt. Was frißt du da? Kalbfleisch?«

Der Artillerist biß in ein belegtes Brot. »Schwein«, sagte er.

»Schwein –« Der Unteroffizier sah die Leute im Wagen der Reihe nach an. Er suchte Gefährten. Der Artillerist kümmerte sich nicht darum. Heinrich stand noch immer am Fenster. »Grüß Tante Berta auch«, sagte er zu Marie.

»Ja.«

Sie schwiegen wieder. »Warum fahren wir nicht ab?« fragte jemand.

»Es ist doch schon nach sechs.«

»Vielleicht warten wir noch auf einen General.«

»Generäle fliegen.«

Sie mußten noch eine halbe Stunde warten. »Nun geh schon, Marie«, sagte Heinrich ab und zu.

»Ich kann warten.«

»Der Kleine muß sein Essen haben.«

»Er kann es noch den ganzen Abend kriegen.«

Sie schwiegen wieder eine Zeitlang. »Grüß Josef auch«, sagte Heinrich schließlich.

»Ja, gut. Ich will's ihm ausrichten.«

Der Artillerist ließ einen mächtigen Wind fahren, seufzte tief auf und schlief gleich darauf ein. Es war, als hätte der Zug nur darauf gewartet. Er fuhr langsam an. »Also, dann grüße alle, Marie.«

»Du auch, Heinrich.«

Der Zug fuhr schneller. Marie lief neben dem Wagen her. »Paß auf den Kleinen auf, Marie.«

»Ja, ja, Heinrich. Und du auf dich.«

»Klar, klar.«

Graeber sah das verhärmte Gesicht der laufenden Frau unter dem Fenster. Sie lief, als ginge es um ihr Leben, um noch zehn Sekunden Heinrich anstarren zu können. Und dann, plötzlich, sah er Elisabeth. Sie stand hinter dem Stationsschuppen. Man hatte sie vom Zug nicht sehen können. Er zweifelte nur eine Sekunde; dann sah er ihr Gesicht genau. Es war so völlig fassungslos, daß es leblos zu sein schien. Er sprang auf und griff Heinrich am Rockkragen. »Laß mich ans Fenster!«

Alles war plötzlich vergessen. Er begriff nicht mehr, warum er allein zum Bahnhof gegangen war. Er begriff nichts mehr. Er mußte sie sehen. Er mußte rufen. Er hatte das Wichtigste nicht gesagt.

Er zerrte an Heinrichs Genick. Heinrich hing weit hinaus. Er sperrte seine Ellbogen von außen gegen den Fensterrahmen. »Grüß Liese auch«, schrie er durch das Rattern.

»Laß mich ran! Weg vom Fenster! Meine Frau steht draußen!«

Graeber warf seine Arme über Heinrichs Schultern und riß. Heinrich trat nach hinten aus. Er traf Graebers Schienbein. »Und paß auf alles gut auf!«, schrie er.

Man hörte die Frau nicht mehr. Graeber trat Heinrich in die Knie und riß seine Schultern zurück. Heinrich ließ nicht los. Er winkte mit einer Hand; mit dem Ellbogen und der anderen behauptete er sich am Fenster. Der Zug machte eine Kurve. Graeber sah über Heinrichs Kopf Elisabeth. Sie war schon weit entfernt und sehr klein und stand allein vor dem Schuppen. Graeber winkte über den strohigen Borstenkopf Heinrichs hinweg. Sie konnte die Hand vielleicht noch sehen; aber sie konnte nicht sehen, wer winkte. Eine Gruppe Häuser kam, und der Bahnhof war nicht mehr da.

Heinrich löste sich langsam aus dem Fenster. »Du gottverdammter –« begann Graeber wütend und hielt inne. Heinrich drehte sich um. Dicke Tränen liefen ihm herunter. Graeber ließ die Hände sinken. »Ach, Scheiße!«

»Mensch, so was!« sagte der Gefreite.

XXV

Er fand das Regiment nach zwei Tagen und meldete sich auf der Kompanie-Schreibstube. Der Feldwebel war nicht da. Nur der Schreiber saß herum. Das Dorf lag hundertzwanzig Kilometer weiter westlich als die letzte Stellung, die Graeber kannte. »Wie ist es hier?« fragte er.

»Beschissen. Wie war der Urlaub?«

»Halb und halb. War viel los?«

»Allerhand. Du siehst ja, wo wir jetzt sind.«

»Wo ist die Kompanie?«

»Ein Zug hebt Schützengräben aus. Ein anderer gräbt Tote ein. Sie kommen mittags zurück.«

»Hat sich viel verändert?«

»Du wirst es sehen. Ich weiß nicht, wer noch da war, als du abfuhrst. Wir haben viel Ersatz gekriegt. Kinder. Fallen wie Winterfliegen. Haben keine Ahnung vom Krieg. Wir haben einen neuen Spieß. Der alte ist tot. Der dicke Meinert.«

»War er denn mit draußen?«

»Nein. Es hat ihn auf der Latrine erwischt. Er ist mit dem ganzen Kram in die Luft geflogen.« Der Schreiber gähnte. »Du wirst ja sehen, was los ist. Warum hast du dir in der Heimat nicht einen netten kleinen Bombensplitter in den Hintern verpassen lassen?«

»Ja«, sagte Graeber. »Warum nicht? An die besten Sachen denkt man immer erst, wenn es zu spät ist.«

»Ich wäre ruhig noch ein paar Tage später zurückgekommen. Keiner hätte dich bei dem Durcheinander hier vermißt.«

»Auch das fällt einem immer erst ein, wenn man zurück ist.«

Graeber ging durch das Dorf. Es glich dem, in dem er zuletzt gewesen war. Alle diese Dörfer glichen sich. Sie waren alle gleich verwüstet. Der Unterschied war nur, daß jetzt fast kein Schnee mehr da war. Alles war naß und drekkig; die Stiefel sanken tief ein, und die Erde hielt sie fest, als wollte sie sie hinabziehen. In der Hauptstraße waren Bretter aneinandergelegt, über die man gehen konnte. Sie quatschten im Wasser, und wenn man auf ein Ende trat, hob sich das andere triefend hoch.

Die Sonne schien, und es war ziemlich warm. Es schien Graeber viel wärmer als in Deutschland zu sein. Er horchte auf die Front. Starkes Artilleriefeuer rollte und schwoll und ebbte ab. Er suchte den Keller, den der Schreiber ihm bezeichnet hatte, und packte seine Sachen an eine leere Stelle. Er ärgerte sich maßlos, daß er seinen Urlaub nicht einen oder zwei Tage länger überschritten hatte. Niemand schien ihn tatsächlich hier zu brauchen. Er ging wieder hinaus. Vor dem Dorf waren Schützengräben gezogen, sie standen jetzt voll Wasser, und die Wände waren zusammengesackt. An einigen Stellen waren schmale Betonbunker gebaut. Sie standen wie Grabsteine in der feuchten Landschaft.

Graeber ging zurück. Auf der Hauptstraße sah er den Kompanieführer Rahe. Er balancierte auf den Brettern wie ein Storch mit einer Hornbrille. Graeber meldete sich bei ihm. »Sie haben Glück gehabt«, sagte Rahe. »Nachdem Sie fort waren, ist der Urlaub gleich gesperrt worden.« Er blickte Graeber aus seinen hellen Augen an. »Hat es sich gelohnt?«

»Ja«, erwiderte Graeber.

»Das ist gut. Wir sitzen hier ziemlich im Dreck. Dieses ist nur eine vorläufige Stellung. Wir fallen wahrscheinlich auf die Reservestellung zurück, die neu ausgebaut worden ist. Haben Sie sie gesehen? Sie müssen doch dort durchgekommen sein.«

»Nein, ich habe sie nicht gesehen.«

»Nein?«

»Nein, Herr Leutnant«, sagte Graeber.

»Sie ist ungefähr vierzig Kilometer von hier.«

»Es muß Nacht gewesen sein, als wir durchkamen. Ich habe viel geschlafen.«

»Das wird es sein.« Rahe sah Graeber wieder forschend an, als wollte er mehr fragen. Dann sagte er: »Ihr Zugführer ist gefallen. Leutnant Müller. Sie haben jetzt Leutnant Maß.«

»Jawohl.«

Rahe stocherte mit seinem Spazierstock in dem nassen Lehm. »Solange der Dreck so anhält wie jetzt, ist es für die Russen schwer, mit Artillerie und Panzern vorwärts zu kommen. Das gibt uns Zeit, uns zu formieren. Alles hat sein Gutes und Schlechtes, wie? Gut, daß Sie wieder zurück sind, Graeber. Wir brauchen alte Leute, um den jungen Ersatz zu trainieren.« Er stocherte weiter im Lehm. »Wie war es drüben?«

»Ungefähr so wie hier. Viele Luftangriffe.«

»Wirklich? So schlimm?«

»Ich weiß nicht, wie schlimm es war im Verhältnis zu anderen Städten. Aber alle paar Tage kam mindestens ein Angriff.«

Rahe blickte Graeber an, als warte er darauf, daß er mehr sagen sollte. Aber Graeber schwieg.

Die andern kamen mittags zurück. »Der Urlauber!« sagte Immermann. »Mensch, wozu bist du bloß in diese Scheiße zurückgekommen? Warum bist du nicht desertiert?«

»Wohin?« fragte Graeber.

Immermann kratzte sich den Kopf. »In die Schweiz«, sagte er dann.

»Daran habe ich nicht gedacht, du Schlauberger. Dabei gehen täglich Spezial-Luxuszüge für Deserteure nach der Schweiz. Sie haben rote Kreuze auf die Dächer gemalt und werden nicht bombardiert. Und die ganze Schweizer Grenze entlang stehen Ehrenpforten mit der Aufschrift: Willkommen! Weißt du sonst noch was, du Kaffer? Und seit wann traust du dich, so zu reden?«

»Ich habe mich immer schon getraut. Du hast das nur vergessen, in der wispernden Heimat. Außerdem gehen wir zurück. Wir sind fast auf der Flucht. Alle hundert Kilometer weiter rückwärts wird der Ton etwas freier.«

Immermann begann seine Uniform vom Schmutz zu säubern. »Müller ist tot«, sagte er. »Meinecke und Schröder sind im Lazarett. Mücke hat einen Bauchschuß bekommen. Er soll in Warschau abgekratzt sein. Wer war sonst noch da von den Alten? Richtig, Berning – rechtes Bein verloren. Verblutet.«

»Hirschland«, sagte Graeber.

»Hirschland? Was ist los mit dem?«

»Er ist doch auch tot.«

»Unsinn. Da drüben sitzt er ja.«

Graeber sah hinüber. Es stimmte. Hirschland saß auf einer alten Tonne und putzte sein Kochgeschirr. Verdammt, dachte er, was ist denn das? Seine Mutter hat doch Nachricht bekommen, er sei gefallen. Ich muß ihn fragen.

Er ging zu Hirschland hinüber. »Ich war bei deiner Mutter«, sagte er.

»Wirklich? Du hast es nicht vergessen? Ich glaubte nicht, daß du es tun würdest.«

»Warum nicht?«

»Ich bin nicht gewohnt, daß man mir Gefallen tut.«

Graeber dachte daran, daß er es fast vergessen hatte. »Wie ist sie? Wie geht es ihr?« fragte Hirschland. »Hast du ihr gesagt, daß es mir gutgeht?«

»Hirschland, deine Mutter glaubt, du seist gefallen. Sie hat eine Nachricht von der Kompanie bekommen.«

»Was? Das ist unmöglich.«

»Sie hat es mir selbst gesagt.«

Hirschland starrte Graeber an. »Aber ich schreibe ihr doch fast jeden Tag.«

»Sie nimmt an, daß das Briefe sind, die noch nachkommen. Hast du eine Ahnung, wie es passiert sein kann? Es gibt doch hier keine zwei Hirschlands.«

»Nein. Jemand muß das absichtlich gemacht haben.«

»Niemand tut so etwas absichtlich.«

»Nein? Auch Steinbrenner nicht?«

»Lebt der noch?«

»Natürlich. Und er war zwei Tage in der Schreibstube

beschäftigt, nachdem der Feldwebel gefallen war. Der Schreiber war damals krank.«

»Aber das wäre eine hundsgemeine Fälschung.«

»Ja.«

»Rahe muß doch solche Briefe unterschreiben.«

»Das weiß meine Mutter nicht. Eine Unterschrift ist für sie wie die andere.«

Die Sache erschien Graeber plötzlich wahrscheinlicher als im Anfang. »So eine Schweinerei«, fluchte er. »Das ist doch nicht zu glauben. Weshalb hat der Lump das nur gemacht?«

»Aus Spaß. Um mich zu erziehen. Ich habe doch jüdisches Blut. Was hat meine Mutter gesagt?«

»Sie war ruhig. Du mußt ihr sofort schreiben. Schreib ihr, was ich dir gesagt habe. Sie wird sich erinnern, daß ich da war.«

»Es wird lange dauern, bis sie es bekommt.«

Graeber sah, daß Hirschlands Lippen zitterten. »Wir gehen zur Schreibstube«, erklärte er. »Wir lassen es von da berichtigen. Sie müssen ein Telegramm schicken. Sonst gehen wir zu Rahe.«

»Das können wir nicht.«

»Warum nicht? Wir können noch mehr. Wir können Steinbrenner anzeigen.«

»Ich nicht. Ich kann das nicht. Ich kann ja nichts beweisen. Und selbst wenn, – nein, ich kann mich nicht beschweren, ich nicht! Verstehst du das nicht?«

»Ja, Hirschland«, sagte Graeber grimmig. »Aber all das wird nicht mehr ewig dauern.«

Er traf Steinbrenner nach dem Abendessen. Steinbrenner war braun und aufgeräumt. Er sah aus wie ein sonnenverbrannter gotischer Engel.

»Wie ist die Stimmung in der Heimat?« fragte er.

Graeber stellte sein Kochgeschirr nieder. »Als wir an die Grenze kamen«, sagte er, »wurden wir von einem SS-Hauptsturmführer zusammengerufen und belehrt, daß unter strengster Strafe keiner von uns ein Wort über die Situation in der Heimat sagen dürfe.«

Steinbrenner lachte. »Ich bin selbst in der SS. Mir kannst du es ruhig sagen.«

»Dann wäre ich ein schöner Esel. Strengste Strafe heißt: Erschossen werden als Saboteur des Reichswehrwillens.«

Steinbrenner hörte auf zu lachen. »Du sagst das, als ob wer weiß was zu erzählen wäre. Als gäbe es drüben Katastrophen!«

»Ich sage gar nichts. Ich wiederhole nur, was uns der SS-Hauptsturmführer erklärt hat.«

Steinbrenner betrachtete Graeber abwägend. »Du hast geheiratet, was?«

»Woher weißt du das?«

»Ich weiß alles.«

»Du weißt es von der Schreibstube. Mach dich nicht wichtig. Du bist oft auf der Schreibstube, was?«

»Ich bin da, so oft es nötig ist. Wenn ich auf Urlaub gehe, heirate ich auch.«

»So? Weißt du schon wen?«

»Die Tochter des Obersturmbannführers in meinem Heimatort.«

»Natürlich.«

Steinbrenner überhörte die Ironie. »Die Blutmischung ist erstklassig«, erklärte er, ganz bei der Sache. »Nordisch-Friesisch von meiner Seite, – Rheinisch-Niedersächsisch von ihrer. Wir werden beide Zucht-Unterstützung bekommen, Rasse-Stipendien, die Kinder selbstverständlich später bevorzugte Erziehung, Ordensburganwärter, alles, was die Partei zu geben hat. Nach fünf Jahren wird meine Frau in der Reichsfrauenschaft als vorbildliche Mutter einen hervorragenden Posten beanspruchen können. Wenn wir zwischendurch Zwillinge oder Drillinge haben, wird der Führer selbst Pate sein, vielleicht schon nach zwei oder drei Jahren. Beim fünften Kind ist er es ohnehin. Dann ist meine Karriere glänzend gesichert. Stell dir das vor!«

»Ich stelle es mir vor.«

»Rassenhochzucht! Wir müssen die Juden nicht nur ausrotten, – wir müssen sie auch durch reinblütige Germanen ersetzen. Führernachwuchs.«

»Hast du viele Juden ausgerottet?«

Steinbrenner grinste. »Wenn du mein Führungszeugnis sehen könntest, würdest du nicht fragen. Das waren Zeiten.« Er beugte sich vertraulich zu Graeber. »Ich habe mich weggemeldet. Zurück zu einer SS-Einheit. Da ist mehr los. Und es gibt mehr Chancen. Alles ist großzügiger. Keine langweiligen Standgerichtsverfahren für jeden lausigen Russen. Man erledigt sie schubweise. Dreihundert polnische und russische Verräter an einem Nachmittag. Sechs Mann haben das Kriegsverdienstkreuz dafür gekriegt. Hier gibt es höchstens ein paar lumpige Partisanen, – dafür kriegt man keine Auszeichnungen. Wir hatten nicht mehr als ein halbes Dutzend, seit du weg warst.

In den Aufräumkommandos und im SD sind es Hunderte und Hunderte. Da kann man vorwärtskommen!«

Graeber starrte in den roten russischen Abend. Ein paar Krähen flatterten wie dunkle Lappen darin herum. Steinbrenner war das vollkommene Erzeugnis der Partei. Er war vollkommen gesund, vollkommen körperlich trainiert, vollkommen ohne eigene Gedanken und vollkommen unmenschlich. Er war ein Automat, für den Gewehrputzen, Turnen und Töten dasselbe waren. »Du hast Hirschlands Todesnachricht an seine Mutter geschickt, wie?« fragte Graeber.

»Wer sagt das?«

»Ich weiß es.«

»Du weißt gar nichts. Wie kannst du das wissen?«

»Ich habe es erfahren. Ein guter Witz war das.«

Steinbrenner lachte. Er hatte keinen Sinn für Ironie. Sein schönes Gesicht strahlte vor Vergnügen. »Findest du das auch? Stell dir vor, was die Alte für ein Gesicht gemacht haben muß! Und passieren kann mir nichts. Hirschland wird sich hüten, was zu sagen. Und selbst wenn, dann war es nur ein Irrtum! Kann immer vorkommen.«

Graeber betrachtete ihn aufmerksam. »Du hast Mut«, sagte er.

»Mut? Dazu gehört kein Mut. Nur Humor.«

»Doch, dazu gehört Mut. Jemand, der sowas macht, stirbt selbst bald. Das ist eine alte Beobachtung.«

Steinbrenner lachte laut. »Quatsch. Das ist Altweibergeschwätz!«

»Das ist kein Altweibergeschwätz. Wer sowas macht,

fordert seinen eigenen Tod heraus. Das ist eine bekannte Tatsache.«

»Hör mal«, sagte Steinbrenner. »Das glaubst du doch selbst nicht?«

»Ich glaube es. Das solltest du auch. Es ist ein alter germanischer Glaube. Ich möchte nicht in deiner Haut stecken.«

»Du bist verrückt!« Steinbrenner stand auf. Er lachte nicht mehr.

»Ich habe zwei Leute gekannt, die so etwas Ähnliches gemacht haben. Beide fielen kurz danach. Ein anderer hatte Glück. Kriegte nur einen Hodenschuß. Wurde natürlich impotent. Vielleicht kommst du auch so billig davon. Es gibt dann selbstverständlich keine Zwillinge und Drillinge mehr. Aber die kann dir dann ein anderer besorgen. In der Partei kommt es nur auf das reine Blut an; nicht auf die Person.«

Steinbrenner starrte Graeber an. »Mensch, was bist du doch für ein gefühlloses Aas!« sagte er. »Bist du eigentlich immer so gewesen? Außerdem ist das alles Quatsch mit Soße!«

Er stand noch einen Augenblick da und wartete. Dann ging er. Graeber legte sich zurück. Die Front grollte. Die Krähen flogen. Ihm war plötzlich, als wäre er gar nicht fort gewesen.

Er hatte Wache von Mitternacht bis zwei und ging um das Dorf herum. Die Ruinen standen schwarz gegen das Feuerwerk der Front. Der Himmel zitterte und wurde heller und dunkler unter dem Mündungsfeuer der Artillerie.

Die Stiefel stöhnten wie verdammte Seelen in dem zähen Dreck.

Der Schmerz kam schnell und überraschend und ohne daß er ihn vorausgeahnt hatte. Er hatte an nichts mehr gedacht und war dumpf gewesen während der Tage der Reise. Jetzt, plötzlich und ohne Übergang, schnitt es durch ihn, als würde er in Streifen gerissen.

Er blieb stehen und wartete. Er bewegte sich nicht. Er wartete darauf, daß die Messer begännen, sich zu drehen, daß sie zu Qual und zur Gewißheit der Qual würden, daß sie Namen bekämen und sich mit den Namen lokalisierten und damit zugänglich würden für Vernunft und Trost oder zumindest für fatalistische Hinnahme.

Es kam nicht. Nichts war da als der klare Schmerz des Verlustes. Es war ein Verlust für immer. Nirgendwo war eine Brücke. Er hatte es gehabt, und es war verloren. Er horchte in sich hinein. Irgendwo mußte noch eine Stimme sein, ein Echo von Hoffnung mußte noch irgendwo herumgeistern. Er fand nichts. Es war nur Leere da und namenloser Schmerz.

Es ist zu früh, dachte er. Es wird wiederkommen, später, wenn der Schmerz vorbei ist. Er versuchte, es zu beschwören, er wollte nicht, daß es sich losriß, er wollte es behalten, auch wenn der Schmerz unerträglich würde. Es wird zurückkommen, wenn er nur aushielt, dachte er. Er nannte Namen und versuchte, sich zu erinnern. In einem Nebel tauchte Elisabeths verstörtes Gesicht auf. Es war so, wie er es zuletzt gesehen hatte. Alle anderen Gesichter, die sie gehabt hatte, verschwammen; nur dieses wurde deutlich. Er versuchte, sich den Garten und das Haus Frau Wittes vorzustellen. Er konnte es, aber es war, als schlüge er ein Klavier an und es käme kein Laut heraus. Was ist geschehen? dachte er. Vielleicht ist ihr etwas passiert. Vielleicht ist sie bewußtlos. Vielleicht ist gerade jetzt das Haus eingestürzt. Vielleicht ist sie tot.

Er riß seine Stiefel los. Die nasse Erde seufzte. Er spürte, daß er schwitzte.

»Das wird dich müde machen«, sagte jemand.

Es war Sauer. Er stand in der Ecke eines zerstörten Stalles. »Außerdem hört man es einen Kilometer weit«, erklärte er. »Was machst du? Freiübungen?«

»Du bist verheiratet, Sauer, was?«

»Klar. Wenn du einen Hof hast, mußt du verheiratet sein. Ohne Frau ist kein Hof gut.«

»Bist du schon lange verheiratet?«

»Fünfzehn Jahre. Warum?«

»Wie ist das, wenn man so lange verheiratet ist?«

»Mensch, was du auch fragst! Wie soll das schon sein?«

»Ist es so wie ein Anker, der dich hält? Etwas, woran du immer denkst und wohin du zurückwillst?«

»Anker, was heißt Anker? Natürlich denke ich daran. Den ganzen Tag heute schon. Die Frühjahrssaat ist fällig und das Pflanzen! Ganz dämlich wird man davon im Kopf.«

»Ich meine nicht deinen Hof. Ich meine deine Frau.«

»Das gehört zusammen. Ich habe es dir doch gerade erklärt. Ohne Frau kein guter Hof. Aber was hast du schon davon? Nichts als Sorgen. Dazu dieser Immermann, der einem immer einreden will, die Kriegsgefangenen lägen mit jeder Frau, die allein ist, im Bett.« Sauer schneuzte sich. »Es ist ein großes doppelschläfriges Bett«, fügte er aus einem rätselhaften Grunde hinzu.

»Immermann ist ein Schwätzer.«

»Er sagt, daß eine Frau, die einmal gewußt hat, was ein Mann ist, es nicht lange ohne einen aushält. Daß sie sich bald einen andern sucht.«

»Ach, Scheiße!« sagte Graeber, plötzlich sehr wütend. »Dieser verdammte Kommunist denkt, alle Menschen wären gleich. Das ist der größte Unsinn, den es gibt!«

XXVI

Sie kannten sich nicht mehr. Sie kannten nicht einmal die Uniformen mehr. Es waren oft nur noch die Helme und die Stimmen und die Sprache, durch die sie wußten, daß sie zueinander gehörten. Die Gräben waren längst eingestürzt. Eine unregelmäßige Linie von Granattrichtern und Bunkern war die Front. Sie wechselte fortwährend. Es war nichts mehr da als Regen und Geheul und Nacht und das Licht der Explosionen und der fliegende Dreck. Der Himmel war eingestürzt. Stormoviks hatten ihn zertrümmert. Der Regen stürzte herunter, und mit ihm die Meteore der Bomben und Granaten.

Die Scheinwerfer zerrten wie weiße Hunde an den zerrissenen Wolken. Flakfeuer knatterte durch das Dröhnen der bebenden Horizonte. Brennende Flugzeuge stürzten herab, und der goldene Hagel der Leuchtmunition flog garbenförmig hinterher und verschwand in der Endlosigkeit. Gelbe und weiße Leuchtschirme hingen im Ungefähr und erloschen wie in tiefem Wasser. Dann begann das Trommelfeuer wieder.

Es war der zwölfte Tag. In den drei ersten hatte die Linie gehalten. Die Stachelschweinbunker hatten das Artilleriefeuer ohne allzu schwere Beschädigungen überstanden. Dann waren die äußeren Blockhäuser verlorengegangen. Die Linie war von Panzern durchbrochen worden, aber die

Pak hatte den Durchbruch ein paar Kilometer weiter aufgefangen. Die Panzer hatten brennend im Morgengrauen gestanden; einige, umgeworfen, hatten mit den Raupenbändern noch eine Zeitlang weitergemahlen wie auf dem Rücken liegende Riesenkäfer. Strafbataillone waren hinausgeschickt worden, um Knüppeldämme zu legen und die Telefonverbindungen wiederherzustellen. Sie mußten fast ohne Deckung arbeiten. In zwei Stunden verloren sie über die Hälfte ihrer Leute. Wolken von Bombern taumelten niedrig und unbeholfen aus dem grauen Himmel und attackierten die Stachelschweinbunker. Am sechsten Tage war die Hälfte der Bunker außer Gefecht; man konnte sie nur noch als Deckung verwenden. In der siebenten Nacht stürmten die Russen und wurden zurückgeschlagen. Dann begann es zu regnen, als käme die Sintflut noch einmal. Die Soldaten waren nicht mehr zu erkennen. Sie krochen in den schmierigen Lehmtrichtern herum wie Insekten, die alle dieselbe Schutzfarbe hatten. Die Kompanie stützte sich nur noch auf zwei zerstörte Blockhäuser mit Maschinengewehren, hinter denen ein paar Minenwerfer standen. Der Rest der Leute hockte in Trichtern und hinter übriggebliebenen Mauerresten. Rahe hielt einen der Blocks. Maß den anderen.

Sie hielten sie drei Tage. Am zweiten waren sie fast ohne Munition; die Russen hätten einfach durchmarschieren können. Aber es erfolgte kein Angriff. Spät, im letzten Zwielicht, kamen ein paar deutsche Flugzeuge durch, die Munition und Essen abwarfen. Die Mannschaft holte einen Teil davon herein und aß. Nachts kam Verstärkung. Die Arbeitsbataillone hatten einen Knüppeldamm fertiggestellt. Man brachte

Waffen und Maschinengewehre heran. Eine Stunde später erfolgte ein überraschender Angriff ohne Artillerievorbereitung. Die Russen tauchten plötzlich fünfzig Meter vor der Linie auf. Ein Teil der Handgranaten explodierte nicht. Die Russen brachen durch.

Graeber sah vor sich, im Flackern der Explosionen, einen Helm mit weißen Augen darunter, ein aufgerissenes Mundloch, und dahinter, wie einen knorrigen, lebendigen Ast, einen Arm, der ausholte – er schoß hinein, riß dem Rekruten neben sich eine Handgranate weg, mit der er nicht fertig wurde, und warf sie hinterher. Sie explodierte. »Schraub die Kapseln ab, Idiot!« schrie er den Rekruten an. »Gib sie her! Zieh sie nicht ab!«

Die nächste explodierte nicht. Sabotage, schoß es ihm durch den Schädel, Sabotage der Gefangenen, die sich jetzt gegen uns richtet! Er warf eine andere und duckte sich und sah die russische herangeflogen kommen, und er wühlte sich in den Dreck und spürte den Luftdruck der Explosion und einen Peitschenhieb und Klatschen und Dreck, der auf ihn schlug. Er griff zurück und schrie: »Los! Rasch! Gib!«, und erst als seine Hand leer blieb, drehte er den Kopf und sah, daß kein Rekrut mehr da war und daß der Dreck auf seiner Hand Fleisch war. Er rutschte herunter, suchte, fand ein Koppel, riß die beiden letzten Handgranaten los, sah Schatten über den Rand des Trichters klettern, springen, weiterlaufen, duckte sich –

Gefangen, dachte er. Gefangen. Überrannt. Er kroch vorsichtig an den Rand des Trichters. Der Dreck schützte ihn, solange er ruhig lag. Im Licht eines Leuchtschirms sah er, daß der Rekrut überall klebte, ein Bein, ein nackter Arm, der zerfaserte Körper. Er hatte die Handgranate direkt gegen den Bauch bekommen; sein Körper hatte die Explosion aufgefangen und Graeber geschützt.

Er blieb liegen, den Kopf nicht höher als den Rand des Trichters. Er sah ein MG vom rechten Blockhaus feuern. Dann feuerte auch das linke. Solange sie feuerten, war er nicht verloren. Sie hielten den Abschnitt unter Kreuzfeuer. Es kamen auch keine Russen mehr. Anscheinend war nur ein Teil durchgebrochen. Ich muß hinter das Blockhaus kommen, dachte er. Sein Kopf schmerzte, er war halb betäubt, aber hinten im Schädel dachte etwas sehr klar, begrenzt und scharf. Es war das, was den Unterschied zwischen erfahrenen Soldaten und Rekruten ausmachte; im Rekruten wurde alles zur Panik, deshalb fiel er leichter. Graeber wußte, daß er sich totstellen konnte, wenn die Russen zurückkamen. Es war schwierig, ihn im Dreck zu entdecken. Aber je näher er im Feuerschatten dem Blockhaus kommen konnte, umso besser war es für ihn später.

Er glitt über den Rand zum nächsten Loch, fiel hinunter und bekam den Mund voll Wasser. Nach einer Weile kletterte er weiter. Im nächsten Trichter lagen zwei Tote. Er wartete. Dann hörte er Handgranaten und sah Explosionen in der Nähe des linken Bunkers. Die Russen waren drüben durchgebrochen und hatten von zwei Seiten angegriffen. Die Maschinengewehre flackerten. Nach einiger Zeit hörten die Detonationen der Handgranaten auf; aber das Blockhaus feuerte weiter. Graeber kroch vorwärts. Er wußte, daß die Russen zurückkommen würden. Sie würden Truppen in den großen Trichtern vermuten; in den kleineren war er sicherer. Er erreichte einen und blieb liegen. Ein schwerer Regenschauer kam herunter. Das Maschinengewehrfeuer verflackerte. Dann begann die Artillerie wieder. Ein direkter Einschlag traf das rechte Blockhaus. Es schien in die Luft zu fliegen. Der Morgen kam naß und spät.

Es gelang Graeber, vor dem ersten Licht durchzukommen. Hinter einem zerschossenen Panzer traf er Sauer und zwei Rekruten. Sauers Nase blutete. Eine Granate war sehr nahe geplatzt. Einem der Rekruten war der Bauch aufgerissen. Die Gedärme lagen frei. Es regnete hinein. Niemand hatte etwas, um ihn zu verbinden. Es war auch zwecklos. Je eher er starb, umso besser. Der zweite Rekrut hatte ein gebrochenes Bein. Er war in einen Trichter gefallen. Es war unverständlich, wie er sich in dem weichen Dreck ein Bein hatte brechen können. In dem ausgebrannten Panzer, der in der Mitte geborsten war, sah man die schwarzen Skelette der Mannschaft. Einer hing mit dem Oberkörper heraus. Sein Gesicht war nur halb verbrannt; die andere Hälfte war dick geschwollen, rot und violett und geplatzt. Die Zähne waren sehr weiß, wie gelöschter Kalk.

Ein Verbindungsmann vom linken Bunker kam durch. »Sammeln beim Bunker«, krächzte er. »Sind drüben noch welche in den Trichtern?«

»Keine Ahnung. Gibt es keine Sanitäter?«

»Tot und verwundet.«

Der Mann kroch weiter. »Wir bringen dir einen Sanitäter«, sagte Graeber zu dem Rekruten, in dessen Bauch es hineinregnete. »Oder wir holen Verbände. Wir kommen zurück.«

Der Rekrut antwortete nicht. Er lag mit blassen Lippen sehr klein im Lehm. »Wir können dich nicht mit einer Zeltbahn ziehen«, sagte Graeber zu dem mit dem gebrochenen Bein. »Nicht in diesem Dreck. Stütz dich auf uns und versuch, mit dem heilen Bein zu springen.«

Sie nahmen ihn in die Mitte und stolperten von Loch zu Loch. Es dauerte lange. Der Rekrut stöhnte, wenn sie sich hinwarfen. Das Bein verdrehte sich. Er konnte nicht weiter. Sie ließen ihn hinter einem Mauerrest in der Nähe des Bunkers und legten seinen Helm auf die Mauer, damit die Sanitäter ihn finden konnten. Neben ihm lagen zwei Rekruten; einer hatte keinen Kopf mehr; der andere lag auf dem Bauch, und der Lehm unter ihm war rot.

Sie sahen noch mehr Russen. Dann kamen ihre eigenen Toten. Rahe war verwundet. Sein linker Arm war oberflächlich verbunden. Drei Schwerverwundete lagen mit einer Zeltbahn zugedeckt im Regen. Es war kein Verbandszeug mehr da. Eine Stunde später flog eine Junkers-Maschine ein und warf einige Pakete ab. Sie fielen zu weit nach vorn, zu den Russen.

Noch sieben Mann kamen. Der Rest sammelte sich im rechten Bunker. Leutnant Maß war tot. Feldwebel Reinecke übernahm das Kommando. Es war nicht mehr viel Munition da. Die Minenwerfer waren zerstört. Aber zwei schwere und zwei leichte MG funktionierten noch.

Von der Strafkompanic kamen zehn Mann durch. Sie brachten Munition und Konserven und nahmen die Verwundeten mit. Sie hatten Bahren. Zwei sah man hundert Meter weiter zurück in die Luft fliegen. Das Artilleriefeuer riegelte den ganzen Vormittag fast jede Verbindung ab.

Mittags hörte es auf zu regnen. Die Sonne kam heraus. Es wurde sofort heiß. Der Dreck wurde krustig. »Sie werden mit leichten Panzern angreifen«, sagte Rahe. »Verdammt, wo sind die Abwehrgeschütze? Wir müssen welche haben; ohne Pak sind wir fertig.«

Das Feuer hielt an. Nachmittags kam wieder eine Transport-Junkers. Sie war von Messerschmitts begleitet. Die Stormoviks erschienen und griffen an. Zwei wurden abgeschossen. Dann kamen zwei Messerschmitts herunter. Die Junkers kam nicht durch. Sie warf ihre Ballen weiter hinten ab. Die Messerschmitts kämpften; sie waren schneller als die Russen; aber es waren dreimal soviel russische Flugzeuge wie deutsche. Die deutschen mußten zurück.

Die Toten begannen am nächsten Tage zu riechen. Graeber saß im Bunker. Sie waren noch zweiundzwanzig Mann. Ungefähr ebenso viele hatte Reinecke auf der anderen Seite gesammelt. Der Rest war tot oder verwundet. Sie waren hundertzwanzig gewesen.

Er saß und reinigte seine Waffen. Sie waren voll Dreck. Er dachte nichts. Er war nur noch eine Maschine. Er wußte nichts mehr von früher. Er saß nur da und wartete und schlief und erwachte und war bereit, sich zu verteidigen.

Die Panzer kamen am folgenden Morgen. Die Nacht durch hielten Artillerie, Minenwerfer und MG die Linie isoliert. Die Telefonleitungen wurden ein paarmal geflickt, aber immer wieder unterbrochen. Die Verstärkungen, die angesagt waren, kamen nicht durch. Die deutsche Artillerie war nur noch schwach. Das russische Feuer war tödlich gewesen. Der Bunker wurde noch zweimal getroffen; aber er hielt stand. Es war kein eigentlicher Bunker mehr; es war ein Betonklotz, der im Dreck herumtaumelte wie ein Schiff im Sturm. Ein halbes Dutzend naher Einschläge hatte ihn losegeschüttelt. Man fiel gegen die Wände, wenn er sich hob.

Graeber hatte seinen Streifschuß an der Schulter nicht verbinden können. Er hatte etwas Kognak, den er gefunden hatte, darauf gegossen. Der Bunker schlingerte und dröhnte weiter. Er war jetzt kein Schiff im Sturm mehr; er war ein Unterseeboot, das auf dem Meeresgrunde mit toten Maschinen rollte. Es gab auch keine Zeit mehr. Sie war ebenfalls kaputtgeschossen. Man hockte in der Dunkelheit und wartete. Es gab keine Stadt mehr in Deutschland, in der man vor ein paar Wochen gelebt hatte. Es hatte auch nie einen Urlaub gegeben. Keine Elisabeth war mehr da. Das alles war nur ein wilder Traum zwischen Tod und Tod gewesen, – eine halbe Stunde Wahnsinnsschlaf, in dem eine Rakete aufgestiegen und verlöscht war. Es gab nur noch den Bunker.

Die leichten russischen Panzer brachen durch. Infanterie folgte ihnen und kam mit ihnen. Die Kompanie ließ die Panzer vorbei und nahm die Infanterie unter Kreuzfeuer. Die heißen Läufe der Maschinengewehre verbrannten die Hände. Sie feuerten weiter. Die russische Artillerie konnte sie nicht mehr beschießen. Zwei Panzer drehten, rollten heran und feuerten. Sie hatten es einfach; es gab keine Gegenwehr. Die Panzer waren zu stark für die MG. Man zielte nur auf die Schlitze; aber es war Glückssache, da zu treffen. Die Panzer manövrierten sich aus dem Feuer heraus und schossen weiter. Der Bunker bebte. Beton knirschte und splitterte.

»Handgranaten!« schrie Reinecke. Er band ein Bündel zusammen, hing es sich über die Schulter und kroch zum Eingang. Nach der nächsten Salve kroch er hinaus, in Deckung hinter seinen Bunker.

»Zwei MG auf die Panzer feuern«, kommandierte Rahe.

Sie versuchten, Reinecke zu decken, der im Bogen herankriechen wollte, um mit der geballten Ladung Handgranaten die Bänder des Panzers zu sprengen. Es war fast aussichtslos. Schweres russisches Maschinengewehrfeuer hatte eingesetzt.

Nach einer Weile hörte einer der Panzer auf zu feuern. Niemand hatte eine Explosion gesehen. »Wir haben ihn erwischt!« brüllte Immermann. Er war kein Kommunist mehr, der auf seine Parteigenossen schoß; er war eine Kreatur, die ihr Leben verteidigte.

Der Panzer feuerte nicht mehr. Die MG beschossen den zweiten Panzer, der wendete und verschwand. »Sechs sind durchgebrochen«, schrie Rahe. »Sie werden zurückkommen. Alle MG Kreuzfeuer. Wir müssen die Infanterie aufhalten!«

»Wo ist Reinecke?« fragte Immermann, als sie wieder denken konnten. Niemand wußte es. Reinecke kam nicht zurück.

Sie hielten sich den ganzen Nachmittag. Die Bunker wurden allmählich zerpulvert; aber beide feuerten noch. Sie feuerten langsamer. Es gab nur noch wenig Munition. Sie aßen Konserven und tranken Wasser aus den Trichtern. Hirschland erhielt einen Schuß durch die Hand.

Die Sonne brannte. Der Himmel hing voll großer, glänzender Wolken. Der Bunker roch nach Blut und Pulver. Die Toten draußen schwollen auf. Wer konnte, schlief. Sie wußten nicht mehr, ob sie bereits abgeschnitten waren oder noch Verbindung hatten.

Abends wurde das Feuer stärker. Dann, plötzlich, schwieg es fast ganz. Sie stürzten hinaus und erwarteten den Angriff. Er kam nicht. Er kam für zwei Stunden nicht. Diese ruhigen zwei Stunden fraßen mehr an ihrer Energie als ein Gefecht.

Um drei Uhr morgens war der Bunker nichts mehr als eine Masse von zerknäultem Stahl und Beton. Sie mußten heraus. Sie hatten sechs Tote und drei Verwundete. Sie mußten zurück. Den Verwundeten mit dem Bauchschuß konnten sie ein paar hundert Meter weit zurückschleppen; dann starb er.

Die Russen griffen wieder an. Die Kompanie hatte nur noch zwei Maschinengewehre. Von einem Trichter aus wehrte sie sich damit. Dann fiel sie weiter zurück. Die Russen hielten sie für stärker, als sie war; das rettete sie. Beim zweiten Halt fiel Sauer. Er erhielt einen Kopfschuß und war sofort tot. Ein Stück später, als er geduckt lief, fiel Hirschland. Er drehte sich langsam um sich selbst und blieb liegen. Graeber zerrte ihn in einen Trichter. Er rutschte hinein und kollerte auf den Grund. Die Brust war von Schüssen zerrissen. Graeber fand, als er ihn abtastete, seine blutige Brieftasche und steckte sie ein. Jetzt hatte es keinen Zweck mehr, der Mutter zu schreiben daß er lebte.

Sie erreichten die zweite Linie. Später kam der Befehl durch, noch weiter zurückzugehen. Die Kompanie wurde aus dem Gefecht gezogen. Die Reservestellung wurde die Front.

Sie sammelten sich einige Kilometer weiter hinten. Die Kompanie hatte nur noch dreißig Mann. Einen Tag später wurde sie aufgefüllt auf hundertzwanzig.

Graeber fand Fresenburg in einem Feldlazarett. Es war eine Baracke, die notdürftig eingerichtet war. Fresenburgs linkes Bein war zerschmettert. »Sie wollen es amputieren«, sagte er. »Irgend so ein lausiger Assistenzarzt. Hat weiter nichts gelernt. Ich habe durchgesetzt, daß sie mich morgen abtransportieren. Besser, ein erfahrener Mann sieht sich das Bein erst einmal an.«

Er lag in einem Feldbett, einen Drahtkorb über dem Knie. Das Bett stand neben dem offenen Fenster. Draußen sah man ein Stück flaches Land. Eine Wiese blühte rot und gelb und blau. Das Zimmer stank. Es hatte noch drei andere Betten. »Was macht Rahe?« fragte Fresenburg.

»Armschuß. Fleischwunde.«

»Lazarett?«

»Nein. Er ist bei der Kompanie geblieben.«

»Das habe ich mir gedacht.« Fresenburg verzog das Gesicht. Die eine Hälfte lächelte; die andere, mit der Narbe, blieb starr. »Manche wollen nicht zurück. Rahe will nicht.«

»Warum nicht?«

»Er hat aufgegeben. Keine Hoffnung mehr. Und keinen Glauben.«

Graeber sah auf das pergamentfarbene Gesicht. »Und du?«

»Ich weiß nicht. Dieses hier muß erst einmal geordnet sein.« Er zeigte auf den Drahtkorb.

Der warme Wind von der Wiese kam herein. »Sonderbar, was?« sagte Fresenburg. »Im Schnee hat man gedacht, es würde nie Sommer in diesem Land. Dann ist er plötzlich da. Und gleich zuviel.«

»Ja.«

»Wie war es zu Hause?«

»Ich weiß es nicht. Ich kann beides nicht mehr zusammenbringen. Den Urlaub und dieses. Früher ging es. Jetzt nicht mehr. Es ist zu weit auseinander. Ich weiß nicht mehr, was die Wirklichkeit ist.«

»Wer weiß das?«

»Ich dachte, ich hätte es gewußt. Drüben schien alles richtig zu sein. Jetzt weiß ich es nicht mehr. Es war zu kurz. Und zu weit weg von diesem hier. Drüben dachte ich sogar, ich würde nicht mehr töten.«

»Das haben manche gedacht.«

»Ja. Hast du starke Schmerzen?«

Fresenburg schüttelte den Kopf. »Diese Bude hatte etwas, was man kaum erwartet hätte: Morphium. Man hat mir Injektionen gemacht. Sie wirken noch. Die Schmerzen sind da; aber so, als hätte sie ein anderer. Ich habe noch ein, zwei Stunden Zeit zum Denken.«

»Kommt ein Lazarettzug?«

»Es ist ein Lazarettauto da. Das bringt uns zur nächsten Station.«

»Bald ist keiner von uns mehr hier«, sagte Graeber. »Jetzt gehst auch du.«

»Vielleicht flicken sie mich noch einmal so zusammen, daß ich zurückkomme.«

Sie sahen sich an. Sie wußten beide, daß es nicht wahr war. »Ich will es glauben«, sagte Fresenburg. »Wenigstens noch für die ein, zwei Stunden des Morphiums. Ein Stück Leben kann manchmal verdammt kurz sein, was? Und dann kommt ein anderes, von dem man absolut nichts kennt. Dieses war mein zweiter Krieg.«

»Was willst du später machen? Weißt du das schon?«

»Ich weiß noch nicht einmal, was die andern mit mir machen werden. Das werde ich zuerst abwarten. Ich hätte nicht gedacht, daß ich hier herauskommen würde. Glaubte immer, es würde mich richtig erwischen, fertig. Jetzt muß ich mich daran gewöhnen, halb erwischt worden zu sein. Ich weiß nicht, ob es einfacher ist. Das andere schien einfacher. Man hatte abgeschlossen, die Schweinerei ging einen nichts mehr an, man würde den Preis zahlen, Schluß. Jetzt ist man wieder mittendrin. Man hat sich etwas vorgemacht; daß der Tod alles auslösche und so weiter. Es stimmt nicht. Ich bin müde, Ernst. Will versuchen zu schlafen, bevor ich fühlen werde, daß ich ein Krüppel bin. Mach's gut.«

Er hielt Graeber die Hand hin. »Du auch, Ludwig«, sagte Graeber.

»Natürlich. Schwimme ja jetzt mit dem Strom. Primitiver Lebenstrieb. Vorher war's anders. War aber vielleicht auch nur Schwindel. Irgendein Stück versteckter Hoffnung war noch drin. Macht nichts. Man vergißt immer wieder, daß man selbst Schluß machen kann. Wir haben das als Geschenk zusammen mit unserer sogenannten Vernunft bekommen.«

Graeber schüttelte den Kopf.

Fresenburg lächelte sein halbes Lächeln. »Du hast recht«, sagte er. »Das tun wir nicht. Wir werden lieber dafür sorgen, daß dies alles nie wieder passieren kann.«

Er legte den Kopf zurück. Er sah plötzlich sehr erschöpft aus. Als Graeber an der Tür war, hatte er die Augen schon geschlossen.

Graeber ging zu seinem Dorf zurück. Ein schwaches Abendrot färbte den Himmel. Es hatte nicht mehr geregnet. Der Schlamm trocknete. Auf den verlassenen Äckern waren Blumen und Unkraut emporgeschossen. Die Front grollte. Alles war plötzlich sehr fremd, und alle Verbindungen schienen gelöst zu sein. Graeber kannte das Gefühl; er hatte es oft gehabt, wenn er nachts aufgewacht war und nicht gewußt hatte, wo er sich befand. Es war so, als wäre man aus der Welt herausgefallen und schwebe völlig einsam in der Dunkelheit. Es dauerte nie lange. Man fand immer bald zurück; aber jedesmal blieb ein leises, sonderbares Gefühl, einmal nicht mehr zurückzufinden.

Er spürte es nicht als Angst; man schrumpfte nur ein, als wäre man winzig wie ein Kind, ausgesetzt in einer riesigen Steppe, aus der jeder Weg hinaus hundertmal zu weit war. Er steckte die Hände in die Taschen und sah sich um. Rund um ihn war das alte Bild: Ruinen, Äcker, die unbebaut waren, ein russischer Sonnenuntergang und gegenüber das fahle, beginnende Wetterleuchten der Front. Es war da wie immer, und mit ihm war auch die hoffnungslose Kühle da, die mitten durchs Herz ging.

Er fühlte in seiner Tasche die Briefe Elisabeths. Wärme

war in ihnen, Zärtlichkeit und der süße Aufruhr der Liebe. Aber sie waren keine ruhige Lampe, die ein wohlgeordnetes Haus erhellte; sie waren Irrlichter über einem Moor, und je mehr er ihnen zu folgen versuchte, um so sumpfiger schien das Moor zu werden. Er hatte eine Lampe aufstellen wollen, um zurückzufinden; aber er hatte sie aufgestellt, bevor das Haus gebaut war. Er hatte sie in eine Ruine gestellt; sie schmückte sie nicht, sie machte sie nur trostloser. Drüben hatte er das nicht gewußt. Er war dem Licht gefolgt und hatte nicht gefragt und hatte glauben wollen, es sei genug, ihm zu folgen. Es war nicht genug.

Er hatte die Erkenntnis abgewehrt, solange er konnte. Es war nicht einfach gewesen, zu sehen, daß das, von dem er gewollt hatte, es solle ihn halten und tragen, ihn nur noch mehr isolierte. Es reichte nicht weit genug. Es rührte sein Herz, aber es hielt ihn nicht. Es versank, es war ein kleines Privatglück, es konnte sich nicht halten in dem endlosen Moor des allgemeinen Elends und der Verzweiflung. Er nahm die Briefe Elisabeths heraus und las sie, und der rote Widerschein des Sonnenuntergangs lag auf den Blättern. Er kannte sie auswendig, er las sie noch einmal, und wieder machten sie ihn einsamer als vorher. Es war zu kurz gewesen, und das andere war zu lang. Es war ein Urlaub gewesen; aber das Leben eines Soldaten rechnete nach der Zeit an der Front und nicht nach Urlauben.

Er steckte die Briefe wieder ein. Er tat sie zu den Briefen seiner Eltern, die er auf der Schreibstube vorgefunden hatte. Es hatte keinen Zweck zu grübeln. Fresenburg hatte recht; ein Schritt nach dem andern war genug. Man sollte keine Welträtsel lösen wollen, wenn man in Gefahr war.

Elisabeth, dachte er. Warum denke ich nur an sie wie an etwas Verlorenes? Ich habe doch ihre Briefe hier! Sie lebt!

Das Dorf kam näher. Es lag düster und verlassen da. Alle diese Dörfer sahen aus, als würden sie nie wieder aufgebaut werden. Eine Birkenallee führte zu den Resten eines weißen Hauses. Ein Garten mußte dort gewesen sein; hier und da blühten noch Blumen, und an einem schmutzigen Teich stand eine Statue. Es war ein Pan, der die Flöte blies; aber niemand kam zu seinem feierlichen Mittag. Nur ein paar Rekruten suchten in den Obstbäumen nach unreifen Kirschen.

XXVII

Partisanen.« Steinbrenner leckte sich die Lippen und sah die Russen an. Sie standen auf dem Dorfplatz. Es waren zwei Männer und zwei Frauen. Eine der Frauen war jung. Sie hatte ein rundes Gesicht und hohe Backenknochen. Alle vier waren morgens eingeliefert worden.

»Sie sehen nicht aus wie Partisanen«, sagte Graeber.

»Es sind welche. Woran kannst du sehen, daß es keine sind?«

»Sie sehen nicht so aus. Sie sehen aus wie arme Bauern!«

Steinbrenner lachte. »Wenn es danach ginge, gäbe es keine Verbrecher.«

Das ist wahr, dachte Graeber. Du selbst bist das beste Beispiel dafür. Er sah Rahe kommen. »Was sollen wir nur mit denen machen?« fragte der Kompanieführer.

»Sie sind hier gefangen worden«, sagte der Feldwebel. »Wir müssen sie einsperren, bis wir Befehle bekommen.«

»Wir haben weiß Gott genug Kram am Halse. Warum schicken wir sie nicht zum Regiment?«

Rahe erwartete keine Antwort. Das Regiment hatte keinen festen Standort mehr. Der Stab würde im höchsten Falle irgendwann jemand schicken, die Russen zu verhören, und dann mitteilen, was mit ihnen geschehen sollte. »Vor dem Dorf ist ein früheres Gutshaus«, meldete Steinbrenner. »Es hat einen Keller mit Gittern und einer Eisentür und einem Schloß.«

Rahe musterte ihn. Er wußte, was Steinbrenner dachte. Die Russen würden bei ihm den üblichen Fluchtversuch machen, und das würde ihr Ende sein. Vor dem Dorfe war das leicht zu fingieren.

Rahe sah sich um. »Graeber«, sagte er. »Übernehmen Sie die Leute. Steinbrenner kann Ihnen zeigen, wo der Keller ist. Prüfen Sie ihn, ob er gut ist. Melden Sie es mir dann, und lassen Sie eine Wache da. Nehmen Sie Leute von Ihrer Gruppe. Sie haben die Verantwortung. Sie allein«, fügte er hinzu.

Einer der Gefangenen hinkte. Die ältere Frau hatte Krampfadern. Die jüngere ging barfuß. Vor dem Dorf stieß Steinbrenner den jüngeren der gefangenen Männer an. »Heda! Du! Lauf!«

Der Mann drehte sich um. Steinbrenner lachte und winkte. »Lauf! Lauf! Los! Frei!«

Der ältere Russe sagte etwas auf russisch. Der andere lief nicht. Steinbrenner trat ihm mit dem Stiefel auf die Hacken. »Lauf, du Aas!«

»Laß das«, sagte Graeber. »Du hast gehört, was Rahe befohlen hat.«

»Wir können sie hier laufenlassen«, flüsterte Steinbrenner. »Die Männer, meine ich. Zehn Schritt, dann schießen wir. Die Frauen sperren wir ein. Die junge holen wir nachts raus.«

»Laß sie in Ruhe. Und verschwinde. Ich habe hier das Kommando.«

Steinbrenner betrachtete die Waden der jungen Frau.

Sie hatte einen kurzen Rock an, und ihre Beine waren braun und kräftig. »Sie werden sowieso erschossen«, erklärte er. »Entweder von uns oder vom Sicherheitsdienst. Wir können noch einen Spaß mit der Jungen haben. Du kannst leicht reden. Du kommst gerade vom Urlaub.«

»Halt die Schnauze, und denk an deine Braut! Die Tochter des Obersturmbannführers!« sagte Graeber. »Rahe hat dir befohlen, uns den Keller zu zeigen, das ist alles.«

Sie gingen die Allee entlang, auf das weiße Haus zu. »Hier«, erklärte Steinbrenner mürrisch und zeigte auf den kleinen Anbau, der gut erhalten war. Er war aus Stein gebaut und fest und hatte eine Tür aus Eisenstangen, die mit einem Vorhängeschloß von außen verschlossen werden konnte.

Graeber untersuchte den Anbau. Es schien eine Art Stall oder ein Schuppen gewesen zu sein. Der Boden war zementiert. Die Gefangenen konnten ohne Hilfsmittel nicht heraus; und sie waren schon darauf untersucht worden, ob sie etwas bei sich hatten.

Er öffnete die Tür und ließ sie hinein. Zwei Rekruten, die als Wache mitgekommen waren, standen mit ihren Gewehren bereit. Die Gefangenen gingen einer nach dem andern in den Schuppen. Graeber schloß ab und versuchte das Schloß. Es hielt.

»Wie die Affen im Käfig«, grinste Steinbrenner. »Banane! Banane! Wollt ihr eine Banane, ihr Affen?«

Graeber wandte sich zu den Rekruten. »Ihr bleibt hier als Wache. Ich mache euch dafür verantwortlich, daß nichts passiert. Ihr werdet nachher abgelöst. Spricht jemand von euch Deutsch?« fragte er die Russen.

Keiner antwortete. »Wir werden später sehen, ob wir noch etwas Stroh für euch finden. Komm«, sagte Graeber zu Steinbrenner.

»Besorge ihnen doch noch ein paar Federbetten.«

»Komm! Und ihr da, paßt auf!«

Er meldete sich bei Rahe und erklärte, daß das Gefängnis sicher sei. »Übernehmen Sie mit ein paar Mann die Bewachung«, sagte Rahe. »In einigen Tagen, wenn die Lage sich etwas beruhigt hat, werden wir die Leute hoffentlich los.«

»Jawohl.«

»Brauchen Sie mehr als zwei Leute?«

»Nein. Der Stall ist sicher. Ich kann es fast allein machen, wenn ich nachts da schlafe. Niemand kann heraus.«

»Gut. Machen wir es so. Wir brauchen die Rekruten, um ihnen in Eile noch etwas Kampftechnik beizubringen. Die Meldungen –« Rahe brach ab. Er sah schlecht aus. »Sie wissen ja selber, was los ist. Also gehen Sie.«

Graeber holte seine Sachen. Er kannte nur noch wenige Leute von seinem Zug. »Wirst du Gefangenenwärter?« fragte Immermann.

»Ja. Ich kann mich da ausschlafen. Es ist besser, als das junge Gemüse zu drillen.«

»Du wirst nicht viel Zeit dazu haben. Weißt du, was an der Front vorgeht?«

»Es klingt nach Schlamassel.«

»Es ist schon wieder ein Rückzugsgefecht. Die Russen brechen überall durch. Ein Haufen Latrinenparolen kommt seit einer Stunde herein. Große Offensive. Dieses hier ist nur flaches Land. Da ist nichts zu halten. Wir müssen dieses Mal weit zurück.«

»Glaubst du, daß wir Schluß machen werden, wenn wir an die deutsche Grenze kommen?«

»Glaubst du es?«

»Nein.«

»Ich auch nicht. Wer kann bei uns schon Schluß machen? Der Generalstab sicher nicht. Der nimmt die Verantwortung dafür nicht auf sich.« Immermann grinste schief. »Im letzten Kriege konnte er sie einer provisorischen neuen Regierung zuschieben, die man rasch vorher gebildet hatte. Die dummen Trottel hielten den Kopf hin, unterschrieben den Waffenstillstand und wurden acht Tage später beschuldigt, das Vaterland verraten zu haben. Heute gibt es das nicht. Totale Regierung – totale Niederlage. Es gibt keine zweite Partei zum Verhandeln.«

»Außer euch natürlich«, sagte Graeber bitter. »Du hast mir das oft genug erklärt. Eine andere totale Regierung. Dieselben Methoden. Ich gehe schlafen. Alles, was ich im Leben einmal möchte, ist denken, was ich will, sagen, was ich will, und tun, was ich will. Aber seit wir Messiasse von rechts und links haben, ist das ein weit größeres Verbrechen als jeder Mord.«

Er ärgerte sich darüber, dass er sich mit Immermann eingelassen hatte; es hatte ebenso wenig Zweck wie mit Steinbrenner. Er nahm seinen Tornister und ging zur Feldküche. Dort faßte er seinen Schlag Bohnensuppe, sein Brot und seine Wurstration für das Nachtessen; so brauchte er nicht noch einmal ins Dorf zurück.

Es war ein sonderbar stiller Nachmittag. Die Rekruten waren gegangen, nachdem sie Stroh besorgt hatten. Die Front dröhnte, aber der Tag schien trotzdem ruhig zu bleiben. Vor dem Schuppen dehnte sich ein verwilderter Rasen, der zertreten war und Granatlöcher hatte, aber trotzdem grünte, und in dem ein paar Blumenbüsche am Rand des früheren Weges wuchsen.

Graeber fand im Garten hinter der Birkenallee einen kleinen, halb erhaltenen Pavillon, von dem aus er den Stall übersehen konnte. Er fand darin sogar ein paar Bücher. Sie waren in Leder eingebunden und hatten einen verblaßten Goldschnitt. Regen und Schnee hatten sie so zerstört, daß nur noch eines zu lesen war. Es war ein Band mit romantischen Stichen idealer Landschaften. Der Text war französisch. Er blätterte das Buch langsam durch. Allmählich nahmen ihn die Bilder gefangen. Sie erweckten eine schmerzhafte und hoffnungslose Sehnsucht in ihm, die anhielt, nachdem er den Band schon lange zugeschlagen hatte.

Er ging die Birkenallee entlang zu dem Teich. Zwischen Schmutz und Algen hockte dort der flötenspielende Pan. Eins seiner Hörner fehlte, aber sonst hatte er die Revolution, den Kommunismus und den Krieg überlebt. Er stammte, wie die Bücher, aus einer sagenhaften Zeit: der Zeit vor dem ersten Kriege. Es war eine Zeit, als Graeber noch nicht auf der Welt gewesen war. Er war nach dem ersten Krieg geboren, aufgewachsen im Elend der Inflation und der Unruhe der Nachkriegsjahre und aufgewacht in einem neuen Krieg. Er wanderte um das Bassin herum, an dem Pavillon vorbei, zu den Gefangenen zurück. Er betrachtete die eiserne Tür. Sie hatte nicht immer zu dem

Stall gehört; sie war später angebracht worden. Vielleicht hatte der Mann, dem das Haus und der Park gehört hatten, selber hinter ihr auf den Tod warten müssen.

Die alte Frau schlief. Die Junge hockte in einer Ecke. Die beiden Männer standen und starrten in den Nachmittag. Sie sahen Graeber an. Das Mädchen blickte vor sich hin. Der älteste Russe beobachtete Graeber. Graeber drehte sich weg und legte sich auf den Rasen.

Wolken wanderten über den Himmel. Vögel zwitscherten in den Birken. Ein blauer Falter taumelte über die Granatlöcher, von Blüte zu Blüte. Nach einer Weile kam ein zweiter hinzu. Sie spielten miteinander und verfolgten sich. Das Rollen von der Front schwoll an. Die beiden Falter paarten sich und flogen verbunden durch die heiße, sonnige Luft. Graeber schlief ein.

Abends brachte ein Rekrut ein paar Portionen Essen für die Gefangenen. Es war die Bohnensuppe von mittags, mit Wasser verdünnt. Der Rekrut wartete, bis die Gefangenen gegessen hatten, dann nahm er die Näpfe wieder mit. Er brachte auch für Graeber seine Portion Zigaretten. Es waren mehr als sonst. Das war ein schlechtes Zeichen. Besseres Essen und mehr Zigaretten gab es nur, wenn schwere Tage bevorstanden.

»Wir haben heute abend zwei Stunden Extradienst angesetzt gekriegt«, sagte der Rekrut. Er sah Graeber ernsthaft an. »Gefechtsexerzieren, Handgranatenwerfen, Bajonettfechten.«

»Der Kompanieführer weiß, was er tut. Er will euch nicht schinden.«

Der Rekrut nickte. Er betrachtete die Russen wie Tiere in einem Zoo. »Das dort sind Menschen«, sagte Graeber.

»Ja, Russen.«

»Gut, Russen. Nimm dein Gewehr. Halte es schußbereit. Wir wollen die Frauen, eine nach der anderen, rauslassen.«

Graeber sagte durch das Gitter: »Alles in die linke Ecke. Die alte Frau hierher. Später kommen die andern zum Austreten heraus.«

Der älteste Russe sagte etwas zu den andern. Sie gehorchten. Der Rekrut hielt sein Gewehr bereit. Die alte Frau kam heran. Graeber öffnete die Tür, ließ sie heraus und schloß wieder ab. Die alte Frau begann zu weinen. Sie erwartete, erschossen zu werden. »Sagen Sie ihr, daß ihr nichts passiert. Sie soll nur ihre Bedürfnisse verrichten«, sagte Graeber zu dem alten Russen.

Er sprach zu ihr. Sie hörte auf zu weinen. Graeber und der Rekrut führten sie zu einer Ecke des Hauses, wo zwei Mauern standen. Er wartete, bis sie wieder hervorkam, und ließ dann die Junge heraus. Sie ging rasch und biegsam ihm voran. Mit den Männern war es einfacher. Er führte sie um den Anbau herum und behielt sie in Sicht. Der junge Rekrut hielt ernsthaft sein Gewehr schußfertig, die Unterlippe vorgeschoben und ganz Eifer und Aufmerksamkeit. Er führte den letzten Mann zurück und schloß ab.

»Das war aufregend«, sagte er.

»So?« Graeber stellte sein Gewehr weg. »Du kannst jetzt gehen.«

Er wartete, bis der Rekrut weg war. Dann holte er seine Zigaretten heraus und gab dem alten Mann für jeden eine.

Er zündete ein Streichholz an und reichte es durch das Gitter. Alle rauchten. Die Zigaretten glühten im Halbdunkel und erleuchteten die Gesichter. Graeber sah die junge Russin an und spürte plötzlich eine unerträgliche Sehnsucht nach Elisabeth. »Sie – gut«, sagte der alte Russe, der seinem Blick gefolgt war.

Sein Gesicht war dicht an den Eisenstäben. »Krieg verloren – für Deutsche – Sie guter Mensch«, sagte er leise.

»Unsinn.«

»Warum nicht – uns herauslassen – und kommen mit uns?« Das zerfurchte Gesicht drehte sich einen Augenblick zu der jungen Russin und dann zurück. »Gehen mit uns – und Marusja – verstecken – guter Platz – leben. Leben –« wiederholte er dringend.

Graeber schüttelte den Kopf. Das ist kein Ausweg, dachte er. Das nicht. Aber wo ist einer? »Leben – nicht tot – nur gefangen –« flüsterte der Russe. »Sie auch – nicht tot – gut bei uns – wir unschuldig –«

Es klang einfach. Graeber wandte sich ab. Es klang einfach im sanften, letzten Licht des Abends. Wahrscheinlich waren sie wirklich unschuldig. Man hatte keine Waffen bei ihnen gefunden, und sie sahen nicht aus wie Partisanen. Die beiden Alten bestimmt nicht. Wenn ich sie herausließe, dachte er. Ich hätte dann etwas getan, wenigstens etwas. Ein paar unschuldige Menschen gerettet. Aber ich kann nicht mitgehen. Nicht dorthin. Nicht in dasselbe, was ich verlassen will. Er wanderte umher. Er kam wieder an die Fontäne. Die Birken waren jetzt schwarz vor dem Himmel. Er ging zurück. Eine Zigarette glühte noch im Dunkel des Stalles. Das Gesicht des alten Russen schimmerte hinter den Stäben. »Leben –« sagte er. »Gut – bei uns –«

Graeber nahm den Rest seiner Zigaretten und schob sie in die große Hand. Dann holte er ein paar Zündhölzer hervor und gab sie dem Mann. »Hier – raucht sie – für die Nacht –«

»Leben – Sie jung – Krieg vorbei für Sie dann – Sie guter Mensch – wir unschuldig – leben – Sie – wir – alle –«

Es war eine leise, tiefe Stimme. Sie sagte »Leben«, wie ein Verkäufer im Schleichhandel »Butter« sagte. Wie eine Hure »Liebe«. Zärtlich, fordernd, lockend und falsch. Als könne er es verkaufen. Graeber fühlte, wie die Stimme an ihm zerrte.

»Halt's Maul!« schrie er den alten Mann an. »Schluß mit dem Quatsch, oder ich melde es, dann seid ihr erledigt!«

Er begann seinen Rundgang wieder. Die Front polterte stärker. Die ersten Sterne erschienen. Er fühlte sich plötzlich sehr allein und wünschte sich, wieder im Unterstand mitten im Gestank und Schnarchen der Kameraden zu liegen. Ihm war, als sei er von allen zurückgelassen worden und habe allein eine Entscheidung zu treffen.

Er versuchte zu schlafen und legte sich in den Pavillon auf sein Stroh. Vielleicht können sie ausbrechen, dachte er, ohne daß ich es merke. Es half nichts. Er wußte, daß sie es nicht konnten. Die Leute, die den Schuppen umgebaut hatten, hatten dafür gesorgt.

Die Front wurde immer unruhiger. Flugzeuge dröhnten durch die Nacht. Maschinengewehre knatterten. Dann kamen die dumpfen Explosionen der Bomben. Graeber horchte. Der Lärm schwoll an. Wenn sie durchbrechen würden, dachte er wieder. Er stand auf und ging zu dem Anbau. Alles war ruhig dort. Die Gefangenen schienen zu schlafen. Dann aber sah er undeutlich das Gesicht des älteren Russen und kehrte um.

Nach Mittemacht wußte er, daß an der Front eine heftige Schlacht tobte. Schwere Artillerie feuerte weit hinter die Linien. Die Einschläge waren nicht mehr fern vom Dorfe. Graeber wußte, wie schwach die Stellung war. Er konnte den einzelnen Abschnitten des Gefechtes folgen. Die Panzer würden bald angreifen. Die Erde zitterte jetzt vom Trommelfeuer. Das Donnern raste von Horizont zu Horizont. Er spürte es in allen Knochen. Er spürte, daß es ihn bald erreichen würde, und trotzdem schien es in einer sonderbaren Weise um ihn herumzukreisen, in einem Wirbel von Gewittern, um das schmale weiße Gebäude, in dem die paar Russen hockten – als wären in all dem Zerstören und Tod sie plötzlich der Mittelpunkt geworden, und als hinge alles davon ab, was mit ihnen geschähe.

Er ging auf und ab, er näherte sich dem Stall und ging zurück, er fühlte den Schlüssel in seiner Tasche, er wälzte sich auf seinem Stroh, und erst gegen Morgen fiel er rasch in einen schweren, unruhigen Schlaf.

Es war grau, als er auffuhr. An der Front war die Hölle los. Das Artilleriefeuer lag bereits über und hinter dem Dorf. Er blickte nach dem Anbau. Das Gitter war in Ordnung. Die Russen bewegten sich dahinter. Dann sah er Steinbrenner heranlaufen.

»Rückzug!« rief Steinbrenner. »Die Russen sind durchgebrochen. Sammeln im Dorf. Rasch! Alles ist durcheinander! Nimm deine Sachen.«

Er war jetzt heran. »Die dort werden wir rasch erledigen.«

Graeber fühlte sein Herz heftig schlagen. »Wo ist der Befehl?« fragte er.

»Befehl! Mensch, wenn du siehst, was im Dorf los ist, wirst du keine Befehle mehr brauchen. Hast du hier nichts von der Offensive gehört?«

»Ja.«

»Dann weißt du es ja. Los! Glaubst du, wir können die Bande mitschleppen? Wir werden sie durch die Türstangen erledigen.«

Steinbrenners Augen glänzten sehr blau. Die Haut seiner Nase spannte sich über den Knochen. Er nestelte an seinem Koppel.

»Nein«, sagte Graeber. »Ich habe hier die Verantwortung. Wenn du keinen Befehl hast, mach, daß du wegkommst.«

Steinbrenner lachte. »Gut. Dann knall du sie ab.«

»Nein«, sagte Graeber.

»Einer muß sie erledigen. Wir können sie nicht mitschleppen. Schieb ab mit deinen zarten Nerven. Geh vor, ich komme gleich nach.«

»Nein«, sagte Graeber. »Du wirst sie nicht erschießen.«

»Nein?« Steinbrenner blickte auf. »Nein?« wiederholte er langsam. »Weißt du auch, was du da sagst?«

»Ja. Ich weiß es.«

»So, du weißt es? Dann weißt du auch –«

Steinbrenners Gesicht veränderte sich. Er griff nach seinem Revolver. Graeber hob sein Gewehr und schoß. Steinbrenner taumelte und stürzte. Er stieß einen Seufzer aus wie ein Kind. Der Revolver fiel aus seiner Hand.

Graeber starrte auf den Körper. Ein Artilleriegeschoß heulte über den Garten. Er wachte auf, ging zu dem Stall, holte den Schlüssel aus der Tasche und öffnete die Tür. »Geht«, sagte er.

Die Russen blickten ihn an. Sie glaubten ihm nicht. Er warf sein Gewehr weg. »Geht, geht«, sagte er ungeduldig und zeigte seine leeren Hände.

Vorsichtig schob der jüngere Russe einen Fuß heraus. Graeber wandte sich ab. Er ging zurück, dahin, wo Steinbrenner lag. »Mörder«, sagte er und wußte nicht, wen er meinte. Er starrte auf Steinbrenner. Er fühlte nichts. »Mörder«, sagte er noch einmal und meinte Steinbrenner und sich und unzählige andere.

Dann plötzlich begannen seine Gedanken, sich zu überstürzen. Ein Stein schien weggerollt zu sein. Etwas war für immer entschieden. Er fühlte keine Schwere mehr. Er fühlte sich ohne Gewicht. Er wußte, daß er etwas tun sollte, aber ihm war, als müsse er sich festhalten, um nicht wegzufliegen. Sein Kopf schwamm. Er ging vorsichtig die Allee entlang. Etwas unendlich Wichtiges war zu tun, aber er konnte es nicht halten, noch nicht. Es war noch zu weit weg und zu neu und so klar, daß es schmerzte.

Er sah die Russen. Sie liefen gebückt, in einer Gruppe, die Frauen voran. Einer von ihnen sah zurück und erblickte ihn. Er hatte auf einmal ein Gewehr in der Hand. Er hob es und zielte. Graeber sah das schwarze Loch der

Mündung, es wuchs, er wollte rufen, laut, es war so vieles rasch und laut zu sagen –

Er fühlte den Schuß nicht. Er sah nur plötzlich Gras vor sich, eine Pflanze, dicht vor seinen Augen, halb zertreten, mit rötlichen Blütendolden und zarten Blättern, die größer wurde, und es war schon einmal so gewesen, aber er wußte nicht mehr, wann. Die Pflanze schwankte und stand dann allein vor dem schmal gewordenen Horizont seines sinkenden Kopfes, lautlos, selbstverständlich, mit dem Trost kleinster Ordnung, mit allem Frieden, und sie wurde größer und größer, bis sie den ganzen Himmel ausfüllte und seine Augen sich schlossen.

Anhang

Für die deutsche Erstausgabe von *Zeit zu leben und Zeit zu sterben* ließ der Verlag Kiepenheuer & Witsch im Frühjahr 1954 von ehemaligen Angehörigen der deutschen Wehrmacht und von Lektoren hausintern Gutachten anfertigen, von denen drei erhalten sind.

Remarque

In dem Urlaubserlebnis eines jungen Soldaten, der nach zwei Kriegsjahren an der Front in Afrika und in Rußland zum ersten Mal wieder nach Deutschland kommt, erzählt Erich Maria Remarque die Geschichte einer Liebe, die im Mahlstrom des deutschen Zeitschicksals Erfüllung findet.

Der Soldat Ernst Graeber erhält seine Urlaubsbewilligung zu der Zeit, in der die deutschen Armeen im Osten einen letzten verzweifelten Versuch machen, den drohenden Zusammenbruch aufzuhalten. Vor ihm liegen drei herrliche, drei großartige, drei entsetzlich kurze Wochen der Freiheit, des Menschseins statt des bloßen Soldatseins. Drei Wochen, wie ein junges Leben, 21 Tage, in denen man die Bilder der Vernichtung hoffentlich vergessen kann. Aber was den Urlauber Graeber zu Hause erwartet, ist nicht das, was er sich in den langen Jahren des Krieges immer wieder ausgemalt hat. Es ist die Wirklichkeit einer von Luftangriffen gezeichneten Stadt, einer von Propaganda und Einschüchterung gehaltenen Kriegswilligkeit, wieder Angst und wieder neues Unglück. »Er kannte viele Ängste, scharfe und dunkle, atemlose und lähmende, und auch die letzte, große, die der Kreatur vor dem Tode, – aber diese war eine andere, es war eine kriechende, würgende Angst, unbestimmt und drohend, die nicht genau zu fassen war und der man sich nicht stellen konnte, eine Angst der Ohnmacht und des zerfressenden Zweifels, es war die korrumpierende Angst um den Andern, den rechtlos Verfolgten, die Angst vor der Willkür der Macht und der automatischen Unmenschlichkeit, es war die schwarze Angst der Zeit«.

Die Begegnung mit dem Mädchen Elisabeth ist es, die ihn dennoch die Spur des Lebens finden läßt. Die Liebe dieser beiden jungen Menschen widersteht den Mächten der Finsternis, sie gibt ihnen für wenige Tage die Kraft, sich abzuwenden von der Vergangenheit, von der eigenen persönlichen Not, und ein Stück geretteten Friedens zu entdecken. In Elisabeths Wohnung, in den hellsten Lokalen der Stadt, in den verdunkelten Straßen nutzen sie jede Gelegenheit zur Flucht in dieses kleine Stück Frieden und Sicherheit, Freude und Festlichkeit. Aus den Augenblicken dieses Zusammenseins nehmen sie den Mut, vor der Ungewißheit ihres Schicksals, vor dem Chaos der Gegenwart nicht zu kapitulieren. So erleben sie die Tage ihrer Liebe und ihrer Ehe nicht als Idylle unbeschwerten Glücks, sondern als das Abenteuer des Ewig-Menschlichen in einer unmenschlichen Zeit.

Der neue Roman von Erich Maria Remarque trägt alle Züge seiner großen Erzählkunst und zeigt den erfolgreichen Autor auf der Höhe seines Schaffens. Er läßt die menschliche Problematik einer Liebe ergreifend sichtbar werden in der eindringlichen, groß angelegten Auseinandersetzung mit dem Zeitgeschehen.

Eine Zeit zu lieben, eine Zeit zu sterben
von Erich Maria Remarque

Der Soldat Ernst Graeber wurde während des ersten Weltkrieges geboren. Er wuchs auf im Elend der Inflationsjahre und in der Zeit, als Hitler in Deutschland zur Macht kam. Im zweiten Weltkrieg wirft ihn die Brandung der ersten Hitlersiege von einer Front zur anderen, und als der Rückzug der deutschen Armee aus Rußland beginnt, erwacht er als erwachsener Mensch in einem furchtbaren Begreifen. Aber erst in der Heimat wird sich Graeber der ganzen Schuld der Machthaber Deutschlands bewußt, erst als er, nach zwei Jahren zum erstenmal auf Urlaub, in eine zerbombte Stadt kommt. Hier erlebt er die Zerstörung eitler Hoffnungen und den scharfen Kontrast zwischen der verschwenderischen arroganten Haltung derjenigen, die die Macht in den Händen haben, und der kümmerlichen Existenz des Volkes, das in ständiger Unsicherheit und Gefahr inmitten von Ruinen lebt, zu sehr terrorisiert ist, um sich wehren zu können, und seine Enttäuschungen in kleinen Grausamkeiten und Schikanen untereinander abreagiert. Trotz der hoffnungslosen Leere, die er empfindet, verliebt sich Graeber in ein Mädchen – Elisabeth –, dessen Vater im Konzentrationslager ist. Das Erlebnis dieser Liebe, das Bewußtsein, daß es noch etwas gibt, wofür es sich lohnt zu leben, daß nur die Angst gilt, die man für einen anderen empfindet, das wird für Graeber der eigentliche Sinn und Inhalt seines Urlaubs, der in der Verzweiflung begann. Die Trennung der beiden Liebenden, denen nur die Hoffnung bleibt, kommt in ihrer ganzen Tragik in der äußerst sparsamen Darstellung der Details erschütternd zum Ausdruck. Die Ironie des Schicksals, die das Ende des Soldaten Graeber bestimmt und ihn zu einem Opfer des Krieges in einem Augenblick werden läßt, da sich in ihm sein besseres Selbst durchsetzt, ist auch das Ende eines Romans, der für den zweiten Weltkrieg und für den deutschen Soldat das bedeutet, was »Im Westen nichts Neues« nach dem ersten Weltkrieg war.

Dieser Roman ist Remarques bestes Buch, erschütternd und packend ohne eine Spur von Sentimentalität. Ein zorniges, ein hartes Buch, das die Verantwortung und die Schuld an dem Krebsschaden im Herzen Deutschlands für die Deutschen aller Kreise akzeptiert. Zuweilen ein häßliches (finsteres), zuweilen ein schönes Buch, das durchdringt durch die Oberfläche menschlicher Haltung und Hinnahme menschlicher »Unmenschlichkeit« bis zu dem Funken Licht, der manchmal auch die finstersten Winkel erleuchtet.

Begründung der Änderungsvorschläge zu
dem Roman »Zeit zu leben – Zeit zu sterben«
von Erich Maria Remarque

1.) Anfang und Schluß des Romans sind aus der deutschen (nicht aber etwa einer verkappten Nazi-)Perspektive die die Verbreitung und damit den Erfolg des Romans am meisten gefährdenden Teile. Dem Autor sind hier einige Fehler in der Darstellung der damaligen Situation unterlaufen. Bedenklich ist vor allem die Figur des »Steinbrenner«. Es hat in keiner Kompanie einen ausdrücklich von der Gestapo eingesetzten Spitzel gegeben, genau so wie jemand, der als »Vierteljude« eingezogen wurde, in seinen Wehrmachtpapieren (Wehrpaß, Soldbuch usw.) keinerlei Vermerk über seine »Abstammung« trug: einen Ariernachweis für den einfachen Soldaten hat es nicht gegeben. Damit war ein Verhalten, wie es Steinbrenner hier Hirschland gegenüber zeigt, unmöglich. Es müßte dann zumindest nachgewiesen werden, auf welche Weise Steinbrenner von der »25-Prozentigkeit« Hirschlands etwas erfahren hätte. Wenn man einmal der »Wehrmacht« angehörte, stand dieses Thema nicht zur Debatte.

Ich schlage deshalb vor, alle sich in den Dialogen der ersten Kapitel auf Hirschlands jüdische Abstammung beziehenden Anspielungen seitens Steinbrenners zu streichen und ebenso alles, was Steinbrenner als eine Art »amtlich« eingesetzten Denunzianten erscheinen läßt. Die Figur wird nur umso eindeutiger und echter wirken, wenn man sie nicht mit Attributen behängt, die in diesem ganz konkreten Fall der historischen Wahrheit widersprechen. Ich würde sogar vorschlagen, zur Vermeidung von Mißverständnissen, Hirschland einen anderen Namen zu geben. Es genügt zu seiner Charakterisierung, daß ihm – gerade im Gegensatz zu Steinbrenner – alles »Zackige« fehlt.

Diese – notwendigen – Änderungen am Anfang bedingen aber auch den Fortfall der Szene der Begegnung Graebers mit Hirschlands Mutter (die zumal durch das völlig unmögliche Verstecken eines offensichtlich doch auch nur »vierteljüdischen« Mädchens (unter dem Bett!) belastet wird und in der sich die erstrebte Wirkung fast grotesk in ihr Gegenteil verkehrt). Ebenso ist die »Falschmeldung« von Hirschlands Tod – im letzten Kapitel des Buches – schon an sich, aber erst recht unter den bereits erwähnten Voraussetzungen völlig unmöglich und muß darum mit allen sich daraus ergebenden Folgen aus dem Manuskript eliminiert werden. Man würde hier nur sagen: da seht ihr's ja, das ist alles nur Phantasie – und dann gewissermaßen das Kind mit dem Bade ausschütten, d.h. die vielen echten tragischen Begebenheiten des Buches auch als »dichterische Erfindung« abtun können.

Im übrigen kommt die ganze tiefe Tragik der sogenannten »Judenfrage« in der Figur des Josef so beredt und zwingend zum Ausdruck, daß die der Wirklichkeit von Grund aus konträre Darstellung des »Falls« Hirschland die erschütternde Wirkung dieses Kapitels nur stark herabmindern würde.

2.) Europa, ja die ganze Welt steht noch immer unter der lebensgefährlichen Bedrohung durch den Kommunismus, und die Schilderung des Kommunisten Immermann als des sozusagen einzig Anständigen und die Situation klar Erkennenden wirkt darum nicht nur verharmlosend, sondern wie die posthume Rechtfertigung einer Besatzungspolitik, für die jeder Kommunist persona grata war und unter deren verderblichen Folgen heute Europa (ja, auch hier wieder die ganze Welt) noch zu leiden hat. Immermann muß deshalb – wie die anderen Landser in den ersten Kapiteln – etwas mehr in den Hintergrund treten, darf nicht das ganze Scheinwerferlicht des Interesses von Autor und Leser auf sich konzentrieren. Mit den angedeuteten Strichen ist das leicht zu bewerkstelligen. Und ich würde ihn ebenso – wie ich das an einer Stelle des Manuskripts auch durchgeführt habe – als ehemaligen Sozialdemokraten erscheinen lassen. Von einem Kommunisten, wer es auch immer sei, irgendeine Belehrung anzunehmen, ihn gleichsam als Verfechter der Menschlichkeit dargestellt zu bekommen, geht unter keinen Umständen an.

3.) Aus dem SA-Sturmführer muß ein Kreisleiter werden, da SA-Sturmführer in jenen Jahren (außer bei der »SA-Führung« in Berlin) keinerlei irgendwie entscheidende Funktion mehr hatten oder auch nur eine annähernd wichtige Rolle spielten. Die Kreisleiter dagegen – als die »zuverlässigen Stützen der Heimatfront« – hatten diese Funktion und spielten diese Rolle.

4.) Das letzte Kapitel würde ich wegfallen lassen – einmal aus den schon genannten Gründen, zum anderen, weil sich die Schilderung der »Partisanen«-Szene vom Anfang im Grunde noch einmal wiederholt – aber in einer bedenklicheren, weil weniger motivierten Form. Die Russen – und vor allem die Partisanen – werden hier genauso verharmlost wie der Kommunist, und daraus ergeben sich mit Notwendigkeit falsche Schlüsse, die dem Autor selbst gewiß fernliegen, die aber der Wirkung des Buches nur abträglich sein können.

Ich gebe zu, daß dieses letzte Kapitel eine starke dichterische Gestaltung verrät – aber auch die stärkste dichterische Gestaltung vermag die bedenkliche »Entwirklichung«, die einem hier begegnet, nicht auszugleichen.

Ich halte zudem das Ende des vorhergehenden Kapitels für einen ausgezeichneten Buchabschluß. Hier ist in wenigen Sätzen zusammengefaßt, was Millionen damals bewegte und in der Erinnerung noch heute bewegt.

5.) Kleine Unrichtigkeiten – z. B. Panzer statt Tank, Dienstverpflichtung statt Arbeitsdienst, Feldwebel statt Sergeant – sind berichtigt worden. Eine Begründung hierfür erübrigt sich wohl.

Der Verleger Joseph Caspar Witsch schloss sich dem einen negativen Gutachten an und ignorierte die positiven Stellungnahmen. Im Brief vom 24. März 1954 teilte er Remarque die Entscheidung des Verlages mit, den Text zu verändern, wobei er die Formulierungen des negativen Gutachtens teilweise wörtlich übernahm, und sandte das zensierte Typoskript an den Autor zurück. Remarque reagierte im Tagebuch entrüstet und brach die persönliche Korrespondenz mit Witsch ab.

Köln, den 24. März 1954

Lieber Herr Remarque!

Ich lese eben in der Zeitung, daß Sie einen Autounfall hatten und dabei leicht verletzt worden sind. Hoffentlich ist es wirklich nur leicht. Ich wünsche Ihnen schnelle und gute Wiederherstellung.

Wir schicken Ihnen heute ein Exemplar des Manuskriptes zurück mit unsern Vorschlägen. Ich möchte dazu einige Bemerkungen machen.

Ihre Korrekturen an einzelnen Begriffen und Bildern, die also mehr oder weniger kleine Unrichtigkeiten betreffen (in Deutschland sagte man nie Tank, sondern Panzer; statt Arbeitsdienst muß es Dienstverpflichtung heißen; Arbeitsdienst war eine Institution, die obligatorisch war für alle Schulentlassenen; Feldwebel statt Sergeant usw.), bedürfen keines Kommentars. Andere Dinge sind schwieriger, und unsere Vorschläge, die in vielen Besprechungen hier im Hause mit Heinrich Böll und andern, die für unser Lektorat arbeiten, entstanden sind, sind das Resultat langer und sorgfältiger Überlegungen. Es liegt selbstverständlich ganz bei Ihnen, ob Sie unsere Empfehlungen annehmen wollen oder nicht. Ich möchte Ihnen ganz offen sagen, daß wir die eine andere Stimme im Verlag hatten, die ganze Partien des Romans als unzumutbar empfand und die meinte, daß ihr neues Buch mindestens ebenso hart sei wie der *Funke Leben*. Sehr erfreulich war, daß diese kritischen Stimmen in der intensiven Lektüre dieses Buches (nachdem der abgehackten Lektüre der einzelnen Teile des Manuskriptes, so wie sie hier ankamen, die zusammenhängende Lektüre des ganzen gefolgt war) immer positiver wurden. Allerdings waren wir uns alle darin einig, daß unglaubhafte oder zu dem von Ihnen beschriebenen Zeitpunkt des Krieges unwahrscheinliche Kombinationen, Haltungen oder Ausstattungen einzelner Personen weggenommen werden müßten, wenigstens für die deutsche Ausgabe, wo man ja alle diese Dinge noch sehr gut in Erinnerung hat und auch Unwahrscheinlichkeiten im kleinen übel vermerkt. Mit solchen Kleinigkeiten wirft man der Kritik, vor allen Dingen der böswilligen Kritik, mit der wir nach *Funke Leben* in vielen Organen rechnen müssen, die schönsten Köder vor. Der Anfang und der Schluß des Romans sind aus der deutschen – nicht aus einer verkappten Nazi-Perspektive – die Teile, die den Erfolg des Romans am meisten gefährden. Die Figur »Steinbrenner« läßt sich so, wie sie beschrieben ist, in der damaligen Situation nicht unterbringen. Es hat in keiner Kompanie der Wehrmacht einen ausdrücklich von der Gestapo eingesetzten Spitzel gegeben. Ich habe da die heftigsten Antimilitaristen und Antinazis sehr eingehend befragt. Ich selbst war auch mehrere Jahre Soldat und davon immerhin zwei Jahre als Obergefreiter, und ich habe nie eine derartige Figur erfahren. Es hat – allerdings erst im letzten Kriegsjahr – den sogenannten NSFO-Offizier (nationalsozialistischer Führungsoffizier) gegeben, der allgemeine Appelle zum Durchhalten veranstaltete, der gelegentlich die Ereignisse kommentierte, der ab und zu eine Art von Kaisers-Geburtstagsfeier veranstaltete, aber dieses auch immer nur ganz weit hinter der Front in den Kasernen, vielleicht in den Ruhestellungen, aber niemals in der HKL und bei eingesetzten Artillerie- oder sonstigen Einheiten. Es hat auch in der Wehrmacht keine Diskussion der Rassenfrage gegeben, also jemand, der Vierteljude war, war weder für seine Vorgesetzten noch für seine Kameraden als solcher erkennbar. Weder in seinen Wehrmachtspapieren noch an einer andern Stelle gab es einen Ariervermerk, weil ja Volljuden, von geringen Ausnahmen abgesehen auch Halbjuden, gar nicht zur Wehrmacht eingezogen worden sind, das heißt, die Wehrmacht stellte sich auf den Standpunkt, daß jeder Eingezogene Arier oder ariergleich war. Das ganze Problem gab es für den Soldaten nicht, deshalb ist ein Verhalten, wie es Steinbrenner Hirschland gegenüber zeigte, praktisch nicht möglich gewesen, es sei denn, man würde eine Stelle einfügen, in der mitgeteilt würde, auf welche Weise Steinbrenner erfahren hat, daß Hirschland Vierteljude war. Das könnten dann nur persönliche Beziehungen gewesen sein oder private Mitteilungen aus dem Heimatort, aber alles sehr unwahrscheinlich. Wer der Wehrmacht angehörte, war allein durch diese Tatsache als arisch gekennzeichnet. Ich empfehle deshalb, alle in den Dialogen der ersten Kapitel auf Hirschlands jüdische Abstammung bezogenen Anspielungen Steinbrenners zu streichen und ebenso alles, was Steinbrenner als eine Art von amtlich eingesetztem Denunzianten erscheinen läßt. Die Figur wird nur eindeutiger und echter wirken, wenn man sie nicht mit Attributen behängt, die in diesem konkreten Falle der historischen Wahrheit nicht entsprechen. Ich würde noch weiter gehen und vorschlagen, zur Vermeidung von Mißverständnissen Hirschland einen andern Namen zu geben. Es genügt zu seiner Charakterisierung, daß ihm im Gegensatz zu Steinbrenner alles Zackige, alle soldatischen Attribute, fehlen. Diese Änderungen am Anfang würden dann den Wegfall der Szene der Begegnung Graebers mit Hirschlands Mutter bedingen, die zumal noch durch das unmotivierte Verstecken eines offensichtlich doch auch nur vierteljüdischen Mädchens (unter dem Bett) belastet ist. Durch diese Übertreibung wird die Absicht ins Gegenteil verkehrt; sie lebten völlig ungehindert in Deutschland, und niemand kümmerte sich um sie. Die Meute hatte ja leider genügend anderes »Futter«. Die Falschmeldung von Hirschlands Tod im 25. Kapitel des Buches ist an sich nicht möglich, aber unter den erwähnten Voraussetzungen ganz unmöglich und sollte um der größeren Wirkung des Ganzen wegen eliminiert werden. Ich kann Ihnen die Leute aufzählen, die mit Fingern auf diese Stelle weisen und sagen werden: da seht ihr es ja, das alles ist nur böswillige Erfindung! Und all denen, denen das Buch gelten sollte, würde es leicht gemacht, die vielen echten tragischen Begebenheiten des Romans als eine Art von böswilliger Phantasie abzutun. Im übrigen glaube ich, daß diese Nebenfiguren auch keine tragende Rolle im Roman haben, denn die tiefe Tragik der sogenannten Judenfrage kommt in der Figur des Josef so beredt und zwingend zum Ausdruck, daß die der Wirklichkeit so fremde Darstellung des Falles Hirschland die erschütternde Wirkung dieses Kapitels nur beeinträchtigen würde.

Ein anderer Einwand richtet sich gegen die Figur des Kommunisten Immermann, der doch im ganzen gesehen der einzige ist, der von vornherein die Situation klar erkennt. Ich glaube, man kann heute in Deutschland diese positive Beurteilung eines Kommunisten nicht ohne Gefahr für das Buch bestehen lassen. Ich habe vor dem Krieg, vor 1933 und auch von 1945 bis 1948 in der sowjetischen Besatzungszone immerzu mit Kommunisten zu tun gehabt. Der pseudoidealistische Typ des Salonkommunisten ist Ihnen ebenso bekannt wie mir. Aber im Widerstand gegen den Nationalsozialismus und in der illegalen Arbeit der ersten Jahre nach 1933 sind die wirklichen Kommunisten nie davor zurückgeschreckt, andere Antinazis, Katholiken, Sozialisten oder Liberale, zu denunzieren und ans Messer zu liefern, wenn sie von ihnen eine Gefahr für ihre terroristische Zukunft befürchteten. Hinzu kommt noch, daß diese Figuren in einem heute erscheinenden Roman leicht wie eine posthume Rechtfertigung der Besatzungspolitik von 1945 bis 1949 wirken können, einer Besatzungspolitik, in der jeder Kommunist persona grata war und die mit Kommunisten versuchte, demokratische Institutionen aufzubauen. Wir leiden ja heute noch unter den verderblichen Folgen dieser Irrtümer. Außerdem ist Immermann eine Spur zu offen, und dies war auch wiederum praktisch kaum möglich. Mein Vorschlag ist, Immermann wie die andern Landser in den ersten Kapiteln etwas mehr in den Hintergrund zu drücken. Er sollte nicht sozusagen im Scheinwerferlicht des Interesses von Autor und Leser stehen. Mit den im Manuskript vorgenommenen Strichen ist das Zurückdrängen der Person Immermann leicht und ohne Benachteiligung des Ganzen zu bewerkstelligen. Ich würde ihn an Ihrer Stelle in einen Sozialdemokraten umtaufen. Nach dem, was in Deutschland so erlebt worden ist mit Kommunisten, deren Politik eine geradlinige Fortsetzung des nationalsozialistischen Terrorismus ist, wird kaum jemand von einem Kommunisten, wer es auch immer sei, irgendeine Art von Belehrung annehmen und ihn gleichsam als Verfechter der Menschlichkeit akzeptieren.

Der SA-Sturmführer mit den schönen Lebensmittelvorräten muß meiner Meinung nach in einen Kreisleiter verwandelt werden. In jenen Jahren haben SA-Sturmführer, außer bei der obersten SA-Führung in Berlin, keinerlei entscheidende Funktionen mehr gehabt; sie haben keine auch nur annähernd wichtige Rolle gespielt. Die Kreisleiter dagegen, als die »zuverlässigen Stützen der Heimatfront«, hatten eine wichtige Funktion und spielten eine wichtige Rolle; sie waren die gefürchteten Statthalter des Systems bis herunter in die kleinsten Landbezirke. Sie hatten auch Sonderrechte und Sondervorzüge; sie hatten Lebensmittel und heile Häuser, und sie hatten oft auch die halb-idealistischen Züge, diese entsetzliche Gutmütigkeit, die Sie dem SA-Führer mitgegeben haben.

Beim letzten Kapitel stört mich die Wiederholung der Partisanenszene vom Anfang, die aber im letzten Kapitel bedenklicher ist, weil sie weniger motiviert ist. Hier könnte auch leicht der Eindruck einer Verharmlosung der Russen entstehen, woraus sich in der gegenwärtigen Situation auch falsche Schlüsse ergeben, die der Wirkung des Buches abträglich sein könnten. Das letzte Kapitel ist dichterisch von besonderer Stärke. Es liegt bei Ihnen zu entscheiden, ob die starke dichterische Gestaltung des Schlußteils die uns bedenklich erscheinende Entwicklung in diesem Kapitel ausgleichen kann. Abgesehen davon wäre das Ende des vierundzwanzigsten Kapitels ein ganz ausgezeichneter Abschluß des Romans. Hier wird in wenigen Sätzen zusammengefaßt, was damals Millionen bewegte und in der Erinnerung daran auch heute noch bewegt.

Ich wäre Ihnen sehr dankbar, lieber Herr Remarque, wenn Sie sich diese Argumente und Korrekturvorschläge sozusagen sine ira et studio anhören und ansehen wollten, und wenn Sie uns möglichst schnell das Manuskript so, wie Sie es dann haben wollen, zurückgeben könnten. Dr. Guggenheim sagte mir, daß Sie auf einen Vorabdruck, den *Quick*, wie Sie wissen, abgelehnt hat, keinen sonderlichen Wert legen. Wir haben noch eine Bewerbung der *Frankfurter Illustrierten*, die das Manuskript im Augenblick da hat. Die *Frankfurter Illustrierte* wagt mehr als andere und ist leicht beeindruckt von dem Erfolg der antimilitaristischen Reportage von Kirsts *08/15*, die im Augenblick in der *Neuen Illustrierten* in Köln erscheint. Sollte die *Frankfurter Illustrierte* sich zum Vorabdruck entschließen, werden Sie doch sicher keine Einwendungen dagegen haben. Besonders dann nicht, wenn wir erreichen könnten, daß das Buch deshalb nicht später erscheint. Wir wollen bei dem Erscheinungstermin Ende Mai bleiben, mit oder ohne Vorabdruck.

Sie wollten mir noch eine Liste der Ihnen vorschwebenden Titel geben. Uns ist noch kein Titel eingefallen, der so gut ist wie der englische. Wir haben noch versucht, den englischen Titel zu übersetzen, aber wir bekommen nicht die Schlüssigkeit heraus, die der englische Titel hat. *Zeit zum Leben und Zeit zum Sterben* hat einen ganz andern Klang als die englische Fassung, aber wir bohren noch dauernd an diesem Problem herum und hoffen, es mit Ihrer Hilfe zu lösen.

Mit herzlichen Grüßen

Ihr sehr ergebener

Dr. Witsch

Remarque reagierte im August 1954 auf die Kritik an dem Roman sowohl von Seiten des Verlages als auch von Seiten des bundesdeutschen Feuilletons mit einem Interview, das er dem Fotografen und Journalisten der *Münchner Illustrierten*, Joe J. Heydecker, in München gab. In der *Münchner Illustrierten* war zuvor ein stark gekürzter Vorabdruck des Romans erschienen und hatte zum Teil heftige kritische Reaktionen der Leser ausgelöst. Heydecker hatte während des Zweiten Weltkrieges im Warschauer Ghetto heimlich fotografiert und nach Kriegsende unter anderem über die Nürnberger Prozesse berichtet, er war damit ein Befürworter einer kritischen Auseinandersetzung mit der jüngsten deutschen Vergangenheit. 1960 emigrierte er nach Brasilien.

Joe J. Heydecker

Remarque antwortet seinen Kritikern

Muß ein Schriftsteller einen Mord begangen haben, um ihn beschreiben zu können? Erich Maria Remarque, der Verfasser unseres Romans »Zeit zu leben und Zeit zu sterben«, lehnt sich in den Sessel der Hotelhalle zurück. Sein Besuch in München gab Gelegenheit zu einem ungezwungenen Gespräch über Fragen und kritische Bemerkungen, die vereinzelt aus dem Leserkreis der »Münchner Illustrierten« aufgetaucht waren.

»Wenn ich einmal nicht mehr kritisiert werde, höre ich auf zu schreiben«, sagt der Autor, dessen Bücher in fast alle Sprachen der Welt übersetzt wurden, »denn das wäre ein Zeichen, daß ich nichts Wesentliches mehr zu sagen habe. Um aber darauf zurückzukommen: Wie konnte ich den Krieg im Osten und den Bombenkrieg in der Heimat schildern, ohne dabeigewesen zu sein? Nun, Schiller war nie in der Schweiz und hat doch im ›Wilhelm Tell‹ ein lebenswahres Bild schweizerischer Art entworfen. Es gibt ungezählte ähnliche Beispiele aus der Literatur. Wie ist es zum Beispiel mit historischen Romanen? Ich glaube, ein Reporter sollte dabeisein, aber ein Schriftsteller muß es nicht.«

Remarque hat den ersten Weltkrieg als deutscher Soldat mitgemacht. »Militärbetrieb und Soldaten bleiben sich im Grunde immer gleich«, sagt er. »Ich habe mit unzähligen Menschen in Deutschland gesprochen, mit Männern, die in Rußland standen, und Leuten, die in der Heimat alles miterlebten. Mein Vater und meine Schwester waren die ganze Zeit hier, es gibt ein unübersehbares Tatsachenmaterial in Form von Augenzeugenberichten und Bildern. Wer aus solcher Fülle keinen lebendigen Roman schreiben kann, sollte es lieber ganz bleibenlassen.«

»Als ich 1946 mit ›Zeit zu leben und Zeit zu sterben‹ begann«, berichtet Remarque weiter, »war die Welt von Deutschenhaß und von der Kollektivschuldthese erfüllt. Ich wollte dieser Welt zeigen, daß nicht alle Deutschen Nazis waren. Der Held meines Buches, Ernst Graeber, hat wirklich gelebt: er ist zusammengesetzt aus den vielen Deutschen, die das wahre Deutschland ausmachten, das Land, das seinen großen Namen seiner Kultur und seiner Anständigkeit verdankt.«

Der Krieg ist Remarque nur der düstere und flammende Hintergrund, auf dem er zeigen will, daß sich menschliche Gefühle immer gleich bleiben. »Auch die Elisabeth meines Buches hat wirklich gelebt, so wirklich wie die Liebe selbst, die von den Menschen niemals ausgelöscht werden kann, nicht durch Barbarei und nicht durch Bomben. Mir erscheint das als eine Hoffnung. Habe ich in meinen Romanen – ich denke auch an ›Im Westen nichts Neues‹ – tatsächlich die Scheußlichkeit des Krieges ungerechtfertigt aufgewühlt? Nein: Ich habe den Militarismus und den Krieg und den Tod nicht erfunden. Empfindliche Gemüter wenden sich an die falsche Adresse, wenn sie mir zuschreiben, was ist.«

»Sehen Sie«, sagt Remarque zum Schluß unseres Interviews, »man hat gegen mich sogar vorgebracht, ich hieße gar nicht Remarque, sondern in Umkehrung dieses Namens einfach Kramer. Nun, ich heiße wirklich Remarque. Aber sagen die Deutschen, die so argumentieren, nicht eigentlich mit anderen Worten: Ach, er ist doch *nur* ein Deutscher!?«

Da die zeitgleich erschienenen internationalen Ausgaben des Romans nicht zensiert waren, dauerte es nicht lange, bis die Abweichungen von der deutschen Ausgabe entdeckt wurden. Zuerst berichtete die Kopenhagener Zeitung *Information* Anfang Oktober 1954 über die Zensur.

»Information« enthüllt: Remarque in Deutschland
unter Zensur gestellt

In seinem neuen anti-nazistischen Roman wimmelt es in der deutschen Ausgabe von Streichungen einzelner Abschnitte, wo anzunehmen ist, »dass die deutsche Soldatenehre gekränkt würde«

Die Zensur hat in Deutschland – Westdeutschland – wieder begonnen, ihre roten Striche zu ziehen. Nicht eine offizielle Zensur, sondern eine private in ihrer Weise gefährlicher, da sie nicht greifbar ist und deshalb schwieriger nachzuweisen, zu kritisieren und ihr näher zu kommen.

»Information« kann heute dokumentieren, dass der weltberühmte deutsche Verfasser Erich Maria Remarque einer solchen »privaten« Zensur unterworfen ist. Bei dem Vergleich der deutschen und der dänischen oder englischen Ausgabe von seinem soeben erschienenen anti-nazistischen Buch über den 2. Weltkrieg: »Erst lieben – dann sterben« (deutscher Titel: »Zeit zu leben – Zeit zu sterben«) kann man feststellen, dass in der deutschen Ausgabe gestrichen worden ist, und es sind keine gewöhnlichen Abkürzungsstreichungen.

»Information« hat die Dokumentation dem dänischen Verlag »Gyldendal« vorgelegt. Hier sagt Direktor Otto B. Lindhardt: »Es ist richtig, dass die deutsche Ausgabe von Remarques Buch in gewissen Punkten von dem Manuskript des Verfassers abweicht. Es ist selbstverständlich, dass die dänische Übersetzung von Aage Dons nach dem Manuskript vorgenommen ist, welches auch in Übereinstimmung mit Remarques Wünschen erfolgte. Mehr kann ich zu dieser Sache nicht sagen.«

Es wäre fast unerreichbar, alle Streichungen zu finden, die vorgekommen sind. Es wimmelt davon. Schon eine Durchsicht von den zwei ersten von den 27 Kapiteln des Buches (23 Druckseiten von 313) zeigt, worum es sich handelt. Hier sind insgesamt 8 Streichungen vorgenommen. Das hat insoweit den Haupteindruck des Buches nicht verwischen können. Aber es ist dort, wo die Dinge am schärfsten und klarsten ausgedrückt werden, dass die Zensur in Funktion getreten ist. Die Sätze, die herausgenommen wurden, haben fast alle eine deutliche Meinung. Es wird gestrichen, wenn die deutsche »Soldatenehre« zu deutlich gekränkt wird. Wenn der Antisemitismus unter den Wehrmachtssoldaten am meisten direkt charakterisiert ist, oder eine besondere raue Einstellung den Russen gegenüber zum Ausdruck kommt. Einige Beispiele werden das zeigen:

Der Beginn des Buches spielt während der Niederlage an der russischen Front. Es ist noch Winter, aber der Schnee schmilzt, und nach und nach wie er schwindet, kommen alte Leichen zum Vorschein. Man beerdigt sie in der gefrorenen Erde. »Es war eine schwierige Arbeit«, heißt es. Danach setzt die dänische Ausgabe fort, aber nicht die deutsche: Deshalb beerdigte man auch nur Deutsche. Die Russen wurden in einen offenen Stall geworfen. In dem milden Wetter fingen sie bald zu stinken an. Wenn der Gestank zu stark wurde, schaufelte man Schnee darüber. Es lohnte sich nicht mehr, sie zu beerdigen. Niemand glaubte, dass das Dorf noch lange gehalten werden konnte. Das Regiment war auf dem Rückzug. Die vorrückenden Russen konnten dann später ihre Toten selbst beerdigen.

Im folgenden wird geschildert, wie die Soldaten im Schnee eine Leiche finden und sie herausgraben mit den Andeutungen, dass sie nicht beerdigt werden soll, wenn es ein Russe ist, ist in der deutschen Ausgabe gestrichen. Dann folgt eine Episode, die auch verschwunden ist:

»Hirschmann trat an. Steinbrenner grinste. ›Das ist die richtige Arbeit für Dich. Isaak, – Kadaver auszugraben. Das ist gut für Dein Judenblut. Es stärkt die Kräfte und die Seele. Nimm die Schaufel dort.‹ – ›Ich bin 3/4 Arier‹, sagte Hirschmann. Steinbrenner blies den Zigarettenrauch in sein Gesicht. ›Na, das sagst Du! Für mich bist Du Vierteljude und Dank der Gutheit des Führers darfst Du mit echten deutschen Soldaten kämpfen. Na, grab dann das russische Schwein dort aus. Es stinkt zuviel für die Nase des Leutnants.‹« Die Leiche wird sichtbar. Es ist ein deutscher Offizier. »Pass' auf, stech' ihn nicht in den Kopf«, sagt der eine Soldat. »Das ist mir sch…egal«, antwortet der andere. – Und dann streicht die Zensur den nächsten Satz: »Halt die Schnauze, Kommunist. Hier liegt ein gefallener deutscher Offizier.«

Zwei Soldaten diskutieren später, wo Steinbrenner herkommt.

In dem Manuskript und in der dänischen Ausgabe sagt der eine: »Ich glaube, er war beim KZ.« – Aber das steht nicht in der deutschen Ausgabe. Vielleicht weil es nicht vorkommen darf, dass ein deutscher Soldat seine Sporen auf diese Weise verdient hat?

Das Gespräch fällt auf das deutsche Plündern in Russland und wie die Russen sich vielleicht rächen werden. Der eine meint, dass Deutschland kapitulieren wird, bevor die fremden Truppen in das Land einrücken, und dann dürfen sie nicht zerstören. Die Situation bleibt: »Bei uns ist alles unbeschädigt, – nur bei den anderen ist es zerstört, und auf irgendeine Weise müssen sie zuletzt aus dem Land heraus.« Soweit kommt die deutsche Ausgabe mit. Aber die Konklusion (Seite 25) wird gestrichen: »Weißt du was, dann gewinnen wir ja doch, obwohl wir verlieren.«

Endlich ein letztes Beispiel. Die Hauptperson des Buches steht auf Wache und denkt über den deutschen Einsatz nach: »Wir sind das Goldene Zeitalter für die Würmer Europas, Asiens und Afrikas gewesen. Wir haben ihnen Armeen von Kadavern überlassen.« Und in der nicht zensierten dänischen Ausgabe heißt es weiter: »Nicht nur Soldatenfleisch, Frauenfleisch, Fleisch von Kindern und gares, zerbombtes Fleisch von Greisen.«

Die Zensur von »Zeit zu leben – Zeit zu sterben« wurde aufgedeckt von einem dänischen Remarque-Enthusiasten. Das Buch sollte gleichzeitig in mehreren Sprachen erscheinen, und er wünschte, es in der Originalsprache zu lesen. Es war mittlerweile verspätet, und er konnte nicht warten, sondern kaufte sich die dänische Ausgabe. Als die deutsche neulich kam, las er dann diese, und vermisste mehrere wichtige Abschnitte.

Von Deutschland liegen keine Berichte vor, was hinter den Kulissen geschehen ist, aber man kann seinen Teil daraus schließen. Die Zensur kann nur von dem Verlag Kiepenheuer & Witsch, Köln, vorgenommen worden sein. Es kann unter keinen Umständen mit dem guten Willen Remarques geschehen sein. Das meistauffallende ist vielleicht, dass gerade Remarque von dieser privaten Zensur getroffen worden ist. Ein jeder Verlag müsste mit Kußhand seine Bücher empfangen, denn er könnte sicher sein, sie in guten Auflagen zu verkaufen. Man muß daher glauben, daß er zu einem anderen Verleger gegangen wäre, wenn er es gemerkt hätte, es wäre von Nutzen.

Die vermeintliche Zensur erregte erhebliches Aufsehen auch in der bundesdeutschen Presse. Der Verlag Kiepenheuer & Witsch ließ umgehend über die Deutsche Presseagentur ein Dementi verbreiten, das jedoch nicht mit Remarque abgestimmt worden war.

Entgegen ausländischen Darstellungen, nach denen Erich Maria Remarques neuer Roman »Zeit zu leben – Zeit zu sterben« in der deutschen Ausgabe einer privaten Zensur unterworfen worden sei, die unter keinen Umständen mit Remarques Einverständnis erfolgt sein könne (es waren Abweichungen zwischen der deutschen und dänischen Fassung festgestellt worden), teilt der deutsche Verlag des Buches, Kiepenheuer & Witsch in Köln, mit:

»Remarque hat den Roman in deutscher Sprache geschrieben und seinem deutschen Verleger das Manuskript übergeben mit der Bitte, sorgfältig zu prüfen, ob die technischen Details (Fragen des Milieus, der Terminologie und andere mehr zum äußeren Kleid des Romans gehörende Dinge) zeitgerecht und genau wiedergegeben seien. Das Manuskript ist im Verlag sorgfältig durchgearbeitet und mit den von uns vorgeschlagenen Korrekturen an den Autor zurückgegeben worden. Es wurde dem Autor, wie selbstverständlich, ausdrücklich überlassen, diese Änderungen zu akzeptieren oder zu verwerfen. Herr

Remarque hat dann seinerseits einen Teil der Änderungen und sparsamsten Weglassungen angenommen und andere verworfen. Das von Remarque bearbeitete und als druckfertig an den Verlag zurückgegebene Manuskript ist in dieser von Remarque autorisierten letzten Fassung ohne jede weitere Veränderung als Buch erschienen.«

Die Darstellung der dänischen Zeitung »Information«, man habe in dem Buch Bemerkungen gestrichen, von denen man offenbar befürchtete, daß sie die deutschen Soldaten zu sehr kränken könnten, nennt der Verlag »allein schon deshalb unglaubwürdig«, weil im Jahr vorher Remarques Konzentrationslagerroman »Der Funke Leben« unverkürzt und unverändert im gleichen Verlag erschienen sei. Selbstverständlich habe der Verlag keine Kontrolle darüber, in welcher Form bestimmte Stellen des Buches in andere Sprachen übersetzt worden seien.

Das Dementi des Verlages verfehlte jedoch grundlegend die angestrebte Wirkung – nicht nur der Verlag, sondern zunehmend auch Remarque selbst, der vermeintlich der Zensur zugestimmt hatte, gerieten ob des eindeutig verharmlosenden Charakters der Änderungen in den Fokus der Diskussion, wie der Bericht des *Spiegel* vom Dezember 1954 verdeutlicht.

Liquidation mit dem Rotstift

Wurde Erich Maria Remarque, der gefeierte Autor von »Im Westen nichts Neues«, in Deutschland einer »privaten Zensur« unterworfen? Die Kopenhagener Zeitung »Information«, das Meinungsblatt ehemaliger dänischer Widerstandskreise, stellte diese Frage bei Erscheinen der deutschen Ausgabe von Remarques neuestem Buch »Zeit zu leben und Zeit zu sterben«. Nach einem Vergleich mit den bereits vorher erschienenen dänischen und englischen Übersetzungen des Buches äußerte die Zeitung den Verdacht, man habe im deutschen Original alle Bemerkungen gestrichen, von denen man befürchten mußte, daß sie die ehemaligen deutschen Soldaten kränken würden.

Remarques deutscher Verlag Kiepenheuer und Witsch dementierte alsbald energisch: »Der Verlag würde einen Autor wie Erich Maria Remarque nie einer Zensur unterwerfen, und Erich Maria Remarque würde sich seinerseits nie einer Zensur unterwerfen.« Der Autor habe lediglich die Bitte ausgesprochen, der Verlag möge das Manuskript daraufhin prüfen, ob die technischen Details – »Fragen des Milieus, der Terminologie und andere mehr zum äußeren Kleid des Romans gehörenden Dinge« – zeitgerecht und genau wiedergegeben seien.

Diese Bitte erscheint plausibel, wenn man bedenkt, daß Remarque die Zeit des großen Sterbens von Amerika aus erlebte, während sein Buch mitten im Inferno Mitteleuropas spielt. Der Gefreite Ernst Graeber aus »Zeit zu leben und Zeit zu sterben« ist niemand anderes als der wiedererstandene Kriegsfreiwillige und Heldentod-Kandidat Paul Bäumer aus »Im Westen nichts Neues«, nur daß er einen Weltkrieg später und im Osten statt im Westen fällt.

Allerdings begreift Graeber viel mehr von dem makabren Spiel, das mit ihm getrieben wird, als sein Vorgänger Bäumer. Während eines kurzen Heimaturlaubs hat er Gelegenheit, den Totentanz des Dritten Reiches zu studieren. Außer seiner großen, bitter-süßen Liebe lernt der Urlauber Graeber in seltsamer Komprimierung des Elends ganzes Ausmaß kennen: Bombenkrieg und Gestapo-Terror, Denunziantentum und Mitläuferei, Korruption, stilles Heldentum und den Gasgeruch der Konzentrationslager. Daß ihn nach der Rückkehr eine russische Partisanenkugel trifft, ist die gleiche bösartige Ironie des Krieges, die schon den Kriegsfreiwilligen Bäumer gleichsam aus Versehen sterben ließ.

Tatsächlich ist die deutsche Ausgabe bei aller Härte an vielen Stellen spürbar milder als die fremdsprachigen Übersetzungen. So reflektiert Graeber nach einem Bombenangriff: »Nach diesem Kriege wird entsetzlich viel zu vergeben und nicht zu vergeben sein. Ein einziges Leben wird dafür nicht ausreichen. Er hatte mehr tote Kinder gesehen als diese – er hatte sie überall gesehen, in Frankreich, in Holland, in Polen, in Afrika, in Rußland, und alle hatten Mütter gehabt, die um sie weinten, nicht nur die deutschen.«

Während die deutsche Ausgabe hier taktvoll abbricht, fährt die englische Übersetzung fort: »Wenn sie noch weinen konnten und nicht bereits von der SS liquidiert worden waren.«

Ebenso läßt die deutsche Ausgabe einen SS-Mann, den Graeber bei seinem zum Kreisleiter avancierten Schulfreund trifft, mit zarter Rücksichtnahme auf die Nerven des deutschen Nachkriegs-Publikums dort einhalten, wo er von besonders einfallsreichen Nuancen bei Geisel-Erschießungen in Rußland zu schwärmen beginnt: »Erst eine Schicht Holz, dann eine Schicht Menschen, und jede Schicht hatte ihr eigenes Holz mitzubringen und mußte sich darauf niederlegen und in den Hinterkopf schießen lassen …«

Auf diese Weise geschult, nimmt Graeber bei der Begegnung mit einer strammen Parteidame ohne weiteres an, daß auch ihr Mann in Rußland mit derart delikaten Aufgaben betraut sei, »um den notorischen Lebensraum für den Führer zu gewinnen«. Für den deutschen Hausgebrauch enthält er sich dieses ketzerischen Gedankens.

Aber nicht nur ausgemachte Grausamkeiten sind hinausredigiert. In einem Gespräch mit einem geheimen Widerständler fehlt eine ganze Passage, in der diese aufschlußreiche Bemerkung fällt: »Wo beginnt die persönliche Verantwortung? Wir können uns nicht einfach hinter der Tatsache verstecken, daß wir auf Befehl von oben handeln.« Auch diese qualvolle Überlegung über die Mitschuld des Einzelnen hat der deutsche Verleger »mehr zum äußeren Kleid des Romans« gerechnet und gestrichen.

Eine besonders unerfreuliche Episode fiel dem Rotstift ganz und gar zum Opfer. Es ist dies die Geschichte von Graebers Frontkameraden, dem nicht hundertprozentig arischen Soldaten Hirschland, dessen Mutter in Graebers Heimatstadt wohnt. Als der Urlauber sie besucht, muß er erfahren, daß ihr Sohn inzwischen gefallen ist. Ein Telegramm hat die traurige Botschaft gebracht. Bei der Rückkehr an die Front aber findet er den totgeglaubten Hirschland unverändert lebend vor. Sein Verdacht fällt sofort auf den Erz-Nationalsozialisten Steinbrenner, der in seiner Abwesenheit in die Schreibstube versetzt wurde.

Zur Rede gestellt, gibt Steinbrenner in der englischen Ausgabe zynisch zu, daß er tatsächlich die Gefallenenmeldung an die jüdisch verheiratete Frau Hirschland abgeschickt hat: »Stell dir nur mal das Gesicht der alten Frau vor! Und mir kann nichts dabei passieren. Hirschland wird sich schön in acht nehmen. Wenn er wirklich doch etwas sagt, dann war es eben ein Irrtum. Kann schließlich jedem mal passieren.« Auch was Steinbrenner, der zivile SS-Mann, bei gleicher Gelegenheit zum Thema Gattenwahl, reinrassige Fortpflanzung und großdeutsche Zukunft zu sagen hat, bleibt dem Leser der deutschen Ausgabe barmherzig verborgen.

Die Prozedur der redaktionellen Änderungen, bei denen man im Einzelfall im Zweifel sein kann, ob sie zur Schonung des Lesers oder des Autors vorgenommen wurden, erläuterte der Verlag Kiepenheuer und Witsch in seinem Dementi etwas umständlich so: »Das Manuskript ist im Verlag sorgfältig durchgearbeitet und mit den von uns vorgeschlagenen Korrekturen an den Autor zurückgegeben worden. Es wurde dem Autor, wie selbstverständlich, ausdrücklich überlassen, diese Änderungen zu akzeptieren oder zu verwerfen.«

»Herr Remarque hat dann seinerseits einen Teil der Änderungen und sparsamsten Weglassungen angenommen und andere verworfen. Das von Remarque bearbeitete und als druckfertig an den Verlag zurückgegebene Manuskript ist in dieser von Remarque autorisierten letzten Fassung ohne jede weitere Veränderung als Buch erschienen.«

Vom Artikel im *Spiegel* offenbar doch beunruhigt, ließ Witsch noch am gleichen Tag, dem 15. Dezember 1954, verlagsintern den Vorgang der Änderungen nochmals prüfen. Ein verlagsinternes Memo fasst den Vorgang speziell für den Dialog Pohlmann–Graeber in Kapitel XIII noch einmal zusammen. Das Memo erwähnt jedoch nicht, dass der Satz »Wann wird zu Mord, was man sonst Heldentum nennt« für die deutsche Ausgabe gestrichen worden war, die Zensur also durchgeführt wurde, nachdem Remarque die Ersatzseiten geschickt hatte.

Wie aus dem Brief von Remarque vom 28.1.54 hervorgeht, hat er uns nachträglich für das Kapitel XIII seines Manuskriptes Korrekturen geschickt, d.h. Ersatzseiten, die wir im Manuskript gegen schon vorhandene austauschen bzw. ergänzen sollten. Die neuen Seiten wurden vom Lektorat mit dem Vermerk »Ersatzseite des Autors« versehen, es sind S. 143, 143a, 143b, 143c, 143 d, 144, 148, 149, 150 und 150a. Auf S. 148 der ersten Fassung stand der im »Spiegel« zitierte Satz: »Aber wo beginnt die persönliche Verantwortung? Wir können uns nicht einfach dahinter verstecken, daß wir auf Befehl handeln. Oder können wir das?« Auf S. 148 der neuen Fassung von Remarque entfällt dieser Satz, da der Autor von dieser Seite ab einen ganz neuen Schluß des Kapitels geschrieben hat. Im übrigen zeigt ein

Vergleich der ersten mit der neuen Fassung dieser Seite, daß Remarque die Änderung nicht vorgenommen hat, um »abzumildern«, sondern aus Gründen der künstlerischen Gestaltung, (zu der ja wohl jeder Autor das Recht hat), die ihn in diesem Fall zu einer Feilung und Straffung des ganzen Dialogs zwischen dem Helden und dem geheimen Widerständler Pohlmann veranlaßte. Die Seite 147, die unverändert geblieben ist, schließt mit dem Satz des Helden: »Ich kann mich weigern. Dann werde ich gehängt oder erschossen« (bezieht sich auf die Fortsetzung des Soldatseins von Graeber). Dann heißt es auf der neuen Seite 148:

»Graeber wartete. ›Die Märtyrer der christlichen Zeit folgten dem Zwang nicht‹, sagte Pohlmann zögernd.

›Wir sind keine Märtyrer. Aber wann beginnt die Mitschuld?‹ fragte Graeber. ›Wann wird zu Mord, was man sonst Heldentum nennt? Wenn man nicht mehr an seine Gründe glaubt? Oder an seinen Zweck? Wo ist die Grenze?‹

Pohlmann sah ihn gequält an. ›Wie kann ich Ihnen das sagen? Es ist eine zu große Verantwortung. Ich kann es nicht für Sie entscheiden!‹

›Muß jeder es selbst entscheiden?‹

›Ich glaube ja. Was sonst?‹«

Vor dem Abschnitt: »Die Märtyrer der christlichen Zeit …« stand in der alten Fassung der bewußte Satz: »Aber wo beginnt die persönliche Verantwortung usw.«, der im Zusammenhang mit einer größeren Passage steht (die ebenfalls von Remarque fallengelassen wurde), in der Graeber noch einmal ausführlich erklärt, warum er weiter kämpfen muß, daß ihm kein Ausweg bleibt, da ihm und seinen Angehörigen sonst Vernichtung droht. Das alles faßt aber der letzte Satz auf S. 147: »Ich kann mich weigern, dann werde ich gehängt oder erschossen« bereits zusammen. Im übrigen weiß man in Deutschland genau, daß es so war (unbegreiflicher ist das wahrscheinlich im Ausland – vielleicht wurde diese Stelle deshalb vom Autor für die ausländischen Ausgaben so gelassen, wie sie war). Auch die Stelle von der »persönlichen Verantwortung und Mitschuld« ist in der neuen Fassung in anderen Worten wiederholt.

Wir wissen nicht, ob Remarque diese von ihm selbst ohne unsere Veranlassung gemachten nachträglichen Korrekturen absichtlich in die ausländischen Ausgaben nicht hereinbringen wollte, oder ob ihm das aus zeitlichen Gründen nicht mehr möglich war, da alle Ausgaben zu einem bestimmten Termin erscheinen mußten, der mit dem amerikanischen Copyright zusammenhing. Unsere Ausgabe aber kam sowieso zu spät.

Von uns wäre niemand auf den Gedanken gekommen, daß man die Urfassung dieser Seiten ändern müsse, da sie in ihrer ganzen Tendenz nichts enthielten, was nicht stimmte oder irgendwie hätte schockieren können.

Im Kontext des Kalten Krieges war die Zensur eine Steilvorlage für die Kritik der DDR an den restaurativen Tendenzen in der Bundesrepublik. Das mehr als unglückliche Dementi des Verlages tat ein Übriges, um die Diskussion um den Roman zum Gegenstand der deutsch-deutschen Konfrontation zu machen. So polemisierte Friedrich Carl Weiskopf im Februar 1955 in der *Neuen Deutschen Literatur* (Berlin/Ost) mit dem typischen Duktus der von beiden Seiten vergleichbar hart geführten ideologischen Auseinandersetzung.

F. C. Weiskopf
Die politischen Valenzen des Dr. Witsch oder
Der kastrierte Remarque

Der amerikanische Verleger Bennet Cerf, ein ebenso erfolgreicher wie zynischer Literaturgeschäftsmann, antwortete einmal auf die Frage eines ausländischen Journalisten, ob es in den Vereinigten Staaten eine Buchzensur gebe: »Nein, eine Zensur gibt es nicht. Bei uns herrscht absolute Freiheit. Wir stellen bloß für den Schriftsteller diskrete Warnungstafeln auf, sozusagen Verkehrszeichen: ›Achtung, langsam fahren!‹ oder ›Sackgasse, umkehren!‹ Der kluge Schriftsteller weiß dann schon Bescheid.« Und wenn einer nicht klug sei, erkundigte sich der

Journalist. »Ach, dann fährt er weiter auf eigene Gefahr, und dann gibt's eben einen Verkehrsunfall mit Bein- oder Genickbruch.« Das war vor zehn Jahren. Die Leser von Howard Fasts Literaturbriefen in unserer Zeitschrift wissen, daß sich die Zensurmethoden jenseits des Großen Teichs seither radikal vergröbert und verschärft haben. Die diskreten Warnungstafeln sind durch Totschläger ersetzt worden; die Zensur spricht nicht mehr durch die Blume; der Schriftsteller hat die Freiheit, entweder so zu schreiben, wie es Big Business braucht, oder sich einen anderen Beruf zu suchen, oder – ins Gefängnis zu wandern.

Die Zuhälterrolle, die von den amerikanischen Verlegern in diesem Prozeß der Prostituierung so vieler Schriftsteller gespielt wird, findet – wie so manche andere Kulturerrungenschaft aus Gottes eigenem Ländchen – überall dort Nachahmung, wo die Vereinigten Staaten ihren Einfluß geltend machen können, natürlich auch in Westdeutschland. Im folgenden sei berichtet, wie ein westdeutscher Verleger – einer, der sich viel auf sein »selbständiges Unternehmertum« einbildet – das Werk eines bekannten Schriftstellers im Interesse der Aufrüstungspolitik zensuriert, entstellt, verfälscht hat.

Die Sache fing mit einer Entdeckung an, die fast gleichzeitig in Oslo und Kopenhagen gemacht wurde. Eifrige Leser des deutschen Schriftstellers Erich Maria Remarque – der vor zwanzig Jahren nach Amerika ins Exil ging und dort geblieben ist – verglichen die norwegische und dänische Ausgabe seines letzten Romans »Zeit zu leben und Zeit zu sterben« mit der westdeutschen und fanden zu ihrem Erstaunen wesentliche Unterschiede zwischen dem Inhalt des Originals und der Übersetzungen. In der skandinavischen Presse erschienen daraufhin Berichte über eine »zensurierte deutsche Ausgabe«

des neuen Remarque-Romans. Diese Berichte wurden auch in Westdeutschland bekannt. Die Hamburger »Welt« ließ sich von ihrem Korrespondenten K. C. nähere Einzelheiten aus Oslo melden: »Die unabhängige Zeitung ›Verdens Gang‹ schreibt: Es sind Streichungen in der deutschen Ausgabe vorgenommen worden, die die Tendenz des Romans in aufsehenerregender Weise ändern. Soweit es möglich war, hat man in der deutschen Ausgabe alles vermieden, was auf den Nazismus, die Hinrichtungen von Juden und Russen und andere Fragen hinweist, die für viele Deutsche sehr peinlich sein müssen.« Der Korrespondent schloß seinen Bericht mit der Feststellung: »Es wird eine Zensur an der deutschen Literatur ausgeübt, um die Vergangenheit weniger abscheulich zu machen als sie war und damit die Reaktionen des (deutschen) Volkes auf das, was die Zukunft in ihrem Schoß tragen mag, abzuschwächen.«

Ähnliche Notizen wurden auch von einigen anderen westdeutschen Zeitungen gebracht. Die literarisch interessierte Öffentlichkeit horchte auf; Proteste und Anfragen wurden laut; die »Affäre Remarque« war da und ließ sich nicht mehr vertuschen, zumal ihr Echo auch im »befreundeten Ausland« immer stärker wurde. In den Direktionszimmern des Verlags Kiepenheuer & Witsch zu Köln, aber auch an anderen Stellen im Adenauerstaat, geriet man in begreifliche Aufregung. Zensur in der freien westlichen Demokratie, obendrein zu so anrüchigem Zweck – so was durfte doch nicht ans Licht kommen! Dem Schriftsteller, der sich hatte prostituieren lassen, dem Verleger, der dabei Zuhälterdienste geleistet hatte, und dem System, in dessen Interesse das »Ding gefingert« worden war … ihnen allen mußte geholfen werden! Und wer wäre zu einer Rettungsaktion geeigneter gewesen als die sogenannte freie Presse? Es fand sich auch gleich eine Redaktion, die in die Bresche sprang. Das Unternehmen »Mohrenwäsche« konnte beginnen. Und wenngleich man nicht ganz so weit ging wie jener amerikanische Korrespondent in Haiphong, der da schrieb: »Daß es hier noch Freudenhäuser geben darf, während sie in Hanoi gleich nach dem Einmarsch der Roten geschlossen wurden, auch das ist ein Stück Freiheit …«, wenngleich man, wie gesagt, nicht ganz so weit ging, so tat man doch sein Bestes, um aus schwarz weiß zu machen.

In der »Rhein-Neckar-Zeitung« erschien am 19. Oktober 1954 folgendes Stück Dichtung und Unwahrheit:

»Nichts an der Tendenz geändert …«

Kürzlich ging – unter der Überschrift »Wurde Remarques jüngstes Werk zensuriert?« – folgende UP-Meldung durch die Presse:

»Die dänische Abendzeitung Information berichtet, daß ein Freund des deutschen Schriftstellers Erich Maria Remarque sich die Mühe gemacht habe, die deutsche, dänische und englische Ausgabe des jüngsten Romanes von Remarque Zeit zu leben und Zeit zu sterben miteinander zu vergleichen. Dabei habe er gefunden, daß in der deutschen Ausgabe dieses Romanes alle Stellen ausgelassen worden seien, die sich auf Grausamkeiten bezogen, die die ehemalige deutsche Wehrmacht im Osten begangen haben soll. (Dieses »soll« hat's wahrscheinlich in sich; F. C. W.) *Alle Passagen sollen ausgelassen sein, die nicht mit der Ehre des deutschen Soldaten übereinstimmen.«*

Der Roman Zeit zu leben und Zeit zu sterben schildert die Urlaubs- und Kriegserlebnisse eines jungen, an der Rußlandfront kämpfenden deutschen Soldaten. Remarque lebt seit mehr als zwanzig Jahren nicht mehr in Deutschland und hielt sich während des Krieges in den USA auf.

Im Interesse einer sachlichen Klärung des gemeldeten ›Zensur‹-

Falles haben wir uns an den Verlag Kiepenheuer & Witsch (Köln/Berlin) gewandt, der die deutsche Ausgabe von Zeit zu leben und Zeit zu sterben herausbrachte, mit der Bitte um eine Stellungnahme zu den gegen die deutsche Ausgabe erhobenen Vorwürfen. Daraufhin erhielten wir folgenden Brief vom Verlagsbuchhändler Dr. Joseph C. Witsch, der allerdings ein neues Bild ergibt:

»Die Meldung ist falsch. Das Originalmanuskript des Buches ist ja deutsch. Sofort nach Fertigstellung des Manuskriptes hat Remarque die deutsche Fassung an die einzelnen Länder gegeben zur Übersetzung. Wir haben verständlicherweise das Manuskript besonders sorgfältig geprüft hinsichtlich der richtigen Wiedergabe des Milieus, der richtigen Benennungen und der Richtigkeit der politischen Valenzen. An der einen oder anderen Stelle haben wir auch übertriebene Ausdeutungen, in Fragen der Angst beispielsweise, gemildert und haben diese Änderungen, um die uns Herr Remarque ausdrücklich gebeten hatte, im Manuskript eingetragen und das Ganze Herrn Remarque zur Prüfung zugeschickt. Wir haben es ihm selbstverständlich überlassen, unsere Verbesserungen teilweise oder ganz zu akzeptieren oder zu verwerfen. Er hat einen Teil unserer Änderungen angenommen, einen anderen Teil nicht, und hat uns dann das von ihm nochmals neu durchgearbeitete Manuskript als druckfertig übergeben, und so haben wir es dann gedruckt.

In der Zwischenzeit war es zu spät geworden, diese Änderungen, die nie grundsätzlicher Art waren, auch in den anderssprachigen Ausgaben anzubringen. An sich hatte er es in den einzelnen Teilen gern getan, was wir ihm auch sehr empfohlen hatten, besonders an all den Teilen, in denen terminologisch die Sache nicht ganz stimmte. Es bedarf keines Hinweises, daß nichts an der Tendenz geändert worden ist und nichts von seiner Härte weggenommen wurde; erstens, wie kämen wir dazu, nachdem wir das viel härtere Buch Der Funke Leben ohne jede Änderung in Deutschland veröffentlicht haben, und zweitens hätte es auch Remarque selber nie akzeptiert, denn er handelt ja, entgegen dem Ruf, den er hat, nie kommerziell in solchen Dingen und schwächt nicht ab und läßt nicht abschwächen, weil er sich von einer Abschwächung etwa einen größeren Absatz verspräche oder weil man ihm einreden wollte, es würde eine Abschwächung des einen oder anderen Teiles die Absatzchancen verbessern.

Insofern also ist die Meldung der Information, daß wir das Buch von Remarque einer Zensur unterworfen hätten, falsch. Außerdem brauchen sie das Buch nur zu lesen, um festzustellen, daß ihm nichts an Härte weggenommen ist. Hingegen vermute ich, daß in der einen oder anderen der fremdsprachigen Ausgaben in der Übersetzung des deutschen Textes an bestimmten Stellen Verschärfungen vorgenommen worden sind, die die Originalfassung nicht hatte. Das entspräche so dem trend Sefton Delmers und anderer Leute. Es besteht immer im Ausland die Tendenz, heute aus verständlichen Gründen solche Dinge überzubetonen. Ich kann nicht behaupten, daß es so geschehen ist. Ich kann es, wie gesagt, nur vermuten, und das würde zum Teil den Korrespondenten der Information rechtfertigen.«

Obwohl schon auf den ersten Blick in diesem Brief alles falsch ist – der Biedermannston und das Deutsch und der Fremdwortaufputz –, wird er in einem redaktionellen, von »Spectator« gezeichneten Nachwort nach allen Regeln der Kommentierkunst hochgestapelt.

»Die Öffentlichkeit«, so heißt es dort, *»wird dem Verleger Witsch sehr dankbar sein, daß er die Dinge in aller Offenheit dargelegt hat. Nun kann sich jeder seine Gedanken darüber machen.*

Um den Charakter der Verbesserungen beurteilen zu können, wäre es natürlich wichtig, die betreffenden Originalstellen zu kennen und dieselben mit den Verbesserungen zu vergleichen. Doch bleibt dies, nach den von Dr. Witsch geschilderten Vorgängen, eine durchaus interne Angelegenheit zwischen Autor und Verlag.«

Ausgeschlossen von den Segnungen einer freiheitlichen Kultur, die Negerkünstler ins Getto sperrt, aber Winston Churchill den Nobelpreis für Literatur verleiht; bar jenes zartbesaiteten Individualismus, der die Nerven von Falschmünzern schont, indem er ihr Gewerbe zur internen Angelegenheit erklärt, haben wir uns das Material beschafft, auf Grund dessen ein Vergleich zwischen den »betreffenden Originalstellen« und den »Verbesserungen« vorgenommen und der »Charakter dieser Verbesserungen« einwandfrei festgestellt werden kann. Wie das zugegangen ist? Ganz einfach, ohne jede Hexerei, und Herr Spectator oder jeder seiner Kollegen hätte dasselbe machen können (und kann es noch machen), aber das wäre dann wohl ein Verstoß gegen die Freiheit der Zensur, eine Verletzung des Rechts auf literarische Prostitution, eine Einmischung in die interne Angelegenheit der geistigen Remilitarisierung … Wir haben uns einfach »Zeit zu leben und Zeit zu sterben« in Deutsch und Englisch gekauft und beide Ausgaben miteinander verglichen.

In seinem Brief schreibt der Doktor Witsch, daß die Änderungen im Remarqueschen Manuskript (sie werden ausdrücklich Verbesserungen genannt) nur vorgenommen wurden, um die »richtige Wiedergabe des Milieus«, die Richtigkeit der »Benennungen« und die »Richtigkeit der politischen Valenzen« zu gewährleisten. Etwas verschämt wird ein vierter, allerdings nur »an der einen oder andern Stelle« ungewandter Zensurgrundsatz genannt: »übertriebene Ausdeutungen, in Fragen der

Angst beispielsweise«, die natürlich »gemildert werden« mußten.

Was die Verbesserungen in puncto richtigerer Wiedergabe des Milieus anlangt, haben wir uns vergeblich bemüht, auch nur ein Beispiel dafür zu finden. Die Milieuschilderungen in beiden Ausgaben decken sich so gut wie vollkommen. Wenn es also in dieser Hinsicht zwischen den zwei Fassungen Unterschiede gibt, können sie nur von mikroskopischem Ausmaß sein.

Auf dem Gebiet der Benennungen ist dagegen tatsächlich eine Menge verändert worden. Da müssen Fachleute am Werk gewesen sein. Keiner von den Herren im Amt Blank und wo sich sonst die von Onkel Sam und seinen westdeutschen Partnern rehabilitierten Kriegsverbrecher aus den Reihen der Waffen-SS im Glanz ihrer neuen Ämter und Würden breitmachen, keiner von diesen Herren wird Anlaß zu einer Beschwerde finden: die verschwommenen »Benennungen« von SS-, SA- und NSDAP-Größen im englischen Text sind in der deutschen Ausgabe überall durch die genauen Rangbezeichnungen ersetzt worden. Da gibt's keinen schlampigerweise nur als *commander in the SA* (Führer in der SA) eingeführten Halbzivilisten Alfons Binding; der Mann wird, wie sich's gehört, mit »Kreisleiter« angesprochen. Und *SS Commander* Riese, bei dem man vermuten könnte, er sei ungefähr dasselbe wie *Commander* Binding, wird vor solcher Degradierung bewahrt: er tritt als »Sturmbannführer in der SS« auf. Solcher Verbesserungen gibt es eine ganze Anzahl, wobei auch die Wehrmachtsränge zu ihren vorschriftsmäßigen Bezeichnungen kommen, so daß zu hoffen ist, daß Kesselrings »Stahlhelm«, der den Verfasser von »Im Westen nichts Neues« noch von früher her als Erzverbrecher gegen den Wehrgeist auf seiner schwarzen Liste hat, künftighin nur noch von einem besserungsfähigen literarischen Wehrgeistschädling Remarque sprechen wird.

Wir kommen nun zu den »politischen Valenzen«. Die haben es schon auf den ersten Blick in sich – rein terminologisch. Denn was bedeutet Valenz? Zunächst einmal Tüchtigkeit. Aber das konnte der gelehrte Doktor Witsch doch nicht meinen, so miserabel er auch seine deutsche Muttersprache beherrscht. Sehen wir also im Lexikon nach. Valentinianus, römischer Kaiser … Valentinus, Haupt einer Schule der Gnosis … Aha, da! Valenz: siehe Wertigkeit. Und unter »Wertigkeit« finden wir folgende Erklärung: *»W., Valenz, lateinisch; Fähigkeit der Atome eines Elements, sich jeweils nur mit einer bestimmten Anzahl anderer Atome chemisch zu verbinden, hauptsächlich abhängig von der Anzahl der äußeren Elektronen im Atom (Valenzelektronen) … Ein und dasselbe Element kann in verschiedenen Verbindungen verschiedene Valenz haben, z. B. ist Schwefel im Schwefeldioxyd vierwertig, im Trioxyd sechswertig.«* Soweit das Lexikon, und nun wissen wir haargenau, was wir uns unter einer politischen Valenz nach Doktor Witsch vorzustellen haben, auch wenn uns nicht verraten wird, wievielwertig der Schwefel in seinem Valenzgeschwafel ist. Aber Spaß beiseite, der wackere Manuskriptverbesserer wußte natürlich gar nicht, was das Fremdwort, das er gebrauchen zu müssen glaubte, bedeutet … er hat einfach Valenz mit Valeur verwechselt. Das ist ein begreiflicher, fast möchten wir sagen, entschuldbarer Irrtum bei einem Mann, dem auch die deutsche Bedeutung von Valeur, nämlich Wert, unverständlich bleibt, sofern sie sich nicht in Preisen und Profiten ausdrückt.

Doch Valenzen hin, Valeurs her: wie steht es um die Verbesserungen des Romantextes in dieser Hinsicht?

Da gibt es in der englischen Fassung eine Figur, die zwar nur am Rande auftritt und mit ziemlicher Verworrenheit behaftet ist, aber nichtsdestoweniger in diesem Roman die entschiedenste Form der Opposition gegen den Krieg darstellt: Immermann, ehemaliges Mitglied einer Strafkompanie, wegen politischer Unzuverlässigkeit von den Nazis gehaßt und verfolgt. Remarque hatte, als er seinen Roman schrieb, nur eine verschwommene Vorstellung vom Charakter der kommunistischen Widerstandsbewegung in Hitlerdeutschland, aber er wußte, daß sie die erste, bestorganisierte und tapferste unter allen Oppositionserscheinungen war, und deshalb erscheint Immermann im Original (und in der nach dem Original gefertigten englischen Übersetzung) als Kommunist. Aber dieses Stück Realismus, dieser Tribut an die Wahrheit, ist im Adenauerstaat untragbar. Es wird deshalb eine kleine Valenzberichtigung vorgenommen, und witschratsch, hast du nicht gesehen, verwandelt sich Immermann in einen SPD-Mann.

Nicht minder interessant ist die Verwandlung des »Vierteljuden Hirschland«. Da den vielen prominenten Nazis, die sich in Westdeutschland auf politischen und wirtschaftlichen Kommandoposten befinden, jede Erinnerung an ihre Tätigkeit als Ausrotter von Juden und anderen »Minderrassigen« vorläufig und insbesondere mit Hinblick auf die atlantische Bundesgenossenschaft noch recht unangenehm ist, kommt ihnen der Doktor Witsch großzügig entgegen. Hirschland wird in der deutschen Fassung einfach – »arisiert«. So fallen alle Voraussetzungen für Quälereien und Verfolgungen aus rassischen Gründen weg. Daß dabei auch ganze Szenen wegfallen, ist gewissermaßen nur ein Nebenprodukt dieser Valenzkorrektur. (Zu den gestrichenen Szenen gehört zum Beispiel eine der eindrucksvollsten des Originalmanuskripts: der Hauptheld, Graeber, besucht während seines Urlaubs die Mutter Hirschlands, um ihr die Grüße des Sohnes zu bringen; er findet die Alte völlig gebrochen, dem Wahnsinn nahe, weil ihr einer der Quäler Hirschlands, der Massenmörder und Spitzel Steinbrenner, »zum Spaß« eine fingierte Meldung über dessen Tod geschickt hat.)

Aber die Reihe der im Interesse der Valenzrichtigkeit umgeschneiderten Figuren ist noch nicht zu Ende. Wurde Immermann entkommunisiert, wurde Hirschland arisiert, so wird Steinbrenner entbarbarisiert, so gut das bei einem Massenmörder eben möglich ist. Den Lesern der deutschen Ausgabe bleibt unbekannt, daß er ein Gestapoagent ist. Sie erfahren nicht, daß er sich die Erschießung einer angeblichen Partisanin mit den Worten *»Die Kuh ist für mich!«* ausbittet. Es wird ihnen auch unterschlagen, was der Hauptheld über Steinbrenner denkt: *Graeber schaute zu ihm hin. Dieser Einundzwanzigjährige hatte mehr Menschen getötet als ein Dutzend Soldaten zusammen. Nicht im Gefecht, nein, hinter der Front und in Konzentrationslagern. Er hatte sich dessen mehr als einmal gerühmt und war stolz darauf, besonders grausam gewesen zu sein.* Davon, daß alle seine sadistischen Anschläge auf Hirschland in der deutschen Ausgabe ausvalenziert worden sind, war bereits die Rede. Und weggewitscht ist auch das folgende Bekenntnis: *»Hast du viele Juden ausgerottet?«* (fragte Graeber.) *Steinbrenner grinste. »Wenn du meine Führungspapiere sehen könntest, würdest du nicht fragen. Das waren Zeiten!« Er neigte sich vertraulich zu Graeber hinüber. »Ich habe um Versetzung angesucht. Zurück zu einer SS-Division. Dort ist mehr los. Und man hat bessere Aussichten. Alles tut sich dort in größerem Maßstab. Keine langweiligen Kriegsgerichte für jeden lausigen Russen. Man legt sie in Paketen um.*

Vor gar nicht langer Zeit 300 polnische und russische Verräter an einem Nachmittag. Sechs Mann haben das Deutsche Kreuz dafür bekommen. Hier kommen einem höchstens ein paar poplige Partisanen unter, dafür kriegst du keine Auszeichnung. Wir haben nicht mehr als ein halbes Dutzend umgelegt, während du weg warst. In den Partisanenbekämpfungs-Bataillonen und im SS-Sicherheitsdienst kriegen sie Hunderte und Hunderte. Dort kann man vorwärtskommen.«

Die deutsche Fassung zeigt aber nicht nur Steinbrenner, sondern alle seine Kumpane, den ganzen Hitlerfaschismus, in gemilderter, frisierter Aufmachung. Da wird ein Zusammenstoß zwischen Graeber und Frau Lieser, einer unentwegten Hitleranhängerin, geschildert. »Wozu stehe ich hier und rechtfertige mich vor diesem Weib?« dachte er. »Ich sollte sie einfach abschießen.« Damit endet Graebers Gedanke in der deutschen Fassung. In der englischen geht er weiter: ... *geradeso, wie ihr Mann, der wahrscheinlich im Sicherheitsdienst ist, russische Bauern niederknallt, um Lebensraum für den Führer zu gewinnen.* An einer anderen Stelle wird von den Verwandten eines entkommenen Konzentrationslagerhäftlings nur gesagt, daß sie »erschlagen« wurden. Im Original heißt es *zu Tode geprügelt.* Und während die deutsche Ausgabe den Kreisleiter Alfons Binding nach der Schilderung einiger besonders gepfefferter Mordgeschichten durch seinen SS-Freund Heini nur sagen läßt: »›Mensch, was er da erzählt hat, was?‹ Alfons paffte an einer verkohlten Zigarre, die er sich angezündet hatte, als Heini seine Erlebnisse zum besten gegeben hatte. Sie war ihm ausgegangen in der Aufregung. ›Allerhand, was?‹« lesen wir im unfrisierten Text: *»Mensch, das mit dem Scheiterhaufen, das war eine Geschichte, was?« Alfons paffte an einer erkalteten Zigarre, die* *er sich angezündet hatte, als Heini seine weiteren russischen Heldentaten zum besten gegeben hatte. Sie war ihm in der Aufregung ausgegangen. »Zuerst eine Lage Holz und dann eine Lage Menschen, und jede Lage mußte ihr Holz mitbringen und sich darauf niederlegen und wurde dann durch Schüsse in den Hinterkopf erledigt, allerhand, was?« – »Ja, allerhand.« – »Und die Weiber! Kannst du dir vorstellen, was man mit denen gemacht hat?« – »Ja, ziemlich genau. Hättest du dabei sein wollen?« – »Wie sie es mit den Weibern gemacht haben?« – »Nein, mit den anderen. Bei dem brennenden Scheiterhaufen und bei den Weihnachtsbäumen mit Gehängten und bei den Massenhinrichtungen durch Maschinengewehrfeuer.«*

Mit solchen und ähnlichen Zensurstückchen auf dem Kerbholz hat unser Doktor dann die Stirn, zu behaupten, man brauche das Buch nur zu lesen, »um festzustellen, daß ihm nichts an Härte weggenommen ist« und daß »die Änderungen nie grundsätzlicher Art« sind! Bei dieser Gelegenheit sei gleich auch die darauf folgende Unverschämtheit aufs Korn genommen: die »Vermutung«, daß »in der einen oder andern der fremdsprachigen Ausgaben in der Übersetzung an bestimmten Stellen Verschärfungen vorgenommen worden sind«. Demnach müßten alle Übersetzer, ob sie nun in Norwegen oder England, Nordamerika oder Dänemark sitzen, unter einer Decke gesteckt haben, denn ihre Übersetzungen weisen alle die gleichen »Verschärfungen« gegenüber dem entschärften westdeutschen Text auf! Wahrlich, man hat es hier nicht leicht, zu entscheiden, ob die Dummheits- oder die Frechheitsvalenz dieses ganzen Weißwaschungsversuchs größer ist – riesengroß sind sie beide.

Bleiben nur noch die Eingriffe gegen »übertriebene Ausdeutungen, in Fragen der Angst beispielsweise«. Wo der Doktor recht hat, hat er recht: übertriebene Angst muß gemildert werden. Fragt sich nur, ob sie wirklich übertrieben ist, die Angst, und um was für eine Art Angst es sich handelt. Und wenn man zum Beispiel dahinterkommt, daß im Originalmanuskript Graeber den Massenmörder Steinbrenner erschießt, um ihn an weiteren Morden zu hindern, während in der verfälschten Fassung hinzugefügt wird: »Notwehr, dachte etwas in ihm!« oder wenn man entdeckt, daß der Graeber des Originals, knapp bevor er von einem fliehenden russischen Bauern erschossen wird, sich selbst schuldig spricht *(»Mörder«, sagte er nochmals und meinte damit Steinbrenner und sich selbst und unzählige andere)*, wohingegen der verwitschte Graeber sozusagen schuldlos fällt ... Wenn man das feststellt, dann weiß man auch, daß die Angst, die hier gemildert wurde, die Angst vor einer Vergeltung für Kriegsverbrechen, die Angst vor dem tödlichen Risiko eines neuen »Eroberungszuges zum Kaukasus« ist.

Hier endet die Geschichte des Doktor Witsch mit seinen kleinen Valenzschiebungen. Hier beginnt die Geschichte des Erich Maria Remarque und seiner großen Schuld – denn er hat alle von uns festgenagelten Verfälschungen seines ursprünglichen Romantextes gutgeheißen. Oder ist auch diese Behauptung in dem Brief des valenten Verlegers nur Falschmünzerlatein wie alle übrigen? Wenn dem so ist, muß endlich Erich Maria Remarque das Schweigen brechen, das er bisher in dieser Sache so peinlich gewahrt hat. Weiterschweigen heißt seine Schuld eingestehen.

An der Verfilmung seines Romans *Zeit zu leben und Zeit zu sterben* war Remarque in mehrfacher Hinsicht beteiligt: Er verfasste ein Drehbuch, das von Orin Jannings noch stark überarbeitet wurde, und wirkte auch als Darsteller in dem von Douglas Sirk mit John Gavin und Liselotte Pulver in den Hauptrollen realisierten Film mit. Er übernahm die Rolle des im Widerstand tätigen Lehrers Pohlmann und war in insgesamt drei Szenen zu sehen. Im September/Oktober 1957 hielt sich Remarque zu den Dreharbeiten in Berlin auf; die Erfahrungen dieses Aufenthaltes (nur einer von vielen in der Nachkriegszeit) schildert der den Film begleitende Essay *Das Auge ist ein starker Verführer.* Zentral geht Remarque hier auf das Thema der Erinnerung ein und auf die Frage, wie historische Ereignisse in verschiedenen Medien für die Gegenwart fruchtbar gemacht werden können – eine zentrale Fragestellung in Remarques gesamtem schriftstellerischem Werk. Während der Film in den USA eine Oscar-Nominierung erhielt, war er in der Bundesrepublik für die Filmbewertungsstelle nicht einmal prädikatwürdig.

Erich Maria Remarque

Das Auge ist ein starker Verführer

Der letzte, der einen Film nach einem Buch beurteilen kann, ist vermutlich der Autor des Buches selbst. Als ich vor 28 Jahren zum ersten Mal den Film *Im Westen nichts Neues* sah, hinterließ er gemischte Gefühle bei mir. Ich bewunderte die Regie der Schlachtszenen, – aber die Darsteller schienen mir Fremde zu sein, die ich nicht mit den Personen in meiner Erinnerung identifizieren konnte. Sie waren anders; sie hatten andere Gesichter, und sie verhielten sich anders.

Heute geschieht das Gegenteil. Durch eine seltsame Alchimie hat sich die Kraft des Filmes zwischen meine Erinnerung und die Personen des Buches geschoben. Er hat die Darsteller und die Personen, an die ich mich erinnerte, vermengt, und meine Erinnerung kommt oft erst an zweiter Stelle. Wenn ich nun an die Figuren in dem Buch denke, sehe ich zuerst die Gesichter der Darsteller, die in dem Film spielten, und nur, wenn ich etwas in meiner dunklen Erinnerung geforscht habe, die Menschen von früher, wie sie wirklich waren. Der Film ist lebendiger. Das Auge ist ein starker Verführer.

Von den sechs Filmen, die nach meinen Büchern gemacht wurden, habe ich nur an einem mitgearbeitet – dem letzten, *Zeit zu lieben und Zeit zu sterben*. Wenn ein Autor seine Gesundheit liebt, sollte er sich so lange vom Filmemachen fernhalten, wie er noch nicht festgestellt hat, daß ein Film keine wahrheitsgetreue Wiedergabe seines Romans sein kann. Wenn er es wäre, würde er vermutlich ein schlechter Film sein. Er kann nicht einmal eine Übersetzung sein. Bestenfalls wird er eine Umsetzung in ein visuelles Bild sein und voller Überraschungen – auch für den Autor, der Szenen, die er mag, aufgeben muß und andere hinzugefügt sieht, für die er keinen Grund erkennen kann.

Selbst wenn ein Film nahezu perfekt ist, wird der Autor immer etwas finden, um sich darüber aufzuregen, und es tausendfach überbewerten. Als ich *Im Westen nichts Neues* zum ersten Mal sah, bemerkte ich, daß der Unteroffizier in einer sehr kurzen Szene für einige wenige Sekunden eine falsche Mütze trug, – eine Mütze ohne Schirm, wo doch Unteroffiziere berechtigt waren, Mützen mit Schirm zu tragen. Es war mir äußerst peinlich, als der kleine Fehler vorüberflog. Die vorzüglichen Schlachtszenen bedeuteten nichts mehr, – ich sah nur diese eine falsche Mütze und stellte mir vor, wie der gesamte deutsche Generalstab und die nationalistische Presse auf den Fehler verweisen würden, um den ganzen Film des Betrugs zu bezichtigen.

Niemand bemerkte es. Auch Generalfeldmarschall von Hindenburg nicht und die Generale des Verteidigungsministeriums, die den Film sahen, bevor er in Deutschland freigegeben wurde. Auch die Vorstellungskraft kann ein großer Verführer sein.

Als ich letztes Jahr in Berlin ankam, um an *Zeit zu lieben und Zeit zu sterben* zu arbeiten, waren die Parallelen zu *Im Westen nichts Neues* offensichtlich. Und auch die Unterschiede.

Beide Bücher waren von mir geschrieben worden; beide Bücher waren Kriegsbücher, eins über den ersten, eins über den zweiten Krieg; beide Filme wurden von derselben Gesellschaft produziert, Universal International. Aber *Im Westen nichts Neues* wurde in Hollywood gedreht, – *Zeit zu lieben und Zeit zu sterben* vollständig in Berlin und Deutschland.

Ich erinnere mich an die Premiere von *Im Westen nichts Neues* in Berlin 1930. Einige Wochen zuvor hatte Joseph Goebbels, der Kopf der Berliner Nazipartei zu der Zeit, mir jemanden gesandt, um mich zu fragen, ob ich bestätigen würde, daß der Film ohne meine Beteiligung von meinen Verlegern verkauft und von der Universal gemacht worden sei. Er wollte diesen Punkt als antisemitische Propaganda verwenden, daß ich – ein nicht-jüdischer Autor – von zwei jüdischen Firmen für ihre »kosmopolitisch-pazifistischen« Ziele ausgenutzt worden sei. Als Belohnung versprach er mir die Protektion der Nazi-Partei. Es störte ihn nicht, daß seine Partei das Buch und mich unter dem gleichen Vorwurf angegriffen hatte. Sein Abgesandter erzählte mir, daß die öffentliche Erinnerung kurz und die Partei an Disziplin gewöhnt sei – sie würde glauben, was ihr gesagt werde. Unnötig zu sagen, daß ich den Unsinn ablehnte und so die Möglichkeit verpaßte, ein Märtyrer der Partei zu werden.

Goebbels hielt bei der Premiere eine giftige Rede: seine Kohorten warfen Stinkbomben und ließen weiße Mäuse im Publikum frei, um den Film zu unterbrechen, und auf dem Platz vor dem Theater führten sie eine riesige Demonstration auf.

Ich sah mir die Demonstranten an. Niemand von ihnen war älter als zwanzig; niemand von ihnen konnte deshalb im Krieg 1914–1918 gewesen sein, – und niemand wußte, daß sie zehn Jahre später in einem Krieg sein würden und daß die meisten von ihnen tot sein würden, bevor sie die dreißig erreichten.

Ich wurde in effigie mit meinen Büchern und mit dem, was man an Filmkopien auftreiben konnte, in Berlin 1933 verbrannt. Alle meine Bücher wurden verboten, aber trotzdem hatte ich das Vergnügen, noch einmal im Druck in Deutschland zu erscheinen – sogar in Hitlers eigenem Blatt, dem *Völkischen Beobachter*. Ein Wiener Schriftsteller hatte ein Kapitel aus *Im Westen nichts Neues* Wort für Wort abgeschrieben, gab ihm aber einen anderen Titel und einen anderen Autornamen. Er sandte es als Scherz an Hitlers Blatt. Die Herausgeber akzeptierten und druckten es nicht nur, sondern schrieben ein Vorwort: daß nach solch verzerrenden Büchern wie *Im Westen nichts Neues* hier nun eine Geschichte sei, die die Wahrheit in jeder Zeile zeigen würde. Auch die Wahrheit kann manchmal ein starker Verführer sein. Allerdings nicht oft genug.

Als ich letztes Jahr an einem regnerischen Nachmittag in Berlin ankam, ging ich über den Nollendorfplatz, wo die Nazis ihre Demonstrationen aufgeführt hatten. Der Platz lag in Trümmern, wie auch das Theater und noch Meile um Meile der Stadt. Ich ging an den Resten des Hauses meines ersten Verlegers vorbei, dem ich das Manuskript von *Im Westen nichts Neues* überreicht hatte. Er hatte es abgelehnt und mir erklärt, daß niemand etwas über den Krieg lesen wolle. Er erteilte mir damit eine gute Lektion: glaube nicht zu sehr an Experten. Auch lernte ich in diesen Jahren, an was ich zu glauben habe: an Unabhängigkeit, Toleranz und Sinn für Humor – drei in Deutschland nicht allzu verbreitete Dinge.

Nachdem ich einige Zeit durch das regnerische Zwielicht gegangen war, bemerkte ich, daß ich mich verirrt hatte. Ich hatte jahrelang in Berlin gelebt, aber jetzt waren zu viele Orientierungspunkte verschwunden. Ich mußte nach der Richtung durch die Wildnis der Ruinen fragen. Das gleiche geschah, als ich die Stadt besuchte, in der ich geboren wurde. Ich war ein Fremder, und ich mußte alte Photographien kaufen, um mich an die Orte meiner Jugend zu erinnern.

Als ich die Tür zum Studio öffnete, wo *Zeit zu lieben und Zeit zu sterben* gedreht werden sollte, war es wie ein schlechter Traum. Dort waren sie wieder: die Hakenkreuzfahnen, die schwarzen Uniformen der Elitetruppe, die Atmosphäre von Ehrgeiz, Korruption und Verwirrung. Und für einen Moment war es so unglaublich, daß es schon fast glaubhaft erschien, in dieser Stadt der Zerstörung, in der Ruinen normal und wiederaufgebaute Viertel wie Wunder geworden waren. Wir sahen eine ähnliche Reaktion ein paar Tage später, als wir vom Studio zu einer Straße in der Stadt fuhren, um eine Szene zu drehen. Unterwegs mußten wir zum Tanken anhalten. Im Auto waren drei Darsteller, gekleidet wie Offiziere der Elitetruppe für den Film. Der weibliche Tankwart sah uns, drehte sich um und rief in Richtung des Hauses: »Lauf, Otto! Sie sind wieder da!« Auch die Erinnerung kann ein starker Verführer sein.

Ein großer Unterschied zwischen *Im Westen nichts Neues* und dem neuen Film ist, daß *Im Westen nichts Neues* beeindrukkende Schlachtszenen hat, *Zeit zu lieben und Zeit zu sterben* hat keine. Kein einziger feindlicher Soldat wird gezeigt, – aber die Zerstörung ist viel größer als in dem ersten Krieg. Der Feind ist unsichtbar. Tod regnet vom Himmel. Der Krieg der Kampflinien ist vorbei: die Fronten sind überall. Der Krieg der Soldaten ist vorbei: der totale Krieg richtet sich gegen jedermann. Der Krieg des Heldentums ist vorbei: man kann sich verstecken, aber nicht selbst verteidigen. Irgendwann in der Zukunft werden irgendwo einige Leute einige Knöpfe drücken, – und Millionen werden einen schrecklichen Tod sterben. Die Schwierigkeit mit dem Krieg ist, daß die Leute, die ihn wollen, nicht erwarten, in ihm zu sterben. Und die Schwierigkeit mit unserer Erinnerung ist, daß sie vergißt und verändert und verfälscht, um zu überleben. Sie macht den Tod zu einem Abenteuer, wenn der Tod dich verfehlt. Aber der Tod ist kein Abenteuer: Töten ist der Sinn des Krieges, – nicht Überleben. Darum könnten nur die Toten uns die Wahrheit über den Krieg erzählen. Worte der Überlebenden können es niemals vollständig: Filme können es manchmal. Das Auge ist ein stärkerer Verführer als das Wort. Ich hoffe, auch dieser Film wird es sein.

Editorische Notiz

Aufgrund der umfangreichen Zensureingriffe folgt der Text *Zeit zu leben und Zeit zu sterben* nicht der deutschen Erstausgabe, sondern Remarques vollständigem Typoskript als Übersetzungsvorlage im Archiv des Albert Bonniers Förlag, Stockholm. Durchschläge dieses Typoskripts sandte Remarque laut seines Tagebuches am 18. Januar 1954 von Porto Ronco an seinen niederländischen Verlag Van Holkema & Warendorf, seinen Übersetzer ins Englische Denver Lindley, den deutschen Verlag Kiepenheuer & Witsch und seinen schwedischen Verlag Albert Bonniers. Wenige Tage später, am 24. und 28. Januar, sandte Remarque an die gleichen Adressaten Korrekturen des 13. Kapitels, insbesondere des Gesprächs mit Pohlmann und des Mordplans an dem SS-Mann Heini, da Lindley speziell die Heini-Szene im zuvor versandten Typoskript vermisst hatte. Dieses Typoskript inklusive Remarques nachträglicher Korrekturen repräsentiert demnach die vom Autor für die Veröffentlichung in mindestens vier Sprachen vorgesehene endgültige Fassung des Romans. Der in dieser Ausgabe gedruckte Text folgt daher dieser autorisierten Fassung.

Der Text wurde auf Druck- und Satzfehler, Irrtümer etc. durchgesehen, die gegebenenfalls korrigiert wurden. Um den Charakter dieser Fassung als eines historischen Dokumentes zu wahren, wurden die zeitgenössische Interpunktion und

Orthografie beibehalten und gegebenenfalls standardisiert. Die Unterteilung in Unterkapitel wurde anhand der Erstausgabe und der deutschen Erstausgabe überprüft: Erich Maria Remarque. *A Time to Love and A Time to Die*. Translated from the German by Denver Lindley. New York: Harcourt, Brace, 1954, und Erich Maria Remarque. *Zeit zu leben und Zeit zu sterben. Roman*. Köln, Berlin: Kiepenheuer & Witsch, 1954.

Die für die deutsche Erstausgabe 1954 lektorierten sachlichen Änderungen wie »SA-Commander« zu »Kreisleiter« oder »Tank« zu »Panzer« wurden, da sie zwischen Verleger und Autor vereinbart waren, beibehalten; sämtliche weiteren Änderungen des deutschen Lektorats wurden jedoch nicht übernommen. Die Widmung für Remarques Ehefrau Paulette Goddard wurde nach der Erstausgabe ergänzt.

Die Edition der im Anhang abgedruckten Texte folgt den im Folgenden genannten Manu- oder Typoskriptfassungen und Drucken. Auch hier wurden die Texte auf Schreib- und Druckfehler durchgesehen, die gegebenenfalls korrigiert wurden. Interpunktion und Orthografie wurden standardisiert, jedoch ebenfalls nicht heutigen Regeln angeglichen.

Die Gutachten zu dem Roman folgen den Originalen im Erich Maria Remarque-Friedenszentrum, Osnabrück, Konvolut Kiepenheuer & Witsch, Sigle KIWI 577–579.

Der Brief von Joseph Caspar Witsch an Remarque vom 24.03.1954 folgt dem Original im Erich Maria Remarque-Friedenszentrum, Osnabrück, Konvolut Kiepenheuer & Witsch, Sigle KIWI 019.

Das Interview mit Joe J. Heydecker folgt dem Druck: Joe J. Heydecker. »Remarque antwortet seinen Kritikern«. In *Münchner Illustrierte*, 28. August 1954.

Der Bericht in der dänischen Zeitung *Information* folgt dem Druck: bl. »Information afslører: Remarque sat under censur i Tyskland«. In *Information* (Kopenhagen), 9. Oktober 1954. Der Verlag Kiepenheuer & Witsch ließ eine Übersetzung anfertigen, die dem Druck hier zugrunde liegt. Original im Archiv des Verlages Kiepenheuer & Witsch, Köln.

Die dpa-Meldung folgt dem Druck: »Keine ›Zensur‹ an Remarque-Buch«. In *Frankfurter Rundschau*, 25.10.1954.

Der Beitrag aus dem *Spiegel* folgt dem Druck: »Remarque. Liquidation mit dem Rotstift«. In *Der Spiegel* (Hamburg), 15.12.1954, S. 43–44.

Das verlagsinterne Memo vom 15.12.1954 folgt dem Original im Erich Maria Remarque-Friedenszentrum, Osnabrück, Konvolut Kiepenheuer & Witsch, Sigle KIWI 034.

Der Beitrag von Friedrich Carl Weiskopf folgt dem Druck: F.C. Weiskopf. »Die politischen Valenzen des Dr. Witsch oder Der kastrierte Remarque«. In *Neue Deutsche Literatur* (Berlin/DDR) 3 (1955), 02.02.1955, S. 99–107.

Das Essay »Das Auge ist ein starker Verführer« folgt dem Typoskript: *The Eye is a Strong Seducer.* Nachlass Remarques, New York University, Fales Library, Remarque-Collection, Sigle R-C 1.305/001. Aus dem Englischen von Thomas F. Schneider.

Thomas F. Schneider

»Die Sucht nach Flucht«

Zu Erich Maria Remarques *Zeit zu leben und Zeit zu sterben*

In einem Interview mit Friedrich Luft vom Januar 1963 betonte Erich Maria Remarque, wie wichtig ihm die ersten Sätze eines Romans seien: »Aber diese Sätze mußten dann auch so sein, daß in diesem ersten Absatz der Schlüssel zur ganzen Arbeit steckte […], daß die erste Seite alles enthält, was das Buch nachher bringt.«[1] In diesem Sinne verdient der Anfang von Remarques *Zeit zu leben und Zeit zu sterben* besondere Aufmerksamkeit, zumal der Roman für den Leser mit einem Schock beginnt: »Der Tod roch anders in Rußland als in Afrika«.

Zunächst werden die Toten der Kämpfe in Nordafrika während des Zweiten Weltkrieges beschrieben, dann wechselt der Erzähler zu den Toten der sogenannten Ostfront und – es ist Frühling 1943 – lässt sie wie frische Blumen aus dem schmelzenden Schnee emporwachsen, beginnend mit einer Hand, »die sich verkrampft emporreckte«.

Dieses Bild repräsentiert tatsächlich den gesamten folgenden Roman. Die Toten, die für die Opfer und Täter, für das Leiden und die Verbrechen des Zweiten Weltkriegs stehen, treten wieder an die Oberfläche, sie sind zuvor zugedeckt gewesen, vergessen, unbestattet, und erscheinen nun wieder. Die Toten verlangen eine Auseinandersetzung und eine Stellungnahme, was mit ihnen geschehen soll. Und dieses literarische Bild stellt zugleich die Frage, was in der Gegenwart der Mitte der 1950er Jahre (der Roman erschien 1954) mit der Hinterlassenschaft der jüngsten Vergangenheit verbunden ist und welche Konsequenzen daraus zu ziehen sind. *Zeit zu leben und Zeit zu sterben* ist ein Roman über die Gegenwart der Geschichte, über das Verdrängen und das Vergessen und über die Auseinandersetzung mit individueller Schuld und Verantwortung. Oder wie Remarque es an anderer Stelle prägnant formuliert hat: »Man kann alten Dreck nicht vergraben, er fängt immer wieder an zu stinken.«

Zugleich spiegeln die Veröffentlichungsgeschichte des Textes und die Reaktionen auf ihn in der Bundesrepublik Deutschland genau diesen letztlich gesamtgesellschaftlichen Prozess des Verdrängens und Vergessen-Wollens, der dort in den 1950er Jahren die Auseinandersetzung mit der Geschichte beherrschte.

Obwohl in Deutsch verfasst, erreichte Erich Maria Remarques Roman über einen deutschen Landser an Ost- und Heimatfront im Zweiten Weltkrieg die bundesrepublikanischen Leser erst zwei Monate nach Erscheinen der Erstausgabe – der Übersetzung ins Englische durch Denver Lindley im New Yorker Verlag Harcourt, Brace.[2] Die *Münchner Illustrierte* druckte ab 13. Juli 1954 eine gekürzte und entschärfte Version von *Zeit zu leben und Zeit zu sterben*, ehe endlich, mit fünfmonatiger Verspätung, am 22.

September 1954 der Kölner Verlag Kiepenheuer & Witsch die Buchausgabe auslieferte.

In der aus Platzgründen gekürzten Version der *Münchner Illustrierten* waren auch jene »Änderungen« des Lektorats des Verlages Kiepenheuer & Witsch enthalten, die die bundesrepublikanische Publikation so erheblich verzögert hatten. Trotz dieser doppelten Rücksichtnahme auf das Publikum erreichte die Illustrierte neben wenigen zustimmenden Zuschriften auch folgender Leserbrief, der pointiert die Nachkriegs-Ressentiments gegen Remarque und gegen die Behandlung des Themas Zweiter Weltkrieg durch ihn zusammenfasste:

> Man kann alle Dinge von verschiedenen Standpunkten aus beleuchten. Remarque nun sieht die Dinge aus der Perspektive eines eklen Leichenwurms, der sich im Unrat wühlend wohlfühlt und von diesem lebt. Da ist nichts weiter zu sagen …[3]

Obwohl der bundesdeutsche Verleger sich alle nur erdenkliche Mühe gegeben hatte, den Text für das westdeutsche Publikum erträglich zu gestalten, hatte Remarque mit *Zeit zu leben und Zeit zu sterben* an jene Tabus gerührt, die mit dem Zweiten Weltkrieg und speziell mit der Rolle der Wehrmacht im Zweiten Weltkrieg verknüpft waren: ihre Beteiligung an den bis dahin der SS zugeschriebenen Verbrechen und die Verantwortung des einzelnen Soldaten im und am Kriegsgeschehen. Die Folgen der vorauseilenden Vorsicht des Verlages und der vom Autor bewusst in Kauf genommenen Provokation waren einerseits, dass bis heute zwei in ihren Aussagen nahezu diametral entgegengesetzte Versionen von *Zeit zu leben und Zeit zu sterben* weltweit Verbreitung finden, andererseits, dass Remarque das Image des Nestbeschmutzers, das ihm in Kreisen rechter politischer Provenienz seit *Im Westen nichts Neues* anhaftete, in den 1950er Jahren bestätigte und ihm von deutscher Seite, gelinde gesagt, Nichtbeachtung entgegengebracht wurde.

Zeit zu leben und Zeit zu sterben ist ein internationaler Roman über den Zweiten Weltkrieg; von einem deutschen exilierten Autor mit amerikanischer Staatsbürgerschaft geschrieben, schildert er den Krieg aus deutscher Perspektive. Die internationale Rezeption, soweit sie bei Übersetzungen in 44 Sprachen überschaubar ist, hat *Zeit zu leben und Zeit zu sterben* als zutreffende und in gewisser Hinsicht und im besten Sinne wiedergutmachende Beschreibung deutschen Verhaltens im Krieg verstanden und bewertet. Auf Italienisch, Koreanisch, Polnisch, Portugiesisch, Schwedisch oder Ungarisch ist *Zeit zu leben und Zeit zu sterben* der nach *Im Westen nichts Neues* am häufigsten gedruckte Roman Remarques.

Nach Einsätzen in Polen, den Niederlanden, Frankreich und Afrika ist der Gefreite Ernst Graeber im Frühjahr 1943 Mitglied einer sich auf dem Rückzug befindlichen Einheit an der Ostfront irgendwo in Russland. Graeber ist nach dem Ersten Weltkrieg 1920 geboren und wurde nach der gymnasialen Schulausbildung bereits 1939 zur Wehrmacht eingezogen. Seine Einheit führt Exekutionen an als Partisanen verdächtigte Zivilisten durch und folgt auf dem Rückzug, der mehr einer Flucht vor der Roten Armee gleicht, der Politik der »Verbrannten Erde«. Graeber hat erst mit der Versetzung an die Ostfront

plötzlich zu denken begonnen. Er und viele andere. Das war leicht und billig. Solange gesiegt wurde, war alles in Ordnung gewesen, und was nicht in Ordnung war, hatte man übersehen oder mit dem großen Ziel entschuldigt. Mit was für einem Ziel? Hatte es nicht immer zwei Seiten gehabt? Und war eine davon nicht immer finster und unmenschlich gewesen? Warum hatte er das nicht früher erkannt? Aber hatte er das wirklich nicht? Hatte er nicht oft genug Zweifel und Ekel gehabt und sie nur immer wieder verjagt? (S. 36)

Dieses noch »Ungreifbare, Gespenstische« (S. 90) einer möglichen persönlichen Schuld versucht Graeber mit der Vorstellung von Frieden, den er in der Heimat während eines dreiwöchigen Urlaubs in seiner Heimatstadt Werden zu finden hofft, zu überspielen. Doch die Heimat ist längst selbst zur Front geworden; mehr noch, die Daheimgebliebenen machen den Frontsoldaten für die ständigen Luftangriffe verantwortlich. Sein Elternhaus findet Graeber zerstört, die Eltern sind verschollen. Während seiner Recherchen nach dem Schicksal der Eltern in einer desolaten Bürokratie trifft Graeber die Tochter des Hausarztes der Familie, die er noch aus Schulzeiten kennt. Dr. Kruse ist aufgrund einer Denunziation im Konzentrationslager inhaftiert, seine Tochter Elisabeth wird von der in der Wohnung einquartierten NS-Fanatikerin und -Funktionärin Lieser terrorisiert und überwacht. Zwischen Graeber und Elisabeth entwickelt sich eine Liebesgeschichte, in die Graeber seine ganzen Hoffnungen auf ein privates

Glück, fern aller kriegerischen und politischen Bedrängnisse, investiert.

Graeber erhält immer eingehendere Informationen über die Verbrechen des Regimes an den Fronten und in der Heimat, nicht zuletzt durch seine Kontakte zu Alfons Binding, einem ehemaligen Mitschüler, der zum »Kreisleiter« aufgestiegen ist. Die Frage nach der Verantwortung, nach den persönlichen Möglichkeiten des Einzelnen, etwas gegen die jedermann offensichtlichen Verbrechen zu unternehmen, wird immer dringlicher.

Er zwang sich, sitzen zu bleiben. Er hatte oft genug weggesehen und nichts wissen wollen. Er und hunderttausend andere, und sie hatten geglaubt, ihr Gewissen damit beschwichtigen zu können. Er wollte das nicht mehr. Er wollte sich nicht mehr drükken. (S. 216)

Doch auch sein ehemaliger, nun im Widerstand tätiger Religionslehrer Pohlmann kann Graeber keine Antwort auf die Frage nach dieser Verantwortung des Einzelnen bieten. Graeber flüchtet vollends ins Private, heiratet Elisabeth, findet in der völlig unbeschädigten Pension »Witte« eine »Insel der Hoffnung«,[4] in der er Elisabeth wohlbehütet zurücklassen kann. Graeber kehrt an die Front zurück, die Situation ist hoffnungsloser geworden, die Rote Armee übermächtig. Erneut werden als Partisanen verdächtigte russische Zivilisten zur Verurteilung überstellt. Graeber erhält den Auftrag, sie zu bewachen. Der von der SS zur Einheit gekommene NS-Fanatiker Steinbrenner will sie liquidieren, Graeber widersetzt sich und erschießt Steinbrenner.

Dann plötzlich begannen seine Gedanken, sich zu überstürzen. Ein Stein schien weggerollt zu sein. Etwas war für immer entschieden. Er fühlte keine Schwere mehr. Er fühlte sich ohne Gewicht. Er wußte, daß er etwas tun sollte, aber ihm war, als müsse er sich festhalten, um nicht wegzufliegen. [...] Etwas unendlich Wichtiges war zu tun, aber er konnte es nicht halten, noch nicht. Es war noch zu weit weg und zu neu und so klar, daß es schmerzte. (S. 497)

Der Aufforderung der Russen, zu desertieren und sich ihnen anzuschließen, kann und will Graeber nicht folgen. Er lässt sie frei. Einer der Russen erschießt ihn.

Zeit zu leben und Zeit zu sterben[5] ist ein Roman über den letztendlich gescheiterten Versuch eines einfachen Soldaten, sich seiner Verantwortung für die Geschehnisse und seiner Rolle im Krieg bewusst zu werden und – dies bestimmt sein Scheitern – sie in langfristig aktives und konkretes Handeln umzusetzen. Zurück an der Front realisiert Graeber, dass seine Hoffnung auf ein »kleines Privatglück«, in dem man sich einrichten und verstecken könnte, nicht aufgehen kann:

Er hatte die Erkenntnis abgewehrt, solange er konnte. Es war nicht einfach gewesen, zu sehen, daß das, von dem er gewollt hatte, es solle ihn halten und tragen, ihn nur noch mehr isolierte, es reichte nicht weit genug. Es rührte sein Herz, aber es hielt ihn nicht. Es versank, es war ein kleines Privatglück, es konnte sich nicht halten in dem endlosen Moor des allgemeinen Elends und der Verzweiflung. (S. 483)

Seine eigene, individuelle Verstrickung in die Verbrechen und das Unrecht ist zu tief, als dass eine private Idylle mit Elisabeth sie überdecken könnte. Graeber hat seine eigene Rolle im Krieg klar erkannt: »Mörder« (S. 497). Und dennoch zögert er bis zuletzt, eine bewusste, gezielte Tat dagegenzusetzen. Die Gelegenheit, den SS-Schlächter Heini zu ermorden, lässt er genau in der Mitte des Romans und unmittelbar vor dem Gespräch mit Pohlmann in Zweifel versunken verstreichen (S. 221–225), und von den eingesperrten russischen Zivilisten hofft er noch, es möge ihnen aus eigener Kraft, ohne sein Zutun gelingen, sich zu befreien. Ihrer Aufforderung, sich ihnen anzuschließen, kann und will Graeber nicht folgen.

Wenn ich sie herausließe, dachte er. Ich hätte dann etwas getan, wenigstens etwas. Ein paar unschuldige Menschen gerettet. Aber ich kann nicht mitgehen. Nicht dorthin. Nicht in dasselbe, was ich verlassen will. (S. 493)

So bleibt Graeber trotz aller Zweifel, trotz der Klärung und Identifizierung seiner Rolle als »Mörder« ein Feind, ein immer noch funktionierendes Werkzeug in der Maschinerie Krieg, das weiterkämpfen würde bis zum bitteren Ende. Graeber hat zwar begonnen, über seine individuelle Rolle und Verantwortung in dieser Maschinerie nachzudenken; zur letzten Konsequenz, dem endgültigen Bruch mit dem als verbrecherisch erkannten Regime und einer seiner Institutionen, der Deutschen Wehrmacht, kann er sich jedoch nicht entschließen. So bleibt seine Tat nur ein erster Schritt auf einem Weg, den weiterzugehen dem Leser überlassen bleibt. Graebers Erschießung durch einen der von ihm selbst freigelassenen und damit geretteten Russen, die zunächst als Verbrechen erscheinen mag, ist so nur konsequent. In seinem Tagebuch formulierte Remarque diesen Prozess als »Die Sucht nach Flucht, die, trotz Erkenntnis, zu Zerstörung führen muss.«[6]

Remarque wählte für diese, sich über 27 Kapitel erstreckende Darstellung einer letztendlich erfolglosen Selbstsuche eine doppelte, auf den ersten Blick nicht widerspruchsfreie Konstruktion. Die Front ist Rahmenhandlung, der die ersten und letzten drei Kapitel gewidmet sind. Sie umschließen die Haupthandlung des Romans in Graebers Heimatstadt Werden, die aus unzähligen, kleinen Episoden zusammengesetzt erscheint und so ein Panorama nahezu aller Aspekte des zivilen Lebens im Deutschland nach der »Wende« Stalingrad zeigt. Der Protagonist Ernst Graeber wird dabei zwar als erfahrener Soldat gezeigt, der jedoch eine geradezu erschreckende Unkenntnis von den Vorgängen in der Heimat besitzt. Graebers letzter Heimaturlaub liegt zwei Jahre zurück, nahezu seine gesamte Erziehung und Schulbildung fiel in die Jahre des Nationalsozialismus, dennoch zeichnet der Autor ihn als Unwissenden, der – nur mit seinen fast intuitiven Frontkenntnissen und -verhaltensweisen gewappnet – sich in einer fremden, feindlichen Welt behaupten muss. Remarque führt seine internationale Leserschaft somit geschickt ein in das nationalsozialistische Deutschland und bietet dem deutschen Leser zugleich einen zunächst als Identifikationsfigur erscheinenden einfachen Soldaten, der eine Antwort auf die alles dominierende Frage nach der individuellen Schuld sucht.

Diese Suche lädt den Leser mit Fortgang des Romans jedoch immer weniger zur Identifikation mit dem Protagonisten ein. Graeber ist schließlich einer von Millionen Frontsoldaten, einfachen Landsern: »Wir beide haben den Krieg nicht angefangen und sind nicht dafür verantwortlich. Wir tun nur unsere Pflicht. Und Befehl ist Befehl. Oder nicht?«, behauptet der Soldat Sauer zu Beginn des Romans (S. 42). Je mehr Graeber über den Krieg und die Geschehnisse in der Heimat erfährt, desto mehr realisiert er die Verwandtschaft zwischen dem anscheinend verantwortungslosen einfachen Landser und den als Täter Identifizierten:

Graeber sah das zufriedene, harmlose Gesicht [Alfons Bindings], und plötzlich erkannte er die Hoffnungslosigkeit, zu der Gerechtigkeit und Mitgefühl ewig verurteilt waren: immer wieder an Selbstsucht, Gleichgültigkeit und Angst zu stranden – er erkannte es, und er erkannte auch, daß er selber nicht ausgenommen davon war, daß auch er darin verstrickt war, in einer anonymen, fernen und drohenden Weise, als gehörten er und Binding irgendwie zusammen, so sehr er sich auch dagegen wehrte. (S. 219)

Auch die Figur des SS-Mannes Steinbrenner, den Graeber zum Schutz der Russen am Ende des Romans erschießt, ist dem einfachen Landser näher, als einem bundesdeutschen Leser der 1950er Jahre lieb sein konnte, insbesondere wenn die Bewertungsmuster für »gutes« Soldatentum vom Autor unvermittelt mit Grausamkeiten kombiniert werden:

Steinbrenner spähte aufmerksam in den Nebel und schlich vorsichtig vorwärts. Er war ein guter Soldat. »Ich wollte, wir schnappten einen«, flüsterte er. »Ich wüßte, was ich mit ihm machen würde, hier im Nebel. Einen Lappen in die Schnauze, damit keiner was hören kann, die Arme und Beine festgebunden, und dann los! Du glaubst nicht, wie weit man ein Auge herausziehen kann, ohne daß es reißt.« Er machte eine Bewegung mit den Händen, als zerquetsche er langsam etwas. (S. 65–66)

Im ersten Gespräch mit seinem ehemaligen Religionslehrer Pohlmann weiß Graeber schließlich, dass die Frage »Wann wird zu Mord, was man sonst Heldentum nennt?« längst beantwortet ist, weil Graeber wie allen seinen Frontkameraden bewusst ist, dass der Krieg verloren ist und nur noch fortgesetzt wird, um dem Regime noch einige weitere Überlebensmonate zu verschaffen. Die einfachen Soldaten sind längst zu Mitschuldigen geworden an »Sklaverei und Mord, Konzentrationslager, SS und SD, Massenausrottung und Unmenschlichkeit« (S. 230) und »Wir können uns nicht dahinter verstecken, daß wir auf Befehl handeln. Oder können wir das?« (S. 231)

Doch Graeber bietet sich immer noch die Möglichkeit, sich hinter dem »Zwang« zu verstecken, hinter den – vermutlich – zu erwartenden Konsequenzen für Verwandte, Eltern, Elisabeth. So wird er an die Front zurückkehren, Steinbrenner erschießen, ein paar Zivilisten freilassen und seine Sehnsucht auf die verlorene alte Kultur »idealer Landschaften« ausrichten, statt nach einem konkreten Neuanfang zu suchen:

Graeber fand im Garten hinter der Birkenallee einen kleinen, halb erhaltenen Pavillon, von dem aus er den Stall [mit den gefangenen Russen] übersehen konnte. Er fand darin sogar ein paar Bücher. Sie waren in Leder eingebunden und hatten einen verblaßten Goldschnitt. Regen und Schnee hatten sie so zerstört, daß nur noch eines zu lesen war. Es war ein Band mit romantischen Stichen idealer Landschaften. Der Text war französisch. Er blätterte das Buch langsam durch. Allmählich nahmen ihn die Bilder gefangen. Sie erweckten eine schmerzhafte und hoffnungslose Sehnsucht in ihm, die anhielt, nachdem er den Band schon lange zugeschlagen hatte. (S. 490)

Nach einer ersten Idee bereits im November 1944 arbeitete Remarque ab Juli 1946 parallel an zwei Buchprojekten, die mit den zwei Romanen *Der Funke Leben* und *Zeit zu leben und Zeit zu sterben* abgeschlossen werden sollten.[7] Die Thematik der beiden Texte – ein deutsches Konzentrationslager und ein deutscher Soldat gegen Ende des Zweiten Weltkriegs – orientieren sich dabei weitgehend an den in der für den amerikanischen Geheimdienst »Office of Strategic Services« 1944 verfassten Denkschrift *Praktische Erziehungsarbeit in Deutschland nach dem Krieg*[8] formulierten Zielsetzungen: die deutsche und internationale Öffentlichkeit über die Verbrechen der Nationalsozialisten und insbesondere die Folgen des deutschen (preußischen) Militarismus zu informieren. Remarque schloss zunächst 1951 den Roman *Der Funke Leben* ab. Die großen Schwierigkeiten, mit denen der Autor bei dem Versuch konfrontiert war, diesen Roman über ein Konzentrationslager im deutschsprachigen Raum zu veröffentlichen, führten schließlich zum Vertragsabschluss mit dem Kölner Verlag Kiepenheuer & Witsch, der *Der Funke Leben* 1952 publizierte.[9] Die Reaktion der bundesrepublikanischen Öffentlichkeit auf den Roman und insbesondere die Behandlung des Themas durch Remarque war jedoch äußerst kontrovers, zudem entwickelte sich das Buch nicht zu dem Bestseller, den sich der Verleger Joseph Caspar Witsch aufgrund dieser kontroversen Diskussion erhofft hatte.

Von Dezember 1953 bis Anfang März 1954 sandte Remarque in mehreren Lieferungen das »definitive Skript« des neuen Romans *Zeit zu leben und Zeit zu sterben* an seinen Verleger Witsch wie auch parallel an seine Übersetzer u. a. in den USA, Frankreich, Schweden, Dänemark, den Niederlanden.[10] Witsch, den zu diesem Zeitpunkt ein fast freundschaftliches Verhältnis mit seinem Autor Remarque verband, ließ das Typoskript hausintern begutachten. Von diesen durchweg anonymen Gutachten haben sich drei erhalten (s. Anhang), von denen zwei den Roman positiv beurteilen, ihn gar als »Remarques bestes Buch« sehen. Das dritte Gutachten beurteilte den Roman jedoch äußerst kritisch und wurde die Grundlage für das weitere Vorgehen des Verlegers.

Das Insistieren dieses Gutachters auf einer quasi Eliminierung der Figur des »Vierteljuden« Hirschland als einem zentralen Punkt hatte dabei seine Gründe nicht in sachlichen Fehlern des Autors Remarque. Remarques Schilderung ist korrekt: »Vierteljuden« waren in der deutschen Wehrmacht von Beförderungen und Auszeichnungen ausgeschlossen (zudem gibt der Roman keinerlei Aufschluss darüber, ob es sich bei dem von der Mutter Hirschlands versteckten Mädchen um eine »Vierteljüdin« handelt, wie der

Gutachter unterstellt). Es ging dem Gutachter generell und ausdrücklich um eine haarscharfe Trennung von Wehrmacht und SS und damit verbunden einer Trennung von Ehrenhaftigkeit und Verbrechen, von Schuld und Unschuld. Für den Gutachter war die Mitgliedschaft in der Wehrmacht gleichbedeutend mit Sicherheit vor Verfolgung, die Armee als beschützende Mutter. Um aber auch noch den letzten möglichen Makel von ihr abzuwenden, schlug der Gutachter eine Namensänderung vor, die aus dem »Vierteljuden« einen »Arier« machen sollte.

Kommunisten und Russen waren in der Bundesrepublik der 1950er Jahre personae non grata, ihre Intelligenz und Menschlichkeit wurden grundsätzlich bezweifelt, ihr Anrecht auf Gerechtigkeit und differenzierte Darstellung ihrer Schicksale als geradezu subversiv im Kalten Krieg gewertet. Der Gutachter hatte Remarques Intention, hinter Etikettierungen wie »Kommunist« gerade die Menschen mit all ihren Widersprüchen sichtbar zu machen, außerordentlich gut verstanden und war ihr mit einer auf die Gegenwart des Jahres 1954 ausgerichteten Polemik begegnet. *Zeit zu leben und Zeit zu sterben* war offensichtlich ein Kommentar Remarques zur bundesrepublikanischen Wirklichkeit, zur mangelnden Aufarbeitung der NS-Vergangenheit, zur Wiederbewaffnung und zur Adenauer-Restauration. Dass Remarque bei einem der progressivsten Verleger dieser Bundesrepublik der 1950er Jahre, Joseph Caspar Witsch, ausgerechnet an einen dem Zeitgeist zutiefst verhafteten Gutachter geriet, entbehrt nicht einer gewissen Ironie.

Witsch schloss sich dem Gutachter an und sandte das mit Streichungen und Korrekturen des Verlags versehene

Typoskript mit einem dem Gutachten fast wörtlich entsprechenden Brief vom 24. März 1954 an Remarque zurück (siehe Anhang). Einzig dem Vorschlag des Gutachters, das letzte Kapitel zu streichen, folgte Witsch nicht, sondern ging sogar weiter: Er legte dem Autor entschieden die Tilgung der gesamten letzten drei Front-Kapitel nahe.

Remarque reagierte nicht, ließ durch eine Sekretärin antworten, der Autor sei wegen eines Autounfalls verhindert, und kommentierte in sein Tagebuch:

Nachricht von Kiepenheuer über vorgeschlagene Änderungen in T.t.l. [Time to love, englischer Titel von *Zeit zu leben und Zeit zu sterben*]: wollen die Wehrmacht hochhalten; einen (klar sehenden) Kommunisten in einen Soz[ial] Demokraten verwandeln; möchten letzten 3 Kapitel rausnehmen u. so was. Der Ton des Lehrers u. das irgendwo: Sie waren ja nicht dabei; es war doch anders, (u. nicht ganz so schlimm).[11]

Remarque akzeptierte schließlich die zensierte Textfassung mit »schweigendem Disgust«,[12] um die Publikation nicht noch weiter zu verzögern. Welche Gründe letztendlich ausschlaggebend für die Akzeptanz dieser Zensur durch den Autor waren, lässt sich nicht definitiv klären. Durch die Verzögerung des Erscheinens der originalsprachigen deutschen Ausgabe um mehrere Monate nach der Publikation der englischen Ausgabe in den USA entstanden dem Autor erhebliche finanzielle Verluste, da das Copyright nach amerikanischem Recht in dieser Zeit frei war und Übersetzungen der amerikanischen Ausgabe ohne vertragliche Regelung angefertigt und publiziert werden konnten und wurden (z. B. in Südamerika und anderen Ländern, in denen Remarque fast ausschließlich aus dem Englischen in die jeweilige Sprache übersetzt wurde). Bereits bei dem ähnlich verlaufenen Fall *Der Funke Leben* waren Remarque dadurch Verluste in fünfstelliger Größenordnung entstanden. Möglich ist natürlich auch, dass Remarque den Roman durch die Eingriffe nicht als derart verunstaltet ansah, um ganz von einer Publikation abzusehen und eine deutsche Ausgabe zu blockieren. Völlig ohne ›Kommentar‹ Remarques gegenüber Witsch blieb der Vorgang jedoch nicht: Remarque beauftragte seinen Agenten Felix Guggenheim mit der Suche nach einem anderen deutschen Verlag für die folgenden Romane. Witsch zahlte schließlich einen erheblich höheren Vorschuss für den folgenden Roman *Der schwarze Obelisk* (1956), um den Autor zu halten.

Der Roman erschien in der Bundesrepublik mit den letzten drei Kapiteln und mit den Änderungen des Verlags.[13] Aus Hirschland wurde der »Arier« Hirschmann, ein Landser ohne Geschichte und Probleme, die Begegnung Graebers mit Hirschlands Mutter und der gesamte Vorgang um die fingierte Todesnachricht fehlten. Der Kommunist Immermann mutierte zum Sozialdemokraten. Die Diskussion mit dem ehemaligen Lehrer Pohlmann wurde durch umfangreiche Streichungen zum oberflächlichen Small Talk über persönliche Verantwortung, von Desertion war hier nun nicht mehr die Rede. Insbesondere die Eingriffe im letzten Kapitel jedoch zeigten signifikant, welche Zielrichtung die Änderungen – ganz im Sinne des Gutachters – verfolgten. Der Satz »›Mörder‹, sagte er noch einmal und meinte Steinbrenner und sich und unzählige andere« (S. 497) fiel der

Schere zum Opfer und damit Graebers klare Einschätzung der eigenen Rolle im Krieg. Die Erschießung Steinbrenners kommentierte der Graeber der deutschen Fassung nun mit »Notwehr, dachte etwas in ihm« – sie war nun nicht mehr eine bewusste Handlung Graebers nach 24 Roman-Kapiteln des Nachdenkens und der Hinführung, sondern eine Affekthandlung, die man mit »Notwehr« gegebenenfalls vor seinen Vorgesetzten rechtfertigen konnte. Und wenn dem bundesdeutschen Leser schließlich doch noch ein Rest von Sympathie, Verständnis und der Möglichkeit, Graebers Gedanken nachvollziehen zu können, geblieben war, so wurde ihm dies mit einem weiteren hinzugefügten Satz des Lektorats als Illusion verdeutlicht. Graebers letzter Gedanke, kurz bevor ihn die Kugel des von ihm freigelassenen Russen treffen wird, lautet in der zensierten Fassung: »Es waren also doch Partisanen«.

Diese Änderung machte nun Graebers Versuch, die von Remarque nicht als Partisanen bezeichneten russischen Zivilisten zu retten, untauglich. Graeber ist auf die geschickt sich verstellenden (sowjetischen) »Partisanen« hereingefallen und muss dafür bezahlen – die Parallelen, der unausgesprochene Kommentar zur west-östlichen, zur deutsch-deutschen Konfrontation im Kalten Krieg ist offensichtlich.

Remarques Roman war nun nicht mehr eine Warnung vor dem deutschen Militarismus mit seinem Befehl-Gehorsam-Prinzip, nicht mehr eine Auseinandersetzung mit den restaurativen Tendenzen und der angestrebten Wiederbewaffnung der Bundesrepublik, nicht mehr ein Aufruf zur konstruktiven Beschäftigung mit der Vergangenheit; er war zu einem Instrument im Kalten Krieg geworden, in dem die

Klischees von der Unmenschlichkeit und Hinterhältigkeit des Gegners bestätigt werden.

Die dänische Zeitung *Information* machte die Zensur am 9. Oktober 1954 öffentlich bekannt (siehe Anhang); ein dänischer Leser hatte die deutsche mit der dänischen und der englischen Ausgabe verglichen, die beide unzensiert waren, da Remarque sein »definitives skript« parallel an Witsch und seine Übersetzer versandt hatte. Die Reaktion in den Medien der Bundesrepublik war zunächst heftig, nach einem Dementi Witschs jedoch zurückgehend (siehe Anhang). Der Umstand der Zensur spielte in der Beurteilung des Romans durch das westdeutsche Feuilleton keinerlei Rolle, kein Kritiker fragte nach Art und Aussage der ursprünglichen und international gedruckten Fassung.[14]

Erst 1955 erfolgte eine Reaktion aus der DDR, in der der Roman (noch nicht) erschienen war. F.C. Weiskopf forderte in seiner polemischen Replik »Die politischen Valenzen des Dr. Witsch oder Der kastrierte Remarque« (siehe Anhang) den Autor auf, sein Schweigen zu der Affäre nun zu brechen: »Weiterschweigen heißt seine Schuld eingestehen«. Remarque, der zuvor in einem Interview auf die Vorwürfe in der bundesdeutschen Presse eingegangen war (siehe Anhang), ließ sich in den deutsch-deutschen Konflikt jedoch nicht einspannen und schwieg weiter.[15] *Zeit zu leben und Zeit zu sterben* wurde kurzfristig zum deutsch-deutschen Zankapfel und schließlich – von Remarque sicherlich unbeabsichtigt – zum literarischen Propagandaträger. Die zensierte Ausgabe bei Kiepenheuer & Witsch diente den Übersetzern Remarques in Osteuropa fast durchweg als Vorlage. Lediglich in die serbo-kroatischen Ausgaben der Jahre 1954 und 1955 wurden die zensierten Passagen – aus dem Amerikanischen übersetzt – eingefügt und durch Kursivdruck besonders hervorgehoben.[16]

Obwohl die Zensur bereits seit den Erstausgaben auch international bekannt war, sind bis auf den heutigen Tag beide Fassungen im Umlauf und werden gedruckt. Dieser unhaltbare Zustand war nicht zuletzt dem Umstand geschuldet, dass Remarques Fassung in der Originalsprache Deutsch nicht zur Verfügung stand – der Autor hatte sie nicht aufbewahrt, und sie ist nicht in seinem Nachlass vorhanden. 1989 erschien im Verlag Kiepenheuer & Witsch eine von Tilman Westphalen mit einem Nachwort versehene, »revidierte« Fassung, in der die zensierten Passagen aus dem Amerikanischen ins Deutsche rückübersetzt und auf der Grundlage der amerikanischen Erstausgabe in den deutschen Text einfügt waren – der Beginn einer Revision, aber keine Originalfassung Remarques. Erst nach umfangreicher Recherche konnte ein Exemplar des »definitiven scripts«, das Remarque an seine internationalen Verleger versandt hatte, im Archiv des schwedischen Verlags Albert Bonniers aufgefunden werden. Diese Fassung ist die Grundlage der vorliegenden Ausgabe, die damit erstmals die Originalfassung von *Zeit zu leben und Zeit zu sterben* in deutscher Sprache verfügbar macht.

Zeit zu leben und Zeit zu sterben ist auch ein Kommentar und eine Fortentwicklung von *Im Westen nichts Neues* und insbesondere des VII. Kapitels, des Heimaturlaubs Paul Bäumers.[17] Die Parallelen sind vielfältig und ebenso die Verweise auf die Unterschiede in der Kriegführung. Auch in *Zeit zu leben und Zeit zu sterben* wird Ernst Graeber wie Paul Bäumer von einem heimatkommandierten Major wegen fehlender Ehrbezeigung zurechtgewiesen (S. 209–210); wie Paul Bäumer die Mutter Kaemmerichs besucht Graeber die Mutter eines Kameraden, mit dem Unterschied, dass er hier von dem (von Steinbrenner fingierten) Tod Hirschlands erfährt. Doch der Erste Weltkrieg und seine in *Im Westen nichts Neues* geschilderten Schrecken sind von den Veteranen in *Zeit zu leben und Zeit zu sterben* längst vergessen:

»Und dein Vater? Der war doch im ersten Kriege Soldat.«

»Das hat er vergessen. Wenigstens den Teil davon. Für meinen Alten bin ich der Held. Er ist stolz auf meinen Klempnerladen. Wollte sich dauernd mit mir zeigen. Rührender alter Mann aus grauer Vorzeit. Sie verstehen uns nicht mehr, Ernst. […]« (S. 163–164)

Die Erfahrung des Ersten Weltkrieges ist verloren gegangen und mit ihr die Kameradschaft, die in *Im Westen nichts Neues* noch die sinngebende Rolle und den zeitweiligen Ersatz für die verlorenen Werte geliefert hatte. In *Zeit zu leben und Zeit zu sterben* gibt es keine Idylle mehr, sondern nur noch die Flucht in eine »Insel der Hoffnung«, dem privaten Glück, die vom Autor jedoch als sinnlos und zerstörerisch gekennzeichnet wird. Aus diesem wahrlich totalen Krieg gibt es für Soldaten und Zivilisten kein Entrinnen mehr, und auch die Resignation Paul Bäumers, die auch eine Flucht vor den Fragen nach der Verantwortung des Einzelnen war, ist in Remarques Roman nicht mehr zulässig. Das Private und die

Politik sind untrennbar miteinander verknüpft. In einem der vielen symbolisch zu wertenden Bilder des Romans wird dies für den Leser überdeutlich gezeigt:

Graeber wandte sich ab. Er bückte sich und suchte im Schutt nach irgendetwas, auf das er schreiben konnte. Er fand den Farbendruck eines Hitlerbildes, das in einem zerbrochenen Rahmen hing. Die Rückseite war weiß und unbedruckt. Er riß den oberen Teil ab, holte einen Bleistift hervor und dachte nach. Er wußte plötzlich nicht, was er schreiben sollte. »Bitte um Nachricht über Paul und Marie Graeber«, schrieb er schließlich in Blockbuchstaben. »Ernst hier auf Urlaub.« (S. 118)

Im kurzen Essay *Das Auge ist ein starker Verführer* (siehe Anhang) zur Verfilmung des Romans durch Douglas Sirk, in der Remarque selbst die Rolle des Lehrers Pohlmann übernahm,[18] verwies der Autor 1958 auf die grundlegenden Unterschiede zwischen *Im Westen nichts Neues* und *Zeit zu leben und Zeit zu sterben*. Im Gegensatz zum Film *Im Westen nichts Neues* werde kein einziger feindlicher Soldat gezeigt, dennoch sei die Zerstörung viel größer: »Der Krieg der Kampflinien ist vorbei: die Fronten sind überall. Der Krieg der Soldaten ist vorbei: der totale Krieg richtet sich gegen jedermann.« Und Remarque verdeutlicht hier noch einmal seine Intention, die er mit Buch und Film (zu dessen Drehbuch er einen ersten Entwurf geliefert hatte) verbunden hatte: mit der künstlerischen, auf ein breites Publikum ausgerichteten Arbeit gegen das Vergessen einen zukünftigen Krieg zu verhindern:

Die Schwierigkeit mit dem Krieg ist, daß die Leute, die ihn wollen, nicht erwarten, in ihm zu sterben. Und die Schwierigkeit mit unserer Erinnerung ist, daß sie vergißt und verändert und verfälscht, um zu überleben. Sie macht den Tod zu einem Abenteuer, wenn der Tod dich verfehlt. Aber der Tod ist kein Abenteuer: Töten ist der Sinn des Krieges, – nicht Überleben.

Anmerkungen

1 Das gesamte Interview ist abgedruckt in Erich Maria Remarque. *Ein militanter Pazifist. Texte und Interviews 1929–1966.* Hg. und mit einem Vorwort von Thomas F. Schneider. Köln: Kiepenheuer & Witsch, 1998, S. 118–133.

2 Erich Maria Remarque. *A Time to Love and a Time to Die.* Translated from the German by Denver Lindley. New York 1954. Zuvor war ein Vorabdruck des Romans (auf der Grundlage der Rohübersetzung) im Magazin *Collier's Weekly* am 14. Mai 1954 begonnen worden.

3 Paul Faust. [Leserbrief]. In *Münchner Illustrierte*, 14.08.1954.

4 So der ursprüngliche Titel des Romans im Manuskript. Die französische Übersetzung trägt noch den Titel *L'Ile d'Espérance.*

5 Wie bei *Liebe Deinen Nächsten* (1939/41) verweist Remarque im Titel auf eine Bibelstelle, vgl. Prediger 3:1–9.

6 Tagebuch Remarques, Eintrag Porto Ronco, 09.02.1952. Nachlass Remarques an der New York University, Fales Library, Remarque-Collection, R-C 4B.

7 *Der Funke Leben* kann als die KZ-Perspektive auf die Stadt Werden bzw. in *Der Funke Leben* die Stadt Mellern gelesen werden, während in *Zeit zu leben und Zeit zu sterben* KZ-Häftlinge des nahen Lagers zu Aufräumungsarbeiten eingesetzt werden.

8 Abgedruckt mit Erläuterungen in Thomas F. Schneider (Hg.). *Erich Maria Remarque. Ein militanter Pazifist. Texte und Interviews 1929–1966.* Köln: Kiepenheuer & Witsch, 1994 (KiWi 340). S. 66–83.

9 Siehe Nachwort und Erläuterungen in der Ausgabe Erich Maria Remarque. *Der Funke Leben. Roman.* In der Originalfassung

mit Anhang und Nachwort herausgegeben von Thomas F. Schneider. Köln: Kiepenheuer & Witsch, 2018 (KiWi 1587).

10 Eine Chronik der Vorgänge um die Zensur von *Zeit zu leben und Zeit zu sterben* ist enthalten in Thomas Schneider, Angelika Howind. »Die Zensur von Erich Maria Remarques Roman über den zweiten Weltkrieg ›Zeit zu leben und Zeit zu sterben‹ 1954 in der BRD«. In Ursula Heukenkamp (Hg.). *Militärische und zivile Mentalität. Ein literaturkritischer Report*. Berlin: Aufbau, 1991 (AtV 78). S. 303–320.

11 Tagebuch Remarques, Eintrag Porto Ronco, 27.03.1954; Nachlass Remarques an der New York University, Fales Library, Remarque-Collection, R-C 4B.

12 Tagebuch Remarques, Eintrag Porto Ronco, 11.04.1954; Nachlass Remarques an der New York University, Fales Library, Remarque-Collection, R-C 4B.

13 Ein detailliertes Verzeichnis der Änderungen findet sich bei Angelika Howind, Thomas Schneider. »›Weiterschweigen heißt seine Schuld eingestehen‹. Zeit zu leben und Zeit zu sterben: Die Zensur eines Antikriegsromans in der BRD und ihre Revision«. In *Krieg und Literatur/War and Literature* 1 (1989), 2, S. 79–142.

14 Vgl. ebd., S. 87–91.

15 1956 versuchte der Aufbau-Verlag in Person Walter Jankas, durch Remarques amerikanischen Übersetzer Denver Lindley an die Originalfassung des Romans zu gelangen. Remarque war über dieses Vorgehen entrüstet und verpflichtete Witsch mit Brief vom 6. August 1956, die deutsche Fassung zu vertreiben. Der Aufbau-Verlag war als Lizenznehmer von Kiepenheuer & Witsch gezwungen, die zensierte Fassung nachzudrucken. Die *Neue Deutsche Literatur* bot ihren Lesern immerhin den Service, die zensierten Stellen in einer Rückübersetzung aus dem Englischen nachzulesen: »Der kastrierte Remarque«. In *Neue Deutsche Literatur* (1957). Heft 4. S. 108–126.

16 Z.B. in der Ausgabe *Doba života i doba smrti*. Tr.: Irena Vrkljan, Zvonimir Golob. Zagreb: Prosvjeta, 1955.

17 Die Möglichkeit eines Vergleichs hat auch Hans Wagener wahrgenommen in *Understanding Erich Maria Remarque.* Columbia/SC: University of South Carolina Press, 1991. S. 77–78.

18 Siehe zu Remarques Beteiligung an der Verfilmung ausführlich Thomas F. Schneider. »›The Shortest Acting Career in History‹. Erich Maria Remarque als Filmmitarbeiter. Die Geschichte eines Scheiterns«. In Bodo Plachta (Hg.). *Literarische Zusammenarbeit.* Tübingen: Max Niemeyer, 2001, S. 271–284.

Weiterführende Literatur

Eine ausführliche Bibliografie der Sekundärliteratur zu Buch und Film *Zeit zu leben und Zeit zu sterben* findet sich in: *Remarque-Forschung 1930–2010. Ein bibliographischer Bericht.* Hg. v. Claudia Glunz, Thomas F. Schneider. Göttingen: V&R unipress, 2010 (Erich Maria Remarque Jahrbuch/Yearbook 20).

Hannes Heer. »Blockierter Schmerz. Warum das Erinnern an die Verbrechen der Wehrmacht so schwerfällt«. In *Neue Deutsche Literatur* 47 (1999), 5, S. 19–32.

Angelika Howind, Thomas Schneider. »›Weiterschweigen heißt seine Schuld eingestehen‹. Zeit zu leben und Zeit zu sterben: Die Zensur eines Antikriegsromans in der BRD und ihre Revision«. In *Krieg und Literatur/War and Literature* 1 (1989), 2, S. 79–142.

Brian Murdoch. *The Novels of Erich Maria Remarque. Sparks of Life.* Rochester/NY, Woodbridge: Camden House, 2006.

Rolf Parr. »Ein frühes Kapitel ›Wehrmachtskritik‹. Erich Maria Remarques Roman ›Zeit zu leben und Zeit zu sterben‹«. In Peter Conrady (Hg.). *Faschismus in Texten und Medien: Gestern – Heute – Morgen?* Oberhausen: Athena, 2004 (Lesen und Medien 16), S. 99–117.

Heinrich Placke. »Die politischen Diskussionen in den fünfziger Jahren um die Remarque-Filme. Teil II: Zeit zu leben und Zeit zu sterben (USA, 1957)«. In Thomas F. Schneider (Hg.). *Das Auge ist ein starker Verführer. Erich Maria Remarque und der*

Film. Osnabrück: Universitätsverlag Rasch, 1998 (Schriften des Erich Maria Remarque-Archivs 13), S. 253–266.

Heinrich Placke. *Die Chiffren des Utopischen. Zum literarischen Gehalt der 50er-Jahre-Romane Remarques*. Göttingen: V&R unipress, 2004 (Schriften des Erich Maria Remarque-Archivs 18), S. 255–372.

Thomas F. Schneider. »›Und Befehl ist Befehl. Oder nicht?‹ Erich Maria Remarque: Zeit zu leben und Zeit zu sterben (1954)«. In Hans Wagener (Hg.). *Von Böll bis Buchheim. Deutsche Kriegsprosa nach 1945*. Amsterdam, Atlanta: Rodopi, 1997 (Amsterdamer Beiträge zur Neueren Germanistik 42), S. 231–247.

Thomas F. Schneider. »›The Shortest Acting Career in History‹. Erich Maria Remarque als Filmmitarbeiter. Die Geschichte eines Scheiterns«. In Bodo Plachta (Hg.). *Literarische Zusammenarbeit*. Tübingen: Max Niemeyer, 2001, S. 271–284.

Wilhelm von Sternburg. *»Als wäre alles das letzte Mal«. Erich Maria Remarque. Eine Biographie*. Köln: Kiepenheuer & Witsch, 1998.

Tilman Westphalen. »Wann wird zum Mord, was man sonst Heldentum nennt?«. In Erich Maria Remarque. *Zeit zu leben und Zeit zu sterben. Roman*. Mit einem Nachwort von Tilman Westphalen. Köln: Kiepenheuer & Witsch, 1998 (KiWi 489), S. 401–421.

Das gelobte Land. Roman. Taschenbuch. Verfügbar auch als E-Book

Der Weg zurück. Roman. Taschenbuch. Verfügbar auch als E-Book

Drei Kameraden. Roman. Taschenbuch. Verfügbar auch als E-Book

Der Feind. Erzählungen. Taschenbuch. Verfügbar auch als E-Book

Im Westen nichts Neues. Roman. Taschenbuch. Verfügbar auch als E-Book

Im Westen nichts Neues. Roman. Herausgegeben und mit Materialien versehen von Thomas F. Schneider. Taschenbuch. Verfügbar auch als E-Book

Leseproben und mehr unter www.kiwi-verlag.de